中外名家经典文丛

巴尔扎克文集

巴尔扎克◎著　　叶雨寒◎译

北京联合出版公司
Beijing United Publishing Co.,Ltd.

图书在版编目（CIP）数据

巴尔扎克文集 /（法）巴尔扎克（Balzac，H.）著. 叶雨寒 译.
—北京：北京联合出版公司，2007.3（2007.10 重印）
ISBN 978-7-80724-195-9

Ⅰ. 巴… Ⅱ. ①巴…②叶… Ⅲ. ①中篇小说—作品集—法国—近代
②长篇小说—作品集—法国—近代 Ⅳ. I565.44

中国版本图书馆 CIP 数据核字（2007）第 018585 号

巴尔扎克文集

著　　者□巴尔扎克　著　叶雨寒　译
出版发行□北京联合出版公司
　　　　　（北京市朝阳区安华西里一区 13 楼 2 层 100011）
　　　　　（010）64243832　84241642（发行部）　64258473（传真）
　　　　　（010）64255036（邮购、零售）
　　　　　（010）64251790　64258472　64255606（编辑部）
　　　　　E - mail：jinghuafaxing@sina.com
印　　刷□天津冠豪恒胜业印刷有限公司
开　　本□710mm×1000mm　1/16
字　　数□400 千字
印 张 数□23.5 印张
印　　数□0001—5000
版　　次□2007 年 10 月第 2 版
印　　次□2019 年 7 月第 2 次印刷
书　　号□ISBN 978-7-80724-195-9
定　　价□68.00 元

 **导　读**

　　巴尔扎克（1799—1850年），法国最伟大的作家之一，公认的天才小说家，毕生最重要的作品——卷帙浩繁的巨著《人间喜剧》在小说史上占有突出的地位。

　　巴尔扎克生于法国都兰纳省的图尔，在故乡读过六年书，1814年全家迁居巴黎后又上了两年学，然后在一家律师事务所当办事员。他醉心于文学创作，最初写悲剧，未获成功。改写小说，也没有引起人们注意。转而经商，办过印刷厂和铸造厂。到1828年，已负债累累，濒临破产，于是又下决心回到文学创作的道路上来。1829年，两部作品《朱安党人》和《婚姻生理学》为他赢得一些名声。他开始涉足上流社会，结交名流，但依然勤奋写作，每天伏案14～16个小时，《朱安党人》是他用真名发表的第一部作品，也是《人间喜剧》的第一部。1842—1848年间，《人间喜剧》出版了十七卷本。定本于1869—1876年间出版，共二十四卷。1832年，巴尔扎克与波兰的韩斯卡伯爵夫人结识，20多年间写给她的书信收在《给一个外国人的信》中。两人最后于1850年3月结婚，同年8月18日，巴尔扎克因积劳成疾，在巴黎与世长辞，终年51岁。

　　1834年巴尔扎克产生了一个设想：把自己的全部作品纳入一个总的计划，以构成一个总体。当时他想把自己的作品分为三大类，即阐明支配人生与社会的各项原则的《分析研究》，揭示人的行为之所以产生的各项原因的《研学研究》，显示上述各项原因所产生后果的《风俗研究》。第三类又分为私人生活、外省生活、巴黎生活、政治生活、军队生活和乡村生活六个场景。《人间喜剧》这个名称是1840年取的。在巴尔扎克之前，还没有一个法国作家有如此宏大的气魄，敢于给自己提出"完成一部描写十九世纪法国的作品"的巨大任务，也没有一个作家有这样的才能，能将近百部小说组合起来，构成一套包罗万象的社会风俗画，深刻而真实地再现自己所处时代和社会的全貌和本质。巴尔扎克原计划写143部长短篇，因早逝只写出96部。

在《人间喜剧》中，长篇小说是这座宏伟建筑的主要构件，如本文集所选的《欧叶妮·格朗台》和《高老头》，另如《农民》、《幻灭》等也很有影响，其中《高老头》又被称为《人间喜剧》这座艺术大厦的基石。当然，中短篇小说中也有不少精彩篇章，如本文集所选的《夏倍上校》，还有《安利贷者》、《禁治产》、《改邪归正的梅莫特》等，都是有相当思想深度的杰作。

本文集所选的五篇小说中《欧叶妮·格朗台》和《高老头》是长篇小说。《欧叶妮·格朗台》（写于1833年）是巴尔扎克《人间喜剧》中"最出色的画幅之一"。小说中，女主人公欧叶妮·格朗台爱上了丧父落难的堂弟查理。但爱财如命、冷酷无情的格朗台老头决不让女儿去爱破了产的查理。查理与欧叶妮订下终身后去印度谋发展。后来格朗台老头死了，欧叶妮继承遗产成了当地首富。许多人向她求婚，她却痴心等待查理。在海外靠不正当手段发了财的查理，早把乡下堂姐抛在脑后与贵族小姐结了婚。得知此情后，欧叶妮一气之下也结了婚，但保持童贞，并帮助查理还了债。查理得知欧叶妮如此有钱，追悔莫及。欧叶妮33岁时成了寡妇，于是城里人又开始向这位有钱寡妇发起进攻。

据研究者证实，欧叶妮的形象是有原型的，那就是马利亚。她是巴尔扎克的情妇。巴尔扎克在遗嘱中要人把自己收藏的一件基督雕像送给她。

前面已提及，《高老头》（1834年写）是巴尔扎克《人间喜剧》写作计划确定后完成的第一部名著，也是《人间喜剧》这座艺术大厦的基石。全书以高老头为中心展开情节。高老头是巴黎的一个面条商，靠不正当手段发了财。他把全部希望都寄托在两个女儿身上。大女儿嫁给伯爵，二女儿嫁给银行家，并把财产几乎都给了两个女儿，以为自己晚年有所依靠。谁知两个女儿挥霍放荡，只有缺钱时才想起老爸。两个女婿见他再没什么油水，竟拒绝见他。高老头最后孤苦伶仃地死在公寓阁楼的小屋里。下葬时女儿女婿均未露面。《高老头》深刻反映了当时社会丑恶的金钱关系。巴尔扎克认为这部小说"超过了过去的一切作品"。

巴尔扎克以哲学家的冷静态度分析现实的社会关系，用理性的手术刀解剖人类的灵魂。他无情地鞭笞这个金钱主宰的社会，认为受黄金刺激造成的人欲横流是使社会堕落的主要原因。但巴尔扎克仍然相信生活有比金钱更高贵的东西，并力图在作品中描绘一些未受金钱腐蚀的心灵、正直无私的胸怀。本书所选的短篇小说中，《无神论者望弥撒》就描写了这类情操高尚的人物。挑水夫布尔雅是善良人物群像中刻画得最为生动有力的一位。巴尔扎克在描写这个人物时，显然有意以穷人的道德情操与达官显贵的自私贪婪相对照。富翁往往悭吝刻薄，甚至以卑劣手段对待自己的妻子儿女，而这个穷苦的挑水夫却能以二十二年辛苦劳作的积蓄，供养一个萍水相逢的大学生求学。

小说中对宗教的态度也值得注意。作者是无神论者，而且从不隐藏对教会的蔑视和厌恶。但又认为宗教信仰可以净化人的心灵，抵御贪欲的诱惑。巴尔扎克从人道主义出发，深信宗教是"把恶的数量减少，把善的数量增加的惟一手段"，是"稳定社会的最大因素"，所以他不信仰宗教宣扬宗教，认为宗教"也许不是神祇的安排，却是人的一种需要"。

目 录
CONTENTS

在一些外省的城市中，总有一些房子的外表让人看了后感到凄凉，好像最阴暗的修道院、最荒凉的旷野或破落的废墟。或许在这些房屋里同时还有修道院的沉寂、旷野的荒漠和废墟的衰落，里面的住户生活节奏那么平静，让陌生人误认为那是些无人居住的空宅，不过在街上一有陌生人走动，有人会从窗口突然探出一张不动声色的面孔，朝窗外冷漠而阴沉地瞥上一眼······

一个夫家姓伏盖，娘家姓龚弗冷的老妇人，她四十年来一直在巴黎开着一所膳食公寓，公寓位于拉丁区与圣·玛梭城关之间的圣·日内维新街上。这幢称为"伏盖公寓"的膳宿场所，不论男女老少，一律平等对待，从来没有因为风化问题而受到各种流言蜚语的伤害，可是三十年间也不曾有姑娘们寄宿；而且除非家庭给的生活费实在太少，这才偶尔会有一两个男青年到这儿来住······

在一八二二年的初春,一个得了一场大病刚刚痊愈的年青人在巴黎的医生们的劝说下被送到下诺曼底来了,他也许是平常工作过度劳累,也许是生活放荡、毫无节制等原因使他患上了炎症疾病。他需要绝对的休息、清淡的伙食、清爽的空气和完全避免过度的感官刺激才能使他康复……

毕安训大夫是一位对科学作过贡献的医生以他出色的生理学理论,跻身于巴黎大学医学院知名学者的行列,而此时他还非常年轻,那所医学院是全欧洲的医生所景仰的学术中心。他曾经长期从事外科实习,行医之前曾受业于法国最伟大的外科医生、闻名遐迩的德普兰身边,此人像流星一样,在科学界的天穹上一掠而过。连那些与他为敌的人也不得不承认,他把一种难以传授的绝技带进了坟墓……

"啊哈,我们的老卡列克又来了!"

大惊小怪叫嚷的是一个小职员,他是为普通的事务所跑腿的。他靠着窗子,吞咽着一块面包,掏些瓤捻为圆球,然后从半开的窗户中扔出去,扔得那么准,面包球不仅打中了一个过路人的帽子,还弹起来,弹到差不多和窗子一般高。过路人刚在楼下穿过天井。天井正位于维维安讷街上诉讼代理人但维尔先生的屋子……

欧叶妮·格朗台

  在一些外省的城市中，总有一些房子的外表让人看了后感到凄凉，好像最阴暗的修道院、最荒凉的旷野或破落的废墟。或许在这些房屋里同时还有修道院的沉寂、旷野的荒漠和废墟的衰落，里面的住户生活节奏那么平静，让陌生人误认为那是些无人居住的空宅，不过在街上一有陌生人走动，有人会从窗口突然探出一张不动声色的面孔，朝窗外冷漠而阴沉地瞥上一眼。

  索缪城里就有一所房子具备上述的凄凉成分。它坐落在一条凹凸不平的街道的尽头；那是一条直通城堡的街道，可现在却很少有人行走；尽管冬天寒冷，夏季炎热，有几处地方还显得非常阴暗，它却自有惹人注目的地方；石子的路面总是清洁干爽，而且人走在上面响声清脆；老城区两旁的房屋街面狭窄，线路曲折，它平静地蜷伏在城墙脚下。

  这座木结构的古宅虽然已有三百多年了，它却坚固牢靠。房屋的格式多种多样，给索缪老城区的这一地段平添独特的情调，使热心访古的游客和艺术家们留连忘返。经过这里的人都赞叹纵横于屋面的那些厚实的木板，它们两端都雕刻着稀奇古怪的图案，构成一溜漆黑色的浮雕，横贯于大部分房屋的底层之上。

  有些地方的横木上覆盖着青石板，给摇摇欲倒的墙壁勾出一条条蓝色的轮廓，屋顶是木结构的，它已被岁月所压弯，朽蚀的屋面盖板经过多年日晒雨淋也扭曲变形；有一家的窗台因发黑而变的十分醒目，上面原先的精细雕纹现今已模糊难辨，而且仿佛已脆弱不堪，承受不了可怜的女工放在上面的棕红色陶土花盆的重量，只勉强地支托着盆里瘦长的石竹和月季。再远点，有几家大门上嵌有粗壮的钉头，钉头上镌刻着他们家传的象形文字。这些象形文字本是老祖宗们随心所欲勾画出来的，其含义永远是个谜，有的或许是哪位新教徒表明信仰的记号；有的或许是反新教联盟的成员画的咒符，用来诅咒亨利四世的。有几户市民阶层的人家，门上也刻着的家徽，表示自己的祖辈曾享有主持市政的荣耀。总之，这里的门上记载了整部法国的历史。有一幢破旧的贵族宅院，外墙的泥灰留下了当年能工巧匠的高超技艺；隔壁是一所绅士的宅院，在石砌的半圆形门框上，依稀可以瞧见贵族徽章的遗迹，但毕竟已经受过一七八九年以来使国家动荡不已的历次革命的毁坏。

街上的铺面既不像小店也不像大商场。热衷寻访中世纪遗风的人会发现这里的一切跟先辈们留下的缝纫工场一样简陋朴实。低矮的店堂里既无货摊也无货架和玻璃橱窗，店面很大，里面阴暗，内外毫无装潢。厚实的大门分上下两截，门上很不讲究地包着粗糙的铁皮；门的上半截往里开启，下半截装有弹簧门铃，不断地被人打开关上。空气和阳光从门的上半截往里灌，或者通过气窗、天花板和矮墙之间的缝隙进入店堂，半人高的矮墙上面有便于装卸护窗板的滑槽，结实的护窗板白天卸下，傍晚装上之后再锁上。这矮墙是用来摆设商品的，但是决没有半点招摇撞骗之术。陈列的商品按经营对象而有所不同，无非是两三桶食盐和鳕鱼，或者几捆缆绳和帆布；吊在楼板的横梁上的黄铜丝，沿墙摆放一溜金属的酒桶箍，或者擂在几个架子上的一些布匹。进去看看？一位青春焕发的白净姑娘，头戴围巾，露出通红的手臂，搁下手中正在编织的活计，赶忙叫来了她的父母；这时店老板就会出来听你吩咐，态度或冷淡或殷勤或傲慢，全凭店老板不同的性格而定。成交的也许不过是两个铜板的小交易或高达两三万法郎的大买卖。你还能瞧见一位做橡木板材生意的老板坐在门口，一边绕动着大拇指，一边跟邻居聊天；表面上，他只不过有些做酒瓶架的劣质板条，但是在码头那边的木工场里，他的货源足以供应安茹地区一切箍桶作坊的货源。遇到好年景，他能算出箍桶匠们总共需要多少板材，估计误差不超过一两块板材。艳阳能叫他发财，阴雨能使他破产。一个上午板材市价能跳到十一法郎或跌到六法郎。这地方跟都兰地区一样，气候的变化制约市场的行情。种葡萄的、有田产的、木材商、箍桶匠、客栈老板、船员，他们全都盼望晴天；晚上睡觉时最怕天一亮就听说昨晚结了冰。他们既怕刮风，又怕下雨，更怕天旱，按他们的意愿有时要雨水、有时要乌云、有时要晴天。晴雨表让人时喜时忧，一会儿使人忧愁，一会儿又叫人高兴快活。从索缪城这条街的这头到那头，"金子般的天气！"这句话使整条街上每一家的账本上都意味着一个可见的数字；每个人都会对邻居说："天上掉金雨了！"他们明白，适合的阳光和雨水，会带来多少收益。在晴朗的季节，每逢周末的中午，你就别想在这些诚实的买卖人手里买到一文钱的东西。因为他们都有自己的葡萄园、自己的田地，所以要趁着好天气到乡下去住上两天。所以，买东西和卖东西，收支和盈亏，他们早都事先预计好了；平日里生意人可以用大半天时间说笑聊天，发表评论，传递闲话，窥探私情。某个家庭的主妇买回一只山鹑，邻居们准有人要问她的丈夫：炖鸡的火候是否恰到好处？一个年轻的姑娘在窗口探一下头，决躲不过一帮游手好闲之人的眼睛。总之，人们的良心在光天化日之下暴露无遗，连黑乎乎、静悄悄、让人无法看透的深宅大院，也无秘密可言。人人几乎都永远像生活在露天一样。家家户户都坐在大门口吃午饭，用晚餐，吵架拌嘴。路过这里的外乡人都要被他们品头论足一番，无一幸免。从前，从外省来的人总免不了到处受到嘲笑，由此而发生许多有趣的故事，擅长编制市井笑料的安茹居民也从而获得"想像力丰富"的雅号。老城区古老的宅院都坐落在街道的高处，原先这都是些当地上流人物的公馆。我们要讲的故事就发生在这样的一所充满凄凉的旧宅中，这些房屋在法兰西淳朴民风日益衰退的今天，只成了世人的旧时遗物。顺着这条风景如画的曲折街道一路走完之后，连最不足挂齿的小东西都能唤起你怀旧的心情，整个气氛使你不得不陷入某种幻想。你就会发现有一处拐角非常阴暗，格朗台先生公馆的大门就藏在它的中央。倘若不了解格朗台先生的身世，你就无法弄清楚在外省把谁的家称作公馆的含义。

格朗台先生在索缪城里是位有名望的人，那些在当地只住过几天或在外省的人难以弄明白此种名望的前因后果。当地还有人叫他格朗台老爹，不过这么称呼他的人大多是老年人，且人数明显减少。他在一七八九年的时候，是位生活相当富裕的箍桶匠，能读能写，善于算账。共和政府在索缪地区拍卖教会产业时，箍桶匠才四十岁，同一位富裕的板材商的女儿刚刚结婚不久。格朗台拿着现款再加上妻子的陪嫁，凑成一笔两千金路易的资本，去了区政府；他用岳父给的四百路易，送给监卖国有地产的凶狠的共和政府官员手中，从而以便宜的价格买到区里最好的几片葡萄园，一座老修道院和几块按收成交租的分种地。这种便宜交易尽管不公平，却是合法的。索缪城的居民本来就没有什么革命思想，他们把格朗台老爹看成有胆有识的共和党人，一个有新思想的人。其实他真正关心的只是他的葡萄园。他被任命为索缪地区行政委员。他的息事宁人的处世态度对当地的政界和商界都产生过明显的影响。政治方面他包庇贵族，竭力阻止当局拍卖流亡贵族的产业；商业方面他供应给共和军的一两千桶白葡萄酒，换来的是共和政府把原来打算留作最后一批拍卖的地产，原属于一家女修道院的肥沃的牧场，划到他的名下。到拿破仑的政府上台之时，格朗台被委任为区长，办事认真，而他的葡萄园的收成更是好上加好。拿破仑称帝之后，他马上成了格朗台先生。拿破仑不喜欢共和党人，有"红帽子"嫌疑的格朗台的职务于是被一位有贵族头衔的大地主取而代之；那人后来被晋封为男爵。失去官职荣耀的格朗台先生并不惋惜。他当政时为了该城的利益，修了好几条高质量的公路，从城里直达他在乡下的田产。他的产业在丈量登记时占了很大的便宜，而且税金不多。他在各处的庄园自从官方登记上册之后，靠他持久而精心的耕作，葡萄园成了当地最拔尖的，这个带技术性的词是说那些能生产上等好酒的葡萄园。他简直有资格获得荣誉团的十字勋章。免职的事发生在一八〇六年，当时格朗台先生四十七岁，妻子三十六岁，他们合法爱情的结晶、独生的宝贝女儿才十岁。或许是老天爷怜悯他丢了官，想给他一点安慰吧，这一年他接连得到三笔遗产：先是岳母谷迪尼埃太太的，然后是妻子的外公拉倍特里埃先生的，最后是外婆让蒂叶太太的。没有谁知道，这三笔遗产数目有多大。三位老人生前视钱如命，一生都在积金攒银，私下里偷偷地欣赏。拉倍特里埃把投资叫挥霍，总觉得守着金钱可以得到比放高利贷更多的实惠。所以索缪城的居民只能根据不动产的进项估算他们究竟有多少积蓄。于是格朗台先生得到新贵族的头衔，那是爱讲平等的我们也抹不掉的殊荣，他成了当地"纳税最多"的纳税人。他经营的葡萄园总共有七十公顷，年景好，可以生产七八百桶葡萄酒。他还有十三块按年成交租的分种地和一座老修道院。他把修道院的门窗连同彩绘玻璃大窗都封死，既可省钱，还便于保存东西。此外他还有八九十公顷牧场，一七九三年，他在那里种了三千株枝繁叶茂的白杨树。他现在住的房子也是他买下的产业；这些都是瞧得见的财产。至于资金，只有两个人含含糊糊知道大致的数目：一位是替格朗台先生放债的公证人克吕旭先生，另一位是索缪城里最富有的银行家格拉珊先生。格朗台只在他认为合适的时候才私下里同格拉珊进行合作。在外省，若想得到别人的信任或者发财的机密，就得像克吕旭先生和格拉珊先生那样守口如瓶。尽管他们从不露半点口风，但是他们对格朗台先生毕恭毕敬的态度，也足使旁观者估计出前任区长财力的雄厚程度。索缪城里没有一个人不相信格朗台家有个堆满钱财的秘密金库，并且相信他每天深夜要去察看成堆的金银，内心的喜悦无法言表。那些吝啬鬼们看到格朗台的眼睛里透出一股仿佛已被染上金色的目光，更相信这事千真万确。但凡习惯于从资本中赚取巨额利润的人，总不免跟色鬼、赌徒或阿谀奉承者一样，眼神中自有一些难以捉摸的恶习、躲躲闪闪、贪得无厌、神秘莫测的表情，跟他们有相同癖好的人一眼就能辨别出来。这种心心相通的欲望暗语，像是他们的通用话语。格朗台先生从不欠别人的人情；为了收成，要制作一千只酒桶还是五百只酒桶，老箍桶匠兼种葡萄的老手，估算精确得好比天文学家；他从来不曾失过手，每逢酒桶的市价比酒价还高的时候，他老有酒桶出售，并把自己的葡萄酒藏进地窖，等酒价涨到二百法郎一桶他再脱手，而那些小地主早在一百法郎一桶时，就把酒售空了。一八一一年的收成是恶名远扬，那年他明智地紧收慢放。把货一点一点卖出去，赚了二十四万法郎。说到捞钱，格朗台先生像猛虎和巨蟒。他懂得躺在地上，耐着性子看着猎物，然后猛扑上去，张开血盆大口，把成堆的金币往里倒，接着又安静地躺下，像填饱肚子的蛇，不动声色地消化吞下的食物。瞧见他走过时，对他既敬重，又恐惧。在索缪城里谁没有尝过他的利爪？抓一下让你疼得被撕碎感觉。有人为了买地，找克吕旭贷款，可息率是百分之十一。有人用期票到格拉珊那里去贴现，先得扣除一笔大得惊人的利息。市面上无时无刻不听到格朗台先生的大名；连晚上街头的闲聊也少不了要说起他。为数不多的人认为这位种葡萄的老手的殷实家产堪称当地引以为荣的自豪感。所以不止一位做生意的或开客栈的索缪人，得意洋洋地在外地的外来人面前吹嘘："先生，我们这一带有上百万家产的人两三家，可是，格朗台先生，连他本人都不知道自己究竟有多少家产！"一八一六年，索缪城里最擅长计算的人作过估算，这位老先生的地产大约值四百万法郎；可是，从一七九三年到一八一七年之间以每年平均收入十万法郎来推算，他手头积攒的现金应该跟他的不动产的价值相差无几。所以，当人们玩过一局纸牌，或者讨论一阵葡萄种收，最后提到格朗台的时候，自作聪明的人们会说："格朗台老爹吗……总该有五六百万吧。"倘若克吕旭先生或格拉珊先生，听到这话准会说："你们这伙人倒比我还在行，我从来都没有法子知道总数是多少。"要是巴黎来的一位客人提到罗启尔德或拉菲特等银行巨头，索缪城的居民就赶紧打听，问他们是不是跟格朗台先生一样有钱。假如巴黎人付之轻蔑一笑，索缪人就会面面相视，难以置信地摇摇脑袋。这家伙一切行为，都被这一笔巨大的财富编织的金丝外衣紧裹着，就算最初他的生活起居某些特别的地方，曾经是人们说笑的话柄，那么这话柄早已陈旧不堪。格朗台先生的一言一行都成为人们判别是非的规范。他说什么话，穿什么衣裳，他的手势，甚至于瞪眼睛，都成为当地的时尚风范；大家都像自然学家研究动物本能的作用那样，研究格朗台，并能从他最轻微的动作中发现深邃而不露声色的智慧。人们说："今年冬天会冷，格朗台老爹已经戴上皮手套了，也该摘葡萄了。""格朗台老爹买进许多板材，今年葡萄酒的产量一定少不了。"格朗台先生从不买肉和面包。每星期他的佃户都给他送来足够的食物，阉鸡、母鸡、鸡蛋、黄油和小麦，都是用来抵租的。他有一个磨坊，租用磨坊的人除了缴纳租金外，还亲自登门拿麦子去磨，然后把麸皮和面粉送回来。他们家只雇用一个女佣，人称大高个子娜侬，她尽管上了年纪，每逢周末还得为一家人做面包。格朗台先生跟租他菜园的菜农，要他们供应蔬菜。至于水果，他的自产的数量惊人，大部分还得拉到市场去出售。他家取暖用的木材，是从田园四周作为篱笆的矮树或烂掉一半的老树上砍下来的；佃户们把乱枝锯成一段一段，用小车运进城，给他在柴房里堆放整齐，来讨得他的一声谢谢。众所周知他的开支，仅仅是祝圣面包，妻子和女儿的衣着花销以及教堂座位的费用；还有大高个娜侬的工钱，买灯烛、给锅子镀锡、纳税、房屋维修费和作物种植等方面的开支。他最近又买进一片三百六十多公顷的树林，交给一位邻近的居民看管，他答应支付一点补贴。自从购置了这片树林，他才开始吃野味。老头生活上很不讲究，话不多，通常只用一些精悍的句子，谈谈自己的看法。每逢必须长篇大论或探讨什么问题的时候，他会结结巴巴、语无伦次的让人讨厌。这种口齿不清、条理不明、思路凌乱的连篇废话，缺乏起码的逻辑，被人们认为是他缺乏教育所致，其实他是装出来的。在我们下面的故事中，有些情节足以说明这一点。另外，凡遇到生活和生意上的问题要他解决，他有四句像代数公式一样准确的话："我不知道，我不能够，我不愿意，等着瞧吧。"他从来不说"是"或"不是"，也绝不留下白纸黑字。有人跟他说话，他冷冷地听着，右手托住下巴颏儿，肘弯支在左手臂上；无论什么事，他拿准主意之后八匹马也拉不回来。哪怕一笔微不足道的生意，他都要考虑很久。当他的对手经过一番巧妙的谈判，自以为没有露出半点口风，其实已经早被他摸清底细，他却回答说："这事我得征求一下夫人的意见，现在不能作出任何决定。"他的妻子早已让他压迫得成了百依百顺的奴隶，在生意上却是他的挡箭牌。他从不去别人家作客，也从不肯应邀吃饭，也不请客。他从不大声说话，仿佛什么都节俭，甚至动作都力求省劲儿。由于他对别人的财产坚定不移地尊重，所以他从不乱动别人的东西。然而，尽管他说起话来音色柔和，举止稳重，箍桶匠的谈吐和习惯仍不免有所流露，尤其在家里，在别的地方会加收敛。体格方面，他身高五尺，肥胖，结实，腿肚子的围长足有一尺，膝盖骨多结，肩膀宽阔；圆脸，皮肤黝黑，布满了小麻点，下巴笔直，嘴唇没有一点曲线，牙齿雪白，眼睛显出沉静和恐惧，像是蛇眼，额头上皱纹密布，隆起一道道颇具奥妙的横肉，不知轻重的青年人拿格朗台先生开心，把他发黄变灰的头发叫做雪里藏金。他的鼻尖肥大，长着一颗青筋毕露的肉瘤，有人不无道理地说这里面包藏着一团奸诈。这副长相显示出阴险的细腻，冰冷的正直与利欲熏心，他的感情只专注于吝啬的乐趣和对女儿欧叶妮的身上。他的言谈举止，乃至于走路的步态，总之他身上的一切，都显出格朗台先生表面，骨子里却有坚如盘石的性格。他的衣着一成不变，一七九一年是什么装束，今天还是什么装束。笨重的鞋很结实，鞋带也是皮的；一年四季，他总穿一双厚厚的羊毛长袜，一条栗色粗呢短裤，在膝盖下面扣上银扣，黄棕色相间的条绒背心，纽扣扣得严严实实的，外面套一件衣襟宽大的栗色外套，脖子上系一条黑色的领带，头上戴一顶宽边教士帽。他的手套跟警察的一样结实，要用到二十个月之后才更换，为了保持整洁，他总以一种特定的手势，把手套放在帽沿上。索缪城里的人对这位人物的了解仅此而已。

城里只有六位居民有资格出入他家。前三位中最起眼的人物是克吕旭先生的侄子。自从这位青年当上索缪初级审判所所长之后，他在克吕旭的姓名之后，又加上了蓬丰这一姓氏，而且竭力让蓬丰的身价超过克吕旭，甚至签名也改成克·德·蓬丰。辩护律师若叫他克吕旭先生，出庭时马上就会后悔自己糊涂。凡是称他所长先生的人都可受到法官的庇护，他对叫他德·蓬丰先生溜须拍马的人更报以最优雅的微笑。庭长先生三十二岁，有一处名叫蓬丰的地产，年收入七千法郎；他还在等着继承两位叔叔的遗产，一位是公证人，另一位是神父，这两位被认为是相当富有的。这三位克吕旭靠许多本家弟兄做后盾，在城里有来往的二十来家，跟从前佛罗伦萨的梅迪契家族一样，结成一个党派；而且同梅迪契家族有帕齐家族这个宿敌一样，克吕旭叔侄也有自己的对头。德·格拉珊太太是一个二十三岁的儿子的母亲，常热心地来陪格朗台打牌，走动很勤，希望他的宝贝儿子阿道尔夫能同欧叶妮小姐结为秦晋之好。银行家德·格拉珊先生竭力支持妻子的远谋，其办法是暗中不断给老吝啬鬼一些好处。这三位格拉珊有自己同党、本家亲戚和忠实的盟友。在克吕旭一方，智囊的被称为神父，由当公证人的兄弟全力支持，决心同银行家的太太争个高低，力图把格朗台的大笔遗产留给自己的所长侄子。克吕旭和格拉珊两家明争暗斗的目标，就是得到欧叶妮·格朗台小姐的嫁妆。这事在索缪城里早已成为极大关注的热门话题。格朗台小姐会嫁给所长先生呢，还是阿道尔夫·德·格拉珊？对于这个问题各有各的说法。有些人的回答是：格朗台先生既不会把女儿许配给所长，也不会把女儿许配给德·格拉珊少爷。他们说，老箍桶匠野心勃勃，要找个贵族院的议员做女婿，凭着一年三十万法郎的收入当陪嫁，接受格朗台家过去、现在和将来的全部酒桶生意。另一些人则认为，德·格拉珊本来就是贵族世家，有钱有势，阿道尔夫又是一表人才，风度翩翩的高贵男子，除非格朗台身边有教皇的侄子在向他求亲，跟这样的人家联姻他还能不心满意足吗？他毕竟是个白丁，索缪城里谁没有见过他拿着削木刀做酒桶？况且他还戴过"红帽子"。更有明事理的人说，克吕旭·德·蓬丰先生随心所欲地出入格朗台家，而他的竞争对手只有星期天才能受到接待。一些人认为德·格拉珊太太同格朗台家的女眷关系更密切，胜过克吕旭家，所以久而久之她会说动格朗台母女，从而达到自己的目的。另外克吕旭神父是天下最善于阿谀奉承的人，女人和出家人对抗，只能打个平手；用索缪城里一位才子的话来说："他们是旗鼓相当各有千秋。"据当地更了解内情的老人们的看法,像格朗台老爹那样精明过人的人,决不会让家产落到外人的手里,索缪的欧叶妮·格朗台小姐定会嫁给在巴黎做葡萄酒批发生意的格朗台先生的儿子。对此,克吕旭派和格拉珊两党都异口同声反对:"首先,格朗台老哥儿俩三十年来只见过两次面。其次,巴黎的格朗台先生对儿子寄以很高的期望。他本人是巴黎城里的一区之长兼国会议员,又是国民卫队的上校,商务法庭的法官。他不承认索缪城的格朗台同他是本家,声称要同拿破仑宠信的哪个公侯之家联姻。"方圆七八十里,甚至在从安茹到布卢瓦的驿站里,人们七嘴八舌,无不谈论这位富家独女的亲事来,一八一八年初,克吕旭派一度明显地占了格拉珊派的上风。以花园、华宅、田庄、河流、池塘、森林而闻名的弗洛瓦丰地产,其价值三百万法郎。年轻的德·弗洛瓦丰侯爵因急需现款,没办法只得计划卖掉。克吕旭公证人,克吕旭所长和克吕旭神父,在他们党羽的帮助下,成功地阻止了侯爵分段出售的念头。公证人劝说侯爵分段出售,必得同投标人打无数次官司才能收齐他们应付的款项;倒不如卖给格朗台先生,他既买得起,又能付现钱。最后,公证人同侯爵做成了这笔极合算的生意。于是那块漂亮的侯爵封地,被送进格朗台先生的口里。索缪城的居民看到格朗台先生办完手续,就把打了些折扣的钱款一次付清,此举无不惊讶万状。这件消息一直传播到南特和奥尔良。格朗台先生搭一辆老乡回家的便车,到弗洛瓦丰察看新的田庄,他以主人的身份对自己的田产看了一遍之后,马上返回索缪城,他坚信这一笔投资等于放了一笔利息五厘的贷款,并立刻萌生一个宏伟的设想,打算把他的全部家当都归并到这片地产上来,扩展这片侯爵领地。然后,为了重新填满几乎已经掏空的金库,他决定把他的树木、森林全都砍光,把草场上种植的白杨也都当采伐木材卖掉。

现在不难明白格朗台先生的府邸这种称谓的全部价值了吧。这房屋惨淡无光、阴森、宁静,坐落在城区的高处,坍塌的城墙脚下。构成门洞的两根支柱和支柱间的拱顶,跟房屋一样,是用凝灰岩建成的;这是一种卢瓦尔河边特产的白石,质地松软,平均用不到二百年就不行了。寒冬酷暑恶劣的气候给门洞的拱楣、侧壁,磨损形成无数大小不一、形状古怪的洞眼,表面看去仿佛法兰西建筑常见的那种蛀蚀斑斑的石头,也有些像监狱大门的模样。在门拱的上方,有一条长硬石浮雕,图案代表一年四季,形象已被腐蚀变黑了。浮雕上面有一条接缝的石板,突出在外,上面凌乱地长着些野草,黄色的苦菊、野牵牛花、旋复花、车前草,还有一株长高了的小樱桃树。褐色的大门是用整块橡木板做成的,到处都有干裂的缝隙,表面上好像不太坚固,其实很厚实,上面有一排排对称的钉子牢固地固定着，组成几个图案。独扇大门的中央，开了一个方形的铁栅栏，铁条排得很密，因为生锈而变红。像是给下面的门槌提供了装置的理由，这门槌由一个铁环吊在门上，槌头正好敲在一颗奇形怪状的大钉的头上，上面刻着一张扮鬼脸的面孔。长圆形的槌头跟我们老祖宗称之为能敲钟的金属人像相仿，又好像一个巨大的惊叹号；好稽古的人倘若仔细打量，或许会发现这槌头上还留有当初的丑角形象的痕迹，只是因为年深月久，花纹早已被磨平。那个沉重的铁栅栏在内乱不止的年月本来是用来探看来访客人的；如今的人可以从中看到在阴暗绿色的拱顶的深处，有几级七零八落的台阶，通往一个厚墙围住的花园。潮湿的墙面到处是淋漓的水迹和一簇簇半死不活的小灌木，倒也别有情致。这围墙原先是城墙的一段，邻近几家的花园就筑在城墙上面。楼下最大的房间是客厅，客厅的进口就对着大门。在安茹、都兰、贝里等地的小城镇里，客厅的重要性外地人通常是体会不到的。它身兼数职，是穿堂、沙龙、书房、上房和饭厅，是家庭日常生活的场所，是全家公用的房间。地段的理发匠每年两次到这里来给格朗台先生理发；也是接待佃户、神父、县长、磨坊伙计的地方。这间屋有两扇窗户临街，地上铺着地板，四壁装有灰色的护壁板，从上到下，整个铺满，而且镶嵌着古式的分割线；天花板上的横梁木露在外面，同样也漆成灰色，横梁间的缝隙用白色的棉垫，如今已发黄；壁炉架上是用粗糙的白石砌成的；壁炉架上方挂着一面发出暗绿色光的镜子，两边削成显示厚度的斜面，把镜子的反射闪耀出耀眼的光芒。壁炉台两边各有一黄铜烛台，共有两种用途：拿掉玫瑰花瓣形的托盘，把烛台的主枝插进一个镶着铜边的兰色大理石的座台，这铜花黯淡的大理石座台就成了一盏日常用的烛台。古香古色的座椅用绒绣裹着，图案表现的是拉·封丹的寓言，不过没有点学问的人看不出上面的主题，因为它的光泽已经没了，而且图票上全是补钉，原来的图案很难看清。房间的四角放着做碗橱的角橱，角橱上面还有一些积满污垢的阁板。一张旧的细木镶嵌的棋盘牌桌，放在两扇窗户之间的空间里，在桌子上方的墙壁上挂着一只椭圆形的晴雨表，黑框的周围点缀着金漆的木刻花边，只是久经苍蝇一重地放肆糟蹋，金漆花边被蹭得所剩无几了。在壁炉对面的板墙上挂着两幅水粉肖像画，传说身穿法兰西卫队中尉衔军官制服的，是格朗台夫人的祖父德·拉倍特里埃先生，另一副是已故的让蒂叶夫人，两扇窗户的窗帘都是用的图尔出产的红色绸料，两边由大坠子的丝带吊起。这种豪华的装饰同格朗台家的习惯极不协调，原来这些都是买进房时就有的；还有镜框、座钟、软垫家具和粉红色的角柜，也都是连同房屋一起买下来的。离门最近的那个窗户下有一把草垫椅子，椅腿下面加了垫板使椅子增高，使格朗台太太坐着能瞧见街上的行人。一张褪了颜色的针线桌填满窗下的整个空间，欧叶妮·格朗台坐的小椅子就放在针线桌旁边。十五年来，母女俩每年四月到十一月天天在这里安静地度日，手里总是有做不完的活计。十一月初，她们可以坐到壁炉前过冬了。只有到这个时候，格朗台才允许家人在客厅里生火，到三月三十一日就熄火，他根本不理会春寒和秋凉。大高个娜侬设法从厨房炉膛里掏出她有意保留下来的木炭，放进烤火炉，让母女俩熬过抵御四月和十一月时节早晚的寒意。母女俩整天像女工一样操劳缝制全家的内衣和被服，即使欧叶妮想替母亲绣一条衣领子，也只能利用自己的睡眠时间去做，而且不得不设法从父亲那儿骗几只蜡烛。多年以来，老财迷总是亲自分发蜡烛给女儿和娜侬使用，就像日常消费的面包和其他物品一样，也都由他每天早晨分发给大家。

大个子娜侬也许是天下惟一能够忍受主人如此专制对待的佣人，城里所有人都非常羡慕格朗台夫妇能雇到这样好的一个女佣。因为她身高五尺八寸，所以都叫她大个子娜侬。她在格朗台家已经做了三十五年了。尽管她每年的工钱仅有六十法郎，但是大家却认为她是索缪最有钱的女佣。每年六十法郎的工钱，积攒了三十五年，最近居然有四千法郎存到公证人克吕旭那里，以备她日后养老。大个子娜侬靠长年不断的积蓄，才凑成这笔巨大的数目；每个当女佣的，只看到六十上下的老佣人晚年有了保障就妒嫉的不得了，却不想想她的这笔血汗钱是当牛做马辛勤劳动换来的。二十二岁那年，可怜她还是姑娘的时候，因为她的长相似乎丑得吓人，找不到人家落脚，其实这种看法有失公正：倘若把她的脸安放到掷弹兵的脖子上，准还能被人赞不绝口呢。可惜，人们说，任何的事情都该有个适合性。她早先是在一家农庄里放牛的，农庄失了火，她没办法只能离开那儿，她凭着干什么都不怕的勇气，进城来找活干。格朗台老爹那时想结婚而没有结婚，却已经购置了许多生活必需品。他注意到这个到处吃闭门羹的姑娘了。身为箍桶匠的他判断一个人的体力是十拿九稳的；他盘算下来，认为这个体格像神话里的大力士那样粗壮的姑娘大可利用。她站着像一棵根深蒂固的六十年树龄的老橡树，膀粗腰圆，坚不可摧，有一双赶大车的双手，为人正直跟她守身如玉的贞洁一样牢靠。雄赳赳似军人气派的脸上布满疣子，褐色的皮肤像刚出窑的砖头，手臂上青筋暴起，穿一身破衣烂衫，娜侬的这副模样并没有吓退箍桶匠，尽管他那时还处于见色动情的年纪。他给这可怜的姑娘衣着、鞋袜，供她吃住，给她工钱，又不过分粗暴虐待她。大个子娜侬得到这样的待遇，高兴得偷偷哭了，从此便忠心耿耿服侍这位把她当家奴使唤的箍桶匠。她包揽了全部家务：做饭，下河洗衣裳，洗完以后用肩膀扛回来；她天一亮就起床，深夜才睡觉；收获的季节，工人们的吃喝全由她负责，她还帮着监看场地，防备有人捡走掉在地上的葡萄；她像忠实的狗看护主人的财物；总而言之，她对主人盲目地信任着，主人的想法哪怕多么不合情理，她都决无怨言地照办。一八一一年那一年里，收葡萄的季节特别辛苦，格朗台决定把自己的一只旧表，送给在他家做了二十年工的娜侬，那是她从主人那里得到的惟一的礼物。尽管他经常把自己的旧鞋送给她穿（娜侬穿着很合适），但是总不能把穿了三个月才得到破烂不堪的旧鞋当作礼物吧。可怜的老姑娘由于贫困而变得十分吝啬，终于使格朗台先生像喜欢一条狗似的喜欢起她来；娜侬也心甘情愿地伸长脖子由主人套上颈圈，就连颈圈上的铁刺，也扎不疼她了。假如格朗台分发面包时切得太薄，娜侬也决不抱埋怨；她高高兴兴地享受这家人从节制饮食中得到的卫生方面带来的好处，确实从来没有人生过病。后来娜侬也成为这家人的一员：格朗台笑，她也笑；她跟主人一起发愁、挨冻、取暖、干活儿。享有这样的平等，她能得到多少甜蜜的补偿啊！主人从来不责怪她在树底下吃杏子或酸桃，李子或油柿。"吃吧，吃个饱吧，娜侬。"遇到果子把树枝压弯的年景里，佃户们没办法不得不用水果喂猪，格朗台也乐得大方。从小只受到虐待的乡下姑娘，总算有人发善心而收留下了她，看见格朗台老爹含义模糊的微笑，简直像看到明媚灿烂的阳光一样。而且娜侬心地纯朴和简单的头脑，只容得下一种感情，一种念头。三十五年来，她总是光着脚，衣衫褴褛地站在格朗台老爹的工场门口前，听箍桶匠对她说："你要什么呀，我的宝贝？"而她的感激之情始终同年轻时一样单纯幼稚。有时候格朗台先生想，这可怜的女人从来没有听到过一句奉承话，也不知道女人的各种温柔的感情，将来有一天被召到上帝跟前应审时，要比圣母玛丽亚还要贞洁；想到这些，格朗台便动了恻隐之心，看着她禁不住说了句："可怜的娜侬！"老佣人听到这一声感叹，总是用一种难以形容的目光朝他看一眼。这感叹久而久之构成一条永不中断的友谊链条，每说一次等于给这链条又加上一环。格朗台内心深处的这种怜悯之情，固然让老佣人感激涕零，但其中总有点不知何来的让人可怕的东西。这种财迷才有的残忍的怜悯，固然唤醒了老箍桶匠的种种快感，对于娜侬而言，却构成了她的全部幸福的所在。谁不会说"可怜的娜侬"啊？只有上帝才能从语气和有所流露的神秘的惋惜之情中辨认出谁才是怀有真正慈悲心肠的人。在索缪城里，许多人家对待佣人要好得多，佣人却仍对主人表示不满。于是就产生下面这种话来："格朗台家对大个子娜侬不知下了什么功夫，能让她这样忠心耿耿，她简直肯为他赴汤蹈火！"厨房临街的窗户上装着铁栅栏，里面总是那么干净、整洁、清冷，这才是守财奴的厨房。没有一样东西会被糟蹋。娜侬洗罢餐具，收好剩菜饭，熄灭了灶火，便到跟厨房隔着一条过道的客厅去，坐在主人们的身旁纺麻。一支蜡烛就足够全家人一晚用的了。女佣睡在走廊尽头一间小破屋里，只有从格窗漏进一点光亮。多亏她身体强壮，睡在这样的窝里居然毫无损害。从这里可以听到日夜都静悄悄的这个家里的细微的响动，而且像一只警犬一样，竖着耳朵睡觉，休息时也保持警惕。

这幢房子里的其他部分，待故事情节发展下去的时候再来描述。但是对那间豪华客厅的描述足以使人想像得到楼上的寒酸了。

一八一九年十一月中旬的一天傍晚，娜侬第一次生火。那年秋天阳光明媚一直很暖和。那天恰好是克吕旭和格拉珊两家都熟记在心的日子。所有双方的六位主角都全副武装来到格朗台家的客厅来交锋，比一比谁跟这家的交情更深。索缪城里的居民一早就看见娜侬陪着格朗台太太母女俩，去教区的教堂做弥撒，让人想起今天是欧叶妮小姐的生日。所以，克吕旭公证人，克吕旭神父和克·德·蓬丰先生算准了格朗台家该吃完晚饭的时候，急忙赶在格拉珊一家之前向格朗台小姐祝贺生日。三个人都捧着从自家的小暖房里培育出的大束鲜花。所长献上的那束鲜花精心地裹上了金穗子的缎带。那天一早，格朗台先生按照平常欧叶妮过生日和命名日一样，趁她还没有起床就来到女儿的房间，郑重其事地送她一件作为父亲的礼物，十三年来，总是一枚样式奇特的金币。格朗台太太一般送给女儿的礼物是一件冬天或夏天穿的连衣裙，这得看情况而定。这两件连衣裙，还有父亲在元旦和节日送的金币，构成她一年一小笔约有五六百法郎的积蓄。格朗台高兴地看到她把钱都攒着。这样，他的钱不就等于只换个储钱的地方吗？而且简直等于教女儿学会吝啬做他的继承人。他有时要询问女儿一共攒下多少金币，里面还包括倍特里埃夫妇留给她的钱。而且对她说："这是你将来陪嫁的压箱钱。"压箱钱是一种古老的习俗，如今在法国中部的一些地方仍然被神圣地保留着。在贝里、安茹一带，当姑娘出嫁时，娘家或婆家要给她一笔钱，十二枚，或十二份十二枚，或一百二十枚金币或银币，要看家境而定。最穷的牧羊女出嫁时也得有压箱钱，哪怕只有几个铜钱也好。现在人们是议论伊苏屯有个富家千金出嫁，压箱钱是一共是一百四十四枚葡萄牙金币。卡特琳娜·德·梅迪契出嫁时，她的教皇叔叔克莱芒七世送她十二枚价值连城的古代金勋章，作为她同亨利二世成亲的陪嫁。吃晚饭时，父亲看到欧叶妮穿了一身新衣裙显得光彩照人格外漂亮，便十分高兴地嚷道："既然是欧叶妮的生日，那咱们今天就生火吧！这将会有个好兆头。"

"小姐今年肯定会出嫁的。"大个子娜侬在撤走桌上吃剩的鹅肉时说，鹅肉是箍桶匠家餐桌上的山珍。

"我看索缪城里没有能与她般配的人。"格朗台太太胆小地望着丈夫说着。她这把年纪，还这样小心翼翼，足以见得这个可怜的女人完全听丈夫的命令。

格朗台打量了一下女儿，高兴地叫道："她今年刚满二十三岁，得为这孩子操心她的婚事了。"

欧叶妮和她的母亲心照不宣地彼此交换了一下眼色。

格朗台太太是个干瘦，举止迟缓笨拙，皮色蜡黄的女人，像是生来就受虐待似的。大骨骼、大鼻子、大额头、大眼睛，乍看下去有点像那种失去香味和水份、嚼起来像棉花球那样的果子。她的牙又黑又稀，嘴巴四周布满皱纹，下巴颏像木靴的鞋头向上翘着。她为人善良，真可谓是拉倍特里埃家族的后代。克吕旭神父特善于找机会说她当年曾长得很漂亮，她信以为真了。她像天使一样温柔，像被顽童捉弄的虫蚁那样与世无争，少见的虔诚，心境始终坦荡如水，平衡无疑，心地善良，这一切使得人们都可怜她，尊重她。丈夫给她的零花钱，每一次都不超过六法郎。她虽然外貌不雅，她的嫁妆和她继承到的遗产，给格朗台足足增添了三十多万法郎的家底儿，然而她始终觉得自己在家里没有地位，感到寄人篱下，丢人之极；温柔的性格不允许她反抗，她从来不向别人要一分钱，克吕旭公证人要她签署什么文件，她从不提出任何疑异。这种藏匿于心底的、愚不可及的傲气，不但一直不被格朗台理解，反而一直受到他伤害的慷慨胸怀，支配了她的言行举止。格朗台太太穿一身绿得泛白的长裙，一般得穿上一年；脖子上系着一条棉料的白布围巾，头戴一顶平缝的草帽，腰上总是系着一条黑色塔夫绸围裙。她深居简出，鞋子不费。总之，她从不为自己添置任何东西。所以，格朗台有时想到自从上次给她六法郎已经过去很久心里感到过意不去，于是在出售当年收成的契约中规定买主给他太太一些好处，要购货的荷兰商人或比利时商人破费四五枚金路易，这就是格朗台太太年收入中最可观的数目。可是，当她收下那属于她的几个钱后，丈夫经常对她说，好像他们的钱都是公用的："你能借我一点儿钱吗？"可怜的女人乐于为丈夫服务，她的忏悔师告诉她，丈夫是她的老爷与主人，所以一个冬天下来她总要从积蓄中掏出一些金币来给他。格朗台从口袋里掏出五法郎的硬币，作为日常零用和供女儿买针线服饰花销的钱，扣好钱袋以后，从不忘记问妻子一声："孩子她妈，你想要买点什么东西吧？"

"亲爱的，以后再说吧。"格朗台太太回答说她顿时感到一种做母亲的尊严。

毫无价值的崇高！格朗台自以为对太太很慷慨。倘若哲学家遇到娜侬、格朗台太太和欧叶妮这样的人，肯定会认为嘲弄人是上帝的本质。那天晚饭时，第一次提到了欧叶妮的婚事之后，娜侬到格朗台先生的房间里去拿一瓶果子酒，下楼时几乎摔倒。

"真是个大笨蛋，"男主人说道，"难道你也会像别人那样摔跤吗？"

"先生，是您的楼梯不结实了。"

"她说得不错，"格朗台太太说，"您早该叫人来修了。昨天，欧叶妮差点儿扭了脚脖子。"

"那好，"格朗台看到娜侬脸色发白；便对他说："既然今天是欧叶妮的生日，你又差点儿摔跤，你就喝杯酒压压惊吧。"

"真是的，这可是我用老命换来的，"娜侬说："换了旁人，这瓶酒早摔碎了；可是我宁肯摔断脖子，也把瓶子举得高高的，不让它摔碎。"

"可怜的娜侬！"格朗台边说边替她倒酒。

"你摔疼没有？"欧叶妮望着她，关切地问。

"没有，摔倒时我硬撑住。"

"那好吧！既然今天是欧叶妮的生日，那我就去替你们修修踏脚板吧。"格朗台说。"你们啊，你们就不会把脚落在还结实的地方！"

格朗台拿起烛台，到烤面包的小间里去找木板、钉子和木工工具。他让妻子、女儿和佣人坐在只有壁炉里的火苗亮光的黑暗中。

"需要帮忙吗？"娜侬朝楼梯那边有敲打的声音处问了一声。

"不要！不要！我自己可以。"老箍桶匠答道。

格朗台在亲自修理虫蚀的楼梯时，回忆起年轻时的往事，拼命地吹起口哨来。这时。克吕旭叔侄敲响了他家的门。

"是克吕旭先生吗？"娜侬从栅栏向外看边问道。"是我。"所长答道。

娜侬打开了门，壁炉的亮光照到门洞上面，克吕旭叔侄总算看清客厅的大门口，

"啊！你们是祝贺生日来的。"闻到花香的娜侬说道。

"对不起啊，先生们，"听出了朋友的声音的格朗台朝外间喊道，"我马上就来！不是撒慌，我在亲自动手修理楼梯踏板呢。"

"不忙，不忙，格朗台先生，煤炭匠在家也是市长。"所长引经据典地说了这句谚语，为没有人领会他的影射而得意洋洋，独自呵呵地笑了。

格朗台母女俩站起身迎接客人。所长趁屋里灯光昏暗，悄悄对欧叶妮说："请允许我，小姐，在您生日的今天，祝您年年幸福快乐，岁岁健康平安！"

他为她献上一大束索缪城里少见的鲜花，然后抓住欧叶妮小姐的臂肘，在她

的脖颈两边各吻一下，那样的巴结使欧叶妮羞得无地自容。所长像一颗生锈的大铁钉，自以为这就叫向女人求爱。

"请不必拘束，"格朗台进来说道，"就跟您平时过节一样，所长先生。"

"可是，跟小姐在一起，"捧着一束鲜花的克吕旭神父说，"我的侄子感到天天都在过节。"

神父吻了吻欧叶妮的手。克吕旭公证人却结结实实地，吻了姑娘两边的腮帮说："真是岁月如流水，转眼又一年。"

格朗台把蜡烛放到座钟跟前，他要是觉得哪句笑话有意思，就会不厌其烦地说个没完。他接着对玩笑话从不放过，说："今天既然是欧叶妮的生日，咱们点些大蜡烛吧。"

他小心翼翼地取下烛台上的每一根杈枝，给每个灯座安上托盘，又从娜侬手里接过一支用纸裹着的新蜡烛，把它插进烛座洞里，放稳之后，点着，然后走过来坐到妻子的身边，把三位朋友、女儿和两支蜡烛轮流地打量着。克吕旭神父矮小肥胖，浑身上下都是肉，戴着又扁又平的红棕色茶色假发套，模样好像好赌的老太婆，穿着一双银搭扣的结实皮鞋，他把脚向前一伸，问道："格拉珊一家还没有人来吧！"

"还没有来。"格朗台说。

"那他们会不会来呢？"老公证人布满麻坑窟窿的面孔扮了个鬼脸，问道。

"我想会来的。"格朗台太太回答说。

"您的葡萄都收完了吗？"德·蓬丰所长问格朗台。

"都收完了！"格朗台说着站起来，在客厅来回踱步，而且像他说"都收完了"那句话一样，充满傲气地挺了挺胸。从跟厨房相通的灶房那边的门望去，他瞧见娜侬坐在火炉旁，点着了蜡烛准备纺麻，有意不介入主人们过节的场合。"娜侬，"他走到过道里喊道，"请你把灶火、蜡烛熄灭掉，到我们这里来吗？真是的！客厅里的地方，还怕没有你的地方吗？"

"但是，先生，您有贵客在呀。"

"你和他们有什么区别？他们可都跟你一样都是上帝创造的。"

格朗台回到所长面前，问道：

"您的收成都卖掉了吗？"

"没有，老实说，我存心留下来不卖。现在酒价虽然很好，过两年以后，肯定还会更好。您是知道的，地主们都发誓要推行按质议价的原则。今年，比利时人占不了上风。他们这回不买了，嘿！看他们早晚会回来的。"

"对，可是咱们得齐心合力顶住。"格朗台的语气，让所长为之一颤。

"他会不会背地里做交易吧！"克吕旭心想。

这时，一声门锤的响声宣布德·格拉珊一家到了；他们的来访中断了格朗台太太同克吕旭神父的话题。

德·格拉珊太太是那种身体矮小、性格活泼的女人：她圆头圆脸，白里透红，由于内地那种修道院式的饮食规律和洁身自好的生活习惯，虽然已四十岁却还年轻。这样的女人就像暮春时节迟开的几朵蔷薇，花瓣给人的寒冷的感觉，香味也很淡薄。她的穿着考究，都是从巴黎弄来的时髦服装，索缪城里的时装潮浪由她领导着，她还常常在家里举行晚会。他的丈夫在帝国禁卫军中当过军官，在奥斯特利茨战役中负过伤，退伍以后；他对格朗台虽然不失尊重，但是他始终保持着豪爽直率的军人性格。

"您好，格朗台。"他说着，向格朗台伸过手去，而且端起架子，他一向用这种架子来显示比克吕旭叔侄的优越感。

"小姐，"他向格朗台太太施礼后，又对欧叶妮说，"您总是那么漂亮、文静。"说完，他从仆人的手里接过一只小礼盒，盒子里装着一株刚刚带回欧洲的好望角的石南花，极为罕见，格拉珊太太亲热的拥吻了欧叶妮，握着她的手，说：

"让阿道尔夫献给你吧，我的一点心意。"

一个身材高大的满头金发的青年，来到欧叶妮的面前，吻了她的双颊，献上一只镀金的针钱盒；虽然盒面纹章考究，还刻上了哥特体的两个字母，代表欧叶妮·格朗台的名字，看起来做工精致，其实确实是一件十足的膺品。这青年面色苍白，模样娇弱，举止文雅，外表腼腆；他去巴黎学法律，最近除了膳宿之外，居然挥霍掉上万法郎。欧叶妮打开针线盒，感到出乎意料的快乐，那是一种让女孩子脸红、心颤、兴奋得发抖的快乐。她把目光转向父亲，像是问父亲，是不是可以接受收下这份礼物。格朗台先生说："收下吧，女儿！"说话的语气简直像可以让一个演员一举成名。克吕旭叔侄三人目瞪口呆地看着欧叶妮小姐用这样快活、兴奋的目光看着阿道尔夫·德·格拉珊，好像得到无价之宝一样。德·格拉珊先生给格朗台倒了一撮鼻烟，自己也吸了些鼻烟，把落在蓝色上衣扣眼边"荣誉团"勋章绶带上的烟末掸下去，回过头来看了一眼克吕旭先生，那表情好像在说："怎么样？能与我比试吗？"格拉珊太太好像在寻找那三位还带来什么礼物似的，朝克吕旭叔侄带来的蓝花瓶里的鲜花看了一眼，那表情跟取笑了别人还装糊涂一样。在这种微妙的场合中，克吕旭神父抛下围坐在炉前的众人，径自和格朗台先生走到客厅的尽头，他们来到离格拉珊夫妇最远的窗子边，神父凑到守财奴的耳边说："那些人简直把钱往窗外扔。"

"这有什么关系，只要扔进我的地窖。"葡萄园主格朗台回答说。

"就算您想送给女儿一把金剪刀，那也是可以办到的。"神父说。

"我给她的东西比金剪刀更贵重。"格朗台说。

"我那侄儿真是个傻瓜蛋。"神父边望着所长，心里一边想道。这位所长头发乱蓬蓬的，使黑黝黝的脸庞显得更加难看了。"他就不会想出一个有些价值的礼物吗？"

"格朗台太太，我们玩牌吧。"德·格拉珊太太说。

"今天人很多，可以摆两桌呢……"

"既然是欧叶妮的生日，你们都玩摸彩游戏好了，"格朗台老爹说，"叫两个孩子也来玩玩。"老箍桶匠边说边指着女儿和阿道尔夫，他是从不参加这种活动的。"来，娜侬，摆桌子。"

"我们来帮你忙，娜侬小姐，"德·格拉珊太太兴奋地说。因她能使欧叶妮欢心而得意极了。

"我从来没有这么高兴过，"欧叶妮对她说，"我从来没有见到那样漂亮的东西。"

"这是阿道尔夫从巴黎带来的，而且是他亲自挑选的。"德·格拉珊太太对她耳语道。

"说吧，往下说吧！该死的，"所长心想，"你总有打官司的时候，不管是你还是丈夫，你们的案子绝没有好结果。"

公证人坐在角落里，安祥地看着神父，心想："德·格拉珊一家白费心机。我的财产，加上我兄弟与我侄儿的财产，合在一起共有百十来万法郎。格拉珊总共也不到一半而已。他们还有女儿要出嫁，他们想送什么礼物就送吧。总有一天格朗台的独生女儿和她收下的礼物早晚都会落在我们手里。"

晚上八点半，两张牌桌摆好了。漂亮的德·格拉珊太太成功地把儿子安排到欧叶妮的身边。这饶有趣味的登场人物虽然外表平淡庸俗，其实都一心在想着钱。每个人手里拿着标有号码的花纸板和蓝色玻璃骰子，好像都在听老公证人讲笑话，他每抽一个号总要评论一番，其实所有的人都在想着格朗台的几百万家产。老箍桶匠自负地看着德格拉珊太太帽子上的粉红色羽毛和款式新颖的衣着，看着银行家威武雄壮的脸庞，又把阿道尔夫、所长、神父和公证人统统打量了一番，心中暗想道："他们都是奔着我的钱与我女儿来的，他们真是自寻烦恼，咳！谁也不要打我女儿的主意。他们不过是我用来钓大鱼的鱼钩！"

在这间只有两支蜡烛灯光笼罩下的灰色的旧客厅里，居然欢声不断充满幸福；娜侬纺麻的纺车声伴随在笑声中，可是惟有欧叶妮和她母亲的笑才是真诚的；他们打着自己的小算盘，关注着更大的利益；年轻的姑娘在友好表示的包围下，不知道那些奉承、恭维都是阴谋，她其实跟被人高价拍卖的小鸟没有什么两样。这一切使当晚的场面既滑稽又可恶，这本来是处处都在上演的话剧，只是在这里演得最露骨而已。格朗台利用两家人的假殷勤谋取巨利。他成了这场戏的主角，并让他们按他的意愿发展。他不就是现代人所信奉的惟一的法力无边的金钱上帝吗？人生的温情在这里只居次要地位，它只能激励娜侬、欧叶妮和她母亲三颗的纯洁的心。而且，她们是多么天真幼稚，对这段发生的一切一无所知，欧叶妮和她母亲根本不知道格朗台有多少财产，她们只通过自己一些平谈的观念看待判断事物，金钱对她们而言既不看重，也不蔑视，她们已经习惯了拮据的生活。她们的情感在无形中受到伤害，这是她们生存的奥秘。这一切使他们在这一群惟利是图的人中间显得与众不同。人类的处境是多么可怕呀！人类的快乐无不是从无知中得到。格朗台太太中了十六个铜板的彩，这可是最大的彩奖了，娜侬看到太太把这么多彩金装进口袋，开心地笑了，正在这时，大门口突然响起门锤沉重的敲击声，把女眷吓得从椅子上蹦了起来。

"索缪人绝不会这样敲门的。"公证人说。

"有这样敲门的吗？"娜侬说。"难道想把门敲破不成吗？"

"是哪个混蛋？"格朗台喊道。

娜侬拿着一支蜡烛，前去开门；格朗台跟着她一起去。

"格朗台，格朗台！"不知为什么他的妻子感到很恐惧，追上去大叫着。

所有的人都面面相觑。

"咱们也去瞧瞧好吗？"德·格拉珊先生提建议道。"这样敲门像是不怀好意。"

说这话时德·格拉珊先生瞧见一个青年男子走了进来，紧跟在后面的是驿站的脚夫，提着两个大行李箱，身后还拖着几个旅行袋，格朗台突然转身，对太太说，"你们玩你们的，格朗台太太，我来招呼这位客人。"然后马上拉上客厅的门。那些机灵的客人重又坐回牌桌上，却没有人继续再说。

"是本地人吗？"德·格拉珊太太问她的丈夫。

"不是，是外地人。"

"肯定是从巴黎来的。"公证人掏出一只两指厚、形状像荷兰军舰的老怀表，看了看，说："该死！现在都九点钟了。这趟车从不晚点的。"

"这一位是年轻人吗？"克吕旭神父问。

"是年轻人，"德·格拉珊先生回答说。"他拿的行李至少有三百公斤重。"

"娜侬怎么还没有进来。"欧叶妮说。

"也许是你们家的亲戚。"所长说。

"咱们玩咱们的。"格朗台太太小声地说道。

"听格朗台先生说话的口气，我觉得他，有点不高兴。如果让他们知道咱们在议论他的事，他肯定会不高兴的。"

"小姐，"阿道尔夫对身边的欧叶妮说，"那人大概是您的堂弟吧。我在纽沁根先生家的舞会上见过，很帅气的年轻人……"阿道尔夫没有说下去，因为他的母亲踩了他脚一下，大声说要他拿出两个铜板下注，然后附在他耳边说："闭嘴，你这个傻瓜！"

这时格朗台回来了。跟在格朗台后面的，是刚才引起人们颇感好奇的不速之客。他的突然出现，好像一只蜗牛掉进蜂房，又像一只孔雀飞进农家幽暗的鸡窝里，使人们沉醉于无限遐想中。大高个娜侬没有跟着进来。她的脚步声和脚夫的脚步声在楼梯上咚咚地响着。

"请到壁炉前烤烤火吧。"格朗台向客人说。

在就坐前，年轻的客人先向大家优雅地施了礼。男士们也都站起来躬身还礼，女士们则行了屈膝礼。

"您感觉有些冷了吧，先生，"格朗台太太说，"您也许是从……"。

"女人老这么唠叨！"正在看信的格朗台停下来，打断太太的话，"让他先休息休息！"

"但是，父亲，客人也许需要什么。"欧叶妮说。

"他自己有嘴。"父亲严厉地训斥道。

只有那位生客对这一幕感到吃惊，其他人早已不奇怪了老头儿的这种霸道。然而，听到母女俩同老头儿的两次对答，陌生人站了起来，他背对着壁炉，翘起一只脚烤他的鞋底儿，同时对欧叶妮说："堂姐，谢谢您，我在图尔吃过饭了。"他又望着格朗台补充道："我不需要什么，我甚至一点也不累。"

"先生是从京城来的吧？"德·格拉珊太太问。

查理——巴黎格朗台先生儿子的名字——听见有人插话，便拿起那片用一条金链挂在领子上的镜片，往右眼前一放，看了看桌上的东西与周围的人，又特意用极不易被人察觉的目光瞧了一眼德·格拉珊太太那边；待他看清一切之后，这才回答说；

"是的，太太。"他又对格朗台太太说："伯母你们接着玩牌吧，这么有意思的游戏，不要停下来……"

"我早知道他就是堂兄弟。"德·格拉珊太太想着，同时向年轻人抛去一个媚眼。

"四十七，"老神父喊道："德·格拉珊太太，这不是您的号码吗？"

德·格拉珊先生把骰子放到妻子的纸板上看看。德·格拉珊太太有一种不祥的预感，忽儿看看巴黎来的堂兄弟，忽儿又看看欧叶妮，一时把游戏忘在了脑后。年轻的姑娘偷偷地瞟一眼堂弟，银行家太太从她的目光中不难看出一种越来越惊讶、好奇的神情。

查理·格朗台先生是一位二十二岁的英俊青年，此时此刻同这些土里土气的内地人形成了古怪的对比。他的贵族派头引起了他们的强烈反感，他们还要对他的举止言语加以研究，想挖苦取笑他。这一点，需要做一番解释。二十二岁的青年人显然还稚气未脱，因而不免有些孩子气。或许他们中有百分之九十九的人，会像查理·格朗台那样的举止。几天前，他的父亲让他到索缪的伯父家去住几个月。或许巴黎的格朗台先生那时想到的可能是欧叶妮。查理头一次来内地，他的想法是要到内地来充分表现一下时髦青年的优越感，以自己的阔绰令县城里的人望尘莫及，在这里开辟新时尚，给当地人带来巴黎生活的新气象。总而言之，他要在索缪比在巴黎花更多的时间修剪指甲，有意极端追求穿着打扮，还要比那些漂亮的小伙子有时存心不修边幅更显得潇洒。所以查理带来了巴黎最漂亮的猎装，最漂亮的猎枪，最漂亮的长刀与最漂亮的刀鞘，也带来了一件件做工精细的背心：灰的、白的、金壳虫色的、闪金光的、镶水钻的、云纹缎的、双层的、叉领的、直领的、翻领的、从上到下有扣的、金纽扣的；还带来了当时各式风摩一时的假领和领带，布伊松裁剪的两套服装和面料极其考究的内衣，以及公子哥儿使用的各种小东西，其中包括一个小巧玲珑的文具盒。这是一位最可爱的女人——至少他认为如此——一位名叫安奈特的贵夫人送给他的。她此时正陪着丈夫在苏格兰旅行，可心情却烦闷不堪，因别人对他有猜疑，所以不得不牺牲个人的幸福，为了每隔半个月就给她写一封信，他还随身携带了非常漂亮的信笺。总而言之，凡是巴黎生活的全套；从开始决斗用的马鞭到决斗结束用的精雕细琢的手枪，凡一个纨绔子弟在外闯荡所必备的一切，他应有尽有。父亲叮嘱他一个人出门在外，遇事要稳重节制，所以他就包下了一辆轿式驿车，还庆幸那辆特地定做的，准备他明年六月到巴登温泉去与自己的心上人，高贵的安奈特太太相会的轻巧舒适的轿车不致在这次旅行中弄坏，查理打算在伯父家会见一百位客人，到他的森林里围猎，在伯父家尝试一下庄园生活的滋味；他到索缪城打听格朗台，只是为了打听去费洛瓦丰的路，没有想到伯父就住在城里；等他知道伯父就住在城里，他还以为伯父家必定是个大公馆。头一回到伯父家，总得穿得体面些才行，所以他的旅行装束是最华丽、最考究的，用当时人们形容一件东西或一个人的尽善尽美的词来说的话，叫最可爱的。在图尔，他叫理发师把他那美丽的栗色头发重新烫了一次；他还换了衬衣，圆边硬领系一条黑缎领带，还把他那张喜洋洋的白嫩脸蛋衬托得更加可爱。一件只扣上一半纽扣的旅行外套裹住细腰，露出里面漂亮的高领羊绒背心，里面还有一件白背心，他的怀表随便地放在口袋里，短短的金链固定在一个扣眼上。灰色长裤的钮扣在两旁，加上边缝用黑丝线绣的图案，更显出裤子的款式漂亮。他潇洒地舞动着手杖，雕着花纹的金手柄并未使灰色手套暗淡无光。他那顶帽子也别具一格。只有巴黎上流社会的人才能打扮得这样繁缛而又不显滑稽，使种种无聊的服饰和点缀搭配得很协调一致，再加上他那自命不凡的气派，真有一股腰里掖着手枪，怀里拥着美人，神射手的帅劲儿。如今，倘若你想真正了解索缪人和年青巴黎人彼此间的差异，完全看清这优雅潇洒的不速之客，在这灰暗的大厅里，在构成家庭画卷的这些人中间，投射出怎样强烈的光芒，那就请你想像一下克吕旭叔侄的模样吧。他们三人都吸鼻烟，很久都想不起擦去流出的鼻涕，抖去掉在衣裙发黄、衣领皱巴巴的棕红色衬衫上的烟末；软绵绵的领带系上不久就扭得像一根绳子。他们的内衣不少，却半年才洗一次，长年累月都放在柜子里压着发旧发灰，不修边幅和衰老溶于一身，他们的面孔跟穿旧的衣裳、裤子一样皱巴巴，显得呆板和无神，整个嘴脸都扭曲不堪。其余的人也全不讲究衣着，穿戴五花八门，毫无新鲜感。完全是外省人那一套打扮，他们无意中都不再在乎衣着；也不在乎别人怎么看，只在乎一双手套的价钱，打扮又不是为人家看的。这倒跟克吕旭家很合拍。格拉珊派和克吕旭派见解一致的是都讨厌时装。当巴黎客人端起夹鼻镜片仔细审视大厅里古怪的摆设，楼板梁木架的花色，细木护墙板的色调和墙板上——数量多得足以标点《百科全书》与《箴言报》的苍蝇屎的时候，这时牌桌上的赌客也马上抬起头好似在看一只长颈鹿似地打量他。对于时髦人物并不陌生的德·格拉珊父子也跟牌桌上的人们一样惊讶不已，或者是因为受了众人的感染，或者是赞同众人的反应，他们向众人投出充满嘲讽的目光，好像在说："瞧，巴黎人就是这副德性。"大家尽可以细细审视查理，用不着害怕得罪主人。格朗台早已拿走牌桌上惟一的一支蜡烛，到一边去聚精会神地念手中的那封长信，根本顾不上招呼客人，更顾不上他们的兴致。欧叶妮从未见过如此完美的人和衣着，以为堂弟是从天上掉下来的什么人物。她闻着从堂弟鬈曲秀美、闪闪发光的头发里散发出的香味，快活得像个神仙。她多想去摸摸那副漂亮的白色皮手套。对查理的小手，肤色，清秀细腻的面她也都羡慕得要死。这种形象给她留下深刻的印象。欧叶妮到底没有见过世面，只知道整天替父亲缝袜子、补衣裳，在这些全是油污的房子里打发日子，在冷清的街上一小时也难得见到一个行人。查理从口袋里掏出一条手帕，上面的图案是正在苏格兰旅游的那位阔太太亲手刺绣的。这是怀着炽烈的爱情花费了多少心血绣成的佳作。欧叶妮望着堂弟看他是否真的要用它。查理的举止手势，拿夹鼻镜片的姿势，以及对欧叶妮刚才喜欢得不得了的那只针线盒故意表现出蔑视，显然他认为那只盒子是件没有价值的、俗不可耐的东西，总之，凡是让克吕旭和格拉珊两家不舒服的一切，使欧叶妮都喜欢得要命，以致晚上她也一直想着这位出类拔萃的堂弟，高兴得很久不能入睡。

游戏号码摸得很慢，不久索性停止了。因为娜侬进入客厅高声说："太太，得给我被褥，好让我给客人铺床。"

格朗台太太起身跟娜侬走了。格拉珊太太小声说："把钱收起来，不玩了。"于是大家从缺角的旧碟子里收起各自下的两个当赌注的铜板，然后起身走到壁炉前闲谈了一会儿。

"你们不玩了？"格朗台一边看信一边问道。

"玩完了，不玩了。"格拉珊太太说着站起来坐到查理的身旁。

欧叶妮初次受到一种陌生感情的触动，她像一般少女一样，被萌生的感情所驱使，于是也离开客厅给母亲和娜侬帮忙铺床去了。倘若这时有一位机智的忏悔师盘问她，她一定会承认自己既没有想到母亲，也没有想到娜侬，而是迫不及待地要去看看为堂弟准备的卧室，她要为他忙乎一阵，放几样东西到卧室，惟恐别人忘了什么，把一切考虑周到，尽量使堂弟的卧室漂亮、干净。欧叶妮认为只有她才懂得堂弟的心思和爱好。她来到堂弟的卧室，告诉自以为一切都安排好的母亲和娜侬：一切都得重来。她建议娜侬去拿点炭火，用床炉来暖一暖被褥，亲自在旧桌子上铺上一块桌布，还叮嘱娜侬每天一早要换洗。她说服母亲把壁炉里的火烧得旺旺的；她瞒着父亲，叫娜侬去搬一大堆木柴放在走廊里。她还跑到楼下客厅的角柜里取出一只已故的德·拉倍特里埃先生留下的古漆盘子，有一只六角水晶杯，一把镀金已退的小汤匙和一只雕着爱神形象的玻璃古瓶。欧叶妮怀着胜利的喜悦，把这些东西放在卧室的壁炉架上。她在这一会儿想出的主意比她出世以来想出的主意还多。

"妈妈，"她说，"堂弟肯定受不了蜡油的气味。我们去买几根白蜡烛怎么样？"说完，她像小鸟一样轻盈地跑去从钱袋里取出一枚五法郎的金币，这是她这个月的零花钱。

"娜侬，给你，快去买吧。"

"可是你父亲会怎么说？"格朗台太太看到女儿手里捧着格朗台从弗洛瓦丰庄园带回家的糖缸，那是塞弗尔古窑烧制的细瓷器，吓得连忙提出反对的意见："你又上哪儿买糖呢？你疯了吗？"

"妈妈，娜侬可以去买糖和白蜡烛。"

"那你怎么跟你父亲交待呢？"

"连一杯糖水都不叫他的侄儿喝，这样做合适吗？而且，他也不一定会注意到。"

"你的父亲可是个精明人，什么都瞒不了他。"格朗台太太摇头叹息道。

娜侬犹豫不定了，她是了解主人的脾气的。

"去吧，娜侬，就当今天是我的生日！"

娜侬第一次听到小姐开玩笑，不禁哈哈大笑起来，遵照她的吩咐照办去了。正当欧叶妮和她的母亲绞尽脑汁把格朗台指定的那间卧室布置得漂亮些的时候，查理却已成为德·格拉珊太太大献殷勤挑逗的对象。

"您真勇敢，先生，"她对他说，"大冬天居然丢下京城的享乐生活来到索缪。不过，要是您感到我们不太可怕的话，这里倒也还有好多玩的地方。"

查理抛过去一个地道的媚眼。女人们习惯于过分的持重与严谨，反而使这些融进她们的眼里，那是教士特有的贪婪的眼神，这些人看一切娱乐不是盗窃就是罪过。查理感到在这间客厅里很不自在，和他想像伯父住在宽敞的豪宅，过着奢华的生活，这一切离他的想像实在相去太远。他仔细看了看德·格拉珊太太之后，他总算发现了不太模糊的巴黎女子的影子。德·格拉珊太太的话里有一种邀请的意味，就高兴地和他攀谈起来。格拉珊太太在谈话中逐渐压低了声音，以便同她谈话的机密性协调一致。查理和她都有存在着彼此信任的需要。所以，在时而调情时，而正经谈一阵儿后，这位机灵的内地太太趁其他人正在谈论全城人特别关心的酒市行情而不注意她时，便对查理说道："先生，要是您赏光来我们家做客的话，我的先生和我将非常高兴。索缪城里惟有在我们家才遇得到商界巨头和贵族子弟。这两个社会我们家都参与，他们也只愿意在我们家碰面，因为大家全能玩得尽兴。我可以自豪地说；我丈夫受到双方的尊敬。所以，我们一定能消除您在索缪城的郁闷。您整天呆在格朗台先生家里，天哪，不知您要变成什么样呢？您的那位伯父眼里只有怎样种葡萄才能有更大的利润，您的伯母是个毫无主见的基督徒，此外您的堂姐是个没受过教育的平庸之人，也没有什么嫁妆，整天只知道在家缝补破衣褴衫的小傻瓜。”

“这个女人真不错。”查理一边想一边同千般媚态的德·格拉珊太太对答应酬。

“太太，我感到你要独霸这位先生了！”又肥又高的银行家笑着说道。

听到这句评语公证人和所长，也都说了几句不咸不淡的俏皮话。只是神父狡黠地看着他们，吸了一撮鼻烟，又拿着烟壶依次让了让在座的各位，说了句概括大家思想的话：“谁是为这位先生在索缪城尽地主之意的最佳人选呢？”

“咳！神父先生，您说这话算什么意思？”德·格拉珊先生问道。

“先生，我这话对您，对太太，对索缪城以及对这位先生都是一片好心。”狡猾的老头说着，转身望着查理。

克吕旭神父假装没有注意查理和德·格拉珊太太的谈话，实际上他早猜出他们谈话的内容。

“先生，”阿道尔夫终于做出尽量随便的样子，对查理说：“不知道您是不是还记得我；在纽沁根男爵先生家举行的一次舞会上，我有幸和您见过面，而且……”

“记得，当然记得。”查理回答说，意外地他已成为大家注意的目标。

“这位先生是您的儿子吗？”他问德·格拉珊太太。

神父诡秘地看了她一眼。

“是的，先生。”她说。

“您在巴黎的时候还很年轻了？”查理问阿道尔夫。

“有什么办法呢，先生，”神父插嘴道，“他们一断奶，我们就送他们到外面的世界去见见世面。”

德·格拉珊太太用高深莫测的目光望着神父，像是在质问他有何用意。神父却接着说：“只有到内地来，才能见到像德·格拉珊太太这样三十好几的女人，学法律的儿子都快要毕业了，却还那么娇美。夫人，当年那些年青人跳到椅子上去看您跳舞的情景，我至今还历历在目，”神父扭身对他的对手说，“您的成功仿佛就在昨天……”

“哼，这个老混蛋！”德·格拉珊太太心里骂道，“难道他已猜到了我的心思了？”

“看来我在索缪准会有一番大的作为。”查理边想边解开上衣的纽扣，把手放进背心口袋里，模仿钱特雷所塑造的拜伦爵士雕像的姿势，仰头站着。

格朗台的不在意，或者准确地说，他聚精会神看信的神态，全然逃不过公证人与所长的眼睛，他们试图从老头儿面部表情细微变化中揣摩这封信的内容。格朗台却很难保持往日的平静。况且每个人都能想像他在读下面这封信时佯装的神态：

"哥哥，我们已经将近二十三年没见面了。最后一次见面是在我的婚礼上，然后我们高高兴兴地分手了。当然，我当时不会想到，有一天你会是家庭惟一的支柱，为了家业的兴旺发达，你曾勤勤恳恳，辛勤操劳。当你读到这封信的时候，我已不在人世了。以我的地位，我不愿在破产的羞辱下，苟且偷生。我曾在深渊的边缘挣扎到最后，希望还能挽回狂澜继续下去。我的经纪人和公证人洛甘的同时破产，把我的最后一笔资本也卷光了，分文没有留给我。我一共欠了四百万的外债，却只有清偿四分之一的能力。库存的酒正碰上市价狂跌，主要原因是今年你们的收成既多又好。三天以后，巴黎人将会说："格朗台先生原来是个骗子！"我一生清白，死后却遭到辱骂。我玷污了亲生儿子的姓氏，又抢走了他母亲的那份财产。可是至今他还蒙在鼓里，我非常疼爱这个倒霉的孩子。我们依依不舍分手了。幸好他并不知道这些，我倾注了一生中最后的热泪与他诀别。将来他会咒骂我吗？哥哥呀，我的哥哥，儿女们的咒骂是最可怕的；他们可以不接受我们的咒骂，我们却无法挽回他们的咒骂。格朗台，你是我的兄长，你应该保护我：你不要让查理在我的坟墓前说一句尖酸刻薄的话！哥哥，即使我用鲜血和眼泪写这封绝笔信，我也不会有那么多的痛苦；因为我可以痛哭，可以流血，可以去死，也不会比现在更痛苦。可是我现在面临死亡。你现在是查理的父亲了！他在母亲方面没有任何亲戚，你知道为什么。为什么我不屈从社会的偏见呢？为什么我要爱情让步呢？为什么我要娶一个贵族老爷的私生女作妻子呢？查理无家可归了。我们可怜的儿子啊！我的儿啊！听我说，格朗台，我不是为我来乞求你，况且你的家产也不够我抵还三百万法郎的债务；但是，我要为我的儿子向你乞求！你知道的，我的哥哥，我祈求保佑的时候首先想到了你。格朗台，在临死之前，把儿子托付给你。此时我对着枪口也不感到痛苦了。查理很爱我，我对他也很好，从来没有让他不高兴过，他不会咒骂我的。而且，慢慢地你会了解，他脾气温顺，很像他母亲，他绝不会让你不高兴的。可怜的孩子！他习惯奢华的生活，你我小时候缺吃少穿的穷日子他完全不如道……而如今他破产了，孤苦零汀。他的朋友都会躲避他，而他的羞辱是我一手造成的。啊！我真希望有一双结实的臂膀把他送到天上去——送到他母亲身边。我简直是疯了！言归正传到我的苦命与他的苦难上来吧。我把他送到你身边是因为希望你找个适当的机会，把我的死讯和他面临的命运告诉他。做他的父亲吧，做一个好父亲，请不要突然戒掉他的悠闲生活，不然会让他送命的，我跪着求他放弃他母亲的遗产，不要以债权人的身份来反对我。不过我这种哀求肯定是多余的，他有荣誉感，他一定不会站到我的债权人一边。劝他适当的时候放弃继承我的遗产，你务必让他知道我给他造成的艰难处境；假如他还念父子之情，那你就替我告诉他，他的前途还未到无可挽回的地步。你我当初都是靠劳动拯救自己的，只要肯干，他也可以把我败光的家业挣回来，他若肯听父亲的忠言，为了他我真能从坟墓里爬出来跟他说，叫他远走高飞，叫他到印度去！哥哥，查理是正直勇敢的青年，你给他一批出口货，他宁可死也绝不会不还你借给他的本钱；你肯定会借给他的，格朗台！不然你的良心会遭到遣责的！啊！要是我的儿子既得不到你的帮助又得不到你的怜爱，我会永远乞求上帝惩罚你的冷酷无情。要是我有办法挽救出一部分财产，我本应该在他母亲的财产中留一笔钱给他，但是我上月的各种开支已经把我的全部余款用尽了。对孩子的命运没有把握我是不愿去见上帝的；我多想握着你的手，亲耳听到你神圣的诺言，来温暖我的胸怀，但是为时已晚。正当查理上路之后，我不得不清算账目，我要以我经商之本的信誉，证明在我的破产过程中，既无过失又无私欲。这不是为了查理吗？永别了，哥哥。愿我嘱咐给你的监护权你能慷慨接受，善待我的遗孤而得到上帝赐予的福佑。在天国里将永远会有一个声音为你祈祷。我们早晚都会去，而我只不过是先走了一步。"

　　"你们在聊天吗？"格朗台说着把信照原来的折叠线叠好，搁进背心口袋里。他谦卑而胆怯的样子望望侄儿，以此掩饰内心的忐忑不安，脑子里盘算着。

　　"烤烤火，暖和些了吧？"他问侄儿说。

　　"很舒服，亲爱的伯父。"

　　"嘿！她们娘俩去哪儿了？"伯父完全忘了自己的侄儿要住在他家。这时，欧叶妮和格朗台太太走进客厅。"楼上卧室都收拾好了吗？"

　　老头儿的心平静下来，问她们。

　　"收拾好了，父亲。"

　　"那好，侄儿，如果你感到累了，叫娜侬带你上楼到卧室。当然了，那可不是什么公子哥住的地方！原谅我们这些种葡萄的穷人。捐税把我们财产都吞光了！"

"我们告辞了，格朗台，"银行家说，"您跟侄儿一定有话要说，晚安，明天再见。"

听到这话，大家都站起身来，各人根据各自的身份方式行告别礼。老公证人到门口取了灯笼点着，提出先送德·格拉珊一家回家去。德·格拉珊太太没有想到一件小事搅得晚上的聚会提前结束，家里的佣人还没有来接他们呢。

"能赏脸让我扶您走吗？"克吕旭神父对德·格拉珊太太说。

"谢谢您，神父先生。有我儿子侍候呢。"她淡淡地说了一句。

"女士们跟我在一起名誉是不会受到损害的。"神父说。

"就叫克吕旭先生扶你走吧。"德·格拉珊先生对她说。

神父轻快地扶着美丽的太太，走在队伍的前面。

"太太，那个年轻人确实不错，您说呢？"他紧抓了她的胳膊说。"葡萄收完了，筐就没用了。您该向格朗台小姐说声再见了，欧叶妮将成为巴黎人。除非这位堂弟早就爱上了巴黎女子，否则您的儿子阿道尔夫眼前遇到的是最不好对付的情敌啊……"

"得了吧，神父先生。用不了多久那个小伙子就会发现欧叶妮有多傻，而且长得一点都没有新鲜感。您仔细看过她没有？今天晚上她的脸色蜡黄得很。"

"也许您已经提醒她堂弟注意了吧？"

"我可有话直说……"

"以后您就总跟在欧叶妮身边，太太您不必多费口舌，那个年轻人自己就会比较……"

"他已经答应后天来我们家吃晚饭了。"

"啊！假如您愿意的话……"

"愿意什么，神父先生？您要为我们出坏主意吗？我活了三十九岁，谢天谢地，名声向来清白，总不能现在来玷污它吧，哪怕要送一个莫卧儿大帝国给我！你我都不年轻了，说话得负责任。您身为教士。您的想法太不成体统了，呸！您真有些像《福布拉》……"

"那么您读过《福布拉）了？"

"没有，神父，我想说《危险的交往》。"

"啊！这本书正统得多了，"神父笑着说道。"可是您认为我跟当今的年轻人一样坏！我不过是想……"

"您敢说您不是想给我出坏主意？这是不明摆着的吗？假如那个小伙子，人不错，这我相信，要是他追求我，那他就不会想他的堂姐。在巴黎，我清楚得很，有些做母亲的，为了儿女的幸福和财产，确实不惜牺牲自己。可是我们是在外省，神父先生。"

"很对，太太。"

"并且，"她继续说，"我和阿道尔夫都不会愿意付出这种代价去换取那一亿家产的……"

"太太，我根本没有说什么一亿家产。恐怕你我都无力抵挡这么大的诱惑。我只是想，一个正派的女人无伤大雅地调调情也无所谓，这也是交际场合中女人的一种义务……"

"您这么想？"

"太太，难道我们都不该尽量讨人喜欢吗？……对不起，我要擤擤鼻涕——我敢肯定，太太，"他接着说，"他用夹鼻镜片朝您看的那副模样，比看我时亲切多了；不过我原谅，他爱美胜于敬老的心态……"

"明摆着，"所长的粗嗓门大声说道，"巴黎的格朗台让他儿子来索缪就是为了结亲的……"

"不然这位堂弟也不会这么突然来了啊！"公证人答腔。

"这又能怎样呢，"德·格拉珊先生说，"这个老头就喜欢故弄玄虚。"

"德·格拉珊，亲爱的，我邀请他来我们家吃饭了，你再去邀请拉索尼埃夫妇，德·奥杜瓦夫妇，当然，不要忘了漂亮的奥杜瓦小姐；但愿她那天穿得体面些！她的母亲妒嫉心很强，总把她打扮的怪模怪样！"她停下脚步转身，对克吕旭叔侄说，"希望各位先生也能赏光。"

"你们到家了，太太。"公证人说着。

格拉珊到家之后告别了三位克吕旭，转身往家走，一路上他们以外省人特有的分析天赋把今晚发生的事全面地研究一回。那件事使克吕旭派和格拉珊派各自的立场都改变了。这些大算盘家很理智地觉得有必要暂时结盟来对付共同的敌人。难道他们不应该齐心合力，阻止欧叶妮爱上她堂弟，阻止查理爱她堂姐吗？他们要不断地用含沙射影的谗言、充满恭维的诽谤话，好让那个巴黎年轻人上当。他能抵挡得住吗？

等客厅里只剩下家里人时，格朗台先生对他侄儿说道：

"该睡觉了。天晚了，先不说到这儿来的那些事情，明天找个合适的时间再说。我们这里八点钟吃早饭。中午简单，吃点水果和面包，喝一杯白葡萄酒；跟巴黎人一样，五点钟开晚饭。每天都是这样子。要是你想到城里，或到郊外走走，尽管自便。我的生意很忙，没有时间陪你，请原谅。可能你听到众人都说我有钱：格朗台先生这样，格朗台先生那样。叫他们说去吧，他们闲言碎语损伤不了我的名誉。可我的确没有钱，我这把年纪还得像个伙计一样干活，全部家当只是一副蹩脚的刨子和一双手。也许你不久就会明白挣一个铜板得流多少血汗。娜侬，蜡烛呢？"

"侄儿，我想您需要的东西都准备齐了，"格朗台太太说，"要是缺什么的话，吩咐娜侬。"

"亲爱的伯母，不必了，我要用的东西，我都带来了。伯母，堂姐晚安。"

查理从娜侬手中接过一支点燃的蜡烛，那是安茹货，在店里放久了，颜色都已发黄，格朗台根本没有想到家里会有小蜡烛的，所以未发现这件奢侈品。

"我来给你带路。"老头儿说。

格朗台没有走拱洞下的正间，而是郑重其事地走客厅与厨房之间的过道。楼梯那边的过道有一扇镶着椭圆形大玻璃的自动门，挡一挡楼梯口的冷气。可到了冬天，虽然客厅的门上全塞上防风垫，凛冽的寒风依旧从门缝里钻进来，室内保持不了适宜的温度。娜侬锁上大门，关好客厅，从牲畜棚里放出那条声音沙哑的狼狗，像得了咽喉炎一样，样子凶猛至极，只认得娜侬一人。它和娜侬都在乡下土生土长彼此十分了解。查理看到楼梯间的墙壁发黄烟薰的痕迹比比皆是，扶手上蛀洞斑斑，楼梯在他伯父的脚下晃悠着，此时他的美梦终于破灭。他简直以为自己钻进了鸡笼，他回头望着伯母和堂姐，目光带着询问。她们走惯了这座破楼梯，对他的惊讶不解，还以为这是一种友好，于是就报以亲切地微笑给他，越来越使他气愤了。

"为什么父亲打发我上这样的鬼地方来？"他心想道。到了楼上，他看到三扇没有门框的漆成赭红色的房门，嵌在布满尘埃的墙壁上，门上装着用螺丝钉固定的铁条，露在外面，铁条两端呈火舌形，就像长长的锁眼两头的花纹。正对楼梯口的那扇房门，显然是被封住了，这屋子的上面是厨房，只能通过格朗台的卧室才能进去，他把它作为他的工作室，阳光从这惟一的窗户射进来，窗户上面装着粗大的铁栅栏。包括格朗台太太，任何人也不准进去。老头儿就像炼丹师守护丹炉似地独自呆在里面，那里一定很巧妙地开凿了几处隐蔽之处，藏着田契、房契，挂着称金币的天平；老头都是在深夜偷偷整理收据。正因如此，生意场上的人们见格朗台总是准备得井井有条，还以为他会有鬼神供他驱使。当娜侬的鼾声震动楼板，狼狗在院子里打哈欠，格朗台母女已经进入梦乡，老箍桶匠便到这里来抚摸、玩弄他的黄金；他把金子抚摸一会儿，然后，装进桶里加上箍。墙壁厚实，护窗板严密。只有他一人有这间房的钥匙。据说他在这里查阅图表时，他计算产量准确到不超出一株树苗、一小捆树杈的误差。欧叶妮的房门朝着这扇堵死的门。楼梯道的尽头是老两口的卧室，占了整个楼的正面。格朗台太太与欧叶妮的房间相邻，中间有一扇玻璃门隔着。格朗台与太太的，由隔板隔断，而他的神秘的工作室和卧室之间则隔着一道很厚的墙。格朗台老头把侄儿安排在三楼一间很高的顶楼里，正好在他的卧室上面，要是查理在房内走来走去，他会听得清清楚楚。欧叶妮和母亲走到楼道中间接吻道别；她们又跟查理说了几句告别的话，就各自回房睡觉去了。虽然欧叶妮嘴上说得平平淡淡，心里却是热乎乎的。

"这就是你的卧室，侄儿，"格朗台说着打开房门，"假如你要出门，先得叫娜侬，没有她在，她那条狗会不声不响地吃掉你的。做个好梦。晚安。哈哈！这帮娘儿们已经给你生上火了。"这时，大高子娜侬端着一只暖床炉走了进来。格朗台先生说。"你们把我的侄儿当成产妇了吗？娜侬，把这暖床炉拿走。"

"但是，先生，被单还是潮的呢，况且这位少爷比姑娘还娇嫩。"

"那既然你疼爱他，就给他炉子吧，"格朗台说着，推了推娜侬的肩膀，"不过，小心不要失火。"守财奴下楼去了，嘴里还嘟嘟囔囔地说着什么。

查理站在行李堆中发着呆。他望着墙上的壁纸，黄底子上面一簇簇小花，只有农村小吃店里才用这种壁纸；石灰构成的、凹槽的壁炉架给人以冰冷的感觉；草坐垫木椅涂着清漆，看上去仿佛不止四只角；没有门的床头柜里，里面简直容得下一个轻骑兵；薄薄的地毯上放着一张有帐面的床，帐幔摇摇欲坠，上面蛀洞累累。他绷着腔对娜侬说："唉！娜侬，我是在当过索缪市长的家吗？这真是格朗台的家吗？是巴黎的格朗台先生的哥哥家？"

"没错，先生，您是在一个老爷的家里。要我帮忙打开行李吗？"

"啊！当然要了，我的兵大爷！你有没有在帝国军队里当过水兵呢？"

"噢！……"娜侬喊着，"帝国水兵是啥玩意儿？咸的还是淡的？在水上游吗？"

"替我从这只箱子里把我的睡衣找出来。"

娜侬看到一件绿底金花、古朴图案的丝绸睡衣，赞叹不已。

"您穿着它睡觉吗？"她问。

"是的。"

"圣母玛丽亚！把它盖在教堂的祭坛上那才叫漂亮。我亲爱的小少爷，把它捐给教堂，您的灵魂会得救的，您的灵魂就会被拯救。噢！您穿上它真漂亮，我去叫小姐来瞧瞧。"

"行了，娜侬，不要大声嚷嚷！我要睡觉了，明天再收拾东西。既然你喜欢这件睡衣，那就用它去拯救你的灵魂，我是个虔诚的基督教徒，不会拒绝你的，走时我会把睡衣留给你，随你拿它做什么。"

娜侬一动不动地站着，眼睛盯着查理，简直不能相信他的话。

"把这件漂亮的睡衣送给我？"她边说边住外走。"这位少爷在说梦话吧，晚安。"

"明天见，娜侬。"

"我来这里究竟做什么？父亲又不是傻子，叫我来这里必有目的。"查理睡前想道，"也罢！正经事明天办，也不知道是希腊哪个笨蛋说的话？"

"圣母玛丽亚！堂弟多可爱啊。"欧叶妮忽然想道，中断了她的祈祷。

格朗台太太睡下时脑子空空的。她听到壁板中间的门那边，房内来回踱步的声音。像所有胆小怕事的女人一样，她早已摸透了丈夫的脾气。就像海鸥能预知暴风雨，她从蛛丝马迹中也预感到格朗台内心正酝酿着狂风暴雨，于是像她常说的那样，干脆装死。格朗台望着里面钉上铁皮的工作室的门，心想："我的兄弟怎么会有这种古怪的想法？把儿子留给我！真是一笔大遗产！我可没有一百法郎供他花销。对于这轻薄的浪子来说，顶什么用？瞧他端着夹鼻镜片看我的晴雨表时的神气，像要放火把它烧掉似的。"

想到那份痛苦的遗嘱将会带来什么后果，格朗台此时也许比他的弟弟写遗嘱时更心烦意乱。

"我真会得到那件金光闪闪的睡衣吗？"娜侬入睡时仿佛已披上了祭坛的锦围，她平生头一回梦见了绫罗绸缎，就像欧叶妮有生以来第一次梦见爱情一样。

在少女们纯洁而乏味的生活中，必有一个美妙的时刻，阳光会普照她们的心田，鲜花向她们倾诉衷肠，心的跳动会把炽热的感情传递到她们的脑海。将想像化作一种朦胧的欲望；那是忧喜兼备的境界，忧而无邪，甜美快乐！当孩子们看周围的世界，就笑了，当少女在大自然中发现朦胧的感情时，也像孩子一样微笑了。如果说光明是人生的初恋，爱情不就是心灵的光明吗？欧叶妮看清尘世一切的时候来到了。内地姑娘起得早，欧叶妮也有早起的习惯，起床后先做祷告，然后梳妆打扮；今后打扮就成了颇有意义的事了。她先把栗壳色的头发梳平，然后仔细地把粗大的辫子在头顶盘好，不叫散发从辫子里露出来，对称的发式，衬托出一脸的天真和羞怯，头饰的朴实无华和脸轮廓的天真无邪配合得天衣无缝。她用清水洗了几遍手，清水使她的皮肤又粗糙又红，她望着自己滚圆的胳膊，想着堂弟是用什么办法怎么能把手保养得那么白嫩，指甲那么好看。她穿上新袜子和最漂亮的鞋子。束好胸衣没放过一个扣眼。总而言之，她生平第一次希望自己显得楚楚动人，第一次知道能穿上一件剪裁新颖的衣裳的喜悦。洗涮穿戴完毕，她听到教堂钟响，可钟声只敲了七下。原来她为了有足够的时间好好打扮而起得太早了。她不会把一个发卷可以做上十来次，也不懂得研究其效果这一套；她只好老老实实地，坐在窗前，看着院子、小花园和上面的平台。景色凄凉，场地狭窄地方与荒效野外所独具的神秘的美。厨房旁边有一口围着栅栏的井，滑轮固定在一根弯弯的铁条上，枝叶已变红、枯萎、发黄。藤蔓从那里蜿蜒地攀附到墙上，顺着房屋，一直伸展到柴房顶上，栅里的木柴堆放得如藏书家书架上的书籍一样整齐。院子里铺的石板由于很少有人走动，天长日久长满了青苔和杂草，显得发黑。厚实的外墙披着一层绿衣，长长的褐色的枝条呈波浪形。院子尽头，八级台阶歪歪扭扭地通到花园的门口，被高大的植物遮得严严实实，像十字军时代一个遗孀埋葬她的骑士的坟墓，埋没在荒草之中。在一片石砌的台基上有一排朽烂的木栅，栅门两旁，伸出两棵矮小的苹果树歪歪斜斜的枝杈。花园里三条平行的小径铺有细沙，中间被几块花坛隔着，边上种着黄杨，来防止泥土流失。尽头花园的平台下面，几株菩提覆盖出一片绿荫。一头有几棵杨梅，另一头是一棵粗壮高大的核桃树，树枝一直垂到箍桶匠藏金的密室的窗前。秋高气爽，卢瓦河畔明媚的阳光驱散了夜间罩在院子和花园的树木、墙壁以及一切如画的景物之上的那一层很淡的雾气。欧叶妮感到这一切，忽然显得那么清新迷人，而以往又是那么平淡无奇，无数杂乱无章的念头，并且随着阳光的扩散也在不停地变化，她终于感到有一种模糊的、说不清的快感，包围了她的精神世界，就像云雾，包围了她的身躯一样。她的思绪同这奇特的景象乃至细节全都特别协调，心中的和谐同自然的和谐融为一体。当阳光洒满这堵墙时，墙缝里茂密的凤尾草像花鸽胸前的羽毛，色泽多变，这在欧叶妮的眼中，简直是上天充满希望的光明照亮了她的前程。从此她喜欢看这面墙，喜欢看墙上惨淡的野花，枯萎的小草蓝色的铃铛花，因为那一切都融于一种甜蜜的回忆之中，好像回到了童年时代。在这回声很大的院子里，每一片落叶发出的声音，都像是给这少女暗自询问所作出的；她可以靠在窗前呆上一整天，感觉到时光的流逝。接着心头涌起一阵阵的骚动。她突然站起身，走到镜子前面，仿佛一个诚实的作者出神地看着自己的作品，做一回自我批评，把自己臭骂一顿。

"他一定嫌我长得不美丽。"欧叶妮就是这么想的，充满痛苦与谦卑的想法。可怜的姑娘对自己过于自责；但谦虚，确切地说惧怕正是爱情的最初征兆之一。欧叶妮是那种如小资产阶级体质特好的孩子，外在的美显得有些俗气；虽然她的外形与米洛的维纳斯相仿，可使女性纯洁清灵的基督徒的情操，自有隽永的意味，赋予欧叶妮一种古希腊雕塑家也未曾见过的高雅气质。她的脑袋很大，额头有点男子气，但特别俊秀，像菲迪亚斯雕刻的朱庇特的前额，灰色的眼睛里蕴含着她全部贞洁的生活，从而射出炯炯的光芒。昔日娇嫩红润的圆脑上的线条因得过天花变得粗糙，所幸的是，没有留下任何疤痕，只破坏了皮肤表面的一层绒毛，皮肤依然那样柔软细腻，母亲纯洁的亲吻会在脸上留下片刻即消的一道红印。她的鼻子过大，但同红红的嘴唇倒也和谐相配，布满深纹的嘴唇流露出爱与性感。脖子圆润完美。精心裹着的高高隆起的胸脯惹人注目，想入非非，只因服饰所致，还缺少些艳美，但是，在行家看来，这种苗条身材的刻板挺拔，也应算作一种风韵。所以，高大结实的欧叶妮不具备一般人所喜欢的那种美貌；可她的美却不难认可，也只有艺术家才会为之倾倒。想要在人世间寻找一个像贞洁典型，想要从所有的女人身上发现拉斐尔揣摩到的那种不卑不亢的眼神和那些端庄的线条，虽然往往出自构思的巧合，但是只有基督徒的清心寡欲的生活才能保持或培养出这样的典型。迷恋于寻求这种罕见的模特儿的画家，会突然在欧叶妮的脸上发现连她自己也不知道的天生的高贵气质：在沉着冷静安详的额头下，有一个充满爱情的世界；她的眼睛，甚至眨眼的动作，都有包含蓄一种难以言传的绝妙。她的五官，她的脸部的轮廓，从没有因为大喜过望的表情而走形，而松弛，好像远方宁静的湖边上天水相接处呈现的线条，柔和清晰。安详而红润的脸庞，光彩照人如初绽的花朵使人心旷神怡，并让你感到它映照出一股精神的魅力，情不自禁注目凝视。欧叶妮还只在儿童般天真烂漫的幻想的生活边缘，还在怀着高兴的心情采一朵雏菊占卜爱情的时候。她还不知道什么是爱情，只对着镜子心里想："我太丑了，他看不上我的。"

欧叶妮打开对着楼梯的房门，探出头去听里边的动静。只听到娜侬在咳嗽，听到她走来走去打扫客厅、生火、拴狗，还在牲口棚里对牲口说话。欧叶妮想"他还没有起床"，马上下楼跑去找娜侬，见她正在挤牛奶便说：

"娜侬，我的好娜侬，调些鲜奶油给我的堂弟喝。"

"但是，小姐，那本应该昨天就动手做呀，"娜侬笑着大声说。"现在没有办法，我是做不成奶油的。你那位堂弟长得可爱极了。你没有见他穿着那件金丝的绸睡衣时的样子。我可是见到了。他穿的衫衣和神父先生的白祭袍一样洁白。"

"娜侬，那就做些薄饼吧。"

"谁给我木柴呢，还有面粉和黄油？"娜侬以格朗台管家的身份说道，有时在欧叶妮和她母亲的眼里显得特有权威。"难道为了款待你的堂弟去偷他的东西？你可以向他要黄油、面粉、木柴，他是你父亲，会给这点东西的。这不，他下楼检查食物准备得怎么样了……"

欧叶妮听见她父亲震撼楼梯的脚步声，吓得赶紧溜进花园。她已经感到心虚和不安了。我们遇到高兴的事，常常——也许不无道理——因为我们的心思已暴露在脸上，别人一目了然。欧叶妮感到的正是这种发自内心的羞臊，惟恐被人识破。可怜她终于发觉父亲家里的寒酸，配不上堂弟的高雅华贵，心里很不是滋味。一种要为堂弟做点什么的强烈欲望油然而生。做什么呢？她什么都不知道。天真而坦诚的她，听凭纯洁的天性纵横驰骋，竟毫不提防自己的印象和感情有所越轨。和堂弟见面唤醒了她的心中女性的天性，这种天性之所以如此强烈，是因为二十三岁正是智力和欲望达到高峰的年龄。她有生以来第一次见到父亲心里产生了恐惧感，感到自己的命运操纵在他的手里，所以感到对父亲隐瞒自己的想法是一种罪过。她迈着急促的步子往前走着，奇怪空气比往常更清新，阳光比平时更活泼，她从中吸取了精神的温暖和新的生气。正当她考虑着如何弄到薄饼的时候，大个子娜侬和格朗台斗起嘴来，这样的斗嘴，像冬天听到燕子呢喃一样少有。老头儿提着一串钥匙来准备一天消费所需的食物。

"昨天的面包还有剩的吗？"他问娜侬。

"连一点儿面包渣都没剩，老爷。"

格朗台从安茹地方的居民用来做面包的平底篮里，拿出一只撒满干面的大圆面包正要切时，娜侬提醒；"今天我们有五口人，先生。"

"知道，"格朗台回答说，"不过这只面包有六磅重，肯定吃不了。不仅如此，巴黎的年轻人，根本不吃面包。"

"那他们吃酱了。"娜侬说。

在安茹俗称的酱是指一种涂面包吃的食物，包括涂面包的黄油到最高级的桃酱，凡是儿时舔掉面包上的涂料之后，把面包剩下不吃的人全明白这句话的份量。

"不，"格朗台答道，"他们既不吃面包，也不吃酱，他们简直和等着出嫁的姑娘相同。"

他小气地订好了当天的食谱，关上伙食库正要去取水果时，娜侬拦住他说："老爷，给我一些面粉、黄油吧。我给孩子们烤张薄饼。"

"为了我的侄子，你想吃穷我吗？"

"我为了您的侄子，还没有为您的狗劳神的多，更不见得比您更劳累。瞧，我要八块糖，您不是只给我六块。"

"啊！娜侬，我还从来没见过你这样呢。你脑袋发昏了吗？你是主人吗？糖，我只给六块。"

"那好吧，给侄少爷咖啡放不放糖？"

"放两块就行了，我就免了吧。"

"您这把年纪怎么能不吃糖呢！我掏钱给您买几块吧。"

"这不关你的事。"

虽然糖价下跌，可老箍桶匠总觉得，糖是最金贵的进口货，要六法郎一磅呢。在帝政时期节约用糖的习惯已经成为永远改变不了的习惯。所有的女人哪怕是最蠢的都有办法达到她们的目的。娜侬抛下糖的问题力争着薄饼。

"小姐，"她隔着窗户喊道，"你不是要吃薄饼吗？"

"不要，不要。"欧叶妮连声否认。

"好吧，娜侬，"听到女儿的声音，格朗台说："拿去吧。"他打开粮食柜，给她舀了一勺面粉，又在切好的黄油上加了几两。

"还要有烤炉用的木柴呢。"得寸进尺的娜侬说。

"唉！好吧，要多少你拿多少，"老财迷心痛地说道，"不过你得做一个果子馅饼，那晚饭也用烤炉做，就不用生两个炉子。"

"哎！"娜侬叫道，"您就不用操心了。"格朗台用慈父般的眼神瞅了一眼忠实的管家。"小姐，"娜侬喊道，"我们有薄饼吃了。"格朗台端来水果，在厨房桌子上放了大约够装一盆的。"您看，老爷，"娜侬对他说"侄少爷的靴子多漂亮。多好的皮子，还特好闻呢。用什么东西擦它呢？用您调了蛋清的鞋油吗？"

"娜侬，我想蛋清会把这种皮子弄坏的。况且你得跟他说——你不知道怎么给摩洛哥皮子上油，不错，是摩洛哥皮子。他自己会上街去擦鞋该用的油。我听说有人往鞋油里渗糖，才会使皮子更亮呢。"

"那不是可以吃了，"女佣说着拿起皮靴闻，"啊呀！跟太太的科隆香水一个香味。这真滑稽。"

"滑稽！"主人说，"靴子比穿它的人更值钱，你感到很滑稽？"

"老爷，"等主人关好水果房的门回到厨房时，娜侬问，"您不是想一星期做一两次罐焖肉来款待您的……"

"可以。"

"那我就去买肉。"

"不用了。你给我们做罐焖鸡汤吧，佃户们不会叫你闲着的。不然我要叫高诺瓦叶，给我打几只乌鸦来。这东西炖的汤，是世界上最鲜的。"

"老爷，乌鸦吃死人是真的吗？"

"你真傻，娜侬！它们像人一样，还不是有什么吃什么。难道我们就不吃死人吗？遗产又是什么呢？"格朗台老爹吩咐完了，掏出怀表，看到离吃早饭前还有半小时，便拿起帽子，吻了一下女儿，对她说："你想到卢瓦河边去散散步吗？我要到那儿办点事。"

欧叶妮过去戴上她那顶缝上粉红色绸带做的草帽；然后父女俩便顺着蜿蜒的街道走，一直走到广场。

"大清早去哪儿啊？"克吕旭公证人遇到格朗台问道。

"有些事儿。"老头儿回答，他心中明白，克吕旭一早出门的原因。

格朗台有事儿要办，克吕旭公证人凭经验知道从中可以得些好处，于是陪他一起走。

"来，克吕旭，"格朗台对公证人说。"您是我的朋友，我要向您证明，在这么肥沃的土地上种白杨是多么愚蠢啊……"

"卢瓦河边您的那几片草地给您挣的六万法郎您还不满意吗？"克吕旭惊讶得睁大了迟钝的眼睛问道。"您还不满意吗……您砍树的时候，南特奇缺白木，您一棵卖到三十法郎！"

欧叶妮听着，不清楚她已面临生平最重大的关头，公证人就要让她的父亲宣布一项与她有关的决定。

格朗台来到达卢瓦河畔他的肥美的草场时，三十名工人正在清理、填土、平整过去种植白杨留下的树坑。

"克吕旭先生，您瞧一棵白杨树需占多大地方，"格朗台说。"让！"他向一个工人喊道，"拿……拿……你的尺子……四……四边量……量。"

"每边八尺。"工人量完后说。

"一棵白杨要糟塌三十二尺土地，"格朗台对克吕旭说，"这一排从前种了三百棵白杨树，对不对？那好……三百……乘……乘……三十……二……就是说……它们消……消耗我……五……五百堆干草；再加上两边的，总共一千五；中间几排又是一千五。就算……算一千堆干草吧。""好，"克吕旭帮他的朋友计算："大约值六百法郎。"

"您就算一千二百法郎，因为再长出来的草还可以卖三四百法郎。那么，算一下……一年一……一千二百法郎……四十年下来……再加……加上利……利息……总共……多少，您知……知道。"

"大概一共有六万法郎吧。"公证人说。

"就算这样！总共……共……只有六万法郎。那么，"格朗台继续说，这下他不结巴了，"不过两千棵四十年的白杨卖不到五万法郎，这就亏了。我算得准得很。"格朗台有点神气地说。"把树坑都填平，留下在卢瓦河边的那一排，把我买来的白杨树苗栽在那里。河边的树木靠政府出钱施肥浇水。"他转过身对克吕旭那边一笑说着，鼻子上的肉瘤微微一动，仿佛最具讽刺的微笑。

"这是显而易见的，白杨只该种在荒瘠的地方。"克吕旭随口应付道，他被格朗台的如意算盘吓坏了。

"是的，先生。"老箍桶匠不无讽刺地回敬了一句。

欧叶妮沉醉于卢瓦河优美的风景，没有听到父亲的计算，可是，听到克吕旭对父亲的一些话，引起了她的注意，忍不住附耳倾听："哎，好啊，您从巴黎招来了一位女婿，眼下索缪城全都在谈论您的侄子。不久我们要草拟一份婚约了吧，格朗台老爹？"

"您……您……您一大……大早出门，就……就为了告诉我这个？"格朗台一边说，一边扭动着肉瘤。"那好吧，我的老伙……伙计，我实话实说，我把您……您想知道的都告诉您吧，我宁愿把我女……女……女儿……扔……扔进卢瓦河，也不……不想把她……嫁……嫁给她的堂……堂弟。您可以……把……把这话……宣扬出去。算了，他们……爱……爱怎么说就怎么说。"

这一席话使欧叶妮感到头晕目眩。刚在她心中开始萌生的遥远的希望忽然间开花、成长、结成一束花簇，如今眼看被剪成碎片落在地上。从昨晚起，连接两颗纯洁心灵的一切幸福的纽带使她对查理恋恋不舍；然而今后这条纽带要由痛苦来支撑他们了。难道女人的命运要承受苦难比享受荣华更显得崇高吗？父爱的火焰怎么会在父亲的心头泯灭了呢？查理犯了什么大罪？简直不可思议，她神秘的爱情萌芽本来就是深不可测的，如今又被重重疑团包上了。她两腿发抖地往回走，来到那条幽暗的老街，往日里还觉得充满喜气欢乐的，现在却只觉得如此凄凉，她觉得岁月和现实留在这条街上的凄凉。爱情的教训她一刻都逃不了。快到家时，她抢先父亲几步去敲门，然后站在门前等他。但是，格朗台看到公证人手里拿着一份原封未动的报纸便问道："公债行情如何？"

"您不肯听我的话，格朗台，"克吕旭回答道，"快点买些吧，两年之内还可以赚两成，而且利率很高，八万法郎的年息是五千。行市是七十法郎。"

"看看再说吧。"格朗台摸着下巴颏。

"上帝！"公证人说。

"怎么了？"格朗台问，克吕旭这时已经把报纸送到他的眼前，说："看看这篇文章。"

"巴黎商界最受尊敬的商业巨头之一格朗台先生于昨日由交易所返寓后，以手枪击中脑部，自杀身亡。死前，他已致函众议院议长及商业法庭，辞去议员职务。经纪人洛甘及公证人苏歇的破产，使他资不抵债。以其威望及其信用而论，足以在巴黎商界得到援助。没想到这位受人尊敬的巨商却因一念之差殒命，不甚惋惜之至。"

"我已经知道了。"老葡萄园主对公证人说。

这句话令公证人浑身一颤。虽然他镇定自若。但是想到巴黎的格朗台或许乞求过索缪的格朗台资助遭拒绝时，仿佛有一股凉嗖嗖的凉气透过他的脊梁。"那他儿子昨天还那么兴高采烈……"

"他还蒙在鼓里。"格朗台仍旧平静地说。

"再见，格朗台先生。"克吕旭全明白了，要去告诉蓬丰所长，让他放宽心。回到家中，格朗台看到早饭已经准备好了。欧叶妮扑到母亲的怀里，情绪激动地吻了吻母亲，她的心情好像有多么难以诉说的忧伤一样。格朗台太太正坐在椅子上编织冬天戴的袖套。

"你们先吃吧，"娜侬大步跨下楼梯，"那孩子睡得像个天使。闭着眼睛的那模样可爱极了！刚才我进去叫他。嗨！就像没有人在似的，一声不吭。"

"让他睡吧，"格朗台说，"他不管今天什么时候醒来都赶得上听到坏消息。"

"发生什么事了？"欧叶妮边说边在咖啡里放了不知几克重的糖。那是老头儿消磨时间时亲自动手切好的。格朗台太太不敢问，只好看着丈夫。

"他父亲开枪自杀了。"

"我叔叔……"欧叶妮问。

"可怜的孩子！"格朗台太太喊道。

"是可怜呀，"格朗台说，"现在他一分钱也没有了。"

"唉！可他现在睡着的模样仿佛天下都是他的呢。"娜侬温柔地说。

欧叶妮吃不下早饭。她心里很痛苦，她生平第一次，为自己所爱的人的不幸，表示的同情被倾注到全身时的那种痛苦。可怜的姑娘哭了。

"你不认识你的叔叔，有什么好哭的？"格朗台说着，用像饿虎般的凶光瞪了女儿一眼。他瞪眼看黄金也许也是这种目光。

"可是，老爷，"女佣人插嘴道，"这可怜的小伙子睡得那么香，还不知道命中发生的事呢。"

"我没有跟你说，娜侬！闭上你的嘴。"

欧叶妮这时才明白，动了情的女人应该永远将自己的感情埋藏在心底，她不吭声了。

"在我没回来之前，谁也不要对他讲。格朗台太太，"老头儿接着说，"我得叫人把草地挨着大路那边的沟渠修整一下。中午回来吃饭的时候，我跟侄儿再说这件事。至于你，格朗台小姐，要是你为这花花公子流眼泪这就够了。他很快就要动身到印度去。你以后再也看不到他了……"

父亲从帽子边上拿起手套，像平日一样平静地戴在手上，一个手指接一个手指地捋妥贴之后，然后出门去了。

"啊！妈妈，我要闷死了。"欧叶妮等到屋里只剩下她和母亲时，失声喊道。"我从来没有这么难受过。"格朗台太太见女儿脸色煞白，赶紧打开窗户叫她呼吸新鲜空。"我好受多了。"过了一会儿欧叶妮说。

表面上一向沉着冷静的欧叶妮此刻神经如此紧张，让格朗台太太震惊，她凭一般母亲对孩子特有的直觉，看着女儿，猜透了她的心事。确实，她们母女之间关系密切的程度，超过了那一对闻名遐迩的匈牙利孪生姐妹；匈牙利孪生姐妹由于造物主一时的错误，身体连在一起，欧叶妮和她母亲坐在窗前做女红，一起到教堂做弥撒，总是形影相随，连晚上睡觉都呼吸着相同的空气。

"可怜的孩子！"格朗台太太说着把女儿的头搂在怀里。

听到这话，女儿抬头用疑问的目光看着母亲，揣摩她的想法，然后，她问："为什么要送他去印度？他遭受不幸，不是正该留在这儿吗？难道他不是咱们的亲骨肉吗？"

"是的，孩子，这是当然；不过你父亲自有他的道理，我们应该尊重他的主张。"

母女俩默默地坐下来，母亲坐在垫高的椅子上，女儿坐在手扶靠椅里；重新拿起各自的活计。欧叶妮为感谢母亲如此谅解她，忍不住吻了吻母亲的手，说道："你真好，亲爱的！"这话使母亲那张痛苦而憔悴不堪的脸上显出光彩。欧叶妮问："你觉得他好吗？"

格朗台太太，只稍微一笑作为回答；过了一会儿，她小声声问道："你已经爱上他了，是吗？这可不好。"

"不好？"欧叶妮问，"为什么？你喜欢他，娜侬也喜欢他，为什么我就不能喜欢他？好了，妈妈，我们摆好桌子等他来吃早饭。"她扔下活计，母亲也扔下活计，却又说一句说："你疯了！"但是她能为自己分享女儿的欢乐而觉得高兴。欧叶妮叫娜侬。

"你还有什么吩咐，小姐？"

"娜侬，中午有奶酪吗？"

"啊！中午吗？有的。"娜侬回答。

"哎！对了，给他煮一杯浓咖啡。我听德·格拉珊先生说，巴黎人爱喝浓咖啡。给他多放些。"

"您叫我去哪儿弄这么多咖啡呢？"

"去买呀。"

"要是被老爷碰到怎么办呢？"

"他这时还在牧场呢。"

"那我赶快去买，不过，费萨尔老板就问了，我买白蜡烛的时候，问我家里是不是来了三王。我们花钱这样大方，全城人都会知道的。"

"如果被你的父亲发现了，"格朗台太太说，"说不定会动手打我们的。"

"叫他打好了，那我们就跪在地上任他打。"

格朗台太太不再说话，只是抬眼望望苍天。娜侬戴上头巾出门了。欧叶妮铺上雪白的桌布，又到顶楼上摘几串她觉得好玩而挂在绳子上的葡萄；她蹑手蹑脚沿着过道走，惟恐惊醒堂弟，可又情不自禁在他的卧室门口偷听一下他均匀的呼吸声，心想："他睡得那么甜，哪知大祸已临头。"她又从藤上挑绿的叶子，像摆筵席的老手那样把葡萄装扮得格外诱人，然后得意洋洋地摆在桌上。她又到厨房把他父亲数好的梨全拿来，在绿叶上堆成金字塔，她跑前跑后，连蹦带跳。恨不能把父亲全部家当洗劫一空；可惜所有的东西父亲都上了锁。娜侬取了两个新鲜鸡蛋回来了，看到这两个鸡蛋，欧叶妮真想扑过去搂住她的脖子。

"佃户朗德的篮子里有新鲜鸡蛋，我向他要，这个宝贝为了讨我喜欢就给了我。"欧叶妮放下活计二十来次，跑去看咖啡煮开了没有，听听堂弟起床发出的声响，经过两个钟头精心准备，她总算张罗出一顿既简单，花钱又不多的午餐，只是家里根深蒂固的老规矩受到了极度的冒犯。照例午餐是站着吃的，每人吃一些面包、水果或一些黄油，再喝一杯葡萄酒。看着摆在壁炉前的餐桌，堂弟的刀叉前放上一把椅子，餐桌上两盘水果，蛋盅一个，白葡萄酒一瓶，又是面包，又是一小碟堆尖的糖块，欧叶妮想到父亲万一这时回来，瞪着她的那双眼睛，不由得四肢发抖，所以她不时地望望座钟，计算着堂弟在父亲回来之前能否用完这餐。"欧叶妮，放心吧，如果你父亲回来，一切由我担着。"格朗台太太说。

欧叶妮禁不住落了眼泪。

"啊！我的好妈妈，"她喊道，"我对你没有尽孝道呀！"

查理在房里哼着歌转来转去好一阵，终于下楼来了。幸好还不到十一点。瞧这巴黎人！他穿戴的那么俏，好像他是上那位去苏格兰旅行的贵妇人家里作客似的。他喜气洋洋和蔼可亲地走了进来，全身洋溢着青春的气息，让欧叶妮看了又高兴又伤心。他早已把安茹的宫堡的灾难视为笑话；他高高兴兴地走到伯母身边：

"您晚上睡得好吗，亲爱的伯母？您，堂姐？"

"很好，侄少爷，您睡得如何？"格朗台太太问。

"我睡得好极了。"

"堂弟，您大概饿了吧，"欧叶妮说，"请用餐吧。"

"中午以前我从来不吃东西，我中午才起床。不过一路上这可遭罪了，那就吃点吧，何况……"他掏出名表匠布雷盖制造的最精巧的平底怀表看了看。"怎么！才十一点钟，我起早了。"

"早……"格朗台太太说。

"是呀，我本来想收拾东西。好吧，就随便吃些，家养的鸡鸭或者野味竹鸡。"

"圣母啊！"娜侬听到这话叫了起来。

"竹鸡。"欧叶妮想，她真想拿出全部积蓄为他买只竹鸡。

"来坐这儿。"伯母对他说。

时髦的少爷随便地坐在靠背椅上像靠在长榻上摆姿势的俏女子，欧叶妮和母亲取过凳子，坐到壁炉跟前离他不远的地方。

"你们一直住在这里吗？"查理问道。他感到客厅比昨天灯光下的模样更难看了。

"是的，"欧叶妮望着他答道，"除了收葡萄的时候，我们去帮娜侬干活，大家都住在诺瓦叶修道院。"

"你们从来不出去散步吗？"

"有时候星期天做完晚祷，天好的话，"格朗台太太说，"我们去桥上走走，或者遇到割草的季节，就去看人家割草。"

"你们这儿有剧院吗？"

"看戏？"格朗台太太喊道，"看那些戏子？我的侄少爷哎，难道您不知道这是罪过吗？"

"您哪，亲爱的少爷，"娜侬拿来鸡蛋，说，"我们请您尝尝带壳的小鸡。"

"噢！鲜鸡蛋。"活像奢华惯了的人那样，查理早已把竹鸡忘到了脑后。"这可是好的东西，有黄油吗？啊，我的好娜侬？"

"啊！黄油？给您黄油，那您不想吃薄饼了。"女仆说。

"去给他黄油，娜侬！"欧叶妮喊道。

姑娘看着堂弟切面包的神态，有种说不出的喜悦，好像巴蔡动情的女工看到一出无辜者获胜的戏一样，查理从小就受到风度优雅的母亲的教养，后来又经过时髦女子的精心磨练，那一举一动的娇媚、文雅和细腻，活像一个骚首弄姿的情妇。所以，查理看到自己成了堂姐和伯母关注的对象，他就无法从感情的影响中抽身，只感到她们关切的情意潮水般向他涌来，简直把他淹没在情意的大海中。他用充满善意爱怜的目光看了堂姐一眼，眼里露出一丝笑意。在凝望中他发现欧叶妮这张纯情的脸上线条绝妙的和谐而优雅，举止清纯率真，明亮而有魅力的眼睛闪烁出青春的爱意，只有愿望毫无肉欲。

"说心里话，亲爱的堂姐，要是您穿上盛装坐在巴黎歌剧院的包厢里，我对您保证，伯母言之有理，您会让男人动心，女人嫉妒，他们不犯罪才怪呢。"这番恭维让欧叶妮高兴坏了，虽然她对此一无所知，心却砰砰直跳。

"哦！堂弟，您可不能笑我乡下姑娘。"

"堂姐，要是您了解我的话，您就会知道我最讨厌取笑人了，这样会使一个人心绝望，还伤害感情……"说到这时，他讨人喜欢地吞下一块涂上黄油的面包。"不，我没有能取笑人的头脑，所以这让我受了不少损失。在巴黎，一句'这人心地善良'就能让这个人没脸见人。这话的意思是：可怜的家伙笨得像头犀牛。可是，因为我有钱，谁都知道我用什么手枪都能在三十步外很准地开一枪，而且还是在野外，所以取笑我的人还得掂量掂量。"

"侄儿，您说这话，说明您是一个心地善良的人。"

"您的戒指真漂亮，"欧叶妮说，"让我瞧瞧，不碍事吧？"

查理伸出手摘下戒指，欧叶妮的指尖碰到堂弟的粉红色的指甲，不禁脸红了。

"瞧，妈妈，做工多精致。"

"噢！含金量绝少不了，"娜侬端着咖啡走进来，说道。

"这是什么？"查理笑着问道。

他指着一只椭圆形的褐色陶壶。那壶外面涂釉，里面涂珐琅，四周有一圈灰，壶内咖啡沉底，泡沫翻滚着。

"这是煮热的咖啡。"娜侬说。

"啊!亲爱的伯母,既然我暂时住在这里,总得做些好事留个纪念。你们太落后了!我要教你们怎样用夏塔尔咖啡壶煮咖啡。"

他力图说清夏塔尔咖啡壶的用法。

"啊!像您说的这样太麻烦了,"娜侬说,"就得花一生的时间。我才不费这个劲儿呢。啊!是不是?要是我这么煮咖啡,谁来给奶牛弄草料呢?"

"我来割。"欧叶妮说。

"孩子!"格朗台太太看着女儿。

这句话提醒大家,让三位妇女想起了苦命的年轻人就要大祸来临了,她们都闭上嘴,怜悯地看着她。查理大吃一惊。

"怎么啦,堂姐?"

"嘘!"格朗台太太喝住了正要开口的欧叶妮,"你知道的,女儿,你父亲说过由他亲口告诉先生……"

"喊我查理吧。"年轻的格朗台说。

"啊!您叫查理?多好听的名字呀!"欧叶妮叫道。

预感降临的祸事差不多总会发生。担心老箍桶匠可能不期而归的娜侬、格朗台太太和欧叶妮偏偏这时听到了熟悉的门锤声:"爸爸回来了。"欧叶妮说。

她赶忙端走了糖碟子,在桌布上只留几块。娜侬收起了放鸡蛋的碟子。格朗台太太像受惊的小鹿蓦地站了起来。对这种失魂落魄的惊恐,查理感到莫明其妙。

"喂!你们这是怎么了?"他问。

"我父亲回来了。"欧叶妮说。

"那又怎么样……"

格朗台先生走进客厅,目光锐利地看了看桌子一眼,看了看查理,心里全明白了。

"啊!啊!你们在为侄儿洗尘呢,好,很好,好极了!"一点不磕巴的说。"猫一上房,耗子就在地板上跳舞。"

"洗尘?"查理心里叨唠着,难以想象这一家人的规矩习惯。

"娜侬,给我一杯酒。"老头儿说。

欧叶妮端来一杯酒。格朗台从口袋里掏出一把厚刃牛角刀,切了一片面包,挑了点黄油仔细地涂在上面,然后站着吃起来。这时查理正在给咖啡加糖。格朗台看到那么多糖块,瞪了一眼脸色已经发白的妻子,他上前几步俯身凑到可怜的老伴的耳边问："你们从哪儿搞来这么多糖？"

"娜侬到费萨尔的铺子去买来的，家里没了。"

这沉默无言的一幕对三个女人的深刻影响简直无法想像，娜侬从厨房里赶来，看看客厅里事情怎么样。查理喝了口咖啡，觉得太苦，想再放点糖，可糖已经被格朗台放起来了。

"你要什么，侄儿？"老头问。

"糖。"

"加些牛奶，咖啡就不苦了。"主人出主意说。

欧叶妮把格朗台收起来的盛糖盘子又端了出来放到桌上，镇静自若地望着父亲。确实一个巴黎女人为了帮情人逃跑，用纤纤玉手抓住丝绸结成的绳梯的勇气绝不比欧叶妮重新把糖碟放到桌上去的勇气更足。可巴黎女子事后会得到情人的报答，骄傲地给情人看玉臂上的伤痕，那上面的每一道受伤的血管都会得到眼泪和亲吻的洗礼，并用快乐来治愈。而查理永远也不会得知堂姐在老箍桶匠霹雳般的目光的逼视下，痛苦得心如刀绞的秘密。

"你不吃些吗，太太？"

可怜的老女奴走上前来恭敬从命地切了块面包，又拿了一只梨。欧叶妮大着胆子请父亲吃葡萄："爸爸，尝尝我保存的葡萄吧！堂弟，您也吃些好吗？这是我特地为您摘的。"

"哦！要是不制止的话，她们会为你把索缪城洗劫一空的，侄儿。等你吃完饭，我们一起去花园里走走。我有话要和你说，那可不是什么甜蜜的事儿。"

欧叶妮和她母亲看了查理一眼，那表情查理马上心领神会。

"伯父，您这话是什么意思？自从我可怜的母亲去世后……（说到母亲两个字他声音软下来）我不会再有什么不幸了……"

"侄儿，谁能知道上帝要让我们经受什么样的苦难呢？"伯母说。

"得，得，得，得！"格朗台喊道，"又说蠢话了。侄儿，我看到你这双雪白的手，心里就不舒服。"他给侄儿看老天爷在他小臂的尽头安上的那双像羊肩一样宽大而肥硕的手又说，"瞧，这才是挣钱的手！你从小学会把脚放进本来应该做钱包的羊皮里去，我们却把票据放进羊皮公事包。这坏透了，坏透了！"

"您想说什么，伯父，要是我听明白一个字的话，就不得好死。"

"跟我来。"格朗台说。

守财奴"咔嚓"一声把刀子收起来，喝干剩下的酒，开门走了出去。

"堂弟，勇敢些！"

姑娘说话的口气直让查理不知所措。他跟在严厉的伯父的身后，心中忐忑不安到极点。欧叶妮母女和娜侬按捺不住好奇心，全都走进厨房，偷看着即将在潮湿的小花园里演出的那场戏的两位主角，伯父先是一声不响地跟侄儿一起走着。格朗台要把查理父亲的死讯告诉他，本来并不觉得为难，但想到查理已落到不名一文的地步，不觉有些同情，所以他寻找合适的措词，把这一噩耗说得缓和些。"你已经失去父亲了！"这话等于不说。因为父亲总死在孩子之前。但是，"你已经没有任何财产了！"这句话包含了世界上所有苦难。老头儿踩着花园中间那条小径上咯咯作响的细沙来回走了三圈。在人生的重要关头，我们的心灵总是紧紧地贴在欢情和惨祸降临的地方。所以查理以特别的关注，审视小花园里的黄杨树，飘落的枯叶，剥蚀的墙垣，奇形怪状的果树，种种如画的细节将永远深留在他的记忆中，它们通过欲望的特殊记忆和这重大的时刻融为一体。

"今儿个天真热，多么晴朗。"格朗台深吸了一口新鲜空气，说道。

"是啊，伯父，可为什么……"

"那好吧，我的孩子，"伯父继续说，"我要告诉你一个不好的消息。你的父亲很糟糕……"

"那我还在这儿干什么？"查理说。"娜侬！"他大声叫道，"快让驿站的马来。我在这里一定能找得到车的。"说着，他转身面对纹丝不动的伯父。

"车马全都没用了。"格朗台望着查理说；沉默不语，两眼发呆。"是的，可怜的孩子，你猜到了。他已经死了。不过这还不要紧，更严重的是他用手枪射穿了自己的脑袋……"

"我的父亲？……"

"是的，这还不算。报纸上还恶语中伤他。给你，读读吧。"

格朗台拿出从克吕旭那里借来的报纸，将那篇骇人听闻的文章放在查理面前。这时，还是孩子的可怜的年轻人，正处于感情动辄不加掩饰地外露的年龄，已是泪流满面。

"哭吧，哭吧，"格朗台心想，"刚才他直直的眼睛真把我吓坏了。现在哭出来，就没事了。"他不知道查理是否在听，他提高声音，继续对查理说："可怜的侄儿，这还不要紧，不要紧，你逐渐会好的。可是……"

"不会！永远不会！我的父亲！父亲呀！"

"他把家产全败光了，你已经身无分文了。"

"这跟我有何相干？我的父亲在哪里，我的父亲呢？"

哭声和抽噎声在院墙内响成一片，不仅凄惨，而且嗡嗡地回荡不绝。充满同情心的三个女人都感动得哭了；哭和笑一样是会传染的。查理再也听不下去了，他奔到院子里，跑上楼梯，冲进他的卧室，扑倒在床上，用被子把头蒙住，以便躲开亲人大哭一场。

"让这第一阵暴雨过去了再说。"格朗台说着走进客厅。欧叶妮母女俩早已坐在椅子上，用擦过眼泪的、还止不住颤抖的手重新做起活计来。"这年轻人没有出息，把死人看得比钱还重要！"

听到父亲对最神圣的痛苦竟说出这种话来，欧叶妮不禁打了个寒颤。她开始评判父亲的言行了。查理的抽噎声虽然逐渐低沉，但余音仍在屋内四处回荡，他的深痛的哀号像来自地下的痛苦呻吟，到傍晚才止住。

"可怜的孩子！"格朗台太太说。

这一声感叹却惹出了大祸！格朗台老头瞪着妻子，又看看欧叶妮和糖盘，他想起了为不幸的侄儿准备的那顿不寻常的午餐，便走到客厅中央站停。

"啊！夫人，"他像往常一样平静地说道，"希望您以后不要再大手大脚花钱，格朗台太太。不要拿我的钱买糖喂那个怪小子。""这不关妈妈的事，"欧叶妮说，"是我……"

"你长大了，是不是？"格朗台打断女儿的话，说，"居然想跟我作对？欧叶妮，你做梦……"

"父亲，您弟弟的儿子到您家里总不能连……"

"得，得，得，得！"箍桶匠连用了四个半音节说，"一会是我弟弟的儿子，一会是我的亲侄儿。查理和我们毫不相干，他身无分文；他父亲破产了，等这花花公子哭够就让他滚蛋；我才不想让他把我的家搞得乌七八糟的。"

"父亲，破产是什么意思？"欧叶妮问。

"破产嘛，"父亲解释说，"就是做了见不得人的事，最见不得人的事。"

"那也许是一种罪孽，"格朗台太太说，"我们的弟弟将受地狱之苦了？"

"好了，别再絮絮叨叨了！"他耸耸肩，对妻子说道，"欧叶妮，破产嘛，就是偷盗，倒霉的，是一种受到法律保护的。有一些人看到纪尧姆·格朗台守信用和清白的名声，就把一批货交给他，他却统统占为己有了，给人家只留下一双流泪的眼睛。拦路抢劫的强盗还比破产的人祸害好一点。强盗要抢你的东西，你还可以防卫，他也是拿脑袋冒险；可是破产的人……总之，查理把脸丢尽了。"

这些话在可怜的姑娘心中回荡，全部重量沉甸甸地压在她的心头。她的正直无异于密林深处的一朵娇嫩的鲜花，她既不熟悉处世之道，也不明白社会上似是而非的议论，因此她相信了父亲对破产有意作出的残忍的解释，其实格朗台并没有告诉欧叶妮被迫破产和有计划破产之间的区别。

"那么，父亲，您有办法阻止这件事。"

"我的弟弟并没有征求我的意见，并且他还欠四百万。"

"什么叫百万，父亲？"她问，那种天真劲儿真像是要什么有什么的孩子。

"四百万？"格朗台说，"就是四百万枚二十苏面值的钱。五枚二十苏面值的钱才能抵五法郎。"

"主啊，主啊！"欧叶妮叫出声来，"叔叔怎么会有四百万呢？法国还有别人有那么多的钱吗？"

格朗台摸摸下巴，微笑着，那颗肉瘤似乎胀大了些。

"那么，堂弟怎么办呢？"

"他要到印度去，按他父亲的遗愿，他得在那里想办法挣钱。"

"他哪有去印度的钱？"

"我给他路费……到……是的，到南特的路费。"

欧叶妮扑上去搂住父亲的脖子。

"啊！父亲，您太好了！"

她搂着父亲的那种亲热劲儿，让格朗台都差点儿羞得无地自容，良心不安。

"赚一百万得很长时间吧？"她问。

"当然！"箍桶匠说，"你知道什么叫一枚拿破仑吗？五万枚拿破仑才等于一百。"

"妈妈，咱们为他做诵'九月经'吧。"

"我也想到了。"母亲说。

"又来了，又想花钱，"格朗台叫道，"啊！你们以为家里有成百上万的钞票吗？"

这时，顶楼上传来一声凄惨的痛哭声，把欧叶妮母女俩都吓呆了。

"娜侬，上楼看看他是不是要自杀，"格朗台的这句话倒把他的妻子和女儿吓得脸色白，转身对他们说："啊！瞧你们！你们俩千万不要干蠢事。我要出门去同荷兰人商量些事，他们今天要离开这里。然后我要去找克吕旭，跟他说说家里发生的事。"

他走了，等格朗台挂上门，欧叶妮和母亲才舒舒服服地松了一口气。在此以前，欧叶妮在父亲面前从来没有感到这样拘束，但是，这几个钟头以来，她的感情和思想时刻都在发生变化。

"妈妈，一桶酒能卖多少法郎？"

"你父亲能卖到一百到一百五十法郎，听说有时候可以卖到二百。"

"那他要是有一千四百桶酒的话……"

"说实在的，孩子，我不知道一共能卖多少钱，你父亲从来不对我说他的主意。"

"这么说来，爸爸也许很有钱……"

"也许是的。但是克吕旭先生告诉我，两年前他买下了弗洛瓦丰。他手头也有些拮据。"

欧叶妮怎么也弄不清父亲究竟有多少财产，她也就不再算了。

"他根本没有看我一眼，那个小宝贝！"娜侬边下楼边说道，"他像条小牛伏在床上痛哭流涕，真是想不到！这可怜的少爷是多么的伤心呀！"

"妈妈，我们快去安慰安慰他吧。要是有人敲门，我们再下楼。"

格朗台太太无法抗拒女儿悦耳的声音。欧叶妮是个品格高尚的人，她已经是个成熟的女人了。母女俩提心吊胆地上楼，到查理的卧室去。门开着。年轻人既看不见也听不到有人上来，只顾埋头痛哭，嘴里发出含糊不清的呻吟。

"真是个孝顺的孩子！"欧叶妮悄声说。

她的话音明显地透露出她不知不觉动了情，并存着一线的希望。所以格朗台太太用充满慈爱的眼神看了她一眼，她对女儿耳语道："小心，你要爱上他了。"

"爱上他！"欧叶妮接说，"您要是听到父亲上午说的话，您就不会说这样话了。"

查理翻了一个身，看见伯母和堂姐。

"我父亲死了，可怜的父亲！要是他早把内心的不幸告诉我，我们肯定会一起努力挽回不利局面。天哪，我的好父亲！我本以为很快就能再见到他，我想，临别时，我没有那么亲热地跟他拥抱吻别……"

又一阵呜咽中断了他的话。

"我们为他祈祷，"格朗台太太说，"您得听从上帝的意愿。"

"堂弟，"欧叶妮说，"拿起勇气来！您的损失已经无法挽回，那么现在要设法挽回您的名誉……"

欧叶妮像对什么事都面面俱到似的，即使安慰别人也考虑得很周全的女人那样，自有一种本能；欧叶妮希望堂弟多为自己的今后打算以此减轻眼前的痛苦。

"我的名誉？……"查理把头发用力甩一甩，合抱着手臂，从床上坐起来喊道。"啊！不错。伯父说我的父亲破产了。"他凄惨地尖喊一声，双手蒙住了脸。"您别管我，堂姐，出去！天哪，天哪！饶恕我的父亲吧，他受的苦够多的了！"

看到他这种幼稚、真实、毫无心计、没有私心的痛苦，真让人又感动、又害怕。当查理挥手间她们走开了，心地纯朴的欧叶妮和她的母亲都清楚，这是一种羞于见人的痛苦。她们下楼，默默地又重回到窗前各自的座位上，拿起活计；足足干了一个小时。刚才欧叶妮凭她那种洞察一切的目光，瞥了一眼堂弟的生活用品，她看到了那套精致的梳洗用的小玩意儿，镶金的剪子和剃刀。在悲恸的气氛中流露出的那样奢华气派。母女俩一直生活在平静的孤独中，从来没有这样严重的事件发生过，这种悲惨沉重地打击了她们的想像力。

"妈妈，"欧叶妮说，"我们该为叔叔戴孝吧。"

"这事该你父亲决定的，"格朗台太太回答说。

她们又沉默不说了。欧叶妮不紧不慢地做着针线活，有心的旁观者或许能从她有规律的动作中看到她沉思时的很多念头。这可爱的姑娘的头一个愿望就是分担堂弟的悲伤。四点钟左右，粗暴的敲门声，像敲在格朗台太太的心上。

"你父亲怎么啦？"她对女儿说。

格朗台老头欢天喜地地走了进来。他脱下手套，用力地搓手，恨不能把皮搓掉，幸亏他的皮肤像上过硝的俄罗斯皮件，只差没有上光和加进香料。他来回踱步，看看钟。最后他还是把秘密说出来了。

"太太，"他不打磕巴，流利地说道，"我把他们全蒙了。我们的酒全卖掉了！荷兰人与比利时客人今天早上动身，我就在他们住的客栈前面的广场上散步，装出一副傻乎乎的样子。你认识的那家伙过来找我了。所有出产好葡萄的园主们都压着货想等好价钱再卖，我就没阻止他们。那个比利时人有点失望了。我早看在眼里。结果以每桶二百法郎成交，他买下了我们的货，一半付现钱。付给我的现钱是金币。字据都签好了，这六路易是给你的。再过三个月后，酒价肯定会跌的。"

说最后一句话时他的语气特平静，但是话里充满了挖苦的味道。这时聚集在索缪中心广场上的人们，被格朗台的酒已经脱手的消息搞得不知所措；要是他们听到格朗台刚才的话肯定会气得发抖不可。担心酒价下跌一半。

"您今年有一千桶酒，父亲？"欧叶妮问。

"对了，我的小宝贝。"

老箍桶匠只有在最高兴的时候这样称呼自己的女儿。

"这能卖到二十万法郎了。"

"是的，格朗台小姐。"

"这样的话，父亲，您就不难帮查理了。"

当年伯沙撒王看到"算、量、分"这条谶语所表现的惊讶与愤怒也无法同格朗台此时胸中的怒火相提并论。他早就把侄儿忘了，然而他发觉他在女儿的心里。在女儿的计划之中。

"啊！好啊，自从那个花花公子迈进我家门，一切都给搅得乱七八糟。你们摆阔气，买糖果，摆宴席，花天酒地。我最讨厌这种事。我这把年纪，总该懂得怎样做人吧！何况绝不让自己的女儿或是什么别人来教训我。对我的侄儿，我会做我认为该做的事，你们少管闲事。至于你，欧叶妮，"他转向女儿，"不要再跟我提到他，不然我把你跟娜侬一起送到诺瓦叶修道院去，看我敢不敢。你再烦我，明天就送你走。这小子在哪儿？下楼来了吗？"

"没有，朋友。"格朗台太太答道。

"没有？那他在干什么？"

"在哭他的父亲。"欧叶妮回答。

格朗台瞪了女儿一眼，一时语塞。无论怎么讲，他也是个父亲。在客厅里转了几圈，就急忙上楼，在密室里考虑买公债的事。他从一千三四百公顷的森林中齐根砍下的林木，为他赚了六十万法郎；再加上白杨树的卖价与刚成交的那笔二十万法郎的买卖，总数足有九十来万法郎。公债一股七十法郎，短期内就可以赚到百分之二十的利息，这笔钱引得他跃跃欲试。他就在刊登他兄弟死讯的那张报纸上，一笔笔的计算着，侄儿的呻吟传进耳里，他也没听进去。娜侬上楼来敲密室外的墙壁请主人下楼，晚饭已预备好了。在过厅最后一级楼梯时，格朗台心里盘算："既然能赚到八厘，这桩买卖我做定了。两年内，我就会从巴黎得到一百五十万法郎的金子。"

"咦，侄儿呢？"

"他说没胃口，"娜侬说，"这会伤身体的。"

"能节约些粮食也好。"主人反驳说。

"那当然了？"她接话。

"咳！他不能一直哭下去呀。饿极了也得钻出树丛。"

晚饭出奇的静。

"好朋友，"格朗台太太等桌布撤走之后说道，"我们该戴孝吧？"

"说真的，格朗台太太，您只会出花钱的方法。孝要戴在心里，不是戴在衣服上。"

"可总要给兄弟戴孝呀,教堂会命令我们……"

"那就从您的六路易拿点钱去买你们孝服吧,我只要一块黑纱就行了。"

欧叶妮一句话没说地仰头望天。一向受到压抑而潜伏在她的内心的慷慨的倾向,突然觉醒了:平生第一次感到自己的感情时时刻刻受到伤害。这天晚上表面上同他们单调生活中的无数个晚上没什么不同,但却是最难熬的。欧叶妮只顾低头做活儿,没有动用昨晚被查理不屑一顾的针线包。格朗台太太忙着编织她的袖套。格朗台把大拇指,足足转动了四个小时,完全沉浸在第二天让索缪人都大吃一惊的算计之中。那天晚上无人登门造访。全城都在议论格朗台的成功、他兄弟的破产和他侄儿的到来。出于对共同利益议论一番的需要,索缪城里中上阶层的葡萄园主都聚集在德·格拉珊先生的家中,对前任区长肆意谩骂。

娜侬依旧纺她的线,客厅灰色楼板下面只听见纺车嗡嗡的声响。

她说:"咱们都不用舌头了。"她露出一排像剥光了皮的杏仁一样又白又大的牙齿。

"什么都应该节省。"格朗台从沉思中清醒过来回了一句。他感到与看到自己置身于三年以后的八百万财产之中,仿佛在广阔无垠的黄金海洋里航行。"睡觉吧。我代表大家去跟侄儿说声晚安,再看看他想不想吃些什么。"

格朗台太太站在二楼的楼道里,想听听老头儿跟查理怎么说。欧叶妮比她母亲更大胆,多上了几级楼梯。

"喂,侄儿,你心里肯定很难受。那就哭吧,这是人之常情。父亲总归是父亲。不过有痛苦就忍着些。你哭的时候,我却已经在为你想打算了。你看,我可是个好伯父啊。好了,勇敢点!你想喝一杯吗?在索缪葡萄酒算不了什么,在这里请人喝酒就像印度人请人喝茶一样。怎么,"格朗台继续说,"你没有点灯。这不好,这不好!做事总得看清楚才行。"格朗台向壁炉走去。"咦?"他喊道,"这不是白蜡烛吗?哪儿弄来的?为了给这小子煮鸡蛋,这些臭娘儿们会把我的房屋的楼板拆了!"

听了这些话,母女俩像受惊的耗子进洞一样连忙躲回自己的房间。

"格朗台太太,难道您有一座金库吗?"丈夫走进妻子的卧室问道。

"朋友,我在做祷告呢。等一会儿好吗?"可怜的女人连声音都变了。

"叫你的上帝见鬼去吧!"格朗台嘟囔道。

守财奴不相信来世,他们认为眼前就是一切。这种思想把这个时代的特征暴露得淋漓尽致,金钱控制法律、政治和习俗的程度,任何时代都无法比拟的。学校、书籍、人物和学说,所有都旨在破坏对未来生活的信仰,而一千八百年来的社会结构就建立在这种信仰之上。现在，死亡是不那么让人害怕的一种转变。我们升天后，未来被拉回到了现在，到达享受荣华富贵的人间天堂，甘愿化为铁石，用苦行磨炼自己的身体得到暂时的残害，就像殉道者为了永恒的幸福而受难一样，这一切已成为普遍的思想！这种思想被到处揭示，甚至写进法律；法律并不质问法官"你在想什么，"而是问"你付多少钱。"当这种学说被资产阶级传给平民百姓时，我们的国家会变成什么样？

"格朗台太太，你做完祷告了吗？"老箍桶匠道。

"朋友，我在为你祷告呢。"

"好极了！晚安。明天我们再谈。"

可怜的女人入睡时好像没有学好功课的小学生，生怕醒来看到老师的怒容。正当她担惊受怕地用被子裹紧身体，蒙住耳朵准备入睡时，欧叶妮穿着睡衣，光着脚板，溜到她的身边吻了吻她的额头。

"啊！好妈妈，"她说，"明天，我告诉他一切，都是我出的主意。"

"不行，他会把你送到诺瓦叶修道院的。让我来对付他，他总不能吃了我。"

"听见了吗，妈妈？"

"听见什么？"

"他一直在哭。"

"去睡吧，孩子。你光着脚会着凉的，砖地很潮湿。"

庄严的一天就这样结束了。它对这位既富有又贫穷的女继承人的一生将带来大影响。她的睡眠再也不会像过去那样完整香甜了。人生有些事情尽管是真实的，但从文学形式上显得失真。人们差不多总会忘记对自发的决心给予心理的阐述，并且对促成决断所必需的神秘的内心推理不加任何说明吗？或许欧叶妮发自肺腑的激情要在她最微妙的肌理中去剖析，一些爱冷嘲热讽的人说她的激情是一种病态，影响着她的一生。许多人宁愿否认事情的结局而不想掂量道德方面，对善于观察人性者来说，欧叶妮的过去将成为她轻率的天真和心灵感情突然流露的保证。她过去的生活越平静，女性的怜悯之情，感情中最精妙的感情，在她的心中迸发得就越强烈。所以，被白天发生的事搞得心绪不宁的欧叶妮，半夜惊醒好几回后侧耳聆听堂弟的声响，仿佛又听到了从昨天起一直在她心里回荡不已的一声声叹息。时而看见他悲痛欲绝，时而又梦见他饥肠辘辘。天亮后，她的确听到了一声吓人的叫喊。她连忙穿好衣服，凭借似明未明的晨光，蹑手蹑脚地跑到堂弟房里。门大开着，蜡烛已经燃尽。疲劳之极的查理和衣睡在椅子上，头倒在床上。他像腹中空空的人那样在做梦。此刻欧叶妮尽可痛痛快快哭一场，尽可欣赏这张由于痛苦而变得像石头一样冷峻的秀美青年的脸蛋和那双哭累肿了的眼睛，虽在梦中的他似乎还在流泪。查理似乎感觉到欧叶妮的到来，便睁开眼睛，看到她亲切地站在面前。

"对不起，堂姐。"他说。显然他不知道时间，也不知道自己在什么地方。

"堂弟，这里有几颗心听到了您的声音，我们以为您需要什么您应该睡在床上，这样躺着会很累的。"

"是的。"

"那好，再见吧。"

她赶紧走出房门，为自己到这里来又羞愧又高兴。只有天真幼稚才会有这样大胆的行为。涉世一深，美德也会像恶念一样锱铢计较。欧叶妮在堂弟面前没有发抖，可一回到自己的房里却几乎站不住了。愚昧无知的生活突然中止，她思前想后一番，着实自责了，"他会怎么看我呢？他会以为我爱上他了。"而这正是她最希望。坦诚的爱情有他自身的预感，深知爱情会激发爱情。孤独的少女这样悄悄溜进一个年轻男子的卧室该是多了不起的举动啊！在爱情方面，有些思想行为对于某些心灵不就是神圣的婚约吗？一个钟头后，她走进母亲的房间，照例侍候母亲起床。然后，她们坐到客厅窗前焦虑不安的，等待着格朗台，就像有的人由于害怕挨骂，由于害怕惩罚，心忽冷忽热，心忽张忽缩，这由各人性格而定：这种再自然不过的情绪，连家畜都感觉得到，它们因自己不慎而受了伤能一声不吭，挨主人打有一点儿疼就会叫喊。老头儿走下楼来，漫不经心地跟妻子说话，又吻了欧叶妮，然后坐到桌子跟前，仿佛根本没想起昨晚的恐吓。

"侄儿怎么样啦？他倒是不烦人。"

"老爷，他还在睡着呢。"娜侬回答说。

"那再好不过，这样就用不着点蜡烛了。"格朗台不无挖苦地说道。

这种反常的宽大与刺人的玩笑使格朗台太太颇感意外。她畏惧地盯着丈夫。老头儿……这时也许应该向诸位说明：在都兰、安茹、普瓦图和布列塔尼等地区，老头儿这一词我们已经多次用来指格朗台了，既可用于最残忍的人，也可用于最憨厚的人，只需他们到一定年龄，都能通用。这一称谓和个人的善良忠厚无关。言归正传，老头儿拿起帽子、手套，说："我要去广场遛遛，看能不能遇到几位克吕旭先生。"

"欧叶妮，你父亲肯定有事儿。"

事实上，不贪睡的格朗台，夜里把一半时间都花在初步盘算上，这些盘算使他的见解、观察、计划达到惊人的精确，总能保证事事成功，让索缪人赞叹不已。人的本领是耐心与时间相组合。强者既有愿望，又善于伺机而动。守财奴的生活就是不停地利用让人类的能量为个人效劳。他只依靠两种感情：自尊和利益；可是利益在一定程度上是具体的、不言自明的自尊心，而且不断证实自己真正高人一等，所以自尊心和利益是同一事物的不同面，均来自自私自利。对那些，被巧妙地搬上舞台的守财奴，惊人的好奇心大概就源于此。这些人物同人类的全部感情是不可分割的，是一切感情的缩影。哪里有没有欲望的人？而没有金钱哪种社会的欲望能得到满足？格朗台的确有事儿，妻子猜得没错。和所有的守财奴一样，他有一种同别人较量一番，把别人的钱合法地弄到手的紧迫感，攫取他人的钱财，难道不是显示威力，让自己永远有权藐视那些由于过分懦弱只好任人宰割的弱者吗？啊！谁能真正理解乖乖地躺在上帝面前的羔羊？它既是人间一切受害者最感人的象征，最终也是受人颂扬的苦难和懦弱的化身，守财奴把它养肥，圈起来，宰了它，煮熟后吃掉它，藐视它。守财奴的精神食粮就是金钱和轻蔑。第一天夜里，老头儿的念头又转了方向：他的宽大是由此而来的。他想出一套作弄巴黎人的阴谋诡计，折磨他们，欺骗他们，揉搓他们，让他们东奔西跑、汗流夹背、充满希望、脸色发白。他在灰色客厅尽头，在登上索缪城他家那架虫蚀斑斑的破楼梯时就这样取乐。他老惦着侄儿的事。他想挽回亡弟的名声又不想花费侄儿和他的一分钱。他把现金将存入为期三年的账号，今后他只管好田庄就行了。因此，他需要一种养料来维持勾心斗角的心眼儿，而他兄弟的破产恰好给他提供了这种养料。既然他感到利爪之下已榨不出油来了，他只好去捏碎巴黎人，来给查理弄些好处，自己就成了分文不失的好兄长。家庭的名誉根本没有列在他的筹划中，他的善意犹如赌徒们兴高彩烈地欣赏一场没有大赌注的赌博时的心情。因此他离不了克吕旭叔侄，可他不愿属从他们，而要他们自己找上门来，他决定当晚让刚刚构思好的这场喜剧就开演，以便不花分文在演出后的翌日博得全城人交口称赞。父亲不在家，欧叶妮庆幸自己可以公然关心亲爱的堂弟，毫无顾忌地把藏在心底的怜悯倾注在他身上。怜悯是女性崇高的优点之一，是她让别人感觉到的惟一的情感，也是她让男人接受而毫不妒嫉的惟一感情。欧叶妮三番五次跑去听堂弟的呼吸声，想知道他是睡着还是已醒了。后来，他起床了，于是奶油、咖啡、鸡蛋、水果、盘子、杯子，一切与早餐有关的东西都成了她精心料理的对象。她轻盈地爬上破旧的楼梯去听堂弟的动静。他在穿衣吗？还在哭吗？她一直走到房门口。

"堂弟？"

"堂姐。"

"您想在哪吃早饭呢，客厅还卧室？"

"哪都行。"

"您感觉怎么样？"

"亲爱的堂姐，真不好意思，我饿极了。"

这段隔着门的对话，欧叶妮觉得，简直是小说中的一整段插曲。

"那好，我们把饭端到您的房里，免得父亲生气。"她如飞燕般跑进厨房。"娜侬，马上去收拾他的房间。"

欧叶妮感到这架上上下下多少回的破楼梯，一有响动就回声不绝，它仿佛已失去破旧的性质。同时她觉得楼梯光彩夺目，会说话，像她一样充满青春的活力，为她的爱情而服务，她的慈祥而宽容的母亲也甘心情愿顺从她的爱情梦幻。等查理的房间收拾好后，母女俩一块进去陪伴这位不幸的人。基督教慈悲为怀的教义就要她们安慰遭难的人吗？两个女人从教义中汲取了不少诡辩术替她们的越规行为辩解。于是，查理·格朗台发觉自己成了最亲切温柔的关怀的对象，他那颗因痛苦而破碎的心，强烈地感受到这种甜蜜的友谊和和蔼可亲的亲情，那是母女俩心灵始终处于压抑之中的苦难的区域里，在她们天性所属的范围里，一旦获得片刻的自由就会流露出来的感情。既然查理是亲戚，欧叶妮就有理由整理堂弟随身带来的内衣和梳洗用品，也能随心所欲地观赏每一件精美的小玩意儿、金银饰物，以察看做工为借口而不肯释手。查理看到伯母和堂姐对他关怀备至，深受感动。他对巴黎的社会了如指掌，明白以他目前的处境，照例只能受到冷待；此刻在他眼中的欧叶妮光彩照人具有一种特殊的美丽，昨天他还瞧不起的乡土气，如今他赞赏它的纯朴无华。所以，当欧叶妮从娜侬手中接过一只盛满牛奶的咖啡，充满深情地端给堂弟，并亲切地看了他一眼时，年轻的巴黎人热泪盈眶捧起她的手亲吻了一下。"哎，您又怎么啦？"她问。

"哦！这是我感激的泪水。"他答道。

欧叶妮突然转身跑到壁炉前去拿烛台。

"娜侬，把烛台拿过去。"她说。

当她回头再看堂弟时，尽管脸上红晕未褪，但至少目光显得镇定自若，没有把内心的喜悦表现出来；两人的眼睛却表达了同样的感情，犹如他们的心灵融化在同一个思想之中；未来是属于他们的。这种温情对于遭了大难的查理觉得尤为甜蜜，只因自己有难在身边故不再奢望。一声门锤响，把母女俩召归原位，幸亏她们下楼迅速，等格朗台进来时已经拿起活计，要是他在楼梯下的门厅里遇到她们肯定会起疑心的。老头儿匆匆忙忙吃完午餐，庄园看守没有拿到预先说定的津贴，从弗洛瓦丰赶回来了。他还拿来在庄园里打的一只野兔和几只竹鸡，还有磨坊租户托他带来抵租的几条鳗鱼和两条梭鱼。

"喂！可怜的高诺瓦叶，你来的正是时候。这些东西好吃吗？"

"当然好吃了，亲爱的好老爷，两天前打到的。"

"喂，娜侬，快过来，"老头儿说，"把这些东西拿去，我要请两位克吕旭吃晚饭。"

娜侬瞪眼看着众人大家。她说："但是我到哪儿去弄猪油和佐料呀？"

"太太，"格朗台说，"给娜侬六法郎，别忘了提醒我过会儿去地窖拿几瓶好酒。"

"那么，格朗台先生……"庄园看守早已准备好了索取津贴要说的话。

"得，得，得，得，"格朗台说，"我知道你要什么。你是个老好人，我们改天再说吧，今天我很忙。"他又转身对格朗台太太说："太太，给他五法郎。"

他连忙走开了。可怜的女人用十一法郎买了个眼前的清静，甭提有多高兴了。她知道，格朗台把给她的钱一点点捞回去之后，她会过上半个月的太平日子。

"拿着，高诺瓦叶，"她给了十法郎，"我们以后再酬谢你吧。"

高诺瓦叶二话没说，拿了钱就告辞了。

"太太，"娜侬戴上黑头巾，手里提着篮子，说："我只要三法郎，剩下的您留着吧。用这些钱照样能把事情办成。"

"娜侬，把晚餐弄得丰盛些，堂弟要下楼吃饭的。"欧叶妮说。

"说真的，家里肯定有大事要发生，"格朗台太太说，"我们结婚以来，这是你父亲第三次请客。"

四点钟左右，欧叶妮和她母亲摆好了六副餐具，主人从地窖拿出几瓶内地人珍藏的陈年好酒，这时查理走进客厅。年轻人脸色苍白。他的举止、神态、眼神和说话的声调充满着一种潇洒优雅的阴郁。他的悲痛不是装的，他的确很难过，他脸上忧愁的样子很讨女人喜欢。欧叶妮为之越发更疼爱他。也许，不幸使他们的距离更近了。查理不再是她心目中高不可攀的、阔绰的美少年，而是一个陷入困境的穷亲戚。贫穷出平等。拯救受难者是女人天使相同之处。查理和欧叶妮只以眼睛交谈，相互理解；此时这位失去金钱地位的花花公子一言不发沉静而高傲地坐在角落里；但堂姐温柔爱怜的目光不时地投向他，迫使他抛开愁思，同她一起奔向的希望和未来这正是她梦昧以求的。这时格朗台宴请克吕旭叔侄的消息在索缪城引起了轰动；他昨天出售当年的收成。犯下背叛全体葡萄园主的滔天罪行，在社会上的反响还没这么大。倘若狡猾的葡萄园主为了惊世骇俗，像苏格拉底的弟子阿尔契别亚德当年那样，割掉爱犬的尾巴宴客，那么他也许会成为一位伟人的；但他总是盛气凌人，不停地嘲笑索缪人，他比一般人要聪明得多。德·格拉珊夫妇很快便得知查理的父亲已自杀，可能已经破产的消息，便决定当晚就到老主顾家来表示哀悼与慰问，顺便探听一下为何在服丧期还宴请克吕旭叔侄。五点整，克·德·蓬丰所长与他的叔叔克吕旭公证人全都穿戴节日盛装来到格朗台家。客人入席后，马上开始品尝美味佳肴。格朗台神色严峻，查理一声不响，欧叶妮沉默不语，格朗台太太也不像平日健谈，使这顿晚餐成了名符其实的吊唁餐。离席时，查理对伯父伯母说："请允许我先告退。我要写一封伤心的长信。"

"请便吧，侄儿。"

查理走后，老头儿想，他专心写信也不会听得见别人的谈话，便狡黠地望望妻子，说道：

"格朗台太太，我们要谈的事你们一窍不通，已经七点半了，还是去睡觉吧。晚安，孩子。"

他吻了一下欧叶妮，母女俩就出去了。这天晚上的演出到这时才正式开场。格朗台早在与人们的交往中学得诡计多端，以致于那些被他咬得皮开肉绽的人送给他个"老狗"的雅号。要是索缪区长有更大野心，而且巧遇良机，爬进社会的高层，被送去参加各国事务的会议；把他追求个人利益的本事用到国际上去，毫无疑问，他会为立法立下汗马功劳。可是老头儿离开了索缪也许就是一个可怜的普通人了，有些人的头脑也许就跟某些动物一样，离开他们出生地便再也无法繁衍后代。

"所……所……所长……先生……您……您说……说过破……破破破产……"

老头儿装了多年而旁人也都习以为常的口吃，以及平常在雨天抱怨的耳聋，此刻，使两位克吕旭先生感到特别烦闷，他们俩一面听葡萄园主结结巴巴往下说，一面不知不觉地也扭动着嘴脸，好像在替他使劲儿，要把他有意说得含糊的话替他说完一样。在此，也许有必要追述一下格朗台口吃和耳聋的秘密。在安茹，对本地话听得明白，讲得明白的，谁也比不上狡猾的葡萄园主。虽然他精明过人，但过去也被犹太人愚弄过。那个犹太人在谈生意的时候，总用手遮住耳朵，假装听觉不灵，同时结结巴巴地像要寻找合适的措辞，表示口才太差。格朗台动了恻隐之心，帮那个狡猾的犹太人寻找出他假装找不着的词句和想法，结果他的话成了该死的犹太人要说的话，而最终他成了那个犹太人而不是格朗台了。老箍桶匠结束了这场古怪的战斗，达成了一项平生惟一吃了亏的交易，虽说经济上受了损失，精神上却得到受益匪浅的教训。格朗台后来很感激犹太人教会他这一手，如何使生意上的对手焦躁不安的手段，忙于替对手表达思想，从而忘掉自己的观点。而今天晚上要谈的事情就需要装聋与口吃，更需要把真实想法隐藏起来同对手拐弯抹角的兜圈子。首先，他不愿对自己的想法负责任；其次，他又愿意说话主动，叫旁人摸不透他的真实意图。

"德·蓬……蓬……蓬丰先生……"三年来格朗台第二次称克吕旭的侄子蓬丰先生。所长可能以为自己已经被诡计多端的老头儿选为乘龙快婿了。"您……您……您刚才说，破……破产……可……可以……出于某……某种情况下可……可……可……"

"被商业法庭出面阻止。这种事情已司空见惯了，"德·蓬丰先生抓住了，说得确切些，自以为猜到了格朗台的想法，所以很热情地准备对他详细解释一番。"您想听听？"

"我洗……洗耳恭……恭听。"老头儿毕恭毕敬地回答说，那模样像假装认真听老师讲课而心里却在偷笑的学生。

"一个受人尊敬的重要人物，例如，在巴黎的已故的兄弟……"

"我……我兄弟，是的。"

"一旦受到无力还债的威胁……"

"这……这……叫做……无……无力还债？"

"是的。当破产已成定局时，对他有管辖权的（请听好）商业法庭有权通过判决给他的商社任命一些清理员。清理并非破产，您明白吗？一个人一旦破产就丢尽了脸面；但是接受清理的人仍被视为品行端正的人。"

"这就有很大……大……大……大的区别了，要……要是……代价……并……并不很高……"格朗台说。

"即使没有商业法庭也还可以宣告清理的。因为，"所长吸了一撮鼻烟继续说，"您知道怎样才宣告破产呢？"

"我从来没有想……想……想过。"格朗台回答。

"第一，"法官接着说，"当事人或他的正式登记的代理人向送往法院书记室亲自造好的资产负责表。第二，由债权人亲自提出。如果当事人不交资产结算表，或任何债权人不申请法院宣告该当事人破产，那又会发生什么事呢？"

"是啊，会怎……怎么样呢？"

"那么死者的家属、代表、继承人。或者当事人如果没有死，则由他自己，或者当事人不想出面，可以由他的朋友，出面清理。也许您愿为兄弟清理吧？"所长问道。

"啊！格朗台，"克昌旭公证人叫道，"要是这样那就太好了。我们这地处偏僻，名誉至关重要。您的兄弟毕竟跟您同姓，要是您挽救了家庭的名誉，那您可真就是个人物了……"

"就太高尚了。"所长打断叔父的话说。

"那当然，"老葡萄园主说，"我……我……我的弟弟是……是……是同姓……跟……跟我姓格朗台。

这……这这是肯定无疑的。我……我……我不否……否……否认。而这这这……种……清清清清理……能能能能……在任……任何情情情况况……况下，从各各各方方面看看看，对对对我我我……所爱的侄儿是是是很很很有利利利的。可是，先得弄明白。我不认认……认得那些巴黎狡猾的家伙。我……在索缪，您知道！我的葡葡萄秧，我的水水水渠，总，总之，我有我的事。我从没有开过期票。什么叫期票？我我我收到的期期期票多了。可我并没有签签签发过。期票可以兑兑兑兑现，也可以贴贴贴贴现。我就知道这些。我还听说可可可可以赎回期期……"

"是的，"所长说，"可以打点折扣，从市场上收回期票。您明白吗？"

格朗台用手托住耳朵，所长把话又重复了一遍。

"可是，"葡萄园主接着说，"这这这中间，有人喝汤，有人吃肉了。我我我这这把年年年纪，对这这这些事事事，我都都闹闹闹不清。我得……得……留……留在这里看看管谷物。谷物收成了好，就用……用谷物……支付。我在弗洛瓦丰有有有重要的生意要做，赚赚赚钱生意，我不能抛抛抛开我我我的家去应应付我根本不不不了解的鹰魔鬼们……乌……乌七八糟的。您说我我我应该去去去巴黎办清清清理理理，制止破产宣告。谁也不能同时身首两两处呀，我又不是小小鸟……所以……"

"我懂您的意思！"公证人说，"那好办，老朋友，总能该有几位能为您赴汤蹈火的朋友吧。"

"得了吧，"葡萄园主心想，"那您决定呀。"

"要是有人去巴黎，找令弟纪尧姆最大的债主，对他说……"

"等等，"老头儿接言道，"跟他说。说什么？是不是这这样说：索缪的格朗台先生这……这……索缪的格朗台台先生那……那……他疼他的弟弟，爱他的侄侄侄儿。格朗台是位好好亲亲亲戚，他有一……一片好心。他卖……卖了自己的的……好成……不要宣告破破破破产，你们开……开个会，任任任任命几个清清清理员。到那时格朗台等等等着瞧吧。与与与其让法法院插插……手，倒不如……清理更上……算……嗯？是这样吧？"

"没错。"所长说。

"因为，您知道，德·蓬蓬蓬丰先生，在打……打……定主意……以前，得斟酌斟酌，办不……到总是……办不到。凡……凡是开……开销大的事，为为为了不倾……倾家荡产，得先……把收支弄弄弄清。嗯？对不对？"

"当然，"所长说，"我的想法是在几个月内花一笔钱通过协商付款把债券全部赎回，哈哈！手里拿块肥肉，还怕狗不跟着您跑吗？只要不宣告破产，只要您把债券握在手里，您就是清白的。"

"清……清白，"格朗台用手托着耳朵，重复所长的话，说，"我不懂，什么清……白？"

"那您就听我说吧。"所长道

"我……我听着呢。"

"债券是一种商品，价格有涨有落。这是根据杰雷米·边沁对于高利贷者的原则推论。他论证了谴责高利贷的偏见是胡说八道的。"

"哦……"老头儿叫道。

"边沁认为，金钱在原则上是一种商品，代表金钱的东西也是商品，"所长继续说，"谁都知道，有某某人签名的期票，跟这种或那种商品一样，在市场上或滥或缺，其价格时涨时落，商业法庭可以要求……（咄！我真糊涂，对不起），我认为您可以打二五折吧，令弟的债券扣赎回来。"

"您您……说，他叫叫……杰……杰……杰雷米。边……"

"边沁，是个英国人。"

"这位杰雷米使我们在生意上再也用不着叫苦连天了。"公证人笑着说。

"那些英国人有有时候还真讲情……情理，"格朗台说，"这样的话，按边……边边沁的说，我兄弟的债券说……说是……值值钱……也不值钱了。是这样的话，我……我我说对了，是不是？我觉得这很清楚……债主可能会……不，不可能……我心里明……明白。"

"让我给您再解释一下，"所长说，"从法律上讲，如果您要把格朗台商社的债券全都弄到手，那么令弟或他的继承人就不欠任何人的债了。好。"

"好。"老头儿重复道。

"以公道而论，如果令弟的债券在市场上以百分之几的折扣转让（转让您明白这个词的意思吗？），而恰好您有位朋友路过，就把债券买下来，因为，债权人没有在任何暴力威胁的情况下，自愿出售债券，所以，已故的巴黎格朗台的遗产就光明正大地偿清。"

"不错。生……生……生意就是生意，"箍桶匠说，"这无……无……须……不过，然而，您知道的，这这很很……很难。我，我……没有……钱钱……也……也……也没有……时……时间。"

"是啊，您脱不开身。哎，有了，我愿代您到巴黎走一趟（路费由您来付，小意思）。我去拉债权人，跟他们谈谈，缓期付款，只要您在清理的数额上再另付一笔钱，一切都会解决，最终目的为了收回全部债券。"

"这些以后再……商……商量，我……我……不……不能，也不想……没弄清就……应……应承……不……不……不行的，您……懂吗？"

"这倒没错。"

"您说……说的……话……您……简直把……我……我的脑……脑袋都……胀……胀了。我平生头……头一回……得考考……考虑这么个……"

"是啊，您不是法学家。"

"我，我只是个穷……穷种葡萄的……您刚才说的那……那些话……我一窍……不……不通；所以我得……得……得研研……研究研究……"

"那好。"所长摆出像要作总结的架势。

"侄儿……"公证人带着责备口吻打断他的话头。

"怎么，叔叔？"所长问。

"让格朗台先生说说他的意思，现在正谈委托是一件大事，咱们的朋友应该对委托范围作一个明确的……"

一声门锤宣告德·格拉珊一家到了。他们的出现和问候打断了克吕旭的话。公证人对打断他的话很高兴。因为格朗台已经斜眼看他了，鼻尖的肉瘤传达出了他内心的焦燥不安；但是，首先，谨慎的公证人认为；一个初级裁判所长不适合亲自去巴黎让那些债权人妥协，插手一件冒犯廉政法律的作弊行为之中；其次，他还没有听到格朗台肯不肯出钱，侄儿就冒然卷入此事，公证人不禁浑身一颤。所以，趁格拉珊夫妇进门的当儿，他把侄儿拉到窗户旁边……

"你的意思已经说得够清楚了，侄儿，献殷勤也要有个分寸吧。你想他的女儿都想疯了。见鬼！不能像刚出窠的小乌鸦那样见到核桃就乱冲乱撞。现在让我来掌舵，你只要敲敲边鼓儿就行了。你没必要以你的法官身份参与这种事……"他的话还没说完，就听到德·格拉珊先生向老箍桶匠伸手说道："格朗台，惊闻您府上遭到不幸，纪尧姆·格朗台的商社破产了，令弟也去世了。我们特地前来表示哀悼。"

"小格朗台的死才是最不幸的，"公证人打断银行家的话说，"他要是想到向哥哥求授，也就不会自杀了。咱们的老朋友最看重名誉，他打算清理巴黎格朗台家的债务。我这个当所长的侄儿，为了避免格朗台先生在这样一桩涉及司法纠纷带来的麻烦，自告奋勇要立刻代格朗台先生去巴黎，同债权人磋商，并适当地满足他们的要求。"这番话得到了摸着下巴的葡萄园主的认可，让德·格拉珊一家三口万分惊讶。他们在来的路上还随心所欲地咒骂格朗台的吝啬，他几乎是害死其兄弟的凶手。

"啊！我早就知道了。"银行家瞅着妻子叫道。"路上我和你怎么说来着，太太？格朗台连头发根儿都是重名誉的人，决不容忍堂堂姓氏受半点玷污！没有名誉的钱是一种病！咱们内地就讲面子。好，好样的，格朗台！我是个军人，不会隐瞒自己的想法，怎么想就怎么说；这确实好极了！太高尚了！"

"可……可……这……高尚……的代价很昂……很昂……呀。"当银行家握着他的手热烈晃动的时候，格朗台这么回答道。

"可是，亲爱的格朗台，"德·格拉珊接着说，"虽然所长听了会不高兴，但我还得说，这件事儿纯粹是生意经，需要一个经验丰富的生意人去处理才行。难道不该精通回扣、预付、计算利息这一套的业务吗？我要去巴黎办点事，可以代劳……"

"咱们倒……倒……倒是可以……想想……办法……咱们俩尽……尽可可能作些……安……安排……使我……我……我不至牵扯进……进……进一桩我……我……我不愿干……干的事。"格朗台结结巴巴说道，"因为，您知道，所长先生理所当然要我付路费的。"

这最后一句话，老头儿说得很利索。

"嗨！"德·格拉珊夫人说，"去巴黎可是一件乐事。我还想自己掏腰包去呢。"

她向丈夫使了个眼色，像是鼓励他不惜一切代价要把这份差事从对手那里抢过来；然后她又嘲讽地，看了满脸苦相的克吕旭叔侄俩。

格朗台于是抓住银行家的钮扣把他拉到角落里。

"我更信任您，而不是所长。"他说道，"不过，其中还有些……"他的肉瘤抖了几下。"我想买公债；要买下几千法郎，不过我只想七十法郎的价。听说每逢月底行市会跌价。您是行家，对不对？"

"没错！您哪，我要为您收进数千法郎的公债了？"

"刚开始别搞太大，也别声张！我不想让别人知道我玩这玩意儿。您给我在这个月底搞一份合同；别让克吕旭他们知道，否则他们会不高兴的。既然您要去巴黎，那么就为我那可怜的侄儿探探虚实。"

"这就说定了。我明天一早乘驿车走，"德·格拉珊提高嗓门说，"我几点钟来您这儿听您最后的嘱咐呢？"

"五点钟，晚饭之前。"葡萄园主搓着手说。

两家人又在一起聊了一会儿。趁谈话停顿的当儿，德·格拉珊拍了下格朗台的肩膀说："有您这么讲义气的亲戚，真是太好了……"

"是啊，虽然表面上看不出来，"格朗台回答道，"可我的确是关心我的兄弟，我要证明这一点的，只要不花……花……花得我倾家……"

"我们该走了，格朗台，"银行家没等他还没有把话说完便知趣地打断了他的话，"我要是提前动身的话，有些事还需要安排一下。"

"好的，好的。我也一样……为了您知道的这件事，我……我要到到……到房间去……想一想，用克吕旭所长的说法，叫评评评议室……去。"

"该死的！我已不再是德·蓬丰先生了。"所长伤心地想道，脸上的表情顿时像被辩护词弄得厌烦的法官。

两个敌对家族的首领们都走了。谁也不再去想老葡萄园主今天上午出卖乡亲的罪恶行径，只想刺探对方如何评价老头儿对这件事的真正意图是什么，不过这是徒劳的。

"你们愿意和我们一起拜访德·奥松瓦尔夫人吗？"德·格拉珊问公证人。

"我们以后再去，"所长抢着答道，"如果叔叔允许的话，我答应德·格里博古小姐上她那里道声晚安，我们先得去那儿。"

"那么再见了，先生们，"德·格拉珊太太说。他们刚同克吕旭叔侄分手，阿道尔夫就对父亲说："这下他们气得可要火冒三丈了，嗯？"

"闭嘴，儿子，"母亲喝斥道，"他们还听得见呢。而且你说的话有伤大雅，透着法律学生的刻薄味儿。"

"哎，叔叔，"所长见德·格拉珊一家已经走远，忍不住叫起来，"我开始被称为蓬丰先生，临了又只是个克吕旭。"

"我当时就知道这件事让你不高兴。但是风向确实对德·格拉珊有利。你那么聪明，怎么倒糊涂了？……就让他们去信格朗台老爹吧。孩子，你放心。欧叶妮早晚会是你的人。"

很快，格朗台慷慨的决定同时在三个家庭里传播开了，满城风雨只传说这桩手足情深的义举。大家都原谅了格朗台背信弃义出卖葡萄园主们的行为，人人都夸奖他的慷慨。法国人性格就是崇拜昙花一现的人物和飘忽不定的事情，为不着边际的新鲜事儿瞎起劲。跟着起哄的人们难道都失去记忆吗？

格朗台老爹关上大门，就叫娜侬：

"先别把狗放出来，也不要睡觉，咱们还有事儿要干呢。十一点钟，高诺瓦叶会赶着马车到这儿来。你要听着，别让他敲门，叫他轻轻地进来。警察局有严禁，夜里大吵大闹。况且左邻右舍也用不着知道我要出门。"

说罢，格朗台上楼去他的密室，娜侬听到他在上面搬东西、翻东西、走来走去，谨慎得很。显然他不想惊动妻子和女儿，尤其不愿引起侄儿的注意。看到侄儿的房里还有灯光，他早已经低声地咒骂过了。半夜，一心惦记着堂弟的欧叶妮以为听到一个垂危人在呻吟，她觉得这个人就是查理，她离开时他脸色那么苍白，神色那么绝望！或许他已经自杀。她忙披上一件有帽兜的搭肩，想出去看看。先是有一道强光从门缝里射进来，吓得她还以为着火了；接着听到娜侬沉重的脚步声和说话声，还有几匹马嘶叫的声响。

"我父亲是不是把堂弟绑架了？"她这样想着，同时小心翼翼地把房门打开一条缝，显然怕门发出声响，又正好能瞅见楼道里发生的一切。突然，她的眼睛遇到了父亲的眼睛；虽然他的目光并没有注意到她，她吓得手脚冰凉。只见老头儿和娜侬两人的肩头扛着一根粗大的杠子，杠子中央一条绳索捆住一只木桶，跟格明台穷极无聊时在面包房里做着玩的那种小木桶很像。

"圣母呀！老爷，这可真重呀？"娜侬低声说。

"只可惜是一大堆铜钱！"老头儿回答道，"小心别砸倒烛台。"

楼梯只凭这根蜡烛照明之间。

"高诺瓦叶，"格朗台对他那位临时保镖说道，"你带手枪了没有？"

"没有，先生。真是的！不就是一堆铜钱吗，您有什么好怕的……"

"哦！不怕。"格朗台说。

"再说，我们走得很快，"庄园看守接着说，"佃户为你挑选了最好的马。"

"好，好。你没有告诉他们我要去哪儿吧？"

"我根本也不知道您去哪儿。"

"好。车还结实吧？"

"这车呀，主人！可以装三千斤没问题。您那些破酒桶能有多重？"

"这我可清楚！"娜侬说。"差不多有一千七八百斤重吧。"

"闭你的嘴，娜侬！回头你告诉太太说我到乡下去了。晚饭时回来，高诺瓦叶，快走，九点钟之前赶到安茹。"

马车走了。娜侬关好大门，放出狼狗，肩头酸疼的她上了床，左邻右舍无人知道格朗台出门，更猜不到他外出的目的。老头儿真是十足的诡秘。在这幢堆满黄金的房子里，谁也见不到一个铜板。上午他在码头上听人说闲话时得知，说南特接下不少船只装备的生意，黄金价格随之涨了一倍，投机商都涌到安茹来抢购黄金，于是老葡萄园主向佃户借了几匹马准备到安茹抛售他的黄金，再带回国库券，等市价高出面值之后，再用它来买进公债。

"父亲走了。"欧叶妮喃喃自语，因为在楼上都听到了。屋里又恢复了一片沉寂。远去的车轮声渐渐消失，不再在沉睡的索缪城里回荡。这时，欧叶妮先在心中。然后用耳朵听到一声透过墙壁，从堂弟的卧室里传来的呻吟，像一道刀刃一样细的光亮从门缝里射出，横照在旧楼梯的扶手上。"他心里很难受。"欧叶妮想着已经上了两级梯阶。第二声呻吟已把她拉到卧宅门前的平台上，门虚掩着，她推开房门。查理在酣睡，头斜靠在旧靠椅的外边，笔已经掉了，手几乎接近地面。这种睡姿使呼吸不畅；把欧叶妮吓了一跳。她赶快走进卧室。

"他一定疲倦极了。"欧叶妮看到十来封已经封好的信，心想道。她看了看收信人的地址：法利一布雷曼车行，布伊松服装店……等等。"他大概把事情都安排好，打算早点儿离开法国。"她想。她的目光落在两页没有装入信封的信上。其中有一页信笺的开头写着："亲爱的安奈特……"这几个字使她一阵晕眩。她的心怦怦直跳，双脚好像已被钉在地板上，动弹不得。亲爱的安奈特，他爱上别人了，也有别人爱他！再没有希望了！他对她能说些什么呢？这些念头从她的脑海和她的心坎中一闪而过。她到处都看到这几个字，甚至地板上也有。

"以后不理他！不！我不能看这封信。我应该走开。要是看了又怎么样呢？"她看着查理，轻轻扶起他的头放在椅子靠背上。他像孩子似地任她摆布，甚至在睡时，也认出自己的母亲，接受她的照料和亲吻。欧叶妮就像母亲一样拿起他垂下的手，像母亲一样轻轻地吻了他的头发。"亲爱的安奈特！"有个魔鬼在她耳边呼唤着。"我知道这样做也许不好，可我还是要看这封信。"她心想。欧叶妮扭过头去，因为受到良心的责备，有生以来第一次在她心中较量。直到此时，她还从来没有做过任何使自己脸红的事。好奇心胜了她。每读一句话，她的心就膨胀一点，在读信时激奋的热血使她初恋的乐趣更加甜美无比。

"亲爱的安奈特，什么都不能使我们分开，除了这次使我难以接受的不幸，那是再怎样谨慎也无法预料的。家父自杀了，他的财产以及我的财产都已丧失殆尽。从我所受的教育而论，我这个年纪还应该是个孩子；我现在成了孤儿，然而我必须像个成人一样，从深渊中爬出来。我刚才用了半夜的功夫作了一番盘算。如果我想清清白白离开法国（这一点不成问题），那么我还没有一百法郎去印度或美洲碰运气。是的，可怜的安娜，我将去气候最恶劣的地方寻找发财的机会。据说，在那样的地方，钱来得又怪又保险。至于留在巴黎，我想不大可能。我的灵魂，我的脸面，都无法忍受对一个破产的人、一个把家产败光的人的儿子那种羞辱、冷漠和蔑视。上帝啊！欠了四百万？……在头一个星期我就会在决斗中死去。所以我决不再回巴黎。你的爱，使一个男人的心变得最温柔、最忠贞爱情，也不能把我带回巴黎。唉！

我的心上人，我没有足够的旅费去你那里，给你一个吻，受你一个最后的亲吻，使我一个能从中吸取力量完成大业的亲吻……"

"可怜的查理，幸亏我读了这封信！我有很多钱，我给他钱。"欧叶妮说。

她擦了擦眼泪，继续读信：

"我根本没有想过贫穷。要是我现在有一百个必不可少的金路易漂洋过海，我就没有一个铜板去做生意。我既没有一百金路易，一个铜板也没有。我只有把在巴黎的债务清偿之后才能知道还剩多少钱。假若成了穷光蛋，我就会平平静静地去南特，到船上当一名水手，就像那些年轻时身无分文的硬汉子，从印度回来时已腰缠万贯，我一到那里也要像他们那样白手起家。从今天早起，我冷静地考虑了我的前途。未来对我来说比对别人更可怕，我从小被母亲爱抚，受过最好的父亲的宠爱，在我刚进入社交圈，就得到安娜的爱！我只知道生活中最美好的东西，而这样幸福是不会持久的。然而，亲爱的安奈特，我现在已经有了足够的勇气，这是过去那个无忧无虑的年轻人所没有的，尤其是对一个习惯了巴黎最具魅力的女子的爱抚，在幸福中长大，谁都疼爱他，想要什么父亲就给他什么……啊，我的父亲，他已离开人世……我考虑过我的处境，也考虑过你的。这一天一夜使我老了不少。亲爱的安娜，为了我留在你的身边，留在巴黎，即使牺牲了豪华生活的享受、衣着打扮和歌剧院里的包厢，我们也无法凑齐我挥霍的生活所必需的那笔费用；何况我也不会接受你这么多的牺牲。所以我们今天就在此诀别。"

"他离开她了，圣母啊！哦！我真有运气！"

欧叶妮高兴得跳起来。查理动了一下，吓得她出了一身冷汗。幸亏他没有醒，欧叶妮继续读下去：

"我何时回来？我不知道。印度的气候使欧洲人很快衰老，尤其是一个出卖苦力的欧洲人。就算十年之后吧。十年后，你的女儿十八岁，她将会成为你的伴侣，也能窥探你的隐私。对你来说，这世界是很残酷的，你的女儿可能更残酷。世态炎凉，少女忘恩负义，其例我们已见过不少，要引以为训。希望你像我一样，把这四年的回忆埋在心底吧，如若有可能，别抛弃你可怜的朋友。

不过我不会强求这一点，因为，你知道，我亲爱的安奈特，我必须适应我目前的处境，用布尔乔亚的眼光来看待人生，做最实际的打算。因此我必须考虑婚姻问题，这是我新生活中一件必需办的事情；恕我直言，我在这里，在索缪，在我伯父家里，我遇到了堂姐，她的举止、相貌、头脑和心灵，都会使你喜欢的，而且我觉得她好像已经……"

欧叶妮看到信到此中断，心里想道："他一定是累极了，所以没有往下写。"

她在为他辩护！天真的姑娘难道看不出到信中的冷淡无情吗？在宗教空气里教养出来的女孩子，既无知又纯洁，一旦进入流满爱情欢乐的天地，觉得一切都充满爱意。她们漫步在天国的光明里，而这种光明是从她们的心中迸发出来的，它的光芒射向她们心爱的人身上；她们用自己的感情火焰美化恋人，又把自己崇高的思想，看成是他的思想。女人的错误几乎总是来自她们对善或真的信念。在欧叶妮看来，"亲爱的安奈特，我的心上人"这些话如同最美丽的爱情语言，令她心旷神怡，就像儿时，听到教堂里的管风琴一再奏出的《来啊，膜拜吧》，这首圣歌的音符一样悦耳动人。而且，查理的泪水显示了他心灵的高尚，这是最能吸引姑娘的。她怎能知道，查理之所以那么爱他的父亲又真诚地为他落泪并不是因为他心地善良，而是他的父亲的确是个大好人。纪尧姆·格朗台夫妇总是百般宠爱，让他享尽荣华富贵，在巴黎，大多数孩子在奢侈生活面前产生了一些欲念设想了一些计划，但因其父母健在，不能如愿以偿，便打起多少有点罪恶的算盘，来算计自己的父母。父亲不惜为儿子大肆挥霍，在儿子的心中播下爱的种子，培育出真正的、无保留的孝心。然而，查理毕竟是个巴黎孩子，由于受巴黎的风气和安奈特亲自的调教，已习惯于算计，虽然他外表很年青，而实质上已成了一个谙于尘世的老人。他早已受够这种世道的可怕的熏陶，在他的圈子里，一夜之间在思想言论方面犯下的罪行可能要比重罪法庭惩处的更多；只消几句俏皮话，便诋毁了最伟大的思想，谁看得准谁是强者，而所谓看得准就是什么都不相信，不相信感情，不相信人，甚至不相信事实，热衷于炮制假事实。这个世道，要看得准，就必须每天早晨掂掂朋友钱袋的份量，懂得在政治上高高在上，暂时不赞美任何事物既不赞美艺术作品，也不赞美高尚行为，对于任何事情都以个人利益为转移。经过千百次打情骂俏的疯狂之后，那位美丽的贵族太太安奈特，迫使查理认真思索过；她用香水扑鼻的手抚摸他的头发，谈论他的未来；她一面卷着他的头发，一面教他为人生打算：她使他女性化，又使他物质化，这是双重的腐蚀，但这种改变是向华丽、精致、高雅发展。

"查理您真傻，"她说，"教您懂得世道还真费神。您对吕波克斯先生的态度很不好。我知道他不太体面，但您等到他失去权势之后，再随心所欲地鄙视他也不迟啊。您知道康庞夫人是怎么对我们说的：'孩子们，只要一个人还在部里当官，你们就得敬爱他；一旦垮台了，就把他扔进垃圾堆里去。'当他有权势，他就是上帝；垮了，还不如倒在阴沟里的马拉，因为马拉死了，他还活着。人生是一连串的纵横捭阖，必须研究，密切注视，这样才能一直立于不败之地。"

查理是个非常时髦的人，父母太娇惯他，社会太奉承他，以致他根本不具备什么感情。母亲扔在他心窝里的那颗真金的种子，早已被巴黎这架拉丝机拉成细丝了，他只是浅薄地运用它，一天天的磨蚀，早晚会磨尽。但是查理毕竟才只有二十一岁。在这个年纪，人生的纯真和心灵的坦诚似乎还分不开。声音、目光、面孔显得跟感情是协调的。所以最冷酷无情的法官、最不轻信于人的讼师、最刻薄的债主，看到一个人眼睛仍清彻透明，额头无半丝皱纹，也很难相信他老于世故、是个攻于心机的人。查理从未有过实践巴黎道德信条的机会，时至今日，他还多亏没有经验才容光焕发。可是，在不知不觉中他已经染上了自私自利的恶习。巴黎人惯用的政治经济的萌芽已经潜伏在他的心田，一旦他从悠闲的观众变成实际生活舞台上的演员，这些萌芽就会在他心中开花。几乎所有的少女全都接受表面上的甜蜜；欧叶妮即使像内地有些姑娘那样谨慎和善于观察，当她看到堂弟的举止、语言和行为同内心的憧憬还很协调的时候，她能否提防他呢？一次偶然的机会，对欧叶妮是致命的，她看到了蕴积在堂弟年轻的心中的真情，这最后一次由衷地流露，听到了他良心的最后叹息。她放下这封她认为充满爱意的信，同情地端详酣睡的堂弟：她觉得对生命充满新鲜感的幻想依然在这张脸上闪烁，她先是暗自发誓要永远爱他。然后她的目光又落到了另一封信上，再也不觉得这有什么不得体。何况，她读这另一封信也是为了得到堂弟高尚品格的新证据，就像所有的女子一样，是假借给自己的意中人的。

"亲爱的阿尔丰斯，你读这封信时，我已经不再有朋友；但是，我要告诉你，我虽然怀疑社会上那些滥用朋友这个字眼的人，却没有怀疑你的友谊，所以我托你料理我的未了事情，相信你能把我的全部财物卖个好价。你大概已经知道我的处境。我已身无分文，想去印度。我刚才给我认为欠了债项的人都写了信，按我的记忆，附上一份清单。我想用我的藏书、家具、车辆、马匹等等，相信足以还债。我只想留下那些可以让我重做生意的不值钱的小玩意儿。亲爱的阿尔丰斯，为了避免遭异议，我将从这里给你寄去一份代我拍卖财物的正式委托书，我的枪械请全部寄给我。你可以把布里东留下用。谁也不会出钱买下那匹令人赞叹的好马，我宁愿把它送给你，就像临死的人把常戴的戒指送给遗嘱执行人一样。法里——布雷曼车行为我制做了一辆非常舒适的旅行车，还没有交货，请你设法让他把车留下，不要向我索取赔款；如果他们拒绝，请尽量避免有损于我目前处境中的名誉的事。我还欠那个岛民六路易的赌债，千万如数还给他……"

"亲爱的堂弟。"欧叶妮轻叹一声，放下信，拿起一支点燃的蜡烛，迈着碎步匆忙回到自己的房间。她怀着兴奋的心情打开了橡木柜的抽屉，那是一只旧柜子，文艺复兴时期最漂亮的杰作之一，上面还隐约可见著名的蝾螈王徽。她从里面取出一只用带坠子的金丝带收口的红丝绒钱袋，上面金银色丝线绣制的图案已失去昔日的光泽，这是她的外祖母的一件遗物。然后她自豪地掂了掂钱袋，又兴致勃勃地把她已忘记总数的积蓄清点了一下。她先从里面拿出二十枚簇新的葡萄牙金洋放在一边，那是一七二五年约翰五世时铸造的，兑换率是每枚值葡币五元，或据父亲说等于一百六十八法郎六十四生丁，但市场价一百八十法郎，因为这种金币很少见，而且光亮精美，闪烁着太阳般的光芒。接着，她又捡出五枚面值一百元的热那亚金币，也是稀世之物，每枚能兑换八十七法郎，钱币收藏家肯出价一百法郎，这是她母亲的外祖父拉倍特里埃先生传给她的遗物。三枚西班牙金币是一七二九年菲立浦五世时铸造的，是让蒂叶夫人送的，每给一枚，她总喜欢说同样的话："这珍贵的金币值九十八法郎呢？你要把它珍藏好，这将来是你私房钱里的头号宝贝。"父亲最看重的是，一七五六年铸造的杜加，成色是二十三开有余，每枚值十三法郎，还有一些珍贵的古钱币！……守财奴珍惜的奖，三枚刻有天平图案的卢比，五枚有圣母像，全都是二十四开的纯金制品，是莫卧儿皇帝铸造的华丽的金卢比，按份量每枚值三十七法郎四十生丁，对玩弄黄金的行家来说一枚可值五十法郎。最后的是前天才拿到随便扔进钱袋的金币，这些宝物有的是全新的、有从来未动用过的金币，全是真正的艺术品，格朗台老爹不时询问，要她拿出来观赏一阵，以便告诉女儿这些宝物的内在品质，如笔划的图案里面的飘带的精致，平面的光洁，字体的华丽丰满，棱角没有一点磨损的划痕。但欧叶妮既没有想这些都是稀罕之物，也没想到她父亲的癖好，更没考虑把父亲这样钟爱的小金库挪做它用带来的危险。不，她想的只有堂弟，经过一番不大准确的计算之后，她终于弄清原来她有五千八百多法郎的财产，按市价计算可以卖到万把法郎。看到自己有这么多的钱，她高兴得拍起手来，犹如一个充满喜悦的孩子，必须用身体的天真动作来表现一下。所以说，父女俩那天晚上各自盘算了他们的财产，父亲是为了卖掉他的黄金，欧叶妮则是为了把黄金扔进爱的海洋中去。她把所有的黄金重新收进钱袋，毫不犹豫地上了楼。堂弟隐忍的窘困使她忘记黑夜，忘记体统；更何况她的良心、她的献身精神和她的喜悦都在为她鼓舞。就在她一手举蜡烛、一手提钱袋出现在查理的房门口时，查理醒了。见到堂姐，他愣住了。欧叶妮走进去，将蜡烛放到桌上，激动地说；"堂弟，我是来道歉的，我做了一件很对不起您的事，要是您不怪罪的话，上帝也会饶恕我的。"

"什么事？"查理揉揉眼睛问道。

"我看了这两封信。"

查理脸红了。

"怎么会发生这种事呢？"她接着说，"为什么我上楼来呢？说实话，我自己也不知道。但读了那两封信也并不觉得后悔，因为这使我了解了您的心，您的灵魂，还有……"

"还有什么？"查理问。

"还有您的计划，您需要一笔钱……"

"亲爱的堂姐……"

"嘘，嘘，堂弟小点儿声，小心惊醒别人。"她打开钱袋说，"这就是一个别无所求姑娘的全部积蓄，查理，您收下吧。今天上午，我还不知道钱有什么用。您教我懂得了钱只不过是一种工具。仅此而已，堂弟几乎等于亲兄弟。您总可以借用姐姐的钱吧？"

欧叶妮既是成年女子又还是天真的孩子。她没有想到过他会拒绝。但查理却沉默不语。

"怎么，您不收？"欧叶妮问。她的心在寂静中跳得砰砰有声。

堂弟的犹豫不决羞辱了她；但他急需钱的处境在她的心目中显得更迫切、更明显，于是她跪了下来。

"您不拿这些金子我就不起来，"她说，"堂弟，求您了，回答我呀……要让我知道您是否敬重我，您是否宽容大度，您是否……"

查理听到高尚的心灵发出的绝望呼喊，查理禁不住流下了泪，泪水掉在堂姐的手上；他抓住堂姐的手不让她跪下来，堂弟热泪滚滚地，跑过去抓起钱袋，把金币倒在桌上。

"哎，这么说您收下了，是吗？"她高兴得哭了。"什么也别怕，堂弟，您会成功的。这些金子会给您带来好运；您以后再还给我；而且，我们还可以合作，总而言之，我接受您提的一切条件。不过您不必把这笔礼的价值看得太重。"

查理终于能够表达自己的感情了：

"是的，欧叶妮，要是我拒绝的话，那就太小心眼了。不过，我不能白拿您的钱，信任归信任。"

"您想干什么？"她担心地问。

"您听我说，我的好堂姐，我有……"他指了指衣柜上一只外面有皮套的方盒子说，"看见了吗，这里有一件东西我把它看得跟我的生命一样宝贵。这只盒子是母亲的一件礼物。今天早晨我就想，如果她能从坟墓里出来，她会亲自把这上面的金子卖掉。她为了爱我，花费了多少黄金做成这只盒子。但要是由我去卖，那就是一种亵渎行为。"欧叶妮听到最后一句话，紧紧地握住堂弟的手。两人泪汪汪地默视片刻。查理又接着说："不，我既不愿意毁掉它，也不愿带着它到处冒险。亲爱的欧叶妮，把它交给您保管。即使是朋友，也不会把这样神圣的东西托付给他朋友的。您自己看吧。"他走过去拿起盒子，取下皮套，打开盖子，伤心地递给欧叶妮看。这个盒子做工之精使黄金的价值超过它重量的价值，欧叶妮看了惊叹不已。"这还不算什么，"查理说，压下弹簧，里面又露出一层夹底。"您看，这才是我的无价之宝呢。"说着，他取出两幅肖像，这是米蓓尔夫人的杰作，四周镶满了珍珠。

"哦！这个女人真漂亮，您是不是……"

"不是，"他微微一笑，说。"这是我的母亲。那是我的父亲，也就是您的姆姆、叔叔。欧叶妮，我得跪下求您为我保管这件宝贝。要是我带着您的私房钱送了命，这金子就用来赔偿您的损失。这两幅肖像我只能交给您，只有您才有资格保存它们；宁可把它们毁了也不能让它们落到别人手中……"欧叶妮默不作声。"哎，那您同意了，是不是？"他又顽皮地补充了一句。

听到堂弟重复了她刚才说过的话，她向堂弟瞥了一眼，那是一个多情的女子的第一次充满娇气和深情的目光。查理拿起欧叶妮的手吻了一下。

"圣洁的天使！你我之间钱算不了什么，对不对？感情才是最高尚的，从今后感情就是一切。"

"您长得像您的母亲。她的声音和您一样温柔吗？"

"哦！比我的温柔多了……"

"您当然这么说了，"她说着垂下眼睑，"好了，查理，去睡吧，我要您休息，您累了。明天见。"

她轻轻地把手从查理手里抽出来，堂弟为她照着亮。走到门口时，他说："唉！我为什么破产了呢？"

"没关系！我相信我父亲有的是钱。"她说。

"可怜的孩子，"查理一脚跨进房里，身子靠在墙上，说："他要有钱就不会看着我的父亲死掉，就不会让你们过这样清苦的生活，总之，生活会是另一种样子。"

"可是他有弗洛瓦丰。"

"弗洛瓦丰值多少钱？"

"不知道。他还有诺瓦叶。"

"糟透了的田庄！"

"他还有葡萄园和草场……"

"那就更不值一提了，"查理轻蔑地说，"要是他只有八万法郎的收入，你们还会住在这样阴冷而寒酸的房间里吗？"说着，又把左脚往前移了移。"我的财宝要放进那里面吗？"他指着一只旧箱子问道，想以此掩饰自己的思想。

"去睡吧。"她说，不想让他走进她的凌乱的卧室。

查理退了出去，彼此微微一笑，算是道了晚安。

两人在同样的梦境中入睡，从此查理在给丧父之痛的心头平添几朵玫瑰花。第二天一早，格朗台太太看见女儿在饭前陪着查理散步。年轻人仍然愁容满面，好像一个不幸的人堕落悲痛的深谷，估算苦海的深度，深感未来的全部重担。

"父亲吃晚饭时才能回来。"看到母亲脸上焦虑的神色，欧叶妮说道。

从欧叶妮的举止、面部表情和特别亲切的话音中，不难看出她与堂弟之间有一种思想上的默契。也许在他们体会到感情相投的力量之前就已经热烈地结合在一起了。查理呆在客厅里，心情忧郁，没有人打扰他。三个女人各忙各的。格朗台忘了已经答应要做的事，结果家里来了许多人。修屋顶的、装水管的、泥水匠、花坛工、木匠、葡萄园的种植工和佃户。有的人来谈修房子的价钱，有人来交租或来收钱。格朗台太太和欧叶妮不得不跑前跑后回答工人及乡下人没完没了的问话。娜侬把抵租的东西放进厨房。她总是要等主人发令，才知道哪些该留下自用，哪些该拿到市场出售。老头儿的习惯同众多乡下的绅士一样，自己喝质量低劣的酒，吃腐烂变质的水果。晚上五点钟左右，格朗台从安茹回来了，金子换来一万四千法郎，皮夹里装着王氏发行的证券，直到他购买公债之前，证券还会带给他一笔可观的利息。他把高诺瓦叶留在安茹照看那几匹累得半死的马，等马歇过来之后再慢慢赶回来。

"我从安茹回来了，太太，"他说，"我肚子饿极了。"

娜侬在厨房里大声问道："您从昨天到现在还没有吃过什么东西吧？"

"没吃。"老头儿答道。

娜侬端来了菜汤。全家在吃晚饭时，德·格拉珊前来听他主顾的嘱咐了。格朗台老爹竟然没有看到侄儿。

"您慢慢地吃吧，格朗台，"银行家说，"咱们等会儿再说。您知道安茹的金价吗？有些南特赶去收买。我要送去一些抛售。"

"没这个必要了，"老头儿回答说，"已经足够了。咱们是老朋我不想让你浪费时间。"

"可是金价已经涨到十三法郎五十生丁呢。"

"您该说曾经涨到这个价。"

"见鬼，你这家伙从哪里回来的？"

"昨天夜里我去了安茹。"格朗台压低声说。

银行家吃惊地一颤。接着两人咬着耳朵说了一会儿，谈话中还不时地瞅了几眼查理。可能是老箍桶匠要银行家代他买进十万法郎的公债，德·格拉珊再次做了个表示惊讶的动作。

"格朗台先生，"他对查理说，"我要去巴黎，如果您有什么事要我办……"

"没有什么事，先生，谢谢您。"查理回答。

"侄儿，谢得客气一些。先生是去料理纪尧姆·格朗台商社的事情的。"

"这么说还有希望？"查理问。

"这是怎么说话呢！"箍桶匠佯装自豪的神气叫道，"难道你不是我的侄儿？你的名誉就是我的名誉，你不姓格朗台吗？"

查理站起来搂住格朗台老爹亲了一下，然后面色发白地走出去。欧叶妮望着父亲，佩服得五体投地。

"那么，再见了；我的好朋友德·格拉珊，一切拜托您了，好好对付那些人！"两位外交专家握手告别，老箍桶匠把银行家一直送到大门口，然后关上大门，回到客厅，坐在手扶椅里，对娜侬说："把果子酒给我。"但他过于激动地，实在坐不住了，于是站起来，看看德·拉倍特里埃先生的遗像，踏着娜侬称作的舞步，唱了起来：

在法兰西禁卫军里
我有过一个好爸爸……

娜侬、格朗台太太和欧叶妮默不作声地相互对视了一眼。葡萄园主高兴到极点时，她们总感到很害怕。晚上的聚会很快就结束了。先是格朗台老爹想早点睡；而他一睡觉，家里人都得上床，正如奥古斯特国王一喝酒，波兰就得烂醉一样。其次，娜侬、查理和欧叶妮也很疲倦。格朗台太太呢，睡觉、吃饭、喝酒本来就按丈夫的意思办。然而，在饭后消化的那两小时里，从来没有这样高兴过的箍桶匠，说了许多不寻常的话，其中每一句都显示出他的机灵。他喝完酒之后，凝视着杯子，说：

"嘴唇刚碰到杯子，酒就都干了！这就是做人的道理。不能把现在、过去同时占有。钱不能花掉了还留在钱袋里。不然生活也就太美了。"

他很快活也很和善。娜侬搬出了纺车准备织麻。他说：

"你大概也累了，别纺了。"

"啊！放下！……不过，我会觉得闷得慌的。"女佣回答说

"可怜的娜侬！你想喝点果子酒吗？"

"啊！果子酒嘛，我不拒绝，太太做的比药剂师做的好喝。他们卖的不是酒，简直是药水。"

"他们放糖太多，没一点酒味儿了。"老头儿说。

第二天早上八点，一家人聚在一起吃早饭，第一次呈现出融洽的景象。苦难很快把格朗台太太、欧叶妮同查理联系在一起，连娜侬也不知不觉地同情他们。他们四人开始像真正的一家人。至于老葡萄园主，他敛财的欲望得到了满足，而且眼看花花公子即将出去自谋生路，他只需给他付一笔去南特的路费，再

也不用掏腰包了，所以即使侄儿还住这里，也就无所谓了。他让两个孩子——他是这么称呼查理和欧叶妮的——在格朗台太太的监督下自由活动，在关于道德、宗教思想方面，她百分之百的信任妻子。与公路挨着的草场要划界挖水沟，沿卢瓦河要栽白杨，在葡萄园和弗洛瓦丰干冬天的活，这一切忙得他顾不上管别的事了。从此欧叶妮的爱情阳春开始。自从那个晚上堂姐把自己的库藏送给堂弟的时候，她的心也随之而去。两人合谋保守着同样的秘密，彼此相视表示了解至深，他们的感情由此升华更加一致、更加亲近，仿佛生活在另一个天地。难道亲缘关系没给她说话亲切、含情脉脉的目光的权利吗？所以欧叶妮乐于以初恋和孩子般的欢乐来消除痛苦。在爱情的开始与生命的开始之间，就没有美妙动人的相似之处吗？人们不是用甜美的歌声和慈祥的目光使婴儿进入梦乡的吗？不是用神奇的故事来给他描绘灿烂辉煌的前程吗？希望不是永远向他展开绚丽的双翼吗？他不是时而高兴得流泪，时而痛苦得哀号吗？他不是为一些不足挂齿的小事争吵吗？——为几块他想用来造活动宫殿的石子儿，为几把刚摘来就被遗忘的鲜花。他不是渴望抓住时机急于长大成长吗？恋爱是人生第二次转变。在欧叶妮与查理之间，爱情和童年融为一体：伴随着稚气的疯狂初恋，正因为他们的心原先裹着忧伤，所以到今天才能从孩子气中得到那么多的快慰。在丧服下挣扎出生的爱情同这破败的房屋里的朴实的内地情调颇为和谐。在静寂的院子里同堂姐靠在井台边交谈；坐在小花园长着青苔的长凳上，神情专注地说些废话到日落西山，或者在老城墙和房屋之间的寂静中沉思，好像在教堂的拱门下一样，查理这才懂得了爱的圣洁；因为他的贵族情妇，他的安奈特，只能让他领略到暴风雨般的冲动。此刻他脱离了卖弄风情、追求虚荣和奢华热闹的巴黎式的情欲，享受到纯真而实在的爱情。他喜欢这一切习惯，不再觉得可笑了。他一大早就起床，为了在格朗台下楼配食物之前，同欧叶妮多说上一会儿话。听到老头儿在楼梯上的脚步声响，他就赶紧溜进花园。这种清晨的约会，连欧叶妮的母亲也不知道，娜侬则装作没看见，小小的犯罪感给最纯洁的爱情增添了偷尝禁果的乐趣。早饭后，格朗台老爹出门视察庄园和地产，查理借机同母女俩坐在一起，帮她们绕线团，看她们做活，听她们闲聊，体验着从未有过的舒适。这种近似僧院的俭朴生活，使查理看到了两颗从未涉世的心灵有多美。原以为法国不可能还有这样的生活习惯，只有在德国，而且只在难以置信的奥古斯特·拉封丹的小说里才会有这样的生活。不久，他发现欧叶妮就是歌德笔下的玛格丽特的理想的化身，而且比玛格丽特的缺点少。日复一日，他的目光，他的话语使可怜的姑娘心醉神迷了，使她如醉如痴地投入爱情的激流中；她抓住自己的幸福像游泳的人抓住柳枝爬上岸边来休息。即将来临的离别之苦不是已经给这短暂的极乐时光变的阴郁了吗？每天总有一件小事提醒他们离别在即。德·格拉珊走后的第三天，格朗台带着到初级法庭，签署一份放弃继承权的声明书，内地人办这类手续郑重至极。可怕的放弃呀！拒绝继承，这无异于闻经判道之举。他到克吕旭公证人那里拟了两份委托书，一份给德·格拉珊，一份给代他出售家产的朋友。接着他还得办理领取出国护照的必要的手续。最后，当查理在巴黎定做的孝服送到时，他把自己已经用不着的衣裳都卖给索缪的一位成衣店老板。这件事让格朗台老爹特别高兴。

"啊！这才像一个要出门去干一番事业的人，"看见侄儿穿上粗呢黑礼服时，格朗台说道，"好，好极了！"

"伯父，请您放心，"查理说，"我很清楚自己现在的处境。"

"这是什么？"看到查理手里捧着金子，老头儿眼睛一亮，问

"伯父，我把纽扣，戒指以及所有值些钱的东西部收在一块儿了；可是，我人生地不熟，所以我想请您今天上午……"

"要我买下这些东西？"格朗台打断他的话。

"不，伯伯，我求您给我介绍个规矩人……"

"给我吧，侄儿，我到上面给你估估价，然后告诉你一共值多少钱，误差不会超出一生丁。这是首饰，"他瞧着一条长长的金链，说，"十八到十九开。"

老头伸出大手，把那堆金器全拿走了。

"堂姐，"查理说，"这两颗纽扣我送给您，您可以系上丝带，套在腕子上，就是眼下最流行的手镯。"

"那我就不客气地收下了，堂弟。"说着，朝他投去会心的目光。

"伯母，这是我母亲的针箍，我一直把它当宝贝收藏在我的旅行梳妆盒里。"查理说着把一只漂亮的金顶针递送到格朗台太太的面前，这是她十年来梦寐以求的。

"真不知道该怎么谢你，侄儿。"她的眼里充满了泪水。

"我要在早晚两次祈祷时虔诚地为你祝福，祝出门人平安。要是我死了，欧叶妮会替你保存这件首饰的。"

"侄儿，你这些东西一共值九百八十九法郎七十五生丁，"格朗台推门进来说，"不过，为了避免出售的麻烦，我给你付现款……用利弗尔。"

在卢瓦河沿岸"利弗尔"这种说法是指面值六利弗尔的银币不打折等于六法郎。

"我不好意思要您这样的，"查理说，"可是，在您居住的城里变卖我的

首饰我觉得很难堪。拿破仑说过家丑不可外扬。所以我感谢您一番好意。"格朗台挠挠耳朵，一时间。"亲爱的伯父。"查理不安地望着格朗台，说像是怕他动怒。"堂姐和伯母都诚心实意收下了我的微薄礼物；现在请您收下这副袖扣，我已经用不着了，它们能让您想起远在天国查理的可怜的男孩时刻在惦记着亲人，从今以后，也只剩下你们是我的亲人了。"

"孩子！我的孩子，不能把自己弄得一贫如洗。呀……你拿了什么，太太？"他贪婪地转过身问格朗台太太。"啊！一只金顶针！那你呢。宝贝女儿，嚯！钻石钮扣。那好吧。孩子，你的袖扣。"他握了握查理的手。"不过……你要答应我，让我替你……替你付……是的……替你付去印度的路费。是的，你的路费由我来付。特别是，孩子，你知道，替你估价首饰的时候，我只算了金子本身的价钱，也许加上做工还能多算点钱呢。这样我给你一千五百法郎……利弗尔，我向克吕旭去借，因为是手头分文没有，除非彼罗泰把欠租交来。我这就去找他。"

他戴上帽子、手套。出门了。

"您真要走吗？"欧叶妮用又忧愁又敬佩的目光望着父亲问道。

"必须走啊。"他低头回答。

几天来，查理的态度、举止、谈吐都显出他悲痛到了极点，但是由于深感责任重大，所以要从悲痛中汲取新的勇气。他不再长吁短叹，他已变成了大人。欧叶妮看到他穿着同他的苍白脸色和阴郁的态度十分相称的粗呢丧服下楼，才更看清堂弟的性格。那天母女俩也穿着丧服，他们同查理一起参加教区教堂为已故的纪尧姆·格朗台举行的追思弥撒。

午饭时，查理收到了几封巴黎来信，他都拆阅了。

"喂，堂弟，事情办得满意吗？"欧叶妮轻声问道。

"千万不能提这样的问题，孩子，"格朗台说，"我就从来不对你说我的事，为什么你要过问你堂弟的事呢？让他清静点。"

"哦！我根本无秘密。"查理说。

"得，得，得，侄儿，你将来会知道，做生意必须守口如瓶。"

当这对恋人单独呆在花园里时，查理把欧叶妮拉到核桃树下的一条旧长凳上，对她说：

"我对阿尔丰斯估计得没错，他表现得好极了，他把我的事情处理得既谨慎又仗义。在巴黎，我的全部家具都卖了好价钱，他还说，他请教过一位远洋货船的船长之后，把剩下的三千法郎替我买了一批欧洲产的小摆设，这些东西到印度可以赚一大笔钱。他已把我的行李运往南特了，那里正好有一艘开往爪哇的货船。五天之后，欧叶妮，也许是永远，至少也是很长时间不见面。我的那批货和两个朋友寄来的一万法郎仅仅是开头。我不能指望这几年之中能回来。亲爱的堂姐，不要把我的一生同您的一生放在一个天平上，我可能会死在异国他乡，您也许会遇到一桩有钱的婚事……"

"您爱我吗？"她问。

"噢，是的，很爱。"他回答的声调相当恳切，显得感情也有同样的深度。

"我会等您，查理。上帝啊！我父亲在窗口。"她说着推开想过来拥抱她的堂弟。

她渐渐跑进门洞，查理也追过来；见他追来，欧叶妮忙打开过道的门，退到楼梯下面；后来她茫无目的地走到了娜侬的小房间附近，这里是过道最暗的地方。跟到那里的查理，抓住她的手，把她拉进怀里，搂紧了她的腰，让她轻轻地靠在他的身上。欧叶妮不再反抗；她接受了，也给予了最纯洁、最甜蜜、最倾心相许的一吻。

"亲爱的欧叶妮，堂弟比亲兄弟还亲，他可以娶你。"查理说。

"但愿如此！"娜侬打开黑屋子房门，叫道。

两个恋人吓了一跳，急忙逃进客厅。欧叶妮赶紧拿起活计，查理捧着格朗台太太的祈祷书，念起《圣母经》来。

"啧！"娜侬说，"都在祈祷啊！"

自从查理宣布行期之后，格朗台就开始忙碌起来，以表示对侄儿的关心；凡是不用花钱的事他都显得很慷慨大方，忙着去给侄儿找装箱的木工，又说那人要价太高，还不如自己出力做木箱，于是他找来些旧木板，天一亮就起床，亲自刨木头、拼接、对齐、打钉子，居然做好了几只很漂亮的箱子，把查理的全部东西都装了进去。他还负责让人把箱子装上船，保了险，使行李能够准时运到南特。

在自从过道接吻之后，欧叶妮觉得时间过得太快，快得吓人。有时候她竟然产生了跟堂弟私奔的念头。凡经受过最亲密的爱情的人，经受过因年龄、时间、不治之症或某些致命的打击致使爱情寿命日益短促的人，就会懂得欧叶妮所受的折磨。她常常在花园里边散步边流泪，如今她觉得这花园、这院子、这房屋、这小城都变得狭小；她已经投身到浩瀚无际大海之上，展翅飞翔。终于到了动身的前夜。早晨，趁格朗台和娜侬都不在，查理和欧叶妮把装有两帧肖像的宝盒庄严地放进箱柜的惟一带锁的抽屉里，跟如今已经空空如洗的钱袋放在一起。这件宝物安放时两人热烈的亲吻，泪流满面。当欧叶妮把钥匙藏在怀里的时候，竟没有勇气阻止查理吻她的胸脯。

"钥匙将永远留在这里，朋友。"

"那好！我的心也一样，永远留在这里。"

"啊！查理，这样不好。"她的口气并没有责备之意。"咱们不是已经结婚了吗？"他回答说，"我已经有了你的许诺，现在请接受我的誓言吧。"

"永远属于你！"这句话两人都说了两遍。

世界上没有任何誓言比这更纯洁：欧叶妮的天真一时间使查理的爱情也变得神圣了。

第二天的早餐气氛有些伤感。娜侬收下了查理送给她的金绣绸睡袍和挂在胸前的十字架，但仍控制不住自己的感情，让眼泪涌进了眼窝。

"这可怜娇嫩的少爷要飘洋过海了。愿上帝一路保佑他平安。"

十点半钟，全家出门送查理上去南特的驿车。娜侬放狗护院，关好大门，帮查理提随身的手提包。老街上的商人们都站在店铺门口，看他们走过，公证人克吕旭在广场上恭候着。

"到时候你可不要哭，欧叶妮。"她母亲说。

"侄儿，"格朗台在客栈门前，拥抱住查理，吻了他的面颊，说，"你走的时候穷，发了财再回来，你父亲的名誉不会受到损害的，我格朗台向你担保，因为，到那时，就只有靠你来……"

"啊！伯伯，您这么说减轻了我的离别之苦。这不是您送给我的最珍贵的礼物吗？"

查理打断了他根本没有听懂的老箍桶匠的话，却在伯父黧黑的脸上洒下感激的泪水，而欧叶妮使出浑身的力气握紧了堂弟手腕和父亲的手。惟有公证人在一旁微笑佩服格朗台的手腕，因为只有他才明白老头葫芦里卖的什么药。这四个索缪人挤在好几个人的中间等驿车出发；当驿车驶过桥面之后，仅能远远传来车轮滚动的声音了。"一路顺风！"葡萄园主说了句。幸亏只有克吕旭听见了。欧叶妮和她母亲已经走到站台角上还能看见驿车的地方，挥动着她们的白手绢，查理也向他们扬出他的手绢，作为回答。

"母亲，我真想有上帝的法力。"当欧叶妮在看不见查理的手绢时对母亲说道。

为了不中断以后在格朗台家发生的事情，现在有必要先把老头儿委托德·格拉珊在巴黎办的金融生意提前叙述一下。银行家动身一个月以后，格朗台就到手一张十万法郎的公债登记证，是以八十法郎一股购买的。他死后为他做财产清单的人只提供有这一笔公债的情况，至于生性多疑的格朗台当初是用什么办法把十万法郎拨到巴黎，把登记证换成公债的，谁都不知情。克吕旭公证人认为是娜侬在不知其详的情况下成了运送巨款的忠实工具。因为在那段日子里，女佣外出五天，说是在弗洛瓦丰收拾什么东西，好像老头儿真把什么东西忘在那里似的。关于纪尧姆·格朗台商社的事，老箍桶匠的预料件件都成了事实。

众所周知，法兰西银行掌握着巴黎及各省的大富户的准确情况。索缪的德·格拉珊和费利克斯·格朗台也是名列其中，他们跟有大片没有抵押的地产作靠山的那些金融大户们一样，享有极高的信誉。索缪来的银行家，据说由他负责清算巴黎的格朗台家的债务，这件事足以使已故格朗台免受被债主拒绝清算的羞辱。财产是当着启封债权人的面，本家请来的公证人按规定清点遗物。德·格拉珊很快把债主们召集到一起，一致推举索缪的银行家和弗朗索瓦·凯勒为清理人，把挽救格朗台家的名誉和挽救债权所必需的一切权限，都委托给他们。凯勒是一家殷实商社的主人，又是主要债权人之一。索缪的格朗台的信誉，以及通过德·格拉珊之口在债权人的心中散布的希望，使妥协顺利达成；债权人当中居然无人从中作梗。没有人想到把债权放到盈亏的总账上去衡量，他们都在想："索缪的格朗台会偿还的！"半年过去了，巴黎人把转付出去的债券回收之后，把全部债券保存在自己的皮包里。这是箍桶匠想达到的第一个目的。第一次碰头会之后的第九个月，两位清理人给每个债权人分发百分之四十的债款。这笔款项是变卖已故的纪尧姆·格朗台的证券，动产和不动产，以及其他杂物所得，出售的手续做得一丝不苟，账算得很精细。整个清理工作公正无私，毫无弊端；债权人都乐于确认格朗台家的信誉令人钦佩，不容置疑。待这些赞美之词被外界宣布之后，债权人要求偿付剩余的债款。他们联名给格朗台写了一封信。

"果然不出所料？"老箍桶匠把信扔进火里，"耐心点，朋友们。"

作为对信中提议的答复，索缪的格朗台要求把有关遗产的所有现存借据并附上一张已付款项的收据，都存在一位公证人那里，理由是为了核对账目，准确地证实遗产现状的总账。这一要求惹来许多麻烦。一般来说，放债人的脾气都是有些古怪。今天准备达成协议，明天就想把一切毁于一旦；没过几天，他们又会宽容。今天他们的太太脾气好，小儿子长了新牙，家里万事如意，他们就锱铢必争，一点小亏都不肯吃；阴雨连绵无法出门，只要能结束一桩事情，任何条件他们都肯答应；到后天，他们需要得到担保，月底，他们就声称要干掉你，这些刽子手！债主就像那种大人用来哄孩子的呆鸟：大人鼓励孩子想办法把盐粒放到鸟的尾巴上去；债主即使不是那只呆鸟，也把自己的债权看成这只呆头鸟，结果是一无所获。格朗台早把债主的气候变化摸得很清楚，他兄弟的债主们都在他的算计之中。有人对他的存放债据的要求大发雷霆，有人则断然拒绝。"好！很好，"格朗台读着德·格拉珊就此问题的来信，搓着手说。另有几位债权人同意交存债据，但条件是必须确认他们的全部权利，而且一项也不放弃，甚至要保留他们宣告债户破产的权利。经过几次通信磋商。索缪的格朗台接受了债主们保留一切权利的要求。看了格朗台的让步，温和的债主们设法说服了强硬的债主们。尽管有人表示不满，但债据毕竟都交出来了。有人对德·格拉珊说："这老东西取笑我们呢。"纪尧姆·格朗台死后二十三个月，许多债主，被巴黎的行市动荡搞得晕头转向，竟然忘记了格朗台到期应付的款项，或者即使没有忘记，也只是想："看来最多能拿回百分之四十七的款项。"老箍桶匠对时间的能量早就作过计算，他说，时间是个好心的魔鬼。到第三年的年底，德·格拉珊写信给格朗台，称他已设法让债权人同意，在格朗台家尚未清偿的二百四十万法郎中再收回十分一，便把所持的债券交还。格朗台复信说，因破产而导致他兄弟自杀的那个公证人和那个经纪人倒还活得好好的，也许早已成为太平度日的好人，应该他们起诉，逼他们多少拿出点钱来，以减少拖欠的数目。第四年年底，定为十二万法郎。接着清理人和债权人之间，格朗台与清理人之间又进行了长达半年之久的磋商年。简而言之，索缪的格朗台被逼到非付不可，是那年的九月吧，他回信通知两位清理人，说他的侄子在印度发了财，已表示会来偿还亡父的全部债款的意向；因此他不能擅自付清欠款，他要征得侄子的同意。到第五年年中，债权人们仍被"全部偿还"的说法搪塞着，神气的老箍桶匠不时把这句话挂在嘴上，其实他暗自好笑，当他说"这些巴黎人"时，都不免奸笑咒骂一番。这批债权人的遭遇可以算作商业史上闻所未闻的奇事。当我们这个故事让他们再度出场时，他们仍处于格朗台控制他们的那个地位。等到公债涨到一百一十五法郎一股时，格朗台老爹抛出他的所有份额，从巴黎弄回二百四十万法郎的黄金和公债名下的六十万法郎的利息全部装进木桶。德·格拉珊一直住在巴黎。原因是；第一，他被任命为议员；第二是他另有妻室了，对索缪枯燥的生活厌烦透顶，已同公主剧院一个漂亮的女演员弗洛丽娜双宿双飞了，当年在军队时的影子又在银行家的身上再现了。不用说，这种行为在索缪人来说被认为有伤风化。他的妻子很走运，同他分了家，井井有条地管理着索缪的银号，后来银号一直在她的名下继续营业，以弥补被德·格拉珊先生的荒唐行径造成的财产损失。克吕旭叔侄落井下石，使这位活寡妇的处境更糟，以至于女儿的婆家找得很不称心，而且不得不放弃要儿子娶欧叶妮当儿媳妇的念头。阿道尔夫到巴黎去找父亲，据说他后来变成一个大坏蛋。克吕旭叔侄终于战胜了对手。

"您的丈夫真不懂情理,"格朗台凭实物担保借钱给德·格拉珊夫人时说道,"我同情您,您的确是个贤惠的好太太。"

"啊!先生,"可怜的女人回答说,"谁能相信他从您府上动身去巴黎的那一天,竟然是走上绝路的开始。"

"苍天为我作证,德·格拉珊太太,我可是直到最后还阻止他去巴黎的。那时所长先生还拼命替他想,我们现在才明白他当初为什么那样争着要去。"

这样,格朗台就不欠德·格拉珊任何情分了。

在任何情况下,女人的痛苦总比男人多,程度也更深。男人有力气,而且他的能量有机会发挥:活动、奔走、思考、瞻望未来,并从未来中得到安慰。查理正是如此。但是女人守在家中,面对悲伤无法解脱,没有什么事情可以排遣忧伤,她一步步滑到忧伤无底的深渊,这深渊简直无法测其深度,她们常常是用祝愿和眼泪填补。欧叶妮就是这样。她刚刚认识自己的命运。感受、爱、痛苦、牺牲,这永远是女人生活的内容。欧叶妮该是一个真正的女人了,却没有女人应得到的安慰。她的幸福,正如博叙埃崇高的说法,像外墙上稀疏的钉子,收集得再多也填不满手心。忧伤倒是从不让人久等。查理走后的第二天,格朗台家在众人的眼里又恢复常态,只有欧叶妮一人觉得突然空荡荡的。她要瞒着父亲,把查理的卧室保持他离开时的样子。格朗台太太和娜侬乐意充当她的同谋。

"谁知道他会不会比我们希望的更早一些回来呢?"她说。

"啊!我多希望在这儿能见到他,"娜侬回答说,"我已经侍候他惯了!他那么温柔可爱,是个十全十美的少爷,人长得又漂亮,一头卷发跟姑娘似的。"欧叶妮望望娜侬。

"圣母哎!小姐,您的眼神像灵魂入了地狱似的!别这样瞧人家。"

从那天起,欧叶妮小姐的美貌有了新特点。对于爱情的深思慢慢渗入她的心灵,再加上得到爱情的女子所具备的那种尊严,她眉宇间透出一种画家们用光环描绘的光彩。在堂弟到来之前,欧叶妮可以同受胎前的圣处女相比;堂弟走后,她仿佛成了真正的圣母玛丽亚:她已感受到了爱情。在一些西班牙画家的笔下,如此不同的两个玛丽亚却成为基督教艺术中最丰富、最光辉的形象之一。查理走后的第二天,她从教堂做完弥撒回家(她发誓每天都去一次),回家路上路过书店,她买了一幅世界地图;她把地图挂在镜子的旁边,为的是在堂弟去印度的旅途中陪伴他,早晚可以陪伴堂弟乘坐船上,看着他,向他提出数不清的问题,对他说:"你好吗?难受吗?当你看到那颗你曾教我认识到它的美丽和用途的星星的时候，你是不是很想我？"早晨，她坐在核桃树下那条长满青苔，蛀孔累累的长凳上出神，在那里他们彼此说过那么多甜言蜜语，说过那么多傻话，他们还曾设想婚后的美满生活。她仰头望着墙上的一角青天憧憬未来，然后又向那面古老的破旧的外墙望去，望到查理卧室的屋顶。总之，这是孤独，真正的爱情，它是持久的渗入了种种思想并成了实体的爱情，或者如我们父辈所说，变成了生命的材料。当那些自称格朗台老爹朋友的人晚上来打牌的时候，她显得很高兴，却把真实的心情隐藏起来；可整个上午，她都和母亲和娜侬谈论查理。娜侬明白，她可以同情小姐遭遇的痛苦，同时对老东家很尽职责。她对欧叶妮说："如果有个真心对我的男人，我就会………跟他进地狱。我就会……那个那个……我会为他而死去。可是……我没有这样的男人。我到死都不知道人生是怎么回事儿。小姐，您相信吗？那个老头儿高诺瓦叶，人倒是挺不错，他总盯着我，可能是看上了我的钱，就像那些来这里奉承您的人，其实是嗅到了老爷钱财的气味。我可看透了，虽然我这人，胖得像塔楼，可我脑袋还机灵得很；不过，小姐，虽然那算不上什么爱情，可我还是感到很高兴。"

两个月就这样过去了。往日单调乏味的日常生活因对秘密的巨大关切而变得生气勃勃，这也使三位妇女的关系更加亲密无间。她们还在查理这间客厅的灰色天花板下聚会。每天早晚，欧叶妮打开梳妆盒，凝视婶婶的肖像。有一个星期天的早晨，她正专心致志地在两幅肖像中寻找查理的相貌特征时被母亲撞见了。格朗台太太到这时才知道查理用这件礼物换取了欧叶妮私房钱的可怕秘密。

"你把一切都给他了，"惊呆了的母亲说，"你父亲过年的时候要看你的金币时，你怎么对他说？"

欧叶妮的两眼发直，整个上午，两个女人都在深深的恐惧中渡过，慌乱中竟错过了正场弥撒，只好参加读唱的弥撒。再过三天，一八一九年就要结束。再过三天就要发生一件惊心动魄的大事，一出没有毒药、没有刀光剑影、没有血流成河的布尔乔亚悲剧将上演；可对于剧中人来说，它比希腊神话中赫赫有名的阿特柔斯王族后裔的惨绝人衰的遭遇更加残酷。

"我们该怎么办呢？"格朗台太太把手里的活计放到膝盖上，对女儿说。

两个月来，可怜的母亲心烦意乱，结果连过冬要用的羊毛袖套也没有织完。表面上这件小事，无关紧要，可对她却产生了可悲的后果。因没有袖套，丈夫对她大发雷霆时，吓出了一身冷汗，最终得了风寒。

"可怜的孩子，我原想让你早一点把事情告诉我，我们就来得及给巴黎的德·格拉珊先生写封信。或许有办法弄到一批跟你的金币一样的给我们；虽然你父亲熟悉你的金币，或许……"

"可我们从哪弄这么多钱呢？"

"我可以先把我的财产钱押上。何况，格拉珊先生给我们……"

"现在来不及了，"欧叶妮声音都变了，低沉地打断母亲的话，说，"明天一早，我们不是得去他的房间祝他新年好吗？"

"可是，孩子，我为什么不能去找克吕旭想想办法呢？"

"不行，不行，这等于把我出卖了，以后咱们得受他们的控制。而我已打定主意。我做得对，绝不后悔。上帝会保佑我的。听天由命吧。啊！母亲，要是您读了他的信，也就会只为他着想了！"

第二天早晨，一八二〇年正月初一，深感恐惧的母女俩，想出一个最自然不过的办法，不再郑重其事去格朗台房间拜年。一八一九年到一八二〇年是当时最寒冷的冬天。屋顶上覆盖着厚厚的积雪。

格朗台太太听到丈夫的房里有响动，就对他说，"格朗台，让娜侬给我的房里生个火吧；我在被窝里都冻僵了。我这把年纪，需要多点照顾。"她停顿了片刻接着说，"更何况欧叶妮也要到我房里来换衣裳。这种天气，可怜的孩子在她房里梳洗会生病。过一会儿我们在客厅壁炉边再给你拜年吧。"

"得，得，得，得，怎么这么罗嗦！你这叫开门大吉吧，太太？你从来没有这么唠叨过。我想你已经吃过一片泡酒的面包了吧？"

两人都不作声了。"那好吧！"老头儿接下去说，大概是妻子的话起了作用。"就按您说的办吧，格朗台太太。你真是个贤惠的妻子，我可不愿意让你在这个年纪发生不测，尽管拉倍特里埃家的人都结实得像头牛。嗯？不是？"停了一会儿，他喊道："无论如何，咱们得了他家的遗产，所以对他们家的后代，我总是能够宽容。"接着传了来他的咳嗽。

"您今天早晨挺开心吧，老爷。"可怜的女人严肃地说。

"我总是挺高兴的，开心，开心，开心，箍桶匠，快修补您的酿酒桶！"

他一边唱着，一边穿得整整齐齐地走进妻子的卧室。"真的，这里真是够冷的。今天我们吃一顿，太太。德·格拉珊给我寄来了块鹅肝酱，我要到驿站去拿。他大概给欧叶妮也捎来了一枚双倍加值的拿破仑，"箍桶匠附在妻子耳边说道，"我的金子全光了，太太。我本来还有一些古钱的，这话只能对你说；可为了做生意上的事都花了。"说完，他吻了一下妻子的额头，向她祝贺新年。

"欧叶妮，"慈母叫道，"我不知道你父亲是怎么了；总之，他今天脾气很好。唉！我们会渡过这一关。"

"老爷是怎么啦？"娜侬走进女主人卧室准备生火时说。"他先是对我说：大蠢货，祝你快乐！去夫人房间生个火，她冷得很。然后给了我一枚六法郎崭新的硬币，我简直都傻了！太太，您瞧，看到没有？哦！他真是个好人。怎么说呢，他也是个要面子的人。有的人越老越吝啬，可是他呢，温柔得就像您做的果子酒一样，而且年头越长味道越好。他真是个完美无缺的好人……"

格朗台今天如此高兴是因为他的投机生意大获成功了。德·格拉珊先生扣除了老箍桶匠为十五万荷兰证券贴现欠他的一笔钱和他为老箍桶匠买进十万法郎公债垫付的款项之后，通过驿车把一个季度利息余下的三万法郎带给了格朗台，并向他通报了公债上涨的消息。当时的市价是八十九法郎一股，到一月底，最有名的资本家们都肯出价九十二法郎收进。格朗台在两个月中百分之十二，他已经核对了账目，从今以后他每半年坐收五万法郎，既不用交税，也不用交补偿费。内地人一般对公债有一种反感，可是格朗台却一清二楚，他发觉自己五年之内无须多费心，连本带利可得六百万法郎，再加上他几处地产的价值，就是一笔大得惊人的财富。给娜侬的六法郎，也许是对女佣在不知情的情况下帮了主人大忙的酬劳。

"哦！哦！格朗台老爹一清早就像去救火似的，跑得飞快要上哪儿去？"忙着开店门的商人们思忖。不久，他们又看见他从驿站回来，身后跟着一个驿站上的脚夫，推着装满大包小包的独轮车。"水总是往河里流，老头儿是去拿钱的。"有人说。"这水总是从巴黎、从弗洛瓦丰、从荷兰流来的。"另一个人说。"他早晚会买下索缪城的。"第三个人嚷道。"他不怕冷，总忙着做生意。"有个女人对丈夫说。"哎，哎，格朗台先生，要是您不方便的话，我帮您减轻这负担。"

"嗨！不过是些铜板子儿。"葡萄园主答道，

"是银子。"脚夫低声说道。

"如果你不要我照应的话，就闭上你的嘴。"老头儿开门时对脚夫说。

"啊！老狐狸，我还以为他是个聋子，"脚夫心想，"好像天冷了他听得更清楚。"

"赏你二十个子儿的酒钱，闭上嘴快滚吧！"格朗台对他说，"娜侬会把独轮车还给你的……娜侬，娘儿俩是不是在做弥撒？"

"是的，老爷。"

"来，快，来干活。"他喊着，把大小袋子都往她那边送。转眼，钱都运进了他的密室，然后他把自己关在里面。"开饭的时候，就敲敲墙叫我。你现在把独轮车送回驿站。"

十点钟一家人才吃饭。

"你父亲不会要你拿出钱到这里来看的。"格朗台太太做完弥撒在回来的路上对女儿说。"另外，你要装成怕冷的样子。这样我们就有时间在你过生日那天把你的钱袋凑满了……"

格朗台边下楼边想着怎么才能把刚收到的钱迅速地变成金子，还想到自己在公债投机生意居然大捞了一把，他决定把全部收入都投入，直到行市涨到一百法郎一股为止。这盘算对欧叶妮是致命的一击。他一进客厅，母女俩便祝他新年快乐；女儿跳过来扑到他的怀里撒娇，格朗台太太却严肃，庄重。

"啊！啊！孩子，"他说着吻了女儿的双颊，"我都是为了你操劳呀，你看到了吗？……我要你幸福。要幸福就得有钱。没有钱，全都完蛋。给你，又是一枚全新的拿破仑，是我让人从巴黎捎来的。真见鬼，家里一点儿金子都没有了。只有你还藏着金子。宝贝女儿，把你的金子拿出来给我看看。"

"唔！太冷了，咱们先吃饭吧。"欧叶妮回答说。

"哎，那好，吃完饭再看，嗯？这能帮助我们消化。德·格拉珊那个胖子还给我们送来了这么多的美味儿，"他又说，"那就吃饭吧，孩子们，反正没有花我们一分钱。他不错，我对德·格拉珊很满意。这老家伙帮查理办事，而且是分文不取。他把我那可怜的死去的兄弟的事情办得很好。呜……"他把食物塞满一嘴，歇了片刻，说："真好吃！吃呀，太太。至少可以两天不吃东西。"

"我不饿。我向来虚弱，你是知道的。"

"啊！知道！你可以吃得饱饱的，不用担心撑破肚皮。你是拉倍特里埃家的后代，身体结实得很。你却是又黄又瘦，可是我就爱黄颜色。"

等着被当众受辱处死的罪犯，也没有格朗台夫人母女俩等待饭后发生的事那么恐惧。老葡萄园主越是谈笑风声，母女俩就越加心里发紧。然而女儿此刻是有依靠的，她可以从爱情中汲取力量。

"为了他，为了他，"她心里默念道，"千刀万剐，死而无憾。"

想到这里，她朝母亲望了一眼，目光中闪烁着勇敢的火花。

"把这些都撤走，"格朗台约在十一点钟刚吃完饭就对娜侬说道，"把桌子留下。我们要舒舒服服地看看你的小金库。"他望着欧叶妮说道："孩子，你足有五千九百五十九法郎，再加上今天早晨的这四十法郎，差一法郎就是六千。好，我给你一法郎补足六千。因为，你知道，乖孩子……哎，你干吗听我们说话。快点走开，娜侬，干你的活去吧。"老头一发话，娜侬赶紧走开了。"听我说，欧叶妮，你得把你的金子给我。爸爸要你给，你总不会拒绝我吧？"母女俩都默不作声。"我没有金子了，从前有过，现在没有了。我将还你六千法郎，利弗尔。你照我说的那样，把钱放出去。现在再别想什么压箱钱了。等你出嫁的时候——这也快了——我会替你找个未婚夫，给你一笔本地从来没有听说过有那么多的压箱钱。听话，小宝贝。现在有个好机会，你可以拿你的六千法郎买公债，每半年你就会得到二百法郎的利息，没有揭税，没有补偿费，没有冰雹、霜冻，没有潮汐，凡给收入打麻烦的事统统没有。也许你舍不得跟金子分手吧，是不是，小宝贝？那你就给我吧。以后我再给你攒一些金币，荷兰的、葡萄牙的、莫卧儿的、热那亚的，再加上你过生日我给的，不出三年，你又能重建这小金库的一半了。怎么样，好孩子？抬起头来。快去拿，心肝儿。你真该过来吻吻我的眼睛，因为我告诉了你，钱的生死秘诀：钱和人一样是活的，会动、会来、会去、会出汗、会繁殖。"

欧叶妮站起身来，朝门口走了几步后突然转过身来，定睛望着父亲，说道："我的金子没有了。"

"你的金子没有了！"格朗台大叫起来，而且像是听到炮声受到惊吓的马匹一样，两腿骤然挺直，站住了。

"是的，没有了。"

"你有没有搞错，欧叶妮。"

"真的没有了。"

"爷爷的刀！"

每当箍桶匠吼这句咒语，楼板都会发颤。

"上帝啊！太太的脸都变白了。"娜侬叫道。

"格朗台，你发这么大的火，非要把我吓死。"可怜的女人说。

"得，得，得，得，你们这帮人哪，在家里是死不了的！……欧叶妮，你把金币弄到哪里去了？"他扑向女儿吼道。

"父亲，"女儿跪在格朗台太太膝旁，说道，"母亲已经够难受了。您看，可别把她击垮了。"

格朗台见到妻子平时蜡黄的脸变得煞白，也害怕了。"娜侬，扶我上床去，"格朗台太太声音微弱地说道，"我要死了。"

娜侬赶紧过去搀扶，欧叶妮也上前帮忙，她俩费尽了力气，才把格朗台太太扶进卧室，每上一级楼梯她几乎都要晕倒。格朗台独自留在客厅。过了一会儿，他登上七八级梯阶，朝楼上道："欧叶妮，你母亲躺下，你就下来。"

"是，父亲。"

她安慰过母亲，赶紧下楼来。

"孩子，"格朗台对他说，"告诉我，你的金子哪儿去了？"

"父亲，要是您送给我的东西，不能由我自己支配，那您拿回去好了。"欧叶妮冷冷地说，并找到那枚拿破仑，送还格朗台。

格朗台生气地抓过拿破仑，塞进自己的钱袋里。

"我想我再也不会给你任何东西了。连这个也不给！"说着，他用大拇指的指甲盖，在门牙上弹了一下。"你不把父亲放在眼里，你甚至不信任你的父亲，你不知道父亲意味着什么吗？你要是不把父亲看得高于一切，父亲也就不成其为父亲了。你的金子在哪里？"

"尽管您的脾气大，我还是爱您、尊敬您的。但是我要大胆地提醒您一句，我已经二十二岁了。您常说，我已经长大了，为的是让我知道我已经不再是孩子。我用我自己的钱，做了我喜欢做的事，请您放心，我的钱用在很妥当的好地方……"

"用在哪里？"

"这是秘密，绝不能泄露，"她说，"难道您没有自己的秘密吗？"

"我是一家之主，我不该有自己的事要办吗？"

"我也有我的事。"

"一定不是什么好事，不然你怎么不告诉父亲，格朗台小姐！"

"是一件大好事，可就是不能告诉父亲。"

"至少可以告诉我，你什么时候把金子拿出去的吧？"欧叶妮摇摇头。"你过生日那天还在，是不是？"欧叶妮由于爱情变得狡猾不亚于她父亲因为吝啬而变得狡猾；她还是摇摇头。

"从来没见过如此执拗的，这么偷东西的。"格朗台的声音越喊越高，满屋子都能听得见。"怎么！在这儿，在我的家里，竟然有人拿走你的金子！家里仅剩的一点金子！而我竟不知道是谁干的？金子是值钱的东西。最诚实的姑娘也可能做错事，随便把什么都送人，在贵族大户人家，甚至于普通百姓家也是常有的事。可把金子送人……你肯定把金子送给了什么人？"欧叶妮面无表情。"简直没见过这样的姑娘！我还是不是你父亲？如果你是把金子存在了什么地方，总得有张收条吧……"

"我还有没有自由做我想做的事情？这是不是我的钱？"

"可是你还是孩子呀！"

"成年了。"

被女儿堵得哑口无言的格朗台，脸色发白。他跺脚，咒骂，终于找到了要说的话，大声嚷起来："你这该死的、歹毒的东西！啊！你这坏种，你知道我喜欢你，你不知天高地厚。你要掐死父亲了！没错！你居然把咱们家的财产扔到那个穿羊皮靴子的小光棍上。爷爷的刀！我不能剥夺你的继承权，该死的家伙！可我要咒你，咒你的堂弟，咒你的孩子！你们不会得任何好处，听见没有？要是你给了查理，那就让……哦不，这不可能。什么！这恶棍竟敢从我这里偷走我的钱财？"他望着始终冷冷地一言不发的女儿。

"你一动不动，眉头也不皱一下！你比我格朗台还格朗台。至少你不会把金子白扔了吧。你倒是说呀！"欧叶妮望了父亲一眼，那带刺的目光把老头儿激怒了。"欧叶妮，你是在我家，在你父亲家里。你如想继续留在这里，就得听从父亲的命令。神父也要你服从我。"欧叶妮低下了头。"你触犯了我最宝贵的东西，你要是不屈服，我就不想再见到你。回你房间去。我不同意你就不许出来。娜侬会给你送去面包和水的。听见没有？快走！"

欧叶妮痛哭流涕跑到母亲床前。格朗台不顾寒冷在花园里踏着雪转了好几圈，他想现在女儿一定在她母亲的房里；他想把违抗命令的女儿当场抓住，这念头让兴奋不已，于是他像猫一样敏捷地爬上楼梯，闯进妻子的卧室，正好看到妻子抚摸着伏在怀里的女儿的头发。

"别哭了，可怜的孩子，你父亲的气会消的。"

"她再也没有父亲了，"箍桶匠说，"这是你跟我生的这么不听话的女儿吗？还受什么教育，尤其是宗教教育。怎么，你不在自己的房里？好了，蹲禁闭，小姐。"

"您想把女儿从我身边抢走吗，老爷？"格朗台太太抬起由于发烧而通红的脸，说。

"您要想留她在身边，那就把她带走，你们娘俩统统离开这屋子。天打雷劈的，金子在哪里？到底在谁的手里？"

欧叶妮起身，高傲地望了父亲一眼，回自己房里去了。

她刚一进屋老头儿连忙把门从外边锁上。

"娜侬，"他吼道，"把客厅的火熄掉。"然后，他坐到妻子卧室的壁炉前的椅子上，对她说："她一定把金子给了查理那个坏蛋！他只想着我们的钱。"

格朗台太太在对女儿威胁的冒险，也出于对女儿的感情，居然有了足够的勇气和力量，绷着冷漠的面孔，默不作声，无动于衷。

"这事我一点都不知道。"她向床里扭过脸去面对墙壁，避免看到丈夫炯炯的目光，她回答说。"您那么凶，我难受极了，我有预感，看来我只有横着抬出去才能离开这间屋子了。现在您真该饶了我，老爷，我可从来没有让您生气过，至少我是这样想的。您的女儿是爱您的。我相信她像刚出生的婴儿一样清白。所以，您别难为她，放她出来吧。这么冷的天，您会让她得重病。"

"我不想再见到她，也不和她说话。她必须呆在房里，只能吃面包喝水，直到使她父亲满意为止。真见鬼！做家长的本应该知道家里的金子到哪里去了。她的那种卢比或许在法国也只有那么几枚，还有热内亚和荷兰的金币。"

"老爷，欧叶妮是我们的独生女，即使她把金子扔进水里……"

"扔进水里？"老头儿大叫，"扔进水里！您疯了，格朗台太太，我说一不二，这您知道。如果您想让家里平安无事，您就该让她招认，把实情说出来。女人之间总比我们男人易沟通些。不管她做了什么事，我总不会吃她。她怕我吗？就算她把堂弟从头到脚都镀满金子，他也已经飘洋过海，我们也无法追上……"

"那么说，老爷……"由于神经过敏，或是因为女儿遭遇不幸使她更心软也更聪明，格朗台太太敏锐的目光居然发觉丈夫的肉瘤可怕地抽动了一下，于是马上变了主意，但是语气没有变。

"那么说，老爷，我对女儿比您有办法了？她什么都没有跟我说，这一点很像您。"

"该死的！今天你倒是能说会道啊！得，得，得！你在嘲笑我吧，也许你跟她早就串通好了。"

他两眼盯着妻子看。

"说实话，格朗台先生，如果您想要我的命，那就说下去好了。我告诉您，老爷，即使送掉我的老命，您这样对待女儿也是不对的，她比您讲理。这钱是她的，她这会派上好用场，只有上帝才知道我们做了什么好事。老爷，我求您，饶了欧叶妮吧……放过她，您发脾气给我的打击就会减轻些，也许还会救我一条命。女儿呀，老爷，还我女儿。"

"我走了，"他说，"这家简直呆不下去了。你们母女俩想的，说话好像……嗬……呸！你们送了我一笔多么残酷的年礼呀，欧叶妮！"他喊道。"你哭吧，哭吧！你这样对我，将来会后悔的，听见没有，把父亲的钱偷偷地送给游手好闲的家伙。一个月吃两次圣餐又有什么用，等你什么都没有，只有把心给他的时候，他会把你的心也一口吞掉的。看你的查理到底值几个钱，居然不经过姑娘父亲的允许拿走一个可怜姑娘的私房钱，那他肯定是个没有心肝，没有灵魂的坏蛋！"

临街的门关上后，欧叶妮就走出房间来到母亲身边。

"您为了女儿，您刚才可真勇敢。"她对母亲说。

"你看，孩子，违法的事会把我们搞成什么样子呢！……你都让我撒了谎。"

"哦！我乞求上帝就惩罚我一个人吧。"

"真的吗？"娜侬惊慌地上来问道，"小姐以后就光吃面包、喝清水吗？"

"娜侬，这有什么了不起？"欧叶妮平静地说。

"啊！小姐啃干面包，我还能常吃果酱吗？那可不行，不行。"

"别再说了，娜侬。"欧叶妮说。

"我可以不说，可是你们等着瞧吧。"

二十四年来，格朗台第一次独自用餐。

"您不成了光棍了吗，老爷，"娜侬说，"家里有两个女人，却还做光棍，这滋味真不好受。"

"我没有跟你说话。闭上你的嘴，不然我赶你走。你那锅里煮的什么，我听到沸腾的声音了。"

"我在炼脂油……"

"今天晚上有客要来，客厅生着火。"

克吕旭叔侄，德·格拉珊母子都来了，都为没有见到格朗台太太母女俩而感到诧异。

"我妻子有点不舒服。欧叶妮在陪着她。"老葡萄园主淡淡地回答道。

闲聊了一个小时之后，德·格拉珊太太上楼去看格朗台太太，下楼时众人都迫不及待地问："格朗台太太怎么样？"

"不好，很不好，"她说，"她的健康状况真让人担忧。她这年纪，可得小心哪，格朗台老爹。"

"以后再说吧。"老葡萄园主漫不经心地答道。

客人们告辞了。克吕旭叔侄一出门，德·格拉珊夫人忙告诉他们："格朗台家肯定出事了。母亲重病缠身，可自己还蒙在鼓里。女儿两眼红肿，像是哭了好久。难道他们要违背女儿的意愿硬要把她嫁给什么人不成？"

葡萄园主躺下之后，娜侬穿了软底鞋蹑手蹑脚地走进欧叶妮的房间，给她看一块用平底锅做的肉饼。

"拿着，小姐，"善良的娜侬说，"高诺瓦叶给了我一只野兔。您饭量小，这张肉饼够您吃七八天的，把它冻起来就不会坏了。至少您不用吃干面包了，身体会吃不消的。"

"可怜的娜侬。"欧叶妮握紧了她的手说。

"我做得可香了，味道很鲜。他一点没发现。我买了大油、肉桂，都在我的那六法郎里；我总可以自己支配这几个钱吧。"

说罢，老妈子仿佛听到格朗台的响动，便匆匆走了。

几个月里，葡萄园主总是在白天不同的钟点来看望妻子，但只字不提女儿的名字，也不去看她，甚至连间接涉及她的话也不问一句。格朗台太太没有离开卧室半步，她的病情日趋恶化。什么都无法使箍桶匠的心变软，他就像花岗岩的柱子，纹丝不动，冷冰冰地绷着脸。他还跟往常一样，出门回家，只是说话不再结巴，话也少多了，在生意上表现得比过去更苛刻，居然常常出现数字差错的事。"格朗台家出事了。"克吕旭派和格拉珊派都这么说。"格朗台家到底出什么事呢？"这成了索缪城内无论谁家晚上的应酬场合都要提的问题。欧叶妮由娜侬领着去教堂做弥撒。从教堂出来，要是德·格拉珊太太前去搭话，她总是吱唔搪塞地敷衍几句，不能让好奇者心满意足。然而两个月后，欧叶妮受拘禁的秘密再瞒不过克吕旭叔侄三人和德·格拉珊太太。终于在某个时刻，欧叶妮总不露面的借口无法解释清楚了。后来，也不知道是谁把这秘密泄露了出去，反正全城的人都知道格朗台小姐从大年初一起就被父亲关在房里，没有火取暖，只以清水和面包充饥；还知道娜侬为她做了些好吃的东西，半夜送去；甚至知道女儿只能趁父亲出门之际过去探视母亲。格朗台的行为激起了公愤。全城的人几乎把他置于法律保护之外，他们又想起了他的背信弃义和一桩桩刻薄的行事，他从街上走过，人们就对他指指点点，交头接耳地议论他。当他的女儿由娜侬陪着走下曲折的街道到教堂去望弥撒或做晚祷的时候，家家户户都挤到窗口，好奇地打量这富家的继承人的举止和面色，居然发现她脸上有一种天使般的忧伤和一种清纯的美。囚禁和失宠与她无任何关系。她不是依旧看着地图、小凳、花园，还有那一面墙吗？她不是不断回味爱情的吻留有她嘴唇上的甜蜜吗？有一段时间她根本不知道自己已经成了城里人谈话的内容，她的父亲也一样。她在上帝面前是那么虔诚纯洁，她的良心和爱情帮助她耐心忍受父亲的愤怒和报复。但有一种深深的痛苦使其他痛苦都暂时沉默了。母亲的身体一天不如一天了。多么亲切温柔的人啊，临近坟墓的灵魂在她脸上发出的光辉使她显得美丽。欧叶妮常常责备自己，觉得是她使母亲受到这场慢慢地、残酷地吞噬掉她的疾病的折磨。这种悔恨，虽然得到了母亲的慰解，仍把她同自己的爱情紧紧联系起来。每天早晨，当父亲一出门，她就来到母亲的床前，娜侬把早饭端到那里。但是可怜的欧叶妮，为母亲的病状发愁、难过，她默默地示意娜侬看看母亲的脸色，接着又哭了，不敢提堂弟的事。

格朗台太太总是先问她：

"他在哪儿？为什么他不来信？"

母女俩全然不知路途的遥远。

"母亲，我心里有他就够了，"欧叶妮回答说，"不要提他，您病着呢，您比一切都重要。"

她说的"这一切"指的就是他。

"孩子们，"格朗台太太说，"我这一辈子没有什么舍不下的。上帝保佑我，让我高兴地看到我的苦难完结了。"

这女人的话常常是神圣的、虔诚的。在最初的几个月里，她在床前用早餐的时候，她的丈夫在她房间里踱来踱去，她还不断地重复同样的话，语气虽很亲切温柔，但却十分坚定，一个女人临近死亡，反而有了一生中从没过的勇气。

"老爷，谢谢您对我的关心，"询问她近况如何，她总这么回答，"但是您想减轻我最后时刻的痛苦，您就饶了我们的女儿吧，请拿出你做基督徒、丈夫和父亲的样子来。"

一听到这话，格朗台像看到倾盆大雨将来临的行人乖乖地在门洞里避雨似的，坐到床边，静静地听妻子说话，不作回答。赶上妻子用最动人、最温柔、最虔诚的话恳求时，他便说："你今天气色不大好，可怜的太太。"他早把女儿忘得一干二净了，这似乎可以从他砂岩般的额头，从他紧闭的嘴唇上看出来。甚至他那措辞很少变动的支吾的回答，妻子苍白的脸上泪如雨下，而他却不为所动。

"愿上帝原谅您吧，老爷，"她说，"就像我饶恕您一样。您总有一天需要上帝的宽恕。"

自从他妻子患病以来，他就不敢再连叫那令人毛骨耸然的"得，得，得，得"了！但是，妻子天使般的温柔并没有感化他咄咄逼人的霸道。精神的美在老太太的脸上发出容光，她往日的丑陋一天天在消失。她成了灵魂的化身。祈祷的法力仿佛使她脸上最粗俗的线条得到净化，变得细腻，闪闪发光。谁没有发现在圣洁的面孔这种改换容貌的变化？灵魂的习惯最终战胜了最粗糙的容貌，思想的纯洁与崇高为其打上了特具生气的烙印！在这被痛苦煎熬得犹如灯油将尽的女人的身上，发生了这样改头换面的变化，铁石心肠的老箍桶匠也不免有所触动，尽管微不足道。他说话不再盛气凌人了，那不可动摇的沉默是为了保全一家之长至高无上的地位。忠实他的娜侬一上街买东西，就有人对她含沙射影地说几句嘲笑和埋怨主人的坏话；尽管公众舆论一致谴责格朗台老爹，女佣出于维护东家的名誉，总要为他辩护。

"哎，"她对那些诽谤格朗台老头儿的人说，"我们老了不都变得心肠硬了吗？为什么你们就不容忍他心肠硬一点呢？收起你们的鬼话吧。小姐过得像王后一样的日子。是的，她独守空房，她喜欢清静。何况，主人自有主人的道理。"

终于有一天晚上，那已是暮春将尽的时节，被病魔、更被伤心折磨得日益憔悴的格朗台太太，尽管总在祈祷也没有使父女俩和好，她便把隐藏在心底的痛苦告诉了克吕旭叔侄。

"怎么能无缘由地罚一个二十三岁的姑娘喝清水、吃面包？"德·蓬丰所长叫了起来，"这是残酷的虐待！这已构成故意伤害罪；她可以控告。首先……"

"行了，侄儿，"公证人打断他，"别说你那些法院里的词儿了。您放心，太太，我让这禁闭明天就取消。"

听到在谈论自己，欧叶妮从房里走了出来。

"先生们，"她很高傲地边走边说，"请你们别管这件事。我父亲是一家之长。只要我还在这个家里，就得服从他。他的行为无须旁人赞成或反对，他只对上帝负责。如果你们要是关心我，请绝口不提这件事。责备我父亲就等于攻击我们自己的尊严。谢谢你们对我的关心，要是你们能制止城里让人恶心的流言蜚语的话，我将更感激不尽，那些不堪入耳的话我是偶尔才听说的。"

"她说得对。"格朗台太太说。

"小姐，制止流言蜚语的最好的办法就是还您自由。"老公证人肃然起敬地答道。囚禁、忧郁和爱情，给欧叶妮更增添了美，老公证人深深地被感动了。

"好了，孩子，就麻烦克吕旭先生去处理这件事吧，既然他有成功的把握。他了解你父亲，知道怎样对付他。要是你愿意我在所剩不多的有生之日活得快活些，无论怎样讲对你和你父亲都好。"

第二天，格朗台跟关闭欧叶妮以后养成的习惯一样，到小花园里转几圈。他总是趁欧叶妮梳洗的时候散步。当他走到粗大核桃树下，便躲在树后出神地打量女儿长长的头发，那时他一定在一种是他生性执拗的性格与亲吻的欲望之间犹豫不定。他经常坐在那张查理和欧叶妮曾立下山盟海誓的小木凳上，而那时女儿也正偷偷地或者在镜子里望着父亲。要是他起身，继续散步，女儿就有意坐到窗前，开始看那面挂着美丽野花的墙，从裂隙处窜出几株仙女梦、碗碗藤，还有一种黄白相间的粗壮的野草，一种在索缪和都尔地区的葡萄园里到处都有的景天蔓。克吕旭公证人一早就来了，发现老葡萄园主在六月艳阳天下，坐在小凳上，背靠隔墙，痴呆呆地望着女儿。

格朗台问道："有什么需要帮忙吗，克吕旭先生？"见到证人来了。

"我来跟您谈点事。"

"啊！啊！您是不是有金子，想换给我？"

"不，不，不是钱的事，是关于您女儿的事。大家都在议论你们父女俩呢。"

"这关他们什么事？煤黑子在家，大小是个一家之长。"

"没错，大小是个长，自寻死路也由他，或者，更糟糕的是，把钱往大街上扔。"

"这话怎讲？"

"哎。您太太现在病得很厉害，朋友。您该去请贝日兰大夫给瞧瞧，她有生命危险啊。要是她因没有得到必要的治疗而亡故的话，我想您也一定会内心疚的。"

"得，得，得，得！您知道我太太得了什么病。那些医生，只要进了你们家的门，一天就要来五六趟。"

"总之，格朗台，随您的便。我们是老朋友了；在索缪城里，没有谁比我更关心您的事儿了；所以我得把话说完。现在，事已至此，您是个成年人，知道该怎么做。反正我并不是为这事儿来的。有件事对您恐怕更重要得多。不管怎样，您总不想把您太太害死吧？她对您太有用了。倘若等她有个三长两短你如何面对女儿，想想自己的处境吧。您必须对欧叶妮有个交待，因为您的财产是和您太太共有的。您的女儿到那时就有权要求分享您的财产，就有权把弗洛瓦丰庄园卖掉。总之，她继承她母亲的财产，而您却不能继承。"

这番话犹如晴天霹雳，格朗台对法律没有对商业那么精通。他从来没有想过卖掉共有财产的事。

"所以我劝您还是对女儿大度些。"克吕旭最后说。

"可您知道她干了些什么事吗，克吕旭？"

"什么？"公证人很想听格朗台老爹的心里话，很想知道他们吵架的原因。

"她把金子送人了。"

"那金子不是她的吗？"公证人问。

"你们怎么全都这么说！"老头说着做了一个凄惨的动作把手臂垂下来。

"为一点儿的小事，"克吕旭接着说，"就不想让女儿在她母亲死后对您作出让步吗？"

"啊！您把六千法郎的金子当作是小事？"

"哎，老朋友，您知道如果欧叶妮要求清点和平分母亲的遗产，您将付出多大的代价吗？"

"什么？"

"二十万、三十万，甚至四十万法郎！为了知道共有财产的真正价值，不是就得拍卖吗？可是，如果你们可以说好商量……"

"爷爷的刀！"葡萄园主脸色煞白地坐了下来说，"以后再说，克吕旭。"

一阵沉默或者说，着实苦恼了一阵后，老头儿看着公证人说：

"人生太残酷了！它充满了痛苦。克吕旭，"他又郑重其事地说，"您不骗我吧，您发誓刚才说的都是有法律依据的。把民法给我，我要看民法！"

"可怜的朋友，"公证人说，"我对我的本行还不清楚吗？"

"那么说是千真万确的了。我要被亲生女儿抢光，背叛、吞掉了。"

"她继承她母亲的财产。"

"生儿育女有什么用！啊！我的太太，我是爱她的。幸亏她身子骨结实，她是拉倍特里埃家的后代吗。"

"她活不了一个月了。"

箍桶匠敲着脑袋，走过去，走过来，用可怕的目光看了克吕旭一眼，问道："我该怎么办？"

"欧叶妮可以完完全全地放弃继承她母亲的财产。您不想剥夺她的继承权吧，是不是？可是，要想得到那份遗产，您就粗暴地对待她。我这么说其实对我一点好处也没有。我干的什么事呢？……干的就是财产登记，拍卖呀，分家呀……"

"以后再说吧，以后再说吧。现在不谈这件事了，克吕旭。您把我的五脏六腑搅得个底朝天。您弄到金子了吗？"

"没有，就有十来枚旧金币，您要，我可以送给您。好朋友，还是跟欧叶妮讲和吧。您看，全索缪的人在谴责您呢。"

"那帮混蛋！"

"好，公债已涨到九十九法郎一股了。活了一辈子总该满足一次吧。"

"九十九法郎吗，克吕旭？"

"是的。"

"哎！哎！九十九！"老头儿说道把克吕旭一直送到街大门口。刚才这消息搅得他六神无主了，在房里呆不住，于是上楼去看太太，说："太太，你可以同女儿呆一整天了。我要去弗洛瓦丰。你们可别惹事啊。今天是咱们的结婚纪念日。我的好太太。你看，这六十法郎给你迎圣体时用，为了这事你不是想了很久吗？那就好好玩儿吧，高兴高兴地玩个痛快，可要保重身体啊。开开心吧！"他把十枚六法郎的银币扔在妻子的床上，又在她头上吻了一下。"好太太，你会好起来的，是不是？"

"您心里连亲生女儿都没有，怎么能在家里接待宽大为怀的上帝呢。"妻子动情地说。

"得，得，得，得，"老头儿温柔地说道，"以后再说吧！"

"老天爷开眼了！欧叶妮，"母亲因兴奋而满脸通红，喊道，"快来亲亲你的父亲，他原谅你了！"

可老头儿早已不见人影了。他一溜烟往乡下的庄园奔去，在路上他想把杂乱的思绪理清楚。此时的格朗台已七十六岁。两年来，他的吝啬变本加利，就像一般人，按照对守财奴、野心家和死抱住一个念头偏执终身的人所作的观察，发现这些人的感情总是特别倾向珍爱，象征他们痴心追求的某件东西。看到金子和占有金子是格朗台的癖好。他的专制思想随着吝啬程度的增长而增长，要他在妻子死后放弃哪怕小部分财产支配权，他都觉得是一件违情悖理的事。要向自己的女儿报清财产总账，把动产、不动产一起登记造册，作为不可分割的财产全部拍卖吗？……"这简直等于自杀。"他站在葡萄园的中央，凝视葡萄藤，大声说。他终于打定主意，晚饭时回到索缪，决定向欧叶妮屈服，疼爱她，讨好她，以便到死都有权操纵手里的几百万家当，直到咽下最后一口气。老头儿无意中身上带着万能钥匙，他自己开了大门，踮着脚尖上楼。欧叶妮已把那只漂亮的梳妆盒拿到母亲的床上，母女俩趁格朗台不在仔细端详着查理母亲的肖像，从中找出查理的相貌特征。

"这完全是他的前额，他的嘴唇！"欧叶妮正说着，老头儿开门进来了。看到丈夫两眼盯住盒上的黄金，格朗台太太叫道："上帝啊！可怜可怜我们吧！"

老头儿像饿虎扑向熟睡的婴儿那样朝梳妆盒扑来。"这是什么？"他说着拿起宝盒朝窗口走去。"真金！是金子！"他叫一声。"好重的金子！足有两磅。啊！啊！原来查理是用这个换走了你的宝贵的金币。嗯！你为什么不告诉我呀？这是一笔好交易啊，宝贝女儿！你真是我的女儿，我承认。"欧叶妮浑身发抖。"这是查理的盒子，是不是？"老头儿又问。

"是的，父亲，这不是我的，这是一件神圣的寄存品。"

"得！得！得！他拿走了你的钱，你该补偿回来。"

"父亲……"

老头儿想去拿把刀子撬下一块金片，他只好把盒子放在椅子上。欧叶妮扑向梳妆盒，可箍桶匠一直注视着女儿和盒子，伸手猛推一把，使女儿跌到母亲的床上。

"老爷，老爷。"母亲喊叫着从床上坐起来。

格朗台拔出刀子，准备橇黄金。

"父亲，"欧叶妮叫着跪了下来爬到父亲的跟前，举起双手，喊着，"父亲，看在圣徒们和圣母的面上，看在牺牲在十字架上的基督的面上，看在您的灵魂得到永远拯救的面上，看在我这条性命的面上，求您别碰它！这只盒子既不属于您也不属于我；它属于一个托我保存的不幸的亲戚，我必须完好无损地还给他。"

"既然这是寄存的东西，你为什么要看？看比摸摸更进一步。"

"父亲，您别毁坏它，否则我就没脸见人了。父亲，你听见了吗？"

"老爷，饶了她吧！"母亲说。

"父亲！"欧叶妮大叫一声，吓得娜侬赶紧上楼看个究竟。欧叶妮抓起身边的刀子，握在手里。

"想怎么样？"格朗台冷笑一声，冷冷地说。

"老爷，老爷，您杀了我吧！"母亲说。

"父亲，要是您用刀子碰掉哪怕一点点儿金子，我就用这把刀自杀。您已经把母亲折磨的半死不活，您还要逼死您亲生的女儿。那就来吧，您如伤了盒子，我就伤害自己。"格朗台手中的刀子对准盒子，看看女儿，犹豫不决。

"你有这个胆子吗，欧叶妮？"他说道。

"她有，老爷。"母亲答道。

"她说到做到，"娜侬喊道，"老爷，您这辈子总该讲一次理吧。"箍桶匠看看金子，又看看女儿，片刻之间。格朗台太太晕过去了。"哎哟！您看见了吗，老爷，太太死过去了。"

娜侬喊道。

"行了，孩子，咱们别为一个盒子伤了和气，拿去吧。"箍桶匠说着把梳妆盒往床上一扔。"娜侬，你快去请贝日兰大夫……好了，太太，"他吻着妻子的手说道，"这不算什么，都过去了，我们讲和了。不是吗，乖女儿？不用再吃干面包了，你爱吃什么就吃什么吧。啊！她睁开眼睛了，哎，好了，好了，母亲，妈妈，亲娘，嗨，打起精神看呀，我在拥抱欧叶妮呢。她爱堂弟，只要她愿意，就让她嫁给他好了，让她保存小盒子好了。不过，你得长命百岁，我可怜的太太。哎，挪挪身子呀！听我说，你会有张索缪城从未有过漂亮的祭坛。"

"上帝啊，您怎么能这样对待您的妻子和女儿呢！"格朗台太太声音微弱地说。

"以后绝不这样了，绝不了。"箍桶匠叫道，"你看着吧，可怜的太太。"他去密室，捧回来一把金路易，撒到床上。"看，欧叶妮，看，好太太，这些都给你们。"他边说着边抚摸着金路易。"行了，高兴起来吧，好太太，身体好起来吧，你要什么都不会缺少的，欧叶妮也一样。这一百金路易是给她的。欧叶妮，你不会再送人吧，嗯？"

格朗台太太和女儿面面相觑，惊讶不已。

"父亲，把钱拿回去吧，我们只需要您体贴之心。"

"哎，这就对啦，"说着，他把金路易放进口袋，"咱们和和睦睦过日子吧。大家都到客厅去吃晚饭，每天晚上玩两个铜板一次的摸彩游戏。开开心心地玩吧！怎么样，好太太？"

"好吧！我们玩吧，既然您觉得这样很舒心，"奄奄一息的妻子说道，"只是我起不来啊。"

"可怜的母亲，"箍桶匠说，"你不知道我是多爱你。还有你，我的宝贝女儿！"他搂住女儿，亲了一下。"哦！吵过架再拥抱女儿有多好啊！我的乖宝贝！你看，妈妈，我们现在一条心了。去把这东西藏好，"他指着梳妆盒对欧叶妮说，"去吧，别怕。我以后不再提这件事了，永远不提了。"

索缪城里的头号名医贝日兰大夫很快就来了。诊断完毕，他如实地告诉格朗台，说他妻子病情很重，但只要使她心情平静，再加上慢慢调理，细心照料，她可能拖到秋末。

"这会花很多钱吗？"老头儿问，"需要吃药吗？"

"药倒不用多服，但需精心服待。"医生不禁微微一笑，答道。

"总之，贝日兰大夫，"格朗台说，"您是有声望的人，不是吗？我完全信任您，您觉得该来多少次合适，您就尽管来。请您一定治好我妻子的病，我很爱她，您知道吗，虽然表面上看不出来，因为，我们家，一切都内藏不露，却也令我心烦意乱。我伤心哪。打从我兄弟死，伤心就找上门来，为了兄弟，我在巴黎花了……真是倾家荡产了！这还没完呢。再见！大夫，要是还存一线希望，您就救救她吧，哪怕要花一二百法郎也行。"

尽管格朗台诚心诚意希望妻子早日康复，因为妻子一死，遗产一旦公开等于全完了；虽然他在各种场合都极力对母女俩的任何愿望都表示赞同，让她们颇为吃惊，虽然欧叶妮对母亲照料得体贴入微，不遗余力，格朗台太太还是迅速地走向死亡之路。她就像大多数这种年纪的女人得了重病一样一天天衰竭下去。她脆弱得像秋天树上的黄叶。天上的光辉照得她精神焕发，宛如阳光射进树林给黄叶染上金光。这是一种与她的一生相般配的死亡，一种虔诚的死、崇高的死，不是吗？一八二二年十月，她的美德，她天使般的耐性，以及她对女儿的怜爱，显得光彩夺目；她毫无怨言地永远闭上眼睛，像抽尽的灯熄灭了，像洁白无瑕的羔羊上了天堂。在尘世间她惟一值得怀念的就是陪伴她度过凄凉一生的温柔的女儿，她最后看女儿几眼，似乎预示了她未来的艰辛在等着她。她把与她一样洁白的羔羊孤零零地留在这尔虞我诈的尘世，想到人家只贪图女儿的金子，只想榨取女儿的钱，她就浑身发颤了。

"孩子，"她咽气前对女儿说道，"天堂里才有幸福，你总有一天会明白的。"

母亲死后的第二天，欧叶妮找到了依恋这所房子的新理由：她出生在这里，在这里经历了多少痛苦，她的母亲又刚辞世，在这里辞世。望着客厅里的窗户以及窗下那张垫高的坐椅泪如雨下。看到父亲对自己体贴入微，她以为过去看错了父亲的心。他来扶她下楼吃饭；用几乎是慈祥的目光长时间望着她，总之，他像望着一堆金子那样地望着她。老箍桶匠同以前大不一样了，他常常在女儿的面前抖得很厉害，娜侬和克吕旭等人看到这番情景都认为这是年龄所致，甚至担心他的机能也有些衰退。然而，全家在服丧的那一天，吃过晚饭之后，惟一知道老头儿秘密的克吕旭公证人也应邀共进晚餐，格朗台的行为也就得到了解释。

"亲爱的孩子，"当饭桌收拾好、门窗关好之后，他对欧叶妮说，"你现在是你母亲的继承人了，咱们两人有点小事要解决。是这样吧，克吕旭？"

"是的。"

"难道必须要在今天解决吗，父亲？"

"对，小宝贝。事情不解决我就安生不了。我想你总不愿让我难过吧。"

"哦，父亲。"

"好吧，那就今晚都解决了吧。"

"您要我做什么？"

"不对，乖孩子，这事可与我毫不相干。您告诉她吧，克吕旭。"

"小姐，您父亲既不愿意分家，也不愿意变卖产业，更不愿意支付巨额现款。所以，您必须放弃清点现在成为所共有的全部财产……"

"克吕旭，您一定要这样对孩子说不可吗？"

"请让我说下去，格朗台。"

"好，好，朋友。您和我女儿，都不会抢我的财产吧，是不是，乖女儿？"

"可是，克吕旭先生，我到底该做什么？"欧叶妮不耐烦地问道。

"是这样，"公证人说，"您须在这张文书上签名，声明放弃继承您母亲的遗产，共有的全部财产的使用得益权，交给您父亲，他将保证您享有虚有权……"

"您刚说的话我根本听不懂，"欧叶妮回答说，"把文书拿来，告诉我在哪里签名。"

格朗台老爹看看文书，又看看女儿，看看女儿，又看看文书，激动得满头大汗，不停地擦着。

"小宝贝，"他说，"这张文书送去备案要花好多钱。要是你能无条件地放弃继承你可怜的母亲的财产，并把你的未来托付给我，那就再好不过了。我将每月给你一大笔钱，一百法郎。这样，你爱给谁都行，做多少次弥撒都付得起了……嗯！一个月一百法郎，利弗尔支付，怎么样？"

"只要您愿意，怎样都可以，父亲。"

"小姐，"公证人说，"我有责任告诉您，这样一来您可就一无所有了……"

"啊！上帝，"她说，"那又有什么关系！"

"闭嘴，克吕旭。一言为定，一言为定，"格朗台握住女儿的手，边拍着边喊。"欧叶妮，你绝不反悔，是不是，你是个好姑娘，对吧？"

"哦！父亲……"

他热烈地拥抱她，把她搂得那么紧，她几乎要窒息了。

"好了，孩子，你救了你父亲的命；不过，其实是你把我给你的还给了我，我们谁也不欠谁了。这才叫公平交易。人生就是一笔交易。我祝福你！你是一个贤慧的姑娘，很孝顺你的爸爸。现在你想干什么就干什么吧。明天见吧，克吕旭，"他望着惊呆了的公证人说："请您费心让法院书记员准备一份放弃继承权的文书。"

第二天中午，欧叶妮在声明书上签了字。然而，尽管老箍桶匠夸下海口，可是直到年终，每月一百法郎根本没有兑现，就连一个铜板都没有给过。所以，当欧叶妮说笑时提到这件事，他脸窘得通红，他连忙上楼，到密室里捧回大约三分之一从侄儿手里拿来的首饰给了欧叶妮。

"给你，宝贝女儿，"他用充满讽刺的口吻说，"要不要把这些算是给你的一千二百法郎？"

"哦，父亲！您真的把这些都给我？"

"我明年还给你这么多，"他说着把首饰倒进她的围裙。"这样，用不了多久，他的金银首饰就全归你了。"他搓着手，为自己有办法利用女儿的感情占便宜很得意。

然而，虽然老头儿身板还硬朗，但也感到有必要让女儿学点持家的诀窍了。接连两年，他让女儿当着他的面安排食谱，收取欠款。他慢慢地、逐步地把葡萄园和农庄的名字和经营内容都告诉了她。到第三年，他已经让女儿习惯他的全部理财方法，他让这些方法深入到女儿的内心，已成了她的习惯，他毫无顾忌地把伙食库的钥匙交到她的手里，让她正式当家。

五年过去了，在欧叶妮和她父亲单调无味的生活中，没有发生任何值得一提的事。每天都做同样的事情，准确得像老座钟那样。格朗台小姐内心的愁闷尽人皆知；虽说人人都感觉到这其中的缘由，她本人却从来没有说过一句，以证实索缪城上上下下有关这位富家独女心境的猜测不是捕风捉影。惟一与她有来往的只有克吕旭叔侄三人，以及他们无意中带来的几位朋友。他们教会了她玩惠斯特牌并每晚要玩一局，一八二七年那一年，她的父亲感到身体日趋衰弱，迫不得已把有关田产的秘密告诉了她，并对她说，若有困难，就去找克吕旭公证人商量，老头儿是十分了解他对他的忠实。后来，到那一年的年底，老头儿终于在八十二岁，患了瘫痪，而且病情发展很快。贝日兰大夫断定他患了不治之症。欧叶妮想到自己就要独自一人活在这个世界上，跟父亲也就更亲近了，她把这亲情的最后一环牢牢地抓在手里。在她的思想中，爱情就是整个世界，然而查理却不在身边。她就倾心照料和服侍父亲。父亲的机能开始衰退，但他的吝啬却本能地维持着。所以他的死同他的生并不会形成鲜明的对照。一清早，他就让人用轮椅把他推到卧室的壁炉和密室的房门之间，密室里自然堆满金银。他坐在轮椅上一动不动，但他不放心地一会儿望望包了铁皮的门，一会儿又望望前来看望他的人。只要有一点响动，他就要问出了什么事；让公证人吃惊的是，他甚至能听得见狗在院子里打哈欠的声音。表面上他显得痴呆，可是一到该收租的日子，他总能按时清醒过来，跟管葡萄园的人算账，或者出具收据。他自己拨动轮椅，一直把轮椅转到面对密室的门口。他让女儿把门打开，看着她亲手把钱袋秘密地堆好，把门关好为止。等女儿把珍贵的钥匙交还给他之后，他立即不声不响地回到平常呆的老地方。那把钥匙他总是放在坎肩的口袋里，并且不时地伸手摸一摸。他的老朋友克吕旭公证人觉得只要查理·格朗台不回来，那么这财主的女继承人肯定会嫁给他的当所长的侄子，所以他对老头儿加倍体贴殷勤。他每天来听候格朗台的差遣，照他的吩咐去弗洛瓦丰，去各地的田庄、草场、葡萄园办事，出售收成，再把卖来的钱换成金子、银子，由老头儿把这些金银秘密地装成一袋一袋，堆放在那间密室里。临终的日于终于到了，这些日子里老头儿结实的身架同毁灭着实作了一番较量。他要坐到壁炉边正对着密室房门的那个地方去。他把身上的毯子拉上来，紧紧地裹在身上，对娜侬说："裹紧，裹紧了，别让人偷走我的东西。"他的全部生命力全隐藏在他的那双眼睛里，等他一有力气睁开眼睛，就立刻把眼珠转向密室房门。他问女儿说："它们还在吗？还在吗？"声音里充满着惊恐。

"在里面，父亲。"

"把金子看好，去拿一些，放在我面前。"

欧叶妮把几枚金路易放在桌上，老头儿就像刚开始懂得看的孩子，傻盯着同一件东西，定睛看那几枚金路易，一看就是几个小时；他也像孩子一样，脸上露出艰难的微笑。

"这东西才让人感到暖和。"他看时会这样说，脸上还露出一种无比舒坦的表情。

当本堂神父来给他做临终圣事的时候，他那双显然已经死去几个小时的眼睛，一见银制的十字架、烛台和圣水壶，忽然又复活了，目不转睛地盯住这些圣器，鼻子上的那颗肉瘤也随之动了一下。当教士把镀金的受难十字架送到他的唇边，让他吻吻上面的基督时，他却做了一个可怕的动作，想抓住十字架，而这最后的努力耗尽了他的生命；他呼唤欧叶妮，尽管她就跪在他的床前。欧叶妮的眼泪打湿了他已经冷却的手，但他却看不见。

"父亲，为我祝福吗？"她问。

"把一切都照顾好。以后到那里向我交账。"他的最后一句话证明基督教应该易守财奴的宗教。

从此，欧叶妮·格朗台孤零零地一个人呆在这所房子里。她只有对娜侬投去心领神会的目光，只有娜侬，才是真心爱她，只有对娜侬她才能倾诉衷肠。对于欧叶妮来说，大娜侬就是她的保护神，所以她不再是仆人，而是一位谦恭的朋友。父亲死后，欧叶妮从克吕旭公证人那里得知，她在索缪地区的地产，年收入三十万法郎；有六个法郎一股买进的利率三厘的公债六百万，现在一股卖到七十七法郎；还有价值二百万法郎的黄金和十万法郎现款，有一些该收的欠款还未算在内。她的财产总计大约一千七百万法郎。

"堂弟究竟在哪里呀？"她默念道。

克吕旭公证把早已经算得一清二楚的遗产报表送来的那天，欧叶妮和娜侬各自坐在客厅的壁炉两边，客厅里空荡荡的，里面的一切都成了回忆，从母亲当年坐过的草垫椅子到堂弟用过的杯子。

"娜侬，现在就剩下我们俩了……"

"是啊，小姐，我要是知道小少爷在哪里，我走路也要找他回来。"

"我们之间隔着汪洋大海呢。"她说。

这座阴冷灰暗的房子就是这可怜的女继承人的整个世界；正当她同娜侬在这里相对而泣的时候，从南特到奥尔良，人们议论的只是格朗台小姐的一千七百万法郎的家产。她签发的第一批文书中，就有给娜侬的一千二百法郎的终身年金。她已有六百法郎，两笔款相加娜侬就成了一位有钱的应婚者。不到一个月，她从老姑娘变成了新媳妇，嫁给了被任命为格朗台小姐田产庄园总看守的安托万·高诺瓦叶。高诺瓦叶太太比起当时的一般妇女来，有一个了不起的长处。她虽然已经五十九岁，但看上去不超过四十。她粗糙的脸庞经得起岁月的侵袭。她过着修道院式的生活，红润的脸庞、铁打的身子使衰老对她退避三舍。也许她从来没有像结婚的那天那样漂亮过。丑陋为她带来不少好处，显得粗犷、肥硕、结实，毫不见老的脸上显出幸福的喜悦，有些人对高诺瓦叶的红运羡慕不已。"她气色很好，"布店老板说，"她还能生一群儿女呢，"贩盐的商人说："恕我直言，她简直就像是在盐缸里腌过的一样。"另一个邻居说："她有钱，高诺瓦叶这小子算是娶着了，"受邻居喜欢的娜侬从老屋出来，走下蜿蜒曲折的街道，到教堂举行婚礼，人们对她表示祝贺。欧叶妮送给她三套十二件的餐具作为贺礼。高诺瓦叶对女主人慷慨感到吃惊，一提到她禁不住热泪满眶；为了她粉身碎骨也甘心。成为欧叶妮心腹的高诺瓦叶太太还有一件跟她找到如意郎君一样称心的乐事，她终于可以像已故的东家那样掌管伙食库的钥匙和调配的早晨口粮了。此外，她还有两个佣人，一个是厨娘，另一个的职责是收拾屋子、缝缝补补和给小姐做衣裳。高诺瓦叶兼看守和管家两职。不用说，娜侬挑选来的那个厨娘和女佣都是顶呱呱的。这样，格朗台小姐就有四个忠心耿耿的仆人。由于老主人生前早已严格建立一套管理的例行章程，如今由高诺瓦叶夫妇继续遵照执行，所以他们似乎觉得老头儿还活在世上。

到三十岁时，欧叶妮还没有尝到过一点人生乐趣的滋味。她的凄凉惨淡的童年是在一个有一颗善良的心得不到理解、屡遭痛苦的母亲的身边渡过的。这位母亲在欣慰离开人世之时为女儿还得活下去而难过，在欧叶妮留下了些许的负疚和永远的遗憾。欧叶妮第一次也是惟一的一次爱情是她忧郁伤感的根源。她同情人只短短的几天，便在两次偷偷的亲吻间把心给了他；然后，他就走了，把整个世界置于他俩之间。这段被父亲诅咒的恋情几乎要了母亲的命，留给她的只是痛苦与微小的希望。所以，她耗尽心力追求幸福，到现在也得不到补偿。精神生活和肉体生活一样的，需要呼气需要吸气；一个灵魂需要汲取另一个灵魂的感情，需要把这些感情化作自己的感情，然后再把这些变得更丰富的感情，送还给另一个灵魂。要是没有这美妙的人际现象，心灵也就不会有生机；那时心灵由于缺少空气，就会痛苦、衰萎。欧叶妮开始痛苦了。财富对她而言既不是一种势力，也不是一种安慰；只有爱情、宗教、对未来的信念才是她生存的支柱。爱情给她解释永恒。她日夜陷入这两种无止境的思想之中，对于她来说，这两个世界也许是一种。她把自己裹藏起来，她爱别人，也自以为别人爱她。七年来，她的热情蔓延一切。她钟爱的财宝不是万贯家产，而是查理的那只盒子，是挂在床头的那两幅肖像，是从父亲那里赎来的那些首饰，她把它们和婶婶用过的顶针像样地摊在一块棉垫子上，放在柜子的抽屉里，顶针以前母亲用过，现在她虔诚地、像珀涅罗珀做着活计，等待丈夫归来，她戴着那个顶针绣花，只是为了要把这件充满回忆的金器套在她的手指上。看来格朗台小姐不可能在服丧期间结婚。她真心的虔诚是有目共睹的。所以，克吕旭一家在老神父理智谨慎的率领下满足于用无微不至的关怀中笼络这位有钱的女继承人。每天晚上，她家的客厅里高朋满座。都是当地最狂热、最忠诚的克吕旭派，他们竭尽地阿谀奉承。她有御医、大司祭、内侍从、梳妆贵嫔、宰相，尤其还有枢密大臣，一位无所不言的枢密大臣。倘若她要一名替她提裙边的侍从，他们也会给她找来一个。她简直就是女王，一个在所有的女王中最受宠的女王。阿谀奉承从来不会出自伟大的心灵，它是卑鄙小人的伎俩，他们都缩身有术，能钻进他们所趋附的那个人的要害部位。谄媚还意味着利益。所以那些天晚上挤在格朗台小姐客厅里的人，才能围着她转，称她为德·弗洛瓦丰小姐，而且有办法把美妙绝伦的赞词恭维她一番。这些众口一词的恭维，欧叶妮还是第一次耳闻，她还脸红，后来她的耳朵逐渐习惯于听人家夸她的美貌，倘若有哪位新来乍到的人觉得她长得丑，她对这责难绝不会像八年前那样了。后来她终于也爱听像自己在对偶像膜拜时的那种甜言蜜语了。就这样，她逐渐习惯于别人把她当作女王吹棒，习惯于看到她的客厅里天天晚上高朋满座。德·蓬丰所长是这个小圈子的主角，他的机智人品教养，在这小圈子里不断的受到赞扬。有人说，七年来，他的财源滚滚而来，蓬丰庄园至少有一万法朗年收入，而且跟克吕旭家的所有产业一样，都被格郎台小姐庞大的产业围在其间。"您知道吗，小姐？"一位常客说道，"克吕旭家有四万法郎的年收入。""积蓄还没算在内呢。"一位克吕旭派的德·格里博古小姐接过话头。"前不久从巴黎来了一位先生，愿意把自己的事务所以二十万法郎的价钱让给他，因为如果他能当上调解法庭的法官，他就得卖掉事务所。""他想接替德·蓬丰先生当所长呢，所以来探探虚实，"德·奥松瓦尔太太说，"因为所长先生要升为法院理事了，然后再晋升为院长。他的点子最多，有绝对成功的把握。""是啊，他真是个杰出的人才。"另一位说。"您不这样认为吗，小姐？"所长先生试图把自己打扮得跟他想扮演的角色协调一致。虽然年过四十，虽然他有一张令人厌恶的褐色脸孔，像所有司法人员一样干瘪，他却仍然穿戴得像个年轻人，耍弄着白藤手杖，在德·弗洛瓦丰小姐家从不吸烟，经常戴着白领带，穿一件前胸打宽裥的衬衣，那神气好像公火鸡的同族。他对漂亮的女主人说话时很亲切地称她为："我亲爱的欧叶妮！"总之，除了客人比过去多，除了摸彩换成打惠斯特牌，除了没有格朗台夫妇外，客厅里的场面同这个故事开始时差不多，没有什么差别。这些猎犬似的家伙总是追逐欧叶妮和她的百万家产；不过今天的猎狗更多，叫得也就更凶，而且是同心合力地，围着它们的猎物。要是此时查理忽然从印度回来，他会发现还是同样的人物与同样的利害关系。德·格拉珊太太认为欧叶妮的人品贤慧和善良都是最完美的，她总是找克吕旭叔侄的麻烦。但是和以往一样，欧叶妮仍然是这个场面的主角；又同以往一样，查理在这里还是至高无上的。然而还是有些改变。从前所长只在欧叶妮过生日时才送鲜花，如今已成了家常便饭。每晚，他都给有钱的女继承人带来一大束华丽的鲜花，高诺瓦叶太太故意当着大家的面把花插进花瓶，可等客人们刚一离开就偷偷地把花扔到院子的角落里。开春的时候，德·格拉珊太太有意想搅乱克吕旭叔侄的美梦，跟欧叶妮提起了德·弗洛瓦丰侯爵，说如果欧叶妮肯以婚约的方式把侯爵的地产归还给他的话，那么这位侯爵就可以重振家业。德·格拉珊太太把贵族门第、侯爵夫人的头衔吹上了天，而且把欧叶妮轻蔑的微笑当成赞同的表示，并大肆宣扬，说所长先生的婚事不见得像有人想像的那么有把握。"尽管弗洛瓦丰先生五十岁了，"她说，"但看上去不比克吕旭先生老气；他妻子死了，有一堆孩子这没错；可他是侯爵，早晚是法兰西贵族院议员，眼下这个年月，你们能找得到这么好的亲事吗？我的确知道，格朗台老头儿生前把他的全部产业都归并到弗洛瓦丰，就有意要同弗洛瓦丰家联姻，他经常对我说这话。这老头儿狡猾的厉害啊。"

"怎么，娜侬，"有一天晚上欧叶妮临睡时说，"七年了，他没有给我写过一封信？"

当这些事在索缪发生时，查理在印度发了大财。起初他带去的那批货卖了个好价钱。他很快就赚了六千美元。他第一次穿过赤道，就丢掉了许多偏见；他发现，在热带地区发财，致富的办法同欧洲一样是买卖人口。于是他来到非洲海岸干起了贩卖黑奴的勾当，同时贩运最有利可图的商品，为了私利而去的各类市场上做交易。他全力以赴做生意，忙得连一点闲暇时间也没有，惟一的愿意就是重返巴黎炫耀他的巨大财富，他要重新回到比落魄前更辉煌的地位。由于他接触广，世面见得多了，又见识了不同的习俗，他的思想逐渐起了变化，成了一个疑心特重的人。看到同一件事在这个国家被说成犯罪，在那个国家又被视为美德，于是他对是非曲直再没有固守的概念。由于整日在为私利奔波，他的心变冷了、收缩了、干瘪了。格朗台家族的血统一点也没有去掉。查理变得残酷无情、贪婪成性。他贩卖中国人、黑人、燕窝、儿童、吹鼓手；他大规模放高利贷。偷漏关税的习惯让他对人权愈加蔑视。他到圣托马斯贱价买进海盗抢来的货物，转卖到缺货的地方去出售。假如说欧叶妮高贵纯洁的容貌在开始的航行中陪伴着他，像西班牙水手挂在船上的圣母像，如果说他把生意上最初的成功，归功于这温柔的姑娘祝福和祈祷产生的法力；那么后来黑种女人、黑白混血女人、白种女人、爪哇女人、埃及舞女，他跟各种肤色的女人花天酒地胡混，在不少国家有过放纵的艳遇之后，已把对堂姐、索缪、旧屋、小凳以及在楼梯下过道里的亲吻全都忘得干干净净。留在他记忆中的只有破墙围着的花园，因为那是他冒险生涯开始的地方；可他否认这是他的家；伯父只是一条扒窃他首饰的老狗，欧叶妮在他只是生意场上借给他六千法郎的债主，这种行径和这些思想就是查理·格朗台杳无音信的缘由。在印度、在圣托马斯、在非洲沿海、在里斯本、在美国，这位投机商为了不损害名声，起了一个假名字：卡尔·西弗尔。他用这名字就能毫无风险地在世界各地，不知疲倦、胆大妄为、贪婪无度地捞钱、然而他又急于结束这种无耻生涯，以便后半生做个安分守己的人。用这种手段，他很快发了大财。一八二七年，他搭乘一家保王党商社的豪华帆船"玛丽·卡罗琳"号回到波尔多。他随船运来严严实实三大桶箍得金末子，价值一百九十万法郎。打算到巴黎换成金币，再赚七八厘的利息。同船有位慈祥的老人德·奥布里翁先生，是查理十世陛下的朝廷侍从，当年他鬼使神差地娶了个交际界芳名显赫的女子为妻，他的产业在西印度群岛上。这次是为了弥补太太的挥霍造成的损失，到那里去变卖产业，德·奥布里翁夫妇的出身于德·奥布里翁·德比什家族，家族的最后一位都尉早在一七八九年以前就死了。同船的这位德·奥布里翁先生一年只有两万多法郎的进账，夫妻俩有一个奇丑无比的女儿。因为他们的财产只够他们在巴黎的生活，所以做母亲的想不给陪嫁就把她嫁出去。社交场合的人都认为，任凭女界强人本事再大，这种打算成功的希望令人十分怀疑。因此德·奥布里翁太太看到女儿的样子连自己也不抱什么希望了，无论何人，即使是想当贵族迷了心窍的男人，见此状也会觉得是个累赘。德·奥布里翁小姐腰身细长像只蜻蜓，骨瘦如柴弱不经风，有一张骄傲的嘴，上面是一个硕大的鼻子，平时鼻子蜡黄，饭后却变得通红，这种好像植物变色的现象在一张苍白、令人生厌的脸上，显得更加丑陋。总之，她这副尊容即使一个三十八九岁风韵犹有的母亲，对她还存奢望，可是，为了补救那些不利条件，德·奥布里翁侯爵夫人便教女儿摆出一付雍荣华贵的样子，让鼻子暂时保持一种适当的颜色，教她装戴得体，举止优雅动人，教她学会投出让男人看了心动的多愁善感的目光，使他以为遇到了无处寻觅的天仙；她还教女儿运用双脚的动作，在鼻子放肆地发红时，及时伸出来，让旁人鉴赏它的小巧玲珑。总之，她把女儿调教得相当有成绩。用宽大的袖子、骗人的上衣、精心修饰四周撑起的长裙和紧束的腰身，她有了一些耐人寻味的女性特征，真该把这些产品陈列在博物馆里供母亲们参考。查理巴结德·奥布里翁太太，她正好也想结交他。不少人甚至说，漂亮的德·奥布里翁太太在船上的那些日子里不遗余力地钓上了一个有钱的女婿。一八二七年六月在波尔多下船后，德·奥布里翁夫妇和女儿同查理下榻在同一家旅馆，又结伴同往巴黎。德·奥布里翁的公馆已被抵押，查理要设法把它赎回来。未来的岳母已经放出话来，把底层让出来给女儿女婿住。德·奥布里翁夫人不同意丈夫对贵族门第的偏见。她已经向查理·格朗台许愿，要为他请求查理十世令，准许查理·格朗台改姓德·奥布里翁，并享用侯爵家的章徽，假如要是奥布里翁弄到一块价值三万六千法郎的世袭领地，查理就可以继承德·比什都尉和德·奥布里翁侯爵的双重头衔。他们两家的财产合在一起，相处融洽，再算上闲差俸禄，德·奥布里翁公馆就可以有十几万法郎的收入。"有了十万法郎的年收入，又有贵族的头衔和门第，出入于宫廷，再为您搞到一个宫廷侍从的差使，那时您想做什么就能做什么了，"她对查理说，"这样，您可以当行政法院审查官、当省长、当大使馆秘书、当大使，随您选。查理十世很喜欢德·奥布里翁，他们从小就相识。"

这女人让查理陶醉于野心之中，一路上，他对她巧妙地关心他的口吻向他倾诉的希望，怀着美好的期待。查理认为父亲的事情早已由伯父料理了，所以感到自己突然一下子闯进了人人都想涉足的圣日耳曼区，在玛蒂尔德小姐的蓝鼻子的庇护下，他以德·奥布里翁伯爵的面目出现，像当年德吕一家摇身一变成为布雷泽侯爵府一样，贵族思想很快地笼罩了他。查理出国前复辟王朝摇摇欲坠的局面已被繁荣昌盛所取代，瞧得他眼花缭乱，贵族思想很快地笼罩了他，他在船上开始的极度兴奋一直维持到巴黎。他决心在巴黎施展各种手段以争取自私的岳母向他展示有权势的高位。堂姐只不过是这个光辉灿烂的远景中，一个小点而已。他和安奈特又重逢了。身为上流社交的女人，安奈特唆使老朋友应承这门亲，并保证支持他的所有野心的活动。安奈特乐得很高兴让查理娶一个又丑又令人生厌的小姐，因为在印度闯荡这几年，使查理变得更具魅力：皮肤成了棕褐色，举止坚定豪放，就像那些习惯于决断、控制和成功的人一样。看到自己能成个"角儿"，查理觉得在巴黎活得更自在了。德·格拉珊得知他已回国，并且马上要成亲，还发了大财，于是来看他，并告诉他再付三十万法郎就可以还清他父亲的债务。他见来时查理正在跟珠宝商会谈，查理定做了一批首饰送给德·奥布里翁小姐，珠宝商于是给他拿来了首饰的图样。虽然查理从印度带回来的钻石精美华丽，但钻石的镶工，新婚夫妇的银器和金银珠宝的大小件首饰，还得花费二十多万法郎。查理没有认出德·格拉珊，他傲慢地接待了银行家，神气得像在印度决斗时战死了四名对手的时髦青年。德·格垃珊已经来过三次，查理冷冷地听他说，然后，还没有完全弄清是什么事情，就回答说："我父亲的事不是我的事。先生，对您的关照不胜感激，只是无法领情。我辛辛苦苦赚来的两百来万，不是准备送给我父亲的债主们的。"

"如果几天之内您父亲宣告破产呢？"

"先生，几天之内，我就是德·奥布里翁伯爵了。您听好，这对我已无关紧要。何况比我更明白，一个有十万法郎年收入的人，他的父亲永远没有破产的事。"说着很客气地把德·格拉珊爵爷推到门口。

那一年的八月初，欧叶妮坐在那张曾与堂弟海誓山盟的小木凳上，每当风和日丽的日子，她就来这里吃饭。此刻，在一个最凉爽、最愉快的上午，可怜的姑娘津津有味地回忆着爱情中发生的大大小小的事以及随之而来的种种灾难。明媚的阳光照着全是裂缝的，差不多要倒塌的美丽的院墙。虽然高诺瓦叶经常提醒妻子说，这墙早晚会压着什么人的，可任性的女东家就是禁止别人去翻修。这时邮差敲门，交给高诺瓦叶太太一封信。她跑进花园大声喊道："小姐，来信了！"她把信递给女主人，"是不是您日夜盼望的那封信呢？"

这话在欧叶妮心中引起的振动比在院子和花园间的墙壁中振荡更强烈。

"巴黎！……是他写的。他回来了。"

欧叶妮脸色苍白，拿着信半晌不知如何是好。她觉得心跳得太厉害，简直没法拆开信来读。娜侬双手叉腰站在一旁，快乐从她晒黑的脸上的沟沟缝缝里，像一腔烟似地冒了出来。

"读信呀，小姐……"

"啊！娜侬，他是从索缪走的，为什么回巴黎呢？"

"看了信，您就知道了。"

欧叶妮颤抖着拆开了信，从里面掉出一张汇票，在索缪的德·格拉珊太太与科雷合办的银号取款。

"亲爱的堂姐……"

"他不再叫我欧叶妮了。"她想，心里一些酸痛。

"您……"

"他以前可是用'你'称呼我的呀！"

她双手交叉，不敢再往下读了，大颗的眼泪涌了出来。

"他死了？"娜侬忙问。

"死了就不会写这封信。"欧叶妮说。

他的信如下：

"亲爱的堂姐，你要是知道我事业成功的消息后，相信您会高兴的。您给了我好运，我发了财回来了。我听从了伯父的劝告。他和伯母的去世，我是刚从德·格拉珊先生那得知的。父母的死亡是自然规律，我们应该继承他们。我想您现在已经摆脱痛苦。我体会到什么都不能同时间对抗。

是的，亲爱的堂姐，对我来说，不幸的是，幻想已成为过去。有什么办法呢？我去了很多国家，一路上我对人生进行了思考。去时我还是个孩子，回来时我已成了大人。现在，我想了很多过去不曾想过的事。堂姐您是自由的，我仍然也是自由的；表面上，没有现实能阻挡咱们当初小小的计划；可是我这个人太坦诚，没法向您隐瞒我生意上的处境。我绝没有忘记我不属于自己的。

在漫长的旅程中我总是想起那条木板小凳……"

欧叶妮好像坐在了燃烧的炭火上，她站起身来，坐到院子的一级石阶上。

"……咱们坐着发誓永远相爱，那条木板小凳，我想起了那走廊、昏暗的客厅、屋顶上的我的卧室，还想起了那个夜晚，您的资助使我的前程更为顺利。是的，这些回忆令我的勇气大增，我在想，在我们约定的时刻，您一定像我常常想念您那样也在想念我。您在九点钟看天上的浮云了吗？看了，是不是？所以，我不愿背叛我看来是神圣的友谊。

不，我绝不该欺骗您。如今，有一门亲事完全符合我对婚姻的理想。在婚姻中，爱情是一种空想。今天，经验告诉我，结婚应该服从一切社会的规律，应该具备社交界所要求的各种礼节。而我们之间，存在着年龄的差别，这也许对您未来的影响比对我更大，更不说您的生活习俗、教养和习惯同巴黎的生活毫无共同之处，也许也无法同我今后的计划合拍。我的计划是要拥有一座宽敞的住宅，接待络绎不绝的客人，记得您却喜欢过恬静的生活。不，下面我要说得更坦白些，我要请您作我的处境的仲裁人；您有责任也有权利，了解和评价我的处境。我现在一年有八万法郎的收入，这笔财产使我能与德·奥布里翁家族联姻，他们家有一个十九岁的独生女儿，同她成亲可以给我带来姓氏、爵衔、宫廷侍从的职位以及更为显赫的地位。我必须承认，亲爱的堂姐，我根本不爱德·奥布里翁小姐；可是，和她成亲，我就会确保我的孩子将享有一个好处多得无法估量的社会地位，因为君主思想又一天天受到青睐。几年之后，等我的儿子成为德·奥布里翁侯爵，有了年收入四万法郎的封地，他就可以在政府里挑选他认为称心的官职。我们应该为我们的子女负责。您看，堂姐，我是多么坦诚地向您陈述我的心里话，我的希望和我的财产全暴露在您的面前。分离七年，您可能已忘却我们儿时的幼稚。

而我却没有忘记您的宽宏，也没有忘记我许过的诺言，每句话甚至不经意说出的话我都记得一清二楚，换一个不像我这样认真，怀着一颗青春的心、心地正直的年轻人，是连想也不去想的。我之所以告诉您，我只想接受一桩门当户对的婚姻，是为了把我置于您的支配之下，让您成为我的命运主宰，但我常回忆我们儿时的感情，如果您认为我必须放弃我对社会的野心，那我将心甘情愿地满足于那种纯朴的幸福，您已经让我受过那种幸福的情景，感人肺腑……"

您忠实的堂弟查理

查理·格朗台边唱着轻歌剧的调子，一边签上了自己的名字。"天杀的！这就叫耍手段。"他自言自语道。然后找来一张汇票，他又在信上添了一段话：

"又及，随信附上德·格拉珊银行现金八千法郎，可用黄金支付，这包括您慷慨借给我的六千法郎的本利。还有几件礼物因装在托运的箱子里，没有从波尔多运来，以表示我对您的永远的感激之情。至于我的梳妆盒，烦请交驿站邮寄至巴黎伊勒兰—贝尔坦街德·奥布里翁公馆。"

"赶快交驿站邮寄！"欧叶妮说，"为了它我几乎把命都搭上，竟要我交驿站邮寄！"

多么可怕的灾难啊！船在希望的茫茫大海上沉没了，连一截绳索，一块木板也没留下。有些女人发觉自己已被抛弃，她会不会把心上人从情敌的手中夺回来，把对方杀死，逃到天涯海角，上断头台，或进坟墓。这样就很壮烈；这种犯罪的动机是一种让人类公正折服的激情。另有一些女人则低头默默地忍受，她们逆来顺受、哭泣、宽恕、祈祷、回忆、直到咽下最后一口气。这才是爱，真正的爱，天使般的爱，生在痛苦中，死在痛苦中的高傲的爱。这就是欧叶妮读了那封令人颤栗的可怕的信之后的感情。她看着天空，想着母亲临终前的话；像有些垂死的人一样，母亲锐利的泪光把前途看得透彻无比。接着，欧叶妮想起母亲的死和先知般的一生，瞬间领悟到自己的命运。她只有展开双翅飞向高空，在祈祷中生活，直到解脱。

"还是母亲说得对，"她哭着自语道，"那就是受苦与死亡。"

她迈着缓慢的步子从花园向客厅走去。和往日的习惯相反，没有走过道；但她仍然在这灰色的客厅里看到了保留堂弟回忆的东西。那只她每天早晨用来吃早饭的小碟子仍放在壁炉架上，还有那只赛夫勒的旧瓷糖缸。那天上午对她来说是庄严的，发生了很多重大事情的日子！娜侬来报告教区神父来访，这位神父是克吕旭的亲戚，对德·蓬丰所长的利益自然十分关心。几天前，克吕旭老神父使他下决心在纯粹的宗教意义上跟格朗台小姐谈一下结婚应尽的义务。欧叶妮一见他，还以为他是来收取每月布施给穷人的一千法郎补贴费的，于是便叫娜侬去取，可神父却笑了起来：

"小姐，我今天来是跟您谈一位索缪全城关心姑娘的事，可怜她不知爱惜自己，没有按基督教的方式生活。"

"上帝呀！神父先生，您看我此刻怎么能去想别人的事，我自己的事还办不完呢。我已经够不幸的了，除了教堂我无处可去，只有宽大的教堂胸怀才能容得下我们的所有痛苦，它的感情那么丰富，我们才能取之不尽，用之不竭。"

"哎，小姐，我们关心的这位姑娘就是您。请听我说。如果您想拯救自己的灵魂，只有两条道路好走：要么离开尘世，要么遵循它的规律。要么服从您天国的命运，要么服从您尘世的命运。"

"啊！在我最想听取指教的时候恰好您来指教我。是的，是上帝派您来这的，先生。我要告别尘世，在沉默和隐居中只为上帝活着。"

"孩子，您要下这么激烈的决定是需要长时间考虑的。结婚是生，修行等于死。"

"死就死，神父先生，立刻死才好呢。"她说话时的冲动让人害怕。

"死？可是您对社会负有重大责任呢，小姐。您难道不是那些穷孩子们的慈母吗？冬天给他们御寒的衣裳和取暖的木柴，夏天给他们工作。您的家产是一笔需要偿还的债款，您怀着一颗圣洁的心已经把它接受了。隐居在修道院里是自私的表现；终身不嫁也不可取。首先，您能独自管理这么庞大的家产吗？您也许会把它糟塌。也许您会遇到打不完的官司，陷入无法摆脱的困境。请信任您的牧师的话吧；您需要一个丈夫，您应该把上帝的恩赐妥善保存。我是把您当忠实的信徒才说这番话的。您是那么爱着上帝，他一定能拯救在尘世中的您，因为您是世上最美的装饰，为他做出了很多圣洁的榜样。"

这时，德·格拉珊夫人突然来访。她是出于报复心和极度的绝望来的。

"小姐，"她说，"啊！神父先生也在。那我就不说了。我本来是跟您说事儿的，不过我看你们在谈重要的事情。"

"太太，"神父说，"你们谈吧，我告辞了。"

"哦！神父先生，"欧叶妮说，"您过一会儿再来吧，你的支持对我是必不可少的。"

"是的，可怜的孩子。"德·格拉珊太太说。

"您这话是什么意思？"格朗台小姐和神父齐声问道。

"难道我不清楚您的堂弟已经回国而且要跟德·奥布里翁小姐结婚吗？……女人决不会这么糊涂。"

欧叶妮脸红了，沉默不语，可她以后要像父亲那样不动声色。

"哎，太太，"她用嘲讽的口吻说道，"我可能真的很糊涂。我搞不清您的话的含义，请您当着神父先生说说吧，您知道他是我的牧师。"

"那好吧，小姐，这是德·格拉珊给我的来信，您看吧。"

欧叶妮看到信上这样写道：

"亲爱的：查理·格朗台从印度回来到巴黎已一个月了……"

"一个月！"欧叶妮心想，不禁垂下握信的手。停了一会儿，继续往下看：

"……我去他家两次才见到这位未来的德·奥布里翁子爵。虽然全巴黎都在议论这门亲事，并且教堂已经把结婚启示公布了……"

"那么，他给我写信时已经……"欧叶妮不敢再想下去，也没有像巴黎女子那样骂一声"下流胚子！"但是，尽管没有表示出来，可内心的蔑视却是不折不扣的。

"……这桩婚事其实还渺茫；德·奥布里翁侯爵绝不会把女儿嫁给一个破产者的儿子。我去找查理，把他的伯父和我怎样费尽心机料理他父亲的后事，以及怎样巧使手段稳住债权人直到今天的事都告诉他。但这傲慢无礼的家伙居然恬不知耻地回答我——为他的利益和名誉日夜操劳了整整五年的我，回答说'他父亲的事不是他的事'。一个诉讼代理人真有权，向他索取三四万法郎的酬金，合他债务的百分之一。可是，不要急，从法律上说，他还欠债主一百二十万法郎的债，我不让债权人宣告他父亲破产才怪呢。就凭格朗台那条老鳄鱼的一句话，我接手此事，而且以格朗台家族的名义向债权人做了保证。德·奥布里翁子爵对他的名誉满不在乎，但我对自己的名誉却是十分看重的。所以我要把我的立场向债权人说明白。但是，我对欧叶妮小姐特别敬重，在当初两家相处甚笃的时候，甚至有过向她提亲的想法，所以我要在采取行动之前让你先跟她打声招呼……"

读到这里，欧叶妮，冷冷地把信交还给德·格拉珊太太说："谢谢您，这好说……"

"您此时说的话就连声调都太像您去世的父亲了。"德·格拉珊太太说。

"太太，您还要付给我们八千一百法郎的金子呢。"娜侬对她说。

"是这么回事，请随我来，高诺瓦叶太太。"

"神父先生，"欧叶妮正要表达想法，冷静地说："婚后仍保持童身是否有罪过？"

"这是一个道德问题，我暂时还回答不了。要是您想知道著名的神学家桑切斯在他的《婚姻简论》中是怎样说的，明天我可以告诉您。"

神父走后，格朗台小姐上楼到她父亲的密室里待了一整天，吃晚饭时都不肯下楼，虽然娜侬再三催促也无济于事。直到晚上常客们登门的时候才露面。格朗台家的客厅从来没有像今晚那样拥挤不堪，查理回国和他愚蠢地背信弃义的消息很快传遍了全城。但是，尽管来客们细心观察，他们的好奇心仍满足不了。早就料到这一事实的欧叶妮，沉着冷静的脸上没有流露出丝毫令她心神不安的残酷情感。对那些想以伤感的目光或语言向她表示关切的人，她报以甜甜的微笑。她最终用彬彬有礼的面纱遮掩自己内心的痛苦。九点钟左右，牌局结束，打牌的人边算清赌账边谈论最后几把惠斯特牌；随后他们离开牌桌，加入到聊天的圈子里。就在客人们起身走出客厅的时候，发生了一桩震动索缪，惊动全区，传遍周围四省的戏剧性事件。

"请先别走，所长先生。"欧叶妮见德·蓬丰先生起身拿手杖便说。

听到这话，满屋的人全都吃了一惊。所长只好坐下来。

"千万家产归所长了。"德·格里博古小姐说。

"这是明摆着的，德·蓬丰所长要娶格朗台小姐了。"德·奥松瓦尔太太叫起来。

"这才是最好的一张牌。"神父说。

"这才是完美的结局。"公证人说。

每个人都有各自的说法，个个都在论文字游戏，看到女继承人像高踞于宝座之上的活神仙，高踞于千万家私之上。九年前开演的戏演完了，当着全索缪人的面，单单叫所长留下，这不就是宣布愿意成为所长的妻子吗？在小城市里，礼节是严格的，类似这种违反常规的举动就是最庄严的许诺。

"所长先生，"欧叶妮在客人散尽之后，声音激动地向他说，"我知道您为什么喜欢我。您要发誓，在我以后的生活中给我以自由，不要向我提婚姻给您的任何权利，那么我就嫁给您。哦！"看到他跪了下来，她接着说道，"我的话还没有说完呢。我不应该欺骗您。我心里有一种熄灭不了的感情。友谊是我能给予丈夫的：我既不想伤害你，也不肯违背我的心愿。可您只有帮我这么一个大忙才能得到我的婚约和我的财产。"

"我随时准备为您牺牲一切。"所长说。

"这是一百五十万法郎，所长先生。"她说着从怀里掏出一张法兰西银行的一百股的股票，"请您去一趟巴黎，不是明天，也不是今晚，而是马上就走。您去德·格拉珊先生家，把我叔叔的所有债权人的名单弄来，把他们召集在一起，把我叔叔所欠的债务，按五厘计息，从借债之日到偿清之日算足，把本金和利息全部还清，最后请您叫他们开个收据，经公证人公证，按规定程序严格办理。您是一位高尚的法官，我把这件事只托付给您一个人办。我将凭您的一句话，在您的姓氏的庇护下渡过人生的艰险。我们以后彼此宽容。我们相识已久，几乎是一家人了，您不会看着我受苦吧？"

所长扑倒在有钱的女继承人脚下，既兴奋又忧虑，激动得颤抖不已。

"我愿作您的奴隶！"他说。

"您拿到收据后，先生，"她冷冷地看了他一下，说，"您就把收据和全部债据交给我的堂弟查理，同时把这封信也交给他。您回来后，我会履行我的许诺的。"

所长心里明白，格朗台小姐之所以答应这门亲事，是出于对爱情的怨恨，所以他急忙按她的命令去办，以免他们重归于好。

德·蓬丰先生走后，欧叶妮便倒在椅子里大哭起来。一切都结束了。所长登上驿车，晚上就到达了巴黎。一早，他去了德·格拉珊先生家。法官召集债权人到存放债券的公证人的事务所里，几乎没有人缺席。虽然他们是债主，不过说句公道话，他们都很准时。德·蓬丰所长代表欧叶妮小姐把所欠本金和利息全部还清。付清利息在巴黎商界成为轰动一时的美谈。收据签署登记之后，所长又把欧叶妮付给德·格拉珊五万法郎的辛苦费付清。最后就去了德·奥布里翁公馆，那时查理受了岳丈的奚落，心情沉重地回到自己的房间。老侯爵刚才告诉他，只有等到纪尧姆·格朗台的债务全部还清才能把女儿嫁给他。

所长把下面这封信交给了查理：

堂弟，叔父的债务已全部还清，现在由德·蓬丰先生送上的收据，以及我已收到您归还我全部垫款的收据，请查收。我已听到破产的传闻……我认为，破产者的儿子不大可能娶德·奥布里翁小姐为妻。是的，堂弟，您对我的思想和举止的评价让我信服：我根本就不具备上流社会所需一切，我既不明白他们的算盘，也不明白他们的习俗，您所期待的乐趣没法给您。您以社会惯例，牺牲了我们的初恋，我祝您幸福。我只能将叔父的名誉奉献给您，成全您的幸福。再见，堂姐永远是您的忠实的朋友。

欧叶妮

当这个野心家从所长手里接过正式的文件，情不自禁地叫出声来。

所长见状微微一笑。

"我们可以相告喜事了。"他对查理说。

"啊！您要娶欧叶妮了？好啊，我很高兴，她是个好姑娘。可是，"他突然心头一亮，问道，"那她有很多钱吧？"

"四天以前，"所长挖苦地说，"她有近一千九百万；可现在只有一千七百万了。"

查理，望着所长两眼发直。

"一千七……百万……"

"是的，一千七百万，先生。格朗台小姐和我结婚之后，一年总共有七十五万法郎的收入。"

"亲爱的姐夫，"查理稍许镇定下些，说，"那我们今后可得彼此提携了。"

"没问题！"所长说，"还有一只盒子也是非要亲自交给您的。"说着，他把梳妆盒放到桌上。

"哎！亲爱的朋友，"德·奥布里翁侯爵夫人走了进来，没有注意到克吕旭，"可怜的德·奥布里翁先生刚才跟您说的话，您可不要放在心上，德·旭里欧公爵夫人把他的魂给勾走了。我再说一次，您的婚姻没人能阻挡……"

"是的，没有人能阻挡，太太，"查理回答说，"我父亲以前欠下的四百万的债款，昨天已经全部还清了。"

"用现款吗？"他问。

"连本带息，全部用现款偿还的。我要为父亲恢复名誉。"

"您太傻了！"岳母喊到。"这位先生是谁？"她忽然看到克吕旭便凑近查理问道。

"我的经纪人。"他小声回答。侯爵夫人向德·蓬丰先生打了个招呼傲慢地就出去了。

"我们已经彼此提携了，"所长拿起帽子说，"再见，内弟。"

"他在嘲笑我，这个索缪的混蛋。我恨不得拿剑刺穿他的肚子。"

所长走了。三天后，德·蓬丰回到索缪宣布了他与欧叶妮的婚事。半年后，他荣任安茹法院的理事。离开索缪前，欧叶妮把珍藏多年的首饰，再加上堂弟还她的八千法郎的黄金教人熔掉，铸成一只金质圣体盒，作为礼物赠送给教区教堂，她在那里曾经为他向上帝祷告了不知多少次！欧叶妮平日来往于安茹和索缪两地。她的丈夫对某次政局的变化出了大力，升任高等法院的所长，几年后又当上了院长。他耐着性子盼望着大选，以求在国会获得议员的席位。他又对贵族院的席位垂涎三尺，那时……

"那时他就跟国王称兄道弟了。"大个子娜侬、高诺瓦叶太太、索缪城里的中产阶级，听到女东家跟她说到日后的荣耀时这样说道。然而，德·蓬丰院长先生（他终于把克吕旭的姓氏废除了）的满腹抱负一个也没有实现。在他被认命为索缪的国会议员七天之后，他就死了。明察秋毫从不错罚的上帝或许因为他太功于算计，玩弄法律而惩罚了他。在订婚约的过程中，由克吕旭从中协助，条文订得极为细致：

"倘若将来无儿女，夫妇双方之全部财产，动产与不动产，应毫无例外，均不予保留，一律馈赠，无须再行财产登记手续。可此举应以不与继承人发生对立为原则，须知上述馈赠为……"

这一条款足可成为院长始终尊重德·蓬丰夫人的意志与独居原因。女人们把院长说成最善体贴的人，对他深表同情，而且常常谴责欧叶妮的痛苦和痴情。她们要是谴责哪一个女人，其言词总是最刻毒的。

"德·蓬丰太太病得肯定不轻，要不怎么会让丈夫独居呢？可怜的女人！她的病很快会治好吗？她究竟得了什么病？胃炎还是癌症？她为什么不去看医生？这些日子她的脸色发黄，该去请巴黎的名医诊断一下。她怎么不想要孩子呢？据说她很爱她的丈夫，以他的地位，她怎么能不给他留下一个继承人呢？知道吗，这事太可怕了。要是出于任性，那就该受到谴责，可怜的院长！"

欧叶妮生性孤僻，喜欢长期地苦思苦想，对四周的事物有敏锐的观察力，又因她的不幸和最后一次教训，使她把一切都看得很透彻。她知道院长希望她早死以便好独吞那份巨额的家产；上帝更心血来潮地，把院长的两位当公证人和当神父的叔叔召回了天国，他们的家产因继承而更增多了。欧叶妮只觉得院长也怪可怜，他尊重欧叶妮无希望的恋情，并把这看作最有力的保障，假如有了孩子，院长自私的希望和野心勃勃的快乐不就化为乌有了吗？上帝把成堆的金子扔给了被金子囚禁的女子，而她对黄金视若粪土，一心向往天国，怀着圣洁的思想，虔诚善良地活着，暗中不停地帮助那些不幸的人们。德·蓬丰太太三十三岁时成了寡妇，她是个年收入高达八十万法郎，而风韵依然的寡妇，那是四十上下女子的美——她的脸色洁白、悠闲、安详，声音甜美、沉着，举止朴实无华。她有痛苦造就的高贵气质，有灵魂与社会接触而一尘不染的圣洁，也有老处女的冷漠和内心狭隘生活养成的平庸习惯。尽管一年有八十万法郎的收入，可她仍然过着可怜的欧叶妮·格朗台当年那样的生活，父亲不到从前允许客厅生火的日子她绝不会生火，熄火的日子也严格按照她年轻时父亲定下的规矩办。她的穿着也和她母亲当年一样。索缪的那幢旧宅，没有阳光、寒气逼人、总是阴森可怕，这就是她一生的写照。她小心翼翼地把钱积攒起来，要不是她以乐善好施力排外界诽谤，大概还显得过于吝啬呢。她办了许多慈善事业，一所养老院，几所教会学校，一座藏书颇丰的图书馆，每年用此证明某些人指责她吝啬是毫无道理的。她还为索缪的几座教堂捐资重新装修。德·蓬丰太太——有人挖苦地称她为小姐，同时也受到人们宗教般的尊敬。可这颗只为温情而跳动的高贵的心仍不得不忍受人类利益的算计。金钱用它冷漠的色彩传染给了这个生灵，使这个充满感情的女子对所有感情产生了怀疑。

"只有你爱我。"她对娜侬说。

女人的手抚慰了所有家庭心灵的创伤。欧叶妮在善行中向天国走去。心灵的伟大使得她所受教育的卑微和早年习俗变得渺小了。这就是欧叶妮的故事，她生活在尘世却不属于尘世，她生来本应成为贤妻良母，却既没有丈夫，又无儿女，又无家庭。近来，她的再婚成为人们议论的话题。索缪人此刻正关注着她和德·弗洛瓦丰侯爵，这一家人又像当年克吕旭家的人一样开始包围这位有钱的寡妇。据说娜侬和高诺瓦叶全都站到侯爵一边，可这一切都太可笑了。因为不管是娜侬还是高诺瓦叶，他们的聪明还不能把这尘世间的败坏彻底看透。

高 老 头

第一章　伏盖公寓

　　一个夫家姓伏盖，娘家姓龚弗冷的老妇人，她四十年来一直在巴黎开着一所膳食公寓，公寓位于拉丁区与圣·玛梭城关之间的圣·日内维新街上。这幢称为"伏盖公寓"的膳宿场所，不论男女老少，一律平等对待，从来没有因为风化问题而受到各种流言蜚语的伤害，可是三十年间也不曾有姑娘们寄宿；而且除非家庭给的生活费实在太少，这才偶尔会有一两个男青年到这儿来住。这座公寓的条件虽然这样，但一八一九年，正当这幕惨剧开场的时候，公寓里倒的确住着一个可怜的少女。虽然近来惨剧这个词语被多愁善感、颂赞痛苦的文学作品用得很滥，那么歪曲，以致无人再相信它，但在这儿却不得不用。这个故事在真正的字义上并没有什么戏剧意味，只是我这部书完成之后，京城内外也许有人会看完后掉几滴眼泪。出了巴黎是不是还有人懂得这部作品，那就不能确定了；书中有许多本地风光的考证，只有住在蒙玛脱岗和蒙罗越高地中间的人能够领会。这个著名的盆地，墙上的石灰老是在剥落，阴沟泥浆内全是漆黑的；到处是真苦难，假欢喜，而且那么忙乱，不知要发生何等重大的事故才能在那儿引起些轰动。然而也有些零碎的痛苦，因为罪恶与德行夹杂在一起而变得伟大庄严，使自私自利的人偶尔有所醒悟，生出一点同情心；可是他们这种感触只是一刹那的事，就像一颗被一口吞下的美果。文明好比一辆大车，和印度的神车一样，遇到一颗比较不容易粉碎的心，在它眼前略微停顿了一下，接着马上就把它压碎了，又继续浩浩荡荡的前进。读者们大概也是如此，一双雪白的手捧着这本书，身子埋在软绵绵的沙发里，想道：也许这部小说能够让我解解闷吧。读完了高老头神秘的故事以后，你依旧胃口很好地吃晚餐，把你的无动于衷说成是作者的过错，说作者夸张，喧染过分。其实他们不知道这惨剧既非杜撰，也非小说。这一切都是真情实事，真实到每个人都能在自己身上或者心中发现剧中的某些东西。

这座公寓是伏盖太太的产业，它位于圣·日内维新街下段一个斜坡向弩箭街低下去的地方。斜坡的坡度很大，就连马匹也很少上下，因此在思典谷修道院和先贤祠之间的那些狭小的街道格外清静。两座大建筑罩下是一片黄黄的色调，它影响了周围的气息；弯窿阴沉严肃，使周围的一切都死气沉沉。街面上石板干燥，阴沟内没有污泥，没有水，沿着墙根生满了草。一到这个地方，连最没心事的人也会像所有的过路人一样，无端端地不快活。一辆车子的声音在此简直是件大事；屋子也死沉沉的，墙垣全带几分牢狱的气息。

在这一带能看见的只有些公寓或私塾，苦难或烦恼，垂死的老人或想作乐却不得不用功的青年。巴黎城中没有一个区域比这儿更丑恶，更没有人知道。特别是圣·日内维新街，仿佛一个古铜框子，跟这个故事再合适不过。为求读者了解起见，尽量用上灰黑的色彩和沉闷的描写也不嫌过分，正如游客参观初期基督徒墓窟的时候，走下去一级比一级更可怕一样。

公寓的侧面靠街，前面正对着小花园，整座房子跟圣·日内维新组成直角。屋子正面和小花园之间有条中间微凹的石子路，宽约2米；前面有一条铺着沙子的小路，两旁有凤吕草，夹竹桃和石榴树，种在蓝白二色的大陶盆内。小路靠街的一头有扇小门，上面钉一块牌子，上书：伏盖公寓；下面还有几行：本店提供食宿，男女老幼，欢迎光顾。临街的栅门上装着一个门铃，铃声一响特别刺耳。白天你在栅门外张望，可以看到小路尽头的墙上，画着一个淡青色的神龛，大概是本地画家的手笔。神龛内是一个爱神像：浑身斑驳的釉彩，被画迷们看作爱情病的标记，虽然在邻近的街坊上就有一座医院可以医治这类病。神像座子上模糊的铭文，令人想起雕像的年代，伏尔泰在一七七七年，回到巴黎大受欢迎的年代。那两句铭文是：过去是，现在是，或许将来还是。

到晚上的时候，栅门换上木门。小花园的宽度正好等于屋子正面的长度。花园两旁，一边是临街的墙，一边是和邻居分界的墙；大片的长春藤把那界墙密密遮盖了，在巴黎城中显得格外引人注目。各处墙上都爬着果树和葡萄藤，瘦小而落满尘土的果实成为伏盖太太年年发愁的问题，因此常向房客谈及此事。沿着侧面的两堵墙有一条狭小的走道，走道尽头是一片菩提树。伏盖太太虽是龚弗冷家出身，菩提树三字老是念别音，房客们经常纠正她也没用。两条走道之间，一大块方地上种着朝鲜蓟，左右是修成圆锥形的果树，四周又围着些菌筐、旱芹、酸模。菩提树荫下有一张绿漆圆桌，周围放着几个凳子。逢着大暑天，一帮有钱喝咖啡的主顾，在热得可以孵鸡的天气到这儿来品尝咖啡。

这座四层楼外加阁楼的屋子是用粗沙石建成的，粉饰的那种黄颜色差不多使巴黎的形象都被败坏了。每层楼上开着五扇小玻璃窗子；细木条子的遮阳帘撑得高高低低，参差不齐。屋子侧面也开有两扇窗，楼下的两扇装有铁栅和铁丝网。正屋之后是一个二十尺宽的院子，养着猪、鸭、兔子，它们都相安无事地混在一块儿；院子最里面有所堆木柴的棚子。棚子和厨房的后窗之间接一间凉橱，下面淌着从洗碗池流出来的脏水。靠着日内维新街有扇小门，当臭气四溢厨娘不得不冲洗厨房的时候，就把垃圾从这扇门里扫到街上。

房子本是预备开公寓的。楼下的头一间临街的一面开有两扇窗子取光，住客从一扇落地长窗进出。客厅通到饭厅，饭厅和厨房中间隔着楼梯道，楼梯的踏级是用木板和彩色地砖拼成的。一眼望去，客厅的景象再凄凉不过：几张沙发和椅子，上面包的马鬃布满是一条条忽明忽暗的纹缕。正中放一张黑地白纹的云石面圆桌，桌上摆一套白磁小酒杯，上面的金线已经剥落一大半，这种酒杯现在还到处能看得到。房内地板很差劲，四周的护壁板只有半人高，其余的地方糊着上油的花纸，画着《丹兰玛葛》剧中主要的几幕，一些有名的人物都著着彩色。两扇有铁丝网的窗子之间的壁上，画着加里泼棱款待里斯的儿子的盛宴。四十年来这幅画老是给年轻的房客当作说笑的引子，把他们为了穷而不得不将就的饭食取笑一番，以表明自己的身份比处境高出许多。石砌的壁炉架上有两瓶掩在玻璃罩下的旧纸花，中间放一座粗糙的半蓝不蓝的云石摆钟。壁炉内部倒很干净，说明它难得生火。

这间屋子有股怪味，简直无法用语言来形容，应当叫做公寓味道。那是一种闭塞的、霉烂的、酸腐的气味，叫人发冷，吸在鼻子里潮腻腻的，直往衣服里钻；那是刚吃过饭的饭厅的气味、酒菜和碗盏的气味、救济院的气味、老老少少的房客特有的气味，跟他们难闻的气味合凑成令人作呕的成分，倘能加以分析，也许这味道还能形容。话得说回来，这间室子虽然叫你恶心，但同隔壁的饭厅相比，你还觉得客室很体面、很芬芳，简直像太太们的上房呢。

饭厅的墙壁上全部涂着护漆，漆的颜色已经无从分辨，只有一块块油迹浸渍出奇奇怪怪的形状。几口油腻腻的食器柜上摆着暗淡无光的破裂玻璃瓶，刻花的金属垫子，好几堆都奈窑的蓝边厚磁盆。屋角有口小橱，分成许多标着号码的格子，存放寄膳客人满是污迹和酒痕的饭巾。还有些废弃的家具，没处安插而扔在这儿，跟那些文明的残骸留在痼疾救济院里一样。你还可以看到一个晴雨表，下雨的时候表上会有一个画着教士出现；还有些令人倒胃的版画，镶着黑漆描金的同样恶心的框子，一只镶铜的贝壳座钟；一只绿色火炉；几盏灰尘跟油混在一块儿的油灯；一张铺着漆布的长桌，油垢特厚，足够那些无聊的房客用手指在上面刻划姓名，几张断腿折臂的椅子；几块可怜的小脚毯，草辫老是松松散散而始终没有支离破碎；还有些破烂的脚炉，洞眼碎裂，铰链零落，木座子已被火烤得像炭一样的焦黑。这些家具的古旧、龟裂、腐烂、摇动、虫蛀、残缺、奄奄一息，如果详细描写，势必长篇累牍，妨碍读者对本书的兴趣，恐非性急的人所能原谅。红色的地砖，因为擦洗或上色之故，划满了高高低低的沟槽。总之，这儿是一派毫无诗意的贫穷，那种斤斤计较的、浓缩的、百孔千疮的贫穷；虽然还没有泥浆，却已有了污迹；即使还没有破洞，却已快要崩溃腐朽，变成垃圾。

这间屋子最光彩的时间是在早上七点左右，伏盖太太的猫赶在女主人之前，先行出现，它跳上食柜，把好几罐盖着碟子的牛奶闻嗅一番，发出报晨似的呼噜声。过不了多久，寡妇就出来了，网纱做的便帽下面，露出一圈零乱的假发，懒洋洋地拖着同样疲惫的软鞋。她的憔悴而多肉的脸，中央龟耸着一个鹰钩鼻子，滚圆的小手，肥胖的身材像教堂里的老鼠，晃荡肥大的乳房，一切都跟这寒酸气十足的阴气森森的饭厅调和。她闻着室内热烘烘的臭味，一点不觉得恶心。她的面貌像秋季初霜一样鲜明，眼睛四周布满皱纹，表情可以从舞女那样的满面笑容，一变而为债主那样的竖起眉毛，板起脸孔。总之她整个的人品足以说明公寓的内容，正如公寓的一切就相当于她的人品。监狱少不了牢头禁卒，你想像中决不能有此无彼。这个小妇人便是罩裙底下露出毛线编成的衬裙，罩裙也是用旧衣衫改的，棉絮从开裂的布缝中飘出来，这些衣衫简直就是客室、饭厅和小园的缩影，同时也揭露了厨房的内容与房客的品味。她一出场，台面就完了。五十岁左右的伏盖太太跟一切经过忧患的女人一样。无神的眼睛，假惺惺的神态像一个会假装恼怒，以便敲竹杠的媒婆，而且她也存心不择手段地讨便宜，倘若世界上还有什么乔治或毕希葛吕可以出卖，她是决计不细思量的。房客们却说她骨子里是个好人，他们听见她同他们一样咳嗽，哼哼，便相信她确实是穷。伏盖先生当初是怎么样的人，她从无一字提及。他怎样丢了家产的呢？她回答说是遭了恶运。他对她不好，只留给她一双眼睛让她好落泪，这所屋子让她过生活，还给了她无须同情别人灾祸的心态，因为她说，她什么苦难都受尽了。

女主人急促的脚步声一传来，胖子厨娘西尔维便忙手忙脚地打点房客们的中饭。一般定饭客人通常只包每月三十法郎的一顿晚饭。

这个故事发生时，寄宿的房客共有七位。二楼有全屋最好的两套房间，伏盖太太住在小的一套，另外一套住着古杜尔太太，她过世的丈夫在共和政府时代当过军需官。和她同住的是一个年青少女，维多莉·泰伊番小姐，把古杜尔太太当做母亲一般。这两位女客的膳宿费每年一千八百法郎。三楼上的两套房间，分别住着一个姓波阿莱的老人，和一个年纪四十上下，戴假头发，鬓脚染黑的男子，自称是退休商人，叫做伏脱冷。四层楼上有四个房间：老姑娘米索诺小姐住了一间；从前做粗细面条和淀粉买卖，大家叫做高老头的，住了另外一间，其余两间预备临时出租给像高老头和米索诺小姐那般只能付四十五法郎一月膳宿费的穷学生；可是伏盖太太除非没有办法，不然就绝不招留这种人，因为他们面包吃得太多了。

那时，两个房间中的一个，住着一位从安古兰末乡下到巴黎来读法律的青年欧也纳·特·拉斯蒂涅。他家里人口众多，每年省吃俭用，熬出他一年一千二百法郎的生活费。他因家境贫寒而读书很用功，他从小就懂得父母的期望，自己在那里奋斗锦绣前程，考虑学业的影响，使学科迎合未来社会的动向，以便捷足先登，但这点完全要归功于他敏锐的头脑，归功于他有……若没有他说的观察，没有他在巴黎交际场中无孔不入的本领，我们这故事就平淡不奇了，这完全要归功于他敏锐的头脑，归功于他那种欲望，想刺探他人惨剧的秘密；而这惨剧的制造的人和身受的人一致讳莫如深的。

楼顶上有一间晾衣服的阁楼，还有两间卧房是做粗活的男仆克利斯朵夫和胖子厨娘西尔维的。

除了七个寄宿的房客，伏盖太太旺季淡季总有七八个法学或医学的大学生，和两三个就在附近的熟客，包一顿晚饭。可以容纳一二十人的饭厅，晚餐时坐到十八个人；中饭只有七个房客，团团一桌的情景颇有家庭意味。每个房客跟着软鞋下楼，对包饭客人的衣着神气、隔夜的故事、毫无顾忌地评论一番。这七位房客好比伏盖太太特别宠爱的孩子，她按照膳宿费的数目，对每人定下照顾和尊敬的极端精确的分寸，像天文学家一般不差毫厘。这批萍水相逢的人心里都有大同小异的打算。三层楼的两位房客每月只付七十二法郎。这等便宜的价钱（惟有古杜尔太太的房饭钱是例外），只能在圣·玛赛城关，在产科医院和流民习艺所中间的那个地段找到。这一点，足以说明那些房客明里暗里全受着贫穷的压迫，因此这座屋子内部的悲惨景象，在这几位房客破烂的衣着上暴露无遗。男人们穿着看不出本色的大褂，像高等庄宅区扔在街头巷尾的靴子，挟着磨破的衬衫、有名无实的衣服。女人们穿着黯淡陈旧多次染过而又褪色的服装；戴着补过的旧花边，用得发亮的手套，围着老式暗黄色的领围，以及经纬散乱的围巾。衣服虽旧，人却个个长得很结实，抵抗着人世的风波；那张冷冷的险恶的脸，好像已用旧而不再流通的银币一般模糊不清；干瘪的嘴巴配着一副尖利的牙齿。你看到他们可以体会到那些已经演过的和正在演的戏剧——并非在灯光和布景前面上演的，而是一些活生生的、无声无息的、冷的、把人的心搅得发凉的、连续不断的戏剧。

老姑娘米索诺那双疲倦的眼睛上面戴着一个油腻的绿绸帽檐，扣在脑袋上的铜丝足以使慈悲女神大吃一惊。身体瘦得只剩一把骨头，边缘零零落落像眼泪一般的披肩，仿佛披在一副枯骨上面。当初她一定也俊俏过，现在怎么会形销骨立的呢？为了荒唐胡闹吗？伤心事吗？过分伤心吗？或者爱情谈得太多了？有没有做过花粉生意？还是个娼妓？或者因为年轻骄奢过度，而到老年时报应？惨白的眼睛叫人发冷，干瘪的脸孔带点儿凶相，尖利的声音好似丛林中冬天降临时的风声。她自称服侍过一个患膀胱炎的老人，这老人被儿女们因为没有钱而丢在一边。老人给她一千法郎的终身年金，至今他的女儿们常常为此跟她争执，说她坏话。虽然她的面貌因纵欲过度而摧残得很厉害，肌肤之间却仍还有些白皙与细腻的遗迹，就是说她身上还保存一点儿残余的美。

波阿莱先生像是架机器。他在植物园的小道上散步时像一个灰色的影子，他戴着软绵绵的旧鸭舌帽，有气无力地抓着一根手杖，手杖上的象牙球柄已经发黄，褪色的大褂遮不了空荡荡的脚裤，只见衣襟在那里扯来扯去；套着蓝袜子的两条腿摇摇晃晃像喝醉了酒，上身露出肮脏的白背心，枯草似的粗纱颈围，跟绕在火鸡脖子上一样别扭的领带，乱糟糟地搅在一起。看他那副模样，人们会在心里思量，这个幽灵是否跟在意大利大街上游逛的哥儿们同样属于泼辣放肆的种族？什么工作使他这样干瘪缩小的？什么情欲把他生满疙瘩的脸变成了黑沉沉的猪肝色？这张脸画成漫画，简直不像是真的。他做过什么差事呢？说不定做过司法部的职员，经办过刽子手们送来的账单——处决逆伦犯所用的蒙面黑纱、刑台下铺的糠、刑架上挂铡刀用的绳子等之类的账单。也许他当过屠宰场收款员，或卫生处副检查员。总之，这家伙就像社会大磨坊里的一匹驴子，做了傀儡而始终不知牵线的是谁，也差不多是一些公众的灾殃或丑事的轴心；总而言之，他是我们见了要说一声"究竟这等人也少不得的"。这些被精神或肉体的痛苦折磨得色如死灰的脸相，巴黎的上层人物们是不知道的。巴黎真是一片汪洋大海，丢下探海锤也没法测量其深度。不论花多少心血到里面去搜寻描写，不管探险家如何众多如何热心，都能找到一片处女地、一个新的洞穴、或是几朵鲜花、几颗明珠，以及一些妖魔鬼怪、一些闻所未闻的、文学家想不到去探访的事。伏盖公寓便是这些奇怪的魔窟之一。

其中有两张脸跟多数房客和包饭的明显不同。维多莉·泰伊番小姐虽然皮肤苍白，稍有点儿病态，像害了血痨似的；她的忧郁、局促的态度，寒酸和娇弱的外貌，使她脱不了这幅画面的基本色调——痛苦，可是她的脸毕竟年青，动作和声音毕竟是轻灵活泼的。这个不幸的姑娘仿佛一株新近移植的灌木，因水土不宜而萎黄了。她那黄里带红的脸色、灰黄的头发、过分纤瘦的腰肢，颇有近代诗人在中世纪小雕像上发现的那种妩媚。从她灰中带黑的眼睛你可以知道她有基督徒式的温柔与隐忍。朴素而经济的装束勾勒出年轻人的身材。她的好看是由于五官四肢搭配得巧。如果心情快乐，她可能非常动人，女人要有幸福才有生气，正如穿扮齐整才显得漂亮。要是舞会的欢情把这张苍白的脸染上一些粉红的色调，要是美好的生活使她已经微微低陷的面颊重新丰满而泛起红晕，要是爱情使这双忧郁的眼睛恢复光彩，维多莉大可跟最美的姑娘们见个高低。她只缺少叫女人返老还童的东西；华美的衣饰和醉人的情书。她的故事足够写一本书。她的父亲自以为有不认亲生女儿的理由，不让她留在家里，只给六百法郎一年，又屡改遗嘱，以便其财产全部传给儿子。维多莉的母亲在悲苦绝望之中死在远亲古杜尔太太家里；古杜尔太太便把孤儿当做亲生女一样抚养长大。这位共和政府军需官的寡妇很不幸的除了丈夫的预赠年金和抚恤金以外一无所有，可能一朝丢下这个既无经验又无资财的少女，任凭社会摆布。好心的太太每星期带维多莉去做弥撒，每半个月去忏悔一次，让她将来至少能做一个虔诚的修女。这办法的确不错。有了宗教的热情，这个弃女将来也能有一条出路。她爱她的父亲，每年回家去转达母亲临终时对父亲的宽恕；每年父亲总是闭门不纳。能从中斡旋的只有她的哥哥，而哥哥四年之中没有来探望过她一次，也没有帮助过她什么。她求上帝使父亲开眼，使哥哥的心肠不要那么硬，毫无怨恨的为他们祈福。古杜尔太太和伏盖太太只恨字典上咒骂的字眼太少，不够形容这种野蛮的行为。她们咒骂混账的百万富翁的时候，总能听到维多莉说些柔和的话，好似受伤的野鸽，痛苦的叫喊却仍然吐露着爱。

欧也纳·特·拉斯蒂涅纯粹是南方人的脸：白皮肤、黑头发、蓝眼睛。风度、举动、姿势，都显出他是大家子弟，早年的教育培养他高雅的习惯。尽管衣着朴素，平日尽穿隔年的旧衣服，有时却也能装扮得风度翩翩的上街。平常他只穿一件旧大褂，破背心；整脚的旧黑领带打得马马虎虎，像一般大学生一样；裤子也跟上装差不多，靴子已经换过底皮。

在两个青年和其余的老房客之间，有四十上下，鬓角染色的伏脱冷，正好是个中间人物。无论谁看到他都会喊一声好家伙！脚部发达，肌肉强健，方方的手非常厚实，中节手指生着一簇簇深色的汗毛。就打皱的脸看上去像是性格冷酷的标记；但是看他随和亲热的样子，又不像那种冷酷的人。他那低中音嗓子，跟他嘻嘻哈哈的快活脾气刚刚配合，绝对不讨厌。他很殷勤，老堆着笑脸。什么锁坏了，他立刻拆下来，摆弄一阵，上了油，装配起来，说："对我而言，这些是小菜一碟。"而且他什么都懂：帆船、海洋、法国、外国、生意、男人、时事、法律、旅馆、监狱。要是谁在怨天尤人，他会马上凑上来安慰一阵。他好几次借钱给伏盖太太和某些房客，但受惠的人死也不敢赖他的债，因为他尽管外表随和，自有一道深沉而坚决的目光叫人害怕。看那唾口水的架势，就可以知道他头脑冷静：要解决什么尴尬局面的话，一定是杀人不眨眼的。正像严厉的法官一样，他的眼睛似乎能看穿所有的问题、所有的心理、所有的感情。他的习惯生活是中饭后出门，回来用晚饭，整个黄昏都在外边，到半夜前后回来，用伏盖太太给他的百宝钥匙开大门。百宝钥匙这种优待只有他一个人享受。他待寡妇也再好没有，叫她妈妈，搂着她的腰——可惜这种奉承对方体会得不够。老妈妈还以为这是轻而易举的事，殊不知惟有伏脱冷一个人才有那么长的胳膊，够搂住她粗大的腰身。他另外一个习惯是饭后喝一杯葛洛丽亚，每个月很阔绰地花十五法郎。有些青年人卷在巴黎生活的漩涡内一无所见，那般老年人也固然对一切与己无关的事漠不关心，但即使他们深沉得多的人，也不会注意到伏脱冷形迹可疑。无论谁的事也总能很准地猜到或知道；他的心思或营生，却没有一个人看得透。虽然他把亲热的态度，快活的性情，当做墙壁一般挡在他跟旁人之间，但他不时流露的性格颇有些可怕的深度。往往他发一阵可以跟著名诗人于凡那相比的牢骚，专爱挖苦法律，鞭挞上流社会，攻击它的矛盾，似乎他对社会抱着仇恨，心底里密不透风的藏着什么秘密事儿。

泰伊番小姐暗中偷觑的目光和私下的念头，也离不了这个中年人跟那个大学生。一个精力充沛，一个长得俊美，她无意之间常受他们吸引。可是那两位好似一个也没有想到她，虽说天道无常，她可能一变而为一个富有的诱人的姑娘。并且，那些人也不愿意推敲旁人自称的苦难是真是假。除了漠不关心之外，他们还因为彼此境况不同而提防人家。他们知道没有力量减轻旁人的痛苦，而且平时叹苦叹得太多了，互相劝慰的话也早已说尽，像老夫妻一样的无话可谈，他们像机械一样存在，像上油的齿轮在那里互相推动。他们可以漠然的轻视从身旁经过的瞎子，也可以无动于衷地听人家讲一桩苦难，甚至把死亡看做一个悲惨局面的解决；饱经忧患的结果，大家对最惨痛的苦难都冷了心。这些伤心人中最幸福的还算伏盖太太，高高在上的管着这所私人救济院。惟有伏盖太太觉得那个小园是一座充满欢声笑语的树林；事实上，静寂和寒冷，干燥和潮湿，使园子像大草原一样广漠无边。惟有因她，这所污黄的、阴沉沉的，到处是铜绿味的屋子，才充满愉快。这些牢房是属于她的。她喂养那批终身做苦役的囚犯，他们尊重她的威权。以她所定价目，这些可怜虫在巴黎哪儿还能找到同样充足而卫生的饭食，以及即使不能安排得高雅合适，至少可以收拾得干干净净的房间。哪怕她做出极刻薄的事来，他们也只能忍受，不敢叫屈。

整个社会的内容浓缩在这样一个集团内应有尽有，在这里不过是具体而细微罢了。正如任何一个集体场合中一样，饭桌上十八个客人中间有一个专受白眼的可怜虫，老给人家打哈哈的出气筒。欧也纳·特·拉斯蒂涅住到第二年开头，发觉在这个还得住上两年的环境中，最堪注目的便是那个出气筒，从前做面条生意的高里奥老头。要是画家来处理这个对象，一定会像史学家一样把画面上的光线集中在他头上。人们半含仇恨的轻蔑，带着轻视的虐待，对苦难毫不留情的态度，为什么加之于一个最老的房客身上呢？难道他有什么可笑的或是古怪的地方，比恶习更不容易原谅吗？这和社会上许多不公正的现象是密切相关的。也许人的天性就喜欢教那些为了谦卑，为了懦弱，或者为了满不在乎而忍受一切的。我们不是都喜欢把什么人或物做牺牲品，来证明我们的力量吗？最幼弱的生物，儿童也会在大冷天按人家的门铃，或者踮起脚尖在崭新的建筑物上涂写自己的名字。

六十九岁的高老头，在一八一三年上结束了买卖，住到伏盖公寓这儿来。他先住古杜尔太太的那套房间，每年付一千二百法郎膳宿费，那气派仿佛多五个路易少五个路易都无所谓。伏盖太太预收了一笔补偿费，把那三间屋子整新了一番，添置了一些起码家具，例如黄布窗帘、羊毛绒面的安乐椅、几张胶画，以及连乡村酒店都不要的糊壁纸。高老头那时还被尊称为高里奥先生，也许房东看他那种满不在乎的阔气，以为他是个不知市面的冤大头。高里奥搬来的时候箱笼充实，里外服装、被褥行头都很讲究，向人们显示着这位告老商人很会享福。十八件二号荷兰细布衬衫，叫伏盖太太叹赏不已，面条商还在纱巾围上扣着两支大金刚钻别针，中间系一条小链子，愈加显出衬衣料子的细洁。他平时穿一套宝蓝衣服，每天换一件雪白的纲格布背心，下面鼓出一个滚圆的大肚子在那儿蠢动，把一条接有各色坠子的粗金链子，震动得一蹦一跳的。鼻烟匣也是金的，里面有一个装满头发的小圆匣子，仿佛他还有风流韵事呢。听到房东太太说他风流，他嘴边立时浮起笑容，好似一个小财主听见旁人称赞他的爱物。他的柜子装满了许多家用的银器。伏盖太太殷勤地帮他整东西时，不由得眼睛发亮，什么勺子、羹匙、食品、油瓶、汤碗、盘子以及镀金的早餐用具，以及美丑不一，有相当分量令他舍不得放手的东西。这些礼物使他回想起家庭生活中的趣事。他抓起一个盘，跟一个面上有两只小鸽亲嘴的小钵，对伏盖太太说：

"这是我妻子在我们结婚的第一周年送我的。可爱的小天使为此耗尽了做姑娘时候的积蓄。噢，太太，要我动手翻土都可以，这些东西我绝不放手。谢天谢地！这一辈子总可以天天早上用这个钵喝咖啡了；我不用发愁，有现成饭吃的日子还长呢。"末了，伏盖太太那双喜鹊眼还瞥见一叠公债票，约略加起来，高里奥这个好人每年有八千到一万法郎的进款。

从那天起，龚弗冷家的奶奶，年纪四十八而只承认三十九的伏盖太太，打起主意来了。虽然高里奥的里眼角向外翻转，又是虚肿又是往下掉，他常常不得不用手去抹，但她觉得这副相貌很体面，讨人喜欢。他的多肉而突出的腿肚子，跟他的方鼻子一样表现出他具备伏盖太太所重视的若干优点；而那张满月似的，又天真又痴呆的脸，也几乎就是证实，伏盖寡妇理想中的汉子应当精壮结实，能把全副精神花在感情方面。每天早晨，离公寓很近的多艺学校的理发匠来替高里奥把头发扑粉，梳成鸽翅式，在他的低额角上留出五个尖角，十分好看。虽然有点儿土气，他穿扮得却十分整齐，倒起烟来老是一大堆，吸进鼻孔的神气仿佛他从来不愁烟壶里会缺少玛古巴，所以高里奥搬进伏盖太太家的那一天，她晚上睡觉的时候便盘算怎样离开伏盖的坟墓，到高里奥身上去再生；她把这个念头放在欲火上烧烤，仿佛烤一只涂满油脂的竹鸡。嫁给他，把公寓卖掉，跟这位布尔乔亚的精英结合，成为本区中一个显贵的太太，替穷人募捐，星期日逛旭阿西、梭阿西、香蒂伊；随心所欲的上戏院、坐包厢，毋须再等房客在七月中弄几张作家的赠券送她；总而言之，她做着一般巴黎小市民的黄金梦。她有一个铜子一个铜子积起来的四万法郎，对谁也没有提过。当然，她觉得以财产而论，自己还是一个出色的对象。"至于其他，我只怕还比不上这家伙！"想到这儿她在床上翻了个身，仿佛在某人面前卖弄身姿一般，所以胖子西尔维每天早上总看见褥子上有个陷下去的坑。

从这天起，约摸有三个月，伏盖寡妇利用高里奥先生的理发匠，在装扮上花了点心血，说公寓里来往的客人都很体面，她也必须修饰得和他们相称。她耗尽心思来整顿房客，信誓旦旦地说以后只招待在各方面看来都是最体面的人。遇到生客上门，她便宣传高里奥先生是巴黎最有名望最有地位的商界巨头，特别选中她的公寓。她分发传单，上面大书特书：伏盖公寓；后面写着："拉丁区最悠久最知名的包饭公寓。风景优美，可以远眺高勃冷盆地（那是要在四层楼上远眺的），园亭幽雅，菩提树夹道成荫。"此外不免还自吹说环境清静，空气新鲜的话。

这份传单替她招来了特·朗倍梅尼伯爵夫人，她三十六岁，丈夫战死沙场，她以殉职军人的寡妇身份，等公家结算抚恤金。伏盖太太把饭菜弄得很精美，客厅里生火有六个月之久，传单上的诺言都严格履行，甚至不惜动用老底。伯爵夫人称伏盖太太为亲爱的朋友，说预备把特·伏曼朗男爵夫人和上校毕各阿棱伯爵的寡妇，她的两个朋友，都介绍到这儿来，她们住在玛莱区一家的宿舍里，租期快要满了。一朝陆军部各司署把手续办完之后，这些太太都是很有钱的。

"可是，"她说，"衙门里的公事老不结束。"

这两个寡妇在晚饭之后一齐上楼，来到伏盖太太房里聊天，喝着果子酒，嚼着房东留备自用的糖果。特·朗倍梅尼夫人大为赞成房东太太对高里奥的看法，说是英雄所见略同，并说她一眼就看穿房东太太的心思，觉得高里奥确是个十全十美的男人。

"啊！亲爱的太太，"伏盖寡妇对她说，"他一点毛病都没有，保养得也挺好，还能给一个女人许多快乐哩。"

伯爵夫人对伏盖太太的装束很热心地提供意见，认为还不能跟她的抱负匹配。"你得武装起来。"她说。仔细计算一番之后，两个寡妇一同上王富市场的木廊，买了一顶饰有羽毛的帽子和一顶便帽。伯爵夫人又带她的朋友上小耶纳德铺子挑了一件衣衫和一条披肩。装备买齐，打扮好之后，寡妇倒真像煨牛肉饭店的招牌一样；戴着帽子和披肩。她却觉得自己大为改观，添加了不少风韵，很感激伯爵夫人，虽是生性吝啬，也硬要伯爵夫人接受一顶二十法郎的帽子，实际是打算托她去探探高里奥，替自己吹嘘一番。朗倍梅尼夫人很乐意当这个差事，跟老面条商作了一次密谈，想笼络他，把他勾引过来配自己的用场，可是种种的诱惑，对方即使不曾明白拒绝，至少是怕羞得厉害；他的俗套把她气走了。

"我的宝贝，"她对她的朋友说，"你在这个家伙身上什么都挤不出来的！他那疑神疑鬼的态度简直莫名其妙；这是个吝啬鬼、笨蛋、蠢货，只能讨人厌。"

经过和高里奥先生会面后的朗倍梅尼太太，甚至从此不愿再同他住在一幢楼里。第二天她就走了，把六个月的膳宿费都忘了，留下的破衣服只值五法郎。伏盖太太拼命寻访，总算在巴黎打听到一些关于伯爵夫人的消息。她常常提起这件倒霉事儿，埋怨自己过于相信人家，其实她的疑心比狐狸还重；但她像许多人一样，老是提防亲近的人而遇到一个陌生人就上当。这种古怪的，也是实在的现象，很容易在一个人的心里找到根源。也许有些人，在共同生活的人身上再也得不到什么；把自己心灵的空虚暴露出来之后便疑神疑鬼，总觉得受到别人在暗地里的指责；而那些得不到的恭维，他们又偏偏极感需要，或者自己根本不可能有的优点，竭力想显得具备；因此他们希望争取陌生人的敬重或感情，顾不得将来是否会落空。更有一等人，天生势利，对朋友或亲近的人绝对不行方便，因为那是他们的义务，没有报酬的；如何替陌生人效劳，可以让自尊心满足一下；所以在感情圈内同他们离得越近的人，他们越不爱；离得越远，他们越殷勤。伏盖太太显然兼有上面两种性格，骨子里都是鄙陋的、虚伪的、恶劣的东西。

"我要是在这儿，"伏脱冷说，"包你不会吃这个亏！我会揭破那个女骗子的面皮，叫她当场出丑。那种嘴脸我是一望而知的。"

像所有心路不宽的人一样，伏盖太太从来不能站在事情之外推究它的原因。她喜欢把自己的错处推在别人头上。受了那次损失，她认为老实的面条商是罪魁祸首，并且据她自己说，从此死了心。当她承认一切的勾引和搔首弄姿都归无用之后，她马上猜到了原因，以为这个房客像她所说的那样另有所欢。事实证明她那个美丽动人的希望只是一场空梦，在这家伙身上是什么都挤不出来的，正如伯爵夫人那句一针见血的话——她倒像是个内行呢。伏盖太太此后敌视的程度，当然远过于先前友谊的程度。仇恨的原因并非因为她的爱情，而是为了希望的破灭。一个人向感情的高峰攀登，可能中途休息；从怨恨的险坡往下走，就很难停住脚步。然而高里奥先生是她的房客，寡妇不能不掩着受伤的自尊心不让其爆发，把失望以后的长吁短叹藏起来，把报复的念头闷在肚里，好似修士受了院长的气。对于小人要发泄感情，不问是好感是恶感，不断地玩小手段总是能帮他们发泄的。那寡妇凭着女人的狡猾，想出许多暗中捉弄的方法，折磨她的仇人。她先是取消了公寓里添加出来的几项小节目。

"不再供应什么小黄瓜跟鱼了。我上够了当了！"她恢复旧章的那天早晨，这样吩咐西尔维。

可是高里奥先生却自奉菲薄，正如一般白手成家的人，早年不得已的俭省已经成为习惯。索羹，或是肉汤，加上一盘蔬菜，一向是而且永远是他最称心的晚餐。因此伏盖太太要折磨她的房客极不容易，他简直无所谓嗜好，也就没法跟他为难。遇到这样一个无懈可击的人，她恨得牙痒痒却又无可奈何，只能从心里痛骂鄙视他，把她对高里奥的敌意感染给别的房客，而他们为了好玩，竟然也帮着她出气。

第一年将尽，寡妇对他十分猜疑，甚至在心里猜测：这个每年有七八千法郎进款的商人，银器和饰物的精美不下于富翁的人，为什么要住到这儿来，只付一笔与他财产极不相称的膳宿费？这第一年的大半时期，高里奥先生每星期总有一二次在外面吃晚饭；随后，不知不觉改为一个月两次。高里奥大爷外出，对伏盖太太非常有利；所以现在他在家用餐的时间越来越正常，伏盖太太不能不生气。这种改变在房东太太看来一方面由于他的财产慢慢减少，一方面也因为他故意跟房东为难。小人许多最可鄙的习惯中间，有一桩是以为别人跟他们一样小气。不幸，第二年年终，高里奥先生竟然如人所料，要求搬上三楼，膳宿费减为九百法郎。他需要极度节省，甚至整整一冬屋里没有生火。伏盖寡妇要他先付后住，高里奥答应了，从此她便管他叫高老头。

关于他降级的原因，大家议论纷纷，可是始终猜不透！像那假伯爵夫人所说的，高老头是一个城府很深的家伙。一般那些头脑空空如也，并且只会胡扯的人，自有一套逻辑，认为不提自己私事的人绝没有什么好事。在他们眼中，那么体面的富商一变而成为骗子，那等风云人物一变而成为老混蛋了。照那个时代搬入公寓的伏脱冷的说法，高老头是做交易所的，送完了自己的钱，还在那里靠公债做些小投机，这句话，在伏脱冷嘴里用的是有声有色的金融上的术语。一忽儿，他又是个赌鬼，天天晚上去碰运气，赢他十来个法郎。一忽儿，他又是特务警察雇用的密探；但伏脱冷认为他还没狡猾到能担当这个差事。又有一说，高老头是个放印子钱的守财奴，再不然是一个追同号奖券的人，总之，大家把他当做有着恶劣的嗜好、无耻、低能、天底下所能产生的最神秘的人物。不过无论他的行为或恶劣的嗜好如何要不得，人家对他的敌意还不至于把他撵出门外：他从没欠过房饭钱。况且他还是个活宝，每个人快乐的或恶劣的心绪，都可用打趣或咕噜的方式借他来发泄。最近被众人一致认可的意见，是伏盖太太的那种说法。这个保养得那么好，一点毛病都没有，还能给一个女人许多快乐的人，据她说，实在是个古怪的好色鬼。伏盖寡妇的这种坏话有下面的事实做根据。

那个晦气星伯爵夫人白吃白住了半年，溜掉以后几个月，伏盖太太一天早上起身之前，忽然听见楼道里有绸衣窸窣的声音，一个年轻女人一溜烟似地钻进高里奥房里，打开房门的方式又像有暗号似的。胖子西尔维立即上来报告女主人，说有个漂亮得不像良家妇女的姑娘，装扮得神仙似的，穿着一双纤尘不染的薄底呢靴，像鳗鱼一样从街上一直溜进厨房，问高里奥先生的房间在哪儿。伏盖太太带着厨娘去凑在门上偷听，只听里面燕燕轻盈、莺莺娇软、软语温存了好一阵才告结束。高里奥送女客出门，胖子西尔维马上抓起菜篮，装做上菜市的模样去跟踪这对情人。

她回来对女主人说："太太，高里奥先生一定钱多得用不完，才撑得起那样的场面。你真想不到吊刑街转角，有一辆漂亮马车等在那里，我看她上去的。"

吃晚饭的时候，伏盖太太去拉了一下窗帘，把射着高里奥眼睛的那道阳光遮掉。

"高里奥先生，你阳光高照，艳福不浅呢。"她说话之间暗指他早晨的来客。"嗨！你眼光不浅，她可真是国色天姿啊。"

"那是我的女儿呐。"他回答时那种骄傲的神气，房客都以为是老人要面子。

一个月以后，又有一个女客来拜访高里奥先生。他女儿第一次来是穿晨装，这次是晚餐以后，看模样是要去应酬。房客在客厅里聊天，瞥见一个美丽的金发女子，瘦瘦的腰身，极有丰韵，那种高雅大方的气度决不可能是高老头的女儿。

"哎啊！竟有两个！"胖子西尔维说，她根本没认出是同一个人。

又过了几天，另外一个女儿，高大、结实、深色皮肤、黑头发，配着炯炯有神的眼睛，跑来见高里奥先生。"哎啊！竟有三个！"西尔维说。

这第二个女儿初次也是早上来的，隔了几天又在黄昏时穿了舞衣，坐了车来。

"哎啊！竟有四个！"伏盖太太和西尔维一齐嚷着。她们在这位贵妇人身上丝毫看不到那天早晨穿扮朴素的影子。

那时高里奥还付着一千二百法郎的膳宿费。伏盖太太觉得一个富翁养四五个情妇是挺平常的，把情妇充作女儿也很巧妙。他把她们叫到公寓里来，她也并不生气。可是那些女客既然说明了高里奥对她冷淡的原因，她在第二年年初便唤他做老公猫。等到他降级到九百法郎之后，有一次她看见这些女客之中的一个下楼之后，就恶狠狠地问他打算把她的公寓当做什么地方。高老头回答说，这位太太是他的大女儿。

"你女儿有两三打吗？"伏盖太太尖刻地说。

"我只有两个。"高老头声音里沧桑无限，正如一个落难的人，什么贫穷的委屈都受得了。

快满第三年的时候，高老头又一次打算节省开支，搬上四层楼，每个月的房饭钱只有四十五法郎了。他戒掉了鼻烟，打发了理发匠，头上也不再扑粉。高老头第一次不扑粉下楼，房东太太大吃一惊，直叫起来；他的头发原是灰中带绿的暗灰颜色。他的面貌被心中的忧患消磨得一天比一天难看，似乎成了饭桌上最忧郁的一张脸。如今是毫无疑问了；高老头是一个老色鬼。要不是医生本领高强，他的眼睛早就保不住，因为治他那种病的药品是有副作用的。他的头发所以颜色那么恶心，也是由于他纵欲无度，和服用那些使他可继续纵欲的药物之故。这可怜虫的精神与身体的情形，使那些无稽之谈显得凿凿有据。原先华美的衣服被褛用旧了，他买十四铜子一码的棉布来代替。金刚钻、金烟匣、金链条、饰物，一样一样的不见了。他脱下宝蓝大褂跟那些华丽的服装，不分冬夏，只穿一件栗色粗呢大褂、羊毛背心、灰色毛料长裤。他越来越瘦，腿肚子陷了下去，从前因心满意足而肥胖的脸，不知何时打了多少皱折，脑门上有了沟槽，牙床骨突了出来。他住到圣·日内维新街的第四年上，完全变了样。六十二岁时的面条商，看上去不满四十，又胖又肥的小财主，风流倜傥，雄赳赳气昂昂，叫路人看了也心神一爽，笑容也颇有青春气息，如今忽然像七十老翁，老态龙钟、摇摇晃晃、面如死灰。当初那么生气勃勃的蓝眼睛，变了黯淡的铁灰色，转成苍白，眼泪水也不淌了，殷红的眼眶好似在流血。有些人觉得他可憎，有些人觉得他可怜。一班年轻的医学生注意到他口唇低垂，量了量他面角的顶尖，再三盘问他而什么话都探不出来之后，就说他害甲状腺肿大了。

有一天黄昏，吃过饭，伏盖太太挖苦他说："啊，喂！她们不来看你了吗，你那些女儿？"口气之间显然怀疑他做父亲的身份。高老头一听之下，浑身发抖，仿佛给房东太太狠揍了一拳。

"有时候来的。"他声音抖动地回答。

"哎啊！有时你还看到她们！"那班大学生齐声嚷着，"真了不起，高老头！"

老人并没听见他的答话所引起的嘲笑，又恢复了迷迷糊糊的神态。光从表面上观察的人以为他老态龙钟。倘若对他彻底分析一下，也许大家会发觉他莫名的憔悴疑点重重；可是认识他真是谈何容易。要打听高里奥是否做过面条生意，有多少财产，都不是难事；无奈他从来不走出本区的街坊，老躲在公寓里像牡蛎黏着岩石，至于旁人，巴黎生活特有的诱惑，使他们一走出圣·日内维新街便忘记了他们所调侃的可怜老头。头脑狭窄的人和漠不关心的年轻人，一致认为以高老头那种寒伦，那种蠢头蠢脑，根本谈不上有什么财产或本领。至于他称为女儿的那些婆娘，大家都接受伏盖太太的看法。像她那种每天晚上以嚼舌为事的老太婆，对什么事都爱乱猜，结果自有一套严密的逻辑，她说：

"要是高老头真有那么有钱的女儿，像来看他的那些女客那般，他决不会住在我四层楼上，每月只付四十五法郎的房饭钱，也不会穿得像叫花子一样的上街了。"

没有一件事情可以推翻这个结论。所以到一八一九年十一月底，这幕惨剧爆发的时期，公寓里每个人都对可怜的老头儿有了定论。他压根儿不曾有过什么妻儿子女；荒淫的结果使他变成了一条蜗牛，据一个包饭客人——博物院职员说，应当列入软体动物类。跟高老头比较起来，波阿莱竟是老鹰一般，大有绅士气派了。波阿莱会说话、会理论、会对答；虽然他的说话、理论、对答，只是用不同的字眼重复旁人的话；但他究竟参加谈话，他是活的、有知觉的；不比高老头，照那博物院职员的说法，在寒暑表上温度永远等于零。

欧也纳·特·拉斯蒂涅过了暑假同来，他的心情正和一般英俊有为的青年或是逆境中拼搏培养出的人一样。寄寓巴黎的第一年，法科学生考初级文凭的作业并不多，尽可享受巴黎的繁华。要知道每个戏院的戏码，摸出巴黎迷宫的线索，学会规矩，谈吐，把京城里特有的娱乐过回瘾，走遍好好坏坏的地方，选听有趣的课程，背得出各个博物院的宝藏……一个大学生决不嫌时间太多。他会对无聊的小事情入迷，觉得伟大得了不得。他有他心中的大人物，例如法兰西学院的什么教授，一个因有钱而受人顶纯膜拜的人。他高整着领带，学会了对喜歌剧院楼厅里的妇女搔首弄姿。一样一样的入门以后，他就脱了壳，扩大眼界，终于体会到社会的各阶层是怎样交错起来的。大热的天，在田野大道上辐辏成行的车马，他刚开始欣赏，跟着就眼红了。

欧也纳得了文学士和法学士学位，回乡过暑假的时节，已经不知不觉经过了这些学习。童年的天真，内地人的观念，完全消灭了。见识改换，雄心奋发之下，他看清了老家的情形。父亲、母亲、两个兄弟、两个妹妹和一个除了养老金外别无财产的姑母，统统住在拉斯蒂涅家小小的田地上。年收成有三千法郎，而且不能保证，因为葡萄的行情跟着酒市上落，可是每年总得凑出一千二百法郎给他。家里一向为了疼他而瞒起的常年窘迫的景象；他经常把美丽的妹妹，和他认为美的典型的巴黎妇女作比较；他肩上的这个家庭的迷茫的前途；眼见任何微末的农作物都珍藏起来的俭省的习惯；用榨床上的残渣滓制造的家常饮料，总之，在此无须一一列举的许多琐事，使他对于权位的欲望与出人头地的欲望，加强了百十倍。像一切有志气的人，他发誓一切都要靠自己的本领去得到。但他的性格明明是南方人的性格：临到实行就狐疑不决，动摇不定，仿佛青年人在汪洋大海中间，既不知向哪方面驶去，也不知把帆接成怎样的角度。先是他想没头没脑的用功，后来又感到应酬交际的必要，因为发觉女子对社会生活影响极大，突然想投身上流社会，去征服几个可以做他后台的妇女。一个有热情与才气的青年，加上偶傥风流的仪表，专招女人喜爱的那种阳刚的美，还愁找不到那样的女子吗？

他一边在田野里散步一边不断转着这些念头。从前他同妹妹们出来闲逛完全无忧无虑，如今她们觉得他大大的变了。他的姨母特·玛西阿太太，当年也曾入宫觐见，认识一批名门贵族的领袖。这个野心勃勃的青年忽然记起姑母时常讲给他听的回忆中，有不少机会好让他到社会上去显露头角，这一点至少跟他在法学院的成就同样重要；他便盘问姑母，那些还能拉到关系的人是怎么样的亲戚。老姑太太把家谱上的各支各脉细细审查了一番，认为在所有的阔亲戚中间，特·鲍赛昂子爵夫人大概最容易相处。她用老派的体裁写了封信交给欧也纳，说如果能接近这位子爵夫人，她自会把他介绍给其余的亲戚。回到巴黎几天之后，拉斯蒂涅把姑母的信寄给特·鲍赛昂夫人，夫人寄来一张第二天的跳舞会的请帖，代替复信。

以上的一切都在一八一一年十一月底。过了几天，欧也纳参加了特·鲍赛昂太太的舞会，清早两点左右回家。为了补偿损失的光阴，勇气十足的大学生一边跳舞一边发誓回去开夜车。他预备第一次在这个万籁无声的区域中熬夜，自以为精力充沛，其实只是见到豪华的场面的冲动。那晚他没有在伏盖太太家用餐，同住的人可能以为他要天亮才回来，好像他有几次赴柏拉杜舞会或奥迪安舞会，丝袜上溅满污泥，漆皮鞋走了样的回家。克利牙斯朵夫拴上大门之前，开门来向街上瞧了瞧。拉斯蒂涅恰好在这时赶回，悄悄地上楼，跟在他后面上楼的克利斯朵夫却闹出许多响声。欧也纳进了卧房，卸了装，换上软鞋，披了一件破大褂，点起源炭，急匆匆地准备用功。克利斯朵夫笨重的脚步声还没有完，把青年人轻微的响动盖过了。

欧也纳没有开始读书，先出神地想了一会儿。他看出特·鲍赛昂子爵夫人是当今的阔太太之一，她的府第被认为是圣日耳曼区最愉快的地方。以门第与财产而论，她也是上流社会中有名望的人。靠了特·玛西阿姑母的力量，这个穷学生居然受到鲍府的优待，可还不知道这优待的作用多大。能够在那些金碧辉煌的客厅中露面，就等于一纸阀阅世家的证书。一朝踏进了这个比任何社会都不容易进去的地方，就可以到处通行无阻。他和子爵夫人仅仅寒暄了几句，便在那般争先恐后赴此晚会的巴黎女人中，发现了一个叫青年人一见倾心的女子。阿娜斯大齐·特·雷斯多伯爵夫人生得端正、高大，被称为巴黎身腰最好看的美人之一。一对漆黑的大眼睛，美丽的手，修长的脚，举动之间流露出热情的火焰；这样一个女人，照特·龙格罗侯爵的说法，是一匹纯种马。泼辣的气息并未影响她的美，身姿丰腴而并不肥胖。纯血种的马，贵种的美人，这些句儿已经开始代替天上的安琪儿，仙女般的脸庞，以及新派公子哥儿早已唾弃不用的关于爱情的老神话。在拉斯蒂涅心目中，阿娜斯大齐·特·雷斯多夫人就是天使。他想法在她的扇子上登记了两次并且在第一次四组舞时就有机会对她说：

"以后在何处才能见你的芳姿呢，太太？"说话之间那股热情冲动的劲儿，正是女人们最喜欢的。

"森林啊，喜剧院啊，我家里啊，到处都可以。"她回答。

于是这南方的野心家，在任何一个可能的范围内，竭力和这个动人心魄的伯爵夫人周旋。一经说明他是特·鲍赛昂太太的表弟，他心目中的那位天使立刻邀请他，说随时可以上她家去玩儿。她对他最后一次的微笑，使他觉得登门拜访简直易如反掌了。宾客之中有的是当时出名放肆的男人，"如什么摩冷古，龙格罗，玛克辛·特·脱拉伊，特·玛赛，阿瞿达一宾多，王特奈斯，都是自命不凡、煊赫一世之辈，尽跟最风雅的妇女们厮混，例如勃朗同爵士夫人，特·朗日公爵夫人，特·甘尔迎罗哀伯爵夫人，特·赛里齐夫人，特·加里里阿诺公爵夫人，法洛伯爵夫人，特·朗蒂夫人，特·哀格勒蒙侯爵夫人，菲尔米阿尼夫人，特·李斯多曼侯爵夫人，特·埃斯巴侯爵夫人，特·摩弗里原士公爵夫人，葛朗第安夫人。在这等场合，年轻人说出不通世面的笑话是最糟糕的。拉斯蒂涅遇到的幸而不是一个嘲笑他愚昧无知的人，而是特·朗日公爵夫人的情人——特·蒙脱里伏侯爵，一位天性纯朴的将军，告诉他特·雷斯多伯爵夫人住在海尔特街。"

年纪轻轻，渴望踏进上流社会，饥荒似地想得到一个女人，眼见高门大户已有两处打通了路子：在圣·日耳曼区能够跨进特·鲍赛昂子爵夫人的府第，在唐打区能够在特·雷斯多伯爵夫人家出入！一眼之间望到一连串的巴黎沙龙，自认为英俊非凡，足够博取女人的欢心和庇护！也自认为雄心勃勃，尽可像江湖卖技的汉子似的，走在绳索上四平八稳，飞起大腿作一番精彩表演，把一个迷人的女子当做一架往上爬的梯子，支持他的重心！脑中转着这些念头，那女人仿佛就巍巍然站在他的炭火旁边，站在法典与贫穷之间；此情此景，谁又能不像欧也纳一样沉思遐想，探索自己的前途，谁又能不用成功的幻想点缀前途？他正在胡思乱想，觉得将来的幸福十拿九稳，甚至自以为已经在特·雷斯多太太身旁了；不料静悄悄的夜里忽然"哼"的一声叹息，欧也纳听了以为是病人的痰厥。他轻轻开了门，走入通道，瞥见高老头房门底下有一线灯光，他怕邻居病了，凑上锁孔张望，不料老人行迹古怪可疑，欧也纳自我解脱说为了公众安全，应当把自称为面条商的人深更半夜干的勾当看个明白。原来高老头把一张桌子仰倒着，在桌子横挡上缚了一个镀金的盘和一件好似汤钵一类的东西，另外用根粗绳绞着那些镂刻精美的器物，拼命拉紧，似乎要绞成金条。老人不声不响，用筋脉隆起的胳膊，靠绳索帮忙，扭着镀金的银器，像捏面粉一般。

"呦！好家伙！"拉斯蒂涅私下想着，挺了挺身子。"他是个小偷还是个窝赃的？是不是为了遮人耳目，故意装疯作傻，过着叫化子般的生活？"

年轻人又把眼睛凑上锁孔，只见高老头解开绳索，拿起银块，在桌上铺了一条毯子，把银块放在上面卷滚，非常利落地搓成一根条子。条子快弄成的时候，欧也纳心想："难道他力气跟波兰王奥古斯德一样大吗？"

高老头悲伤地瞧了瞧他的杰作，掉下几滴眼泪，吹灭蜡烛，躺上床去，叹了一口气。欧也纳暗想："他疯了。"

"可怜的孩子！"高老头忽然叫了一声。

听到这一句，拉斯蒂涅觉得此事先不声张为好，不该臆断别人是坏人。他正要回房，又听见一种很奇怪的声音，大概是几个穿布底鞋的人上楼梯。欧也纳侧耳细听，果然有两个不同的呼吸，既没有开门声，也没有脚步声，忽然三楼伏脱冷的屋内漏出一道微光。

"一所公寓里竟有这么多诡秘的勾当！"他一边想一边走下几级听着，居然还听到洋钱的声音。一忽儿，灯光灭了，没有开门的声音，却又听到两个人的呼吸。他们慢慢地下楼，声音也就跟着慢慢消失。

"谁啊？"伏盖太太打开卧房的窗子问。

"是我回来了，伏盖妈妈。"伏脱冷大声回答。

"真怪！"欧也纳回到房内想。"克利斯朵夫明明把大门上了闩。在巴黎真要日夜探访才弄得清周围的事。"

他对爱情的梦想被这些小事打断了，他开始用功了。可是，他先是猜疑高老头，心思乱了，而打扰得更厉害的是特·雷斯多太太的面貌不时出现，仿佛一个预告幸运的使者；结果他上床睡熟了。年轻人发狠要在夜里读书，却十夜有九夜是睡觉完事了。要熬夜，一定要过二十岁。

第二天早上，浓雾笼罩着整个巴黎，连最准时的人也弄错了时间。生意上的约会全完蛋了，中午十二点，大家还当是八点。九点半，伏盖太太在床上还没动弹。克利斯朵夫和胖子西尔维也起迟了，正在安安稳稳地喝他们的咖啡，里面掺着从房客的牛奶上撩起来的一层乳脂。西尔维把牛乳放在火上狠煮，叫伏盖太太看不出他们揩油的痕迹。

克利斯朵夫把一块烤面包浸在咖啡里，说道，"喂，西尔维，你知道，伏脱冷先生是个好人；昨晚又有两个客人来看他。太太要有什么疑心，你什么都别说。"

"他有没有给你什么？"

"五法郎，算是本月份的赏钱，意思叫我别声张。"

西尔维回答："除了他对古杜尔太太舍得花钱以外，别的他都想把在新年里用右手给的，让左手拿回去！"

"哼！他们给的也是天晓得！"克利斯朵夫接着说。"一块洋钱，五法郎！高老头已经自己擦了两年鞋了。波阿莱那小气鬼根本不用鞋油，大概他宁可吞在肚里，舍不得擦他的破靴子。至于那瘦小的大学生，他只给两法郎。两法郎还不够我买鞋刷，临了他还卖掉他的旧衣服。真是个穷酸的地方！"

西尔维一小口一小口喝着咖啡："话得说回来，咱们这个还算这一区的好的。哎，克利斯朵夫，关于伏脱冷先生，人家有没有对你说过什么？"

"怎么没有！前几天街上有位先生和我说：你们那里住着一位鬓脚染黑的胖子是不是？我回答说：不，先生。他并没有染鬓脚。他那样爱寻快活的人，才没有这个功夫呢。我把这个告诉了伏脱冷先生，他说：伙计，你对付得好！以后就这样说吧。最让我生气的就是给人家知道我们的缺点，娶起亲来不麻烦吗？"

"也有人在菜市上哄我，想知道我有没有看见他穿衬衫。你想好笑不好笑！"西尔维忽然转过话头："哟！华·特·葛拉斯已经敲九点三刻了，还没一个人动弹。"

"啊，喂！他们都出去啦。古杜尔太太同她的小姑娘八点钟就上圣·丹蒂安教堂拜上帝去了。高老头挟着一个小包上街了。大学生要十点钟上完课才回来。我打扫楼梯的时候看他们出去的；我还给高老头的小包裹撞了一下，硬得像铁。这老头儿到底在做什么见不得人的事？旁人耍弄他，当做陀螺一样，人倒是挺好的，比他们都强。他不给什么钱，可是我替他送信去的地方，那些太太酒钱给的很大方，穿得也很漂亮。"

"是他所说的那些女儿吗，嗯？统共有一打吧？"

"我一共只去过两家，就是到这儿来过的那两个。"

"太太起来了，一会儿又要大叫大嚷了，我该上去了。你当心着牛奶，克利斯朵夫，注意点那猫。"

西尔维走进女主人的屋子。

"怎么？西尔维，已经十点差一刻了，你让我睡得像死人一样！真是从来没有的事！"

"那是浓雾在捣乱，浓得用刀劈也劈不开。"

"中饭怎么了？"

"噢！那些房客都见了鬼，一大早就滚出去了。"

"说话要清楚，西尔维。应该说大老早。"

"哦！太太，你要我怎么说都可以。包你十点钟有饭吃。米索诺跟波阿莱还没动弹。只有他们俩在家，睡得像猪一样。"

"西尔维，你把他们两个放在一块儿讲，好像……"

"好像什么？"西尔维大声笑起来。"两个不是一双吗？"

"真怪，西尔维，昨夜克利斯朵夫把大门上了闩，怎么伏脱冷先生还能进来？"

"不是的，太太。他听见伏脱冷先生回来，下去开门的。你当做……""把短袄给我，快快去弄饭。剩下的羊肉再加些番薯，饭后点心用煮梨子，挑两个小个的。"

过了一会，伏盖太太下楼了，她的猫刚一脚踢开盆罩急匆匆地舐着牛奶。

"眯斯蒂格里！"她叫了一声，猫一惊转身逃了，然后又回来在她腿边厮磨。"好，好，你这马屁精，你这老滑头！"

她接着又叫："西尔维！西尔维！"

"哎，哎，什么事呀，太太？"

"你瞧，猫喝掉了多少！"

"都是克利斯朵夫这混账东西不好，我早告诉他摆桌子，他到哪儿去了？不用急，太太，那份牛奶可以掺在高老头的咖啡里。让我冲些水，他不会发觉的。他对什么都不在意，连吃什么都不知道。"

"这老怪物，他上哪儿去了？"伏盖太太摆着盘子，问。

"谁知道？也许是跟魔鬼打交道吧。"

"我睡得太久了。"优盖太太说。

"可是太太，你新鲜得像一朵玫瑰……"

这时门铃一响，伏脱冷大声唱着，走进客厅：

我已走遍了世界，
人家到处看见我啊……

"哦！你早，伏盖妈妈。"他招呼了房东，又亲热地拥抱她。

"喂，放手呀。"

"干嘛不说放肆呀！"他回答，"说啊，说我放肆啊！哦，哦，我来帮你摆桌子。你看我多好！"

> 勾搭褐发和金发的姑娘，
> 爱一阵呀叹一声……

"我才看见一桩怪事……全是偶然……"

寡妇道："什么事？"

"高老头八点半在太子街，拿了一套镀金餐具，走进一家收买旧食器旧肩章的银匠铺，卖了一笔好价钱。亏他不是吃这行饭的人，绞出来的条子倒很像样呢。"

"真的？"

"当然真的。我有个伙计出远门，送他上了邮车回来，我看到高老头，就想瞧瞧是怎么回事。他回到本区格莱街上，走进放印子钱的高勃萨克家；你知道高勃萨克是个很厉害的家伙，会把他老子的背脊梁雕成骰子的家伙！真是个犹太人，阿拉伯人，希腊人，波希米人，哼，你休想抢到他的钱，他把洋钱都存在银行里。"

"那么高老头去干什么？"

"干什么？吃尽当光！"伏脱冷回答，"这糊涂虫不惜倾家荡产去爱那些婊子……"

"他来了！"西尔维叫着。

"克利斯朵夫，你上来。"高老头招呼佣人。

克利斯朵夫跟着高老头上楼，一忽儿下来了。

"你上哪儿去？"伏盖太太问。

"替高里奥先生跑一趟。"

"什么东西呀？"伏脱冷说着，从克利斯朵夫手中抢过一个信封，念道：送阿娜斯大齐·特·雷斯多伯爵夫人。他把信还给克利斯朵夫，问："送哪儿呢？"

"海尔特街。他吩咐一定要面交伯爵夫人。"

"里面是什么东西？"伏脱冷把信照着亮处说，"钞票？不是的。"他把信封拆开一点："哦，是一张债务清讫的借票。嘿！这老怪物倒有义气！"他伸出大手摸了摸克利斯朵夫的头发，把他的身体像骰子般骨碌碌地转了几下，"去吧，坏东西，你又好挣几个酒钱了。"

刀叉杯盘已经摆好，西尔维在煮牛奶，伏盖太太生着火炉，伏脱冷在旁帮忙，嘴里哼着：

我已走遍了世界，
人家到处看见我呀……

一切准备停当，古杜尔太太和泰伊番小姐回来了。

"这么早到哪儿去啦，漂亮的太太？"伏盖太太问。

"我们在圣·丹蒂安教堂祈祷。今儿不是要去泰伊番先生家吗？可怜的孩子浑身哆嗦，像个干枯的落叶。"古杜尔太太说着坐在火炉前面，鞋子不觉间烤得冒起烟来。

"来烤火吧，维多莉。"伏盖太太说。

"小姐，"伏脱冷端了一把椅子给她，"求上帝使你父亲回心转意固然不错，可是不够。还得有个朋友去教这个丑八怪把头脑醒一醒。听说这家的手头有三百万，偏偏不肯给你一分嫁妆。这年月，一个美人儿是少不得嫁妆的。"

"可怜的孩子，"伏盖太太接口道，"你那混蛋父亲不怕报应吗？"

一听这几句，维多莉眼睛湿了，伏盖太太看见古杜尔太太对她摆摆手，就不出声了。

军需官的寡妇接着说："只要我能见着他的面，和他谈谈，他妻子的遗书交给他，也就罢了。我从来不敢冒险从邮局寄去，他认得我的笔迹……"

"哦！那些可怜的女人，遭了灾还要被欺侮。"伏脱冷这么嚷着，忽然停下，说："你现在就是落到这个田地！过几天让我来管这笔账，包你称心满意。"

"哦！先生，"维多莉一边说，一边对伏脱冷又畏怯又热烈地望了一眼，伏脱冷却毫不动心。"倘若你有方法见到家父，请你告诉他，说我把父亲的慈爱和母亲的名誉，看得比世界上所有的财宝都贵重。如果你能把他的铁石心肠劝转一些，我要在上帝面前为你祈祷，我一定感激不尽……"

"我已走遍了世界……"

伏脱冷用嘲讽的口气唱着。

这时高里奥，米索诺小姐，波阿莱，都下楼了，也许都闻到了肉汁的味道，那是西尔维做来浇在隔夜的羊肉上的。七个同住的人正在互相问好，围着桌子坐下，时钟敲了十点，大学生的脚步也在门外响了。

"噢，好极，欧也纳先生，"西尔维说，"今儿你可以跟大家一块儿吃饭了。"

大学生向房客们点头致意，然后在高老头身旁坐下。

"我今天有桩意想不到的奇遇。"他说着夹了好些羊肉，割了一块面包，伏盖太太一直在那里估计面包的大小。

"奇遇！"波阿莱叫道。

"哎！你大惊小怪干什么，老糊涂？"伏脱冷对波阿莱说。"难道这位先生不配吗？"

泰伊番小姐怯生生地向大学生溜了一眼。

伏盖太太说道："把你的奇遇讲给我们听听吧。"

"昨天我去赴特·鲍赛昂子爵夫人的舞会，她是我表姐，有一所华丽的住宅，每间屋子都铺满了绫罗绸缎。她举行一个盛大的跳舞会，把我乐得像一个皇帝……"

"像黄雀。"伏脱冷打断了他的话。

"先生，"欧也纳不高兴地问，"你这是什么意思？"

"我说黄雀，是因为黄雀比皇帝快活得多。"

应声虫波阿莱说："不错，我宁可做一只无忧无虑的黄雀，不要做皇帝，因为……"

"总之，"大学生截住了波阿莱的话，"我同舞会里最漂亮的一位太太跳舞，一位千娇百媚的伯爵夫人，真的，我从没见过那样的美人儿。她头上插着桃花，胸部又是最好看的花球，都是喷香的鲜花，哎呀！真要你们亲眼看见才行。一个女人跳舞跳上了劲，真是难画难描。唉！哪知今儿早上九点，我看见这位神仙似的伯爵夫人在格莱街上走。哦！我的心狂跳起来，以为……"

"以为她上这儿来，嗯？"伏脱冷对大学生深深地瞧了一眼。"其实她是去找放印子钱的高勃萨克老头。要是你在巴黎妇女的心窝里掏一下，包你先发现债主，后看见情夫。你的伯爵夫人叫做阿娜斯大齐·特·雷斯多，住在海尔特街。"

一听见这个名字，大学生直愣愣地瞧着伏脱冷。高老头猛地抬起头来。把他们俩瞧了一眼，又闪亮又焦急的目光叫大家看了莫名其妙。"克利斯朵夫走晚了一步，她到那儿了。"高里奥不胜懊恼地自言自语。

"我猜着了。"伏脱冷咬着伏盖太太的耳朵。

高老头糊里糊涂地吃着东西，根本不知道吃的什么；呆头傻脑，心不在焉到这个程度，他还是第一次。

欧也纳问："伏脱冷先生，她的名字谁告诉你的？"

伏脱冷回答："噢！嗅！既然高老头都能知道，我就不能知道么？"

"什么！高里奥先生？"大学生叫起来。

"真的？昨天晚上她很漂亮吗？"可怜的老人问。

"谁？"

"特·雷斯多太太。"

"你瞧这老东西眼睛多亮。"伏盖太太对伏脱冷说。

"他难道养着那个女人吗？"米索诺小姐低声问大学生。

"哦！是的，简直倾国倾城。"欧也纳回答高老头，高老头不胜艳羡地望着他。"要没有特·鲍赛昂太太。那位神仙般的伯爵夫人竟可以算全场的王后了；所有青年男子的眼睛只盯住她一个，我在她的登记表上已经是第十二名，没有一次四组舞没有她，旁边女人都气坏了。昨天她的确是最得意的女人。常言道：天下之美，莫过于满帆的巨舶、飞奔的骏马、婆娑起舞的美女。真是一点儿不错。"

"昨天在爵府的高堂上，今儿早晨在债主的脚底下，这便是巴黎女人的本相。"伏脱冷说。丈夫要供不起她们挥霍，她们就出卖自己。要不就剖开母亲的肚子，搜搜刮刮的拿去摆架子，总而言之，她们什么千奇百怪的事都做得出。唉，有的是，有的是！"

高老头听了大学生的话，眉飞色舞，像晴天的太阳，可听到伏脱冷刻毒的议论，不由脸上有些不快。

伏盖太太道："你还没说出你的奇遇呢。你刚才有没有跟她说话？她要不要跟你补习法律？"

欧也纳道："她没有看见我；可是九点钟在格莱街上碰到一个巴黎顶美的美人儿，清早两点才跳完舞回家的女子，不是奇迹吗？只有巴黎才会碰到这等怪事。"

"吓！比这个更怪的事还多得很。"伏脱冷不屑地说道。

泰伊番小姐没听见他们的话，只想着等会儿赌一赌的事。古杜尔太太向她递了个眼色，叫她去换衣服。她们俩一走，高老头也跟着走了。

"喂，瞧见没有？"伏盖太太对伏脱冷和其余的房客说。"他明明是给那些婆娘弄穷的。"

大学生叫道："我死也不信美丽的伯爵夫人是高老头的情妇。"

"我们并没要你相信啊，"伏脱冷截住了他的话，"你年纪太轻，还没熟悉巴黎。慢慢你会知道自有一班所谓痴情汉……"

（米索诺小姐听了这一句，会心地瞧了瞧伏脱冷，仿佛战马听见了号角似的。）

"哎！哎！"伏脱冷停了一下，深深地瞪了她一眼，"咱们不是都有过点儿小小的痴情吗……"

（老姑娘低下眼睛，好似女修士见到裸体雕像。）

伏脱冷又道："再说，那些人啊，一朝有了一个念头就抓住不放。他们只认定一口井喝水，谁知还是臭水；为了要喝这臭水，他们肯出卖老婆，孩子，或者把自己的灵魂卖给魔鬼。在某些人，这口井是赌场，是交易所，是收古画，收集昆虫，或者是音乐，在另外一些人，也许是做得一手好菜的女人。世界上所有的女人，他们都不在乎，一心一意只要能满足自己情欲的那个。往往那女人根本不爱他们，凶悍泼辣，叫他们付很高的代价只能换一点儿小小的满足。唉！唉！那些傻蛋可没有厌倦的时候，他们会把最后一床被窝送进长生库，换几个最后的钱去孝敬她。高老头便是这等人。伯爵夫人剥削他，因为他不会声张；这就叫做上流社会！可怜的老头儿只想着她。一旦回到现实里，你们就可亲眼看到，他简直是个蠢猪。提到他那一个女人，他眼睛就发亮，像金刚钻。这个秘密是容易猜到的。今儿早上他把镀金盘子送进银匠铺，我又看他上格莱街高勃萨克老头家。再看他的下文。回到这儿，他叫克利斯朵夫送信给特·雷斯多太太，咱们都看见信封上的地址，里面是一张债务清讫的借票。要是伯爵夫人也去过那放债的家里，很清楚情形是紧急得很了。高老头很慷慨地替她还债。不必花什么心思，事情明摆着。告诉你，年轻的大学生，当你的伯爵夫人嘻笑跳舞，搔首弄姿，把她的桃花一播一摆，尖尖鲍手指拈着裙角的时候，她正像俗语所说的，大脚套在小鞋里，正想着她的或是她情人的，到了期付不出的借票。"

欧也纳叫道："你们这么一说，我非把事情弄清楚不可了。明儿我就上特·雷斯多太太家。"

"对，"波阿莱接口道，"明儿就得上特·雷斯多太太家。"

"说不定你会碰到高老头在领取献媚邀宠的酬劳呢！"

欧也纳不胜厌恶地说："那么你们的巴黎真是一个垃圾坑了，而且是一个古怪的垃圾坑。"伏脱冷接着说，"凡是浑身整洁道貌岸然乘着车的都是正人君子，浑身污泥靠两条脚走路的都是小人流氓。扒窃一件随便什么东西，你就会被牵到法院广场上去展览，大家拿你当猴儿看。偷上一百万，交际场中就说你大贤大德。人们花三千万养着宪兵队和司法人员来维持这种道德。妙极了！"

"怎么，"伏盖太太插嘴道，"高老头把他的镀金餐具熔掉了？"

"盖上有两只小鸽的是不是？"欧也纳问。

"是呀。"

"大概那是他心爱的东西，"欧也纳说，"他扭掉那只碗跟盘的时候，他哭了。我无意中看到的。"

"那是他看做性命一样的东西呢？"寡妇回答。

"瞧瞧这家伙多痴情？"伏脱冷说道，"那女人有本领迷得他心根儿都痒了。"

大学生上楼了，伏脱冷出门了。过了一会，古杜尔太太和维多莉坐上西尔维叫来的马车。波阿莱挽着米索诺小姐，上植物园去消磨一天之中最好的两个钟点。

"哎哟！这不像是已婚夫妇吗？"胖子西尔维说。"今儿他们第一次一块儿出去。两口儿都是又干又硬，一定会碰出火花来的，像打火石一样。"

"米索诺小姐真要当心她的披肩才好，"伏盖太太笑道，"要不然爱火就要熊熊燃烧起来了。"

四点钟，高里奥回来了，在油灯下看见维多莉红着眼睛。伏盖太太听她们讲着白天去看泰伊番先生毫无结果的情形。他因为躲不过这两个女人的纠缠，终于答应接见，好跟她们来个快刀斩乱麻。

"好太太，"古杜尔太太对伏盖太太说，"你想得到吗，他对维多莉连坐也不叫坐，让她在那儿一直站着。对我，他并没动火，可是冷冷地对我说，以后不必再劳驾上他的门；说小姐（不说他的女儿）越缠着他，（一年一次就说麻烦，这魔王！）越惹他厌；又说维多莉的母亲当初没有嫁妆，所以她不能有什么要求；反正是许多狠心的话，把我的小天使哭得泪人儿似的。她扑在父亲脚下，勇敢的说，她的劳苦哀求只是为了母亲，她愿意服从父亲的意旨，一点不敢抱怨，但求他把亡母的遗嘱读一遍。于是她呈上信去，说尽了天下最凄婉卓绝的话，不知她从哪儿学来的，一定是上帝的启示吧，因为可怜的孩子说得情真意切，把我都哭昏了。哪想到老混账铰着指甲，拿起可怜的泰伊番太太浸透眼泪的信，望壁炉里一扔，说道：'好！'他想拖起跪在地下的女儿，一看见她捧着他的手要亲吻，马上缩了回去。你看他多恶心！他那脓包儿子跑进来，对他的亲妹妹理都不理。"

"难道这些家伙不是人吗？"高里奥插了一句。

"后来，"古杜尔太太并没留意高老头的慨叹，"父子俩对我点点头走了，说有要事。这便是我们今天拜访的经过。至少，他见过了女儿。我不懂他怎么会不认她，父女就像两滴水一样相像。"

包饭的和寄宿的客人陆续来了，彼此问好，说着无聊的废话。在巴黎某些社会中，这种废话，加上古怪的发音和手势，就算诙谐，其实就是荒唐胡闹。这一类的俗语，笔料，不到一个月就全失了原形。什么政治事件、刑事案子、街上的小调、戏子的插科打诨，都可以做这种游戏的材料，把思想、言语、当做羽毛球一般抛来抛去。一种新发明的玩艺叫做狄奥挪嘛（diorama），比透景像宾画（pano rama）把光学的幻景更推进一步；某些画室用这个字打哈哈，无论说什么，字尾总添上一个挪嘛（rama）。有一个年轻的画家在伏盖公寓包饭，把这笑料带了来。

"啊，喂！波阿莱先生，"博物院管事说，"你的健康挪嘛怎么啦？"不等他回答，又对古杜尔太太和维多莉说："太太们，你们心里难受，是不是？"

"快开饭了吗？"荷拉斯·皮安训问。他是医科学生，拉斯蒂涅的朋友。"我的宝贝胃儿快要掉到脚底下去了。"

"天冷得像冰挪嘛！"伏脱冷叫着。"让一让啊，高老头。该死！你的脚把火门全占了。"

皮安训道："大名鼎鼎的伏脱冷先生，干吗你说冷得像冰挪嘛？那是不对的，应该说冷得要命挪嘛。"

"不，"博物院管事说，"应当说冷得要冰挪嘛，意思是说我的脚冷。"

"啊！啊！高月！"

"嘿！拉斯蒂涅侯爵大人阁下，胡扯法学博士来了，"皮安训一边嚷一边抱着欧也纳的脖子，叫他透不过气来——"哦！嗨！诸位，哦！嗨！"

米索诺小姐轻轻地进来，一言不发对众人点了点头，坐在三位太太旁边。

"我一看见她就打寒噤，这只老蝙蝠，"皮安训指着米索诺低声对伏脱冷说，"我研究迎尔的骨相学，发觉她有犹大的反骨。"

"你先前认识犹大吗？"伏脱冷问。

"谁没有碰到过犹大？"皮安训回答，"我敢打赌，这个没有血色的老姑娘，就像那些蛀虫，梁木都会让它们蛀空的。"

伏脱冷理着鬓角，说道："这就叫做，孩子啊，'那蔷薇，就像所有的蔷薇，只开了一个早晨。'"

看见克利斯朵夫小心翼翼端了汤盂出来，波阿莱叫道：

"啊！啊！出色的挪嘛汤来了。"

"对不起，先生，"伏盖太太道，"那是蔬菜汤。"

所有人都大笑起来。

"输了，波阿莱！"

"波阿莱输了！"

"给伏盖妈妈记上两分。"伏脱冷道。

博物院管事问："你们注意到今儿早上的雾吗？"

皮安训道："那是一场狂雾、惨雾、绿雾、忧愁的、闭塞的、高里奥式的雾。"

"高里奥的雾，"画家道，"因为浑浑沌沌，什么也看不清。"

"喂，高里奥老爷，提到你啦。"

高老头坐在桌子尽头，靠近端菜的门。他抬起头来，把饭巾下面的面包凑近鼻子去闻，那是他偶然流露的生意上的老习惯。

"噢！"伏盖太太带着尖刻的口气，粗大的嗓子盖住了羹匙、盘子和谈话的声音，"是不是面包不行？"

"不是的，太太。那用的是哀当面粉，头等货色。"

"你怎么知道的？"欧也纳问。

"凭那种白，凭那种味道。"

"凭你鼻子里的味道，既然你闻得出来，"伏盖太太说，"你节俭到极点，有朝一日单靠厨房的气味你就能活下去。"

博物院管事道："那你不妨申请一项专利，倒好发一笔财哩。"

画家说："别理他。他这么做，不过是叫人相信他做过面条生意。"

"那么，"博物院管事又追问道，"你的鼻子竟是一个提炼食物精华的蒸馏瓶了。"

"蒸什么？"皮安训问。

"蒸饼。"

"蒸笼。"

"蒸汽。"

"蒸鱼。"

"蒸包子。"

"蒸茄子。"

"蒸黄瓜。"

这些回答从室内四面八方传来，像连珠炮似的，把大家笑得不可开交，高老头更是莫名其妙地望着众人，好像要设法弄明白一种外国话似的。

"蒸什么？"他问身旁的伏脱冷。

"蒸猪蹄，朋友！"伏脱冷一边回答，一边往高里奥头上拍了一下，把他帽子压下去蒙住了眼睛。

可怜的老人被这下出其不意的攻击吓呆了，半晌不动。克利斯朵夫以为他已经喝过汤，拿过了他的汤盆。等到高老头掀起帽子，拿汤匙往身边掏的时候，一下碰到了桌子，引得众人哄堂大笑。

"先生，"老头儿说，"你太可恶了，要是你以后再这样的话……"

"那又怎么样，糟老头儿。"伏脱冷截住了他的话。

"那样的话，你总有一天要受报应的……"

"进地狱是不是？"画家问，"还是进那个关坏孩子的黑屋子？"

"啊哈，小姐，"伏脱冷招呼维多莉，"你怎么不吃东西？你爸爸还是不肯让步吗？"

"简直是个魔王。"古杜尔太太说。

"一定得向他讨个公道。"伏脱冷说。

"可是，"跟皮安训坐得很近的欧也纳插嘴，"小姐大可为吃饭问题告一状，因为她不吃东西。嗨！嗨！你们瞧高老头打量维多莉小姐的神气。"

老人忘了吃饭，只顾端详可怜的女孩子，她脸上显出真正的痛苦，一个横遭遗弃的孝女的痛苦。

"好朋友，"欧也纳低声对皮安训说，"咱们把高老头看错了。他既不是一个傻瓜，也不是个没性子的人。不信拿你的骨相学来试一试吧，再告诉我你的意见。昨夜我看见他扭一个镀金盘子，像做蜡一样轻便；此时他脸上的神气表示他并非寻常之辈。我觉得他的生活太神秘了，值得研究一下。你别笑，皮安训，我说的是正经话。"

"不用说，"皮安训回答，"用医学的眼光看，这家伙很有格局；我可以把他解剖，只要他同意。"

"不，只要你量一量他的脑壳。"

"好，我就怕他的傻气会传染。"

第二章　两处访问

第二天，打扮得衣冠楚楚的拉斯蒂涅，下午三点左右出发到列特·雷斯多太太家去了，一路上异想天开，充满希望。因为有这种希望，青年人的生活才那么兴奋、激动。他们不考虑阻碍与危险，到处只看见成功；单凭幻想，把自己的生活变做一首诗；一旦希望落空，他们便灰心失望，其实那些计划只不过是空中楼阁，漫无边际的野心。当然要不是他们无知、胆小，社会的秩序也没法维持了。欧也纳担着一百二十分的心，甚至连走路都提防着尘土粘到身上，一边走一边盘算跟特·雷斯多太太说些什么话，准备以他的聪明才智，好好做一番敏捷的对答，端整了一套巧妙的措辞，像泰勒朗式精辟的句子，以便遇到求爱的机会拿来应用，而只能要有求爱的机会就能建筑他的前程。不幸的大学生还是被泥土沾污了，只能在王宫市场叫人重新上鞋油，刷裤子。他把以防万一的一枚银币兑换时想道：

"我要是有钱，就可以坐在车上，舒舒服服的去想了。"

他终于到了海尔特街，向门上说要见特·雷斯多伯爵夫人。人家看他走过院子，大门外并没有车马的声音，便轻蔑地瞟了他一眼；他存着终有一朝扬眉吐气的心，咬咬牙受了。院中停着一辆华丽的两轮车，披挂齐整的马在那儿趾高气扬地前后踢蹬。这挥金如土的奢华，显示出巴黎享乐生活的场面，已经使他自惭形秽，再加上刚才的白眼，自然更难堪了。他很快变得情绪恶劣。满以为已经心窍大开、才思涌发的头脑，忽然闭塞了，神志也仿佛不清了。当差进去通报，欧也纳站在穿堂内一扇窗下，提着一只脚，肘子搁在窗子的拉手上，茫然望着窗外的院子。他觉得等得太久了；要不是他有南方人的固执脾气，想想坚持下去会产生奇迹的那股劲儿，他早已走掉了。

"先生，"当差出来说，"太太在上房里很忙，没答我的话；请先生到客厅里去等一会儿，已经有客人在那里了。"

仆役能在一言半语之间批判主人或非难主人，拉斯蒂涅一边暗暗佩服这种可怕的本领，一边胸有成竹，顺手推开当差走出来的门，想叫那般豪仆看看他是认得府里的人物的，不料却莽莽撞撞走进一间摆油灯、酒架、烘干浴巾的器具的屋子，屋子通着一条黑洞洞的走廊和一座暗梯。他听到下人们在穿堂里窃笑，更慌了手脚。

"先生，客厅在这儿。"当差那种假装的恭敬似乎更多的是讽刺的意味。

欧也纳慌忙退出来，却撞在浴缸上，幸而帽子抓在手中，不曾掉在缸里。长廊尽头亮着一盏小灯，那边忽然开出一扇门，拉斯蒂涅听见特·雷斯多太太和高老头的声音，还带着一声亲吻。他跟着当差穿过饭厅，走进第一间客厅，发现一扇面临院子的窗，便去站在那儿。他想看个明白，这个高老头是否真是他所认识的高老头。他心跳得厉害，又想起伏脱冷那番可怕的议论。当差还在第二客室门口等他，忽然里面走出一个漂亮青年，不耐烦地说：

"我走了，莫利斯。告诉伯爵夫人，说我等了半个多钟点。"

这个放肆的男人——当然他有放肆的权利喽——哼着一支意大利花腔，往欧也纳这边的窗子走过来，仿佛为了瞧瞧这位大学生的模样，也为了眺望一下院子。

"爵爷还是再等一会吧，太太事情已经办完了。"莫利斯退往穿堂时说。

这时高老头从小扶梯的出口，靠近大门那边出现了。他提起雨伞准备撑开，却没有注意大门开处，一个戴勋章的青年赶着一辆轻便马车直冲进来。高老头赶紧倒退一步，险些儿给撞翻。马被雨伞的绸盖吓了一下，向阶沿冲过去的时候，微微往斜刺里歪了一些。青年人怒气冲冲地回过头来，瞧了瞧高老头，在他没有出大门之前，却又对他点点头；那种礼貌就像对付一个有时要去求救的债主，又像对待一个不得不表敬意，而一转背就要为之脸红的下流坯。高老头亲热地答礼，好似很高兴。这些花招都在一眨眼之间过去了。欧也纳全神贯注地瞧着，没察觉得身边还有旁人，忽然听见伯爵夫人带怨的寒暄声音：

"哎，玛克辛，你走啦？"伯爵夫人也没留意到楼下有车子进来。拉斯蒂涅转过身子，瞧见她娇滴滴地穿着件白开司棉外扣粉红结的梳妆衣，头上随便挽着一个髻，正是巴黎妇女的晨装。她身上发出一阵阵的香味，两眼水汪汪的，显然刚洗过晨浴；经过一番调理，她愈加娇艳了。年轻人把什么都看在眼里，他们的精神是和女人的光彩融成一片的，好似植物在空气中吸取养料一般。欧也纳毋须接触，已经感觉到这位太太的手鲜嫩无比；微微敞开的梳妆衣有时露出一点儿粉红的胸脯，他的眼睛就久久地停留在这上面。伯爵夫人无须用鲸鱼骨绑腰，一根带子就表现出柔软的腰肢；她的脖子叫人疼爱，套着软底鞋的脚也充满了诱惑。玛克辛捧着她的手亲吻，欧也纳才瞧见了玛克辛，伯爵夫人也才瞧见了欧也纳。

"啊！是你，拉斯蒂涅先生，我很高兴看到你。"她说话时那副神气，聪明人看了马上会服从的。

玛克辛望望欧也纳，又望望伯爵夫人，那态度分明是叫不识趣的生客走开。"喂，亲爱的，把这小子打发掉吧。"傲慢无礼的玛克辛的眼神，等于这句简单明了的话。伯爵夫人窥探玛克辛的脸色，惟命是听的表情无意中泄漏了一个女人的全部心事。

拉斯蒂涅心里恨死了这个青年。先是玛克辛一头烫得很好的金黄头发，使他觉得自己的头发实在难看到家。其次，玛克辛的靴子又讲究又干净，不像他的沾了一层薄泥，虽然走路极其小心。还有玛克辛穿着一件紧贴腰肢的外氅，也像一个漂亮的女人；欧也纳却在下午两点半已经穿上了黑色礼服。从夏朗德州来的这个聪明的孩子，当然觉察出这个高大细挑、淡眼睛、白皮肤的花花公子，会引诱没有父母的子弟倾家荡产的人，靠了衣着占着上风。特·雷斯多太太不等欧也纳回答，像飞鸟似地走进另外一间客厅，衣裙招展，像一只蝴蝶。玛克辛追随着她走了进去，愤火中烧的欧也纳也跟着玛克辛和伯爵夫人。在大客厅中间，和壁炉架离开几尺远的地方，三个人又碰在一块儿了。大学生明知要妨碍那讨厌的玛克辛，却顾不得特·雷斯多太太会不会生气，存心要跟这花花公子捣乱。他忽然记起在特·鲍赛昂太太的舞会里见过这青年，猜到了他同伯爵夫人的关系。他凭着那种不成功便成仁的少年人的志气，私忖道："这是我的情敌，非打倒不可。"

啊！这冒失鬼！他不知道这位玛克辛·特·脱拉伊伯爵专门挑拨人家侮辱他，然后先下手为强，一枪把敌人打死。欧也纳虽是打猎的能手，但在一次有二十二个靶子的射击中，他打倒了还不到二十个。

年轻的伯爵往壁炉旁边的长椅里倒下身子，拿起火钳，把柴火乱搅一阵，动作那么粗暴，那么烦躁，使得阿纳斯塔西那张好看的脸立刻晴见多云了。她转身向着欧也纳，冷冷地带着质问意味瞪了他一眼，意思是说："干吗你还不走？"有教养的人是会立刻当做逐客令的。

欧也纳陪着笑脸，说道："太太，我急于要拜见你，是为了……"

他突然停住，客厅的门开了。那位赶轻便马车的先生忽然出现，光着头，也不招呼伯爵夫人，只是不大放心地看了看欧也纳，跟玛克辛握了握手，说了声"你好"，语气的亲热弄得欧也纳莫名其妙。这个外省青年完全不知道三角式的恋爱生活多么有意思。

伯爵夫人指着她的丈夫对大学生说："这是特·雷斯多先生。"欧也纳深深鞠了一躬。

"这一位，"她把欧也纳介绍给伯爵，"是特·拉斯蒂涅先生。因玛西阿家的关系，跟特·鲍赛昂太太是亲戚，我在她家上次的舞会里认识的。"

"因玛西阿家的关系，跟特·鲍赛昂太太是亲戚。"伯爵夫人因为要显出主妇的高傲，表示她府上的宾客没有一个无名小卒，而说得特别着重的两句话，立刻发生了奇妙的作用，伯爵立刻放下那副冷淡矜持的神气，招呼大学生道：

"你好，你好。"

连玛克辛·特·脱拉伊伯爵也不安地瞧了瞧欧也纳，不像先前那么目中无人了。一个姓氏的力量竟像魔术棒一样，不但周围的人为之改容，便是大学生自己也将头脑清醒，早先预备好的聪明机灵都恢复过来了。巴黎上流社会的气氛对他原是漆黑一团，如今他灵机一动，便大彻大悟了。什么伏盖公寓，什么高老头，早已给忘得干干净净。

"我以为玛西阿一族已经设有人了。"特·雷斯多伯爵对欧也纳说，"是的，先生。先伯祖特·拉斯蒂涅骑士，娶的是玛西阿家最后一位小姐。他们只生了一个女儿，嫁给特·格拉朗蒲元帅，便是特·鲍赛昂太太的外祖父。我们这一支是小房，先伯祖是海军中将，因为尽忠王事，把什么都丢了，就此家道中落。革命政府清算东印度公司的时候，竟不承认我们股东的权利。"

"令伯祖是不是在一七八九年前带领报复号的？"

"正是。"

"那么他该认得先祖了。当时先祖是伏维克号的舰长。"

玛克辛对特·雷斯多太太微微耸了耸肩膀，仿佛说："倘使他跟这家伙谈海军谈个没完，咱们可完啦。"阿纳斯塔西懂得这意思，拿出女人的看家本领，对他笑着说：

"你来，玛克辛，我有事请教你，你们两位尽管驾着伏维克号和报复号并排儿出海吧。"说罢她站起身子，向玛克辛做了个俏皮的暗号，玛克辛便跟着她往上房走去。这奇怪的一对刚走到门口，伯爵忽然中断了跟欧也纳的谈话，很不高兴地叫道：

"阿纳斯塔西，你别走。你明明知道……"

"我就来，我就来，"她赶忙回答，"我托玛克辛的事，一下子就说完的。"

她果然很快地回来了。凡是希望自由行动的女子都不能不看准丈夫的性格，知道做到哪一步还不至于丧失丈夫至关重要的信任，也不在小事情上闹别扭。就跟这些女子一样，伯爵夫人一听丈夫的声音，知道这时候不能太太平平在内客室待下去。而这番挫折的确是从欧也纳来的。因此伯爵夫人恨恨的对玛克辛指着大学生。玛克辛含讥带讽向伯爵夫妇和欧也纳说：

"好了，你们谈正经事，我不打搅了，再见吧。"说完他就走了。

"别走啊，玛克辛！"伯爵嚷道。

"留下来吃饭吧。"伯爵夫人丢下欧也纳和伯爵，跟着玛克辛走进第一客室，耽搁了半晌，以为伯爵肯定会打发欧也纳走的。

拉斯蒂涅听见他们俩一忽儿笑，一忽儿谈话，一忽儿寂静无声，便在伯爵面前卖弄才华，或是恭维他，或是逗他高谈阔论，有心拖延时间，以便能再见伯爵夫人一眼，弄清她同高老头的关系。欧也纳怎么都想不清楚，这个爱着玛克辛却能摆布丈夫的女子，怎么会同老面条商来往。他想摸清底细，拿到一点儿把柄去控制这个地道的巴黎女人。

"阿纳斯塔西！"伯爵又叫起太太来了。

"算了吧，可怜的玛克辛，"她对那青年说，"没有法儿了，晚上见……"

"希望你，娜齐，"他咬着她耳朵，"把这小子打发掉。你梳妆衣敞开一下，他眼睛就红得像一团火；他会对你谈情说爱，连累你，最终逼得我不得不打死他。"

"你疯了吗，玛克辛？这些大学生不是挺好的避雷针吗？当然我会叫特·雷斯多对付他的。"

玛克辛大声笑着出去了，伯爵夫人靠着窗口看他上车，拉起缰绳，扬起鞭子，直到大门关上了她才回来。

"喂，亲爱的，"伯爵对她说，"这位先生家族的宅地就在夏朗德河上。离凡端伊不远。他的伯祖还认得我的祖父呢。"

"好极了，都是同乡啊。"伯爵夫人漫不经心地回答。

"还不止这一点呢。"欧也纳低声说。

"怎么？"她不耐烦地问。

"刚才我看见从这儿出去一位先生，和我住在一所公寓里，而且是隔壁房间，就是高里奥老头……"

一听到老头这个俏皮字儿，正在拨火的伯爵好似烫了手，把钳子往火里一扔，直起身子说：

"先生，你可以称呼一声高里奥先生吗！"

看见丈夫沉不住气，伯爵夫人脸上白一阵红一阵，狼狈不堪。她强作镇静，极力装着自然的声音说："怎么会认识一个我们最敬爱的……"她顿住了，瞧着钢琴，仿佛心血来潮想起了什么似的，说道："你喜欢音乐吗，先生？"

"非常喜欢。"欧也纳脸色通红，心慌意乱，隐隐约约地觉得自己闯了祸。

"你会唱歌吗？"她说着，走到钢琴前面，从最低音的do到最高音的fa都按了一遍，啦啦啦地响成一片。

"不会，夫人。"

伯爵在屋里踱来踱去。

"可惜！不会唱歌在交际场中就少一样通向成功的手段。—Ca—a—ro，Ca—a—ro，Ca—a—a—a—ro,non dubita—rep,……"伯爵夫人唱着。

欧也纳说出高老头的名字，也相当于挥动了一下魔术棒，同那一句"跟特·鲍赛昂太太是亲戚"的魔术棒，作用正相反。他好比走进一个收藏家的屋子，靠了有力的介绍才得进门，不料粗心大意撞了一下摆满小雕像的古董橱，把三四个不曾十分粘牢的人头雕像撞翻了。他恨不得钻入地下。特·雷斯多太太冷冷地板着脸，神情淡漠的眼睛故意躲开闯祸的大学生。

大学生道："太太，你和特·雷斯多先生有事，请接受我的敬意，允许我……"

伯爵夫人赶紧做一个手势打断了欧也纳："以后你每次光临，我们总是挺欢迎的。"

欧也纳对主人夫妇深深地行了礼，虽然再三地辞谢，还是被特·雷斯多先生一直送到穿堂。

"以后这位先生来，不必要通报！"伯爵吩咐莫利斯。

欧也纳跨下石级，发觉在下雨了。

"哼！"他心里想，"我跑来闹了个大笑话，既不知道原因，也不知道后果；除此以外还得糟蹋我的衣服帽子。真应该乖乖地啃我的法律，一心一意做个严厉的法官。要体体面面的到交际场中混，先得办起两轮马车、雪亮的靴子、必不可少的行头、金链条，从早起就戴上六法郎一副的麂皮手套，晚上又是黄手套，我够得上这个资格吗？混账的高老头，去你的吧！"

走到大门口，一个马夫赶着一辆出租马车，大概才送了新婚夫妇回家，正想瞒着老板找几个外快；看见欧也纳没带雨伞，穿着黑礼服、白背心，又是白手套，上过油的靴子，便向他招招手。欧也纳憋着一肚子无名火，只想破罐子破摔，仿佛可以找到幸运的出路似的。他对马夫点点头，也不管袋里只剩一法郎零两个铜子，径自上了车。车厢里零零落落散着橘花和扎花的铜丝，证明新郎新娘才离开不久。

"先生上哪儿去呢？"车夫一边问一边脱下白手套。

欧也纳私下想："管他！既然花了钱，就得体面一点！"便高声回答："鲍赛昂府。"

"哪一个鲍赛昂府？"

一句话把欧也纳问住了。这个刚出来见世面的漂亮小伙子不知道有两个鲍赛昂府，也不知道自己究竟有多少对他不闻不问的亲戚。

"特·鲍赛昂子爵，在……"

"葛勒南街，"马夫侧了侧脑袋，接口说："你知道，还有特·鲍赛昂伯爵和侯爵的府第，在圣·陶米尼葛街。"他一边吊起踏脚，一边补充。

"我知道。"欧也纳沉着脸回答。他把帽子往前座的垫子上一丢，想道：今天大家看我笑话！吓……今天一下把我的积蓄全花光了。可是至少，我有了十足的贵族排场去拜访我那所谓的表姐。高老头起码耗了我十法郎，这老混蛋！哦，我要把今天的倒楣事儿告诉特·鲍赛昂太太，说不定会引她发笑呢。这老东西同那漂亮女人的关系，她一定知道。与其碰那无耻女人的钉子——恐怕还得花一大笔钱，倒不如去讨好我表姐。子爵夫人的姓名已经有那样的威力，她本人的权势更可想而知。人总是往高处走的。一个人想打天堂的主意，就该看准上帝下手！

他思潮涌动，不知转着多少念头，上面的话只是一个简单的提纲。他望着雨景，镇静了些，胆气也恢复了些。他暗想虽然花掉了本月份仅有的十法郎，衣服鞋帽究竟保住了。听到马夫喊："对不住，开门哪！"他不由得大为得意。金镶边大红制服的门丁，把大门拉得咕咕地直叫，拉斯蒂涅心满意足，眼看车子穿过门洞，绕进院子，在阶前玻璃棚下停住。马夫穿着大红滚边的蓝大褂，放下踏脚。欧也纳下车听见游廊里一阵窃笑。三四名当差在那里笑这辆粗俗的喜车。他们的笑声提醒了大学生，因为眼前就有现成的车马做比较。院中有一辆巴黎最华丽的马车，套着两匹精壮的牲口，耳边插着蔷薇花，咬着嚼子，马夫头发扑着粉，打着领带，拉着缰绳，好像怕牲口逃走似的。唐打区的雷斯多太太府上，停着一个二十六岁男子的轻巧两轮车，圣·日耳曼区又摆着一位爵爷的焰赫的仪仗，一副三万法郎还办不起来的车马。

"又是谁在这儿呢？该死！表姐一定也有她的玛克辛！"欧也纳到这时才明白，巴黎没有主顾的女人不易找到，即使找到，流着血汗也征服不了那样一个王后。

他跨上了台阶，心已经凉了一半。玻璃门迎着他打开了；那些当差都一本正经地拉长着脸像刚刚被打过的驴子。他上次参加的跳舞会，是在楼下大厅内举行的。在接到请柬和舞会之间的时间太短，他来不及拜访表姐，所以不曾进入特·鲍赛昂太太的上房，今天还是第一次瞻仰到那些精雅绝伦、别出心裁的布置；一个杰出的女子的心灵和生活习惯，都可以在布置上面看出来。有了特·雷斯多太太的客厅做比较，对鲍府的研究也就更有意思。下午四点半，子爵夫人可以见客了。再早五分钟，她绝不会接待她的表弟。完全不懂巴黎规矩的欧也纳，走上一座金漆栏杆，大红毯子，两旁供满鲜花的大楼梯，进入特·鲍赛昂太太的上房；至于她的小史，巴黎交际场中交头接耳说得一天一个样子的故事，他可一点也不知道。

三年以来，子爵夫人和葡萄牙一个最有名最有钱的贵族，特·阿瞿达——

宾多侯爵有来往。那种天真无邪的交情，对当事人真是兴味浓厚，不容第三者打扰。特·鲍赛昂子爵本人也以身作则，不管心里如何，面上总尊重这蹊跷的友谊。在他们订交的初期，凡是下午两点来拜访子爵夫人的宾客，总碰到特·阿瞿达——宾多侯爵在座。特·鲍赛昂太太因为传统的缘故，不能闭门谢客，可是对一般的来客十分冷淡，只是目不转睛地瞧着墙壁上面的嵌线，如此一来，大家都知道她在那里受罪。直到巴黎城中知道了两点至四点之间的访问会打搅特·鲍赛昂太太，她才得到清静。她上意大利剧院或者歌剧院，必定由特·鲍赛昂和特·阿瞿达——宾多两位先生同陪着，老于世故的特·鲍赛昂先生把太太和葡萄牙人安顿停当之后，就借故走开。最近特·阿瞿达先生要同洛希斐特家的一位小姐结婚了，整个上流社会中就只剩特·鲍赛昂太太一个人不曾知道。有几个女朋友向她隐隐约约提过几次，她只不以为然的一笑，以为朋友们妒忌她的幸福，想破坏。可是教堂的婚约公告马上就得颁布。这位葡萄牙美男子，那天特意来想对子爵夫人宣布婚事，却始终不敢吐出一个负心字儿。为什么？因为天下的难事莫过于对一个女子下这么一个悲凄的最后通牒。有些男人觉得在决斗场上给人拿着剑直指胸脯倒还好受，不像一个哭哭啼啼了两小时，再晕过去要人救护的女子难于应付。那时候。阿瞿达侯爵如坐针毡，一心要溜，打算回去写信来告诉她；男女之间一刀两断的手续，书面总比口头好办。听见当差通报欧也纳·特·拉斯蒂涅先生来了，特·阿瞿达侯爵简直高兴得直跳。一个动了真情的女人猜疑起来，比寻欢作乐，更换口味还要心思灵巧。一朝到了被遗弃的关头，她对于一个手势的意义，能够一猜就中，连马在春天的空气中嗅到求爱的气息，也没有那么快。特·鲍赛昂太太一眼就看破了那个不由自主的表情，微妙的，可是天真得可怕的表情。

欧也纳不知道在巴黎不论拜访什么人，必须先到主人的亲友那里，把丈夫的、妻子的，或儿女的历史打听明白，免得闹出笑话来，像波兰俗语所说的，把五头牛套上你的车！就是说一定要九牛二虎之力，才能拔出你的泥脚。在谈话中出乱子，在法国还没有名称，大概因为谣言非常普遍，大家认为不会再发生冒失的事。在特·雷斯多家闹了乱子以后，主人也不给他时间把五头牛套上车，也只有欧也纳才会莽莽撞撞闯进鲍赛昂家再去闯祸。所不同的是，他在前者家里叫特·雷斯多太太和特·脱拉伊先生发窘，在这儿却是替特·阿瞿达解了围。

一间小巧玲珑的客室，只有灰和粉红两种颜色，陈设精美而没有一点浮华气。欧也纳一进客室，葡萄牙人便向特·鲍赛昂太太说了声"再会"，急急地抢着往门边走。

"那么晚上见，"特·鲍赛昂太太回头向侯爵望了一眼，"我们不是要上意大利剧院吗？"

"我不能去了。"他的手已经抓着门钮。

特·鲍赛昂太太站起身子，叫他走回来，根本没有注意欧也纳。欧也纳站在那儿，被华丽的陈设弄得迷迷糊糊，以为进了天方夜谭的世界；他面对着这个连瞧也不瞧他的太太，不知道如何是好。子爵夫人举起右手食指做了个美妙的动作，指着面前的座位要侯爵过来坐下。这姿态有股热情的威力，侯爵不得不放下门钮走回来。欧也纳望着他，心里非常羡慕。

他私下想："这便是马车中的人物！哼！竟要骏马前驱，健仆后随，挥金如土，才能博得巴黎女子的青睐吗？"奢侈的欲望像魔鬼般咬着他的心，攫取财富的狂热煽动他的头脑，黄金的饥渴使他喉干舌燥。他每季有一百三十法郎生活费；而父亲、母亲、兄弟、妹妹、姑母，统共每月花不到两百法郎。他把自己的境况和理想中的目标很快的比较了一下，心里更加发慌了。

"为什么你不能上意大利剧院呢？"子爵夫人笑着问。

"为了正经事！今晚英国大使馆请客。"

"你可以先走一步啊。"

一个男人一开始说谎，必然会接二连三的漏洞百出。特·阿瞿达先生笑着说："你非要我先走不可吗？"

"当然。"

"嗳，我就是要你说这一句呀。"他回答时那种媚眼，换了别的女人都会被他骗过的。

他抓起子爵夫人的手亲了一下，走了。

欧也纳用手理了一下头发，躬着身子预备行礼，以为特·鲍赛昂太太这一下总该想到他了。不料她身子往前一扑，冲入回廊，跑到窗前瞧特·阿瞿达先生上车；她侧耳细听，只听见跟班传令给马夫道："上洛希斐特公馆。"

这几个字，加上特·阿瞿达坐在车厢里如释重负的神气，对子爵夫人简直是五雷轰顶。她回身进来，心惊肉跳。上流社会中最可怕的祸事就是这个。她走进卧室，坐下来抽过一张美丽的信纸，写道：

"既然你在洛希斐特家吃饭而不是在英国使馆，你必须对我解释清楚。我等你。"

有几个字母因为手指发抖而写走了样，她改了改，签上一个C字，那是她的姓名格兰·特·蒲尔高涅的缩写。然后她打铃叫人。

"预备，"她吩咐当差，"你七点半上洛希斐特公馆去见特·阿瞿达侯爵。他在的话，把这条子交给他，不用等回音；要是不在，原信带回。"

"太太，客厅里还有人等着。"

"啊，不错！'她说完推门进去。

欧也纳已经觉得很不自在，终于瞧见子爵夫人的时候，她情绪激动的语气又搅乱了他的心。她说：

"对不起，先生，我刚才要写个字条，现在可以奉陪了。"

然而她自己也不知道说些什么，她心里正想着："啊！他要娶洛希斐特小姐。可是他身子自由吗？这件亲事今晚上就得毁掉，否则我……噢！事情明天就解决了，急什么！"

"表姐……"欧也纳才叫了一声。

"唔？"子爵夫人傲慢的目光教大学生打了一个寒噤。

欧也纳懂得了这个"唔"。三小时以来他长了多少见识；一听见这一声，马上警惕起来，红着脸改口道："太太。"他犹豫了一会又说："请原谅，我真需要人家提拔，便是拉上一点儿远亲的关系也有用处。"

特·鲍赛昂太太很凄凉地微微一笑，她已经感觉到在她周围酝酿的不幸。

"如果你清楚我家庭的处境，"他接着说，"你一定乐意做神话中的仙女，替孩子们排忧解难的。"

她笑道："哦，表弟，要我帮什么忙呢？"

"我也说不上。通过一层久已疏远的亲属关系攀上了你，对我已经是大大的幸运了。你使我心慌意乱，简直不知道我刚才说了些什么。我在巴黎只认识你一个人。噢！我要向你请教，求你当我是个可怜的孩子，愿意绕在你裙下，为你做一切。"

"你能为我去杀个人吗？"

"杀两个都可以。"欧也纳回答。

"孩子！你真是个孩子。"她咽住了眼泪，"你，只有你才爱得真诚。"

"噢！"他晃了晃脑袋。

子爵夫人听了大学生这句妄自尊大，不禁对他大为关切。这是南方青年第一次用心计。在特·雷斯多太太的蓝客厅和特·鲍赛昂太太的粉红客厅之间，他读完了三年的巴黎法典。这部法典虽然没有人提过，却构成一部高等社会判例，一朝学成而善于运用的话，无论什么目的都可以达到。

"噢！我要说的话想起来了，在你的舞会里我认识了特·雷斯多太太，我刚才看了她来着。"

"那你大大地打搅她了。"特·鲍赛昂太太笑着说。

"唉！是呀，我一窍不通，你要不帮忙，我会叫所有的人跟我作对。我看，在巴黎极难碰到一个年轻、美貌、有钱、风雅而又没有主顾的女子，我需要这样一位女子，你们当然明白生活到底是怎么一回事；而到处都有一个脱拉伊先生。我这番来向你请教一个谜的谜底，求你告诉我，我所闹的乱子究竟错在哪里。我在那边提起了一个老头儿……""特·朗日公爵夫人来了。"雅克进来通报，打断了大学生的话，大学生做了一个很气恼的姿势。

"你要想成功，"子爵夫人低声嘱咐他，"第一先不要这样表情丰富。"

"喂！你好，亲爱的，"她起身迎接公爵夫人，握着她的手，感情洋溢，便是对亲姐妹也不过如此。公爵夫人也做出种种亲热的样子。

"这不是一对好朋友吗？"拉斯蒂涅心里想。"从此我可以有两个保护人了；这两位想必都是同样心肠，表姐关切我，这客人一定也会关切我的。"

"你真好，想到来看我，亲爱的安多纳德！"特·鲍赛昂太太说。

"我看见特·阿瞿达先生进了洛希斐特公馆，便想到你是一个人在家了。"

公爵夫人说出这几句致命的话，特·鲍赛昂太太既不咬嘴唇，也不脸红，而是目光镇静，额角反倒开朗起来。

"要是我知道你有客……"公爵夫人转身望着欧也纳，补上一句。

子爵夫人说："这位是我的表弟欧也纳·特·拉斯蒂涅先生。你有没有蒙脱里伏将军的消息？昨天赛里齐告诉我，大家都看不见他，今天他到过府上没有？"

大家知道公爵夫人热恋特·蒙脱里伏先生，最近被遗弃了。听了这句话十分刺心，红着脸回答：

"昨天他在爱里才宫。"

"值班吗？"特·鲍赛昂太太问。

"格拉拉，你想必知道，"公爵夫人放出狡猾的目光，"特·阿瞿达先生和洛希斐特小姐的婚约，明天就要由教堂公布了？"

这个打击可太残酷了，子爵夫人不禁脸色发白地勉强笑着回答：

"哦，又是那些傻瓜造的谣言。干吗特·阿瞿达先生要把葡萄牙一个最美的姓送给洛希斐特呢？洛希斐特家封爵还不过是昨天的事。"

"可是人家说贝尔德有二十万法郎年金的陪嫁呢。"

"特·阿瞿达先生是大富翁，决不会存这种心思。"

"可是，亲爱的，洛希斐特小姐着实可爱呢。"

"是吗？"

"还有，他今天在那边吃饭，婚约的条件已经谈妥；你消息这样不灵，真让我奇怪！"

"哎，你究竟闹了什么乱子呢，先生？"特·鲍赛昂太太转过话头说。"这可怜的孩子刚踏进社会，我们刚才说的话，他一句也不懂。亲爱的安多纳德，请你照应照应他。我们的事，明儿再谈，明儿一切都会见分晓的，你要帮我忙也更有把握了。"

公爵夫人傲慢地瞧了欧也纳一眼，那种眼光能把一个人从头到脚瞧尽，把他缩小，化为乌有。

"太太，我无意之间得罪了特·雷斯多太太。无意之间这四个字便是我的罪名。"大学生心念一动，觉出两位太太亲切的谈话藏着狠毒的讽刺，他接着说："对那些故意伤害你们的人，你们会照常接见，说不定还怕他们；一个伤了人而不知伤到什么程度的家伙，你们当他是傻瓜，当他是什么都不会珍爱的笨蛋，瞧都瞧不起他。"

特·鲍赛昂太太眼睛水汪汪地瞧了他一下。伟大的心灵往往用这种眼光表示他们的感激和尊严。刚才公爵夫人用拍卖行估价员式的眼光打量欧也纳，伤了他的心，现在特·鲍赛昂太太的眼神在他的伤口上涂了止痛的油膏。

欧也纳接着说："你们才想不到呢，我才博得了特·雷斯多伯爵的欢心，因为，"他又谦恭又狡猾地转向公爵夫人，"不瞒你说，太太，我还不过是个可怜的大学生，孤单一人，又穷……"

"别诉苦啦，先生。哭诉是谁都不爱听的，我们女人又何尝爱听。"

"好吧！我只有二十二岁，应当忍受这个年纪上的苦难，何况我现在正在忏悔；哪里还有比这儿更美丽的忏悔室呢？我们在教士前面忏悔的罪孽。就是在这儿犯的。"

公爵夫人听了这段亵渎宗教的议论，把脸一沉，很想把这种粗俗的谈吐指责一番，她对子爵夫人说："这位先生才……"

特·鲍赛昂太太觉得表弟和公爵夫人都很好笑，也毫不掩饰的笑了出来。

"对啦，他才到巴黎来，正在找一个女教师，教他学点儿高雅的谈吐。"

"公爵夫人，"欧也纳接着说，"想方设法，把我们所爱的对像摸清根底，不是挺自然的吗？"（呸！他心里想，这简直像理发匠说的话。）

公爵夫人说："我想特·雷斯多太太是特·脱拉伊先生的女弟子吧。"

大学生说："我一无所知，太太，因此稀里糊涂闯了进去，把他们岔开了。幸而我跟她丈夫混得不坏，那位太太也还客气，直到我说出我认识一个刚从他们后楼梯下去，在一条过道尽头跟伯爵夫人拥抱的人。"

"谁呀？"两位太太同时问。

"一个住在圣·玛梭区的老头儿，像我这穷学生一样一个月只有四十法郎的生活费，被大家取笑的可怜虫，叫做高里奥老头儿。"

"哦呀！你真是孩子呀，"子爵夫人大声说，"特·雷斯多太太便是高里奥家的小姐啊。"

"面条商的女儿，"公爵夫人接口说，"她跟一个糕饼师的女儿同一天入宫觐见。你不记得吗，格拉拉？王上笑开了，用拉丁文说了句关于面粉的妙语，说那些女子，怎么说的，那些女子……"

"其与面粉无异。"欧也纳替她说了出来。

"对啦。"公爵夫人说。

"啊！原来是她的父亲。"大学生做了个吃惊的手势。

"可不是！这家伙有两个女儿，把她们当做心肝宝贝，可是两个女儿差不多已经不认他了。"

"那小的一个，"子爵夫人望着特·朗日太太说，"不是嫁给一个姓名像德国人的银行家，叫做特·纽沁根男爵吗？她名字叫但斐纳，头发淡黄，在歌剧院有个侧面的包厢，也上喜剧院，为引人家注意而常常高声大笑，是她吗？"

公爵夫人笑道："哎，亲爱的，真佩服你。你干吗对那些人了如指掌呢？真要像特·雷斯多一样爱得发疯，才会跟阿娜斯大齐在面粉里打滚。嘿！他可没学会念生意经。他太太落在特·脱拉伊手里，早晚会出事的。"

"她们不认父亲！"欧也纳重复了一句。

"哎！是啊，"子爵夫人接着说，"不认她们的亲爸爸，亲生爸爸。听说他给了每个女儿五六十万，让她们攀一门好亲事，舒舒服服地过日子。他自己只留下一万法郎左右的进款，以为女儿永远是女儿，就算一朝嫁了人，他等于有了两个家，可以受到敬重、奉承。哪知不到两年，两个女婿把他赶出上流社会，当他是个见不得人的下流东西……"

欧也纳眼里滚着晶莹的眼泪。他最近还在家中体味到骨肉之爱，天伦之乐，他还没有失掉青年人的纯洁，而且在巴黎文明的战场上还是第一天登台。真实的感情是极有感染力的；三个人都默不作声了一会。

"唉！天哪，"特·朗日太太说，"这一类的事真该天打雷霹，可是我们天天看得到。总该有个原因吧？告诉我，亲爱的，你有没有想过，什么叫女婿？女婿是我们替他养女儿的男人。我们把女儿当做心肝宝贝，抚养长大，我们和她有着千丝万缕的联系。十七岁以前，她是全家的快乐天使，像拉马丁所说的洁白的灵魂，然后变做家庭的瘟神。女婿从我们手里把她抢走，拿她的爱情当做一把刀，把我们的天使心中拴着我们的丝线，活生生地一齐斩断。昨天女儿还是我们的性命，我们也还是女儿的性命；明天她便变做陌路人了。这种悲剧不是天天有吗？比如媳妇对那个为儿子牺牲了一切的公公肆无忌惮；比如，女婿把岳母撵出门外。我听见人家都在问，今日社会里究竟有些什么惨剧；唉，且不说我们的婚姻都变成了糊涂婚姻；关于女婿的惨剧不是可怕到极点吗？我完全明白那老面条商的遭遇，记得这个福里奥……"

"是高里奥，太太。"

"是啊，这高里奥在大革命时代当过他地区的区长；那次大饥荒，他完全知道底细；当时面粉的售价比进价高出十倍，他从此发了财。那时他屯积面粉；光是我祖母的总管就卖给他一大批。当然，高里奥像所有那些人一样，是跟公安委员会分肥的。我记得总管还安慰祖母，说她尽可以太太平平的住在葛朗维里哀，她的麦子就是一张出色的公民证。至于把麦子卖给刽子手们的高里奥，只有一桩痴情，就是溺爱女儿。他把大女儿高高地供在特·雷斯多家里，把老二接种在特·纽沁根男爵身上，纽沁根是个保王党的银行家。众所周知，在帝政时代，两个女婿看到家里有个老革命党并不讨厌；既然是拿破仑当政，那还可以将就。可是波旁家复辟之后，那老头儿就叫特·雷斯多先生头疼了，那个银行家更不用说。两个女儿或许是爱着父亲的，想在父亲跟丈夫之间委曲求全；她们在没有外客的时候招待高里奥，想出种种借口表示她们的体贴。'爸爸，你来呀。没有打搅我们，我们很愿意跟您在一起！'诸如此类的话。我相信，亲爱的，凡是真实的感情都是可以用心感觉得到，所以那个大革命时代的可怜虫伤心死了。他看出女儿们觉得他丢了她们的脸；也看出她们爱丈夫，他却使女婿难堪，非让步不可。他便自己让步了，因为他是父亲，他自动退了出来。看到女儿因此高兴，他明白他做得很对。这小小的罪过实在是父女同谋的。我们到处都看到这种情形。在女儿的客厅里，高里奥老头不像个污弃的废物吗？他在那儿感到拘束闷得发慌。这个父亲的遭遇，便是一个最美的女子对待一个最心爱的男人也能碰到，如果她的爱情使他厌烦，他会走开，编造出种种谎言来躲开她。所有的感情都会落到这个田地的。我们的心是一座宝库，一下子倒空了，就会破产。一个人把情感统统拿了出来，就像把钱统统花光了一样得不到人家原谅。这个父亲把什么都给了。二十年间他给了他的心血，他的慈爱；又在一天之间给了他的财产。柠檬榨干了，女儿把剩下的皮扔在街上。"

"这个社会真该死。"子爵夫人低着眼睛，拉着披肩上的经纬。特·朗日太太讲这个故事的时候，有些话刺了她的心。

"不是这样的！"公爵夫人回答，"社会就是那么一套。我这句话不过表示我看透了社会。实际我也跟你一般想法，"她紧紧握着子爵夫人的手，"社会是一个泥坑，我们应该站得高高的，瞧都别瞧它。"

她起身亲了一下特·鲍赛昂太太的前额，说：

"亲爱的，你这一会儿真漂亮。气色好极了。"

然后她对欧也纳略微点点头，走了。

欧也纳想起那夜高老头扭断镀金盘子的情形，说道："高老头真伟大！"

特·鲍赛昂太太没有听见，她想得出神了。两人半天没有出声，可怜的大学生，既不愿走，又不敢走，还不敢开口，在那愣着。

"社会又卑鄙又残忍，"子爵夫人终于说，"只要我们面临不幸，总有一个朋友来通风报信，然后拿把短刀掏我们的心窝，教我们欣赏刀柄。冷一句、热一句，挖苦、奚落，一齐来了。啊！我可是要抵抗的。"她抬起头来，那种庄严的姿势恰好显出她贵妇人的身份，高傲的眼睛射出闪电似的光芒。——"啊！"她一眼瞧见了欧也纳，"你在这里！"

"是的，我没走。"他惶恐地答道。

"咳，拉斯蒂涅先生，你得以牙还牙对付这个社会。你想成功吗？我帮助你。你将会探测出来，女人堕落到什么程度，男人虚荣到什么程度。虽然人生这部书我已经读得烂熟，可是还有一些篇章不曾领悟。现在我全明白了。你越没有心肝，越高升得快。你得耗尽心机的打击人家，人家怕你。只能把男男女女当做驿马，把它们骑得精疲力尽，到了站上丢下来；这样你就能达到欲望的最高峰。不是吗，没有一个上流社会的女人关照你，你就一无所有。这女人还得年轻，有钱，漂亮。如果内心里有什么真情，必须像宝贝一样藏起，永远别给人家猜到，要不就完啦，你不但做不成刽子手，反过来要给人家开刀了。有朝一日你动了爱情，千万要守秘密！没有弄清楚对方的底细，决不能全心奉献。你现在还没有得到爱情；可是为保住将来的爱情，先得学会提防人家。听我说，米盖尔……（她不知不觉说错了名字）女儿遗弃父亲，巴望父亲早死，还不算可怕呢。那两姐妹也彼此忌妒得厉害。雷斯多是名门出身，他的太太贵族社会承认了；可是她的有钱的妹妹，美丽的但斐纳·特·纽沁根夫人，银行家太太，却难过死了，她满心嫉妒，跟姐姐貌合神离，比路人还不如；姐姐已经不是她的姐姐，两个人你不认我，我不认你，正如不认她们的父亲一样。特·纽沁根太太为了能进我的客厅，便是把圣·拉查街到葛勒南街一路上的灰土舐个干净也是愿意的。她以为特·玛赛能够帮她达到这个目的，便甘心情愿做他奴隶，把他缠得头痛。哪知特·玛赛根本不把她放在心上。你要能把她介绍到我这儿来，你便是她的心肝宝贝。以后你能爱她就爱她，要不就利用她一下也好。我可以接见她一两次，逢到盛大的晚会，宾客众多的时候；可是决不单独招待她。我看见她打个招呼就够了。你说出了高老头的名字，就把伯爵夫人一家都得罪了。是的，朋友，你哪怕上雷斯多家二十次，她会二十次不在家。你被他们撵出门外了。好吧，你叫高老头替你介绍特·纽沁根太太吧。那位漂亮太太就是你的招牌。一朝她对你另眼相看了，所有的女人都会一窝蜂地来追你。跟她竞争的对手，她的朋友，她的最知己的朋友，都想把你抢过去。有些女人，只喜欢别的女子挑好的男人，好像那般中产阶级的妇女，以为戴上我们的帽子就有了我们的风度。那时你就能走红了。在巴黎，走红就是财运亨通，就是拿到权势的万宝钥匙。要是女人觉得你有才气，有能耐，男人就会相信，只要你自己不露马脚。那时你多大的欲望都可以无可避免的实现，天堂都走得进去。那时你会明白，社会只不过是傻子跟骗子的集团。你别做傻子，也别做骗子。我把我的姓氏借给你，好比一根阿里安纳的线，引你进这座迷宫。别污辱了我的姓，"她扭了一下脖子，气概非凡的瞧了一眼大学生，"清清白白的还给我。好，去吧，我不留你了。我们做女人的也有我们的仗要打。"

"需要一个死心蹋地的人替你去点炸药吗？"欧也纳打断了她的话。

"那又怎么样？"她问。

他拍了拍胸脯，表姐对他笑了笑，他也笑了笑，走了。那时已经五点钟了他肚子很饿，生怕赶不上晚饭。这一番耽搁，使他感到在巴黎平步青云，是毫无疑问的事了。得意之下，他马上给自己的许多幻想包围了。他这个年龄的青年，一受委屈就会气得发疯，对整个社会握着拳头，又想报复，又无自信。拉斯蒂涅那时正为了'你把伯爵夫人家的大门关上了'那句话着急，心里想："我要去试一试！要是特·鲍赛昂太太的话不错，要是我真的碰在门上，那么……哼！特·雷斯多夫人上任何一家的沙龙，都要碰到我。我要学击剑，放枪，把她的玛克辛打死！这可是钱呢？"他忽然问自己："到哪儿去弄钱呢？"特·雷斯多伯爵夫人家里奢华富丽的摆设，忽然在眼前亮起来。他在那儿见到一个高里奥小姐心爱的奢华的金碧辉煌的屋子，价值不菲的贵重器物，暴发户的豪华而俗气的排场，像富人家的金屋藏娇那样的浪费。这幅迷人的画面又被鲍赛昂府上的大家气派压倒了。他的幻想恍若置身于巴黎的上层社会，马上又产生了许多歹念，充满了他的眼界和心胸。他看到了社会的本来面目：法律跟道德对于富人全无效力，财产才是金科玉律。他想："伏脱冷说得不错，财富即是道德！"

到了圣·日内维新街，他急匆匆上楼拿十法郎付了车钱，走入让人作呕的饭厅；十八个食客正在吃饭，好似马槽前的牲口一般。他觉得这副穷酸气饭厅的脏陋实在不堪入目。环境转变得太突然了，对比太强烈了，格外刺激了他的野心。一方面是最高雅的社会的新鲜可爱的场面，每个人年轻、活泼、有诗意、有热情，四周又是美妙的艺术品和阔绰的排场；另一方面是溅满污泥的脏乱的画面，人物的脸上只有被情欲扫荡过的遗迹。特·鲍赛昂太太因为被人遗弃，一怒之下给他的指导和出谋划策，他一下子都回想起来，而眼前的惨象又等于给那些话添上注解。拉斯蒂涅决意分两路进攻去猎取财富：即靠学问，又依靠爱情，成为一个学识渊博的博士，同时做一个风云人物。可笑他太年轻了，不知道这两条路是永远连结不到一起的。

"你神情沮丧极了，侯爵大人。"伏脱冷说。他的眼光似乎把别人心里最隐藏的秘密都看得穿。

欧也纳答道："请别这样笑我，要在这儿真正当一个侯爵，应当有十万法郎进款；住伏盖公寓的人就不是有财运的。"

伏脱冷瞧着拉斯蒂涅，倚老卖老而轻蔑的神气仿佛说："小子！我一口就能把你吞了。"他接着说："你心绪不好，大概在漂亮的特·雷斯多太太那边没有得手。"

欧也纳道："哼，只因为我告诉她，她父亲跟我们一桌子吃饭，她就把我给轰了出来。"

饭桌上的人都面面相觑。高老头垂下眼睛，掉转头去抹了一下。

"你把鼻烟撒在我眼里了。"他对邻座的人说。

"从今以后，谁再欺负高老头，就是跟我为难，"欧也纳望着老面条商邻座的人说，"他比我们都强。当然我没说太太们。"他向泰伊番小姐补上一句。

这句话成为事情的转折点，美少年说话时的庄重神情使桌上的人不出声了。只有伏脱冷含讥带讽地回答：

"你要做高老头的后台，做他的经理，先得学会击剑跟放枪。"

"当然，我立即就要行动。"

"这么说来，你今天预备开场了。"

"也许，"拉斯蒂涅回答。"不过我的事谁都管不了，我不管别人暗夜里做些什么，别人也别来管我。"

伏脱冷斜着眼看了拉斯蒂涅一下。

"老弟，要想不上木偶戏的当，就得走进戏棚子看个究竟，只在帐幔的缝隙窥探一下是不够的。就说到这吧，"他看见欧也纳快要动火，补上一句，"你要愿意谈谈，我随时可以奉陪。"

饭桌上大家冷冰冰的，都不做声了。高老头听了大学生那句话，非常难受，既不知道众人对他的看法已经改变，也不知道一个有资格阻止旁人虐待他的青年，做了他的保护人。

"高里奥先生真是伯爵夫人的父亲吗？"伏盖太太低声问。

"还是一个男爵夫人的父亲。"拉斯蒂涅回答。

"他就只能做做人家的父亲，"皮安训对拉斯蒂涅说，"我已经研究过他的脑袋：就有一根骨头，他大概是天父吧。"

欧也纳心事重重，听了皮安训的俏皮话不觉得好笑。他要遵从特·鲍赛昂太太的训导，盘算从哪儿能够弄到钱的事。社会这片大草原在他面前显得空旷、稠密，他望着出神了。吃完晚饭，客人都起身，只剩他一个人在饭厅里。

"你见到过我的女儿吗？"高老头非常激动地问。

欧也纳从沉思中回过神来，他抓着老人的手，很亲切地瞧着他回答：

"你是一个好人，正派的人。等会儿我们再说你的女儿。"

他不愿再听高老头的话，站起来走回房里给母亲写信去了。

"亲爱的妈妈，请你考虑考虑，能不能再给我一次哺育之恩。我目前正面临即将发达的机遇；急需要一千二百法郎，而且非要不可。您千万别告诉父亲，大概他会反对，假如我没有这笔钱，我就濒于绝境，只有自杀了。我的用意将来当面告诉你，因为要你了解我目前的处境，简直一言难尽。亲爱的妈妈，我没有赌钱，也没有欠债。如果您想保留你给我的生命，无论怎样，就得替我筹这笔款子。总而言之，我拜访过特·鲍赛昂子爵夫人，她答应提拔我。我必须到交际场应酬，可是没有钱买一副合适的手套。我能够只吃面包，只喝清水，如果有必要我还可以饿肚子，但我不能缺少种植巴黎葡萄的工具。将来是青云直上还是仍如今日，都在此一举。你们对我的期望，我全知道，并且要尽快的实现。好妈妈，卖掉一些旧首饰吧，不久我买新的给你。我很知道家中的境况，你的牺牲，我是心中有数的；你也该相信我不是无端端的叫你牺牲，那我简直就是禽兽了。我的请求是迫不得已。全家的前程全靠这一次的接济，拿了这钱，我将上阵开战，因为巴黎的生活是一场永久的战争。即使为凑足数目而不得不卖掉姑妈的花边，那么请告诉她，我将来会寄给她最漂亮的。"

他分别给两个妹妹写了信，讨她们的积蓄，知道她们一定乐意给的。为了使她们在家里不泄露此事，有意挑拨她们的好胜心，要她们合作懂得体贴。写完了这些信，他不禁有点儿心惊肉跳、神魂不定。青年野心家深知妹妹们那种与世隔绝、一尘不染的心灵纯洁无瑕，自己的这封信会带给她们多少痛苦和多少快乐；她们将怀着如何欢悦的心情，躲在庄园深处偷偷谈论她们挚爱的哥哥。他似乎看到她们私下数着小小的积蓄，看到她们卖弄少女的狡猾，为了好心而第一次玩弄手段，把这笔钱用匿名方式寄给他。他想："她们的心纯洁无比，它的温情是没有穷尽的！"他为自己写了那样的信而不安。她们许起愿来何等虔诚！求天拜地的她何等纯洁！有一个牺牲的机会，假如母亲无法筹足这笔款，她又会多么苦恼！这些至诚的感情，可怕的牺牲，将要成为他通到特·纽沁根太太面前的阶梯；想到这些，他不由得落下几滴眼泪，等于献给家庭神坛的最后几柱香。他心烦意乱，在屋子里团团乱转，老头从半开的门里瞧见他这副模样，进来问他：

"先生，你怎么啦？"

"唉！我的好邻居，我还没忘记自己做儿子做哥哥的本分，如你始终坚守着父亲的责任。你有理由替伯爵夫人担忧，她落在玛克辛·特·脱拉伊手里，她早晚会把前程断送掉的。"

高老头嗫嚅着退了出去，欧也纳没有听清他说些什么。

第二天，拉斯蒂涅把信投进邮筒。他到最后犹豫一刻，才终于把信丢投进去了，对自己说："我一定成功！"这是赌棍的口头语、大将的豪言壮语，这种不亚运气的话往往会致人死命而不能救人。几天之后，他去看特·雷斯多太太，特·雷斯多太太不见。去了三次，被挡三次，虽然他都等玛克辛不在的时间上门。子爵夫人果然言中。大学生不再安心读书了，上课去只是为了应付点名，过后便溜之大吉。多数大学生都要临到考试才用功，欧也纳把第二、第三年的学程并在一起，准备到最后关头再一鼓作气认真攻读法律。这样他就有十五个月的空闲，在巴黎的海洋中漂流，追逐情场，或者捞取一笔财富。

在那一周内，他见了两次特·鲍赛昂太太，都是等特·阿瞿达侯爵的车子出来后才进去的。这位红极一时的女子，圣日耳曼区最富于诗意的人物，把洛希斐特小姐和特·阿瞿达侯爵的婚事暂时延迟，又高兴了几天。特·鲍赛昂太太惟恐又生事端，在这最后几天中感情格外火热；但就在这期间，仍阻挡不了被抛弃的不幸。特·阿瞿达侯爵跟洛希斐特家暗中商量好，认为这一次的吵架与言归于好大有好处，希望特·鲍赛昂太太能逐渐接受这个事实，希望特·鲍赛昂太太终于肯把每天下午的聚会为特·阿瞿达的前程牺牲，结婚不是男人一生中最后的归宿吗？所以特·阿瞿达虽然天天海誓山盟，其实都是口是心非，而子爵夫人也甘心情愿假作不知。"她不愿从窗口里庄严地跳下去，宁可从楼梯上一级级滚下来。"她的最知己的朋友特·朗日公爵夫人这样说她。这些最后的微光照耀得相当长久，使子爵夫人还能呆在巴黎，为年轻的表弟效劳，她对他的关切简直有点迷信的成分，似乎觉得他能够带来好运。欧也纳对她表示非常忠心与非常同情，而她正处在看不见同情和安慰的时候。在这种情形之下，一个男人对女子说些温柔的话，一定是别有企图。

拉斯蒂涅为了彻底看清形势。再去接近纽沁根家，必须先把高老头从前的生活弄个明白。他精心搜集了一些确实的材料，大致归纳如下：

姚希姆·高里奥在大革命之前是一个普通的面条工人，熟练、节俭、强壮，在一七八九年第一次大暴动中遭劫以后，他买下了东家的铺子，开在西安街，靠近麦子市场。他很识时势，接受了本区区长的职务，使他的买卖得到那个危险时代一股有势力的人保护。这种聪明是他致富的根源。就在不知是真是假的大饥荒时代，巴黎粮食贵得惊人的那一时节里，他开始动手发家。那时民众在面包店前面拼命挤，而有些人照样太太平平向杂货商买到各式高级面制品。

这一年，高里奥积攒了一些资本，他以后做买卖也就像一切资力雄厚的人那样，处处占着优势。他的历史正是一切中等才智的相仿，他的平庸救了他。并且直到有钱不再危险的时代，他的财富方为人所知，所以并没引起人家的妒羡。似乎他的聪明全都与麦子有关。只要涉及麦子、面粉、粉粒，辨别品质、来路、注意保存、行市估计、预测收成的丰歉，用低价采进谷子、从西里里、乌克兰去买来囤积，高里奥可以说没有不在行的。看他调度生意，解释粮食的出口法、进口法、研究立法的原则、钻法律的空子等等，他颇有国务大臣的才干。办事又细心又老练，有魄力有恒心，行动迅速，目光如鹰般锐利，什么都占先、什么都能料到、什么都知道、什么都藏得紧，出谋划策如外交家，行动起来便迅雷不及掩耳。可是一离开他的本行，走出简陋阴暗的铺子，空暇时背靠门框站在台阶边的时候，他依然不过是一个又蠢又粗野的工人，头脑简单，感觉不到任何精神上的乐趣，坐在戏院里会打瞌睡，总而言之，他是巴黎的那种几乎断送女儿终身大事的陶里庞式的人物，只会闹笑话。这一类的人，心里都有一股极高尚的情感。他的心便是给两种感情填满的、吸干的，正如他的聪明是为了粮食买卖用尽的一样。他的妻子拉·勃里是地方一个富农的独生女儿，是他崇拜赞美、敬爱无边的对象。高里奥赞美她生得既娇嫩又结实，既多情又美丽，和他恰好是极端的对比，人天生有保护弱女为己任的骄傲感，骄傲之外再加上爱就可了解许多古怪的现象了。爱就是一般坦白的人对赐予他们快乐的人一种感激。过了七年无憾的幸福生活以后，高里奥的老婆死了；这是高里奥的极大不幸，因为那时她刚开始教他一些感情以外的东西，也许她能把这个死板的人改变一下，教他懂得一些世道和人情世故。既然她早死：疼爱女儿的感情便在高里奥心中发展到极端荒谬的地步。他把对太太的爱转移到两个女儿身上，她们开始的确满足了他所有的感情。尽管一些争着要把女儿许配给他做填房的商人或庄稼人，许下多么优越的条件，他都不愿意续娶。他的岳父，是他惟一觉得气味相投的人，认为高里奥发过誓，永远不做对不起妻子的事，哪怕在她身后。市场上的人不理解这种痴情，作为笑料给高里奥起了些粗俗的绰号。其中有个人带着酒意跟高里奥做了一笔交易，第一个叫出这个外号，当场被面条商一拳打在肩膀上，脑袋向前，扑倒在奥勃冷街一块界石旁边。高里奥百依百顺、无微不至地偏爱女儿，又多情又体贴的父爱，传布得闻名遐迩，有一回，一个同行想叫他离开市场以便操纵行情，便对他说，他女儿被撞倒了；他面色煞白地离开；虽然最终只是一场虚惊，他仍然病得几天卧床不起。

对两个女儿的教育，不用说是不会合理的了。他每年六万法郎以上的收入：自己花销不到一千二，高里奥最大的乐事就是满足女儿们的幻想：不惜高薪聘请最优秀的教师培养她们高等教育应有的各种才艺，另外还有一个做伴的小姐，还算两个女儿有运气，做伴的小姐是一个受过高等教育的女子。两个女儿会骑马，有专用车辆，生活的奢华像一个富人金屋藏娇的外室，只要开声口，多奢侈的欲望，父亲也会满足她们，只要求女儿跟他亲热一下作为回报。可怜的家伙，把女儿当作天使一般，当然是在他之上了。甚至她们给他的痛苦，他也感到开心。一到出嫁的年龄，他任凭她们的意愿挑选丈夫，每人可以有父亲一半的财产做陪嫁。特·雷斯多伯爵看中阿娜斯大齐的美貌，她也很向往当上一个贵夫人，于是离开了父亲，跳进了高等社会。小女儿但斐纳喜欢金钱，嫁了纽沁根，一个原籍德国而在帝政时代封了男爵的银行家。高里奥依旧做他的面条生意。不久，女儿女婿看他继续做那个买卖，觉得有伤体面，他虽然以做生意作为生活的主要乐趣。但女婿央求了五年，他才答应带着转让铺子的钱跟五年的盈余退出老行当。

这笔资本所生的利息，便是他住进伏盖公寓的时代，伏盖太太认为他有八千至一万的收入。看到女儿受着丈夫的非难，不但不收留他一起住，还不愿在公开场合招待他，失望之余，他只得搬进这个公寓独身生活。

这些资料是高老头铺子的缪莱先生提供的。特·朗日公爵夫人对拉斯蒂涅说的种种猜测的话进一步得到证实了。

这场触目惊心的巴黎悲剧的序幕才刚刚开始。

第三章　初见世面

十二月份的第一个周末，拉斯蒂涅收到两封信，一封是母亲的，另一封是大妹妹的。那些一望而知的笔迹使他又惊又喜。对于他的希望，两张薄薄的纸等于一道生死悠关的判决书。想到父母妹妹的艰苦，他深感愧疚担心；可是她们对他的溺爱，他太有把握了，他尽可放心大胆吸取她们最后几滴血。母亲的信是这样写的：

"亲爱的儿子，你要的钱我寄给你了。希望你好好地使用，下次即使关系到你性命，我也无法再背着你父亲凑出这样大的数目了，那会使这个家支离破碎，拿田地去抵押的。我不知道计划的内容，自然无从批评；但究竟是什么性质的计划，而要你瞒着我呢？要解释，用不着写上几本书，我做母亲的只要一句话就明白，而这句话可以免得我因为无从捉摸而牵肠挂肚。来信使我非常痛苦。好孩子，究竟是为什么使你引起这样的恐怖呢？你写信的时候大概非常难受吧，因为我看信的时候就很难受。你想干哪一行呢？难道你的前途，你的幸福，就维系在装门面，见世面，花费你负担不起的金钱，浪费你宝贵的求学光阴，去见识那个社会吗？孩子，相信你母亲吧，用不正当的手段成就不了伟大的事业。像你这种条件的青年，应当以坚忍与安命为美德。我不责备你，我不愿我们的贡献中有半点儿苦涩。我的话是一个又相信儿子，又有远见的母亲的良言。你知道你所应该做的，我也知道你的心是纯洁的，用意也是极好的。所以我很放心地对你说：好，亲爱的儿子，去做吧！我战战兢兢，因为我是母亲，你前进的每一步都伴随着我们的愿望和祝福。谨慎小心呀，亲爱的孩子。你应当像大人一样明智，你心爱的七个人的命运都在你的肩上。是啊，我们的财富都在你身上，正如你的幸福就是我们的一样。我们都求上帝帮助你实现你的计划；你的姑母真是好到极点，她甚至懂得你关于手套的话。她很快活地说，她最疼爱长子。欧也纳，你应该好好的爱她，她为你所做的事，等你成功以后再告诉你，不然她的钱要使你烫手的。你们做孩子的还不知道什么叫做牺牲纪念物！我们是毫无保留地为你牺牲。她要我告诉你，说她亲你的前额，希望我转告她对你的祝福。如果不是手指害痛风症，她也要写信给你呢。父亲身体很好。今年的收成也好，远过于我们的希望。再见了，亲爱的孩子，关于你妹妹们的事，我不说了，洛尔另外有信给你。她喜欢絮絮不休的谈家常，我就让她随心所欲地说去。但求上天保佑你成功！噢！是的，你非成功不可，欧也纳，你使我心力憔悴，我再也承受不了第二次。因为指望能有财产给我的孩子，我才懂得贫穷的滋味。好了，再会吧。切勿杳无音信。接受妈妈的亲吻吧。"

欧也纳读完这封信，已泪流满面。他想起高老头扭掉镀金盘子，卖了钱替女儿还债的情景。"你的母亲也扭掉了她的首饰，"他对自己说，"姑母也是忍痛卖掉纪念物。你有什么权利诅咒阿娜斯大齐呢？她为了情人，你只顾自己的前程，你与她不是一样自私吗？"大学生心里有种冲动：他想放弃上流社会，不拿这笔钱。这种良心上的责备正是心胸高尚的表现，一般人批判同胞的时候不大理会这一点，惟有天上的安琪儿才会考虑到，所以被人类的法官判刑的罪犯，常常会得到天使的赦免。拉斯蒂涅拆开妹妹的信，天真而婉转的措辞使他心里轻松了些。

"亲爱的哥哥，你的信来得正好，阿迦德和我，想把我们的钱派作多少用场，简直打不定主意买什么东西好。你像西班牙王的仆人一样，打碎了主子的表，倒反解决了他的难题；你一句话教我们齐了心。真的，为了选择问题，我们总是争论不休，可做梦也想不到，原来只有一项最好的用途真正能满足我们所有的欲望。阿迦德快活得高跳起来。我们俩乐得整天像个疯子，以至于，（姑母的说法）妈妈故意板起脸孔来问：'什么事呀，两位小姐？'如果我们因此受到一言半语的埋怨，我相信我们还会更痛快呢。一个女孩为了所爱的人受苦才是乐事！只有我在快乐之中觉得不痛快，有点儿心事。将来我绝不是一个贤慧的女人，我太会花钱，买了两根腰带，一支穿引胸衣小孔的美丽的引针，还有一些无关紧要的小东西，因此我的钱没有胖子阿迦德多；她很省俭，把洋钱一块块积起来让喜鹊都衔不完。她有两百法郎！我吗，亲爱的哥哥，我只有一百五十。我大大地遭了报应，真想把腰带扔在井里，从此我用到腰带，心中就要不舒服了。唉，我揩了你的油。阿迦德真好，她说：'咱们把三百五十法郎合在一块儿寄给

他吧！'实际情形恕不详细奉告！我们依照你的吩咐，拿了这笔了不得的款子假
装出去散步，上了大路，直奔吕番克村，把钱交给驿站站长格冷贝先生。回来时
我们浑身飘飘然。阿迦德问我：'是不是因为快乐我们身体这样轻健？'我们不
知讲了多少话，恕不细述了。反正谈的是你巴黎那儿的事。噢！亲爱的哥哥，我
们真爱你！要说守秘密吧，如姑母说的像我们这样的调皮姑娘，什么都做得出
来，就是守口如瓶也办得到。母亲和姑母偷偷摸摸地上安古兰去，两人对旅行的
目标绝口不提，动身之前，还经过一次长时间的密谈，不让我们和男爵大人参
加。在拉斯蒂涅国里，全在纷纷猜测。公主们给王后陛下所绣的小孔纱衫，极秘
密的赶起来，把两条边补足了。凡端伊那边决定不砌围墙，用篱笆代替。小百姓
要捐失果子和一些贴在墙上的果树，但外人可以赏玩一下园内的好风景。如果王
太子需要手帕，特·玛西阿母后在多年不动的库房里，找出了一匹遗忘已久的上
等荷兰细布；阿迦德和洛尔两位公主，正在用冻得红红的手准备针线，听候太子
命令。唐·亨利和唐。迦勒里哀两位小王子还是那么淘气；老改不了抢浓缩葡萄
的习惯，惹姊姊们冒火，还不肯念书，喜欢掏鸟巢，吵吵嚷嚷，不管禁令去砍伐
柳条，做枪的。教皇的大使，俗称为本堂教士，警告他们，如果他们再放着神圣
的文法不学而去舞枪弄棒就驱逐出教。再会吧，亲爱的哥哥，我这封信表示我对
你全心全意的祝福，也表示我对你的友爱得到了极大的满足。你将来回家，一定
有许多事情诉我！你什么都不会隐瞒的，是不是？毕竟我是大妹妹呀。姑母曾
经向我们透露过一句，说你在交际场中颇为顺利。只讲起一个女子，其余便闭口
不讲，只字不提，当然是对我们了！喂！欧也纳，你需要的话，我们可以省下手
帕的布替你做衬衣。关于这一点，快点来信。假如你急需要做工很好的漂亮衬
衫，我们就立刻赶做；有什么我们不知道的巴黎式样。你寄个样子来，尤其袖
口。再会了，再会了！我要吻你的左额，那是专属于我的。另外一张信纸我留给
阿迦德，她答应凡是我写的话绝不偷看。但为了保险起见，她写的时候我要在旁
监视。爱你的妹妹洛尔·特·拉斯蒂涅。"

　　"哦！天啊，天，"欧也纳心里想，"不管怎样我非进入上流社会不可！奇
珍异宝也报答不了这样的忠诚。我得把世界上所有的幸福都带给她们。"他停了
一会又想；"一千五百五十法郎，每个法郎都要充分发挥作用！洛尔说得不错。
该死！我只有粗布衬衫。为了男人的幸福，女孩子家像小偷一样机灵。她那么天
真，却为我考虑得这样周到，犹如天上的安琪儿，根本不懂得尘世的罪过，便宽
恕了。"

世界于是属于他了！先把裁缝叫来，先摸一摸情况，居然答应赊账。见过了脱拉伊先生，拉斯蒂涅懂得裁缝对青年人的生活影响极大。为了账单，裁缝要么是一个死冤家，要么是一个好朋友，总是走极端的。欧也纳碰见的这个，懂得人要衣装的话，自命能够把青年人捧出山。后来拉斯蒂涅感激之余，在他那套巧妙的谈吐里加了两句话，使那个做衣匠的生意应接不过来；

"我知道有人靠了他做的两条裤子，竟攀上了一门有两万法郎陪嫁的婚事。"

一千五百法郎现款，外加可以赊账的衣服！这么一来，南方的穷小子变得信心十足。他下楼用早餐的时候，便有了一个年轻人有了钱的那种说不出的神气。钱落到一个大学生的口袋里，他马上觉得找到了靠山似的。走路比从前有劲，感觉到杠杆有了着力点，眼睛格外有神，胆气陡增，甚至全身灵动，有说不完的劲儿；昨日还心存怯意，挨了打不敢还手；此刻内阁总理也不放在眼里了。他心中有了不可思议的变化：他无所不欲，无有不能，想入非非的又要这样又要那样，兴高采烈，豪爽非凡，话也多起来了。总之，从前没有羽毛的小鸟如今长了翅膀。没有钱的大学生这回拾取了一星半点的欢娱，像一条狗冒着危险偷了一根骨头，一边咬着嚼着，吮着骨髓，一边还在跑。等到小伙子袋里有了几块不容易得到的金洋，就会把乐趣细细地体味、咀嚼，得意非凡，飘飘欲仙，再不知穷苦二字怎么写了。整个巴黎都是他的了。因为那是样样闪着金光，爆出火花的年龄！成年以后的男女哪还有这种快活劲儿！那是欠债的年龄，提心吊胆的年龄！而就因为提心吊胆，欢乐也耐人寻味！凡是不熟悉赛纳河左岸，没有在技丁区生活过的人，谁就不懂得人生！

拉斯蒂涅嚼着伏盖太太家一个铜子一个的煮熟的梨，心里想："嘿！巴黎的妇女若是知道了，一定会到这里来向我求爱。"

这时栅门上的门铃响了，驿车公司的一个信差走进饭厅。他找欧也纳·特·拉斯蒂涅先生，交给他两只袋和一张签收据。欧也纳被伏脱冷深深地看了一眼，好像被鞭子抽了一下。

伏脱冷对他说："这下子你可以去找老师学击剑打枪了。"

"金船到了。"伏盖太太瞧着钱袋说。

米索诺小姐不敢看钱袋，生怕表露出贪婪。"你的母亲真好。"古杜尔太太说。

"他的母亲真好。"波阿莱马上随声附和。

"对啊，母亲把血都挤出来了，"伏脱冷说，"现在你可以尽情玩乐，可以去交际场，去钓一笔陪嫁，跟那些满头桃花的伯爵夫人共舞了。可是听我的话，孩子，靶子场非去不可。"

伏脱冷做了一个瞄准的姿势。拉斯蒂涅需付小费给信差，却一个钱都掏不出来。伏脱冷拿出一个法郎丢给来人。

"你的信用很不错。"他望着大学生说道。

拉斯蒂涅勉强朝他道谢，虽然那天从鲍赛昂家回来，被他抢白过几句以后，他就无法容忍这个家伙。八天来，欧也纳和伏脱冷见了面都不打招呼，彼此只冷眼相对。大学生想来想去也不明白是怎么回事。大概思想的放射，总是以孕育思想的力量为准的，头脑要把思想送到什么地方，思想便落在什么地方，准确性不亚于从炮身里飞出去的弹丸，效果却有天壤之别。有些娇嫩的个性，思想可以钻进去肆意胡来；也有些武装坚强的个性，铜墙铁壁式的头脑，旁人的意志打上去只能颓然堕下，好像炮弹射着城墙一样；还有软如棉花的个性，旁人的思想一碰到它就失掉作用，犹如炮弹落在堡垒外面的泥沟里。拉斯蒂涅的那种头脑却像是个火药库，一触即发，他朝气太旺，不能避免思想放射的作用，接触到别人的感情，不能不感染，许多古怪的心理在他不知不觉之间种在他心里。他的精神视觉像他的山猫眼睛一样明亮；每个灵敏的感官都有那种神秘的力量，能够感知遥远的思想，也具有那种反应敏捷，往返自如的弹性，我们在优秀的人物身上，善于捕捉敌人的弱点的战士身上，就是佩服这种弹性。一个月以来，欧也纳身上的优点跟缺点一样多。他的缺点是社会弄出来的，也是满足他日趋高涨的欲望所必需的。他具有一些南方人的兴奋活泼，喜欢单刀直入解决困难，受不了不上不下的局面的优点，北方人把这个优点称为缺点，他们以为这种性格如果是缪拉成功的秘诀，也是他丧命的原因。由此可以得出一个结论：如果一个南方人把北方人的狡猾和洛阿河彼岸的勇猛结合起来，就可成为完美人，有望登上瑞典的王位。因此，拉斯蒂涅决不能久置于伏脱冷的炮火之下，而不弄清楚这家伙究竟为敌为友。他常常觉得这怪人一眼就能看透他的情欲，看透他的心思，而这怪人自己却把一切藏得那么严，其深不可测正如无所不知，无所不见一言不发的斯芬克斯。如今欧也纳财大气粗，想给他点颜色看看。

伏脱冷喝完了最后几口咖啡，预备起身出去，欧也纳说：

"对不起，请留步。"

"干嘛？"伏脱冷回答，他戴上阔边大帽，提起铁手杖。平时他经常拿这根手杖在空中舞动，大有三四个强盗来攻击也无所谓惧的气概。

"我要还你的钱。"拉斯蒂捏说着，迅速解开袋子，数出一百四十法郎给伏盖太太，说道："账算清，朋友亲。到今年年底。再请兑五法郎零钱给我。"

"账算清，朋友亲。"波阿莱瞧着伏脱冷重复了一句。

"这儿还你一法郎。"拉斯蒂涅把钱递给那个戴假发的斯芬克斯。

"你仿佛就怕欠我的钱？"伏脱冷大声说着，锐利的目光直刺到他心里；那副不怀好意的挖苦人的笑容，欧也纳一向讨厌，想跟他闹好几回了。

"不错……是的。"大学生回答，提着两只钱袋起身上楼。

伏脱冷正要从去往客厅的门里出去，大学生想从去往楼梯道的门里出去。

"你知道么，特·拉斯蒂涅侯爵先生，你对我说的话不怎么礼貌？"伏脱冷砰的一声关上客厅的门，向大学生走过去。大学生冷冷地看着他。

拉斯蒂涅关上饭厅的门，拉着伏脱冷走到楼梯脚下。楼梯间有扇直达花园的板门，嵌着长玻璃，装着铁栅栏。西尔维正从厨房出来，大学生当着她的面说道：

"伏脱冷先生，我不是侯爵，也不叫拉斯蒂涅侯爵。"

"他们要打架了。"米索诺小姐冷漠地说。

"要打架了！"波阿莱跟着说。

"噢，不会的。"伏盖太太摩挲着她的一堆钱币回答。

"他们到菩提树下去了。"维多莉小姐喊了一声，站起来向窗外张望。"这个可怜的年青人并没有过错啊。"

古杜尔太太说："上楼吧，亲爱的孩子，别管闲事。"

古杜尔太太和维多莉站起来走到门口，西尔维迎面拦住了去路，说道：

"怎么啦？伏脱冷先生对欧也纳先生说：'咱们来评个理吧！'然后抓着他的胳膊，踏着我们的朝鲜蓟走过去了。"

这时伏脱冷出现了。"伏盖妈妈，"他笑道说，"不要害怕，我要在菩提树下去试试我的手枪。"

"哎呀！先生，"维多莉双手合十说，"为什么你要打死欧也纳先生呢？"

伏脱冷后退两步，瞧着维多莉。

"这是私人之间的事，"他那种嘲弄的语气把可怜的姑娘羞得满面通红。"这小伙子很漂亮是不是？你叫我想起一个好主意。好，让我来成全你们俩的幸福吧，美丽的孩子。"

古杜尔太太抓起女孩子的手臂，一边走一边附耳道：

"维多莉，你今天真是莫名其妙。"

伏盖太太说："我不希望有人在我的家里开枪，你要惊动邻居，大清早叫警察上门了！"

"哦！放心吧，伏盖妈妈，"伏脱冷说，"你别慌，我们到靶子场去就是了。"说完他追上拉斯蒂涅，亲热地抓住了他的手臂：

"等会你看我三十五步之外接连五颗子弹打在黑桃A的中心，你会失去信心吧？你仿佛生气了，那你可要糊里糊涂送命的。"

"你退却了吗？"欧也纳说。

"不要惹我发火，"伏脱冷道，"今天天气不冷，坐到这儿吧。"他指着几只涂了绿漆的凳子。"行，这儿不会有人听见我们的谈话。我明话和你说。你是一个好小伙子，我不愿意伤害你。我喜欢你（呸！该死！）以伏脱冷名誉发誓，我真喜欢你。为什么？我会告诉你的。现在只要你知道，我了解你就像我亲生的儿子。我要向你证明这一点。哎，把袋子放在这儿吧。"他指了一下圆桌说。

拉斯蒂涅把钱袋放在桌子上，他有些纳闷，本来这家伙说要打死他，怎么又忽然装做他的保护人。

"你很想知道我是谁，干过什么事，现在又做什么营生。你太好奇了，我的孩子。哎，不用急，我的话长呢。我倒过霉。你先听着，等会再回答。我从前的生活，倒过霉三个字儿就可以说完了。我是谁？伏脱冷。做些什么？做我喜欢做的事。完啦。你想了解我的性格吗？只要对我好的或是我觉得投机的人，我对他们就和气得很。这种人可以百无禁忌，尽管在我小腿上踏几脚，我也不会哼一声。不过！可是，小乖乖！对那些找我麻烦的人，或是我觉得不对劲的，我会凶得像魔鬼。还得告诉你，我把杀人当作——呸——这样的玩艺儿！"说着他唾了一口，"我也并非乱加杀戮，如果非杀不可的话。我是那种你们所说称之为的艺术家。别小看我，我念过贝凡纽多·彻里尼的《回忆录》，还是念的意大利文的原著！他是一个会作乐的好汉，我跟他学会了模仿天意——天意就是不分善恶把我们乱杀一阵。我也学会了到处爱美。你说，单枪匹马跟所有的人作对，把他们一齐打倒，不是挺美吗？我仔细思考过你们这个乱七八糟的社会组织。告诉你，孩子，决斗是小孩子的玩艺儿，蠢事。两个人中间有一个该消失的时候，傻瓜才会去听天由命。决斗吗？就像猜铜板！呃！我连发五枪打在黑桃A的中心，一颗钉着一颗，还是在三十五步之外！有了这些小本领，总以为打中个把人是没问题的了。唉！哪知我隔开二十步打一个人竟没有中。对手那混蛋，一辈子没有拿过手枪，可是你瞧！"他说着解开背心，露出像熊背一样多毛的胸膛，生着一簇叫人又恶心又害怕的黄毛："那毛头的小子竟然把我的毛烧焦了。"他把拉斯蒂涅的手指按在他乳房的一个窟窿上。"那时我还是个孩子，像你这个年纪，二十一岁。我还相信一些东西，譬如说，相信一个女人的爱情，相信那些弄得你神魂颠倒的风流事儿。我们交起手来，你可能把我打死。假定我长眠地下了，你怎么办？得逃走，上瑞士去，靠同样拮据的爸爸过日子。你现在的情形，让我来点醒你；我的看法高人一等，因为我有生活经验，知道只有两条路好走：不是糊里糊涂的服从，就是反抗。我，还用说吗？我对什么都不服从。照你现在的处境，你知道你需要什么，百万家财，而且要快；不然的话，你尽管胡思乱想，一切都是水中捞月，白费！这一百万，我来给你吧。"他停了一下，望着欧也纳。"啊！啊！现在你对伏脱冷老头的神气好一些了。一听我那句话，你就像小姑娘听见人家说了声：晚上见，便理理头发，舔舔嘴唇，有如喝过牛奶的猫咪。这才对啦。来，来，咱们合作吧。先算算你那笔账，孩子。家乡，你有爸爸、妈妈、祖姑母、两个妹妹（一个十八、一个十七），两个兄弟（一个十五、一个十岁），这是你的花名册。祖姑母管教两个妹妹，神甫教两个兄弟拉丁文。家里总是多喝栗子汤，少吃白面包；爸爸非常爱惜他的裤子，妈妈难得添一件冬衣和夏衣，妹妹们能将就便将就了。我什么都知道，我住过南方。家里寄给你一千二的法朗，而田里的收入统共只有三千，你们的情形就是这样。家里有一个厨娘，一个仆人，面子总要顾到，何况爸爸还是男爵呢。至于你自己，你有野心，有鲍赛昂家撑腰，你靠着两条腿步行，心里想发财，袋里空空如也；吃的是伏盖妈妈的粗茶淡饭，心里爱着圣·日耳曼区的山珍海味；睡的是破床，想的是高楼大厦！我不责备你的欲望，我的宝贝。不是人人都有野心的。你去问问娘儿们，她们追求的是怎么样的男人，她们要的就是野心家。野心家比别的男子腰粗膀阔，血中铁质更多，心也更热；女人年轻的时候真快乐，真好看，所以在男人中专挑有力气的爱，便是给他压坏了也甘心。你的欲望我一项一项举出，然后向你提出问题。问题是这样：我们饥肠辘辘，牙齿又尖又快，怎么样才能弄到大鱼大肉？首先我们要吃掉《法典》，那可不是好玩的事，也学不到什么；可是这一关非过不可。好，就算过了关，咱们就算当了律师，将来在重罪法庭当一个庭长，把一些英雄好汉，肩膀上刺了T.F.符号的发配流放出去，好让财主老爷们高枕无忧地睡觉。这可不够味儿，而且时间很长。先得在巴黎清汤雪水地熬两年，对馋涎欲滴的美果只许看，不许碰。可望而不可及，才难受呢。要是你面无血色，性格软绵绵的像条虫，那也罢了；不幸你的血像狮子的一样滚烫，胃口奇佳，一天可以胡闹二十次。这样你就受罪啦，受老天爷地狱里最凶的刑罚。就算你安分守己，只喝牛奶，做些本份的事；可是熬尽了千辛万苦，憋着一肚子怨气之后，你总得，无论你如何胸襟坦荡，先要在一个混蛋手下当代理检察，在小城的角落里，政府丢给你一千法郎薪水，好像把残羹冷饭扔给一条肉铺里的狗。你的职业是盯在小偷背后狂吠，替有钱的人辩护，把有心肝的送上断头台。你非这样不可！要没有靠山，你就在内地法院里发霉。假如顺当，到三十岁，你可以当一名年俸一千二的推事。熬到四十岁，娶一个磨坊主人的女儿，带来六千上下的陪嫁。得啦，谢天谢地啦。假如有靠山，三十岁上你便是检察官，五千法郎薪水，娶的是区长的女儿。再玩弄一下卑鄙的政治手段，譬如读选举票，把自由党的玛虞哀念做保王党的维莱（反正押韵，大可心安理得），你可以在四十岁上升做首席检察官，还能当议员。你要清楚，亲爱的孩子，这么做是要咱们昧着良心，吃二十年苦，无声无息地受二十年难，咱们的妹妹只能当老姑娘了。还得奉告一句：首席检察官的职份，全法国只有二十个，候补的有两万，其中总有无耻之徒，为了升官发财，不惜出卖妻儿子女。假如你不喜欢这份职业，那么再来瞧瞧别的。特·拉斯蒂涅男爵想当律师吗？噢！好极了！先得熬上十年，每月一千法郎开销，要有图书室，一间事务所，出去应酬，卑躬屈膝地巴结诉讼代理人，才能招揽案子，吃上法院的尘埃。要是这一行能够使你出头，那也未尝不好；可是你去问一问，五十岁左右每年挣五万法郎以上的律师，巴黎有没有五个？去你的，与其受这份窝囊罪，还不如去当海盗。再说，哪儿来的本钱？这些都让人伤透了心。不错，还有一条出路是女人的陪嫁。哦，你愿意结婚吗？那等于把一块石头挂上自己的脖子。何况为了金钱而结婚，我们不要面子吗？不要志气了？还不如现在就反抗社会！像蛇一样躺在女人前面，舐着丈母娘的脚，做出叫母猪也害臊的卑鄙事情，呸！这样要能换到幸福，倒还罢了。但这种情形之下娶来的老婆，会叫你倒霉得像阴沟盖。跟自己的老婆斗还不如同男人打架。如今你到了人生的三岔口，朋友，你挑吧。你已经挑定了，你去过表亲鲍赛昂家，嗅到了富贵气。你也去过高老头的女儿雷斯多太太家，闻到了巴黎妇女的味道。那天你回来，脸上赫然写着几个字：往上爬！不顾一切地往上爬！我暗中叫好，心里想这倒是一个合我脾胃的汉子。你需要钱，到哪儿去找呢？你甚至动用了妹妹的血本。做弟兄的多多少少全骗过姐妹的钱。你家乡多的是栗树，少的是钱币，不知道怎么弄来的一千五百法郎，花钱跟大兵出门抢劫一样快，钱完了怎么办？读书吗？如今你该明白读书的下场了，是像波阿莱那等角色老来在伏盖妈妈家租间屋，了却残生。跟你情形相仿的四五万青年，此刻都有一个问题要解决：赶快挣一笔财产。你是其中的一个。你想：你们要怎样的拼命，怎样的奋斗；势必你吞我，我吞你，像一个瓶里的许多蜘蛛，因为根本没有四五万个好职位。你知道巴黎的人怎么闯荡的？不是靠天才的光芒，就是靠腐蚀的本领。在这个人堆里，不像炮弹一般轰进去，就得像瘟疫一般钻进去。忠厚老实是无用的别名。在天才的威力之下，大家会屈服；当然一开始还会恨他，毁谤他，因为他一人独吞，不肯分肥：可是他要坚持下去的话，大家便屈服了；总而言之，如果他们打不倒你，就向你磕头。而雄才大略是少有的，遍地风行的是腐化堕落。社会上多的是饭桶，而腐蚀便是饭桶们的武器，你到处都可以感觉到它的刀尖。有些男人，全部家私不过六千法郎薪水，老婆的衣着却花到一万以上。收入只有一千二的小职员也会买田买地。你可以看到一些女人出卖身体，为的要跟贵族院议员的公子，坐了车到长野跑马场的中央大道上去飞驰。女儿已经有五万法郎进款，可怜的脓包高老头还不得不替女儿还债，那是你亲眼目睹的。你走着瞧吧，在巴黎到处可见这类怪事。我敢把脑袋跟这一堆生菜打赌，你要遇到你钟情的女子，无论是谁，不管怎样有钱、美丽、年轻，你就等于掉在黄蜂窠里。她们受着法律的约束，什么事都得跟丈夫勾心斗角，为了情人、衣着、孩子、家用、虚荣心，所玩的手段，简直……反正不是为了什么光明正大的事情。所以正人君子是大众的公敌。你知道什么叫做正人君子吗？在巴黎，正人君子是那些同流合污、沉默廉价的人。还不包括那些可怜的到处做苦工而没有报酬的公共奴隶，我管他们叫做相信上帝的傻瓜。当然这是德行的最高峰，傻子精神的好榜样，事实上也是苦海。要是上帝开个玩笑，在最后审判时缺席一下，那些好人就显出怪像来了！如果，你想快快发财，必须现在已经有钱，或者装做有钱。要弄大钱，就该大刀阔斧地干，要不就关门大吉。三百六十行中，倘有十几个人很快便成功业就，大家便管他们叫做贼。你自己去找结论吧。这就是生活的本来面目。跟厨房一样腥臭。要想捞油水不能怕弄脏手，只消事后洗干净；如今所谓道德，不过就是指这个。我这样议论社会是有权利的，因为我认识社会。你以为我在责难谁吗？绝对不是。世界一向是这样的。道德家永远改变不了它。人是很虚伪的，不过他的作假有时多有时少，一般傻子便跟着说风俗淳朴了。我并不帮平民骂富翁，上中下三等的人都是一般的黑。这些高等野兽般的青年在扮演。一个少妇把心给了你，还怕她不肯打开钱袋吗？你以为你损失了吗？不。一桩买卖就能把二十万捞回来。凭你的资本，凭你的头脑，挣多大的家财都不成问题。于是乎，你在六个月中间造就了你的幸福，造就了一个小娇娘的幸福，还有伏脱冷老头的幸福，还有你父母妹妹的幸福，他们此刻不是缺衣少食，又冷又饿吗？我的提议跟条件，你不用大惊小怪！巴黎六十件美满的婚姻，总有四十七件是这类交易。公证曾经强迫某先生……"

"那我该怎么办呢？"拉斯蒂涅急忙地打断了伏脱冷的话，一副急不可待的样子。

"噢，用不着你多费心的，"伏脱冷回答的时候，那种高兴好比一个渔夫觉得鱼儿上了钩。"你听我说！凡是遭难不幸的女子，她的心等于一块极需要爱情的海绵，即使一滴感情的慎重，立刻膨胀。追求一个孤独、绝望、贫穷，她自己也想不到将来有笔财富，那简直是拿了一手同花顺子，或是知道了头奖的号码去买奖券，或是得了消息去做公债。你的亲事就像在坚固的水泥地上建的屋子。一旦有几百万家财落在那姑娘头上，她会石头般的扔在你脚下，说道：'拿吧，我的心肝！拿吧，阿陶夫！阿弗莱！拿吧，欧也纳！'只消阿陶夫、阿弗莱，或者欧也纳有那聪明的头脑肯为她牺牲。所谓牺牲，不过是卖掉一套旧衣服，换几个钱请她到蓝钟饭铺吃一顿香菌包子；晚上再请她到喜剧院看一场戏，或者把心爱的手表当掉，买一条披肩送她。至于谈情说爱中的山盟海誓之类我就不多说了。小女人都喜欢那一套，譬如在情书里洒几滴水冒充眼泪等等，我看你也是个调情老手。你瞧，巴黎仿佛新大陆上的森林，有无数的野蛮民族在活动，什么伊林诺人、许龙人，都在社会上靠打猎为生。你是个追求百万家财的猎人，得用陷阱、使用鸟笛、用哨子去猎取，猎物种类繁多：有的猎取陪嫁、有的猎取破产后的清算、有的出卖良心、有的出卖无法抵抗的定户。凡是满载而归的人都被敬重、庆贺，受上流社会接待。平心而讲，巴黎是世界上最好客的城市。即使欧洲各大京城高傲的贵族拒绝一个声名狼藉的百万富翁跟他们称兄道弟，巴黎却会对他张开双臂，赴他的宴会，吃他的饭，为他的丑行而干杯。"

"可是到哪儿去找这样一个姑娘呢？"欧也纳问。

"就在眼前，她会听你的摆布！"

"你说的是维多莉小姐吗？"

"正是！"

"怎么说？"

"她已经爱上你了，你的这位特·拉斯蒂涅男爵夫人！"

"她一贫如洗呀。"欧也纳万分诧异的说。

"噢！我们就要说的事？再补上两句，事情就明白了。泰伊番老头在大革命时代暗杀过他的一个朋友；他是跟我们一类的好汉，有独到的见解。他是一个银行家，弗莱特烈·泰伊番公司的大股东；他一心要把全部家产传给独养儿子，把维多莉一脚踢开。我可不喜欢这种不平事儿。我是堂·吉诃德的好汉，专爱打抱不平。如果上帝的意志要召回他的儿子，泰伊番自会承认女儿；他好歹总要一个继承人，这又是人类天生的傻脾气，可他已经不能生孩子了，我知道。维多莉温柔可爱，很快会取得其父的欢心，用感情弄得晕头转向，像个德国陀螺似的，你对她的爱情，会使她感激万分，决不会忘掉，她会嫁给你。我么，我来替天行道，教上帝发愿。我有个生死之交的朋友，洛阿军团的上校，最近调进王家卫队。他听了我的话加入极端派的保王党，他才不是固执成见的糊涂蛋呢。顺便得忠告你一句，好孩子，你不能拿自己的言论当真，也不必拿自己的观点当真。有人要收买你的观点，不妨出卖。一个自命为从不改变主张的人，是一个永远走直线的人，相信自己永远正确的大傻瓜。世界上没有原则，只有神话；没有法律，只有时势；高明的人同事件跟时势打成一片，任意支配。倘若真有什么固定的原则和法律，大家也不能随时更换，人们就不会像咱们换衬衫一样老是随意更换了。一个人用不着比整个民族更智慧。替法国出力最少的倒是受人膜拜的偶像，因为他走激进的路；其实这等人至多只能放在博物院中跟机器在一块儿，挂上一条标签，叫他做拉斐德。至于被每个人丢石子的那位亲王，根本瞧不起人类，所以人家要他发多少誓他便发多少誓；他却在维也纳会议中使法国免于瓜分；他替人争了王冠，人家却把污泥准备扔在他脸上。嗳！什么事的底细我都明白；人家的秘密我知道的才多呢！不用多说了。只消有一天能碰到三个人对一条原则的运用意见一致，我就佩服，我立刻采取一个坚决的主张，可是不知何年何月才有这么一天呢！对同一条法律的解释，法庭上就没有三个推事意见是相同的。闲话少说，说我那个朋友吧。只要我动动嘴，他会把耶稣基督重新钉上十字架。凭我伏脱冷一句话，他会向那个小子寻事，对可怜的亲妹妹连一个子儿都不给，哼！……然后……"伏脱冷站起身，摆着姿势，好似一个剑术教师准备开步的架式：

"然后，把他送回老家！"

"真是可怕！"欧也纳道。"伏脱冷先生，你开玩笑吧？"

"哟！哟！哟！别紧张，"他回答，"别那么孩子气。你要是愿意，尽管去生气，去冒火！骂我恶棍、坏蛋、无赖、强盗都行，只不要叫我骗子、奸细！来吧，骂吧，把你的连珠炮放出来吧！我原谅你，在你这个年纪我能理解！我是过来人！不过得仔细想一想。也许有一天你干的事比这个更卑鄙恶心，你会去拍漂亮女人的马屁，然后接受她的赏钱。你已经在这么想了。因为你如果不在爱情方面预支，你的梦想怎么能成功？亲爱的大学生，道德不能模棱两可，是就是，不是就不是，一点没有含糊。有人说罪过可以补赎，可以用忏悔来抵销！哼，笑话！为要爬到社会上的某一级而去勾引一个女人，挑唆兄弟不和，总之为了个人的快活和私利，明里暗里所干的一切卑鄙勾当，难道你以为合乎信仰、希望、慈悲三大原则吗？一个纨绔子弟引诱未成年的孩子一夜之间丢了一半家产，凭什么只判两个月徒刑？一个可怜的穷鬼偷了一千法朗，凭什么就判终身苦役？这是你们的法律。没有一条不荒谬的。戴了黄手套说漂亮话的人物，杀人不见血，永远躲在背后；普通的杀人犯却在黑夜里用铁棍橇门进去，那明明是犯了加重刑罚的条款了。我现在向你提议的，跟你将来所要做的，差别只在于见血不见血。你还相信世界上真有什么固定不变的东西！嗳！千万别把人放在眼里，倒应该钻钻法网的漏洞。只要是不明不白的发了大财，骨子里都有隐私的，只不过收拾得干净罢了。"

"别说了，先生，我听不下去了，你叫我都怀疑自己了，我只能听感情指导了。"

"请便吧，我漂亮的孩子。我没想到你这样胆小；我不再跟你说什么了。不过，最后交代你一句，"他目不转睛地瞪着大学生，"我的秘密交给你了。"

"那人拒绝听从你的计划，年轻人会忘得干干净净的。"

"说得好，我很高兴。不是吗，换了别人，就不会这么谨慎体贴了。别忘了我这番心意。等你半个月。要就办，或者就偃旗息鼓。"

眼看伏脱冷挟着手杖，若无其事地走了，拉斯蒂涅不禁想："好一个该死的家伙！特·鲍赛昂太太是很委婉地对我说的，他赤裸裸地说了出来。他拿钢铁般的利爪把我的心搅得天翻地覆。干吗我要上特·纽沁根太太家去？我刚转好念头，他就猜着了。关于德行，这强盗胚子三言两语告诉我的，远过于多少人物多少书本所说的。如果德行不允许妥协，我岂不是偷了我的妹妹？"

他把钱袋望桌上一扔，坐下来胡思乱想。

"忠于德行，就是做一个伟大的殉道者！每个人相信德行，可是谁是有德行的？民众崇拜自由，可是世界上的自由的民族在哪儿？我的青春还像明净无云的蓝天，可是若要平步青云，就不得不扯谎、屈膝、奴颜婢膝、拍马屁、处处作假吗？不就是甘心情愿听那般曾经扯过谎、屈过膝、在地下爬过的人使唤吗？要加入他们的行列，先得侍候他们。呸！那不行。我要规规矩矩、清清白白地用功，日以继夜地用功，凭劳动来挣我的财产。这是求富贵最慢的路，但我每天可以问心无愧地上床。白璧无暇，像百合一样的纯洁，将来回顾一生的时候，岂不挺美？我跟人生，还像一个青年和他的未婚妻一样新鲜。伏脱冷却教我看到婚后十年的情景。该死！我越想越晕头转向了。还是什么都不去想，听凭我的感情指导吧。"

胖子西尔维的声音惊动了欧也纳，她报告说裁缝来了。他拿了两只钱袋站在裁缝前面，觉得这个场面倒也不讨厌。试过晚礼服，又试一下白天穿的新装，他马上变了一个人。

他心里想："还怕比不上特·脱拉伊？还不是一样的绅士气派？""先生，"高老头走进欧也纳的屋子说，"你可是问我特·纽沁根太太上哪些地方应酬吗？"

"是啊。"

"下星期一，她要参加特·加里里阿诺元帅的舞会。要是你能去，请你回来告诉我，她们姊妹俩是不是玩得痛快，穿些什么衣衫，总之，你要样样说给我听。"

"你怎么知道的？"欧也纳让他坐在火炉旁边问他。

"她的老妈子告诉我的。从丹兰士和公斯当斯那边，我打听得到她们的一举一动。"他像一个年轻的情人因为探明了情妇的行踪，对自己的手段非常得意。"你可以看到她们了，你！"他的羡慕与痛苦都天真的表现了出来。

"还不清楚呢，"欧也纳回答，"我要去见特·鲍赛昂太太，问她能不能把我介绍给元帅夫人。"

想到以后能够穿着新装上子爵夫人家，欧也纳不由得心花怒放。伦理学家所谓人心的深渊，无非指一些自欺欺人的思想，不经意中只顾自己利益的念头。对突然的变化，来一套仁义道德的高调，又突然回到老路上去，都是迎合我们求乐的愿望的。眼看自己穿扮齐整，手套靴子样样合适之后，拉斯蒂涅又忘了做个有德行的人的决心。青年人陷于不义的时候，不敢面对良心的镜子；成年人却不怕面对：人生两个阶段的不同完全在于这一点。

这些天以来，欧也纳和高老头这对邻居成了好朋友。他们心照不宣的友谊，伏脱冷和大学生的不投机，其实都出于同样的心理。将来倘有什么大胆的哲学家，想肯定我们的感情对物质世界的影响，一定能在人与动物的关系中找到不少确实的例子，证明感情并不是抽象的。譬如说，看相的人推测一个人的性格，绝不能一望而知，如同狗知道一个陌生人对它的爱憎那么快。有些无聊的人想淘汰古老的字眼，可是"物以类聚"这句成语始终深埋在每个人的心里。受到人家的爱，我们是感觉到的。感情在无论什么东西上面都能留下痕迹，并且能穿越空间。一封信代表一颗灵魂，等于口语的忠实的回声，所以感情细腻的人把信当做爱情的珍宝。高老头的盲目的感情，已经把他像狗一样的本能发展到出神入化，自然能体会大学生对他的同情、钦佩和好意。可是这初期的友谊还没有到推心置腹的阶段。欧也纳以前固然表示要见特·纽沁根太太，却并不想托老人介绍，而仅仅希望高里奥漏一点儿口风给他利用。高老头也等到欧也纳访问了阿娜斯大齐和特·鲍赛昂太太回来，当众说了那番话，才和欧也纳提起女儿。他说：

"亲爱的先生，你怎么能以为说出了我的名字，特·雷斯多太太就生你的气呢？两个女儿都很孝顺，我是个幸福的父亲。只是两个女婿对我不好。我不愿意为了跟女婿不和，叫两个好孩子伤心；我宁可暗地里看她们。这种偷偷摸摸的快乐，不是那些随时可以看到女儿的父亲所能了解的。我不能那样做，你懂不懂？所以碰到好天气，先问过老妈子女儿是否出门，我上天野大道去等。车子来的时候，我的心就狂跳起来；看她们穿扮那么漂亮，我多高兴。她们顺便对我笑一笑，噢！那就像天上照下一道美丽的阳光，把世界镀了金。我呆在那儿，她们还要回来呢。是呀，她们终于回来了，我又看见她们了！呼吸过新鲜空气，脸蛋儿红红的。周围的人说：'哦！多漂亮的女人！'我听了多开心。那不是我的亲骨肉吗？我喜欢替她们拉车的马，我愿意做她们膝上的小狗。她们快乐，我才觉得活着有意思。各有各的爱的方式，我那种爱又不妨碍谁，干吗要人家管我的事？我有我享福的办法。晚上去看女儿出门上舞会，难道犯法吗？要是去晚了，知道'太太已经走了'，那我才伤心死呢！有一晚我等到清早三点，才看到两天没有见面的娜齐。我兴奋得几乎晕过去！我求你，以后提到我，一定得说我女儿孝顺。她们要送我各式各样的礼物，我把她们拦住了，我说：'不用破费呀！我要那些礼物干什么？我一样都不少。'真的，亲爱的先生，我是什么东西？不过是一个臭皮囊罢了，只是一颗心老跟着女儿。"

那时欧也纳想出门先上蒂勒黎公园转转，然后到了时间去拜访特·鲍赛昂太太。高老头停了一会又说："将来你见过了特·纽沁根太太，告诉我你在她们两个之中更喜欢哪一个。"

这次的散步是欧也纳一生的关键。有些女人开始注意到他了：他那么俊美，那么年轻，那么体面，那么风雅！一看到自己成为路人赞美的目标，他立刻忘了被他挖掘一空的姑母姊妹，也忘了良心的指责。他看见头上飞过的那个极像天使的魔鬼，五色翅膀的撒旦，一路撒着红宝石，把黄金的箭射在宫殿前面，把女人们扮得大红大紫，把简陋的王座蒙上金黄的光彩；他听着那个虚荣的魔鬼唠叨，把虚幻的光彩认为权势的象征。伏脱冷的议论尽管那样的玩世不恭，却已经深深的种在他心头了，好比处女的记忆中有个媒婆的影子，对她说过："黄金和爱情，滔滔不尽！"

懒洋洋的溜达到五点左右，欧也纳去见特·鲍赛昂太太，不料碰了个钉子，青年人无法抵抗的那种钉子。至此为止，他突然觉得子爵夫人非常客气、非常殷勤，那只是贵族教育的表现，不一定有什么真情实意。他一进门，特·鲍赛昂太太便做了个不高兴的姿势，冷冷地说："特·拉斯蒂涅先生，至少现在我不能招待你！我忙得很……"

一个能察言观色的人，拉斯蒂涅已经很快地学会了这一套，这句话、这个姿势、这副眼光、这种音调，毫不掩饰地说明了贵族阶级的特性和习惯，他在丝绒手套下面瞧见了铁掌，在仪态万方之下瞧见了本性和自私，在油漆之下发现了木料。总之他听见了从皇帝到末等贵族一贯的口气：我是皇帝。以前欧也纳把她的话过于当真，过于相信她的心胸宽大。不幸的人只知道恩人与受恩的人是盟友，以为一切伟大的心灵完全一样。殊不知恩人与受恩人同心一体的那种慈悲，跟真正的爱情是相同的，两者都是优美的心灵慷慨豪爽的表现。拉斯蒂涅一心想踏进特·加里里阿诺公爵夫人的舞会，也就忍受了表姊的冷淡。

"太太，"他声音有些发颤地说，"没有要紧事儿，我也不敢来惊动你，原谅我吧，回头我再来。"

"行，那么你来吃饭吧。"她这才发觉刚才过于严厉；这位太太的内心还是高贵而善良的。

突然之间的转变使欧也纳很感动，他临走仍不免有番感慨："为了向上爬，什么都得忍受。连心地最好的女子一刹那间也会忘掉友谊的诺言，把你当破靴似的扔掉，别的女人还用说吗？各人自扫门前雪，想不到果然如此！不错，她的家不是铺子，我不该有求于她。真得像伏脱冷所说的，像一颗炮弹似地轰进去！"

不久想到要在子爵夫人家吃饭的快乐，大学生的牢骚也就没有了。就是这样，好似命中注定似的，他生活中一切琐琐碎碎的事情，都逼他如伏脱冷所说的，在战场上为了不被人杀而不得不杀人，为了不受人骗而不得不骗人，把感情与良心统统丢开，戴上假面具，冷酷无情地玩弄人，神不知鬼不觉地去猎取富贵。

他回到子爵夫人家时，她已经满面春风，又是向来的态度了。两人走进饭厅，子爵早已等在那儿。大家知道，王政时代是饮食最奢侈的时代。特·鲍赛昂先生什么都玩腻了，除了讲究饮食以外，再没有别的嗜好；他在这方面跟路易十八和台斯加公爵志同道和，自称"胃力比那个可怜的台斯加强多了"。他饭桌上的奢侈是外表和内容并重的。欧也纳还是第一次在世代管缨之家用餐，没有见识过这等场面。舞会结束时的宵夜餐在帝政时代非常流行，军人们非饱餐一顿，养足精神，应付国内国外的斗争。当时的风气把这种宵夜餐取消了。欧也纳过去只参加过舞会。幸亏他态度持重，将来他在这一点上很出名的，而那时已经开始有些气度，因为并没显得大惊小怪。可是眼见镂刻精工的银器，席面上那些说不尽的讲究，第一次领教到毫无声响的侍应，一个富于想像的人怎么能不无时无刻羡慕高贵的生活，而不厌弃他早上所想的那种清苦生涯呢！他忽然想到公寓的情形，觉得厌恶之极，发誓正月里非搬家不可：一则，换一所干净的屋子；一则，躲开在精神上控制着他的伏脱冷。头脑清楚的人真要问，巴黎既有成千成万，有声无声伤风败俗之事，怎么国家会如此糊涂，把学校放在这个城里，让青年人聚集在一起？年轻漂亮的女子为什么还会受到尊重？怎么兑换商堆在铺面上的黄金不至于从木钟里不翼而飞？再拿青年人很少犯罪的情形来看，那些耐心的饥荒病者拼命压制馋痨而最终成功，更令人佩服！穷苦的大学生跟巴黎的斗争，若能笔述出来，便是最悲壮的现代文明的真实写照。

特·鲍赛昂太太瞅着欧也纳，想逗他说话，他却始终不肯在子爵面前开一声口。

"今晚你陪我上意大利剧院去吗？"子爵夫人问她的丈夫。

"能够奉陪对我当然是桩快乐的事，"子爵的回答殷勤之中带点儿俏皮，欧也纳根本没有发觉，"可惜我约了朋友去多艺剧院。"

"他的情妇。"她暗想。

"今晚阿瞿达不来陪你吗？"子爵问。

"不。"她不太高兴地回答。

"嗳，你一定要人陪的话，不是有拉斯蒂涅先生在这里吗？"

子爵夫人笑盈盈地望着欧也纳，说道："对你可不大方便吧？"

"夏多勃里昂先生说过：法国人喜欢冒险，因为冒险之中有光荣。"欧也纳弯了弯身子回答。

过了一会，欧也纳坐在特·鲍赛昂太太旁边，给一辆飞快的马车送往那个时髦剧院。他走进一个正面的包厢，和子爵夫人同时成为无数双眼睛的目标，子爵夫人的装束端庄而艳美无比。欧也纳几乎以为进了神仙世界。何况销魂荡魄之事接踵而至。

子爵夫人问道："你不是有话跟我说吗？噢！你瞧，特·纽沁根太太就离我们三个包厢。她的姊姊同特·脱拉伊先生在另外一边。"子爵夫人说着对洛希斐特小姐的包厢瞟了一眼，看见特·阿瞿达先生并没在座，顿时容光焕发。

"她可爱得很。"欧也纳瞅了瞅特·纽沁根太太。

"她的眼睫毛黄得发白。"

"不错，可是多美丽的细腰身！"

"但是手太大了。"

"然而眼睛美极了！"

"脸太长。"

"长有长的漂亮。"

"是吗？那是她运气了。你瞧她手镜举起放下的姿势！每个动作都脱不了高里奥气息。"子爵夫人这些话使欧也纳大为诧异。

特·鲍赛昂太太擎着手镜照来照去，似乎并没注意特·纽沁根太太，其实是把每个举动瞧在眼里。剧院里都是漂亮人物。可是特·鲍赛昂太太的年轻俊俏的表弟，只注意但斐纳·特·纽沁根一个，叫她心里着实得意。

"先生，你对她这样盯着，人家会笑话了。这样不顾一切的死盯着是不会成功的。""亲爱的表姊，我已经屡次承蒙你照应，如果你愿意成全我的话，只请你给我一次惠而不费的帮助。我已经为她着迷了。"

"这么快？"

"是的。"

"就是这个吗？"

"还有什么地方可以施展我的抱负呢？"他对表姊深深地望了一眼，停了一会儿又道："特·加里里阿诺公爵夫人跟特·斐里夫人很要好。你见到她的时候，请你把我介绍给她，带我去赴她下星期一的舞会。我可以在那儿碰到特·纽沁根太太，试试我的本领。"

"好吧，既然你已经看中她，你一定心想事成。瞧，特·玛赛在特·迎拉蒂沃纳公主的包厢里。特·纽沁根太太在受罪啦，她气死啦。要接近一个女人，尤其银行家的太太，再没比这个更好的机会了。唐打区的妇女都是喜欢报复的。"

"你碰到这情形又怎么办？"

"我吗，我就默默地忍受着。"

这时特·阿瞿达侯爵走进特·鲍赛昂太太的包厢。

他说："因为要来看你，我把事情都弄糟啦，我先提一声，免得我白白牺牲。"

欧也纳觉得子爵夫人脸上的光彩是真爱的表示，不能同巴黎式的调情打趣、装腔作势混为一谈。他对表姊钦佩之下，不说话了，叹了口气把座位让给阿瞿达，心里想："一个女人爱到这个地步，真是高尚，多了不起！这家伙为了一个玩具式的娃娃把她丢了，真教人想不通。"他像小孩子一样气愤之极，很想在特·鲍赛昂太太脚下打滚，恨不得有魔鬼般的力量把她抢到自己心坎里，像一只鹰在平原上把一头还没断奶的小白羊抓到窝里去。在这个粉白黛绿的博物院中没有一幅属于他的画，没有一个属于他的情妇，他觉得很委屈。他想："有一个情妇等于有了王侯的地位，有了权势的标识！"他望着特·纽沁根太太，活像一个受辱的人在看着他的对手。子爵夫人回头使了个眼色，对他的知情识趣表示不胜感激。台上第一幕刚演完。

她问阿瞿达："你和特·纽沁根太太相熟，可以把拉斯蒂涅先生介绍给她吗？"

侯爵对欧也纳说："哦，她一定很高兴见到你的。"

潇洒的葡萄牙人起身挽着大学生的手臂，一眨眼便到了特·纽沁根太太旁边。

"男爵夫人，"侯爵说道，"我很荣幸能够给你介绍这位欧也纳·特·拉斯蒂涅骑士，特·鲍赛昂太太的表弟。他对你印象非常深刻，我有心成全他，让他近前来瞻仰瞻仰他的偶像。"

这些话多少带点打趣和唐突的口吻，可是如果经过修饰的话，永远不会使一个女人讨厌。特·纽沁根太太微微一笑，把丈夫刚走开而留下的座位让给欧也纳坐了。

她说："我不敢请你留下，一个有福份跟特·鲍赛昂太太在一起的人，是不该走开的。"

"可是，太太，"欧也纳低声回答，"如果我要讨表姐的欢心，恐怕就该留在你身边。"又提高嗓子，"侯爵来到之前，我们正谈着你，谈着你大方高雅的风度。"

特·阿瞿达先生告辞了。

"真的吗，先生，你留在我这儿吗？"男爵夫人说，"那我们可以相识了，家姐和我提过你，真是久仰得很！"

"那她就太会作假了，她早已把我挡驾了。"

"为什么呢？"

"太太，我应当把原因告诉你；不过要说出这样一桩秘密，先得求你恕罪。我是令尊大人的邻居，当初并不清楚特·雷斯多太太是他的女儿。我无意中，冒冒失失提了一句，竟惹恼了令姐和令姐夫。你真想不到，特·朗日公爵夫人和我的表姐，认为这种背弃父亲的行为多么不合体统。我把当时的经过说给他们听，她们笑了一场。特·鲍赛昂太太把你同令姐做比较，说了你许多好话，说你待高里奥先生很孝顺。那当然，你怎么会不孝顺他呢？他那样的疼你，连我都嫉妒了。今儿早上我和令尊大人谈到你，足足谈了两小时。刚才陪表姐吃饭的时候，我脑子里还装满了令尊的那番话，我对表姊说；我不相信你的美貌能够跟你的好心相比。大概看到我对你这样仰慕，特·鲍赛昂太太才特意带我上这儿来。以她那种惯有的那种热情对我说，我在这会看到你的。"

"先生，"银行家太太说，"谢谢你的盛情，我感激得很。我想不久我们就能成为好朋友了。"

"你所说的友谊尽管不是平淡相交，我可永远不愿意只做你的朋友。"

初涉情场的毛头小子这陈词滥调的话，女人们却百听不厌，只有冷静的头脑才会觉得这话空洞贫乏。一个青年人的动作、声音、目光，给那些废话增添了无穷的魅力。特·纽沁根太太觉得拉斯蒂涅风流潇洒。她像所有的女子一样，没法回答大学生那些露骨的表白，便岔到其他事情上去了。

"是的，姊姊对可怜的父亲很不好。他却是像上帝一样的疼我们。特·纽沁根先生只许我在白天接待父亲，我没有法儿才让步的。可是我为此难过了很久，哭了多少回。除了平时虐待之外，这种霸道也是破坏我们夫妇生活的一个原因。旁人看我是巴黎最幸福的女子，哪知却是最痛苦的。我对你说这些话，你一定以为我疯了。可是你认识我父亲，我不想把你当外人。

"噢！"欧也纳回答，"像我这样愿意把身心一齐捧给你的人，你永远不会碰到第二个。你不是要求幸福吗？"他用那种心弦的声音说。"啊！如果女人的幸福是要有人爱，有人疼；有一个知己可以诉说心中的欲望、梦想、悲哀、喜悦；把自己的心，把可爱的缺点和美妙的优点一齐显露出来，不怕被人拿去利用。那么请相信我，这颗赤诚的心只能在一个青年的男子身上找到，因为他有无穷的幻想，只消你有一点儿暗示，他便为你赴汤蹈火；他还不知道天高地厚，也不想知道，因为你便是他整个的世界。啊，请不要笑我幼稚，我刚从偏僻的内地来，不懂世故，只认识一些心灵优美的人；我没有想到什么爱情。承我的表姊瞧得起，把我看做心腹；从她那儿我才体会到热情的宝贵，既然没有一个女人好让我献身，我就像希吕彭一样爱慕所有的女人。可是我刚才进来一看见你，便像触电似地被你吸引住了。我想你已经想了很久！可做梦也想不到你会这样的美。特·鲍赛昂太太叫我别尽瞧着你，她可不知道你美丽的红唇、洁白的皮肤、温柔的眼睛，叫人没有法子不看。你瞧，我也对你说了许多疯话，可是请你让我说吧。"

女人最喜欢这些絮絮叨叨的甜言蜜语，连最古板的妇女也会听进去，哪怕她们不应该回答。这么一来，拉斯蒂涅又放低声音，说了一大堆恭维话；特·纽沁根太太的笑容明明在鼓励他。她不时对特·边拉蒂沃纳公主包厢里的特·玛赛瞧上一跟。拉斯蒂涅一直陪着特·纽沁根太太，直到她丈夫来找她回去的时候。

"太太，"欧也纳说，"在特·加里里阿诺公爵夫人的舞会之前，我希望能够去拜访你。"

"既然内人请了你，她一定欢迎你的。"特·纽沁根男爵说。一看这个臃肿的亚尔萨斯人的大圆脸，你就知道他是个老奸巨猾的东西。

特·鲍赛昂太太站起来预备和阿瞿达一同走了。欧也纳一边过去作别，一边想："事情进行得不错；我对她说'你能不能爱我？'她并不怎么吃惊。缰绳已经扣好，只要跳上去就行了。"他却不知道男爵夫人根本心不在焉，正在等特·玛赛的一封信，一封令人心碎的决裂的信。欧也纳误会了这意思，以为自己得手了，满心欢喜，一直把子爵夫人送到戏院外边的廊下，大家都在那儿等着自己的马车。

欧也纳走后，阿瞿达对子爵夫人笑着说："你的表弟简直换了一个人。看他像泥鳅一般灵活，我相信他是大有作为的。也只有你会教他挑中一个正需要安慰的女人。"

"可是，"特·鲍赛昂太太回答，"先得弄清，她还爱不爱抛弃她的那一个。"

欧也纳从意大利剧院走回圣·日内维新街，一路打着如意算盘。他刚才发现特·雷斯多太太注意他，不管他在子爵夫人的包厢里，还是在特·纽沁根太太包厢里，他料定从此那位伯爵夫人不会再把他挡驾了。他也自信一定能够讨元帅夫人欢心，这样他在巴黎高等社会中就有了四个大户人家可以来往。他已经懂得，虽然还不知道用什么方法，在这个复杂的名利场中，必须抓住一个攀缘，才能高高在上的控制机器；而他自问的确有控制轮子的力量。"倘若特·纽沁根太太对我有意，我会教她怎样控制她的丈夫。那家伙是做银钱生意的，可以帮我发一笔大财。"他并没把这些念头想得这样露骨，他还不够老练，不能把局势看清、估计、细细地筹划；他的主意只像轻云一般在天空飘荡，虽没有伏脱冷的计划狠毒，可是放在良心的坩埚内熔化之下，也未必能提出多少落伍的分子了。一般人就是从这一类的交易开始，最终廉耻丧尽，而今日社会上也成为一种风气，不足为怪。方正清白、意志坚强、嫉恶如仇，认为稍出常规便是罪大恶极的人物，在现代比任何时代都落伍了。过去有两部杰作代表这等清白的性格，一是莫里哀的阿赛斯德，一是比较晚近的华尔特·司各特的丁斯父子。也许性质相反的作品，把一个上流人物、一个野心家如何抹煞良心，走邪路，装了伪君子面目达到目的，曲曲折折描写下来，会一样的美，一样的动人心魄。

拉斯蒂涅回到公寓门口，已经对纽沁根太太着了迷。那袅娜的腰肢轻巧如燕，令人心醉的眼睛，仿佛看得见血管而像丝织品一样细腻的皮肤，清脆悦耳的声音，金黄的头发，她仿佛就在眼前；也许他走路的时候全身的血液沸腾了，使脑海中的形象格外富于诱惑性。他心不在焉、重手重脚地敲着高老头的房门，喊：

"喂，邻居，我见过但斐纳太太了。"

"在哪儿？"

"意大利剧院。"

"她玩得好吗？请进来呀。"老人没穿好衣服就起来开了门，赶紧睡下。

"快对我说，她怎么样？"他紧跟着问。

欧也纳还是第一次走进高老头的屋子。欣赏过老人女儿的盛装，再看到父亲住的脏乱地方，他不由得大吃一惊。窗上没有帘子，糊壁纸好几处受了潮而脱落、卷缩，露出煤烟熏黄的灰壁。老头儿躺在破床上，只有一条薄被，裹脚的棉花毯是用伏盖太太的旧衣衫改缝的。地砖潮湿，满是灰尘。窗子对面，旧红木柜子，带一点儿鼓形，铜拉手是蔓藤和花叶纠结在一处的形状；一个木板面子的洗脸架，放着脸盆和水壶，旁边是全套剃胡子用具。壁角放着几双鞋；床头一只茶几，底下没有门，面上没有云石，壁炉没有生过火的痕迹，旁边摆一张胡桃木方桌，高老头毁掉镀金盘子就是利用桌上的横挡。破书柜上放着高老头的帽子。这套破烂家具还包括两把椅子，一张草垫陷下去的大靠椅。红白方格的粗布床幔，用一条破布吊在天花板上。既是最穷人家的阁楼，家具也不会比高老头在伏盖家用的差。你看到这间屋子会身上发冷，胸口发紧，恍若置身于阴惨的牢房。幸而高老头没有留意欧也纳把蜡烛放在床几上时的表情。他翻了个身，把被窝一直盖到下巴颏儿。

"哎，你说说，两姐妹你喜欢哪一个？"

"我喜欢但斐纳太太，"大学生回答，"因为她更爱你。"

听了这句真挚的话，老人从床上伸出胳膊，握着欧也纳的手很感动地说：

"谢谢，谢谢，她对你说我什么来着？"

大学生把男爵夫人的话复述了一遍，还美言几句，老头儿好像听着上帝的圣旨。"亲爱的孩子！是的。是的，她很爱我啊。可是别相信她说阿娜斯大齐的话，姊妹俩为了我互相妒忌，你知道吗？这更加证明她们的孝心。娜齐也很爱我，我知道的。父亲对儿女，就如上帝对待我们一样。他会钻到孩子们的心底里去，去看她们的心灵的。她们两人心地一样好。噢！如果再有两个好女婿，不是太幸福了吗？世界上总是不会有十全十美的。如果我和她们住在一起，只要听到她们的声音，知道她们在哪儿，看到她们走进走出；像从前在我身边一样，那么我就会快活极了。她们穿得漂亮吗？"

"漂亮。可是，高里奥先生，你的女儿都嫁给富贵之家，你怎么还住在这样一个陋室里？"

"嘿，"他故作泰然说，"我住得再好有什么用？这些事情我说不上来；我总是说不出两句有头有尾的话。总而言之，一切都在这儿。"他拍了拍心窝。"我嘛，我的生命都在两个女儿身上。只要她们能玩儿，快快活活，穿得好，住得好；我穿什么衣服，睡什么地方，有什么相干？反正她们暖和了，我就不觉得冷；她们笑了，我就不会悲伤；只有她们伤心了我才伤心。你有朝一日做了父亲，听见孩子们喊喊喳喳，你心里就会想：'这是从我身上出来的！'你觉得这些小生命每滴血都是你的血，是你的精华所在，就是这么回事！甚至你觉得跟她们的皮肉连在一起，她们走路，你自己也在动作。无论哪儿都有她们的声音在答应我。她们有点儿不快活的表情，我的血就停止流动了。你终有一天会知道，为了她们的快乐而快乐，比你自己快乐更快乐。我向你解释了你也不懂的，只能说心里痛出来的快乐，叫你浑身舒畅。总之，我的生命里有三个人的存在。我再告诉你一件奥秘吧？我做了父亲，才懂得上帝。世界是他创造的，他无处不在。先生，我与女儿便是如此。不过我爱我的女儿，更胜于上帝爱人类，因为人不像上帝一样的美，我的女儿却比我美得多。我跟她们永远心灵相通，所以我早就预感到，你今晚会碰到她们。我的上帝！如果有个男人使我的小但斐纳快活，把真正的爱情给她，那我宁愿替那个男人擦靴子、跑腿。我从她的女佣那里知道，特·玛赛那小子是条恶狗，我有时真想扭断他的脖子。哼，他竟不知道珍惜无价之宝的女人，夜莺般的声音，生得像天仙一样！只怪她没长眼睛，嫁了个亚尔萨斯死胖子。姊妹俩都要俊俏温柔的青年才配得上；可是她们的丈夫都是她们自己相中的。"

那时高老头真伟大。欧也纳从没见过他表现那种慈父的热情。感情有股熏陶的力量；一个人不管怎样粗俗，只要表现出一股真实而强烈的情感，就有种奇怪的力量，使容貌为之改观，举止为之活泼，声音为之悦耳。往往最蠢的家伙，在热情鼓动之下，即使不能在言语上，至少能在思想上达到雄辩的境界，他仿佛在光明的领域内活动。此时老人的声音举止，有一种不下于表演艺术家的表现力。归根结底，我们优美的感情不正是意志的表现吗？

"你听了不会生气吧，"欧也纳说，"她大概要跟特·玛赛分手了，你听了高兴吗？那花花公子撇下她去追迎拉蒂沃纳公主。至于我，我今晚已经爱上了但斐纳太太。"

"哦!"高老头哭道。

"真的。她并不讨厌我。我们谈情说爱谈了一个小时,后天是期六我要去看她。"

"哦!亲爱的先生,如果她喜欢你,我也会喜欢你呢!你心肠好,不会给她罪受。你如果欺骗她,我就跟你拼命。一个女人一生只爱一次,你知道吗?我的天!我尽说蠢话,欧也纳先生。你在这儿冷得很。喂!你跟她谈过话了,她教你对我说些什么呢?"

"一句话也没有,"欧也纳心里想,可是他高声回答,"她告诉我,说她很想亲热地拥抱你。"

"晚安,邻居。希望你睡得好、做好梦。有你这句话,我就会做好梦了。上帝愿你心想事成!今晚你简直是我的天使,你给我带来我女儿的气息。"

欧也纳躺下时想:"可怜的人,就算是铁石心肠也得被他感动呢。他的女儿可一点也没有想到他,视他如陌路。"

自从这次谈话之后,高老头把他的邻居看做知己,一个意想不到的知己。他们的关系完全建筑在老人的父爱上面;没有这一点,高老头跟谁也不会亲近的。痴情汉的算计从来不会错误。因为欧也纳受到但斐纳的重视,高老头便觉得跟这个女儿更亲近了些,觉得她对自己的确更好些。并且他已经把这个女儿的痛苦告诉欧也纳,他每天都要祝福一次的但斐纳,从来没有得到甜蜜的爱情。照他的说法,欧也纳是他遇到的最可爱的青年,他也似乎预感到,欧也纳能给但斐纳带来从未有过的快乐。所以老人对邻居的友谊日益加深,否则,我们也不可能获悉这故事的结局了。

第二天,高老头在饭桌上不大自然地瞧着欧也纳的神情,和他说的几句话,平时同石膏像一样而此刻完全改变了的面容,使同住的人大为惊诧。伏脱冷从密谈以后还是第一次见到大学生,似乎想摸透他的心思。昨夜睡觉之前,欧也纳曾经把他的远大前途憧憬一番,此刻记起伏脱冷的计划,自然联想到泰伊番小姐的陪嫁,禁不住瞟了维多莉一眼,正如一个极规矩的青年偷看一个有钱的闺女。碰巧两人的眼睛碰在一块。这个可怜的姑娘当然觉得欧也纳穿了新装十分帅气。双方的目光意义深长,拉斯蒂涅也看出自己已经成为她心中的偶像;少女们不是都有些朦胧的求爱欲望,第一次遇到迷人的男子就想求得满足吗?欧也纳听见有个声音对他喊:"八十万法郎!八十万法郎!"可是又突然想起昨夜的事,认为自己对纽沁根太太别有用心的热情,的确是一贴消毒剂。可以压制他不经意的邪念。

他说：“昨天意大利剧院演唱洛西尼的《赛维尔的理发师》，我从没听过这般美妙的音乐。呃！在意大利剧院有个包厢真是舒服！”

高老头竖身倾听，仿佛一条狗听到了主人的声音。

“你被宠坏了，”伏盖太太说，“你们男人就这么随心所欲的。”

“你怎么回来的？”伏脱冷问。

“走回来的。”欧也纳说。

“哼，”伏脱冷说，“要玩就得玩个痛快。我要坐自己的车，上自己的包厢，舒舒服服地回来。要就全套，否则就全不要！这是我的格言。”

“这话说得对。”伏盖太太凑趣说。

“你要看特·纽沁根太太去吧。”欧也纳低声对高里奥说。“她一定很高兴看到你，会向你探问有关我的情况。我知道她正千方百计要得到我的表姊特·鲍赛昂子爵夫人的接待。别忘了告诉她，说我太爱她了，一定满足她的愿望。”

拉斯蒂涅赶紧上学校去，他不愿在这所怕人的公寓里多呆一分钟。他差不多闲荡了一整天，脑子里满满的，像所有抱着热烈的希望的年轻人一样。他在卢森堡公园内从伏脱冷的议论想开去，想到社会和人生，忽然与他的朋友皮安训相遇。

“你怎么这样严肃地绷着个脸？”医学生说着，挽起他的胳膊往卢森堡宫前面走去。

“满脑子的坏念头，烦得很。”

“哪方面的？那也是可以治愈的。”

“怎么治法。”

“只要屈服就行了。”

“你不知道详情就胡说八道的。你读过卢梭的书没有？”

“读过。”

“他著作里有一段，说他能够身在巴黎，能够单凭一念之间，在中国杀掉一个年老的满清贵人，因此发了财；他问读者会怎么办？你是否记得？”

“记得。”

“那你怎么办？”

“噢！我已经杀了好几十个了。”

“别开玩笑，如果真有些事，你只要点点头就行，你干不干？”

“那大人是不是老得很了？老也罢，少也罢，痨病也罢，健康也罢，我的妈呀，吓！我可不干。"

"你是个好人，皮安训。可是假如你爱上一个女人，爱得你肯把灵魂送进地狱，而你非得有钱，有很多的钱，供给她衣着，车马，满足她一切想入非非的欲望，那你怎么办？"

"嗳，你让我抛弃理性，却又要我用理性来思想！"

"皮安训，我疯了，你给我治一治吧。我有两个妹子，又美又纯洁的天使，我要她们幸福。从今起五年之间，哪儿去弄二十万法郎给她们做陪嫁？你瞧，人生有些关口非大手大脚赌一下不可，不能为了混口干饭吃而错过了幸福。"

"每个人踏进社会的时候都遇到这种问题的。而你想快刀斩乱麻，马上成功。朋友，要这样的话，除非有亚历山大那样的雄才大略，要不然你会坐牢。我么，我情愿将来在内地过平凡的生活，老老实实接替父亲的位置。在最小的小圈子里，跟在最大的环境里，感情同样可以得到满足。拿破仑吃不了两顿晚饭，他的情妇也没比加波桑医院的实习生多几个。咱们的幸福，朋友，离不了咱们的肉体；幸福的代价每年一百万也罢，两千法郎也罢，实际的感觉总是那么回事。所以我不想要那个中国人的性命。"

"谢谢你，皮安训，我听了你的话怪舒服。咱们永远是好朋友。"

"喂，"医学生说，"我刚才在植物园上完居维哀的课出来，看见米索诺和波阿莱坐在一张凳上，同一个男人谈话。去年国会附近闹事的时候，我见过那家伙，很像一个暗探，冒充靠利息过活的布尔乔亚。你把米索诺和波阿莱研究一下吧，以后我再告诉你为什么。再见，我要去上四点钟的课了。"

欧也纳回到公寓，高老头正等着他。

"你瞧，"那老人说，"她有信给你。你看她那一笔字多好！"

欧也纳拆开信来。

先生，家父说你喜欢意大利音乐，如果你肯赏光驾临我的包厢，我将非常欣慰。星期六我们可以听到福杜和班莱葛里尼，相信你不会拒绝的。特·纽沁根先生和我，一致请你到舍间来用便饭。如果你能答应，他将大为高兴，因为他可以摆脱做丈夫的苦差，不必再陪我上戏院了。毋须赐复，但候光临，并请接受我的敬意。

D.N

欧也纳念完了信，老人说："给我瞧瞧。"他嗅了嗅信纸又道："你会去的，是不是？嗯，好香！那是她手指碰过的啊！”

欧也纳私下想，“照理女人不会这样进攻男人的。她大概想利用我来挽回特·玛赛，心中有了怨恨才会做出这种事来。”

“喂，你想什么呀？”高老头问。

欧也纳不知道某些女子的虚荣简直像发狂一样，为了踏进圣·日耳曼区阀阅世家的大门，一个银行家的太太作什么牺牲都肯。那时的风气，能出入圣·日耳曼区贵族社会的妇女，被认为高人一等。大家把那个社会的人叫做小王宫的太太们，众人之重便是特·鲍赛昂太太，特·朗日公爵夫人，特·莫弗利原士公爵夫人。唐打区的妇女想挤进那个群星照耀的高等社会的狂热，只有拉斯蒂涅一个人不曾得知。但他对但斐纳所存的戒心，对他不无好处，因为他能保持冷静，能够向人家提出条件而不至于受到人家的牵制。

“噢！当然，我一定去。”欧也纳回答道。

因此他是存着好奇心去看纽沁根太太的，要是那女的瞧他不起，他反而要为了热情冲动而去了。虽然如此，他还是心焦得很，巴不得明天出发的时间快点儿到来。青年人初次玩弄手段也许和初恋一样甜蜜。胜券可操的把握使人喜悦不尽，这种喜悦男人并不承认，可是的确造就某些妇女的魅力。容易成功和难于成功同样能刺激人的欲望，两者都是引起或者培养男子的热情的。爱情世界也就是分成这两大阵地。也许这个分界是气质促成的，因为气质支配着人与人的关系。忧郁的人需要女子若即若离的卖弄风情来提神；而神经质或多血质的人碰到女子抵抗太久了，说不定会掉头不顾。换句话说，哀歌主要是淋巴质的表现，正如颂歌是胆质的表现。

欧也纳一边装扮，一边体味那些小小的乐趣，青年们怕人取笑，一般都不敢提到这种得意，可是虚荣心得到了特别的满足。他梳头发的时候，想到一个漂亮女子的目光会在他漆黑的头发卷中打转。他做出许多怪模样，活像一个更衣去赴舞会的小姑娘。他解开上衣，沾沾自喜地瞧着自己修长的腰身，心里想：“毫无疑问，不如我的还多呢！”公寓中全班人马正围着桌子吃饭，他下楼了，喜洋洋地接受众人喝彩。看见一个人穿扮齐整而大惊小怪，也是包饭公寓的一种风气。有人穿一套新衣，每个人就得开声口。

“得，得，得，得。”皮安训把舌头抵着上额作响，好似催马快走一般。

“吓！好一个王孙公子的派头！”伏盖太太道。

“先生是去会情人吧？”米索诺小姐问道。

“怪模样！”画家嚷道。

"请代我向您的夫人致意。"博物院管事说。

"先生有太太了？"波阿莱问。

"柜子里的那玩意儿，好走水路、包不褪色，起码二十五法郎到四个法郎，新式花样、不怕冲洗、上好质地，半丝线、半棉料、半羊毛，包医牙痛、包治王家学会钦定的疑难杂症！对小娃娃尤其好，头痛、充血、食道病、眼病、耳病。特别灵验。"伏脱冷用滑稽的急口令，和江湖卖艺的腔调叫着。"这件妙物要多少钱看一看呀？两个铜子吗？不，完全免费。那是替蒙古大皇帝造的，全欧洲的国王都要瞧一眼的！大家来吧！向前走，买票房在前面，喂，奏乐，勃龙，啦、啦，伏脱冷，啦、啦，蓬！蓬！喂，吹小笛子的，你把音吹走了，等我来揍你！"

"天哪！这个人多好玩，"伏盖太太对古杜尔太太说，"有他在一块儿永远不觉得无聊。"正在大家说笑打诨的时候，欧也纳发觉泰伊番小姐偷偷瞅了他一眼，俯在古杜尔太太耳边说了几句话。西尔维道："车来了。"皮安训问："他上哪儿吃饭呀？"

"特·纽沁根男爵夫人家。"

"高里奥先生的女儿府上。"大学生补上一句。

大家的目光转向老面条商，老面条商却不胜艳羡地瞅着欧也纳。

拉斯蒂涅到了圣·拉查街。一座轻巧的屋子，十足地道的银行家住宅，单薄的廊校，毫无气派的回廊，就是巴黎的所谓漂亮。不惜工本的讲究，人造云石的装饰，五彩云石镶嵌的楼梯台。小客厅挂满意大利油画，装饰像咖啡馆。男爵夫人愁容满面而勉强掩饰的神气不是假装的，欧也纳看了大为关心。他自以为一到就能叫一个女人快乐，不料她竟是愁眉不展。这大大地刺激了他的自尊心。他看到她心事重重的神色不禁暗自好笑，说道：

"太太，我没有资格要你信任我。要是我打搅你，请你告诉我。"

"哦！你别走。你一走就只剩我一个人在家了。纽沁根在外边应酬，我不愿意孤零零的呆在这儿。我闷得慌，想要散散心。"

"有什么事呢？"

她道："绝对不能告诉你。"

"我就想知道，或许我能在这个秘密之中发挥点作用。"

"或许……"她马上改口道，"噢，不行。夫妇之间的争吵应当深藏在心里。前天我不是跟你提过吗？我一点不幸福。黄金的枷锁是最沉的。"

一个女人在一个青年面前说她苦恼，而如果这青年聪明伶俐，服装齐整，袋里有着一千五百法郎零花钱的话，他就会像欧也纳一般想法而洋洋得意了。

欧也纳回答："你又年轻又漂亮，又有钱又有爱情，还苦恼什么呢？"

"不提我的事了，"她沉着脸摇摇头，"等会儿我们一块儿吃饭，就我们两个。吃过饭去听最美的音乐。"她站起身子，抖了抖白开司棉的衣衫，绣着富丽的波斯图案，问："你觉得我怎么样？"

"美极了，我真希望你整个儿属于我呢。"

"那你错了，"她苦笑道，"你一点看不出这儿的苦难；尽管有这样的外表，我还是苦闷到极点，整夜睡不着觉，我早晚会变成丑八怪的。"

大学生道："哦！不会的。可是我很想知道，有什么痛苦连真诚的爱情都帮助不了？"

她说："告诉你，你就要躲开了。你喜欢我，不过是男人对女人表面上的殷勤；真爱我的话，你会马上痛苦得要死。所以我不应该说出来。咱们说点别的吧。来，瞧瞧我的屋子。"

"不，还是在这儿吧。"欧也纳说着，挨着特·纽沁根太太坐在壁炉前面一张双人椅里，大胆地把她的手抓过来。

她并不缩回，还用力压他的手，表示她心中骚动得厉害。

"听我说，"拉斯蒂涅道，"你要有什么伤心事儿，就得告诉我。我要向你证明，我是为爱你而爱你的。你得把痛苦对我说，让我替你出力，哪怕要杀几个人都可以；要不我就再也不见你了。"

她忽然想起一个无可奈何的念头，拍拍额角，说道："哎，好，让我立刻来试你一试。"

她心上想："是的，除此以外也没有办法了。"她打铃叫人。

"先生的车可是套好了？"她问当差。

"套好了，太太。""我要用。让他用我的车吧。等七点钟再开饭。"

"喂，来吧。"她招呼欧也纳。

欧也纳坐在特·纽沁根先生的车里陪着这位太太，觉得像做梦一样。

她吩咐车夫："到王宫市场，靠近法兰西剧院。"

一路上她心绪不宁，对欧也纳无数的问话也没听见。她那种沉默的、痴呆的、缄口不言的态度是什么意思，他始终没想明白。"转眼就抓不住她了。"他想。

车子停的时候，男爵夫人瞪着大学生的神色使他住了嘴，不敢再胡说八道，因为那时他已经控制不了自己了。

"你是不是很爱我？"她问。

"当然。"他强作镇静地回答。

"不论我叫你干什么，你都不会看轻我吗？"

"不会。"

"你愿意听我指挥吗？"

"无条件服从。"

"你有没有上过赌场？"她的声音发抖了。

"从来没有。"

她说："啊！我放心了。你的运道一定好。我荷包里有一百法郎；一个这么幸福的女子，全部财产就是这一点。你拿着到赌场去，我不知道在哪儿，反正靠近王宫市场。你把这一百法郎去押轮盘赌，要就输光了事，要就替我赢六千法郎。等你回来，我再把痛苦说给你听。"

"我现在要去做的事我一点都不懂，可是我一定照办。"他回答的口气很高兴，他暗暗地想："她既然教我干这种事，她什么都不会拒绝我了。"

欧也纳揣着美丽的钱包，向一个卖旧衣服的商人问了最近的赌场地址，找到九号门牌，奔上楼去。侍者接过他的帽子，他走进屋子问软盘在哪儿。一班老赌客好不诧异地瞧着他由侍者领到一张长桌前面，又听见他大大方方地问，赌注放在什么地方。

一个体面的白发老人告诉他："三十六门随你押，压中了，一赔三十六。"

欧也纳想到自己的年龄，把一百法郎押在二十一的数字上。他还来不及定一定神，只听见一声惊叫，已经中了。

那老先生对他说："把钱收起来吧，这个玩艺儿决不能连赢两回的。"

欧也纳接过老人授给他的钱，把三千六百法郎拨到身边。他始终不明白这赌博的性质，又连本带利押在红上。周围的人看他继续赌下去，很眼红地望着他。轮盘一转，他又赢了，庄家赔了他三千六百法郎。

老先生咬着他的耳朵说："你有了七千二百法郎了。你要是相信我，你赶快走。今儿红已经出了八次。倘使你肯酬谢我的忠告，希望你发发善心，救济我一下。我是拿破仑的旧部，当过州长，现在穷困潦倒了。"

拉斯蒂涅糊里糊涂让白发老头拿去了两百法郎，自己揣着七千法郎下楼。他对这个玩艺儿还是一窍不通，只奇怪自己的好运道。

他等车门关上，把七千法郎捧给特·纽沁根太太。说道："哎哟！你现在又要带我上哪儿啦？"

但斐纳发疯似地搂着他，拥抱他，兴奋得不得了，可看得出，这不是爱情的表现。

"你救了我！"她说，快乐的眼泪簌落落地淌了一脸。"让我统统告诉你吧，朋友。你会和我做朋友的是不是？你看我有钱，阔绰，什么都不缺，至少在表面上如此。唉！你怎知道纽沁根连一个子儿都不让我支配！他只管家里的开销，我的车子和包厢。可是他给的衣着费是不够的，他有心逼得我一个钱都没有。我太高傲了，不愿意央求他。要他的钱，就得服从他的条件；要是接受那些条件，我简直算不得人了。我自己有七十万财产，怎么会让他剥削到这步田地？为了高傲，为了气愤。刚结婚的时候，我们那么年轻那么天真！向丈夫讨钱的话，说出来仿佛要撕破嘴巴。我始终不敢出口，只能花着我的积蓄和可怜的父亲给我的钱；后来我只能借债。结婚对我是最可怕的骗局，我对你怎么也说不清楚的；只消告诉你一句：要不是我和纽沁根各有各的屋子，我就会跳楼。为了首饰，为了满足我的欲望所欠的债（可怜的父亲把我们宠惯了，一向要什么有什么），要对丈夫说出来的时候，我真是难受，可是我终于鼓足勇气说了。我不是有自己本来的一份财产吗？纽沁根却勃然大怒，说我要使他倾家荡产了，一大串的混账话，我听了恨不得地上开个裂缝让我钻下去。当然，他得了我的陪嫁，临了不能不替我还债；可是从此以后把我的零用限了一个数目，我为了求个太平也就答应了。从那时起，我满足了一个男人的虚荣心，你知道我说的是谁。即使我被他骗了，我还得说句公道话，他的性格是高尚的。可是他终于狠心地把我甩了！男人给过一个遭难的女子大把的金钱，就永远不应该抛弃她！应当永远爱她！你只有二十一岁，高尚、纯洁，你或许要问：一个女人怎么能接受一个男人的钱呢？唉，天哪！同一个使我们幸福的人有难同当、有福同享，不是挺自然的吗？把自己整个地给了人，还会顾虑这整个中间的一小部分吗？只有感情消灭之后，人们才会想起金钱来。两人不是海誓山盟，生死不渝的吗？自以为有人疼爱的时候，谁会想到有分手的一天？既然人们发誓说他们的爱是永久的，干嘛要在金钱上分得那么清？你不知道我今天怎样的难受，纽沁根斩钉截铁地拒绝给我六千法郎，可是他按月就得送这样一笔数目给他的情妇，一个歌剧院的歌女。我想自杀，转过最疯狂的念头。有时我竟羡慕一个女佣人，羡慕我的老妈子。找父亲去吗？除非我疯了，阿娜斯大齐和我已经把他榨干了；可怜的父亲，只要他能值六千法郎，他把自己出卖都愿意。现在我只能使他干急一阵。想不到你救了我，还保住了我的面子，这等于救了我的性命。那时，我痛苦得糊里糊涂了。唉，先生，我不能不对你作这番解释，我简直疯了，才会教你去做那样的事。刚才你走了以后，我真想下车逃跑……逃到哪儿去？我不知道。巴黎的妇女半数就是过的这种生活；表面上穷奢极侈，暗里担心得要死。想来还有些可怜且比我更苦。有的不得不叫铺子开花账。有的不得不偷盗丈夫；以致有些丈夫以为两千法郎的开司棉只值五百，而有的以为五百法郎的开司棉值到两千，还有一些可怜的妇女叫儿女挨饿，好搜刮些零钱做件衣衫。我可从没干过这些下流的勾当。这次是我最后一次的苦难了。有些女人为了控制丈夫，不惜把自己卖给丈夫，我至少是自由的！我相信我可以叫纽沁根在我身上堆满黄金，可是我宁愿伏在一个我敬重的男人怀里痛哭。啊！今晚上特·玛赛再无权把我看作他出钱厮养的女人了。"

她双手捧着脸，不让欧也纳看见她哭。他却拿掉她的手，细细瞧着她，觉得她脸上很有些高尚的东西。

她说："把金钱和爱情混在一块儿，不是丑恶极了吗？你不会爱我的。"

使女人显得多么伟大的好心，现在的社会组织逼她们犯的过失，两者交错之下，使欧也纳心都乱了。他一边用好话安慰她，一边暗暗赞叹这个美丽的女子，她的痛苦的呼号竟会那么天真那么冒失。

她说："你答应我，你将来不会拿这个来要挟我，好吗？"

"噢，太太，我不是这种人。"

她又感激又温柔地拿他的手放在心口："你使我恢复了自由、快乐。过去我老受着威胁。从此我决定过简朴的生活，不再挥金如土了。你一定喜欢我这么办是不是？这一部分你留着，"她自己只拿六张钞票。"我还欠你三千法郎，因为我觉得要跟你平分才对。"

欧也纳像小姑娘一样再三推辞。男爵夫人说："你要不肯做我的同党，我就把你当做敌人，"他只得收下，说道：'好，那么我留着以防不测吧。"

"噢！我就怕听这句话，"她脸色发白地说，"你要瞧得起我，千万别再上赌场。我的天！如果我教坏了你！那我要难受死了。"

他们回到家里。苦难与奢华的对比，大学生看了头脑昏昏沉沉，伏脱冷那些可怕的话又在耳朵里响起来了。

男爵夫人走进卧室，指着壁炉旁边一张长靠椅说："你坐一会我要写一封极难措辞的信。你替我出点儿主意吧。"

"干脆不用写。把钞票装入信封，写上地址，派你老妈子送去就行了。"

"哦！你真是一个宝贝。大家风范毕竟不同！真是十足的鲍赛昂作风，"她笑着说。

"她真迷人！"越来越着迷的欧也纳想。他瞧了瞧卧房，奢侈的排场活像一个有钱的交际花的屋子。

"你喜欢这屋子吗？"她一边打铃一边问。

"丹兰士，把这封信当面交给特·玛赛先生。他要不在家，原样带回。"

丹兰士临走把大学生俏皮地瞅了一眼。晚饭准备好了，拉斯蒂涅让特·纽沁根太太挽着手臂带到一间精致的饭厅，在表姊家瞻仰过的讲究的饮食，在这儿又见识了一次。

"逢着意大利剧院演唱的日子，你就来吃饭，陪我上剧院。"

"这种甜蜜的生活要能长久下去，真是太美了，可惜我是一个清寒的学生，还得挣一份家业。"

"你一定成功的，"她笑道，"你瞧，一切都是早就注定的，我就想不到此刻自己会这样快活。"

女人的天性是喜欢用可能来证明不可能，用预感来取消事实。特·纽沁根太太和拉斯蒂涅走进意大利剧院包厢的时候，她心满意足，容光焕发，使每个人看了都能因此而造些小小的谣言，对此，女人们是毫无办法的，而且会教人相信那些凭空捏造的放荡生活确有其事。只要你认识巴黎之后，才知道大家说的并不是事实，而事实是大家不说的。欧也纳握着男爵夫人的手，两人用握手的松紧代替谈话，交换他们听了音乐以后的感觉。这是他们俩销魂荡魄的一晚；他们一同离开剧院，特·纽沁根太太把欧也纳送到新桥，一路在车中硬撑着，不肯把她在王宫市场那么热烈的亲吻再给他一个。欧也纳埋怨她前后矛盾，她回答说：

"刚才是感激那个意想不到的恩惠，现在如果再那样就是一种许愿了。"

"而你就不肯许一个愿，没良心的！"

他恼了。于是她伸出手来，不耐烦的姿势使情人愈加动心；而他捧了手亲吻时并不满足的神气，她也看了很得意。她说：

"星期一舞会上见！"

在走回去的路上，欧也纳开始一本正经的思索。他又喜又恼；喜的是这桩奇遇大概会给他钓上一个巴黎最漂亮最风流的女子，正好是他心目中的对象；恼的是他的发财计划完全给推翻了。他此刻才发觉原来前天晚上的心神不定是这么个预兆。一个人要失败之后，方始发觉他欲望的强烈。欧也纳越享受巴黎生活，越不肯自甘贫贱。他把袋里一千法郎的钞票捻来捻去，找出无数自欺欺人的理由想据为己有。终于他到了圣·日内维新街，走完楼梯，看见有灯光。高老头虚掩着房门，点着蜡烛，使大学生不致忘记跟他谈谈他的女儿。欧也纳毫无隐瞒的全说了。

高老头妒忌到极点，说道："嗳，她们以为我完了，我可还有一千三百法郎利息呢！可怜的孩子，怎么不到我这儿来！我可以卖掉存款，在本钱上拿一笔款子出来，余下的钱改做终身年金。干嘛你不来告诉我她为难呢，我的孩子？你怎么竟会拿她的区区一百法郎到赌台上去冒险？这简直让我痛不欲生！嗳，所谓女婿就是这种东西！嘿，要给我抓住了，我一定把他们勒死。天！她竟哭了吗？"

"就伏在我背心上哭的。"欧也纳回答。

"噢！把背心给我。怎么！你的背心上有我的女儿，有我心疼的但斐纳的眼泪！她小时候从来不哭的。噢！我一定会给你买一件新的，这一件你别穿了，给我吧。婚书上规定，她可以自由支配她的财产。我要去找诉讼代理人但尔维，明天就去。我一定要把她的财产划出来另外存放。我是懂法律的，我还能像老虎一样张牙舞爪呢。"

"喂，老爹，这是她分给我的一千法郎。你放在背心袋里，替她留着吧。"

高里奥瞪着欧也纳，伸出手来，一颗眼泪掉在欧也纳手上。

"你将来一定成功，"老人说，"你知道，上帝是赏罚分明的。我明白什么叫做童叟不欺；我敢说像你这样的人很少很少。那么你也愿意做我亲爱的孩子喽？好吧，去睡吧。你还没有做父亲，不会睡不着觉。嗳，她哭了，而我，为了不肯叫她们落一滴眼泪，我连圣父、圣子、圣灵都会一齐出卖的。正当她痛苦的时候，我竟若无其事地在这儿吃饭，像木头一样！"

欧也纳一边上床一边想："我相信我一生都可以做个正人君子。凭良心做事，的确是快乐无边。"

也许只有信仰上帝的人才会暗中行善，而欧也纳是信仰上帝的。

第四章　鬼上当

到了第二天舞会的时间，拉斯蒂涅到特·鲍赛昂太太家，由她带去介绍给特·加里里阿诺太太。他受到元帅夫人极热情的招待，又遇见了特·纽沁根太太。她特意装扮得要讨众人喜欢，当然也为了格外讨欧也纳喜欢。她装做很镇静，暗中却是非常焦心地等欧也纳瞟她一眼。你要能猜透一个女人的情绪，那个时间便是你最快乐的时间。人家等你发表意见，你偏偏沉吟不语，明明心中高兴，你偏偏不动声色；人家为你担心，不就是承认她爱你吗？眼看她惊惶不定，然后你微微一笑加以安慰，何乐而不为——这些玩艺儿谁不喜欢来一下呢？在这次盛会中，大学生忽然看清了自己的地位，懂得以特·鲍赛昂太太公开承认的表弟的身份，在上流社会中已经取得地位了。大家以为他已经追上特·纽沁根太太，对他另眼相看，所有的青年都不胜艳羡地瞅着他。沐浴在这种日光之中，他第一次体味到踌躇满志的快感。从一间客厅走到另外一间，在穿过人群的时候，他听见人家在夸他艳福不浅。所有的女人都预言他前程远大。但斐纳惟恐他被别人抢去，答应等会儿把前天坚决拒绝的亲吻给他。拉斯蒂涅在舞会中又受到一些人的邀请。表姊给她介绍了其他几位太太，都是自命风雅的人物，她们的府上也是挺有趣的交际场所。他眼看自己在巴黎最高级最漂亮的社会中露了头角。这个初次登场就大有收获的晚会，他是到死不会忘记的，正如少女忘不了她特别走红的一个舞会。

第二天用早餐的时候，他把得意事儿当众讲给高老头听。伏脱冷却是怪笑了一下。

"你以为，"那个冷酷的逻辑学家叫道，"一个公子哥儿能够呆在圣·日内维新街住伏盖公寓吗？不消说，这儿在各方面看都是一个上等公寓，可决不是时髦地方。我们这公寓殷实、富足、兴隆发达，能够做拉斯蒂涅的临时公馆非常荣幸；可是到底是圣·日内维新街，纯粹是家庭气息，绝对谈不上什么奢华。我的小朋友，"伏脱冷又拿出倚老卖老的挖苦的神气说，"你要在巴黎摆架子，非得有三匹马，白天有辆篷车，晚上有辆四轮马车，统共是九千法郎的置办费。倘若你不在成衣铺花三千法郎，香粉铺花六百法郎，鞋匠那边花三百，帽子匠那边花三百，你最终还是交不了好运。要知道光是洗衣服就得花上一千。时髦小伙子的内衣决不能马虎，那不是大众最注目的吗？爱情和教堂一样，祭坛上都要有雪白的桌布才行。这样，咱们的开销已经到一万四，还没算进打牌、赌东道、送礼等等的花费；零用钱少了两千法郎是不成的。这种生活，我是过来人，要多少开支，我知道得清清楚楚。除掉这些必不可少的用途，再加六千法郎伙食，一千法郎房租。嗯，孩子，这样就得两万五一年，要不就落得给人家笑话；什么前途、什么风光、什么情妇，一古脑儿甭提啦！我还忘了听差跟小厮呢！难道你能教克利斯朵夫送情书吗？用你现在这种信纸写信吗？那简直是自寻死路。相信一个饱经世故的老头儿吧！"他把他的低嗓子又加强了一点，"要就躲到你清高的阁楼上去，抱着书本用功；要就另外挑一条路。"

伏脱冷说罢，瞟着泰伊番小姐的眼睛；等于把他以前引诱大学生的理论重新提了一下，总结了一下。

　　一连多少日子，拉斯蒂涅过着花天酒地的生活，差不多天天和特·纽沁根太太一同吃饭，陪她出去交际。他早上三四点回家，中午起来梳洗，晴天陪着但斐纳去逛森林。他浪费光阴，尽量地模仿，学习，享受奢侈，其狂热正如雌枣树的花萼拼命吸收富有生殖力的花粉。他赌博时不管输赢都很乐观，他养成了巴黎青年挥霍的习惯。他拿第一次赢来的钱寄了一千五百法郎还给母亲姊妹，加上几件精美的礼物。虽然他早已声明要离开伏盖公寓，但到正月底还待在那儿，不晓得如何才能搬出去。青年人行事的原则，初看简直不可思议，其实就因为年轻，就因为发疯似的追求快乐。那原则：不论贫富，老是缺少必不可少的生活费，可是永远能弄到钱来满足想入非非的欲望。对一切可以赊账的东西非常阔绰，对一切现付的东西却万分吝啬；而且因为心里想的，手头没有，似乎故意浪费手头所有的来出气。我们还可以说得更明白些：一个大学生爱惜帽子远过于爱惜衣服。成衣匠的利厚，肯放账，帽匠利薄，所以是大学生不得不敷衍的最难对付的人。坐在戏院花楼上的小伙子，在漂亮妇女的手镜中尽管显出辉煌耀眼的背心，脚上的袜子是否齐备却大有问题，袜子商又是他荷包里的一条蚊虫。那时拉斯蒂涅便是地地道道的这种情形。对伏盖太太老是空空如也，对虚荣的开支老是囊囊充裕；他的财源的荣枯，同最天然的开支绝不调和。为了自己的抱负，这肮脏的公寓常常使他觉得委屈，但要搬出去不是得付一个月的房饭钱给房东，再买套家具来装饰他花花公子的寓所吗？这笔钱就永远没有着落。拉斯蒂涅会用赢来的钱买些金表金链，预备在紧要关头送进当铺，送给青年人的那个不声不响的、知趣的朋友，这是他张罗赌本的办法；但临到要付房饭钱，采办高雅生活必不可少的工具，就一筹莫展了。日常的需要，为了衣食住行所欠的债，都不能使他触动灵机。像多数过一天算一天的人，他总要等到最后一刻，才会付清布尔乔亚认为神圣的欠账，好似米拉菩，非等到面包账变成可怕的借据，才去心急火燎地想办法。那时拉期蒂涅正把钱输光了，欠了债。大学生开始懂得，要没有固定的财源，这种生活是终究过不了多久的。但尽管经济的压迫使他喘不过气来，他仍舍不得这个逸乐无度的生活，无论付什么代价都得维持下去。他早先假定的发财机会变了一场空梦，实际的障碍越来越大。窥到纽沁根夫妇生活的内幕之后，他发觉若要把爱情变做发财的工具，就得含垢忍辱，丢开一切高尚的念头，可是青年人的过失是全靠那些高尚的念头抵销的。表面上光华灿烂的生活，心里却深受良心的谴责，片刻的欢娱都得用长时期的痛苦补赎的生活。

　　"咱们的满大人砍掉了吧？"皮安训有一天离开饭桌时问他。

　　"还没有。不过也快了。"

　　医学生以为他这句话是开玩笑，其实不然。欧也纳好久没有在公寓里吃晚饭了，这天他一边吃饭一边出神，上点心时，还不离席，挨在泰伊番小姐旁边，还不时意味深长地瞟她一眼。有几个房客还在桌上吃胡桃，有几个踱来踱去，继续谈话。大家离开饭厅的早晚，素来不固定，看各人的心思，对谈话的兴趣，以及是否吃得过饱等等而定。在冬季，客人难得在八点以前走完；等大家散尽了，四位太太还得待一会儿，她们刚才有男客在座，不得不少说几句，此刻特意要补充一下。伏脱冷先是好像急于出去，接着注意到欧也纳满肚子心事的神气，便始终留在饭厅内欧也纳看不见的地方，欧也纳当他已经离开了。后来他担心欧也纳以为自己走了，便故意让他看见最后一批房客走了，他仍然留在这儿。他看出大学生的心事，觉得他已经到了紧要关头。

　　的确，拉斯蒂涅那时正像许多青年一样，陷入了僵局。特·纽沁根太太不知是真爱他呢还是特别喜欢调情，她拿出巴黎女子的外交手腕，叫拉斯蒂涅尝尽了真正的爱情的痛苦。众目睽睽之下把特·鲍赛昂太太的表弟抓在身边之后，她反倒迟疑起来，不敢把他表面上似乎已经享有的权利，实实在在地给他。一个月以来，欧也纳的欲火被她一再挑拨，连心都受到伤害了。初交的时候，大学生自以为居于主动的地位，后来特·纽沁根太太占了上风，故意装腔作势，勾起欧也纳所有善与恶的心思，那是代表一个巴黎青年的两三重人格的。她这一套是不是有预谋的呢？不是的，女人即使在虚假的时候也是真实的，因为她总受本能支配。但斐纳落在这青年人掌握之中，原是太快了一些；她所表示的感情也过分了些，也许她事后觉得有失尊严，想收回几分她的情分，或者保持在不进不退的状态。而且，一个巴黎女人在爱情冲昏了头，快要下水之前，临时踌躇不决，试一试那个她预备以身相许的人的心，也是应有之事。特·纽沁根太太既然上过一次当，一个自私的青年辜负了她的一片痴心；她现在提防人家更是应该的。或许欧也纳因为得手太快而表示的大模大样的态度，使她看出有一点儿轻视的意味，那是他们微妙的关系促成的。她大概要在这样一个年纪轻轻的男人面前拿出一点威严，拿出一点成人气派；过去她在那个遗弃她的男人前面，一切都委曲求全。正因为欧也纳知道她曾经落过特·玛赛之手，她不愿意他把自己当做容易征服的女人。并且在一个凶神恶煞的负心人那儿尝过那种屈辱以后，她觉得只在爱情的乐园中闲逛一番另有一种说不出的甜蜜：欣赏一下所有的景致，饱听一番颤抖的声音，让清白的微风抚弄一会儿，她都认为是迷人的享受。纯正的爱情要替不纯正的爱情赎罪。这种不合理的情形永远不会少，如果大家不了解初次的欺骗把一个少妇鲜花般的心摧残得多么厉害。不管但斐纳究竟是什么意思，总之她在玩弄拉斯蒂涅，而且引以为乐；因为她知道他爱她，知道只要她老人家高兴，可以随时使她情人化悲为喜。欧也纳为了自尊心，不愿意初次上阵就吃败仗，便毫不放松地紧追着，仿佛猎人第一次过圣·于倍节非要打一只火鸡不可。他的焦虑、受伤的自尊心，真真假假的绝望，使他越来越丢不掉那个女人。全巴黎都认为特·纽沁根太太是他的了，其实他和她并不比第一天见面时更接近。他还没有懂得，一个女人卖弄风情所给人的好处，有时反而多于她的爱情所给人的快乐，所以他憋着一肚子无名火。虽说女人在对爱情欲擒故纵之际，拉斯蒂涅能尝到一枚果实，可是那些果子是青的，带酸的，咬在嘴里很新鲜，所以代价也特别高。有时，眼看自己没有钱、没有前途，就顾不得良心的呼声而想到伏脱冷的计划，想和泰伊番小姐结婚，得她的家财。那天晚上他又是穷得一筹莫展，几乎不由自主地要接受可怕的斯芬克斯的计策了。他一向觉得那家伙的目光有勾魂摄魄的魔力。

波阿莱和米索诺小姐上楼的时节，拉斯蒂涅以为除了伏盖太太和坐在壁炉旁边迷迷糊糊编织毛线套袖的古杜尔太太以外，再没有旁人，便含情脉脉地瞅着泰伊番小姐，把她羞得低下头去。

"你难道也有伤心事吗，欧也纳先生？"维多莉沉默了一会说。

"哪个男子没有伤心事！"拉斯蒂涅回答。"我们这些时时刻刻预备为人牺牲的年轻人，要是能得到爱，得到赤诚的爱作为酬报，也许我们就不会伤心了。"

泰伊番小姐的回答是毫不含糊地瞧了他一眼。

"小姐，今天你以为你的心的确如此这般；可是你敢担保永远不变吗？"

可怜的姑娘浮起一缕笑容，好似灵魂中涌出一道光，把她的脸照得光艳动人。欧也纳想不到挑动了她这么强烈的感情，大吃一惊。

"嗯！要是你一朝有了钱，有了幸福，有一笔大家私从云端里掉在你头上，你还会爱一个你落难时候所喜欢的穷小子吗？"

她羞涩但坚决地点了点头。

"还会爱一个不幸而可怜的青年吗？"

她又点了点头。

"喂，你们胡扯些什么？"伏盖太太叫道。

"别打搅我们，"欧也纳回答，"我们谈得很投机呢。"

"敢情欧也纳·特·拉斯蒂涅骑士和维多莉·泰伊番小姐私订终身了吗？"伏脱冷低沉的嗓子突然在饭厅门口叫起来。

古杜尔太太和伏盖太太同时说："哟！你吓了我们一跳。"

"没有比她更好的。"欧也纳笑着回答。伏脱冷的声音使他非常难受,他从来不曾有过那样可怕的感觉。

"嗯,你们两位别恶作剧了!"古杜尔太太说。"孩子,咱们该上楼了。"

伏盖太太跟着两个房客上楼,到她们屋里去消磨黄昏,节省她的灯烛柴火。饭厅内只剩下欧也纳和伏脱冷两人面面相对。

"我早知道你会到这一步的,"那家伙声色不动地说,"可是你听着!我是非常体贴人的。你心绪不大好,不用马上决定。你欠了债。我不希望你为了爱情或是绝望投到我这儿来,我要你用理智决定。也许你手头缺少几千法郎,嗯,你要吗?"

那魔鬼掏出皮夹,捡了三张钞票对大学生扬了一扬。欧也纳正窘得要命,欠着特·阿瞿达侯爵和特·脱拉伊伯爵两千法郎赌债。因为还不出钱,虽则大家在特·雷斯多太太府上等他,但他不敢去。那是很随意的非正式的集会,吃吃小点心,喝喝茶,可是在韦斯脱牌桌上可能会很简单地输掉六千法郎。

"先生,"欧也纳好容易忍着身体的抽搐,说道,"自从你对我说了那番话,你该明白我不能再领你的情。"

"好啊,说得好,叫人听了怪舒服的。"那个一心想勾引他的人回答。"你是个漂亮文静的小伙子,像狮子一样高傲,像少女一样温柔。你这样的俘虏才配魔鬼的胃口呢。我就喜欢这种性格的年轻人。如果你有几分政治家的策略,你就能看到社会的本相了。只要玩几套清高的小戏法,一个高明的人就能够满足他所有的欲望,叫台下的傻瓜连声喝彩。要不了几天,你就是我的人了。哦!你要愿意做我的徒弟,管教你万事如意,想什么有什么,并且马上到手,不论是名、是利、还是女人。凡是现代文明的精华,都可以拿来给你享受。我要疼你、惯你,当你心肝宝贝,拼了命来让你寻欢作乐。有什么阻碍,我们替你一律铲除。倘使你再有顾虑,那你是把我当做坏蛋了?哼!你自以为清白,一个不比你少清白十分的人,特·丢兰纳先生,跟强盗们做着小生意,并不觉得有伤体面。你不愿意受我的好处,嗯?那容易,你先把这几张烂票子收下,"伏脱冷微微一笑,掏出一张贴好印花税的白纸,"你写:兹借到三千五百法郎,准一年内还清。再填上日子!利息相当高,免得你多心。你可以叫我犹太人,这你就不欠我的情了。今天你要瞧不起我也由你,以后你一定会喜欢我。你可以在我身上看到那些无底的深渊,广大无边的感情,傻子们管这些叫做罪恶;可是你永远不会觉得我没种,或者无情无义。总之,我既不是小卒,也不是呆笨的大象,而是冲锋的车,告诉你!"

"你到底是什么人？老天生下你来就是要折磨我吗！"欧也纳叫道。

"没有的事！我是一个好人，不怕自己弄脏手，免得你一辈子陷在泥坑里。你问我这样热心为什么？嗯，有朝一日我会咬着你耳朵，轻轻告诉你的。我替你拆穿了社会上的把戏和诀窍，你就害怕；可是放心，你这只不过是怯场，跟新兵第一次上阵一样，马上会过去的。你慢慢自会把大众看做甘心情愿替自封为王的人当炮灰的大兵。可是时世变了。从前你对一个好汉说：给你三百法郎，替我去砍掉某人，他凭一句话把那个人送回了老家，若无其事地回家吃饭。如今我答应你偌大一笔家私，只要你点点头，又不连累你什么，你却是三心两意、犹豫不决，这年头人真没出息。"

欧也纳立了借据，拿了钞票。

伏脱冷又说："哎，来，来，咱们总得讲个理。几个月之内我要动身上美洲去种我的烟草了。我会捎雪茄给你。我有了钱，我会帮你忙。要是没有孩子（很可能，我不想在这个世界上留种），我把遗产传给你。够朋友吗？我可是喜欢你呀，真的。我有那种痴情，要为一个人牺牲。我已经这样干过一回了。你看清楚没有，孩子？我思想境界比别人的高一级。我认为行动只是手段，我眼里只看见目的。一个人是什么东西？——得！——"他把大拇指甲在牙齿上弹了一下。

"一个人不是高于一切，就是分文不值。像波阿莱那种连分文不值还谈不上，你可以像掐死一个臭虫一样掐死他，他干瘪、发臭。像你这样的人却是一个上帝，那可不是一架皮包的机器，而是有最美的情感在其中活动的舞台。我是单凭情感过活的。一宗情感，在思想中不就等于整个世界吗？你瞧那高老头，两个女儿就是他整个的天地，就是他生活的指标。我嘛，挖掘过人生之后，觉得世界上真正的情感只有男人之间的友谊。我醉心的是比哀和耶非哀。（威尼斯转危为安）我全本背得出。一个伙计对你说：来，帮我埋一个尸首！你跟着就跑，鼻子都不哼一哼，也不唠唠叨叨对他谈什么仁义道德；这样有血性的人，你看到过几个？在家我就干过这个。我并不对每个人都这么说。你是一个聪明的人，可以对你无所不谈，你都能明白。这个满是癞蛤蟆的泥塘，你不会老呆下去的。得了吧，一言为定。你一定会结婚的。咱们各自拿着枪杆冲吧！嘿，我的绝不是银样蜡枪头，你放心！"

伏脱冷根本不管欧也纳是否会说出"不"字，径自走了，让他定定神。他似乎懂得这种忸怩作态的心理：人总喜欢小小的抗拒一下，对自己的良心有个交代，替以后的不正当行为找个开脱的理由。

"他怎么办都由他，我一定不娶泰伊番小姐！"欧也纳对自己说。

他想到可能和这个素来厌恶的人联盟，心中火辣辣的非常难受；但伏脱冷那些玩世不恭的思想，把社会踩在脚底下的胆量，使他越来越觉得那家伙了不起。他穿好衣服，雇了车，上特·雷斯多太太家去了。几天以来，这位太太对他格外殷勤，因为他每走一步，他就和高等社会的核心接近一步，而且他似乎有朝一日会声势浩大。他付清了特·脱拉伊和特·阿瞿达两位的账，打了一场夜牌，输的钱都赢了回来。需要奔前程的人多半相信宿命；欧也纳就有这种迷信，认为他运气好是上天对他始终不离正路的报酬。第二天早上，他赶紧问伏脱冷借据有没有带在身边。一听到说是，他便不胜欣喜的把三千法郎还掉了。

"告诉你，事情很顺当呢。"伏脱冷对他说。

"我可不是你的同党。"

"我知道，我知道，"伏脱冷打断了他的话，"你还只是小孩子在玩闹，只敢在门口张望，不敢走进去呢？"

两天以后，波阿莱和米索诺小姐，在植物园一条冷僻的走道中，坐在太阳底下一张凳上，同医学生很有理由猜疑的一位先生说着话。

"小姐，"龚杜罗先生说，"我不懂你哪儿来的顾虑。警察部长大人阁下……"

"哦！警察部长大人阁下……"波阿莱跟着说了一遍。

"是的，部长大人亲自在处理这件案子。"龚杜罗又道。

这个自称为蒲风街上的财主说出警察二字，在安分良民的面具之下露出本相之后，退职的小公务员波阿莱，虽然毫无头脑，究竟是畏首畏尾不敢惹是招非的人，还会继续听下去，岂不是谁都觉得难以相信？其实是挺自然的。你要在愚夫愚妇中间了解波阿莱那个特殊的种族，只要听听某些观察家的意见，不过这意见至今尚未公布。世界上有一类专吃公事饭的民族，在衙门的预算表上列在第一至第三级之间的；第一级，年俸一千二，打个比喻说，在衙门里仿佛冰天雪地中的格林兰；第三级，年俸三千至六千，气候比较温和，虽然种植不易，什么津贴等等也能存在了。这仰存鼻息的一批人自有许多懦弱下贱的特点，最显著的是对本衙门的大头儿有种不由自主的、机械的、本能的恐怖。小公务员之于大头儿，平时只认识一个看不清的签名。在那班俯首贴耳的人看来，部长大人阁下几个字代表一种神圣的，没有申诉余地的威望。小公务员心目中的部长，好比基督徒心目中的教皇，做的事永远不会错。部长的一言一行，都有部长的一道毫光；那个绣花式的签名把什么都遮盖了，把他命令人家做的事都变得合法了。大人这个称呼证明他用心纯正、意念圣洁；一切荒谬绝伦的主意，只消出之于大人之口便理所当然。那些可怜虫为了自己的利益所不肯做的事，一听到大人二字就赶紧奉命。衙门像军队一样，大家只知道闭着眼睛服从。这种制度不许你的良心抬头，灭绝你的人性，年深月久，把一个人变成政府机构中的一颗螺丝。老于世故的龚枚罗到了要显原形的时候，马上像念咒一般说出大人二字唬一下波阿莱，因为他早已看出他是个吃过公事饭的脓包，并且觉得波阿莱是男性的米索诺，正如米索诺是女性的波阿莱。

"既然部长阁下，部长大人……那事情完全不同了。"波阿莱说。

那冒充的小财主回头对米索诺说："先生这话，你听见吗？你不是相信他的吗？部长大人已经完全确定，住在伏盖公寓的伏脱冷便是多隆苦役监狱的逃犯，绰号叫做'鬼上当'。"

"哦哟！鬼上当！"波阿莱道，"他有这个绰号，一定是运气很好喽。"

"对，"暗探说，"他这个绰号是因为犯了几桩非常大胆的案子都能死里逃生。你瞧，他不是一个危险分子吗？他有好些长处使他成为了不起的人物。进了苦役监狱之后，他居然因而名声大震。"

"那么他是一个有面子的人了。"波阿莱道。

"嘿！从他的角度上看是的！他曾经很喜欢一个漂亮小伙子，意大利人，爱赌钱，犯了伪造文书的罪，结果由他顶替了。那小伙子从此进了军队，变得很规矩。"

米索诺小姐说："既然部长大人已经确定伏脱冷便是'鬼上当'，还需要我干什么？"

"对啦，对啦！"波阿莱接着说。"要是部长，像你说的，切实知道……"

"谈不上切实，只是猜测。让我慢慢说给你听吧。'鬼上当'的真姓名叫做约各·高冷，是三处苦役监狱囚犯的心腹、经理、银行老板。他在这些生意上赚到很多钱，干那种事当然要一表人才喽。"

波阿莱道："哎，小姐，你懂得这个双关语吗？先生叫他一表人才，因为他身上黥过印，有了标记。"

暗探接下去说："假如伏脱冷的人收了苦役犯的钱，代他们存放、保管，预备他们逃出以后使用；或者交给他们的家属，要是他们在遗嘱上写明的话，或者交给他们的情妇，将来托他出面领钱。"

波阿莱道："怎么！他们的情妇？你是说他们的老婆吧？"

"不，先生，苦役监狱的犯人普遍只有不合法的配偶，我们叫做姘妇。"

"那他们过的是姘居生活喽？"

"那当然了。"

波阿莱道："嗯，这种荒唐事儿，部长大人怎么不禁止呢？既然你荣幸得很，能见到部长，你又关切公众的福利，我觉得你应当把这些犯人的不道德行为提醒他。那种生活会使社会的道德风气败坏的。"

"可是先生，政府送他们进苦役监狱并非把他们作为道德的模范呀。""不错。可是先生，允许我……"

"嗯，好乖乖，你让这位先生说下去啊。"米索诺小姐说。

"小姐，你知道，搜出一个违禁的钱库——听说数目很大——政府可以得到很大的利益。'鬼上当'经管大宗的财产，所收脏款不光是他的同伴的，还有万字帮的。"

"怎么！那些小贼竟有上万吗？"波阿莱骇然叫起来。

"不是这意思，万字帮是一个高等窃贼的团体，专做大案子的，不上一万法郎的买卖从来不干。帮口里的成员都是刑事犯中间最了不起的人物。他们熟读《法典》，从来不会在落网的时候被判死刑。高冷是他们的心腹，是他们的参谋。他神通广大，有他的警卫组织，爪牙密布，神秘莫测。我们派了许多暗探监视了他一年，还摸不清他的底细。他凭他的本领和财力，能够经常为非作歹，张罗犯罪的资本，让一批恶党不断的同社会斗争。抓到'鬼上当'，没收他的基金，等于把恶势力斩草除根。因此这桩侦探工作变成了一件国家大事，凡是出力协助的人都有光荣。就是你，先生，有了功也可以再进衙门办事，或者当今警察局的书记，照样能拿你的养老金。"

"可是为什么，"米索诺小姐问，"'鬼上当'不拿着他保管的钱逃走呢？"

暗探说："噢！他无论到哪儿都有人跟着，万一他盗窃苦役犯的公款，就要被打死。况且卷逃一笔基金不像拐走一个良家妇女那么容易。再说，高冷是条好汉，决不干这样的勾当，他认为那是极端丢脸的。"

"你说得不错，先生，那样做的话，他确实太丢脸啦。"波阿莱凑上两句。

米索诺小姐说："听了你这些话，我还是不懂干吗你们不直接上门抓他。"

"好吧，小姐，我来回答你……可是，"他咬着她耳朵说，"别让你的先生打断我，要不咱们永远讲不完。居然有人肯听这个家伙的话，大概他很有钱吧——'鬼上当'到这儿来的时候，冒充安分良民，装做巴黎的小财主，住在一所极普通的公寓里；他狡猾得很，从来不会没有防备，因此伏脱冷先生是一个很体面的人物，做着了不起的大买卖。"

"当然罗。"波阿莱私下想。

"部长不愿意弄错事情，抓了一个真伏脱冷，得罪巴黎的商界和舆论。要知道警察总监的地位也是不大稳的，他有他的敌人，一有错儿，钻谋他位置的人就会挑拨进步党人大叫大嚷，轰他下台。所以对付这件事要像对付高阿涅案子的圣·埃兰假伯爵一样；要真有一个圣·埃兰伯爵的话，咱们不是糟了吗？因此咱们得弄清他的身份。

"对。可是需要一个漂亮女人啊。"米索诺小姐抢着说。

暗探说："'鬼上当'从来不让一个女人近身；告诉你，他是不喜欢女人的。"

"这么说来，我没有一点用，值得你给我两千法郎去替你证实？"

陌生人说："很简单。我给你一个，装着特意配好的酒精小瓶，能够叫人像中风似地死过去，可没有生命危险。那个药可以掺在酒里或是咖啡里。等他一晕过去，你立刻把他放倒在床上，解开他衣服，装做看看他有没有断气。趁没有人的时候，你在他肩上打一下——拍——一声，印的字母马上会显出来。"

"那可一点儿不费劲。"波阿莱说。

"是啊，那么你干不干呢？"龚杜罗问老姑娘。

"可是，先生，要没有字显出来，我还能有两千法郎的报酬吗？"

"没有。"

"那么有什么补偿？"

"五百法郎。"

"为这么一点儿钱干这么一件事！良心上总是有点过不去，而我喜欢心安理得，先生。"

波阿莱说："我敢担保，小姐除了非常可爱、非常聪明之外，还非常有良心。"

米索诺小姐说："还是这么办吧，他要真是'鬼上当'，你给我三千法郎；不是的话一个子儿都不要。"

"行，"龚杜罗回答，"可是有个条件，事情明儿就得办。"

"不能这么急，先生，我还得问问听我忏悔的那个神父。"

"想得周到，嗯！"暗探站起身来说。"那么明儿见。有什么要紧事儿找我，可以到圣·安纳小街，圣·夏班院子，弯窿底下只有一扇门，到那儿问龚杜罗先生就行了。"

皮安训上完居维哀的课回来，无意中听到"鬼上当"这个古怪字儿，也听见那有名的暗探所说的"行"。

"干吗不马上答应下来？三千法郎的终身年金，一年不是有三百法郎利息吗？"波阿莱问米索诺。

"干吗！你想一想呀。倘使伏脱冷果真是'鬼上当'，跟他打交道也许好处更多。不过问他要钱等于给他通风报信，他会溜之大吉。那可两面落空，糟糕透啦！"

"你通知他也不行的，"波阿莱接口道，"那位先生不是说已经有人监视他吗？而你可什么都损失了。"

米索诺小姐心里想："并且我也不喜欢这家伙，他老对我说些不客气的话。"

波阿莱又说："你还是那样办吧。我觉得那位先生挺好，衣服穿得整齐。他说得好，替社会去掉一个罪犯，不管他怎样义气，在我们总是服从法律。江山易改，本性难移。谁保得住他不会一时性起，把我们一齐杀掉？那才该死呢！他杀了人，我们是要负责任的，且不说咱们的命要先送在他手里。"

米索诺小姐一肚子心事，没有功夫听波阿莱那些断断续续的话，好似没有关严的水龙头上漏出的一滴一滴的水。这老头儿一旦说开了场，米索诺小姐要不加阻拦，就会像上了发条的机器，嘀嘀咕咕永远没得完。他提出了一个主题，又岔开去讨论一些完全相反的主题，始终没有结论。回到伏盖公寓门口，他东拉西扯，旁征博引，正讲着在拉哥罗先生和莫冷太太的案子里他如何出庭替被告作证的故事。进得门来，米索诺瞥见欧也纳跟泰伊番小姐谈得那么亲热那么有劲，连他们穿过饭厅都没有发觉。

"这种事，总是会发展到这一步的，"波阿莱说，"这两天他们俩眉来眼去，恨不得把灵魂都扯下来。"

"是啊，"他回答，"所以她给定了罪。"

"谁？"

"莫冷太太喽。"

"我说维多莉小姐，你回答我莫冷太太，谁是莫冷太太？"米索诺一边说一边不知不觉走进了波阿莱的屋子。

波阿莱问："维多莉小姐有什么罪？"

"怎么没有罪？她不该爱上欧也纳先生，不知后果，没头没脑地瞎撞，可怜的傻孩子！"

欧也纳白天被特·纽沁根太太折磨得绝望了。他内心已经完全向伏脱冷屈服，既不愿意推敲一下这个怪人对他的友谊是怎么回事，也不想想这种友谊的结果。一小时以来，他和泰伊番小姐信誓旦旦，亲热得不得了；他已经一脚踏进泥潭，只有奇迹才能把他拉出来。维多莉听了他的话以为听到了安琪儿的声音，天国的门开了，伏盖公寓染上了神奇的色彩，像舞台上的布景。她爱他，他也爱她，至少她是这样认为的！在屋子里没有人窥探的时候，看到拉斯蒂涅这样的青年，听着他说话，哪个女人不会像她一样的相信呢？至于他，他和良心作着斗争，明知自己在做一桩坏事，而且是有心地做，心里想只要将来使维多莉快乐，他这点儿轻微的罪过就能补赎，绝望之下，他流露出一种悲壮的美，把心中所有地狱的光彩一齐放射出来。算他运气，奇迹出现了：伏脱冷兴冲冲的从外边进来，看透了他们的心思。这对青年原是由他恶鹰般的天才撮合的，可是他们这时的快乐，突然被他粗声大气，带着取笑意味的歌声破坏了。

> 我的芳希德多可爱
> 你瞧她多么朴实……

维多莉一溜烟逃了。那时她心中的喜悦足够抵销她一生的痛苦。可怜的姑娘！握一握手，脸颊被欧也纳的头发厮磨一下，贴着她耳朵（连大学生嘴唇的气味都感觉到）说的一句话，压在她腰里的一条颤危危的手臂，印在她脖子上的一个亲吻……在她这儿都成为心心相印的记号，再加隔壁屋里的西尔维随时可能闯入这间春光烂漫的饭厅，那些热情的表现就比有名的爱情故事中的海誓山盟更热、更强烈、更动心。这些微不足道的小事，在一个每十五天忏悔一次的姑娘，已经是天大的罪过了。即使她将来有了钱，有了快乐，整个委身于人的时节，流露的真情也不能同这个时候相比。

"事情成定局了，"伏脱冷对欧也纳道，"两位哥儿已经打过架。一切都进行得很得体。是为了政见不同。咱们的鸽子侮辱了我的老鹰，明天在葛里娘谷堡垒交手。八点半，正当泰伊番小姐在这儿消消停停拿面包浸在咖啡里的时候，就好继承她父亲的慈爱和财产。你想不奇怪吗！泰伊番那小子的剑法很高明，他狠天狠地，像抓了一手大牌似的，可是休想逃过我的杀手锏。你知道，我有一套挑起剑来直刺脑门的家数，将来我教给你，有用得很呢。"

拉斯蒂涅听得楞住了，一句话都说不上来。这时高老头、皮安训，和别的几个包饭客人进来了。

"你这样我才称心呢，"伏脱冷对他道，"你做的事，你心中有数。行啦，我的小老鹰！你将来一定能支配人；你强壮、痛快、有胆识，我佩服你。"

伏脱冷想握他的手，拉斯蒂涅急忙缩回去，他脸色发白，倒在椅子里，似乎看到眼前淌着一堆血。

"啊！有人的良心还在那儿不听话，"伏脱冷低声说，"老头儿有三百万，我知道他的家私。这样一笔陪嫁尽可把你洗刷干净，跟新娘的礼服一般干净，那时你自己也会觉得问心无愧呢。"

拉斯蒂涅不再迟疑，决定当夜去通知泰伊番父子。伏脱冷走开了，高老头凑在他耳边说：

"你很不高兴，孩子。我来给你开心吧，你来！"说完老人在灯上点了火把，欧也纳存着好奇心跟他上楼。

高老头问西尔维要了大学生的钥匙，说道："到你屋子里去。今天早上你以为她不爱你了，嗯？她硬要你走，你就生气，绝望。傻子！她等我去呢。明白没有？我们约好要去收拾一所小巧玲珑的屋子，让你三天之内搬去住。你不能出卖我哪。她要瞒着你，到时叫你喜出望外，我可是忍不住了。你的屋子在阿多阿街，离圣·拉查街只有两步路。那儿包你像王爷一般舒服。我们替你办的家具像新娘用的。一个月功夫，我们瞒着你做了好多事。我的诉讼代理人已经在交涉，将来我女儿一年有三万六千法郎收入，是她陪嫁的利息，我要女婿把她的八十万法郎投资在房地产上面。"

欧也纳不声不响，抱着手臂在他乱七八糟的小房间里蹀来蹀去。高老头趁大学生转身的当儿，把一个红皮匣子放在壁炉架上，匣子外面有特·拉斯蒂涅家的烫金的纹章。

"亲爱的孩子，"可怜的老头儿说，"我全副精神对付这些事。可是，你知道，我也自私得很，你的搬家对我也有好处。嗯，你不会拒绝我吧，倘使我有点儿什么要求？"

"什么事？"

"你屋子的六层楼上有一间卧房，也是归你的，我想住在那里，行吗？我老了，不能离女儿太远。我不会打搅你的，光是住在那儿。你每天晚上跟我谈谈她。你说，你不会讨厌吧？你回家的时候，我睡在床上听到你的声音，心里想——他才见过我的小但斐纳，带她去跳舞，给她快乐。我病的时候，听见你回来，走动，出门，就如在我的心上涂了止痛膏。你身上有我女儿的气味！我只要走几步路就到天野大道，她们天天经过那儿，我可以天天看到，不会再迟到了。可能她还会到你这儿来！我可以听到她，看她穿着晨装，像小猫似地欢蹦活跳。一个月到现在，她又恢复了从前小姑娘的模样，快活、漂亮，她的心情复原了，你给了她幸福。哦！什么办不到的事，只要你说了，我都愿意替你办。她刚才回家对我说，爸爸，我很快活！当她们一本正经的叫我爸爸，我恍惚又看到了她们小时候的模样，勾起我所有的回忆，我觉得自己还是完完全全的父亲，她们还没有让别人占去！"

老头儿抹抹眼泪。

"我好久没听见她们叫我爸爸了，好久没有挽我的胳膊了。唉！是，十年了，我没有和女儿并肩走过。挨着她的裙子，跟着她的脚步，闻着她们的秀气，多舒服啊！今儿早上我居然能领着但斐纳到处跑，和她一同到店铺买东西，又送她回家。噢！你就收留我吧！你要人帮忙的时候，有我在那儿，就好伺候你啦。如果那个亚尔萨斯臭胖子死了，如果他的痛风症钻入他的胃，我可怜的女儿不知该有多高兴呢！那时你可以做我的女婿，名正言顺地做她的丈夫了。唉！她太不幸，没有尝过人生的乐趣，所以我原谅她所做的一切。老天爷总该保佑慈爱的父亲吧。"他停了片刻，晃了晃脑袋又说："她太爱你了，上街的时候她和我谈到你：'是不是，爸爸，他是个十全十美的人！他谈到我了吗！'从阿多阿街到巴诺拉玛巷，滔滔不绝地不知说了多少！总之，她终于向我倾诉心事。整整一个上午我快乐极了，不觉得老了，我身轻如燕健步如飞。我告诉她，你把一千法郎交给了我。哦！我感动得哭了。"

拉斯蒂涅一动不动地站在那儿，高老头忍不住了，说道：

"嗯，你壁炉架上放的什么呀？"

欧也纳昏头昏脑，神情木然地望着他的邻居。伏脱冷通知他明天要决斗了，高老头告诉他，朝思暮想的愿望要实现了。两个那么极端的消息，使他仿佛身在梦境之中。他转身瞧了瞧壁炉架，看到那小方匣子，马上打开，发现有一张纸条下面放着一只勃勒盖牌子的表。纸上写着：

"我希望你时时刻刻想到我，因为……但斐纳。"

最后一句大概是指他们之间发生的一件事，欧也纳看了怦然心动。拉斯蒂涅的纹章是在匣子里边用釉彩堆成的。这件渴望已久的饰物，链条、钥匙、式样、图案他都喜欢。高老头绽出得意的笑容。他准是答应女儿把欧也纳惊喜交集的情形告诉她听的；这些年轻人的激动，他的快乐并不亚于他们俩。他已经非常喜欢拉斯蒂涅了，为了女儿，也为了拉斯蒂涅本人。

"今晚你一定要去看她，她等着你呢。亚尔萨斯臭胖子在他的舞女家那儿吃饭。唉，当我的代理人向他指出事实，他都傻了。他不是说爱我女儿爱得五体投地吗？哼，要是他碰一碰她，我就宰了她。一想到我的但斐纳……（他叹了口气）我简直气得要犯法，呸，杀了他虽说杀了人，不过是个牛头马面的畜生罢了。你会留我一块儿住的，是吧？"

"是的，老爹，你知道我是喜欢你老人家的……"

"我知道，你没有嫌弃我。来，让我拥抱你。"他搂着大学生。"你得使她快乐，答应我！今晚你会去的吧？"

"噢，是的。我先出门一趟，办一件不能延误的事。"

"我能帮你办吗？"

"哦，对啦！我去纽沁根太太家，你去见泰伊番老头，要他今晚上与我见个面，我有件紧急的事和他谈。"

高老头倏的变了脸色，说道："楼下那些混蛋说你追求他的女儿，是真的吗，小伙子？该死！你不知道高里奥的老拳吧。你要欺骗我们，就得叫你尝尝拳头的滋味。哦！那不会是真的。"

大学生道："我向你发誓，在这个世界上我只爱一个女人，连我自己也是才知道的。"

高老头道："啊，那太好了！"

"可是，"大学生又说，"泰伊番的儿子明天要与人决斗，我听说他会给人宰了。"高老头说："那跟你有什么相干？"

欧也纳急得嚷起来："噢！一定告诉他，别让他的儿子去……"

伏脱冷在房门口唱歌的声音，打断了欧也纳的话。

"噢，理查德，噢，我的国王。"
"世界把你抛弃……"
咕噜！咕噜！咕噜！咕噜！
我已走遍了世界，
人家到处看见了我……
啦，啦，啦，啦……

"先生们，"克利斯朵夫叫道，"饭备好了，大家都入座了。"

"喂"伏脱冷喊，"来拿我的一瓶波尔多酒下去。"

"你觉得这只表漂亮吧？"高老头问。"她挑的不差，对吗？"

伏脱冷、高老头和拉斯蒂涅一同下楼，因为迟到，他们三人在饭桌上坐在一起。吃饭的时候，欧也纳对伏脱冷极其冷淡；可是伏盖太太觉得那个挺可爱的家伙从来没有这样的健谈。他诙谐百出，逗得所有人笑声不断。这种自信，这种沉着，使欧也纳觉得格外可怕。

"今天你交了什么好运呀，快活得像燕雀一样？"伏盖太太问。

"我做了好买卖总是很快活的。"

"买卖？"欧也纳问。

"是啊。我交出了一批货，就快到手一笔佣金。"他发觉米索诺在盯着他，便问："是不是我脸上有什么地方叫你不舒服？谈谈看吧！为了使你高兴，我可以整容的。"

他又瞅着波阿莱说："波阿莱，咱们不会因此生气的，是不是？"

"不错！你倒很有资格做模特儿，让雕刻家塑一个滑稽大家的像呢。"青年画家对伏脱冷说。

"我赞成！只要米索诺小姐肯给人雕做拉希公墓的爱神。"伏脱冷回答。

"那么波阿莱呢？"皮安训问。

"噢！波阿莱就扮做波阿莱。他是花园里的神，是梨的化身……"伏脱冷回答。

"那你是夹在梨跟奶酪之间了。"皮安训说。

"你们说的全是废话。"伏盖太太插嘴道，"你最好把你那瓶波尔酒拿出来吧，又好健胃又好助兴。我看见那个瓶已经在那儿伸头探脑了！"

"先生们，"伏脱冷说，"主席夫人命我们稍安勿躁。古杜尔太太和维多莉小姐对你们的一派胡言自然不会生气，可我们要尊重老实的高老头。我请大家喝一瓶波尔多酒，这种酒是靠着拉斐德先生的大名而格外出名的。我这么说可毫无政治意味。来呀，傻子！"他望着一动不动的克利斯朵夫叫。"来这儿，克利斯朵夫！怎么你没听见你名字？傻瓜！把酒端上来！"

"来了，先生。"克利斯朵夫捧着酒瓶递给他。

伏脱冷给欧也纳和高老头各斟了一杯，又慢慢地往自己的杯里倒了几滴。等他们两个喝了，伏脱冷拿起杯子嗅了嗅，忽然做了个鬼脸：

"见鬼！见鬼！这酒有瓶塞味儿。克利斯朵夫，这瓶给你了，给我们另外去拿，在右边，你知道？咱们一共十六个，拿八瓶下来吧。"

"既然你请客。"画家说，"我出钱买一百个栗子。"

"哦！哦！"

"啵！啵！"

"哎！哎！"

每个人都咋咋呼呼地怪叫，如同花筒里喷出来的火箭。

"来吧，伏盖妈妈，请你来两瓶香槟吧。"伏脱冷冲着她喊。

"你想要这个，干嘛不把整个屋子吃光了？两瓶香槟说得轻巧！值十二法郎呢！我哪儿去挣十二法郎！不成，不成。但如果欧也纳先生肯付香槟的账，我请大家喝果子酒。"

"哗！她的果子酒像秦皮汁一样难闻。"医学生低声说。

拉斯蒂涅道："你能不能住嘴，皮安训，我听见秦皮汁三个字就恶心……好吧！去拿香槟，我付账就是了。"

"西尔维，"伏盖太太叫，"拿些饼干跟小点心来。"伏脱冷说："你的小点心太大了，而且上面长了胡子啦。还是拿饼干来吧。"

一会儿功夫，波尔多斟遍了，饭桌上大家提足精神，越来越开心。粗野放浪的笑声夹着各种野兽般的叫声。博物院管事学巴黎街上的一种叫卖声，活像猫儿叫春。马上八个声音同时嚷起来：

"磨刀哇！磨刀哇！"

"卖鸟粟子！"

"妇人必用品喽，太太们，妇人必用品喽！"

"修锅子，补锅子！"

"刚下船的鲜鱼呕！鲜鱼呕！"

"要不要打老婆，要不要拍衣服的两用拍子？"

"有旧衣服、旧金线、旧帽子卖吗？"

"甜樱桃啊甜樱桃！"

最逗人的是皮安训用鼻音哼的"修阳伞哇"！

霎时间，满屋子一片声嚷，把人脑袋都胀破了。你一句、我一句，信口开河，演出一场话剧。伏脱冷一边当指挥一边冷眼瞧着欧也纳和高里奥。两人似乎已经醉了，依靠着椅子，神情凝重地望着这片从来未有过的混乱，他们喝酒不多，都想着晚上要做的事，可是都觉得身子站不起来。伏脱冷在眼角里留意他们的神色，等到他们眼睛迷迷糊糊快要闭上了，他贴着拉斯蒂涅的耳朵说：

"喂，小家伙，你还耍不过伏脱冷老爹呢。他太喜欢你了，不能让你任意使性胡闹。一旦我决心要干什么事，那怕上帝也不可能拦住我。嘿！想通知泰伊番老头。犯小学生才犯的错误！炉子烧热了，面粉揉好了，面包放上铲子了，眼看明天就可以吃在嘴里，你还想捣乱吗？不成不成，生米一定得煮成熟饭！心中要有点儿不舒服，很快就会消化掉了，那点儿不舒服也就没有啦。咱们睡觉的时候，上校弗朗却西尼伯爵剑头一挥，替你把米希尔·泰伊番的遗产张罗好啦。维多莉继承了她的哥哥，将有一万五千法郎的年金。我已经打听过了，光是他母亲的遗产就有三十万以上……"

欧也纳听着这些话却不能回答，只觉得舌尖跟上颚粘在一块，身子重匋匋的，瞌睡得要死。他只能隔了一重迷糊的雾，看见桌子和同桌人的脸。不久，声音没有了，客人们陆续散去，最后只剩下伏盖太太、古杜尔太太、维多莉、伏脱冷和高老头。拉斯蒂涅朦胧中看见伏盖太太忙着倒瓶里的余酒，把别的瓶子装满。

寡妇说："嗯！瞧他们的疯劲，倒真是些年轻人！"

欧也纳最后听到的就是这句话。

西尔维说："只有伏脱冷先生才会教人这样快活，瞧！克利斯朵夫打鼾声像打陀螺一样。"

"再见，伏盖妈妈，我要到大街上看玛蒂演的（野山）去了，那是用（孤独者）改编的戏。你有兴趣的话，我请你和这些太太们一块儿去。"

古杜尔太太说："我们不去，谢谢你。"

伏盖太太说："怎么，我的邻居！你不想去瞧瞧《孤独者》改编的戏？那是阿太拉·特·夏多勃里昂写的小说，我们看得津津有味，去年夏天在菩提树下哭得像玛特兰纳，它是一部讲伦理道德的作品，正好让你的小姐看呢。"

维多莉回答："照教会的规矩，我们是不能看喜剧的。"

"哦，这两个都不省人事了。"伏脱冷把高老头和欧也纳的脑袋滑稽地摇了摇。

他扶着欧也纳的头靠在椅背上，让他睡得舒服一些，然后亲呢的吻了他的额角，唱道：

睡吧，我的心肝肉儿！
我永远替你们守护。

维多莉说："我担心他是病了。"

伏脱冷说："那你在这里照料他吧。"又凑到她耳畔说，"那是你做贤妻的责任。他真的爱你，这小伙子。我看，你将来会做他的小妻子。"他又提高了嗓子："最终，你们会白头偕老，子孙满堂。所有的爱情小说都是这样的场面。哎，妈妈，"他转身搂着伏盖太太，"戴上帽子，穿上漂亮的花裙，披上当年伯爵夫人的披肩。让我去替你雇辆车。"说完他哼着歌出去了：

太阳，太阳，万能的大阳

是你催熟，南瓜……

伏盖太太说："我的天哪！你瞧，古杜尔太太，这样的男人才教我日子过得舒服呢。"她又转身对着面条商说："哟，高老头醉倒啦。这吝啬鬼从来没想到带我去玩玩。天，他快倒下去了。上了年纪的人还这样喝酒，太不像话！也许你们要说，没有理性的人根本丢不了什么。西尔维，扶他回房去吧。"

西尔维抓着老人的胳膊扶他上楼，让他铺盖卷似的横在床上。

"可怜的小伙子，"古杜尔太太说着，把欧也纳挡着眼睛的头发撩开，"真像个小姑娘，还没尝过饮酒过量是什么滋味呢。"

伏盖太太说："啊！我开了三十一年公寓，接待过的年轻人也不少了，像欧也纳先生这么可爱，这么出众的人才，可从来没见过。你瞧，他连睡的姿式都那么美！把他的头靠在你肩上吧，古杜尔太太。啊，他倒在维多莉小姐肩上了。神灵会保佑孩子们的。再侧过一点，他就碰在椅背的葫芦上啦。他们俩配起来倒是天生的一对。"

古杜尔太太道："好太太，别这样说，你的话……"

伏盖太太回答："噢！他听不见的。来，西尔维，帮我穿衣服，我要穿紧身裙。"

西尔维遭："哎哟！太太，吃饱了饭穿紧身裙！不，你找别人吧，我可下不了毒手。你这样可太欠考虑，简直开玩笑。"

"不要紧，总得替伏脱冷先生挣个面子。"

"这么说，你对承租人真是太好了。"

寡妇一边走一边说："嗯，西尔维，别说三道四的。"

厨娘向着维多莉指一指女主人，说："她这把年纪！"

饭厅里只剩下古杜尔太太和维多莉，欧也纳靠在维多莉肩膀上睡着了。静悄悄的屋里只听见克利斯朵夫的打鼾声，相形之下，欧也纳的睡眠越加显得恬静高雅，像儿童般可爱。维多莉脸上有种母性一般的表情，她从心里感谢上帝给她这样一个机会；因为她有机会照顾欧也纳，借此倾注女人的情感，同时又能听到他的心在自己的心旁跳动，而没有一点犯罪的感觉。千思百念在胸中涌起，和一股年轻纯洁的热流接触之下，她情绪激动，说不出有多么快活。

古杜尔太太紧紧握着她的手说："可怜的好孩子！"

天真而痛苦的脸上罩着幸福的光晕，老太太看了很是欣慰。维多莉很像中世纪古朴的画像，没有旁枝蔓节，沉重的笔触只着力于面部，澄黄的皮色呈现着天国的金光。维多莉抚着欧也纳的头发说："他才喝了两杯酒呀，妈妈。"

"如果他是放荡惯了的人，酒量就会跟别人一样了。他喝醉倒是证明他老实。"

街上传来车声。

姑娘说："妈妈，伏脱冷先生回来了。你扶着欧也纳先生；我不想被这个人看见。他说话叫人从精神上感到污辱，他的目光真受不了，像要剥掉人的衣衫似的。"

古杜尔太太说："不，你说错了！他是个好人，有点像过去的古的先生，虽然粗鲁，本性可是不坏，他是好人坏脾气。"

在柔和的灯光抚弄之下，两个孩子正好配成一幅图画。伏脱冷悄悄地走进来，抱了手臂，望着他们说道：

"哎哟！多美妙的一幕，喔！若给（保尔和维翼尼）的作者，斐那登·特·圣一比哀看到了，一定会写出好文章来。青春真美，不是吗，古杜尔太太？"他又凝视了一会欧也纳，说道："好孩子，睡吧。有时好运就在睡梦中来。"他又回头对寡妇道："太太，我疼这个孩子，不但因为他外表俊秀，还因为他心地善良。你瞧他不是一个希吕彭靠在天使肩上么？真可爱！如果我是女人，我愿意为他而死，（哦，不！别这么傻！）愿意为了他而活！这样欣赏他们的时候，太太，"他在寡妇耳边悄悄的说："看到他们在一起不由得想，他们真是天生的一对。"然后他又提高声音，"上帝给我们安排的路是神秘莫测的，他需要考验人的心灵。孩子们，看到你们俩一样的纯洁无瑕，一样的有情有义，我相信你们将永远不会分离。上帝是公正的。"他又对维多莉说："我觉得你很有福相，给我看看你的手，小姐。我善于看手相，而且很灵验，哎啊！你的手怎么啦？天哪，你马上要发财了，爱你的人也要托你的福了。父亲会叫你回家，你将来要嫁给一个年轻的人，又英俊又有头衔，又爱你！"

妖艳的伏盖寡妇下楼了，沉重的脚声打断了伏脱冷的占卜。

"瞧啊，伏盖妈妈美丽得像一颗明……明星，包扎得像根红萝卜。你不觉得气喘吗？"他把手按着她胸口说。"啊，胸脯扎得太紧了，妈妈。如果哭起来准会爆炸；可是放心，我会像古董商一样把你的肉屑仔仔细细捡起来的。"

寡妇凑着古杜尔太太的耳朵说："他通晓法国式的奉承话，这家伙！"

"再见了，孩子们，"伏脱冷转身招呼欧也纳和维多莉，把一只手放在他们头上，"我祝福你们！相信我的话，小姐，一个老实人的祝福是不会有假的，包你如意，上帝一定遂人所愿的。"

"再见了，亲爱的朋友，"伏盖太太对她的女房客说，又轻轻补上一句："你想伏脱冷先生是否对我有意思？"

"呃！呃！"

他们走后，维多莉看看自己的手叹道：

"唉！亲爱的妈妈，要是伏脱冷先生的话都应验了那有多好。"

老太太回答："那也不难，只消你那混蛋哥哥从马上倒栽下来摔死就行了。"

"唉！妈妈！"

寡妇道："我的天！诅咒敌人也许是罪过，好，那么我来赎罪吧。真的，我很愿意给他送点儿花到坟上去。他那坏良心，没有勇气替母亲说话，只晓得接受她的遗产，夺妹妹的家私。当时你妈妈陪嫁很多，算你倒霉，婚书上没有提到她的财产。"

维多莉说："如果要拿人家的性命来换取我的幸福，我心上永远不会安宁的。如果要我幸福就得去掉我哥哥，那我宁可永远住在这儿。"

"正如伏脱冷先生说的，谁知道全能的上帝高兴叫我们走哪条路呢？伏脱冷是不虔诚的信教者，不像有些人提到上帝比魔鬼还要不敬。"

在西尔维帮助下，他们把欧也纳抬进他的房间，把他放在床上；厨娘替他脱下衣服，让他舒舒服服地睡下。临出门，维多莉趁老太太一转身，在欧也纳额上吻了一下，觉得这种偷偷摸摸的罪过真有说不出的快乐。她瞧瞧他的卧室，仿佛把这一天里多多少少的幸福归纳起来，在脑海中构成一幅图画，让自己老半天的看着出神。她睡熟的时候变成了巴黎最幸福的姑娘。

伏脱冷在酒里下了麻醉药，趁着大家大吃大喝时灌醉了欧也纳和高老头，这一下他也葬送了自己。半醉的皮安训忘了向米索诺追问"鬼上当"那个名字。要是他说了，伏脱冷，或者约各·高冷——在此我们不妨对苦役监中的大人物还他的真名实姓——一定会马上提防。后来，米索诺小姐认为高冷性情豪爽，正在盘算给他通风报信，让他在半夜里逃走，是不是更好的时候，听到拉希公墓上的爱神这个绰号，便决意出卖这个逃犯。她一吃完饭就要波阿莱陪着匆匆出门，到圣·安纳街找那有名的安全局头子去了，心里还以为他不过是个名为龚杜罗的高级职员。局长见了她挺客气。把一切细节说妥之后，米索诺小姐提出那个检验黥印的药品。看到圣·安纳街的大人物在书桌内找寻药品时那种得意的态度，她才懂得这件事情的重要性还不止在于逮捕一个普通的逃犯。她仔细一想，觉得警察当局还希望根据苦役监内线的告密，用迅雷不及掩耳的速度没收那笔巨大的财产。她把自己的想法向这老狐狸说出来，他微微一笑，有心破除老姑娘的疑心。

"你猜错了，"他说，"高冷在贼党里是一个震古烁今的最危险的大人物，这是我们要抓他的理由。那些坏蛋也明白；他是他们的旗帜，他们的后盾，他们的拿破仑；他们都拥戴他。这家伙永远不会把他的老根留在葛兰佛广场上的。"

米索诺听了不解，龚杜罗给她解释，他用的两句土话是贼党里最有表现力的词，他们都知道脑袋有两种说法：博士是一个活人的脑袋，是他的参谋，是他的思想；老根是个轻蔑的字眼，表示头颅被砍掉便与草木腐烂无足轻重了。

他接着说："高冷一直在耍弄我们。对付那些英国钢条般的家伙，我们自有办法干掉他们，只要他们稍有拒捕的行为，立刻把他干掉。倘若高冷明天动武，好把他当场格杀。这么一来，诉讼啊，看守的费用啊，监狱里的伙食啊，一概可以省掉，同时又替社会除了害。起诉的手续，证人的传唤，旅费补贴，执行判决，凡是对付这些无赖的合法步骤所花的钱，比你到手的三千法郎还要多。并且还有节省时间的问题。一刀戳进'鬼上当'的肚子，可以消弭上百件的罪案，叫多少无赖不敢越过轻罪法庭的范围。这就叫做警政办得好。按照真正的慈善家所说，这样做是预防犯罪。"

"这就是为国家效力呀。"波阿莱道。

"对啦，你今晚的话才说得有理了。是呀，我们当然是为国家效力。外边的人对我们很不公平，其实我们暗中帮了社会多少的忙。总之不受偏见约束的人才算高明，不顾传统习俗而行善会招致祸害，对此祸害坦然承受者才是基督徒。巴黎就是巴黎，瞧见了吧。这句话就总结了我的生涯。小姐，就谈到这吧，向你表示敬意。明天我带着人在植物园等。你派克利斯朵夫上蒲风街我上次住的地方找龚杜罗先生就得了。先生，将来你丢了东西，就找我好了，包你物归原主。我随时为你服务。"

"嗯，"波阿莱走到外边对米索诺小姐说，"世界上竟有些傻子，一听见警察两字就吓得丢了魂似的。可是这位先生多和气，他要你做的事情又像打招呼那样简单。"

第二天是伏盖公寓有史以来最重大的日子。在此之前，平静的公寓生活中最突出的事件，莫过于那个假伯爵夫人像莹星一般的出现。但与这一日天翻地覆的事（从此成为伏盖太太永久的话题）一比，一切都显得微不足道了。先是高里奥和欧也纳一觉睡到第二天十一点。伏盖太太半夜才从快乐戏院回家，早上十点半仍躺在床上。喝了伏脱冷给的剩酒，克利斯朵夫的酣睡耽误了干活。波阿莱和米索诺小姐并不抱怨早饭开得晚。维多莉和古杜尔太太也睡了懒觉。伏脱冷八点以前出门，开饭时分才回来。将近十一点一刻，西尔维和克利斯朵夫去敲各人的房门通知吃早饭，居然没有一个人说什么责备的话。米索诺小姐趁他们两人不在，首先下楼，把药水倒入伏脱冷自备的银杯，那已经装满了他冲咖啡用的牛奶，跟旁人的一起炖在锅子上的。老姑娘算准了利用公寓里这个习惯下手。七个房客过了好一会才到齐。欧也纳舒腰伸臂的最后一个下楼，正碰上特·纽沁根太太的信差送来一封信，信文如下：

"朋友，我对你并不生气，也不觉得我有损尊严。我等到你直到凌晨两点，等待一个爱人！受过这种折磨的人决不会滥施于人。我看出你是第一次恋爱。你是不是发生什么事了？我深感不安。倘若不是为了保守的秘密，我就亲自来了，看看你遇到的究竟是凶是吉。可是在那个时候出门，不论步行或是坐车，岂不是自毁声名吗？我这才觉得做女人的不幸。我放心不下，请你告诉我为什么父亲对你说了那些话之后，你却没有来。我会生你的气，可是也会原谅你的。你是否病了？为什么住得那么远？求你开声口吧。我希望我们能马上见面。倘若有事，只需回我一个字：或者说就来，或者说病了。不过如果你身体不适，父亲会来告诉我的，可他竟没有来。究竟是发生了什么呢……"

"是啊，发生了什么事呢？"欧也纳叫了起来。他搓着没有念完的信，急步走进饭厅，问："现在几点了？"

"十一点半。"伏脱冷边说边把糖放进咖啡。

那逃犯冷峻而迷人的眼睛瞪着欧也纳。凡是天生有吸引力的人都有这种目光，据说能镇压疯人院中狂怒的疯痴。欧也纳不禁浑身颤抖起来。街上传来一辆马车的声音，泰伊番先生家一个穿号衣的仆人慌慌张张地冲进来，古杜尔太太马上就认出来人是谁。

"小姐，"他大声嚷道，"老爷请您回去，家里出了祸事。弗莱特烈先生跟人决斗，额头挨了一剑，医生已宣告无希望了，也许您来不及跟他见面了，他已经不醒人世了。"

伏脱冷叫道："可怜的小伙子！每年有三万法郎的年金，怎么还去打架？年轻人太不懂事了。"

"先生！"欧也纳对他嚷道。

"怎么啦，大孩子？巴黎哪一天没有人决斗？"伏脱冷一边回答一边若无其事地喝完咖啡。米索诺小姐全副精神看他这个动作，听到那件惊动大众的新闻也却无动于衷。

古杜尔太太说："我陪你一块儿去，维多莉。"

她们俩来不及拿帽子和披肩，飞奔而去。维多莉临走噙着泪对欧也纳望了一眼，仿佛说："没想到我们的幸福会叫我流泪！"

伏盖太太道："呃，你竟是未卜先知了，伏脱冷先生？"

约各·高冷回答："我是先知，我是一切。"

伏盖太太对这件事扯了一通废话："简直不可思议！死神来寻到我们，连商量都不跟我们商量一下。又是白发人送黑发人。我们女人总算运气，用不着决斗，可是男人没有我们的病痛。我们要生孩子，而做母亲的辛劳是漫长的！维多莉真福气！这会儿她父亲没有办法啦，只得承认这个女儿了。"

"正是这样！"伏脱冷望着欧也纳说，"昨天还分文没有，今天就要腰缠万贯！"

伏盖太太大嚷："喂，欧也纳先生，这一下你倒是中了头彩啦。"

听到这句话，高老头望了望欧也纳，一眼看见了他手中揉成一团信纸。

"你的信都没看完呢！……这是什么意思？难道你真像旁人说的一样吗？"他问欧也纳。

"太太，我永远不会娶维多莉小姐。"欧也纳回答伏盖太太的时候，恐惧和厌恶的神色使所有人都大吃一惊。

高老头抓起欧也纳的手，几乎亲它一下。

伏脱冷道："哦，哦！意大利人有句妙语，'走着瞧吧'。"

"我等回音呢。"纽沁根太太的信差催问拉斯蒂涅。

"告诉太太说我很快就去的。"

信差走了。欧也纳心烦意乱，坐立不安，再也克制不住了。他高声问："怎么办？一点儿证据都没有！"

伏脱冷得意地笑着。他吞下的药品已经发生作用了，只是逃犯的身体非常壮实，还能站起来望着拉斯蒂涅，哑着嗓子说：

"年青人，运气是我们在睡着的时候来的。"

话刚说完他就直挺挺地倒在地下。

欧也纳叹道："果真上帝主持公道。"

"哎哟！他怎么啦？这个可怜的亲爱的伏脱冷先生？"

米索诺小姐叫道："那是中风啊。"

"喂，西尔维，快去找医生，"寡妇吩咐，"拉斯蒂涅先生，你快去找皮安训先生。西尔维也许碰不到我们的葛兰泼莱医生。"

拉斯蒂涅很高兴借此机会离开这个可怕的魔窟，便飞快地跑了。"克利斯朵夫，你上药剂师那去要些治中风的药来。"

克利斯朵夫出去了。

"哎，喂，高老头，帮我们抬他上楼，抬到他屋里去。"

众人七手八脚地把伏脱冷抬上楼梯，放在床上。

高里奥说："我帮不了什么忙，我要看女儿去了。"

"自私的老头儿！"伏盖太太叫道，"去吧，但愿你像野狗一样无人理睬地死去！"

"瞧瞧你屋子里有没有乙醚。"米索诺小姐一边对伏盖太太说，一边和波阿莱解开伏脱冷的衣服。

伏盖太太下楼到自己卧房去，剩下米索诺小姐就可以施展阴谋。

她吩咐波阿莱："赶快，脱去他的衬衫，把他翻转身来！你总得做点事，难道让我看他光着身子。你愣着不动嘛？"

伏脱冷被翻过身来，米索诺照准他肩头一巴掌打过去，鲜红的皮肤上立刻白白的泛出两个致命的字母。

"吓！一眨眼你就得了三千法郎赏钱，"波阿莱说着，扶住伏脱冷，让米索诺替他穿上衬衣。他把伏脱冷放倒在床上，嘴里说着："呃，他好重啊！"

"别费话！瞧瞧有什么银箱没有？"老姑娘急急地说，一双眼睛拼命搜索屋里的家具，恨不得透视一切才好。

她又说："最好找个理由打开这口书柜！"

波阿莱答道："恐怕不大好吧？"

"没关系，钱本来不是他的。可是来不及了，我听到伏盖太太上楼了。"

伏盖太太说："乙醚来了。哎，今天的怪事真多。我的天！这个人是不会生病的，他白得像小鸡一样。"

"像小鸡？"波阿莱重复了一句。

寡妇把手按着伏脱冷的胸口，说："心跳得很正常。"

"很正常？"波阿莱觉得很惊异。

"是呀，挺正常呢？"

"真的吗？"波阿莱问。

"妈呀！他就像睡着一样。西尔维已经去请医生了。喂，米索诺小姐，他把乙醚吸进去了。大概是抽筋。脉搏很好；身体像土耳其人一样棒。小姐，你瞧他胸口的毛多浓；好像要活到一百岁呢，这家伙！头发也没有掉过。哟！是胶在上面的，他戴了假头发，原来的头发是土红色的。听说红头发的人不是好到极点，就是坏到极点！他大概是好的了，对吧？”

“好人！好到够吊死的资格了！”波阿莱道。

“你是说他好吊死在漂亮女人的脖子上吧？”米索诺小姐急忙掩饰说。“你出去吧，先生。男人生了病，当然是由我们女人照料。你可以到外边去散散步。这儿有我跟伏盖太太就行了。”

波阿莱一声没吭地走了，就像狗被主人踢了一脚。

拉斯蒂涅原想出去走走，他闷得发慌，换换空气。这桩准时发生的罪案，昨天他很想阻止的；后来怎么的呢？他应该怎么办呢？他惟恐在这件案子中做了共谋犯。想到伏脱冷那种泰然自若的态度，他还心有余悸。他暗想：

“如果伏脱冷一声不哼就死了呢？”

他穿过卢森堡公园的走道，好似后面总有些猎犬追着他，连它们的狂吠声都听得见。

“喂，朋友，”皮安训招呼他，“你看到《舵工报》了吗？”

《舵工报》是天梭先生主办的激进党人的报纸，在晨报出版后几小时后另出一张内地版，登载当天的新闻的报纸，在外省比别家报纸的消息要早二十四小时。

高乡医院的实习医生又说：“有则重要新闻，泰伊番的儿子和前帝国禁卫军的弗朗却西尼伯爵决斗，额上挨了一剑，深两寸。维多莉小姐就成了巴黎最富有陪嫁的姑娘了。哼！真是世事难料！死了个人倒好比开了个头奖！听说维多莉对你很青睐，是真的吗？

“别胡说，皮安训，我永远不会娶她。我爱着一个美人儿，她也爱我，我……”

“你这么说好像拼命替自己辩白，惟恐对你的美人儿不忠实。难道真有什么女人，值得你抛弃泰伊番家的巨额家财吗？倒要请你指给我瞧瞧。”

拉斯蒂涅大叫道：“怎么魔鬼要缠住我不放。”

皮安训道：“那么你又在缠着谁呢？你疯了吗？伸出手来，让我替你按按脉。哟，你在发烧呢。”

“赶快上伏盖太太家去吧，”欧也纳说，“刚才伏脱冷那混蛋晕死过去了。”

“啊！我早就疑心，这可证实了。”皮安训说着，丢下拉斯蒂涅快步走了。

拉斯蒂涅溜了很长时间，神情肃穆。他自我剖析了一番。尽管他迟疑不决，细细考虑，到底真金不怕火，他的清白总算经得起严峻的考验。他记起前一天高老头告诉他的知心话，想起但斐纳在阿多阿街替他预备的屋子；掏出信来重新念了一遍，吻了一下，心想：

"这样的爱情是我最后的希望了。可怜老头儿经受了多少精神的折磨，他从来不提，可是谁都看得清楚！好吧，我要像照顾父亲一般地照顾他，让他享享晚福。如果她爱我，她白天会常常到我家里来陪他的。那高个子的雷斯多太太真是丧尽天良，竟会把老子当做下人看待。亲爱的但斐纳！她对老人体贴多了，她值得我去爱她。啊！今天晚上我会快乐无边的！"

他掏出表来，赏玩了一番。

"一切都称心了。两个人真正相爱、永久相爱的时候，尽可以互相帮助，我可以问心无愧地收这个礼。再说，将来我一定会飞黄腾达，无论怎样我都有能力报答她。这样的结合既没有罪过，也没有什么能叫最严格的道学家指责的地方。多少正人君子全有这一类的男女关系！我们又不欺骗谁；欺骗才降低我们的人格。扯谎就是认输，她和丈夫长期分居。我可以对那个亚尔萨斯人说，他既然不能使妻子幸福，就应当让给我。"

拉斯蒂涅心里忐忑不安地想了好一会儿。虽然青年人的善念终于得胜了，他仍不免在四点半左右，天快黑的时候，为好奇心的驱使，仍回到发誓要离开的伏盖公寓。他想看看伏脱冷生死如何。

皮安训给伏脱冷灌了呕吐剂，并吩咐把呕吐出来的东西送往医院化验。米索诺竭力主张倒掉，皮安训越发疑心起来。伏脱冷复原之快，更令这个实习医生怀疑他是被人下毒手。拉斯蒂涅回来，伏脱冷已站在饭厅内火炉旁边。房客们都提早来了，他们都获悉了泰伊番儿子的事，想来打听一番详细情形以及对维多莉命运的影响。除了高老头，人人都在谈论这件意外事件。欧也纳进来，正好与不动声色的伏脱冷碰见，被伏脱冷锐利地瞪了一眼，搅得他心慌意乱，心惊肉跳不禁打了个寒噤。

那逃犯对他说："好啊，亲爱的孩子，死神离我还远着哩。那些太太们说我刚才的中风，连牛都受不了，我竟支持住了。"

伏盖寡妇叫道："别说牛，连斗牛的公牛都受不了。"

"我居然没死，你觉得很不惬意是吗？"优脱冷以为看透了拉斯蒂涅的心思，附在他耳畔说："那你未免太狠心了吧！"

"嗯，真的，"皮安训说，"前天米索诺小姐提起一个人绰号叫做'鬼上当'，这个名字对你倒是合适得很。"

这句话犹如晴空一声霹雳，伏脱冷顿时脸色煞白，身子晃了几下，那双震慑人心的眼睛射在米索诺脸上，好似一道有魔力的光；这股精神的威势吓得她两腿发软，歪歪斜斜地跌坐在一张椅子上。逃犯撕去了平时那张和善的面孔，露出狰狞可怖的面目。波阿莱惟恐米索诺遭受袭击，疾步上前，横挡在他们俩人之间。所有的房客还不明白是怎么回事，一个个目瞪口呆。这时外面传来杂乱的脚步声，夹着抢柄与街面上的石板碰击的声音。正当高冷反射般地望着墙壁和窗子，想找逃生出路的时候，已有四个人出现在客厅门口。为首的便是那警察头目，另外三个是警务人员。

"现以法律与国王的名义……"一个警务人员这么宣读着逮捕令，后面的内容被众人一片惊讶低语的嘈杂声淹没了。

很久，饭厅内鸦雀无声，房客们闪过一旁，让三个人走进屋内。他们的手都插在衣袋里，抓着上好子弹的手枪。跟在后面的两个宪兵把守客厅门口，另外两个出现在通往楼梯道的门口。好几个士兵的脚步声和枪柄声在前面石子道上响起来。"鬼上当"完全没有逃走的希望了，所有的目光都盯着他一个人。警长径直地走过去，对准他的脑袋狠击一下，假发倏地落下来。伏脱冷丑恶的面貌马上显露出来。土红色的短头发显示着他的强悍和狡猾，配着跟上半身气息相同的脑袋和脸庞，意义非常清楚，仿佛被地狱的火焰照亮了。人们全明白了整个的伏脱冷，他的过去、现在、将来、倔强的主张、享乐的人生观，以及玩世不恭的思想行动，和一切都能不改的体格给他的气魄。他的脸胀得通红，眼睛像野猫般发亮。他憋足凶猛的力气一跃而起，大吼一声，把所有的房客吓得惊恐大叫。看到狮子般的动作，暗探们借着众人叫喊的威势，一齐掏出手枪。高冷一见枪上亮晶晶的火门，知道处境危险，便突然一变，表现了人的最高的自制力。那种场面真是惊险而壮观！他脸上的表情只有一个比喻可以形容，仿佛一口锅炉贮满了足以翻江倒海的蒸汽，一眨眼之间被一滴冷水化掉了。消灭他一腔怒火的那滴冷水，不过是一个快得像闪电般的念头。他微微一笑，瞧着自己的假头发，对警长说：

"哼，你今天很不客气啊。"

他向那些宪兵点点头，把两只手伸了出来。

"来吧，宪兵，给我套上手铐吧。在场的人请给我作证，我没有反抗。"

这一幕的经过，好比火山熔液的火舌突然之间窜了出来，又突然之间退了回去。满屋的人面面相觑，不由得嘀嘀咕咕表示惊叹。

逃犯望着那有名的警长说："你的计划失败了，你这小题大做的家伙！"

"少废话，把衣服脱掉。"那个圣·安纳街的人物鄙夷喝道。

伏脱冷说："干吗？这儿还有女人看着哪。我不否认，我已经投降了。"

他停了一会，环视全场一周，好像一个演说家预备发表惊人的言论。

"请写下来，拉夏班老头。"他向一个白头发的矮老头说。老人从公事包里掏出逮捕笔录本，在桌旁坐下。"我承认是约各·高冷，浑名'鬼上当'，判过二十年监禁。我刚才证明我并没徒负虚名，辜负我的外号。"他又对房客们说："只要我举一举手，这三个奸细就要叫我立即挂出彩，弄脏伏盖妈妈的屋子。这班坏蛋就等着我上钩哩！"

伏盖太太听到这几句话大为难受，对西尔维道："我的天！吓死人了，我昨天还和他在快活剧院看戏呢。"

"别糊涂了，妈妈。"高冷回答。"难道昨天坐了我的包厢就晦气吗？难道你比我们强吗？我们肩膀上背的恶名声，还比不上你们心里的坏主意，你们这些腐蚀社会的蛀虫！你们之中最优秀的人也抵抗不了我的诱惑。"

他的眼光落在拉斯蒂涅身上，妩媚地一笑，那笑容同他粗犷的表情真是协调不起来。

"我的天使，你知道我们的小交易还是照常进行，要是接受的话！"说着敞开喉咙他唱起歌来：

我的芳希德多么可爱，
穿着朴素大方。

"不用为难，我自有办法收账。他们非常怕我，绝不敢占我的便宜。"

这个人，这番话，把苦役监中的习俗、亲狎、下流、令人触目惊心的气概，忽而滑稽、忽而可怕的谈吐，突然全都表现了出来。他这个人不仅仅是一个人，而是一个典型，代表整个堕落的民族，野蛮而又合理的、粗暴而又能刚能柔的典型。他是一首地狱的诗，写尽了除了忏悔之外的情感。他的眼里射出魔鬼般的永不妥协的凶光。拉斯蒂涅低下头去，默认了与这个罪恶的联系，作为对他过去的邪念补赎。

"是谁出卖我的？"高冷充满威慑力的目光朝着众人扫过去，最后停在了米索诺小姐，身上："哼，是你！假仁假义的老妖，你暗算我，倒对人家说我是中风，你这个内奸！我只要一句话，包你八天之内脑袋搬家。可是我宽恕你，我是基督徒。再说，主要的人还不是你。那么是谁？"

他听见警务人员在楼上打开他的柜子，拿他的东西，便叫道："嘿！嘿！你们好好地搜查吧。可惜鸟儿昨天飞走了，窠也空了！你们将一无所获。我的账簿在这儿，"他拍拍脑袋，"哦，出卖我的人，我知道了。一定是丝线那个小坏蛋，对不对，捕快先生？"他问警长。"和我把钞票放在家的这段日子正好相合，一定是他。哼，什么都没有了，告诉你们这些小奸细！至于丝线，不出半个月一定要他的命，即使你们派全部宪兵去保护他也无济于事，你们给了她多少钱？两三千法郎吧这个米索诺？我值钱多了，告诉你这个尼侬、丑八怪、公墓上的爱神！如果你通知了我，就可以到手六千法郎。嗯，你没料到吧，你这个卖人肉的老货！我倒很愿意出六千法郎，免得跋涉，又辛苦、又花钱。"他边说边让人家戴上手铐。"这些家伙要拿我开心，尽量拖延日子，折磨我来取乐，如果马上送我进苦役监，我不久就会重新自由，才不怕这些傻瓜警察呢。在牢里，弟兄们把灵魂送进地狱都愿意，只要能让他们的大哥走路，让慈悲的'鬼上当'远走异乡！你们之中可有人像我一样，有一万多弟兄肯替你卖命的？"他骄傲地问，又拍拍胸口："满腔的高贵与豪爽，我从来没出卖任何人！喂，假仁假义的老妖精，"他对老姑娘说，"你瞧他们都怕我，可是你哪，你只能叫他们恶心。好吧，领你的赏去吧。"

他停了一会，打量着房客们，说道：

"你们都是些呆子，你们！莫非从没见过苦役犯？一个有我高冷气派的苦役犯，我可不是缺乏思想的莽汉。我信奉卢梭的学说，我反抗社会契约那样的骗局。我一个人对付政府，以及法院，宪兵，弄得他们人仰马翻。"

"好样的！"画家说，"把他画下来倒是挺威武的呢。"

"告诉我，你这个刽子手大人的侍从，你这个寡妇司令（寡妇是苦役犯替断头台起的又可怕又有诗意的化名词），"他转身对警长说，"乖乖的！告诉我，是不是丝线出卖我的？我不想冤枉无辜，那是不公平的。"

这时警务人员把他的房间搜查了一遍，并已登记，下来对他们的主任低声说了几句话。逮捕笔录也已经写好。

"先生们，"高冷环顾一下公寓邻居，"他们要把我带走了。我在这儿的时候，你们都对我很好，我很感激。现在告别了。将来我会寄普罗望斯的无花果给你们尝尝新的。"

他走了几步，又回头瞧了瞧拉斯蒂涅。

"再见，欧也纳。"他的声音又温柔又伤感，跟他刚才的粗野气截然不同。"要有什么难处，我给你留下一个忠心的朋友。"

他虽然戴了手铐，还能摆出剑术师的架式，喊着"一，二！"然后往前跨了一步，又说：

"有什么麻烦时，你去找他。人和钱都听你支配。"这怪人最后几句说得十分油滑，除下他和拉斯蒂涅之外，谁也听不懂。警察、士兵、警务人员一齐退出屋子，西尔维一边用酸醋替女主人擦太阳穴。一边瞧着那些惊诧不已的房客，说道：

"不管怎么说。他可是个好人！"

众人正为刚才的事，傻傻地愣在那里，听了西尔维的话方始惊醒过来，面面相觑，然后不约而同地把目光斜向米索诺小姐身上。她像木乃伊似的干瘪，又瘦又畏缩，缩在火炉的一角，低垂两眼，只恨眼罩的阴影不够遮掩她两眼的表情。众人早就厌恶这副脸子，现在才恍然明白了讨厌的原因。屋内涌起一阵窃窃私语的声音，也是许多人不约而同发出的，这说明反感也是全场一致。米索诺分明听见了，却仍一动未动。皮安训第一个探过身去对旁边的人轻轻地说：

"如果这婆娘还和我们一起吃饭，我可要另换地方了。"

立即，除了波阿莱，个个都赞成医学生的建议；医学生看见大家都同意，走过去对波阿莱说：

"你和米索诺小姐关系最密切。你去告诉她马上离开这儿。"

"马上？"波阿莱吃惊地问。

接着他走到老姑娘身旁，低低地对她说了些话。

"我从不拖欠房钱饭钱，我出我的钱住在这儿，跟你们一样！"她说完把全体房客狠毒地扫了一眼。

拉斯蒂涅说："那还不简单，我们算还给你就是。"

她说："先生你帮着高冷，哼，我知道为什么。"她瞅着大学生的眼光又恶毒又带着质问的意味。

欧也纳跳起来，恨不得立即扑上去掐死老姑娘。米索诺眼神中那点儿阴险，他完全体会得到，而他内心深处那些不可告人的邪念，也被米索诺的目光识穿。房客们叫道："别理她。"

拉斯蒂涅抱着手臂，一言不发。

"喂，把犹太小姐的事给了了吧。"画家对伏盖太太说。"太太，你不请米索诺走，我们立刻就走，还要到处宣扬，说这儿住的全是苦役犯和奸细。当然，如果你表现出色的话，我们可以只字不提；老实说，这是在最上等的社会里也免不了的，除非在苦役犯额头上刺字，让他没法冒充巴黎的布尔乔亚去招摇撞骗。"

听到这一席话，伏盖太太好像吃了仙丹，立刻精神抖擞，站起身子，两臂交胸，双目有神，泪痕也干了。

"嗯，亲爱的先生，你不是想让我的公寓关门吧？你瞧伏脱冷先生……哎哟！我的天！"她截住自己的话头，叫道，"我一开口就叫出他那个冒充的姓名！你要我的公寓垮掉不成。这时候大家都住定了，要我从哪里找人来住呢！"

皮安训叫道："诸位，收拾行李走吧，我们上索篷广场弗利谷多饭店去！"

伏盖太太眼珠子骨碌一转，马上有了新主意，骨碌碌地一直滚到米索诺跟前。

"哎呀，我的好小姐，好姑娘，你不会也想要我关门吧，嗯？你瞧这些先生把我逼到走投无路了；你今晚暂时楼上……"

"马上出去，"房客们汹汹然地叫嚷，"我们要她马上出去。"

"可怜她饭都没吃呢。"波阿莱声音里满是哀求。

"她爱上哪儿吃就上哪儿吃。"好几个声音喊。

"滚出去，奸细！"

"是奸细就得滚出去！"

波阿莱这个窝囊废突然被爱情鼓足了勇气，说道："诸位，对女士总得宽容一点！"

画家道："奸细还有什么性别！"

"了不起的女性嘛！"

"滚出去！"

"先生们，这有失体统。赶人走也要讲道理，我们已经付清房饭钱，我们就可以不走。"波阿莱脱完，戴上便帽，一屁股坐在米索诺旁边一张椅子上；伏盖太太正在劝她。

画家扮一个鬼脸对波阿莱说："小家伙，小坏蛋，你也一起滚吧！"

皮安训道；"喂，你们不走，我们走啦。"

房客们一窝蜂似地向外走。

伏盖太太嚷道："小姐，你到底怎么着？我要给你毁了。你不能留下去，他们要揍人啦。"

米索诺小姐站起身来。

"她走了！""她不走！""她走了！""她不走！"

一唱一和地吆喝，对米索诺越来越仇视的话，使米索诺低声同伏盖太太交涉以后，灰溜溜地走了。

她以威胁的口气说："我要上皮诺太太家去。"

"你爱上哪就上哪儿，小姐。"伏盖太太回答，她觉得这房客挑的住所对她是恶毒的侮辱，因为皮诺太太的公寓一直在和她竞争，所以她最讨厌"上皮诺家去吧，去试试她的酸酒跟那些饭摊上买来的菜吧"。

全体房客分作两行站着，谁也不吭声。波阿莱好不温柔地望着米索诺小姐，他惶惑慌乱，他真不知怎么办，不知应该跟她走还是留下来。看米索诺向外走，房客们兴高采烈，又看波阿莱这个模样，便互相望着大笑起来。

画家叫道："唧，唧，唧，波阿莱，喂，请，啦，喂唷！"

博物院职员怪腔怪调地唱起一首流行歌曲的头几句：

动身到叙利亚去哟，年轻侥俏的杜奴阿……

皮安训说："跟着去，如你所愿吧！真是蝇之逐臭，锲而不舍。"

助教说："维琪尔的名言翻译成这句普通话，就是各人跟着各人的相好走。"

米索诺望着波阿莱，伸出手挽他手臂的姿势；波阿莱忍不住了，过去挽着老姑娘，顿时引得众人哄堂大笑。

"好样的，波阿莱！"

"这个波阿莱哪！"

"阿波罗一波阿莱！"

"战神波阿莱！"

"勇敢的波阿莱！"

这时进来一个信差，递了一封信给伏盖太太。她念完一下子跌倒在椅子里。

"我的公寓见鬼啦，烧掉算啦。泰伊番的儿子三点钟断了气。我老是巴望那两位太太好，咒那个可怜的小伙子，现在我遭了报应了。古杜尔太太和维多莉叫人来拿行李，搬到她父亲家去。泰伊番先生答应女儿招留古的寡妇做伴。哎哟！多了四间空屋，少了五个房客！"她坐下来就惊号陶大哭，叫着："撞上晦气了！"

忽然街上又有车子压过马路的声音。

"又是什么不可思议的事来啦。"西尔维道。

高里奥突然出现，容光焕发，喜气洋洋，仿佛年轻了好多。

"高里奥坐马车啦！"房客们说，"当真天地倒转了。"

欧也纳坐在旁边沉思默想，高老头奔过去抓着他的胳膊，高高兴兴地说："走啊。"

"你不知道出了事吗？"欧也纳回答。"伏脱冷是个逃犯，刚才给抓了去；泰伊番的儿子死了。"

"哎！那干我们什么事？我要同女儿一起吃饭，在你屋子里！听见没有？她等着你呢，快走吧！"

他用力抓着拉斯蒂涅的手臂，死拖活拉，像拖情妇一般把拉斯蒂涅拖走了。

"那咱们吃饭吧？"画家提议道。

大家拉开椅子，在桌边坐下。

胖西尔维说："真是，今天倒霉到家了。我的黄豆煮羊肉也烧焦了。我们要吃有糊味的了。"

伏盖太太看见吃饭的由十八个减少到十个，什么也说不出来；每个人都极力安慰她，逗她开心。先是包饭客人还在谈伏脱冷和当天的事，不久顺着谈话东拉西扯，扯到决斗、苦役监、司法、牢狱、需要修正的法律等等上去了。说到后来，跟什么高冷、维多莉、泰伊番，早已离开十万八千里。他们十个人叫得比二十个人还要高上几度，似乎比平时人更多；今天这顿晚饭和昨天那顿晚饭仿佛没点儿差别。这批自私的人已经恢复了不关痛痒的态度，等明天再在巴黎的日常事故中另找一个倒霉鬼做他们的牺牲品。便是伏盖太太也听了胖西尔维的话，逐渐平静下来。

这一天从早到晚对欧也纳是一连串五花八门的幻境。他虽然个性很强，思维敏捷，也不知道怎样整理他的思维；他经过了许多紧张的情绪，上了马车，坐在高老头身旁，老人那些快活得异乎寻常的话似乎从遥远的地方传来，简直像梦里听到的。

"今天早上一切安排就绪了。咱们三个人就要一道吃饭，一道！你明白吗？我已经四年没有跟我的但斐纳，跟我的小但斐纳吃饭了。这一回她可以整个晚上陪我了。从早上起就在你屋子里，我脱了衣衫，像小工一样干活。啊！啊！你不知道她在饭桌上才殷勤呢。她关照我说：'嗯，爸爸，尝尝这个，多好吃！'可是我吃不下。噢！已经很久，没有像今晚这样可以舒舒服服同她呆在一起了！"

欧也纳问："怎么，今天真是天地倒转了？"

高里奥说："什么倒转了？世界从来没那样过。我在街上只看见全都是高兴的脸，只看见人家在握手、拥抱，大家都高兴得不得了，仿佛全要上女儿家吃一顿好饭似的。你知道，她是当我的面向英国咖啡馆的总管点的菜。嗯！有她在身边，再苦也会觉得甜咧。""我现在才获得新生。"欧也纳道。

"喂，马夫，快走呀。"高老头推开前面的玻璃叫。"快点儿，十分钟赶到。我给五法郎酒钱。"

马夫听着，加了几鞭，他的马便在巴黎街上闪电似地飞奔起来。

高老头说："他这马夫，太差劲了。"

拉斯蒂涅问道："你带我上哪儿去啊？"

高老头回答："当然是你府上啦。"

"车子在阿多阿街停下来。老人先下车，丢了十法郎给马夫，好像一个阔绰的单身汉。什么都不在乎。

"走吧，上楼吧。"他带着拉斯蒂涅穿过院子，走上三楼的一个公寓，在一幢外观很漂亮的新屋子的后半边。高老头不用打铃，特·纽沁根太太的女佣丹兰士已经来开门了。欧也纳看到一所精雅的屋子，包括穿堂、小客厅、卧室和一间面临花园的书房。小客厅的家具和装修，精雅无比。借着烛光，欧也纳看见但斐纳从壁炉旁边的一张椅子上站起来，把遮火的团扇放在壁炉架上，声音非常温柔地说：

"非得请你才来吗，这不懂事的大孩子！"

丹兰士出去了。他紧紧抱着但斐纳。激动得泣不成声。这一天，多少刺激使他身心疲备，加上眼前的场面和公寓里的对比之下，使拉斯蒂涅激动得难以自持。

"我知道他是爱你的。"高老头悄悄地对女儿说。欧也纳软瘫似地倒在椅子里，说不出话来，也弄不清这最后一幕幻境，是怎么出现的。

"你来看看呀。"特·纽沁根太太牵着他的手，带他走进一间屋子。其中的地毯、器具一切细节都叫他想到但斐纳家里的卧房，只是缩小了一些。

"还缺一张床。"拉斯蒂涅说。

"是的，先生。"她紧紧握着他的手，红着脸说。

欧也纳望着但斐纳，他虽还年轻，但也懂得女人动了真情自然会害躁。他附在她耳边说：

"你是值得我一辈子疼爱的人儿。我敢说这个话，因为我们俩心心相印。爱情越热烈越真诚，越应当含蓄隐蔽，不露痕迹。我们切莫对外人泄漏秘密。"

"哦！我可不是外人啊，是不是！"高老头嘟哝着说。

"哎，你很清楚，我们也包括你。"

"对啦，我就希望如此。你们不会嫌弃我的，对不对？我可以通行无阻，像一个无处不在的好天使，你们感觉得到他的存在，可是看不见他。嗯，但斐纳，尼纳德，等等！我当初告诉你：阿多阿街有所漂亮房子，替他布置起来吧！不是说得很有道理吗？你还不愿意。啊！你的快乐是我给的，正如你的生命是我给的。做父亲的要幸福，就得永远的给。永远的奉献才使父亲成其为父亲。"

"怎么说？"欧也纳问。

"噢，她原先不愿意，担心人家说闲话，好像为了人家就该牺牲自己的幸福！所有的女人都恨不得要模仿但斐纳呐！"

高老头自己在那说着，特·纽沁根太太带拉斯蒂涅走进书房，给了他一个亲吻，轻轻的一吻。书房和别的屋子一样精雅；每间屋里的器具无不整齐完整。

"你说，我们是不是摸准了你的意愿？"她回到客厅就餐时问欧也纳。

"当然。这种全套的奢华，这些美梦的实现，年少风流的生活的诗意，我都感觉到了，可是我没有资格享受，我不能接受，我还太穷，不能……"

"哎哎！你不听话了。"她装着半正经半玩笑的神气，撅着嘴说，女人要解除男人的顾虑时，多半用这个方法取胜。

欧也纳这一天不断地问自己，伏脱冷的被捕又使他发觉差点儿陷入无底深渊，因此倒加强了他的高尚的心胸与骨气，不愿随便接受礼物。尽管但斐纳撒娇，和他争执，也不能使他让步。他只觉得非常悲哀。

"怎么！"特·纽沁根太太说，"你拒绝？你不愿接受是什么意思。你知道吗？这表示你对我们的前途没有信心。不敢和我结合。你怕有朝一日会背叛我的爱情！如果你爱我，如果我……爱你，为什么你对这么一些薄意就不敢受？要是你知道我如何高兴地替你布置这个单身男人的家。你就不会不肯接受，而会感激我了。你有钱存在我这儿，我把这笔钱花在这儿，不很得体吗？你自以为胸襟宽大，其实不然。你所要求的还远不止这些（她瞥见欧也纳有道炽热的目光）……为了区区小事变得忸怩作态。如果你不爱我，那就别接受算了。我的命运取决于你一句话。你说呀！"她顿了顿，转身对她父亲说："哎，父亲，你和他说清楚。是不是他以为我们不如他那么重视名誉。"

高老头看着，听着这场非常有意思的拌嘴，傻兮兮地笑着。

但斐纳抓着欧也纳的手臂又说："孩子，你刚迈进人生的大门，你遇到许多人难以克服的障碍，但现在一个女人替你搬开了，你却退缩了！我相信，你会成功。你能挣一大笔家业；瞧你美丽的额角，明明是飞黄腾达的相貌。今天借出的一切？古代宫廷里的美人不是把盔甲、刀剑、骏马供给骑士，让他们用她的名义到处去比武吗？嗯！欧也纳，我此刻送给你的是现代的武器，胸怀大志的人必不可少的武器。哎，你住的阁楼也够体面的了，倘使跟爸爸的屋子相比的话。哎，哎！咱们还吃不吃饭？你要我心里不舒服是不是？你说话呀！"她边说边晃动他的手。"天哪！爸爸，你来叫他表个态，要不我就走了，再也不见他了。"

高老头从迷糊中醒过来，说道："好，让我来帮你拿定主意。亲爱的欧也纳先生，你打算向犹太人借钱吗？"

"那是迫于无奈呀。"

"有你说这句话就行了。"老人说着，掏出一只破旧的皮钱包。"那么我来做犹太人。这些账单都是我付的，你瞧。屋子里全部的东西，账都在这儿。数目也不大，至多五千法郎，算是我借给你的。我不是女人，你总该接受了吧。随便写个字据。将来还我便是。"

欧也纳和但斐纳不禁泪光莹莹，他们俩面面相觑，呆在那儿。拉斯蒂涅紧紧握着老人的手。

高里奥说："哎哟，怎么啦！你们不是我的孩子吗？"

特·纽沁根太太说："可怜的父亲，你哪儿来的钱呢？"

"嗯！是这样的。你听了我的话决意把他留在身边，像办嫁妆似地买这买那，我知道你手头拮据！代理人说，向你丈夫讨还财产的官司要拖半年以上。没办法！我就卖掉长期年金一千三百五十法郎的本金；拿出一万五存了一千二的终身年金，有可靠的担保；用余下的本金付清了你们的账。我呢，这上面有间每年一百五十法郎的屋子，每天花上两法郎，日子就过得像王爷一样，还能有剩余呢。我什么都不缺，也不用做衣服。半个月以来我满心愉悦；他们该多么快乐啊！嗯，你们不是很快活吗？"

"哦！爸爸，爸爸！"特·纽沁根太太向父亲扑过去，让他抱着。

她不住地吻着老人，金黄的头发在他腮帮上厮磨，把那张光彩突现，眉飞色舞的老脸洒满了泪水。

她说："亲爱的父亲，你真是我的好父亲！天下再也找不出像你这样的父亲！欧也纳本来就很爱你，现在更要爱你了！"

高老头已经有十年不曾和女儿如此地亲热，他说："噢！孩子们，噢，小但斐纳，你要叫我乐得晕过去！我的心快被快乐胀破了。喂！欧也纳先生。咱们谁也不欠谁了！"

老人抱住女儿，发疯似的蛮劲使她叫起来：

"哎，你把我勒痛了。"

"把你勒痛了？"他说着，脸色发了白，不胜疼惜地瞧女儿，这个父性基督的面目，只有大画家笔下的耶稣受难的图像可以相比。高老头轻轻地亲吻女儿的脸，亲着他刚才勒得太重的腰部。他又笑盈盈地，用探问的口吻问道：

"不，不，我没有勒痛你，倒是你那么叫嚷使我心疼。"他一边小心翼翼地亲着女儿，一边咬着她耳朵："花的钱还不止这个数呢，咱们得瞒着他。要不然他会不接受的。

老人为了女儿竟这样毫无保留地牺牲自己，使欧电纳也傻住了，只能不胜钦佩地望着老人。那种天真的钦佩在青年人心中就是信仰。

他激动地说："我决不辜负你们，为我所做的一切。"

"噢，我的欧也纳，你说的好。"特·纽沁根太太吻了吻他的额角。

"他为了你，拒绝了秦伊番小姐和她的几百万家私。是的，那姑娘是爱他的；现在她哥哥一死，她就和克莱窝斯一样富有了。"

拉斯蒂涅说："噢！提这个干什么！"

"欧也纳，"但斐纳在他耳畔说，"今晚上我还觉得美中不足。"

高老头叫道："从你出嫁到现在，今天是我最快乐的一天。老天爷要我受多少苦都可以，只要不是你们施加于我的。将来我会记住；今年二月里我有过一次幸福，那是别人一辈子都不可能有的。你瞧我啊，但斐纳。"他又对欧也纳说："你瞧她多美！你有没有碰到过有她那样好看的肤色，小小的酒窝的女人？没有，是不是？嗯。这个美人儿是我生出来的呀。从今以后，你给了她幸福，她就会更漂亮呢。欧也纳，你如果要我的天堂，我就给你，我可以进地狱。吃饭吧，吃饭吧。"他乐得飘飘然，有点语无伦次了。"啊，一切都属于你们的了。"

"可怜的父亲！"

"我的孩子，"他站起来向她走去，捧着她的头亲她的头发，"你知道要我快乐多么容易！只要不时来看我一下，我就住在楼上，你多走一步路就到啦。你得答应我。"

"当然，亲爱的父亲。"

"再说一遍。"

"一定，好爸爸。"

"可以，我恨不得叫你说上一百遍。咱们吃饭吧。"

他们整个黄昏像小孩子一样闹着玩儿。高老头的疯癫也不下于他们俩。他躺在女儿脚下，亲她的脚，目不转睛地端详女儿，把脑袋在她衣衫上厮磨；总之比一个极年轻、极温柔的情人有过之而无不及。

"你瞧见没有，"但斐纳对欧也纳说，"我们和父亲在一起，就得整个儿给他。有时也真叫人难堪。"

这句话是一切忘恩负义的根源，可是欧也纳已经几次三番妒忌老人，也就没有责备她。他环顾了一下房间，问：

"今晚我们还得分开么，屋子什么时候收拾完呢？"

"是的。不过明天你来陪我吃饭，"她的眼神有点诡秘，"明天是意大利剧院上演的日子。"

高老头说："那么我去买楼下的散座戏票。"

已是午夜时分。特·纽沁根太太的车早已等在外面。高老头和大学生回到伏盖公寓，一路谈着但斐纳，越谈越上劲，两股强烈的热情在那里互相比赛。欧也纳看得很清楚，父爱绝对不受个人利害的玷坏，父爱的持久不变和广大无边，远胜于情人的爱，在父亲心目中，女儿永远纯洁、美丽，过去的一切、将来的一切，都能加强他的崇拜。他们回家发现伏盖太太呆在壁炉旁边，西尔维和克利斯朵夫各坐一边。老房东的坐像，犹如玛里于斯坐在迎太基的废墟之上。她一边对西尔维诉苦，一边等着那两个仅有的房客。虽然拜仑把泰斯十六世纪意大的怨叹描写得很美。以深刻和真实而论，远远不及伏盖太太的怨叹呢。

"明天早上只需预备三杯咖啡了，西尔维！我的房子空落落的，怎么不伤心？没有了房客生活像什么！公寓里的人一下子全跑光了。生活就靠那些衣食饭碗呀。我做了什么恶，要遭这样的飞来横祸呢？我们备下的豆子和番薯足够二十个人吃的。想不到警察居然上门！咱们只能吃番薯过日子了！只能辞掉克利斯朵夫了！"克利斯朵夫从睡梦中忽然惊醒，问了声：

"太太说什么？"

"可怜的家伙！他像看家狗一样忠心呢。"西尔维道。

"现在正当淡月，大家都安顿好了，哪还有房客上门？我也没有办法了。米索诺那老妖精把波阿莱也给拐走了！她对他使了什么法术，居然叫他服服贴贴，像小狗一样由她牵着走？"

"啊，不是！"西尔维摇了摇头，"那些老姑娘才会耍花招呢。"

"可怜的伏脱冷先生，他们说是苦役犯，哎，西尔维，这太过份了，我不相信。像他那样慷慨快乐的人，每月喝十五法郎的葛洛莉亚，付账又从来不拖期！"

克利斯朵夫说："他花钱可大方哪！"

西尔维道："可能是冤枉他的？"

"不，他本人已经供认不讳，"伏盖太太回答，"怎么这样的事会发生在我家里，连一只猫儿都看不见的区域里！真是。莫非我在做梦。咱们眼看路易十六出了事，眼看皇帝下了台。眼看他回来了又倒下去了，这些都不算什么，可是有什么理由教包饭公寓摊上这种事呢？咱们可以不要皇帝，却不能不吃饭；龚弗冷家的好姑太太把好茶好饭款待客人……恐怕是到了世界末日……唉，对啦，真是世界末日到啦。"

西尔维大声说："再说那米索诺小姐，替你惹下了大祸，竟然拿到三千法郎年金呢！"

伏盖太太说："别提了，简直是个女恶棍！还要故意气我，住到皮诺家去！哼，她什么都干得出来，一定无恶不作。杀过人，偷过东西，倒是她该送进苦役监，代替那个可怜的好人……"

这时，欧也纳和高老头按铃了。

"啊！两个有义气的房客回来了。"伏盖太太说着，叹了口气。

两个有义气的房客已经记不大清公寓里发生的事了，开门见山地向房东宣布要搬往唐打区居住。

"唉，西尔维，"寡妇说，"我最后一张王牌也完了。你们两位给了我致命的一击！简直是当胸一闷棍。真的，我要发疯了，那些豆子怎么办？啊！好，简直快剩下我一个人，你明天也该走了，克利斯朵夫。别了，先生们，晚安。"

"她怎么啦？"欧也纳问西尔维。

"噢！出了那些事，大家全跑了，她昏了头啦。哎，听呀，她哭起来了。哭一哭对她倒是有好处的。我服侍她这些年，还头一回看见她哭呢。"

第二天，伏盖太太像她自己所说的，只好认命。一个女房东所有的房客都走光了，日常事务被扰乱，免不了伤心苦恼，可是她神志很清醒，表示知道了真正的痛苦，深刻的痛苦，利益受到损害，承受了这一打击。一个情人对情妇住过的地方，在离开的时候那副留恋不舍的目光，也不见得比伏盖太太望着冷清清的饭桌的目光更悲切。欧也纳安慰她，说皮安训住院实习的时期几天之内就满了，一定会填补他的位置；还有博物院职员常常羡慕古杜尔太太的屋子；总而言之，过不了多久，房客就会多起来。

"但愿一切如你所说，亲爱的先生！不过晦气进了我家门，十天以内必有死神光临，你会看见的，"她神情严肃地把饭厅内扫了一眼，"不知又轮着谁！"

"还是搬出去为妙。"欧也纳低声对高老头说。

"太太，"西尔维慌慌张张地跑来，"三天没有看见眯斯蒂格里了。"

"啊！好，如果我的猫死了，如果它离开了我们，我……"

可怜的寡妇说不下去了，合着手仰在椅背上，这个可怕的先兆把她的精神压垮了。

第五章　两个女儿

中午，邮差到先贤词区域送信，欧也纳收到一封封得很精致的信，印着鲍赛昂家族的纹章。信内附有一份给特·纽沁根夫妇的请帖；一个月以前所说的盛大的舞会即将举行了。另外有一张短柬给欧也纳：

"先生，我想，你一定很高兴接受我的委托向特·纽沁根太太致意。我把你要求的请柬寄上，我很高兴认识特·雷斯多太太的妹妹。你带这个美人儿来吧，希望你别让她占去了你的全部感情，你该回报我的感情不很多。

特·鲍赛昂子爵夫人

欧也纳把这封短信念了两遍，心想："特·鲍赛昂太太明摆着不打算邀请特·纽沁根男爵。"

他匆匆赶去但斐纳家，很高兴能给她这种快乐，说不定还会得到嘉许呢。特·纽沁根太太正在洗澡。他只好呆在客厅等候。一个想情人想了两个月的角色，等在那里当然极为焦灼。这种情绪，年轻人也不会再有第二次。男人对于他所爱的第一个十足地道的女子，就是说符合巴黎社会要求的，容光四射的女子，永远觉得天下无双。巴黎的爱情与其他地方的爱情没有一点儿相似之处。每个人为了体面，在所谓毫无利害作用的感情上所标榜的门面话总是那一套，男男女女是没有一个人相信的。在这儿，女人不仅要满足男人的心灵和肉体，还有更大的义务就是满足种种虚荣心。巴黎的爱情基本特征就是吹捧、无耻、挥霍、哄骗、摆阔。在路易十四的宫廷中，所有的贵妇都羡慕拉·华梨哀小姐，因为她的千娇百媚使那位名君不惜撕破了他的价值六千法郎一对的袖饰。以此为例，我们对别人还有什么话可说呢！只要你年轻、有钱、有头衔，你只管尽你所能地卖弄你的青春、财富头衔；如果你在偶像面前上的香越多，她就越宠你。爱情是一种宗教，信奉它比信奉其他宗教的代价更大；并且很快就会消失，信仰过去的时候像一个顽皮的孩子，所过之处遍遭践踏。感情这种奢侈惟有阁楼上的穷小子才有；

可是如果没有财富，爱还剩下什么呢？要是巴黎社会那些严格的法规有什么例外，那只能在孤独生活中，在不受人情世故支配的心灵中找到。这些心灵仿佛是靠近清彻的、瞬间即逝而不绝如缕的泉水过活的；他们归隐山林，倾听尘世之外的声音，他们觉得这声音存在于形骸内外；他们一边埋怨浊世的枷锁，一边耐心等待超脱。拉斯蒂涅和大多数青年一样，因过早品尝了权势的滋味，打算有了全副武装再披挂上阵跃登人生的战场，他已经染上社会的狂热，甚至还自信有操纵社会的力量，只是不知采取何种手段，也不明目的何在。如果缺少纯洁和神圣的爱情充实生活，但对权势的渴望也能有新作为，只要能放弃个人的利益，以追求国家前途为动力亦未尝不可。但他还没有达到瞻望人生而加以批判的程度。在内地长大的儿童往往有些清新的念头，像绿荫一般荫庇他们的青春，至此为止拉斯蒂涅心头还有些那种绿荫。他依然犹豫着未能斩断这个余缕，不敢放胆在巴黎遨游。他虽然是一个好奇心很强的人，他仍忘不了一个真正的乡绅在古堡里的恬静的日子。虽然如此，他昨夜逗留在新屋子里的时候。最后一些顾虑也烟消云散了。前段时间他已经靠着身份到处沾光，现在享受着物质优越的条件，他已忘了本，逐渐处于有着美好前程的社会地位。因此，在这间可以说一半是他的客厅里悠然自得地等着但斐纳，他发现自己和初到巴黎时已判若两人，回顾之下，他自问是否还是一个人。

"太太回卧室了。"丹兰士进来向他通报，他被吓了一跳。

但斐纳横在壁炉旁的双人沙发上，软玉温香，精神饱满；妩媚的模样使他联想到印度那些妍果结的美丽植物。

"哎，你瞧，我们又见面了。"她激动地说。

"你猜猜我给你带了什么来。"欧也纳说着，坐在她身旁，拿起她的手亲吻。

特·纽沁根太太看完请帖，激动得抖了一下。虚荣心满足了，她水汪汪的眼睛望着他，搂着他的脖子，发狂似地把他拉过来。

"是你，好宝贝！"她在他耳畔悄声说："丹兰士在卫生间里，咱们得注意一些！是你给了我这份幸福！真的，这是幸福。是你给的，当然不单纯是自尊心的满足。没有人肯介绍我进入那个社会。也许你认为我渺小、虚荣、轻薄，像一般的巴黎市民；可是你知道，我的朋友，我是准备为你牺牲一切的；所以我格外想踏进圣·日耳曼区，最主要还因为你在那个社会里。"

"你有没有体会到，"欧也纳问，"特·鲍赛昂太太的意思她不打算在舞会里见到特·纽沁根男爵？"

"是的，"男爵夫人把信还给欧也纳，"这些太太就有般轻狂的天才。不过没关系，我照样去。我姊姊也要去，她在准备一套华丽的礼服。"她又低声说："告诉你，欧也纳，因为外边有闲话，她特意要去露露面。你听说了有关她的流言吗？今天早上纽沁根告诉我，昨天俱乐部里公开谈着她的事。我的天哪！女人的名誉，家族的名誉，真是太不堪一击了！姊姊受到侮辱，我也跟着丢脸。听说特·脱拉伊先生签的借票有十万法郎，几乎全部都到期了，要被人控告了。姊姊走投无路，迫不得已把她的钻石卖给一个犹太人，那些美丽的钻石你大概见她戴过，是她婆婆传下来的呢。总而言之，这两天所有的人只谈论这件事。这次阿娜斯大齐特意定做了一件金银线织锦缎的衣衫，到鲍府一现风彩，戴着她的钻石给人看。我可不愿意被她压下去。她总想高我一头，从来没善待过我；我为她出过不少力，她没有钱的时候总给她筹借。好啦，别说闲话了，今天我要痛痛快快地乐一乐。"

凌晨一点，拉斯蒂涅还在特·纽沁根太太家，她恋恋不舍地和他告别，话中还含着似乎没有满足的快乐。她黯然神伤地说：

"我怕得很，迷信得很；不怕你笑话，我有一种预感，我担心消受不了这个福气，要碰到什么飞来的横祸。"

欧也纳说："真是孩子气！"

她笑道："啊！今晚我成了孩子了。"

欧也纳回到伏盖家，坚信明天一定能搬走，又回味着刚才的幸福，便像许多青年一样，一路上尽做着美梦。

高老头等拉斯蒂涅走进房门的时候问道："喂，怎么样？"

"明天再和你细谈。"

"你把所有的情况都得告诉我啊。去睡吧，明天我们开始幸福的生活了。"

第二天，高老头和拉斯蒂涅只等着搬运工人来，便好离开公寓。中午时分，圣·日内维新街上忽然来了一辆马车，停在伏盖家门口。特·纽沁根太太下来，打听父亲是否还在公寓。西尔维回答说是，她匆匆奔上楼。欧也纳正在自己的屋里，他的邻居并不知道。吃午饭的时候，他请高老头代搬行李，约定四点钟在阿多阿街相会。老人出去找搬运夫，欧也纳赶到学校去应付了点名，又回来和伏盖太太清账，不愿意连这点小事都要去累高老头，恐怕他固执，要代付欧也纳的账。房东太太出门了。欧也纳上楼瞧瞧有没有忘了东西，然后暗赞自己聪明，因为在抽屉里发现了那张当初给伏脱冷的不写抬头人的借据，在清偿那天无意中扔下的。因为没生火，正想把借据撕毁，他忽然听出但斐纳的声音，便不再弄出声音，立刻停下来侧耳倾听，心想但斐纳不会再有什么秘密要隐瞒他的了，但刚听了几个字，他觉得父女之间的谈话事关重大，便继续听下去。

"啊！我的父亲，"她说，"上帝怎么没有叫你早想到替我追究产业，我现在就不会破产了！我在这儿说话方便吗？"

"说吧，屋里没有人。"高老头声调失常地回答。

"你怎么啦，父亲？"

老人说："你刚才给我当头一棒。上帝宽恕你，我的孩子！你不知道我多爱你，如果你知道了就不会突如其来的，给我说这样的话了，尤其是事情还没有到无可挽回的地步。有什么大不了的事，教你这时候赶到这儿来？我们不是等会就在阿多阿街见面吗？"

"唉！父亲，大事不好了，我控制不了自己！我快急疯了！你的代理人把迟早要发觉的倒霉事儿，提早发现了。你生意上的经验现在用得上了；我来找你，好比一个人淹在水里，抓住一根树枝也不放手的了。但尔维先生看到纽沁根百般刁难，便拿起诉讼恐吓他，说法院立刻会批准分产的要求。纽沁根今天早上来找我，问我是否要同他两人一同破产。我回答说，这些事我一点也不懂，我只知我拥有的一份产业，有支配它的权利，有关问题都该问我的诉讼代理人，我自己什么都不明白，什么都不能谈。你不是吩咐我这样说的吗？"

"对！"高老头说，"唉！他把经营生意的情况告诉我。据说他拿我们两人的资本全部投了刚创办的企业，为了它必须把大宗资金放在外边。要是我强迫他还我陪嫁，他就不得不向法庭递交负责清理，如果我肯等一年，他以名誉担保能还我双倍甚至三倍的财产，因为他把我的钱经营了地产，等那笔买卖做成了，我就可以支配我的全部产业。亲爱的父亲，他态度很诚恳，我听了着实吃惊。他求我原谅他的过错，愿意还我自由，答应我爱怎么做就怎么做，条件就是准许他用我的名义全权管理那些生意。为证明他的诚意，他说确定我产权的文件，并随时可以托但尔维先生检查。总之他把自己缚手缚脚地交给我处理了。他请求再管两年家，求我除了他规定的数目以外，不再乱花钱。他向我表明，他做的一切都是为了保全面子，他已经打发了那个舞女，尽量暗中节俭，才能支持到生意结束，而维持信用。我跟他吵闹，装做完全不信他的话，逼他吐露全部真相，他给我看账簿，后来还哭了，我从来没见过一个男人落到这等地步。他昏了头，说要自杀，神经兮兮地叫我于心不忍。"

"你相信他的鬼话吗？"高老头叫起来。"他在演戏！我见过生意上德国人，表面上几乎每个都老实规矩，装出天真善良的样子，事实上这些骗子比任何人都狡猾。你丈夫在骗你。他装得给你逼得无路可走了，便再装死；他要假借你的名义，因为比他自己出面更方便。他想利用这避开生意上的风险。他又坏又刁，这个坏家伙。我对生意多少也在行！我不会眼见两个女儿被人掠夺一空而进坟墓的。我还懂得些生意窍门。他既然把资金投企业上，好吧，那么他的款项一定有证券、借票、合同等凭据！叫他拿出来和你算账！咱们会经营有利可图的事业去做，要冒险也让咱们自己来。咱们要拿到追认文书，写明但斐纳·高里奥，特·纽沁根男爵的配偶，这家伙把我们当傻瓜吗？他以为我知道女儿没有了财产，没有了饭吃，能够忍受吗？唉！我连一天、一夜、两小时都忍受不了！你要真落到这个地步，我还能活下去吗？哎，我一辈子辛苦四十年，背着面粉袋，冒着大风大雨，省吃俭用为了你们，为我的两个天使，忘了所有的辛苦忘了所有的重荷；时至今日，我的财产，我的一辈子的辛苦都要付之东流！真是气死我了！我向天上地下所有的神灵起誓，我非得管管不可，一定查清账目、银箱、企业，在未证实你的财产分文不缺之前，我是睡不着，吃不下的。谢天谢地，幸亏婚书上写明你的财产是独立的；你有但尔维先生做代理人，他可是个靠得住的正派人。请上帝作证！你一定到老都有你的一百万家私，每年有五万法郎的收入，否则我就在巴黎闹他一个天翻地复，哼哼，法院如果不公正，我向国会起诉。我一定要你在银钱方面太平无事，我才会快乐，才会毫无忧愁。钱是生命。有了钱就有了一切。这亚尔萨斯死胖子？他对我们胡说些什么，但斐纳，对这只胖猪，绝不能手软，他从前拿锁链缚着你，把你折磨成那样。现在他要求你了，好！咱们来抽他一顿，叫他学乖一点。天哪，我怒火三丈，脑袋都烧起来了。怎么，我的但斐纳躺在草垫上！噢！我的但斐纳！该死！我的手套呢？哎，我们走吧，我要去把一切都查个清楚：账簿、营业、银箱、信札，而且要立刻！若要知道你财产没有遭受损失，除非我亲眼看过了，才能放心。"

"亲爱的父亲！应该小心行事哪，如果你想借这件事报复，显出过分跟他作对的意思，我就完啦。他是了解你的，他会认为是你挑唆我去计较财产的。我敢打赌，他不但现在死抓我的财产，而且还要抓下去。这个无赖会席卷全部资金，丢下我们溜之大吉的，他也知道我不肯丢自己的脸面追究他。他又狠又卑劣。我把一切都看透了。逼之过甚，我是要破产的。"

"难道他是个骗子吗？"

"唉！我想是的，父亲，"她倒在椅子里哭起来，"我不想向你吐露真相，免得你因为我嫁了这种人而伤心！他的良心、他的私生活、他的精神、他的肉体，这一切在他身上都惊人地吻合！简直可怕，我又恨他又鄙视他。你想，厚颜无耻的纽沁根对我说了那番话，我还能敬重他吗？在生意上干出那种勾当的人是没有灵魂的；因为我看透了他的心思，我才觉得害怕。他坦白表示给我自由，他，我的丈夫，你懂得是什么意思？就是说我要在他倒霉的时候肯让他利用，肯出头顶替，他就可以让我自由。"

高老头叫道："不是还有法律吗？还有绞死他们的葛兰佛广场给这个女婿预备着呢；如果没有刽子手的话，我就亲自动手砍下他的头来。"

"不，父亲，没有什么法律能制裁得了他。丢开他的花言巧语，听听他的自白吧！要么同时破产，你一个子儿都没有，而我不可能丢了你而另外找个同伙；要么你就让我干下去，把事情弄成功。这还不明白着？他还需要我吗。我的为人他是放心的，知道我不会贪图他的财产，只是要保住我自己的一份。我为了避免破产，就要答应与他缔结这种不光彩的，偷窃式的勾结。他要我出卖良心，代价是任凭我同欧也纳自由来往。'我任你胡来，你任我犯罪，叫那些可怜虫破产！'他的企图还不清楚吗？你知道他所谓的企业是怎么回事？他买进空地，叫那些傀儡去盖屋子。他们一方面跟许多营造厂订分期付款的合同，一方面把屋子低价出售。然后他们向营造厂宣告破产，赖掉未付的款子。纽沁根银号这块牌子令营造商上了当。这一点我是懂得的，我还知道，为预防有朝一日要证明他已经付过大宗款子，纽沁根把巨额的证券送到了阿姆斯特丹、拿被里、维也纳。我们的钱怎么能抢回来呢？"

欧也纳听见高老头沉重的膝盖声，大概是跪在地上了。

老头儿哀声道："我的上帝，我什么地方触犯了你，女儿竟落在这个流氓的手里，由他摆布？孩子，原谅我吧！"

但斐纳道："是的，我陷入泥坑，或许也是你的错。我们出嫁的时候哪懂得！社会、买卖、男人、品格我们什么都不懂？做父亲的应该为我们出出主意。亲爱的父亲，我丝毫没有埋怨你的意思，原谅我说出那样的话。一切都是我的错。爸爸，别哭啦。"她吻吻老人的额角。

"你也别哭啦，我的小但斐纳。你过来，抹掉你的眼泪。好啦！我要想出法子来，把你丈夫搞得乱糟糟的事理出个头绪来。"

"不，还是我处理吧；我知道怎样对付他。他还爱我！唉！好吧，我要利用他这一点感情，叫他马上放一部分资金在不动产上面。或者我能教他用纽沁根太太的名义，在亚尔萨斯置些田产，他是依恋故乡的。不过明天你要查核他的账目跟业务。但尔维先生对生意上的事一窍不通。哦，不，不要明天，我不想气恼伤神。特·鲍赛昂太太的舞会就在后天，我要调养得精神饱满、格外漂亮，给亲爱的欧也纳增添点儿光彩！来，我们去看看他的房间。"

这时，一辆车在圣·日内维新街停下，楼梯上传来特·雷斯多太太的声音。"我父亲在家吗？"她问西尔维。

这一下倒救了欧也纳的驾，他正准备躺在床上装睡。

但斐纳听出姊姊的声音，说："啊！父亲，没有人和你提到阿娜斯大齐的事？她家里似乎也出了些奇怪的事呢。"

"怎么！"高老头说。"世界末日到了。再也受不了打击了！"

"你好，父亲，"伯爵夫人进来后叫道，"哟！你在这儿，但斐纳。"

特·雷斯多太太看到了妹妹，神色有点不安。

"你好，娜齐。你看到我在这儿感到很意外吗？我是天天跟父亲见面的。"

"从什么时候起的？"

"要是你来这儿，自然就会知道了。"

"别拿我出气了，但斐纳，"伯爵夫人带着哭腔说，"我太不幸，我完了，可怜的父亲！唉！这一次彻底完了！"

"你怎么啦，娜齐？"高老头大声问。"说给我们听吧，孩子。哎哟，她的脸色很坏。但斐纳，快，快去扶住她，小宝贝，你对她好一点，我会更疼你的。"

"可怜的娜齐，"但斐纳扶着姊姊坐下，说，"说吧！你看，世界上只有我和爸爸始终爱着你，原谅你做过的一切。瞧见没有，骨肉的感情才是最可靠的。"她给伯爵夫人嗅了盐，姐姐才醒过来。

"我要死了，"高老头说，"来，你们俩都走过来。你们把我急死了。"他拨着炭火。"出了什么事，娜齐？快说。你要我的命了……"

"唉！我的丈夫全知道了。父亲，你记得不久前玛克辛那张借票吗？那已经不是他的第一批债。我已经替他还过不少了。正月初，我看他愁眉不展，对我缄默不语；可是爱人的心事不难猜中的，何况还有预感。总之，他变得格外多情、格外温柔，我以前从未见过他这样。可怜的玛克辛！他后来告诉我，原来他已经在心里和我诀别，他要自杀。我再三盘问他，恳求他，在他前面跪了两小时，他才说出欠了十万法郎！哦！爸爸，十万法郎！我疯了。你自然筹不出这笔钱的，我的钱又已挥霍殆尽……"

"是的，"高老头叹道，"我弄不到钱，除非去偷。我可以去偷，娜齐！我会去的！"

姊妹俩听着不出声了。这句无限凄楚的话表示父亲的感情无能为力，到了痛苦绝望的地步，其深度犹如一颗石子掉进万丈深渊。即使是最自私自利的人又岂能无动于衷呢？

"父亲，我挪用了别人的东西，筹足了那笔款子。"伯爵夫人哭着说。

但斐纳感动了，伏在姊姊的脖子上也哭了起来。

"这么说外边的传言都是真的了？"但斐纳问。

娜齐低下头去，挨着妹妹，温柔地亲吻她，说道：

"我心中对你只有爱，没有责备。"

高老头气息微弱地说："我的小天使，为什么一定要到大难临头才肯言归于好？"

伯爵夫人受着亲情的鼓舞，又说道："为了保住玛克辛的命，也为了救我的幸福，我跑去找你们认识的那个人，跟魔鬼一样狠心的高勃萨克，拿着雷斯多看得了不起的，家传的钻石，他的、我的全部卖了。你明白了吗？玛克辛得救了！我即死定了！雷斯多全知道了。"

高老头说："怎么知道的？是谁告诉他的？我要他的命！"

"昨天，他叫我到他房间里。他说：'阿娜斯大齐……'（听这语调我就知大事不好），你的钻石在哪儿？''在我房里啊。不，'他瞅着我说，'在这儿，在我的柜子上。'他把手帕蒙着的匣子给我看，说："你知道从哪儿来的吧？'我双膝跪下……哭着问他要怎么折磨我。"

"哎哟，你竟说这个话！"高老头直着嗓子叫起来。"老天在上，哼！只要我还活着，我一定把那个害你们的人，用火来慢慢地烧他，把他千刀万割，像……"

高老头说不下去了，话都梗塞在他嗓子里。娜齐又接着说：

"谁知他要我做的事比死还难受。天！但愿做女人的永远不会听到那样的魔鬼语言！"

"我要杀了他，"高老头冷冷地说，"可惜他欠我两条命，而他只有一条命；后来他又怎么说呢？"高老头望着阿娜斯大齐问。

停了半晌，伯爵夫人继续说："他盯着我说；'阿娜斯大齐，我可以既往不究，仍然和你生活在一起；我们有孩子。我不杀脱拉伊，因为不一定能打中他；如用别的方法消灭他又可能触犯刑法。在你怀抱里干掉他吧，又会有伤孩子们的体面？为了顾全孩子们，他们的父亲，以及我，一个都不伤，我有两个条件。你先回答我：孩子们中间有没有我的？'我回答说有。'哪一个？'他问：'欧纳斯德？''好，'他说：'现在你得起誓，从今以后服从我一件事。'我便起了誓：'任何时候我要求你，你就得在你产业的卖契上签字。'"

"不能签呀，"高老头喊，"永远不能签这个字。吓！雷斯多，你不能让你的妻子获得幸福，她自己去找；你自己不惭愧，反而要责罚她？……哼，别太猖狂！还有我呢，我们走着瞧吧。娜齐，你放心。啊，他还得不到他的后代！好吧，好吧。我要掐死他的儿子，哎哟！老天啊！那是我的外孙呀。那么这样吧，我能够看到小娃娃，我把他放到乡下去，你放心，我会照顾他好好的。我可以逼这个魔鬼投降，对他说：咱们来拼一拼吧！如果你要儿子，就得把财产还我女儿，让她自由。"

"我的父亲！"

"是的，你的父亲！唉，我是真正的父亲。这些混蛋老爷们不来伤害我女儿也还罢了。天杀的！真真把我气死了。我恨不得变成老虎，把这两个男人吃掉。啊！孩子们，这就是你们过的生活！我急疯了。我哪天死了，你们还得了！做父亲的应该和女儿活得一样长久。我的上帝啊，你把世界弄颠倒了！还说你也有圣旨呢。你不该让我们的儿女饱受痛苦，亲爱的小天使，怎么！真要你们遭了难才会来见我么？你们只拿眼泪给我看。哎，是的，你们爱我，我知道。来吧，到这儿来哭诉吧，我的心大得很，容得下你们所有的一切。是的，你们尽管划破我的心，划成一片片，依然是父亲的心。我如果可以替你们承受苦难就好了。啊！你们小时候很幸福的呀……"

"只有那个时候我们才快乐，"但斐纳说，"在阁楼面粉袋上打滚的日子！"

"父亲！事情还没完呢。"阿娜斯大齐附在老人的耳畔说，吓得他直跳起来。"钻石卖不到十万法郎。玛克辛被告上法庭。我们还缺一万二法郎。他答应我以后乖乖的，不再赌钱。你知道，我在世界只剩下他的爱情了；我又付下那么高的代价，如果失掉这爱情，我就只有死路一条。我为他牺牲了财产、荣誉、良心、孩子。唉！你至少想想办法，别让玛克辛坐牢、丢脸；我们应该帮助他，让他在社会上混出个样来。现在他不但要负我幸福的责任，还要负不名一文的孩子们的责任。他如果进了监狱一切都完了。"

"我没有钱呀，娜齐。我什么都没有了，真的没有了！真是世界末日到了。啊，天要塌下来了，一定的。你们走吧，逃命去吧！呃！我还有银搭扣，六套银刀叉，我当年第一批买的，最后，我只有一千两百法郎的终身年金……"

"你的长期存款呢？"

"卖掉了，我给自己只留下那笔小数目做生活费。我替但斐纳布置了一个房子，花了一万二。"

"在你家里吗，但斐纳？"她问她的妹妹。

高老头说："问这个干嘛！反正一万二已经花掉了。"

伯爵夫人说："我猜到了。那是为了特·拉斯蒂涅先生。唉！可怜的但斐纳，算了吧。瞧瞧我的处境。"

"亲爱的，特·拉斯蒂涅先生不至于叫情妇破产。"

"谢谢你，但斐纳，想不到在我危急的关头你会这样不错，在这以前你从来没有爱过我。"

"不，她爱你的，娜齐，"高老头说，"我们刚才还谈到你，她说你真美，她自己只勉强是漂亮罢了。"

伯爵夫人接着说："她？那么冷冰冰的，能美吗？"

"就算是吧，"但斐纳红着脸说，"可是你又怎么对我的？你不认我妹妹，我想要走动的人家，你都给我堵死了大门，遇事就叫我难堪。我，有没有像你这样把可怜的父亲一千又一千地骗去，把他榨干了，逼他落到今天这步田地？瞧吧，这就是你的杰作，姊姊。我却是尽可能地来看父亲，不像有的人把他撵出门外，等到要用着他的时候再来舐他的手。我并不知道他为我花掉一万二法郎。我没有乱花钱，你是知道的。并且除非爸爸送东西给我，我从来没有向他要过。"

"你比我幸运，特·玛赛先生有钱，你自己明白。你从来都是惜金如命的。再会吧，我既没有妹妹，也没有……"

高老头喝道："别说了，娜齐！"

但斐纳回答娜齐："只有像你这样的姊妹才会跟着别人造我谣言，可惜没有人相信了。你是个没有人性的东西。"

"我的孩子们，孩子们，别说了，要不我立刻死在你们面前了。"特·纽沁根太太接着说："得啦，娜齐，我原谅你，你倒了霉。可是我心肠比你好。你对我说这种绝情话，而我却正想着如何帮助你的时候，甚至想走进丈夫的屋子求他，那是我从来不肯做的事，哪怕为了我自己还是为了……这总对得起你九年以来对我造的孽吧？"

父亲说："孩子们，我的孩子们，你们拥抱呀！你们可是一对好天使呀！"

"不，不，放开我，"伯爵夫人挣开父亲的手臂和拥抱，"她对我比我丈夫还狠心。人家竟然还要说她是大贤大德的化身呢！"

特·纽沁根太太回答："哼，我宁可让人家说我欠特·玛赛先生的钱，也不愿意承认特·脱拉伊先生花了我二十多万法郎。"

伯爵夫人向她走近一步，叫道："但斐纳！"

男爵夫人冷冷的回答："你无中生有诬蔑我，我只好直说了。"

"但斐纳！你是一个……"

高老头扑过去拉住娜齐，把手掩着她的嘴。

娜齐道："天哪！父亲，你的手碰过了什么东西？"

"哟，是的，我忘了，"可怜的父亲把手在裤子上擦了一阵，"我不知道你们会来，我正要搬家。"

他很高兴引火烧身，把女儿的怒气转移到自己身上。他坐下说：

"唉！你们让我心都碎了。我快要死了，孩子们！脑子里像有团火在烧似的。你们该和和气气、相亲相爱。你们要我的命呢。但斐纳、娜齐，得了吧，你们俩各有对也有错。喂，但斐纳，"他含着一包眼泪望着男爵夫人，"她要一万两千法郎，咱们来商量一下，想想方法。你们别这样互相瞪眼呀。"

他跪在但斐纳面前，附在她耳边说：

"让我开心，你向她陪个不是吧，她比你更不幸，不是吗？"

父亲的痛苦万分的表情把但斐纳吓坏了，说道：

"可怜的娜齐，是我错了，来，拥抱我吧。"

高老头说："啊！这样我心里才好过一些。可是我们到哪儿去筹那一万两千法郎呢？也许我可以代替人家服兵役。"

"啊！父亲！那怎么可以！"两个女儿围着他异口同声地说。

但斐纳说："你这种崇高的父爱只有上帝才能给予你回报，我们就是粉身碎骨也难报亲恩！不是么，娜齐？"

"可怜的父亲，即使代替人家服兵役也所得甚微，于是无补。"娜齐回答。

老人怅然若失，叫道："那么咱们卖命行不行？只要有人救你，娜齐，我肯为他拼命，杀人放火也干。我愿意像伏脱冷一样进苦役监！我……"他忽然停住，仿佛被雷劈了一样。他扯着头发又说："什么都光了！我要知道到哪儿去偷就好啦。现在要寻到一个能偷的地方都不容易。抢银行需要人和时间。唉，我该死了，只有死了。我已不中用了，再不配做父亲了！不行了。她来向我要，她有急用！而我，这该死的东西，竟然分文没有。啊！你把钱存了终身年金，你这老混蛋，你就不顾他们了吗？难遭你不爱她们了吗？死吧，像野狗似的死吧！啊，我连狗还都不如，狗也干不出这种事来！哎哟！我的脑袋要爆炸啦。"

"噢！爸爸，千万使不得。"姊妹俩拦着他，不让他把脑袋往墙上撞。

他呼天抢地地大哭起来。欧也纳吓坏了，抓起当初给伏脱冷的借据，上面的印花本来超过原来借款的数额，他改了数字，变成一张一万二的借据，抬头上写上高里奥的名字，拿着走进他们的房间。

"你要的钱来了，太太，"他把票据递给她，"我正在睡觉，你们的谈话惊醒了，我才知道我还欠着高里奥先生这笔款子，这儿是张票据，你可以拿去周转，到期我肯定还清。"

伯爵夫人拿了票据，整个愣住了；接着她脸色发白，浑身哆嗦，气愤到极点。叫道：

"但斐纳，我什么都能原谅你，上帝作证！可是这一招！怎么，你明知道他在这儿！你竟这样卑鄙，借刀杀人，让我把自己的秘密、生活、孩子的秘密、我的耻辱、名誉统统抖落在他手里！去吧，你我再不是亲人，我恨你，我要好好地报复你……"她气得说不上话，喉咙梗住了。

"噢，他是我的儿子啊，我们的孩子，他是你的兄弟，你的救星啊，"高老头喊着，"来拥抱他，娜齐！瞧，我拥抱他呢。"他说着发疯似地搂着欧也纳。"噢！我的孩子！我不但要做你的父亲，还要代替你全部的家属。我愿变作上帝，把世界所有丢在你脚下。来，娜齐，来亲他！他不是个凡人，是天使，真正的天使。"

"别理她，父亲，她疯了。"但斐纳说。

特·雷斯多太太说："疯了！疯了！你呢？"

"孩子们，你们再吵下去，我就要死了。"老人说着，像中了一颗子弹似地倒在床上。"她们逼死我了！"他对自己说。

欧也纳被这场急风骤雨般的吵架弄得魂飞魄散，愣愣地站在那里。但斐纳急急忙忙替父亲解开背心。娜齐局外人似地，她的声音、目光、姿势都带着探问的意味，叫了声欧也纳：

"先生……"

他不等她问下去就回答："太太，我一定付清，而且绝对保密。"

老人晕过去了，但斐纳叫道：

"娜齐！你杀死了我们的父亲！"

娜齐却转身往外溜走了。

"我原谅她，"老人闭着眼睛说，"她的处境太可怕了，再沉着的人也克制不了。你安慰安慰娜齐吧，对她好一点，你答应我，答应你快死的父亲。"他紧紧握着但斐纳的手说。

但斐纳万分恐惧，说道："你怎么啦？"

父亲说："没有什么，没有什么。很快就会好的。在我脑门上好像压着什么东西，大概是头痛。可怜的娜齐，以后怎么办呢？"

这时伯爵夫人走进屋子，跪倒在父亲脚下，叫道：

"原谅我吧！"

"唉，"高老头说，"你这样做我更难受了。"

伯爵夫人含泪对拉斯蒂涅说："先生，我急昏了头，错怪了你，你对我真像兄弟一样吗？"她向他伸出手来。

"娜齐，我的小娜齐，把一切都忘了吧。"但斐纳接着她。

"我不会忘掉的，不会！"

高老头嚷着："你们都是天使，你们使我重见光明，你们的声音给了我生命力。你们再拥抱一次吧。哎，娜齐，这张借据能救你渡过难关吗？"

"但愿如此。噢，爸爸，你能不能给签个字？"

"对啦，我真笨，忘了这个！刚才我不舒服，娜齐，千万别怪我啊。你事情一完，就马上派人来说一声。不，还是我亲自去。哦，不！我不能来，我见不得你丈夫，不然的话我会当场打死他的。他休想抢你的财产，我还没死呢。快去吧，孩子，叫玛克辛从此安份守己一些。"

看着这些，欧也纳惊呆了。

特·纽沁根太太说："可怜的娜齐一向暴躁，其实她心是好的。"

"她是为了借票的签字才回来的。"欧也纳凑在但斐纳的耳边说。

"真的吗？"

"但愿不是，你不能不提防她。"他举首仰天，仿佛把不敢明说的话托付给了上帝。"是的，她装腔作势，可怜父亲偏信她那一套。

"你觉得怎么啦？"拉斯蒂涅问老人。

"我想睡会儿。"他回答。

欧也纳扶他躺下。老人抓着但斐纳的手睡熟以后，她准备走了，对欧也纳说：

"今晚在意大利剧院会面。到时再把他的情况告诉我。明天你得搬家了，先生。让我瞧瞧你的房间。"她一进去便叫了起来："哟！我的天！你的住处比父亲的还要糟。欧也纳，你的行为最高尚。我更要爱你。可是，我的孩子，如果你想挣一份家业，就不能把一万两千法郎轻易地往窗外扔。特·脱拉伊先生是个赌棍，姊姊不愿意正视这一点。一万二！他会到动辄输赢一座金山的地方找的。"

他们听见一声呻吟，便回到这边来。他似乎睡熟了；两个情人走近去，听见他说了声；

"她们过得不称心啊！"

不管他是睡着或是醒着，说那句话的口气深深打动了女儿，她走到破床前面吻吻他的额头。他睁开眼说：

"哦！是但斐纳！"

"父亲，你觉得怎么样？"她问。

"还好，你放心，我还能上街的。去吧，去吧，孩子们，你们尽管去快活吧。"

欧也纳送但斐纳回家，扔下高老头一个人在屋里，他不放心，不肯留下来陪她吃饭。他回到伏盖公寓，看见高老头已经起来了，正预备吃饭。皮安训挑了个好仔细观察高老头神态举止的座位，看他嗅着面包辨别面粉的模样，发觉他的习惯动作已经显得僵硬，迟钝，便做了个无可奈何的手势。

"坐到我这边来，实习医师。"欧也纳招呼他。

皮安训很乐意换个位置，可以和老头儿离得更近。

"他得了什么病呀？"欧也纳问。

"如果我没有看错的话，他完啦！他身上有些异常的迹象，恐怕要引发脑溢血。脸的下半部还正常，上半部的线条都往脑门那边吊上去了。那古怪的眼神说明血浆已经进了脑子。眼球也浑浊不清？明天我可以看得更清楚些。"

"还能治好吗？"

"不可能。也许可以维持几天生命，但必须能把反应转移在身体的末梢，譬如说，限制在大腿部分。明天晚上如果病情有发展，可怜的老头就完啦。你知道他发病的原因吗？他的精神上一定受了重大的打击。"

"是的。"欧也纳说着，想起两个女儿轮着打击折磨父亲的情景。

他想："至少但斐纳是孝顺的！"

晚上，在意大利剧院，他对但斐纳措词小心，惟恐吓着特·纽沁根太太。

"你不用担心，"她才听了开头几句就打断他的话，"父亲身体很壮。不过今天早上我们让他稍受了些刺激。我们的财产出现危机，你可知道这件事儿后果多么严重？要不是你的爱情使我觉得事情还没那么坏，我肯定活不下去了。是你的爱情给了我生活的乐趣，现在我怕的就是失掉爱情。除此以外，别的都无所谓了，世界上我什么都不爱了。对我来说你是我的一切。如果钱还能使我高兴，那也是为了能更讨你喜欢。说句不怕害羞的话，我对你的爱胜于对父亲的爱。我不知道为什么。我全部生命都交给你了。父亲给了我一颗心，但使它跳动的却是你。全世界责备我，我也不管！但你是没有权利挑剔我的，因为我为了不可抗拒的感情犯的过失，你能替我补赎就行了。你以为我是个没有良心的女儿吗？噢，我不是那样的。这样好的父亲我怎么能不爱他呢？可是我们不幸的婚姻怎能瞒着他？为什么他当初不反对这门婚事？不是应该由他来替我们认真考虑吗？今天我才发现他也和我们一样痛苦；可是有什么办法？我们没法安慰他。忍气吞声吗？那比我们的责备和诉苦使他更难过。生活总是包含着辛酸苦涩。"

欧也纳被她天真诚笃的感情感动了，默默地听着不作声。巴黎女人常常虚伪、虚荣、自私、轻浮冷酷；可是一朝动了真心，能比别的女子奉献更多的深情实意，改变她们的狭窄卑鄙，变得伟大，达到高超的境界。并且，等到有一股特别强烈的感情把女人跟天性隔离了，有了距离之后，她批判天性的时候所表现的那种深刻和正确，也叫欧也纳暗暗吃惊。特·纽沁根太太看见欧也纳一声不吭，有些不满地问道：

"你在想什么呢？"

"我在想你刚才说的一番话，在此之前我一直以为你爱我没有我爱你深呢。"

她莞尔一笑，竭力掩饰内心的狂喜，免得谈话越出体统。她从未听过这些年轻而真诚的动人心魄的爱情表白。再说几句，她几乎要克制不住了。

她改变话题，说："欧也纳，你还不知道那个新闻吗？明天，整个巴黎都要到特·鲍赛昂太太家，洛希斐特同特·阿瞿达侯爵商量好，不走漏消息；他们的婚约明天就要被批准了，你可怜的表姊还一点不知道。她不能不招待来宾，可是侯爵不会出席她的舞会了。人们都在谈这件事。"

"大家都嘲笑这种卑劣的行径，每个人都参与了此事！你不知道特·鲍赛昂太太会为之气死吗？"

但斐纳笑道："不会的，你不了解这一类女人。可是整个巴黎都要到她家里去，我也要去，托你的福！"

"巴黎有的是谣言，可能又是什么虚构的传闻。"

"明天便知分晓了。"

欧也纳没有回伏盖公寓。他没理由不享受一下他的新居。昨天他凌晨一点钟离开但斐纳，今儿却是但斐纳在清早两点左右离开他回家。第二天他起得很晚，中午等特·纽沁根太太一道吃饭。青年人都是只顾寻欢作乐，他几乎忘了高老头。在新屋里把精致的东西一件一件使用过来，令他乐不思蜀。身旁又有情人作伴，更抬高了每样东西的价值。四点钟，两个情人记起了高老头，想到他有心搬到这儿来享天伦之乐。欧也纳主张如果老人病了，应当赶紧接过新居来。他离开但斐纳奔回伏盖公寓，高里奥和皮安训两人都不在饭桌上。

"啊，喂，"画家告诉他，"高老头病得不能动了，皮安训在楼上看护着他。老头儿今天接见了他一个女儿，特·雷斯多这个伯爵夫人，然后他出去了一趟，病就加重了。看来咱们要损失一件美丽的古董了。"

拉斯蒂涅直奔楼梯。

"喂，欧也纳先生！"

"欧也纳先生！太太请你。"西尔维叫。

"先生，"寡妇说，"高里奥先生和你应该是二月十五搬出的，现在已经过期三天，今儿是十八了，你们须再付一个月的租金。要是你愿意替高老头做保，只请你说一声就行。"

"为什么？你不相信他吗？"

"相信！老头如果不醒人事，死了，他的女儿们连一个子儿都不会给我的。他的破烂东西总共不值十法郎。今天早上不知为什么他把最后的餐具也卖掉了。他脸色像孩童一样红润，上帝原谅我，我只知道他搽着胭脂，返老还童了呢。"

"我负责一切开支。"欧也纳慌了手脚，惟恐老头有什么不测。

他跑进高老头的屋子。老人躺在床上，皮安训坐在旁边。

"你好，老爹。"

老人温柔地笑笑，两只无神的眼睛望着他，问：

"她怎么样？"

"很好，你呢？"

"很好。"

"别打扰他。"皮安训把欧也纳拉到屋角。

"怎么啦？"欧也纳问。

"除非有奇迹发生。脑溢血已经发作了。现在贴着芥子膏药；幸而他还有感觉，药性已经起了作用。"

"能不能把他搬个地方？"

"不行。他必须保持绝对的安静，不能挪动，精神上不能受刺激……"

欧也纳说："皮安训，咱们俩来照顾他吧。"

"我已经请医院的主任医师来过。"

"结果如何？"

"明天晚上才知道。他说好一下班就来。不幸傻瓜今天早上胡闹了一次，他不肯说为什么。他像驴一样固执。我跟他说话，他装聋，装睡，不理不答；即使睁着眼睛，也一个劲地呻吟。他早上出去了，在城里跑来跑去，不知到哪儿去。他把值钱的东西都拿走了，做了一笔费神的交易，把精力都耗尽了！他的一个女儿来过。"

"是伯爵夫人吗？高高的个儿，深色头发，眼睛很灵活美丽，腰肢柔和，双脚纤秀的那个？"

"是的。"

拉斯蒂涅道："让我单独陪他一会儿。我来问他，他会告诉我的。"

"我趁这会儿去吃饭。你千万别让他太兴奋；咱们也许还有一线希望呢。"

"放心吧。"

高老头等皮安训走了，对欧也纳说："明天她们可以痛痛快快地玩一下了。她们要参加一个盛大的舞会。"

"老爹，你今儿早上干了什么，累成这个样子？"

"没有干什么。"。

"阿娜斯大齐来过了吗？"

"是的。"

"哎！别瞒我啦。她又问你要了什么？"

"唉！"他憋足了劲说，"她够惨的了，我的孩子！自从出了钻石事件之后，她一文钱都没有了。她为那个跳舞会定做了一件金线铺绣衣衫，好看到极点。不料那下流的女裁缝不肯赊账，结果那老仆人垫了一千法郎定金。可怜娜齐落到这步田地！我的心都碎了。看见雷斯多不相信娜齐，怕垫的钱没有着落，串通了裁缝，要等一千法郎还清才肯交货。舞会明天举行，衣衫已经做好，娜齐急得没有法子。她想借我的餐具去抵押。他的丈夫非要她参加那个舞会不可，叫全巴黎瞧瞧那些钻石，因为外边说是她卖掉了。你想她能对那个恶鬼说：我欠了一千法郎，替我把账付了吧。当然不能。我知道她的苦哀。但斐纳明儿要打扮得天仙似的，娜齐当然不能比不上妹妹。并且她哭得好不伤心，我可怜的孩子！昨天我拿不出一万两千法郎，已经惭愧死了，我就算拼出这条老命来也要补偿。过去什么苦我都咬着牙忍过去，但这一回没有钱，我的心都碎了。吓！我马上打定主意，把我的钱重新调度一下，拼凑一下；银搭扣和餐具卖了六百法郎，我的终身年金向高勃萨克押了四百法郎，一年为期。这没什么！我只吃面包就得了！年轻的时候我就是这样过来的，现在也可以对付。至少我的娜齐能快快活活地过一晚啦，能花枝招展地去炫耀啦。一千法郎钞票已经放在我床头。想着它将换来娜齐喜欢的东西，我心里就热乎乎的。现在她可以撵走那个坏仆妇了，哼！佣人居然刁诈主人，这还像话：明儿我一定会好起来的，娜齐十点钟要来的。我不愿意她们以为我得了病。那样的话她们会不去跳舞，来服侍我了。娜齐会拥抱我像拥抱她的孩子，她跟我亲热一下就能治好我的病。再说，在药铺子里我不是也花掉上千法郎的药费吗？我宁可给包医百病的娜齐。至少我还能使她在苦难中得到点安慰，我存了终身年金的过失也能补救一下。她掉在魔窟里，我没有能力救她出来。哦！我要重操旧业，上奥特赛去买谷子。那边的麦子比这儿便宜三倍。麦子进口是禁止的，可是制定法律的先生们并没禁止用麦子做的东西进口哪，嗨，嗨！今天早上我想出来了！做面粉生意仍有赚大钱的机会。"

"已经神志不清了。"欧也纳望着老人想。

"好啦，你安静一下，别说话了……"

皮安训上楼，欧也纳下去吃饭。接着两人轮流守夜，一个阅读医书，一个给母亲姊妹写信。

第二天，据皮安训观察，病略有好转；但尚需不断治疗，也就只能指望两个大学生了。老人骨瘦如柴的身上除了安放许多水蛭以外，又要用水罨，又要用热水洗脚，种种的治疗，多亏两个热心肠而且体健力壮的青年全力担当。特·雷斯多太太没有来，派了仆人来取钱回去。

"我以为她会自己来呢。这也好，免得她看见我病了而担心。"高老头说。女儿不来，他倒好像很高兴似的。

晚上七点，丹兰士送来一封但斐纳的信。

"你在干什么呀，朋友？才相爱，难道就对我冷淡了吗？在肝胆相照的那些心腹话中，你表现的心灵太美了，我相信你是永久忠实的，感情的微妙，你了解深刻了，正如你听摩才的祷告时说的：对某些人，这不过是音符，对另外一些人却是绝美的音乐！别忘了我今晚等你一同赴约·鲍赛昂夫人的舞会。特·阿瞿达先生的婚约，今天早上在宫廷里签了，可怜子爵夫人到二点才知道。全巴黎的妇女都要挤到她家里去，好似群众挤到葛兰佛广场去看执行死刑。你想，去瞧这位太太能否掩藏她的痛苦，是否英勇就义，不是太惨了吗？朋友，如果我从前去过她家，今天我决计不去；但怕她今后一定不再招待宾客，这次如果不去我过去所有的努力不是白费了吗？我的情形和别人不同，况且我也是为你而赴会的。我等着你。两小时后你如果还不在我身边，我不知道我是否能原谅这样的背叛。"

拉斯蒂涅拿起笔来写了一张回条：

"我在等医生来，你父亲还能不能活还不敢肯定。他已奄奄一息了。我会把医生的判决通知你，恐怕竟是一张死亡判决书。你能否赴舞会，到时你斟酌吧。请接受我无限的爱。"

八点半，医生来了，认为虽然没有好转的希望，也不至于马上就死。他说老头儿时好时坏，很难预料。

"如果速死倒解脱了他的痛苦。"医生在最后说道。

欧也纳把高老头交托给皮安训，去向特·纽沁根太太通知不幸的消息去了，他很重视家庭的亲情，觉得一切娱乐这时都应该停止。

高老头好似昏昏沉沉的睡着了，在拉斯蒂涅出去的时候忽然坐起来叫着："告诉她，叫她尽管去玩。"

拉斯蒂涅愁眉不展地跑到但斐纳面前。见她梳洗完华，鞋袜也穿好了，只等套上跳舞衣裙。可是最后的修整，却像画家收拾作品的最后几笔，比用颜色打底子更费功夫。

"嗯，怎么搞的，你还没有换衣服？"她问。

"可是太太，你的父亲……"

"又是我的父亲，"她截住了他的话，"不用你来教我应该怎么对待父亲，我了解他这么多年了。欧也纳，别说啦。你先穿扮了，我才听你的话。丹兰士在你家里都准备好了；我的马车也已准备停当，你坐着去，坐着回来。到舞会去的路上，再谈父亲的事。我们要早点儿动身，如果困在车马队里，恐怕要十一点才能进门。"

"太太！"

"去吧！别说啦。"她说着奔进内客室去拿项链。

"哎，去吧，欧也纳先生，你要惹太太生气了，"丹兰士一边说一边推他走。他可是被这个风雅的不孝女儿惊骇得愣住了。

他一边穿衣一边想着最可怕最丧气的念头。他觉得社会好比一个大泥塘，一旦步入其中，就陷到脖子。他想：

"里面尽是些说不完的罪孽！相比之下，伏脱冷倒伟大得多哩。"

他看到人生的三个态度，服从、斗争、反抗；家庭、社会、伏脱冷。他拿不定主意何去何从。服从吗？心有不甘；反抗吗？勇气不足；斗争吗？信心不足。他又想到自己的家庭，恬静的生活，纯洁的感情，过去在疼爱他的人中间消磨的日子。那些亲爱的人按部就班照着日常生活的规律，在家庭中享有完整的，与人无争的，绵绵不尽的幸福。他没有勇气把他的高尚的纯洁的信念灌输给但斐纳，不敢利用爱情强迫她走上道德之路。他才开始受到的教育已经见效，他的爱情已经蒙上了自私。他凭着他的聪明，看进了但斐纳的心，知道她为了参加这个跳舞会，不惜踏着父亲的身体走过去；而他既没有力量扮演说教者的角色，也没有勇气得罪她，更没有勇气离开她。

"在这个情形之下指责她，她绝不会原谅我的。"他想。

然后他又琢磨医生的话，觉得高老头也许并不像他想像的那样严重；总之他找出许多为她开脱的理由：她不知道父亲的病情。即使她去看他，老人自己也要逼她回去参加舞会的。呆板的礼教只知道拘泥于公式，谴责表面的过失；其实家庭中各人的性格活动观念，当时的情势，都千变万化，可能造成许多特殊情形，宽恕那些表面上的罪过。欧也纳这样自欺欺人，预备为了迎合情妇而违背良心。两天以来，他的生活急转而下。女人令他昏头转向，迷而忘家，为了她，他几乎牺牲了一切。拉斯蒂涅和但斐纳是在干柴烈火的情形之下相遇的。欢情不但没有消灭情欲，反而把充分培养的情欲挑拨得更旺。欧也纳占有了这个女人，才发觉过去对她不过是肉欲的追求，直到肉欲满足之后才知对她产生了爱情。爱情可能只是对欢娱所表示的感激。这女人无耻也罢，高尚也罢，他反正爱她，为了他给她的快乐，也为了他得到的快乐，而但斐纳对欧也纳的爱，正如爱一个给她充饥疗渴的天使一样。

欧也纳穿了舞会的衣服回去，特·纽沁根太太问他：

"现在你说吧，父亲怎样了？"

"非常危险。你如果真心爱我，我们现在就去看他。"

她说："好吧，不过请你允许在跳完舞之后。我的好欧也纳，乖乖的，别教训我啦，来吧。"

他们动身了。车子走了一段路，欧也纳不作声。

"你怎么啦？"她问。

"我听见你父亲痰都涌上来了。"他带着不满的口气回答道。

接着他以青年人的习惯，讲述了特·雷斯多太太如何为了虚荣心导致的冷酷行径，父亲如何为了竭尽最后的爱心而奔波得病，娜齐的金线舞衫付出了父亲生命的代价。但斐纳听着哭了起来。

"我想，我要变丑了。"

这么一想，她就不再流泪，接着说：

“我要去守着父亲，守着他。”

欧也纳大声说：“啊！这样才是我亲爱的情人哩。”

鲍赛昂府四周被五百多辆车上的灯照得亮如白昼。大门两旁各站着一个气呼呼的警察。无数上流社会的人都兴致勃勃来瞧这位名噪一时的名门贵妇被弃的情状。特·纽沁根太太和拉斯蒂涅到的时候，楼下一排大厅早已人头涌涌，座无缺席。当初大公主和特·洛尚公爵的婚约被路易十四否决以后，宫廷里全班人马曾经拥到公主府里；除此以外还没有一件情场失意的悲剧像特·鲍赛昂夫人的这么轰动。那天，蒲高涅王室的最后一个女儿表现出惊人的平静，并没有被痛苦压倒。过去为了炫耀她爱情的胜利，曾经敷衍这一个虚荣浅薄的社会；现在到了最后一刻，她依旧以昂然的姿态，凌驾于社会。巴黎最美的女人，以她们的盛装和笑容使每间客房增辉生色。宫廷中最显要的人物，各国的大使公使、部长、各界名流，挂着十字勋章，系着五颜六色的绶带，都争先恐后地围绕在子爵夫人周围。乐队奏出的乐曲，在金碧辉煌的屋顶下缭绕，但在女主人心目中，这个地方已经变成一片荒凉。鲍赛昂太太站在第一间客厅的门口，接待她所谓的朋友，全身穿着白衣服，头上简单地盘着发辫，没有一点装饰，她显得安详娴静，没有痛苦、高傲，也没有假装的快乐。没有一个人能看透她的心思。几乎像一座尼沃贝的石像。她对几个深交的笑容有时带点儿嘲弄的意味；但是在众人眼里，她始终和平常一样，同她被幸福的光辉照耀的时候一样。她的态度让一般最没有感情的人看了赞叹不已，就如古代罗马青年对一个含笑而死的斗兽士喝彩。上流社会似乎特意装点得格外妖娆，来欢送它的一个独领风骚的女王。

她对欧也纳说：“我还提心吊胆怕你不来呢。”

欧也纳觉得这句话有点埋怨的意思，激动地回答：“太太，这次来我是预备最后一个走的。”

“好，”她握住他的手说，“你是这些人中最可信赖的一个人。我的朋友，爱一个女人，就该爱下去。切勿中道抛弃她。”

她挽着欧也纳的手臂走进一间打牌的客室，带他坐在长沙发上面，说道：

“请你替我上侯爵那儿送封信去。我的仆人会领你去。我向他要还我的书信，相信他会把他全部信件交给你。拿到后你上楼到卧室等我。他们会告诉我的。”

她的好朋友特·朗日公爵夫人也来了，她站起身来迎接。欧也纳依言行动，到洛希斐特公馆去了，据说侯爵今晚就在那边。他果然找到了阿瞿达，跟他一同回去，侯爵拿出一个匣子，对他说：

"信全都在这儿。"

他张了张口好像要对欧也纳说什么，大概想打听舞会和子爵夫人的情况，想说说自己开始对婚姻失望，以后这段姻缘果然是失败的；不料他眼中忽然闪起一道骄傲的光，以非凡的勇气把他最高尚的感情隐藏起来。

"亲爱的欧也纳，别跟她提到我。"

他握了握欧也纳的手，又恳切又伤感，示意他可以动身了。欧也纳回到鲍赛昂府，仆人把他引进了子爵夫人的卧室，房内正收拾行装。他坐在壁炉旁边，望着杉木匣子陷入深深的忧郁之中。在他心中，特·鲍赛昂太太相当于《依利亚德》史诗中的女神。

"啊！我的朋友。"子爵夫人进来把手放在他的肩上。

她流着泪，仰着眼睛，一只手发抖，另一只手举起。她突然把匣子扔进火炉里，看着它被火吞噬。

"他们都在跳舞！他们都来得很准时，只有死神姗姗来迟。嘘！我的朋友。"拉斯蒂涅想开口，被她拦住了。她说："我永远不再见巴黎，不再与社会有任何瓜葛了。早上五点，我就前往诺曼地乡下去隐居。从下午三点起，我忙着准备各项事情，签署文书，料理银钱杂务；我没有一个人可以派往……"

她停住了。

"我猜他一定在……"

她难过得不得了，又停住了。这时一切都是痛苦，有些东西根本不是语言能表达清楚的。

"我早打算请你今晚帮我最后一次忙。我想送你一件纪念品。我会经常想你的，你心地好、高尚、年轻、诚实，那些品质在这个社会里是罕见的。希望你也能偶尔想到我。"她环顾了室内一周，"哦，有了，这是我放手套的匣子。每次我上舞会或戏院之前拿手套的，总觉得自己很美，因为那时我是幸福的；每次我碰到这匣子，总对它有点儿温情，里面有我的影子，有昔日的鲍赛昂夫人。你收下，回头我叫人送到阿多阿街去。特·纽沁根太太今晚很漂亮很出色，你得好好的爱她。朋友，也许我们无缘再会，你相信我永远的祝福。你对我很好。我们下去吧，我不愿意人家以为我在躲着哭。以后的日子长呢，当我一个人的时候，再也没有人注意我的眼泪了。让我再瞧瞧这间屋子。"

她停下脚步。用手遮着眼睛，轻抹一下，在冷水里浸了浸，然后挽着大学生的手臂，说道："走吧！"

特·鲍赛昂太太，以如此坚强的意志忍受着痛苦，欧也纳看了感情激动到极点。回到舞厅，他同特·鲍赛昂太太在场子里共舞了一圈。这位真诚的太太借此表示她最后的一番心意。

不久他看见了特·雷斯多太太和特·纽沁根太太两姊妹，伯爵夫人佩戴着全部钻石，华贵非凡，但这些钻石也许灼人肌肤，而且也是最后一次穿戴了。就算爱情多么热烈，态度多么骄傲，丈夫的逼视她也无法承受。这种场面更增加欧也纳的伤感。他在姐妹俩的钻石珠宝里看到了高老头的惨状。子爵夫人误会了他的怏怏不乐的表情，把手臂抽出来说："去玩吧！我不愿意影响了你的快乐。"

欧也纳被但斐纳邀去跳舞。她大出风头，意气扬扬，好不高兴。她要在这个上流社会获一席之地，现在终于如愿以偿，便迫不及待地把成功奉献给欧也纳。"你觉得娜齐怎么样？"她问。

"她，"欧也纳回答，"她预支了她父亲的生命。"

凌晨四点，客厅的人逐渐稀少。不久乐声倏然而止。大客厅里只剩特·朗日公爵夫人和拉斯蒂涅。特·鲍赛昂先生要去睡觉了，他与子爵夫人作别时再三劝说：

"亲爱的，以你这个年纪，何必隐居呢！留下来同我们一块儿生活吧。"

告别完了，子爵夫人，以为只有大学生在大客厅；一见公爵夫人，禁不住轻轻惊呼一声。

"我猜到你的意思，格拉拉，"特·朗日太太说，"你准备一去不回来；你未走之前，我有话要和你谈清楚，我们之间不能有哪怕一点儿误会。"

特·朗日太太挽着特·鲍赛昂太太的手臂走进隔壁的客厅里，含着泪望着她，把她揽在怀里，亲她的双颊，说道：

"亲爱的，我不想形同陌路的就此和你分手，要不我心里会歉疚不安。你可以相信我，像相信你自己一样。你今晚表现实在伟大，我自问还配做你的朋友，还要向你证明这一点。过去我有些对不起你的地方，没有善始善终，亲爱的，请你原谅。凡是我伤害你的言行，我都向你道歉；我愿意收回我说过的话。看真情，我不知道我们俩谁更痛苦。特·蒙脱里伏先生今晚也没来这儿，你知道吗？格拉拉，参加这次舞会的人永远忘不了你。我呢，我在作最后的努力，若不幸失败，就上修道院去！你准备去哪儿呢，你？"

"到诺曼地去，躲在古撤尔乡下去，去爱，去祈祷，直至上帝把我召回为止。"

子爵夫人想起欧也纳等着他：

"你也过来吧，拉斯蒂涅先生。"

大学生弯了弯腰，握了表姊的手亲吻。

特·鲍赛昂太太说："安多纳德，告辞了！祝你幸福。"她转身又对欧也纳说："至于你，你已经得到幸福了，你还年轻，还有信仰。没想到我有幸像一些有福之人，离开人世之时，还有虔诚的心向我告别！'

拉斯蒂涅目送特·鲍赛昂夫人马车离去，泪眼相望同她作了最后一次告别。社会上养尊处优的高层人物同样也难逃七情六欲的困扰。并不像一些人所说的，他们不会有伤心的失意事。五点钟，欧也纳冒着湿冷的天气走回伏盖公寓。他接受了一次深刻的教育。

拉斯蒂涅走进高老头的房间，皮安训告诉他："可怜的高老头没有救了。"

拉斯蒂涅见老人熟睡了，转过来对医学生说："朋友，既然你能做到清心寡欲，那就走你平凡的人生道路吧。我走进了地狱，而且不能自拔。无论别人把上流社会说得如何坏，你要相信那一定是真的！没有一个讽刺作家能彻底写尽在金银珠宝下面隐藏的丑恶。"

第六章　父亲的死

第二天下午两点左右，拉斯蒂捏被皮安训叫醒，皮安训有事要出去，嘱咐他小心照顾高老头。上午他的病情更加严重了。

"老头儿活不到两天了，甚至活不了六小时，"医学生说，"可是我们不能放弃对他的病的治疗。还得给他一些需要花钱的治疗。我们可以尽义务看护他，可我没有钱。找遍了他的衣袋，柜子，全是空的。他神志清楚的时候我问过他，他说他已囊空如洗了。你身上有吗？"

"还有二十法郎，我可以去赌，会赢的。"

"要是输了怎么办？"

"问他的女婿女儿要去。"

皮安训说："如果他们不给呢？眼前当务之急的还不是等钱，而是要他身上贴滚烫的芥子膏药，从脚底直到大腿的中间。如果他要叫唤，那还有希望。你知道怎么做的。再说，克利斯朵夫可以帮你。我到药剂师那儿去作个保，赊一点药来。可惜不能送他到我们的医院，那里的条件好些。来，我教你怎么办；我没有回来之前，你不要走开。"

他们走进老人的房间，欧也纳看到他的脸色惨白，气息微弱，扭做一团，不禁大吃一惊。

"喂，老爹，你怎么啦？"他俯身下去问。

高里奥抬起黯淡无神的眼睛，费力地看了看欧也纳，已经认不得他。大学生再也忍不住，泪水夺眶而出。

"皮安训，窗上要不要挂上帘子？"

"不用。外界一切变化对他都没有影响了。他要有冷热的感觉就好了。可是我们仍要生个火，好热汤和其他用途。等会我取些柴草来先用着，再设法找木柴。昨天一昼夜，我把你的柴跟老头儿的煤球都烧完了。屋子潮得厉害，墙壁都沁出水来，还没完全烘干呢。克利斯朵夫把屋子打扫过了，简直和马厩似的，我烧了些松子。"

拉斯蒂涅叹道："我的天！他的女儿却过着另外一种生活！"

"如果他要喝水，你把这个给他，"医学生指着一把大白壶，"假如他呻吟，肚子又热又硬，你让克利斯朵夫帮着给他来一下……你知道怎么办的。假如他精神兴奋，言语不绝，神经不大正常，由他去好了。这倒不可怕，但你得叫克利斯朵夫到医院来。我们的医生、我的同事，或是我，会来给他针灸。今天早上你睡觉的时候，我们进行过一次会诊，有迎尔博士的一个学生，圣父医院的主任医师和我们的主任医师。他们看见了一些古怪的症候，我们将密切注意病势的发展，这还可以弄清科学上的几个要点。有一位说，血浆的压力如果特意加在某个器官上，可能会发生某些特殊的现象。因此你要留心听他的讲话，看是那一类的思想，是记忆方面的，智力方面的，还是判断方面的；看他注意的是物质的还是情感的事；他是不是计算，是否回忆过去；总之你想法给我们一个准确的报告。病势也许突然恶化，他还可能会像现在这样不会醒了。这一类的病症状很怪。倘若在这心脏发作，"皮安训指了指病人的后脑，"可能有些奇怪之极的病状，头脑某几个部分会恢复某些功能，病人暂时死不了。血浆能从脑里倒回，至于再流向何处，只有解剖尸体才能知道。残废院内有个痴呆的老人，溢血跟着脊椎骨流；人痛苦不堪，可是至今仍活着。"

高老头忽然认出了欧也纳，问：

"她们玩得高兴吗？"

"唉！他只想着女儿，"皮安训说，"昨夜他和我说了上百次：她们在跳舞呢！她的跳舞裙子有了。他呼唤她们的名字。那声音真是催人泪下！他叫：但斐纳！我的小但斐纳！娜齐！真的！简直叫你痛哭流涕。"

"但斐纳，"老人接着说，"她在这儿吗？我知道她在的。"

他眼睛忽然骨碌碌地乱转，瞪着墙壁和房门。

"我下楼叫西尔维准备芥子膏药，"皮安训说，"这是敷药的最好机会。"

拉斯蒂涅独自陪着老人，坐在床脚下，凝视着这张又可怕又痛苦的脸孔。

"特·鲍赛昂太太逃离开了巴黎，这一个又奄奄一息，"他心里想，"这个世界总不能让高尚的灵魂多停留一会儿。真是，伟大的感情怎么能跟一个猥琐，狭小，浅薄的社会同流合污呢？"

他想起参加的那个盛会的景象，同眼前这个人垂死的景象作着对比。皮安训突然气休休地跑进来叫道："喂，欧也纳，我才见到我们的主任医师，就又赶回来了！如果老头忽然清醒，说起话来，你把他放倒在长条芥子膏药上，把颈窝到腰部下面一齐裹住芥末；再叫人通知我们。"

"亲爱的皮安训！"欧也纳说。

"哦！这也是为了科学研究。"医学生说，他的热忱像一个刚皈依宗教的教徒。

欧也纳说："看来只有我是出于感情而照顾他的人了。"

皮安训听了并不生气，说："你如果看到我早上的忙乎，就不会这样说。告诉你，挂牌的医生眼里只有疾病，而我同时还看得见病人呢。"

他走了。欧也纳单独陪着病人，他明白老人的病又要发作了"啊！是你，我亲爱的孩子。"高老头认出了欧也纳。

"你好点了吗？"欧也纳拿着他的手问。

"好点了。刚才我的头像给钳子夹住似的，现在松一些了。你看见我的女儿了吗？她们马上要来了，一知道我病了，会立刻赶来的。在于西安街，她们多照顾我呀！天哪！我真想干干净净地迎接她们。有个小伙子把我所有的煤球都烧完了。"

欧也纳说："我听见克利斯朵夫的声音，他给你搬木柴来了，就是那个年轻人送给你的。"

"好吧！可是拿什么付账呢？我一个子儿都没有了，孩子。我把一切都给了出去。我变成叫花子，那件金线裙子漂亮吗？（哎呀！我痛极了！）谢谢你，克利斯朵夫。上帝会报答你的，孩子；我呀，我什么都没有了。"

欧也纳在克利斯朵夫的耳边小声说："我会付给你和西尔维钱的。"

"克利斯朵夫，是不是我两个女儿告诉你她们快来了？你再去一道，我给你五法郎。对她们说我觉得不好，我临死之前还想拥抱她们，再看她们一眼。你就这样说，可是不要吓着她们。"

欧也纳对克利斯朵夫递了个眼色，便动身了。

"她们马上就会来的，"老人又说，"我很了解她们。我的好但斐纳，我死了，她会很悲痛的！娜齐也是。我的好欧也纳，死就是从此看不见她们。在我要去的那个世界里，我会特别闷的。没有了孩子，做父亲的就等于入了地狱，自从她们出嫁以后，我就体会到了。我的天堂在于西安街。哎！喂，如果我进了天堂，那我的灵魂还能追随她们吗？听说有这回事，是真的吗？她们在于西安街的模样分明就在眼前。她们早上下楼，说；你早，父亲。我把她们抱在膝上，用种种花样逗她们玩儿，跟她们逗趣。她们也跟我亲热一阵。我们一起吃中饭，一起吃晚饭，总之那时我是名符其实的父亲，享受天伦乐趣。在于西安街，她们从不顶撞我，一片天真浪漫，她们很爱我。天哪！她们为什么要长大呢？（啊，好痛）啊！啊！对不起。孩子们！我痛得要命；不然，我不会叫的，你们早已使我能够忍受更多的痛苦了。上帝！我能握她们的手就不觉得痛啦。她们会来吗？克利斯朵夫是个笨蛋！我该亲自找她们。他倒好，可以看到她们。你昨天去了舞会，你告诉我，她们怎么样？她们肯定不知道我病了，是不是？不然她们不会去跳舞的，可怜的孩子们！噢！我不要生病。少了我她们会活不下去的。她们的财产受到威胁，嫁的丈夫也不成器！把我治好吧，治好吧！（噢！痛死我了！哟！哟！哟！）一定要治好我，她们需要钱，我知道到哪儿去挣。我要上奥特赛去做淀粉生意。我会赚几百万呢。（啊！我痛死了！））"

高里奥不出声了，好像在拼着全身的精力忍受痛苦的煎熬。

"她们在我身边，我就不呻吟了，为什么还要呻吟呢？"

接着他昏睡过去。克利斯朵夫回来了，拉斯蒂涅以为高老头睡熟了，让他大声点汇报此行的经过。

"先生，我先上伯爵夫人家，可没法跟她说话，她和丈夫说有重要的事儿。我一再请求要见她，特·雷斯多先生亲自出来对我说：高里奥先生快死了是不是？好啊，我要和太太解决要紧的事。事情完了，她会去的。他好像怒气未消。我正要出来，太太从一扇我没注意的门里走进前厅，告诉我：克利斯朵夫，你对我父亲说，我和丈夫商量着大事，不能来。那关系着我孩子们生死的问题。办完了事，我就去看他。至于男爵夫人，又是另外一回事儿！我没有见到她，不能跟她说话。女佣告诉我，太太今儿早上五点一刻才从舞会回来，如果中午以前叫醒她，一定要挨骂的。等会她打铃叫我，我一再告诉她，说她父亲的病更重了。报告一件坏消息，再迟也不嫌晚的。我再三央求也没用。哎，是呀，我要求见男爵，他出门了。"

"一个也不来，"拉斯蒂涅气得直叫，"我写信给她们。"

"没一个肯来，"老人猛然坐起来说，"她们有事，她们在睡觉：她们不会来的。我早知道了。直到临死才知道女儿是什么东西！唉！我的朋友，你不要结婚，不要生孩子！你给他们生命，他们却让你去死。你带他们进入社会，他们却把你赶出社会。她们不会来的！我十年前就知道了。有时我心里这样想，但是不敢相信。"

他双眼冒出一颗眼泪，滚在鲜红的眼皮边上，掉不下来。

"唉！假如我有钱，假如我留着家私，没有把财产给她们，她们就会在这里，会用她们的嘴唇来舔我的脸！我可以住在一所公馆里，有豪华的房间，有自己的仆人，生着火，她们的丈夫、孩子会哭做一团，我可以拥有这一切。现在可什么都没有。钱能买到一切，包括女儿。啊！我的钱到哪儿去了？假如我还有财产留下，她们会来服侍我，招呼我；我可以听到她们的声音，看到她们的倩影。啊欧也纳，亲爱的孩子，我惟一的孩子，我宁愿被人遗弃，宁可做个倒霉鬼！一个倒霉鬼还有人同情、怜悯，至少那是真正的关心！啊，不，我要有钱，那就可以看到她们了。唉，谁知道？她们两个的心肠像石头般硬。我把所有的爱都给了她们，她们对我不会再有爱了。做父亲的要永远有钱，应该拉紧拴住儿女的缚绳，像对付难驯的马一样。我却向她们屈膝下跪。该死的，十年来她们待我淡漠，如今更变本加厉了。你不知道她们刚出嫁的那阵子对我多么奉承体贴！（噢！我痛得像在下油锅！）我才给了她们每人八十万，她们和她们的丈夫都不敢怠慢我。待我如贵宾：好爸爸，上这儿来；好爸爸，往那儿去。她们家永远有我的一份刀叉。我同她们的丈夫共进晚餐，都对我恭敬有加，认为我还有一些钱呢。因为我生意上的事只字不提。一个给了女儿八十万的人是值得奉承的。他们对我那么周到、体贴，那是为了我的钱啊。世界并不美。我是清楚的，看到了！她们陪我坐着车子上戏院，我在她们的晚会里愿待多久就待多久。她们承认是我的女儿，承认我是她们的父亲。我这点聪明还有，什么也逃不过我的眼睛。我什么都感觉到了，我的心碎了。我明明看到那是多么虚情假意；可是却……在她们家，我就不像在这儿饭桌上那么随意。我什么话都不会说。有些上层人物看着我女婿小声地问：

——这位先生是谁啊？

——他是财神，袋里钱多着呢。

——啊，是这么回事！

"他们都恭恭敬敬瞧着我，就像恭恭敬敬瞧着钱一样。即使我有时出他们的丑，他们也一样对我毕恭毕敬。再说，谁又是完人呢？（我的脑袋快要爆炸了！）我这时的痛苦是临死以前的痛苦，亲爱的欧也纳先生，可是比起那年娜齐头一回凶巴巴瞪着我给我的难受，眼前的痛苦就不算什么。那一回，我出言不慎，伤了她的体面；唉，那目光把我全身的血管都割破了。我多想熟悉交际场中的规矩；可是我最终明白：我在她们眼里是多余的人。第二天我到但斐纳家寻找安慰，谁知又闹了笑话，她生我的气。我差不多都要急疯了。八天当中我手足无措。我不敢去看她们，怕她们呵斥我。就这样，我被扫地出门了。哦！上帝啊！既然我吃的苦，受的难，你全知道，既然我被她们割成一片片，使我衰老了，身心受到摧残，头发也发白了，你都一一记上，为什么今日还让我遭受折磨？就算太爱她们是我的罪过，我受的刑罚也足够补赎了。我对她们的慈爱，她们都狠狠的以怨报德了，像刽子手似地对我施以酷刑。唉！做父亲的都是傻瓜！我太爱她们了，每次都回头去迁就她们，就如赌棍离不开赌场。女儿是我的嗜好，我的情妇，是一切。我的一切，她们俩想要一点儿装饰品什么的，只要女佣告诉我一声，我就去买来送给她们，巴望得到些好的款待！可是她们看了我在人前的态度，仍免不了一番教训指责。而且等不到第二天！喝，她们以我为耻。这是给儿女受好教育的报应。我活了这把年纪，总不能还去上学吧（我痛死了，天哪！医生呀！医生呀！把我脑袋劈开来，也许会好些），我的女儿呀，我的女儿呀，娜齐，但斐纳！我要看她们。叫警察把她们抓起来！法律应该支持我的，天性、民法都应该帮我。我要抗议。把父亲踩在脚下，国家不就毁了吗？这个是明摆的。社会、世界都是以父道为核心的；儿女不爱父亲，岂不是天下大乱吗？哦！看到她们，听到她们，不管她们说些什么，只要听见她们的声音，尤其但斐纳，我的痛苦就会减轻些。等她们来了，你叫她们别像以前那样冷冰冰地盯着我。啊！我的好朋友，欧也纳先生，看到她们眼中的金光变得像铅似的灰沉，那味道真是说不出的苦涩。自从她们的眼睛对我失去光芒之后，我一直在这儿忍受寒冬；吞咽苦水！我活着就是为受委屈，受侮辱。她们给我的是一点点可怜的屈辱的快乐，一个做父亲的竟要躲起来看女儿！？我把整个生命给了她们，她们今天连一个钟头也不愿给我！我又饥又渴，心在发烧，她们不来缓解一下我的临终苦难。我想我快要死了。难道她们不知道吗，什么叫做践踏父亲的尸首？天上还有一个上帝，他可不管我们做父亲的愿意与否，要替我们报仇的。噢！她们会来的吧，我的小心肝，吻吻我呀；最后一个亲吻就是你们父亲死前的圣餐了，他会代你们求上帝饶恕，说你们是好女儿，你们是孝顺的。朋友，她们是无辜的！请你对大家就这样说，不要因为我难为她们。一切都是我的错，是我纵容她们反而把我踩在脚下的。我是心甘情愿那样的。这并不碍她们什么事儿，人间的裁判，神的裁判，都与我无关。上帝如果是为了而我责罚她们，就不公平了。我不会做人，不明白为父之道，自己放弃了权利。为了她们我不怕被打入地狱！有什么办法！最美的天使，最优秀的灵魂，都免不了溺爱儿女。我糊涂透顶，遭了报应，女儿放任荒唐的生活都是我一手造成的。如今她们要寻欢作乐，就像她们从前要吃糖果。我一向对她们千依百顺。连想入非非的欲望，我也千方百计地满足她们。十五岁就有了车！要什么有什么。有罪的是我，为了爱她们而犯的罪。唉，她们的声音能够打开我的心房。我听见了，她们在来呢。哦！一定是，她们会来的。法律也不容许不理垂危的父亲，法律会支持我的。只要叫人跑一趟就行。我给车钱。你写信去告诉她们，说我还有几百万家私留给她们！我起誓。我可以上奥特赛去做面粉等生意。我有办法。还可以有几百万的赚头。哼，谁也没有想到。那不会像麦子和面粉那样在路上变质的。啊，啊，淀粉哪，有几百万可赚哪！你告诉她们有几百万绝不是撒谎。她们为了贪欲还是肯来的；我宁愿欺骗也要见上她们一面。我要我的女儿！是我把她们生下来的！她们是属于我的！"他挺起身子，露出一张白发凌乱的脸，那脸上最大限度地装出了恶狠狠的神气。

欧也纳说："好的，你睡下吧。我来写信给她们。等皮安训来了，她们要再不来，我就要你亲自去。"

"她们再不来，"老人嚎啕大哭，"我快不行了，要气疯了，气死了！喘不上气了！我总算把我这一辈子都看清楚了。我上了当！她们并不爱我，从来也没有爱过我！这是非常清楚的。她们这时不来是不会来的了。她们越推迟，越下不了决心给我这个快乐。我知道她们。她们并不关心我的悲伤、我的痛苦、我的需要，连我的死也没有想到，她们不了解我的爱、我的温情，是的，她们看我的牺牲如粪土，对我所做的一切都认为是理所当然一文不值，即使她们要挖掉我眼睛，我也会说；挖吧！我太傻了。她们认为天底下的父亲都与我一样。想不到好心不得好报！将来她们的孩子会替我报仇的。唉，来看父亲其实是为她们自己好。你去告诉她们，将来她们死的时候会有报应的。犯了不孝之罪是最大的罪行。去啊，和她们说，不来送我的终是大逆不道！不加上这一桩，她们的罪过已经数不清啦。像我这样叫喊：哎！娜齐！哎！但斐纳！父亲待你们多好，正在受苦呢，你们来吧！唉！一个也不来。难道我的死像野狗一样吗？一生爱女儿，到头来反给女儿遗弃！她们都是下流胚、流氓婆；我恨她们，诅咒她们；我半夜里还要从棺材里爬起来咒她们。哎，我的朋友，难道这也是我的错吗？她们的行为让人不齿！我说什么？你不是告诉我但斐纳在这儿吗？还是她好。你是我的儿子，欧也纳。你，你得爱她，像父亲一样地爱她。还有一个也不幸。她们的财产问题呀！哦！我的天！我要死了，我太苦了！砍掉我的脑袋吧，但要把我的心留下。"

"克利斯朵夫，去找皮安训来，另外给我雇辆车。"欧也纳被老人这些呼天抢地的哭诉吓坏了。

"老爹，我到你女儿家去把她们叫来。"

"把她们抓来，抓来！叫警卫队，叫什么都行！"老人说着，对欧也纳瞪了一眼，闪出一道清彻的光。"去投诉政府，告诉检察官，给我叫人带她们来！"

"可是你刚才咒过她们了。"

老人惊呆了，大声说："谁说我咒过她们了？你知道我是爱她们的，疼她们的！看到她们，我的病就好了……去吧，我的好邻居，我亲爱的孩子，去吧，你心肠真好，我想酬谢你，可是我一无所有，只能给你一个垂死者的祝福。啊！至少我要看到但斐纳，吩咐她代我报答你的一片厚情。娜齐不能来，就带她来吧。告诉她，如果不来，你就不爱她了。她爱你，一定会来的。哎，给我水喝，我心里发烧！在我的头上放点儿什么吧。最好是女儿的手，那我就得救了，我感觉得到的……天哪！如果我死了，谁替她们挣钱呢？我要为她们上奥特赛去，上奥特赛做面条生意。"

欧也纳扶起垂死的人，用左臂扶着，另一只手端给他一杯满满的药茶，说道："你把这个喝了。"

"你肯定爱你的父母，"老人用微弱无力的手握着欧也纳的手，"你可知道，我要死了，看不到我的女儿。永远口渴却得不到水喝，这便是我十年来的生活……两个女婿葬送了我的女儿。是的，她们出嫁以后，我就失去女儿了。天下做父亲的听着！你们该让国家制定婚姻法律！假如你们爱女儿，就不要叫她们出嫁。女婿是毁坏女儿的坏蛋，他污辱了一切。再不要有结婚这回事！结婚抢走我们的女儿，甚至临死还见不到她们。为了父亲的死，也该订一条法律。真是可怕！报仇呀！是我女婿不叫她们来的。杀了他们！杀雷斯多！杀纽沁根！他们就是凶手！不还我女儿，就要他们死！啊！完啦，我见不到她们了！她们！娜齐，但斐纳来呀，爸爸要走了……"

"老爹，你不要激动，不要想那些事，安心养病。"

"看不见她们，这才是我临终的最大的悲哀！"

"你会看见的。"

"是的！"老人逐渐神经迷糊，喊道，"噢！见到她们！我快见到她们了，听到她们的声音了。那我死也无憾了。唉，是啊，我不想活了，我早已活够了，我痛得越来越厉害了。我要见她们，摸摸她们的衣衫，唉！只要摸到她们的一点儿什么都行！让我抓抓她们的头发……头发……"

他仿佛挨了一棍，脑袋望枕上倒下，双手在被单上乱抓，好像要抓女儿们的头发。

他又挣扎着说："我祝福她们，祝福她们。"

他突然昏过去了。皮安训在这个时候进来说：

"我遇见克利斯朵夫，他给你雇车去了。"

他瞧了瞧病人，用力翻开他的眼皮，两个大学生只看到一只黯然无光的眼睛。

"他醒不过来了，"皮安训说，"永远醒不过来了。"

他摸了一下，把手放在老头儿心口。

"还没死定；像他这样反而受罪，倒是早点死了好！"

"正是，我也这么想。"拉斯蒂涅说。

"你怎么啦？你的脸像纸一样白！"

"朋友，我刚才听他大叫大喊，说了很多话。上帝是存在的，上帝预备了另外一个世界，一个好一些的世界。咱们这个世界太丑恶了。刚才的情形实在悲惨，我的心绷得紧紧的，我真想在这大哭一场了。"

"啊，还得办很多事，哪儿去找钱呢？"

拉斯蒂涅掏出表来：

"你送到当铺吧。我路上不能耽搁，没有时间去。现在我等着克利斯朵夫，我身上一文钱也没有了，回来还得付车钱。"

拉斯蒂涅飞奔下楼，上海尔特街的特·雷斯多太太家去了。刚才那幕可怕的场面震撼了他的心灵，一路义愤填膺。他走进穿堂求见特·雷斯多太太，仆人回报说她不能见客。

他向仆人说："她的父亲快死了，我是为这事儿来的。"

"先生，伯爵再三吩咐我们……"

"伯爵既然在家，那么告诉他，说他岳父处于弥留状态，我必须立刻和他当面谈谈。"

欧也纳等了好久。

"说不定他这时候已经死了。"他想。

仆人把他带进第一客室，特·雷斯多先生站在没有生火的壁炉前面，也不请客人坐。

"伯爵先生，"拉斯蒂涅说，"令岳在破烂的阁楼上濒于死亡，连买木柴的钱也没有；他临死前要求见女儿一面……"

"先生，"伯爵冷冷地回答，"你不难看出，我对高里奥先生没有什么好感。他惯坏了我太太，造成我生活的不幸。我把他看作破坏我安宁的敌人。他是死是活，我毫不在乎。这就是我所要说的。社会舆论谴责我，我才不介意呢。我如今有更重要的事要处理，没时间理会那些傻瓜对我的评价。至于我太太，她现在那个模样休想出门，我也不让她出门。请你告诉她父亲，她完成了对我，对我的孩子的责任，她立刻就可以去看他。要是她爱她的父亲，几分钟内她就可以自由……"

"伯爵先生，你是你太太的主人，我没有权利批评你的行为。但你起码讲理一些吧？请你答应我一件事，就是转告她，说她父亲可能一天都活不了了，由于她不去送终，他已经在咒她了！"

看见欧也纳愤愤不平的样子，让雷斯多感到不安："你亲自告诉她好了。"

拉斯蒂涅跟着伯爵走进伯爵夫人平日起坐的客厅。她泪人儿似地蜷缩在沙发里，那副痛不欲生的模样让人怜悯。她不敢望拉斯蒂涅，怯生生地窥视丈夫的脸色，说明她精神肉体都被专横的丈夫压垮了。伯爵摇了摇脑袋，她才敢开口：

"先生，我全听到了。告诉我父亲，假如他了解我现在的处境，一定会谅解我的。我没想到要受这种刑罚，我已心力憔悴。可是我要反抗到底，"她对他的丈夫说，"我是一个母亲。请你告诉父亲，不管表面上如何，我并没有觉得我对不起父亲，"她绝望地对欧也纳说。

那女人经历的苦难，欧也纳不难想像，便悻悻的走了出来。从特·雷斯多先生的口气中，已明白此行是徒劳，阿娜斯大齐已经身不由己。

接着他赶到特·纽沁根太太家，看见她还在床上。

"我不舒服，朋友，"她说，"舞会出来受了凉，我怕要得肺炎，我等医生来……"

欧也纳打断了她的话："哪怕你面临死亡，爬也得爬到你父亲身边去。他不断地喊你！你要听到他的呼唤声，马上不再认为自己害病了。"

"欧也纳，父亲的病也许不像你所说的那么严重，危在旦夕；可是我如果在你眼里有什么不是，我才难过死呢；所以我一定听你的吩咐。我知道，如果我这一回出去闹出一场大病，父亲要伤心死的。我等医生来过了就走。"她一眼看见欧也纳身上没有了表链了，便叫道："哟！怎么你的表不见啦？"

欧也纳脸红了。

"欧也纳！欧也纳！如果你把它卖了，丢了……哦！那太不可思议了。"

大学生伏在但斐纳床上，凑着她的耳畔说：

"你想知道吗？好吧，告诉你！你父亲一个钱没有了，连今晚上要把他入殓的寿衣都没有买。我把你送的表当了，我钱都用光了。"

但斐纳猛的从床上跳下，扑向书柜，抓起钱夹递给拉斯蒂涅，打着铃，喊道：

"我去我去，欧也纳。我连禽兽都不如了！快给我穿衣服，去吧，我会赶在你前面！"她回头命令佣人："丹兰士，请老爷立刻上来，我有话要说。"

欧也纳终于能向垂死的老人报告有一个女儿会诀别，几乎很快乐地回到圣·日内维新街。他在但斐纳的钱袋里掏了一阵想打发车钱，发觉这位看似富有而华丽的少妇，袋中却只有七十法郎。他走上楼梯，看见皮安训扶着高老头，一位医院的外科医生在内科医生的指导下在病人背上做针灸。这是现代医学最后一套治疗，没效的治疗，"替你做针灸你感觉到吗？"内科医生问。

高老头看见了大学生，急促地问：

"她们来了，对吗？"

外科医生说："他有转机了，会说话了。"

欧也纳回答老人："是的，但斐纳马上来。"

"咳！"皮安训说，"他又在喊他的女儿，他拼命地叫她们，像一个人吊在刑架上乞求喝水……"

"算了吧，"内科医生对外科医生说，"没什么办法了，救不了了。"

皮安训和外科医生把老头搁放倒在发臭的破床上。

医生说："总得给他换套衣服，虽然毫无希望，他到底是个人。"他又招呼皮安训："我等会儿再来。他要叫痛，就给他横隔膜上涂些鸦片。"

两个医生都走了，皮安训对欧也纳说：

"来，欧也纳，别怕！咱们替他换上一件白衬衫，换换床单。你叫西尔维拿条床单来帮我们。"

欧也纳下楼，看见伏盖太太正帮着西尔维摆餐具。拉斯蒂涅刚开口，寡妇就迎了上来，摆出一副又和善又为难的神气，活脱脱一个精明干练的老板娘，既不愿损失金钱，又不敢得罪主顾。

"亲爱的欧也纳先生，你和我都清楚高老头没有钱了。把被单拿给一个正在翻眼睛的人，不是白扔了吗？另外还得牺牲一条来做他入殓的寿衣。你们已经欠我一百四十四法郎，加上四十法郎被单，以及旁的零星杂费，西尔维等会儿给你们的蜡烛，至少也得二百法郎；我一个穷寡妇赔不起的？天啊！你也得凭凭良心，欧也纳先生。自从晦气星进了我家门，五天来我已经够惨的了。我宁愿出三十法郎打发这老家伙归天，像你们说的。这种事还影响了我的房客的情绪。不用花大钱的话，我愿意送他进医院。总之你也替我想想吧。我的公寓要紧，那是我的根，我的性命呀。"

欧也纳赶紧奔上高里奥的房间。

"皮安训，当表的钱呢？"

"在桌子上面，还剩三百六十多法郎。我把欠的账还了。当票压在钱下面。"

"喂，太太，"拉斯蒂涅愤愤地奔下楼梯，说道："来算账。高里奥先生在府上不会拖久了，我也……"

"是的，他只能两脚一蹬的去了，可怜的人。"她边说边数着二百法郎，掩饰不住的高兴之中，带着一点儿伤感。

"快点儿吧。"拉斯蒂涅催她。

"西尔维，拿出床单来，到上面去给两位先生帮忙。"

"你可别忘了西尔维，"伏盖太太附在欧也纳的耳畔说，"她两夜没有合眼了。"

欧也纳刚转身，老寡妇赶紧跑去小声吩咐西尔维：

"你找第七号床单，那条翻新的。反正给死人用总是够好的了。"

欧也纳已经上了几步楼梯了，所以没有听见她的话。

皮安训说："来，我们给他穿衣服，你扶着他。"

欧也纳站在床头扶着老人，皮安训脱去衬衫。老人手上做了个奇怪的动作，仿佛要保护胸口的什么东西，同时咿咿唔唔的哀号，像一头临终挣扎的野兽。

"哦！哦！"皮安训说，"他还想着一根头发练子和一个小小的胸章，刚才做针灸时我们给他拿掉的。可怜的人，给他戴上。就在壁炉架上面。"

欧也纳拿下来一条淡黄带灰的头发编成的链子，想是高里奥太太的头发。胸章的一面刻着：阿娜斯大齐；另外一面刻着：但斐纳。这是他永远贴在心头的心影。胸章里面藏着柔丝似的卷发，也许是女儿们极小的时候剪下的。发辫挂上他的脖子，胸章一碰到胸脯，老人便心满意足地"噢"了一声，让人听了毛骨悚然。这是他对外界的最后一次反应，它好像又回归到心灵的最深处，他那扭曲的脸上露出病态的微笑。老人的思想已经死了，却瞬间惊人地爆发出感情的火花，两个大学生深为感动，不禁热泪沿颊而下，滴在病人身上，老人突然发出快慰的叫喊："噢！娜齐！但斐纳！"

"他还活着呢。"皮安训说。

"活着又有什么用？"西尔维说。

"活着遭罪。"拉斯蒂涅说。

皮安训向欧也纳做了个要他模仿的动作，把胳膊抄到病人腿肚子下面，欧也纳从床的另一边托起老人的肩。西尔维马上撤去床单，换上刚取上来的那条床单。高里奥大概误会了刚才的流泪人，使出最后一些气力伸出手来。在床的两边触摸两个大学生的头，竭尽余力抓着他们的头发，微弱地喊了一声："啊！我的天使！"叹息声从灵魂深处迸出，而灵魂也随之飞逝了。

"可怜可爱的人呀。"西尔维也被这声哀叹感动了，说这声哀叹，表示那伟大的父亲受了惨无人道的自我欺骗，最后激动了一下。

这父亲的最后一声叹息该是快慰的。这叹息他包括了他自我哄骗的一生，众人恭恭敬敬把他放倒在破床上面。从这一刻起，他已失去喜怒哀乐的意识，只有生与死的搏斗还在他脸上印着痛苦的痕迹。彻底的死去只不过是时间的问题了。

"他还可以这样的拖几小时，然后无声无息地死去。甚至连临终的痰厥也不会有，大脑已完全充血。"

这时楼梯上传来的少妇的声音。

"来得太晚了。"拉斯蒂涅说。

来的不是但斐纳，而是她的女佣丹兰士。

"欧也纳先生，可怜的太太为了父亲向先生要钱，两人大吵起来。她晕了过去，医生来了，要给她放血。她还嚷着；我的父亲快死了，我要去看爸爸呀！喊得叫人听了心都碎了。"

"够了，丹兰士。她现在来也太晚了，高里奥先生已经失去知觉了。"

丹兰士说："可怜的先生，他病到这个地步了？"

"这儿不需要我帮忙，我就去开饭了，已经四点半了。"西尔维说着转身，在楼梯口差点把特·雷斯多太太撞倒。

伯爵夫人的出现让场面又添了几分肃穆、阴沉的气氛。床边只点着一支蜡烛，黑黝黝的一片。摇曳的微光照着父亲那张还有几分生命的在颤动的脸，不由得泪水扑簌簌地滚了出来。皮安训很识趣地退了出去。

"只怪我没有及早逃出来。"伯爵夫人对拉斯蒂涅说。

欧也纳伤感地点了一下头。她拿起父亲的手亲吻着。

"父亲，原谅我！你说过我的声音可以把你从坟墓里拉回来，哎！那么就回来一会儿吧，来祝福你忏悔的女儿吧。你听我说呀。真可怕！我在这个世界上只有你会祝福了。大家都恨我，只有你爱我。连我自己的孩子将来也会恨我。把我也一块儿带走吧，我会爱你，照顾你。他已经听不见了，我要疯了。"

她双膝跪下，头晕目眩地望着父亲的残骸。

"我真是祸不单行啊，"她望着欧也纳说，"特·脱拉伊先生走了，留给我一笔巨债。而且我早就清楚他对我不忠。丈夫永远不会原谅我了，我已经把全部财产交给他掌握了。唉！我的一切都成空了。我欺骗了惟一爱我的人（她指了指她的父亲）！我辜负他、嫌弃他、让他受尽苦难，我这该死的人！"

"他知道。"欧也纳说。

这时，高老头微翻起眼皮，这只不过是肌肉痉挛。伯爵夫人满怀希望，激动了一下，弥留的眼睛同垂死的人一样凄惨。

"他还听得见我说话吗？哦，他听不见了。"她坐在床边喃喃自语。

特·雷斯多太太说要留下守着父亲，于是欧也纳便下楼吃些东西。房客都已经到齐了。

"怎么样啊，"画家对他说，"看样子咱们楼上有人要死了吧。"

"查理，找点儿好听的事开玩笑好不好？"欧也纳说。

"我们这难道不能笑笑吗？"画家回答。"那有什么，皮安训说已经昏迷了。"

"哎！"博物院职员接着说，"他死了与活着时差不多。"

"我的父亲死了！"伯爵夫人大叫一声。

听到这可怕的叫喊，西尔维、欧也纳、皮安训赶紧上楼，特·雷斯多太太已经晕过去了。他们把她叫醒，抬上了等在门外的车里；欧也纳嘱咐丹兰士小心照顾，并命令送往特·纽沁根太太家。

"哦！这一下他真的死了。"下楼时皮安训说。

"先生们，吃饭吧，汤快凉了。"伏盖太太招呼众人。

两个大学生在一块坐。

欧也纳问皮安训："现在该怎么办？"

"我把他眼睛合上了，妥善处理了遗体。等上区公所报告确认死亡后，给他裹上寿衣埋掉。你想还能怎么办？"

"他不能再这样嗅他的面包了。"一个房客学着高老头的怪模样说道。

"该死！"助教说，"先生们，不要再提高老头了好不好？一个钟点以来，净听他韵事儿。巴黎这个地方有个好处，一个人可以出生、活着、死去，不会有人注意你。应该享受这种文明的优越性。今天有六十个人死亡，难道你们都去哀悼那些亡灵不成？就让高老头安息吧，我看他还是死的好！如果你们追思，就去守灵好了，让我们清清静静地吃顿饭。"

"噢！是的，"寡妇说，"他死了比活着强！听说这可怜的人苦了一辈子！"

在欧也纳心目中，高老头是父性的杰出代表，可是他身后得到的惟一的奠词，就是上面这几句。十五位房客像往常一样有说有笑。欧也纳和皮安训听着刀叉声和谈笑声，这些吃相和冷漠的表情，麻木不仁的神态，让两个大学生惶惑伤心。他们吃完饭，出去找一个神父来守夜，给死者祈祷。他们仅有那么一点儿钱，不得不量力而为，给老人办后事。遗体放在便席上，两旁点着两支蜡烛，屋内空空的，只有一个神父坐在死者身边。临睡之前，拉斯蒂涅向教士打听了札忏和送葬等费用，然后写信给特·纽沁根男爵和特雷斯多伯爵，请他们派人来处理送葬费用事宜，他让克利斯朵夫把信送去，才安心上床。他疲倦得很，马上睡着了。

第二天早上，皮安训和拉斯蒂涅不得不亲自上区公所报告死亡；中午，医生来签了字。两个钟头以后，高老头的两个女婿都没送钱来，也没派人来，欧也纳只好先付了教士花费。西尔维讨了十法郎去缝裹尸衣。欧也纳和皮安训算了一下，死者的家属要不愿负责的话，他们倾其所有，只能极勉强地应付最简洁的开支，皮安训自己动手把尸体装进了一口薄板棺材里，是他以低价从医院买来的供穷人用的棺木。他对欧也纳说：

"我们给这群混蛋开个玩笑吧。你立即去向拉希公墓买一块地，五年为期；再向丧礼代办所和教堂预定三等丧仪。假如那些混蛋拒绝还钱给你，你就在墓碑刻上：

特·雷斯多伯爵夫人与特·纽沁根男爵夫人之父高里奥先生之墓两个大学生捐资代葬。

欧也纳在特·纽沁根夫妇和特·雷斯多夫妇家奔走徒劳之后，他只能照他朋友说的那样办了，他根本就进不了两家大门。门房都奉有严令，说：

"先生跟太太闭门谢客。他们的父亲死了，深为哀痛不能接待客人。"

欧也纳对巴黎的上流社会已有了相当了解，知道自己已不能再固执己见。连但斐纳影子都见不着，他知道支付下去也是枉然，在门房里写了一个字条，"请你卖掉一件首饰吧，让你的父亲较体面地到达他的最后住所。"

他封好字条，吩咐男爵的门房递给丹兰士送交女主人；门房却送给男爵，被他扔到火炉里去了。办完了所有的这些事，欧也纳三点左右回到公寓，看见大门口停着口棺木，在冷清清的街头，棺木搁在两张凳上，上面连那块黑布也没有遮盖到位。他一见这光景，忍不住流下泪来。谁也不曾把手蘸过的蹩脚圣水壶，浸在盛满圣水的镀银盘子里。门上也没有挂黑布。这是赤贫者的送终方式，没有排场、没有后代、没有朋友、没有亲属。皮安训因为医院有事，留了一个字条给拉斯蒂涅，把他和教堂办的交涉告诉他。他说追思弥撒价钱贵得惊人，只能做个便宜的晚祷；他已经派克利斯朵夫送信。欧也纳匆匆看完字条，突然看见藏着两个女儿头发的胸章在伏盖太太手里。

"你怎么敢取走这个东西？"他说。

"天哪！难道把它埋掉不成？"西尔维回答，"那是纯金做的啊。"

"当然！"欧也纳愤愤地说，"至少让他带走两个女儿的！"

灵车到了，欧也纳叫人把棺木抬上楼，他撬开钉子，恭恭敬敬地把那颗胸章挂在老人的胸前，姐妹俩那时还年轻、天真、纯洁，像他在临终呼号中所说的"还不懂世事呢"。除了两个丧礼执事，只有拉斯蒂涅和克利斯朵夫两人跟着护送灵车，把可怜的人送往圣·丹蒂安·杜·蒙，离圣·日内维新街不远的教堂。灵柩被放在一所低矮阴暗的小圣堂里。大学生环顾四周，看不见高老头的两个女儿或者女婿。只有他与克利斯朵夫在场，后者是因为赚过他不少酒钱，觉得应当尽一尽最后的礼教。他们等着两个教士、唱诗班的孩子，和教堂管事。拉斯蒂涅紧握着克利斯朵夫的手，说不出一句话来。

"不错，欧也纳先生，"克利斯朵夫说，"他是个老实人、从不高声说一句话，从不损害别人，也从不使坏心眼。"

不久两个教士、唱诗班的孩子、教堂的管事都来了。在一个教堂也没有余钱给穷人作义务祈祷的时代，他们做了尽七十法郎所能办到的礼忏：唱了段圣诗《解放》和《来自灵魂深处》。二十分钟便结束了仪式。只有一辆送葬的车，给教士和唱诗班的孩子乘坐，他们同意带上欧也纳和克利斯朵夫。教士说：

"没有送葬的队伍，我们可以走快一点，不要再耽搁时间。已经五点半了。"

正当把棺木放在枢车上时，特·雷斯多和特·纽沁根两家有爵徽的车突然出现了，跟着枢车到拉希公墓。六点钟，高老头的遗体下了墓穴，周围站着女儿的管事。欧也纳出钱买来的简短的悼文刚念完，那些管事就跟神父一齐消失得无影无踪了。两个盖坟的工人，在棺木上扔了几铲子土后便挺了挺腰；其中一个走来向拉斯蒂涅讨酒钱。欧也纳掏来掏去，一个子儿都没有，只得向克利斯朵夫借了一法郎。就这么一件小事，忽然使拉斯蒂涅大为伤心。落日将尽，潮湿的黄昏使他心里无限伤感，无限惆怅，他瞧着墓穴，埋葬了他青年人的最后一滴眼泪，一个年轻人的所有神圣高尚的感情全部含在其中的眼泪；这滴泪落在地上，立即消失得无影无踪，仿佛也上了天堂，从这个世界上消失了。他抱着手臂，凝视着天空的云。见他这副模样，克利斯朵夫独自回去了。

拉斯蒂涅独自一人向高处公墓内走了几步，眺望巴黎，只见巴黎婉蜒崎岖地躺在塞纳河两岸，开始泛起星星点点灯火。他那充满欲火的双眼停在王杜姆广场和安伐里特宫之间。那便是他梦想已久的上流社会的所在。他望着这个热闹非凡的蜂房，像是恨不得把其中的蜜汁一口吸尽。此时的他，气概非凡地说了一句；

"现在咱们俩来较量一下吧！"

然后拉斯蒂涅就上纽沁根太太家吃饭去了，这是他将开始的对这个社会的第一次真正的挑战。

被遗弃的女人

在一八二二年的初春,一个得了一场大病刚刚痊愈的年青人在巴黎的医生们的劝说下被送到下诺曼底来了,他也许是平常工作过度劳累,也许是生活放荡、毫无节制等原因使他患上了炎症疾病。他需要绝对的休息、清淡的伙食、清爽的空气和完全避免过度的感官刺激才能使他康复。因为贝森的肥沃的田野和外省沉寂的生活,好像对他的康复最有利。所以他就在贝叶城他的一个表姐家住下;贝叶是一个离海只有八公里的美丽的城市,他的表姐是一个长期过着隐居生活的人,有一个亲戚或者朋友到来都能使她非常高兴,他的到来受到了特别热烈的欢迎。

除了少数特殊习俗,所有的小城市都是相似的。这位从巴黎来的青年名叫加斯东·德·尼埃耶男爵,他通过在表姐圣瑟韦尔夫人家里,或者在她的一伙朋友家里的几个晚会中,不久就认识了被这个僻静社会视为全城头面人物的人们。加斯东·德·尼埃耶把这些人看做永久不变的人物,在从前组成法兰西的无数封建藩侯的府席里,到处都可以看到这些人物。

这些人物中的头一等,属于一家贵族,这个家族的知名度在二百公里以外就无人知晓了,可是在这个省里却被公认为是无可争辩的最源远流长的阀阅门第。他们是小型的王室,谁都相信他们通过婚姻关系搭上了纳瓦兰家族、格朗利厄家族、卡迪央家族、布拉蒙肖弗里家族。这个望族的首领一般都是一个勇敢的猎手。他不拘小节,经常靠他们的姓氏的优越来压倒别人;他对于当地县长的存在,就像他忍受捐税的缴纳一样;他不承认十九世纪产生的新贵族,并且指出如果首相不是贵族,那将是政治上最可怕的事。他的妻子也是说一不二,声音宏亮,还有几个很崇拜她的人,但她的行为有时却很反常,经常在复活节前后半个月内领圣体;她对女儿们的教养毫不在意,常常认为她们有了贵族姓氏就拥有了一切。妻子和丈夫并不知道现代的奢侈豪华,他们还穿着戏台上才穿的衣服,古老的银餐具、家具和马车,就像他们保持着古老的生活习惯和语言一样。这种老式排场同外省的经济条件倒也相当符合。总之,他们是过去时代的贵族,同那时比较，他们仅缺少征收土地买卖税的权利，缺少一群群猎犬和镶着饰带的制服而已；在自己人中他们充满了荣誉感，他们对离他们十分遥远的亲王们忠心耿耿。这个家族历史上虽然名声不扬，却像一幅古老的立体挂毯那样保持着古怪特点。不用说，这个家族必然会孽生出来一个当过少将的叔伯兄弟，佩带红绶带，出入宫廷，曾经跟从黎希留元帅入侵汉诺威，你会发现他在这个家族里就像一本破旧书里脱落下来的一页似的。

与这个古董似的家庭完全不同，另一家比较富有，贵族世系也没那么古老。丈夫和妻子每年冬天都到巴黎去度假两个月，经常带回来一些短暂的时髦风尚和流行爱好。有点拘谨的妻子是个风雅人，老是追不上时髦的款式，但是，她却还总爱嘲笑邻居们装腔作势的无知；她的银餐具都是新式的，她拥有几个小厮。几个黑奴和一个贴身男仆。她的大儿子有一辆轻便双人马车，领有世袭财产而无事可作；小儿子是最高行政法院助理办事员。父亲知道内阁的种种黑幕，经常讲述关于路易十八和迪·凯拉夫人的轶事；他购买五厘公债，他也参与关于苹果酒的谈话，有时怪癖发作，便去修改省属财产的数字；他是省议会的议员，自穿在巴黎定制衣服，佩带荣誉团的十字勋章。总之，这位贵族对复辟王朝颇为了解，一定会在议会里搞钱；但是与古董似的那家人相比，他的忠君动机却不是那么纯正。

他订阅了《法兰西新闻》与《辨论报》。跟他们不同而对立的一家只看《每日新闻》。

曾是代理主教的现任主教大人，摇摆不定地在这两大势力中间周旋，因为宗教的原因这两大势力才尊敬他，所以他们有时也向他暗示，叫他领会一下拉封丹的寓言《驮圣物的驴子》的教训，因为这位主教是平民出身。

这些人物中的第二等，就是那些每年收入一万到一万二千法郎的贵族，他们有的曾是海军上校，有的曾是骑兵上尉，有的什么也没有当过。在路上骑马走的队列中，他们位于捧着圣餐器的本堂神父和出外巡回的税务监督中间。他们差不多全都在宫廷里接受过礼仪训练，接受过骑士训练，当过火枪手，如今都悠闲地在自己经营的田庄里消磨渡日，他们最关心的是伐木或是他们的苹果酒，而不是什么君主政制。可是，他们有时也谈论宪章和自由党人，那是在惠斯特打一局纸牌以后，或者在掷骰游戏中间，在他们计算过嫁妆，妥善地按照他们能背出流利的家谱来安排婚事之余。他们的妻子坐在用柳条编织的轻便马车里，装出一副宫廷中人自命不凡的神气；她们装腔作势地披上一条披肩或者戴上一顶帽子就觉得打扮得已经很入时了；她们每年经过认真考虑以后，才购买两顶帽子，有时也托人从巴黎买回来；她们中多数人都是品行端正而口齿伶俐的。

在这伙贵族的主要角色身边,她们的居住问题似乎早已经解决了,因为她们仿佛浇铸在你遇见她们的那所房子里面：她们的面孔服饰已经成为本宅、本城、本省的一部分；她们就是这里的传统、纪录和精神。她们身上全都有某种僵硬的、一成不变的东西；她们通常都懂得在合适的时候微笑点头或者摇头，偶尔她们也说句被认为相当俏皮的话。

几位由于具有贵族的观点和有钱的资产者也钻进了这个贵族小圈子，他们虽然都已经四十岁了，但是这些贵族的任何一个人提到他们时常常这样说："这小家伙很有头脑！"所以他们就被选为议员。一般来讲，那些老小姐是他们的后台和靠山，但风言风语也不少。不过，这仅仅是道听途说而已。

最后还有两三个具有宗教权力的教士，或者因为他们的聪明，也进入到这班社会名流的圈里，贵族们在自身的圈内觉得顾闷无聊，就把平民出身的人带进他们的客厅里来，就像面包师把发酵粉放进他的面团里一样。

一定数量的陈旧观念堆积起来，组成这些人的脑袋里的全部智慧，其中也混杂一些新思想进去，这些新思想是每天晚上大家在一起共同搅拌而成的。代表这些思想的语句如小海湾里的海水完全一样，有每天的潮涨潮落，也有永恒的波动。就像你今天听到空洞的回声，明天也能听到，一年以后还能听到，永远都能听到。他们对世事所作的永远不变的判决，已经成为一门传统的科学，任何人也没有权力加上一点一滴新的见解。这些墨守成规的人们、生活的习惯同他们的宗教、政治、道德和文学观念一样坚不可摧。

要是有一个外来人被允许进入到这个小团体里来，那么每个人都会用带点嘲讽的语气对他说："这儿可没有你们巴黎社会那样那么多彩多姿！"

与此同时在这个小小的社交圈里每个人都评判别人的生活方式，尽力让别人相信他是这个社会中的一个例外，他曾经设法想改革这个社会但却没有成功。如果，这个新来的人也随声附和说了几句批评的话，证明这些人彼此间互相指责的意见是正确的。那么他立刻就被视为一个无法无天的大坏蛋，是个像所有的巴黎人一样的腐化堕落分子。

加斯东·德·尼埃耶在这个贵族圈里露面时，他早已被贝叶城的公共舆论在不会有误的天平上称过斤两。因为在这个小社会里一切都遵守礼节，生活中每件事情都是互相协调的，一切都清清楚楚，贵族的身份和土地的价值都与报纸最后一页所刊登的债券价格一样明码标价。他的表姐圣瑟韦尔夫人早已把他的财产数字，他的未来希望都公开宣布过了，也展示过他的家谱，吹嘘过他的学识、他的礼貌和他的谦让。他受到了他理应受到的欢迎，十家把他当做一位高尚的贵族来接待，因为他才二十三岁；几个年轻姑娘和几位母亲对他充满温情地另眼相看，他在奥热山谷里拥有一万八千法郎的年收入，他的父亲拥有一座马内维尔古堡及其他附属建筑物，这些今后也将成为他的财产。至于他所受的教育、政治前途、人品、才干都不成问题，他拥有的土地十分肥沃，每年的租金是有保证的；栽种的植物品质优良，维修费用和捐税都由佃户承担；苹果树都已经有了三十八年了；而他的父亲还在商谈一笔交易，打算把同他的花园连接的二百亩森林买下来，给花园围上围墙；这些优点是任何人世的声誉都不能与之竞争的，即使是有希望当上部长的。不知是因为狡猾或是其他原因，圣瑟韦尔夫人没有提过加斯东的哥哥，加斯东本人也只字不提。这个哥哥患了肺病，看来不久以后就要被人埋葬、哀悼并且遗忘了。开始加斯东·德·尼埃耶拿这些人物来取乐，可以说，他把这些人物的尊容都惟妙惟肖地描绘在他的画册里了，他把这些人物的棱角，皱纹、钩鼻的模样儿都描绘得非常有趣而逼真，他发现他们的服装和脸上肌肉的抽搐是多么古怪而滑稽；他对听他们说的诺曼底方言，他们守旧的观念和粗旷的性格都非常感兴趣。但过了一段时间后，他对这种松鼠在笼子里打转似的生活习惯了以后，他觉察到在这种停滞的、毫无变化的生活中缺乏对照反差，如同关在修道院里的修道士一样，因此他陷入了危机，虽然还不能说是烦恼和厌恶，但是效果却都是一样的。经过这种过渡时期的轻微不适以后，一个人像植物一样移植到一个相反环境的过程就完成了，在这个新环境中他难免要出现萎缩和生长不良。事实上，要是没有任何东西把他拉出这个社会，他就会在不知不觉中对这个社会的生活习惯适应，他不再怕这个社会的空虚无聊。呼吸这种空气，对加斯东的肺部来说早已习惯。他已经完全准备好要承认这种无所用心、不用思索的日子，他开始忘记了那种精力充沛不断更新的运动，忘记了他在巴黎时、曾经那么热爱过的能经常结出丰硕成果的脑力运动，他也将永远留在这些化石中间，像尤利西斯的伙伴们一样，满足于猪一样的生活。有一天晚上，加斯东·德·尼埃耶在别人家的客厅里，坐在一位老太太和本主教管区的一个代理主教之间。这所客厅的细木护壁板呈灰色，地上铺着白色大方砖地面，墙上挂着几张家里人的画像，摆着四张牌桌，十六个人围着牌桌一边闲谈，一边打惠斯特纸牌。他坐在那里无所事事，只是一味地消化他吃下去的美味晚餐。这种美味的晚餐就是外省日常生活中一天的盼头，突然他很意外地发现自己正在赞同这里的生活习惯。他弄清了为何这些人继续使用昨天的旧纸牌，为何他们在破旧的牌桌上洗牌，他们如何才能做到既不为自己，也不为别人穿上时髦的衣服。他悟出了这种循环往复、千篇一律的生活里隐藏着一种哲学思想，在这种合乎逻辑的安静习惯里，在他们不知时髦豪华为何物里，总之，他似乎懂得了奢侈生活的无益。巴黎城，连同它的激情、风暴、欢乐，在他的心中已经变成了童年的记忆。他真挚地赞美一个年轻姑娘的红润的双手，谦卑和含羞的神态，虽然乍看起来，他觉得她一脸蠢相，举止缺乏风度，全身上下都令人讨厌，表情尤其滑稽可笑。他已经无药可救了。从前他从外省到巴黎去，现在他又从巴黎繁华的生活中回到外省冰冷的生活里来，他听到的任何一句话都不能使他的耳膜震动，不能使他好像在歌剧的沉闷伴奏中，突然出现一段欢快的节奏叫人兴奋不已似的。

"你昨天不是去看过德·鲍赛昂夫人吗？"一位老太太问当地一位最豪华府第的主人。

"我是今天早上去的，"他回答，"我发现她好像非常忧郁和痛苦，甚至让她答应明天来我家吃饭都作不到。"

"你是同你的太太一起去的吗？"老太太露出惊异的神色大声问道。

"是的，是同我太太一起去的，"这位贵族淡淡地答道，"德·鲍赛昂夫人不是属于勃艮弟家族吗？虽然只是女方娘家方面的亲戚，可是这个姓氏足以把一切都洗刷了。我太太很喜欢鲍赛昂子爵夫人，这位可怜的夫人独身一人已经这么长的时间了……"

说最后这几句话的时候，德·尚皮涅勒侯爵以平静冷漠的神情看了一眼周围听他说话的；不过谁都难以猜透他是同情德·鲍赛昂夫人的不幸遭遇呢，还是考虑到她的贵族身份；也不知道是他以接待她为荣还是为了满足他的自尊心，要强迫当地的贵族和他们的夫人们去看她。

这些贵妇们都面面相觑，仿佛用眼睛来彼此商量；于是一片沉默突然笼罩了客厅，她们的这种态度表示她们不同意这样做。

"德·鲍赛昂夫人是否就是那位跟笪瞿达潘托先生恋爱而闹得满城风雨的那位吗？"加斯东问他旁边的那位妇女。

"没错，正是她，"一位贵夫人说，"笪瞿达侯爵结婚以后，她就搬到库尔瑟勒来居住；这里的人都不接待她，况且她也很聪明，不会感觉不到她处境的尴尬，因此她也没打算见任何人。德·尚皮涅勒先生和别的几位先生曾经去过她的家里，但她只接待了有亲戚关系的德·尚皮涅勒先生，他们同鲍赛昂家族有联姻关系，老鲍赛昂侯爵娶过尚皮涅勒家长房的一位小姐。虽然德·鲍昂子爵夫人被认为是勃艮第家族的后裔，但是，你知道一个与丈夫分居的女人，在我们这儿根本不可能受到接待。这是一种旧观念，我们很愚蠢，还抱着这种旧观念不放，子爵夫人根本就不应该逃到这儿来。因为德·鲍赛昂先生是个风流文雅的男子、宫廷里的要人，他一定很讲道理，只有他的妻子才是个神经病……"

表面上，德·尼埃耶先生在听这位妇女说话，实际上他已经心不在焉。许许多多的念头在他的脑子里涌现出来。现在想像的艳遇正在微笑着向他招手，朦胧的希望正在灵魂中孕育，正在预感到无言的快乐、恐惧和种种事故，虽然还没有什么东西可以向千变万化的幻想提供养料，使它固定下来，可是还能用什么样的语言来形容这种艳遇的魅力呢？思绪已经飞到天外，一个个难以实现的计划产生了出来，幸福爱情的萌芽在萌发。可是也许这个爱情的萌芽已经包含了全部爱情，就像种子包含着艳丽的花朵，以及花朵的芬香和鲜艳的色彩似的。德·尼埃耶先生根本不知道德·鲍赛昂夫人为什么要逃避到诺曼底来，原因是她经历过一件被很多女人羡慕和谴责的哄动一时的变故，特别是当青春和美貌的魅力足以为这种过错辩解的时候。一切名声不管其来源如何都享有一种无法想像的威信。对女人来说，罪恶的光荣可以消除罪恶的耻辱。一个家族可以拿自己家族内有多少人被砍下头作为光荣，同样地，一个年轻漂亮的女子由于幸福的爱情或者悲惨的失恋而获得不幸的名声，也就变得更加引人注目了。她越是叫人怜悯，就越能博得同情。我们只对于那些平常的事物、平常的感情和庸俗的意外事件表现出冷酷无情，如果能够吸引别人的的注意，我们就觉得很伟大了。事实上，我们只有使自己比别人高一头，才能受人瞩目。而人们总是不经意地对高大的事物产生敬意，而并不会过分追究是通过什么方法变得高大的。这时候，加斯东·德·尼埃耶觉得自己慢慢地被德·鲍塞昂夫人吸引过去，也许是受到以上理由的暗中影响，或者是好奇心，或者需要使现在的生活有点趣味，总之，原因很多，很难说清楚，也许，我们只能用命中注定来作解释。德·鲍赛昂子爵夫人突然在他眼前出现，还带着一连串优雅的形象，她简直就是一个全新的天地；在她身边肯定会产生惧怕、希望、战斗和胜利。她与加斯东每天在这座庸俗的客厅所见到的妇女肯定有所不同；总之，她是一个女人，而且是他在这个冷漠的社会里没有见到过的一个女人；在这个冷漠的社会里，各种勾心斗角代替了感情，礼貌只不过是一种义务，最小的意见也包含着伤害人的成分，使听的人不舒服，说的人也难开口。德·鲍赛昂夫人唤醒了他青年时代的梦想和暂时在沉睡着的强烈感情。那天晚上的其余时间，加斯东·德·尼埃耶变得神不守舍。他在思索着用什么办法进入德·鲍赛昂夫人家大门，当然，他一筹莫展。据说她聪明过人。要是聪明的女人能够受新奇或者精美的东西吸引的话，那么她们要求是很高的，她们善于猜透一切；在她们身边进行取悦她们的艰苦工作，成功与失败的机会是各占一半。而且子爵夫人除了遭遇值得骄傲以外，姓氏也给予了她尊严。她的离群素居，仿佛只是把她同外界社会隔开的最微不足道的一道围墙而已。由此可见，一个陌生人，无论他是什么望族出身，打算进入她的家似乎是不可能的。可是第二天早上，德·尼埃耶先生散步时还是朝着库尔瑟勒楼房的方向走去，而且在楼房围墙外转了好几圈。像他这种年纪，最容易被自己的幻想所迷惑，由于被幻想所迷惑，不停地从墙洞或者越过墙头向里面窥视，有时对着紧闭的百叶窗凝思。有时对着那些开着的百叶窗凝视。他期待着一个罗曼蒂克似的机遇会出现，可以借此接近这位素不相识的女人，他只在盘算这样的机会所产生的结果，却根本没有想到这是不可能的。接连几个早上，他都到这儿来散步，但是一无所获；可是，每来散步一次，这位离群独居，背负着恋爱上的创伤而孤独隐居的女人，就在他的思想上变得更加高大，而且在他的灵魂深处扎下了根。

所以在沿着库尔瑟勒楼房的围墙散步的时候，如果偶然听到园丁的笨重的脚步声，他的心就会由于希望和快乐而猛烈地跳动起来。

他很想给德·鲍赛昂夫人写信，然而对一个没有见过面且与他不认识的女人，应该写些什么呢？而且加斯东对自己也缺乏信心；他像许多充满幻想的年轻人一样，不怕死，却害怕得不到对方的回音，因为这是最可怕的蔑视，只要他一想他的第一封信也许被扔进火里，他就不寒而栗。他心里有许多矛盾的思想在斗争着。但是，由于幻想假设了各种离奇的遭遇，他苦苦思索居然找到了一个可喜的办法，这种办法只要拼命想像，总是可以在想像出来的一大堆办法中找到的，它能告诉最天真的女人，一个男子会怀着怎样的热情关心着她。社会上的怪现象在一个女人和她的情人间所制造出来的真正障碍，并不亚于东方诗人的美妙神话故事中虚构出来的障碍，而且他们虚构的最荒诞的形象也很少是过甚其词的。因此，在现实生活中，也和在童话世界里一样，女人最终属于那个终于设法到达她身边，而且把他从受煎熬的处境里解救出来的男人所有。最穷苦的游僧们如果爱上了哈里发的女儿，他们之间的距离，也决不会比加斯东和德·鲍赛昂夫人之间的距离更远，德·尼埃耶先生在子爵夫人的周围挖了一道封锁壕。她却一点也不知道，而德·尼埃耶先生的爱情却随着障碍的扩大而加深，而且任何遥远的事物所具有的美感和魅力，都赋予在他这位想像中的情人身上。

他希望能从他的眼睛里迸发出的爱情中获得一切。因此有一天，由于他相信自己的灵感，他觉得面对面说话比任何热情洋溢的信件更有说服力，同时把希望寄托于女人天生的好奇心，他打算利用德·尚皮涅勒先生来帮助他成功。于是他走到这位先生家里，他对德·尚皮涅勒先生说，他有一桩很重要的机密事要跟德·鲍赛昂夫人见面，可是他不知道她是不是肯阅读陌生人写来的信，是否相信一个陌生人，所以他请侯爵先生在下一次见到子爵夫人时，问问她肯不肯赏脸接见他，他叮嘱侯爵要是子爵夫人不同意就替他保守秘密，同时很巧妙地促使侯爵把他要见子爵夫人的理由原原本本告诉德·鲍赛昂夫人。

侯爵是一个高傲、有身份、正直的人。他是不会做低级趣味或者失礼的事的！由于虚荣心得到了满足，完全上了这个青年的爱情巧计的圈套，爱情给这青年提供了一个老资格泰然自若和完全不露心境的外貌。侯爵竭尽办法想窥探加斯东的秘密，加斯东却显出很为难的样子，用些诺曼底式的回答来对付德·尚皮涅勒先生巧妙的盘问。侯爵具有法兰西骑士的品质，反过来对他的守口如瓶表示恭维。

侯爵像上了年纪的人愿意为标致女人效劳那么热心，立刻奔到库尔瑟勒去，处在这种环境下的德·鲍赛昂子爵夫人，这种传递消息引起了她的好奇心。因此，虽然她反复地回忆着，也想不出可以让德·尼埃耶先生到她家里来的理由，不过，在她经过谨慎小心地询问德·尼埃耶先生的社会地位后，她觉得接见他并没有什么不妥之处。不过她起初还是拒绝了；然后她同德·尚皮涅勒先生讨论合适不合适的问题，不断询问他，尽力想探明他是否知道这次来访的目的。同侯爵的讨论以及侯爵的被迫守口如瓶，都强烈地激发了她的好奇心。最后她改变了主意同意接见他。

德·尚皮涅勒先生装出一付自己知道其中底细，但要保守秘密的样子，偏偏说子爵夫人应该很清楚这次拜访的目的，虽然她倒是真心诚意的想要弄个明白，但仍是毫无结果。德·鲍赛昂夫人想像着加斯东同许多他不认识的人有种种联系，她被许多荒唐的假设弄得头晕眼花了，还自己问自己是不是曾经见过德。尼埃耶先生。看来最真诚、最美妙的情书也不会产生和这个哑谜所产生的效果，德·鲍赛昂夫人不得不花费很多时间去寻求这个谜底。当加斯东知道子爵夫人同意见他以后，他一方面非常高兴能够这么快就得到他所热烈期待着的幸福，另一方面感到就这样结束他的骗局有些忐忑不安。

"不管怎样！要见她，"他边穿衣服边对自己说，"要见她，这就是一切！"后来在跨进库尔瑟勒的大门时，他还在指望能够找到一个方法来解决他自己出的难题，加斯东是那种相信急中生智的人，这种人总是勇往直前，到了面对危险的最后关头，他们总能急中生智，找到克服困难的办法。他把自己精心打扮一番。他像许多年轻人一样，以为发型处置得如何，会影响他的成败，而不知道在青春年代一切都具有迷人的魅力。像德·鲍赛昂夫人这种优秀的女人，能够使他们着迷的，只能是精神的魅力和品格的高尚。只有高尚的品格才能够满足她们的虚荣心，使她们能够产生激动人心的爱情，并且能满足她们心灵上的需求，只有聪明才智才能打动她们的心，能适应她们灵巧的天性，她们才会觉得自己被人理解了。世界上所有的女人，都是为了心情愉快，要求被人理解和被人爱慕，其他的也就不再有奢望了，不过只有经过无数人情世故的人，才能领悟到在第一次接见他时，不修边幅和假作痴呆者真正有效的取悦手段。

等我们上了年纪而相当狡猾，能够充当能干的政治家时，却已经无法利用我们的经验了。一方面加斯东对自己的聪明才智没有信心，要借助服装去增添加的魅力，另一方面德·鲍赛昂夫人同样也本能地进行着意的打扮，她边不停地整理她的头发边自言自语说：

"我可不希望人家见到我就觉得厌恶。"

无论在精神上、肉体上、行为举止上，德·尼埃耶先生都具有一种自然独特的气质，使平常的姿态和想法都诙谐风趣，可以任凭他随便说和做。他颇有教养，目光敏锐，外表出众而且活泼好动，就像他那容易受到感动的灵魂一样。在他活泼的眼睛里隐藏着热情与温柔，对于这两种特点他的本质上善良的心也正与此相符。所以，他决心走进库尔瑟勒楼房，是同他的坦率天性和热情的想像力完全一致的。然而当他穿过一个英国式的大庭院，到达客厅，一个男仆出来询问他的姓名，走出去会儿，再回来给他带路的时候，他的心忍不住剧烈地跳动起来了。

"德·尼埃耶男爵。"仆人通报他的名字。

加靳东心里非常兴奋地慢慢地走进客厅，要知道这是一件不容易做到的事，如果一个人走进有二十个女人的客厅觉得比较难，那么走进只有一个女人的客厅就更难。尽管天气已经暖和了，壁炉里却还烧着熊熊旺火，两座多枝烛台摆放在壁炉上，在柔和的光线中，他看见有一个年轻的少妇，坐在壁炉旁边一张新式的高靠背安乐椅上，座位很矮，可以容许她的脑袋作出种种娇媚优雅的姿态，偶尔低头，偶尔倾斜，偶尔弱不禁风地抬起头来，似乎在抬起一个重担；同时也可以让她弯着脚，把脚伸出来，或者缩进去藏在黑袍子的长褶裥下面。子爵夫人想把她正在阅读的书放在一张小圆桌上；但由于她同时回过头来看德·尼埃邪先生，那本书没有放好，掉在了圆桌和安乐椅之间的地上。

她好像并没有在意这件小事，她抬起身子，微微点头算是回答男爵向她的致敬，她的身体依然深深地埋在安乐椅里，几乎没有离座，让人对她的动作难以察觉。她俯下身子，把身子向前探，用力地拨了一下炉火；然后她又弯腰捡起一只手套，随意地戴在左手上，又去用目光找寻另一只，可是她很快就把目光停止，用右手指了指一张椅子，仿佛示意加斯东坐下来：这只白皙的右手白得几乎透明，没戴戒指，五指尖尖，粉红色的指甲呈完美的椭圆形。德·尼埃邪坐下之后，她把头转过来。作了一个询问和讨好的姿态，这姿态的微妙之处，是语言实在是无法形容的，它完全出自善意，属于那种利落而又十分优雅的动作，这是和早期的教育和长期习惯于高雅趣味的事物所分不开的。这一连串的动作在倾刻之间迅速地完成了，既不显得生硬又不觉得唐突，那是一个美貌妇女带着既关心又从容的神气，再加上上流社会的贵族风度才形成的，加斯东着了迷了。德·鲍赛昂夫人同他这两个月来流放到诺曼底边远地区所交往的木头人相比，实在是太与众不同了，他不能不把他梦中的诗境，化为人世的现实，因此他不能拿她的完美同他以前赞美过的任何女人相比。这所客厅的家具同巴黎圣日耳曼郊区的客厅一模一样，桌上到处零乱地放着一些珍贵的小摆设，他坐在这个女人面前，看见许多书籍和鲜花，他觉得回到了巴黎。他的脚踏着一张真正的巴黎地毯，他又见到了巴黎女郎的杰出典型。见到了她的婀娜多姿和纤弱体态，她对衣着的的效果漫不经心，而外省妇女却因为刻意追求打扮的效果被害惨了。

德·鲍赛昂子爵夫人一头金发，皮肤像所有金发女郎那样白皙，眼睛是棕色的。她的前额高雅地昂起，这前额应该属于一个被谪的仙女，这仙女以自己的过失为荣，根本就没想得到宽恕。她头发浓密，下面的两只鬓角上流着两只贴额的发环，在额头上勾画出两个大圆圈，上面高高地结成辫髻，使她的头显得更加端庄。想像丰富的人可以从她头上的金黄色螺旋形发髻中看到勃艮第家族的公爵冠，可以从这个贵妇人炯炯有神的眼光里看出她具有她家族的勇气，这是一种坚强女人的勇气，它是用来拒绝那些心怀轻蔑或者胆大妄为的人的，对于那些有柔情蜜意的人，却是充满温情的。她的小巧的头颅美妙地接连在细长雪白的脖子上；她的俊俏的容貌、芳唇微启、活泼的身段，连同那小巧的头颅，都保持着一种微妙的审慎表情，还带着一种类似狡黠与无礼的讽刺味道。虽然她具有这两种缺陷，但我们只要想起她的不幸，想起那几乎夺去她的生命的爱情，我们就不能不原谅她了。她的不幸遭遇从她稍一动弹就满布前额的皱纹，或者从她那仰望上苍的美目里总是饱含悲痛的表情上，就可以看出来。三年以来这个女人与世隔绝，独自居住在一个远离城市的幽谷深处，陪伴着她的只是青春时代的回忆，那个青春时代是光明的、幸福的、充满激情的。当时朝夕欢娱，备受恭维，现在却只有可怕的空虚，在这个寂静的大客厅里，只剩下这个女人，这种景象还不够令人惊叹吗？何况人的想像还可以把这景象渲染得更加凄凉哩！这个女人脸上的微笑说明她对自己有高度的自信。她既不是母亲，也不是妻子，她被社会摈弃，被夺去了她能为之毫无羞耻的心跳的惟一男子，使她的虚弱的灵魂在任何感情里都汲取不到所需要的帮助。她只能从自身获取力量，靠自己的生命力去生活，除了被遗弃女人的希望之外，没有别的希望，换句话说，就是等待着死亡，虽然还有不少美好的年华，她仍然想尽快结束余生。本以为自己注定生来享福的，却没有得到幸福，也没有给别人以幸福，就只剩下死亡了！……一个女人！这是多么的悲惨可怜！这些想法在德·尼埃耶先生的脑海里像闪电似地掠过，他站在一个女人所能用来披在身上的最伟大的诗篇面前，对自己扮演的角色，他真感自渐形秽。子爵夫人美丽的容颜、不幸的遭遇和贵族的身份这三种光辉使他神魂颠倒，他目瞪口呆地站在那里沉思，欣赏着子爵夫人，竟然一句话也说不出来。

德·鲍赛昂夫人对他的这种痴态并未感到不悦，她动作轻柔而又庄重，向他伸了伸手，接着她苍白的嘴唇上挂着一丝微笑，把女性的娇媚表现了出来。她对他说：

"德·尚皮涅勒先生对我说，你出于好意给我带来一个口信。这消息是不是来自……"

听了这句可怕的话，加斯东更觉得自己的可笑、趣味的低级、手段的卑鄙，面对这么高贵和这么不幸的一个女人，他涨红了脸。原来闪烁着千万种思想的目光，也变得模糊起来了；可是瞬间，年轻人从犯错误的感觉中汲取力量的本能使他突然镇定下来。他作了一个谦卑的手势，打断了德·鲍赛昂夫人的话，声音激动地说：

"夫人，我无耻地欺骗了你。我不配有这种福气来看你；无论驱使我到这儿来的感情多么伟大，都不能原谅我为了来到你身边所耍弄的可耻花招。不过，夫人，要是你能大发慈悲听我诉说……"

子爵夫人用饱含着傲慢和蔑视的目光看了德·尼埃耶先生一眼，抬起手抓住唤人铃的绳子，拉响了铃。贴身仆人进来了。她庄严地看着男爵，对仆人说：

"雅克，提上灯送客。"

她傲慢地站起身来，向加斯东行礼告别，然后弯腰下去捡起那本跌落在地上的书。她的动作冷酷无情，跟她刚才接待加斯东时的温文尔雅恰好相反。德·尼埃耶先生离开了座位，但却站着不动，德·鲍赛昂夫人又看了他一眼，好像在说"怎么，你还不想走"？

这十分尖锐和嘲弄的眼光，使加斯东当场像个马上就要昏倒的人似的脸色煞白，泪水在眼睛里滚动，可是他使劲忍住了，并且在羞耻和绝望的烈火中烘干了眼泪，他带点高傲地瞧了德·鲍赛昂夫人一眼，现出一种无可奈何的神情，同时这个必要的一定程度的自信，仿佛在说；子爵夫人有权处罚他，可是有这个必要吗？然后，他走了出来。过前厅时，他的敏锐的心思和被爱情带动变得聪明起来的头脑，都告诉他现在他所处的处境都非常危险。

"如果我离开了这所房子，那么我在子爵夫人的心目中就永远是一个傻瓜。"他这样想着，"我将永远也不能够再回来了；一个女人不会猜不出她所激起的爱情，而她正是这样一个女人！或许她对这么粗暴地把我赶走，正在情不自禁地感到后悔呢，应该由我去理解她的心思。她现在只是无法、也不可能收回成命罢了。"

想到这里，加斯东就在石级上停了下来，迅速地转过身来，惊呼一声说：

"我忘了一样东西。"

他于是又向客厅走去，仆人跟在他的后面，仆人对于男爵的头衔和私有财产的神圣权利一向是满怀敬意的，听见加斯东说这句话时声调十分自然，就彻底上了他的当。当加斯东没等通报就轻轻地走进客厅时。子爵夫人还以为进来的是她的随身男仆，就抬起头来，却发现站在自己面前的是德·尼埃耶先生。

"稚克已经提着灯送过我了。"他微笑着说。

他带点忧郁的优雅微笑，使得这句话完全失去了开玩笑的意味，而他说这句话时的声调简直可以打动对方的灵魂。

德·鲍赛昂夫人一下子心软了。

她说："好了，请坐。"

加斯东急忙在椅子上坐下，他的眼睛在幸福的鼓舞下射出十分闪亮的光芒，使子爵夫人简直无法抵御这年轻人目光的注视。她只好低下头来翻阅手中的书，同时品味着自己是这幸福的根源的感受，这是一种永远新鲜的快乐，是女人身上一种永远不会消失的情感，况且德·鲍赛昂夫人的心思也完全被加斯东猜透了。女人总是对一个男人能够理解她的种种怪念头产生感激之情，她们总是感激他能够懂得她表面上完全矛盾的行为，懂得她有时的怯懦、有时大胆所产生的短暂的羞涩，这实际上正是风骚和纯真的奇妙结合！

"夫人，"加斯东温和地喊了一声，"你知道我的过错，但是你却不知道我犯的罪。如果你知道我是怀着多么幸福的……"

"啊！当心。"她边说边装出神秘的样子举手到鼻端，轻轻地擦了擦鼻子，然后又举起另一只手做出要去拉铃绳的样子。

这个漂亮的动作，这手中妩媚的威胁，肯定是惹起了她的一个悲哀的回忆，使得她想起了过去，那时候她简直就是娇媚和婀娜的化身，使她的各种任性的想法都变得十分正当，就像使她最微小的动作都增加了一层魅力一样。她紧锁眉头，使额上的皱纹都显露出来：她忧郁的表情在柔和的烛光中现了出来；她用严肃却不冷漠的目光注视着德·尼埃耶先生，以深知自己在说什么的态度对他说：

"这一切都太可笑了！先生，我能够快活的时候，能同你一起欢笑，无所畏惧地接见你的时代，都已经过去了；而此时，我的生活已经大大改变了，我不能再为所欲为了，我必须对自己的行动三思而行。你来访问我是出于什么目的呢？是好奇心的驱使？那么我对这脆弱而短暂的幸福付出的代价太大了。你是不是已经疯狂地爱上了一个受尽诽谤而你又从来没有见过的女人呢？如果是这样，你的爱情就建立在对我的误解上面，就建立一个在命运使其过失出了名的错误上面。"

她把手上的书恼恨地抛到桌子上。

"难道！"她用一个可怕的眼神看着加斯东接着说，"因为我曾经软弱过，就要我永远是弱者吗？这真可怕，太卑鄙了。你到我这里来是要怜悯我吗？你太年轻了，你不懂得同情心灵的痛苦。先生，请你记住，我宁愿受轻视也不要别人怜悯，我不愿接受任何人的同情和怜悯。"

接下来是一阵沉默。

"先生，你瞧，"她抬头望着他，神情忧郁而温柔地说，"无论是怎样的感情使你轻率地跑到我家里来，你都伤害了我。你太年轻，还不至于完全没有良心，你会感觉到你的举动是有失礼仪的；我原谅你，我现在已经能够毫不伤感地谈起这件事。你以后不要再到这里来了，对吗？虽然我可以命令你这样做，但我还是请求你。要是你再来访问我，那么我们两人都没有力量阻止所有的人相信你是我的情人，你就在我的痛苦之上加上更多的痛苦了。我想，这不是你想做的吧。"

说到这里她停了下来，用威严的目光注视着他，使他感到内疚。

"夫人，我错了，"他用浑浑信服的口气说道："可是热诚、轻率和对幸福的强烈追求，在我们这样的年龄，既是优点，也是缺点。现在，我明白了我不应该千方百计来看你，不过我的欲望是很自然的……"

他向她诉说着为什么他不得不隐居到这个小地方的痛苦，他设法多用感情去叙述。他把自己描绘成为一个感情热烈，可惜缺乏爱情作为养料的年轻人，叫人觉得他是值得被人温柔地爱恋的人，只是还没有遇到过一个年轻貌美、有眼力、温柔体贴的女人让他尝尝爱情的滋味罢了。他把自己有失礼仪的过程作了说明，却没有为之辩护。他恭维德·鲍赛昂夫人，向她表明她正是他心目中被很多青年不断追求而不能得到的理想情人。然后，他讲述了他一大清早就在库尔瑟勒周围散步的经过，还谈当他看见这所邸宅所产生的种种遐想，现在他终于进入了这座邸宅，这样他就把女人心中那种难以言传的宽容感情煽动起来了，这种感情是女人发觉因自己而引起的荒唐举动常常要产生的。她在这孤独冷清的生活中又听到了充满热情的声音，他给她带来了年轻人的冲动和良好教养所显示出来的才智魅力。德·鲍赛昂夫人已经很长时间都没有体验过这种真挚的感情了，她不能不强烈地感到这种感情的甜美滋味。她情不自禁地凝视着德·尼埃耶先生那富有表情的面庞，赞赏他灵魂里崇高的自信，这自信还没有受到人生残酷教训的破坏，还没有被野心和虚荣心永无休止的算计所毁灭。加斯东风华正茂，他是一个对自己的远大前程还不太在意的男子。就这样，他们两人都在对方不知晓的情况下，作出对他们的宁静生活最有危险的想法，而且竭力把这些想法彼此隐瞒。德·尼埃耶先生从子爵夫人身上看到她是罕有的女性之一，她们总是成为自己完美无瑕和她们具有的永不熄灭的柔情的牺牲品，只要她们允许别人爱上她们，她们的娴雅美貌就成为微不足道的魅力了，因为她们灵魂里的感情永无止境，一切都是美好的，感情无比丰富，使这些快乐变成几乎是圣洁的。这就是女性所具有的令人叹赏的秘诀，就是能净化肉体的快乐，是大自然从不轻易赐予的珍品。

　　子爵夫人在听了加斯东讲述他的年青时代的不幸，就联想到这羞怯使一个二十二岁的大孩子所带来的痛苦，由于良好的教育使这一类大孩子没有受到腐蚀，没有同社会接触，年轻人的美德会被这些社会上的大套经验理论所破坏。她在他的身上发现了所有女人梦寐以求的东西，这个情人既没有家庭和财产的自私观念，也没有那种最初的冲动，因为它们一但发作便会扼杀忠诚、荣誉、克己。自尊等美德，这些美德是灵魂的花蕊，它们首先把非常强烈却又十分细腻的激情丰富了生活，而且使人心里重新变得更加正直，只要有了个人情绪，这些花蕊立刻就枯萎了，他们两人如果冲进广袤的感情领域里，就在理论上走得很远，两个人都在探测彼此灵魂的最深处，互相查问彼此谈话的真正含意。这种探索对于加斯东是出于无心，但对于德·鲍赛昂夫人来说却并非无意。她运用先天的或后天的聪明灵智，发表了一些言不由衷的意见，以了解德·尼埃耶先生的见解，而且使意见不致于损害自己。她太聪明、太可爱了，对一个她完全信任，而且她认为分别以后不会再见面的青年太随便了，以致她讲了一句风趣的话以后，加斯东竟然天真地大叫起来：

　　“哎哟！夫人，你怎么可能被抛弃呢？”

　　子爵夫人突然沉默了下来。加斯东脸红了，他以为自己冒犯了她。

　　但这个女人只是微微吃了一惊，因为自从她遭遇不幸以来，这是她第一次深切和真诚地感到快乐。连最狡猾的机灵鬼运用手段也无法达到那句喊声所获得的成功的程度。这是一个青年情不自禁发自内心的判决书，这个判决书谴责了社会，控告了那个背弃她的男人，证明她完全有理由到这个荒僻的地方来受折磨。她曾热切地盼望世人的谅解、别人的同情、社会的尊重，但都被无情地拒绝了；现在这句喊声总算满足了她深深地埋藏在内心里的希望，何况这喊声还被衷心的甜言蜜语和女人最爱听的赞美话衬托得更动人心弦。她总算找到了知己，德·尼埃耶先生很自然地给了她一个从失败中提高威望的机会。她看了一眼挂钟。

　　"啊！夫人，"加靳东说道，"请不要因为我冒然来访而惩罚我。如果你只肯答应见我一个晚上，就请你不要让它这么快就结束。"

　　她对他的恭维嫣然一笑。

　　她说："既然我们以后不能再见面了，现在多一刻钟或者少一刻钟没多大关系要是你喜欢上我，那将是一件不幸的事。"

　　"不幸的事已经发生了。"他回答道。

　　"不要这样对我说，"她严肃地说，"要是我的环境不是现在这样，我会很高兴地接待你。现在我坦白地对你说，你就会知道我为什么不愿意，为什么不能再同你见面了。我相信你有相当宽广的胸怀，不会意识不到，只要人家怀疑我又一次失节，我在所有人的眼中便成为一个卑贱的、庸俗的女人，同其她女人毫无差别。只有过一种纯洁的生活才能把我的品格突出出来。我的自尊心很强，一定会没法把自己作为一个与众不同的人而继续留在这个社会上，我与众不同的地方就是我因为婚姻而受到了道德的伤害，又因为爱情而受到了男人的伤害，要是我连现在的地位都保持不住，我就应该承受那些横加在我身上的责任，我自己也会丧失自尊，我没有那种最崇高的社会道德，我不会把自己送给一个我所不爱的男人来管，我不顾法律的束缚，打破了婚姻的枷锁，这是错误，这是罪过，随便说什么都可以；可是，对我来讲，那种生活就等于死亡，而我却想活下去。如果我有了孩子，或许我可以忍受礼仪所强加给我的婚姻的痛苦，当我们还是十八岁的大姑娘的时候，我们根本不知道人们要我们去干什么。违反过社会的法律，我受到了社会的惩罚，我们彼此之间是公平合理的。我追求过幸福，难道追求幸福不是我们的天性吗？我那时年轻漂亮……我以为已经遇到了一个同他的外表一样多情的男人。我曾经有一段时间和他热恋过！"

　　她说到这停顿了片刻。

"我以为，"她继续说，"一个男人绝对不会抛弃像我当时那种处境的女人。可是我被抛弃了，他已经不喜欢我了。是的，我一定是违反了自然规律；我太痴情了，太忠心了，或者说要求过高了，我自己也不知道。不幸的遭遇使我清醒了。我在很长时间内当过原告，现在我不得不屈服来当惟一的罪人。因此我牺牲我自己宽恕了我原来认为应该控诉的那个男人。我不够灵敏，没能把他留住；命运对我的笨拙已经狠狠地惩罚过。我只知道爱。一个人在恋爱的时候不可能会想到自己因此在我应该当暴君的时候，我却当了奴隶。将来了解我的人全责备我，可是他们也会尊敬我。我的痛苦教会了我不能再冒被遗弃的风险。我真不明白这件事发生了一个星期后我怎么还能够活下来，因为忍受惨变以后头几天的痛苦是很困难的，这是女人一生中最可怕的遭遇。一个女人独居三年以后，才能够有勇气像我现在这样谈论这一痛苦。通常情形，极度痛苦的结果就是死，那么，先生，我的结局只不过是一个没有坟墓的死亡而已。啊！我受了多少痛苦啊！"

子爵夫人抬起那双迷人的双眼，仰望墙上的装饰，毫无疑问，她是经常向着装饰倾诉内心的感受。

每当女人们不敢正视她们谈话对象时，她的知心人就是最温和、最驯从、最百依百顺地听取她们秘密的各种装饰。女人闺房里的装饰仿佛就是专门为此设置的。难道我们不能称它为缺少一个神甫的忏悔所吗？此时的德·鲍赛昂夫人表情丰富，姿色迷人。如果说句过分的话，简直可以说她充满风情。她对自己给予正确的评价，她在自己和爱情之间筑起高高的障碍，这样她可以把男人的所有情绪都刺激了；而且她把目标举得越高，目标就越发引人注意。最后她低下头来，收敛了由于痛苦的回忆留在她眼睛里的过分感人的表情注视着加斯东。

"你对我的保持冷漠和孤独应该承认了吧？"她平静地对他说。

德·尼埃耶先生觉得内心有种强烈的欲望，想跪倒在这个无论在理智或者爱情上都十分崇高的女人脚下，但是他担心被她嘲笑；于是他抑制住内心的冲动和想法。他既担心不能够清楚地表达自己的思想，又担心遭到可怕的拒绝或者嘲笑，这种忧虑足以使最热烈的心灵也冷却下来。他在感情冲动的压制，所产生的结果就是深沉的痛苦，这种痛苦是羞怯的人和野心家总能体验到的，因为他们经常被迫咽下他们的欲望。但是，他还是情不自禁地打破了这种沉寂，用颤抖的声音说道：

"夫人，请你允许我做一件我平生最激动的事吧，那就是向你表白你使我感受到的一切。你使我的心灵变得崇高伟大！我觉得我心中有个愿望：我要用我的一生来使你忘却你的痛苦，用我的苦来代替那些憎恨或者伤害过你的人。可是我的心迹吐露得太突然了，今天没有什么东西可以证明，我应该……"

"够了，先生，"德·鲍赛昂夫人说，"我们两个人都走得太远了。我只不过是想让自己表示的拒绝不要显得太生硬太无情，并且我只是把我的惨痛经历作为解释拒绝的理由而已，我并不想别人恭维我。只有幸运的女人才适合卖弄风情。听我的话，让我们继续做陌生人吧。以后你自然会明白，结合只是短暂的，还是不结合为好。"

她轻轻叹了一口气，皱起眉头，马上恢复了贞洁的样子：

"要是一个女人在一生的各个时期都不能够跟随她所爱的男人，"她接着说，"那该是多么痛苦啊！何况，这个男人如果真的爱她，这深切的悲痛难道不会在这个男人的心里引起可怕的反应吗？这难道不是双重不幸吗？"

沉默了一会儿以后，她微笑着站起来。德·尼埃耶也站了起来。

"你没有想到来库尔瑟勒是听说教的吧？"

这时，加斯东觉得自己同这个超群的女人之间的距离，比初接触时更远了。他认为刚才度过的甜蜜时刻的魅力只不过是因为女主人喜欢展示聪明而卖弄风情的结果，于是他冷冷地向子爵夫人行了一个礼，灰心丧气地走了出去。在路上走着的时候，男爵竭力想找到这个像弹簧一样的又软又硬的女人的真正性格；由于他看见过这一个性格的各种变化，所以他无法对她确立一个真正的判断。接着她的声音又在他的耳边回绕，她的行动举止、容貌的神气、眼睛的顾盼，在回忆中又增加了魅力，叫他越想越爱。在他的心中，子爵夫人美丽的容貌在黑暗中大放光芒，他所感受到的印象重新在他的心中觉醒，一个印象又发展成另一个，再一次诱惑他，向他展示起初没有注意到的女性美和心灵美。他浮想联翩致使原来最清楚的思想也在沉思之中互相矛盾起来，互相冲突，使灵魂在短期间内变得十分狂热。只有年轻人才能理解和揭示这一类狂热的抒情诗的秘密，心灵就在这种抒情诗里受到最正确和最疯狂思想的袭击，而且屈服于最后一种思想的袭击下，这种思想按照一种无法知晓的力量的摆布，或者是充满希望的思想或者是充满绝望的思想。一个二十三岁的男子几乎总是被自卑的情绪控制着，少女姑娘的羞怯和慌乱都使他心神不宁，他担心不能很好地表达自己的爱情，他只看见困难重重，因此而恐惧万分。他为自己不能取悦对方而颤栗，假如他不是爱得那么深，他的胆子就会更大些，他越感到幸福的价值，就越是不相信他的爱人会轻易赐给他幸福，而且，也许他过分沉醉于在自己的快乐中，他害怕自己不能给对方带来快乐；假如不幸他崇拜的偶像是专横成性的，他只好远远地和秘密地热爱她，如果对方对他的心思毫不知情，他的爱情只好化为泡影。

这种在年轻人心里夭折的爱情，常常会留在那里发出幻想的光芒。任何男人都有许多这种与初恋相关的回忆。这些回忆到了后来越变越完美，最后竟呈现出完完整整的幸福形象。这些回忆就好像夭折的孩子，父母只见过他们的微笑。德·尼埃耶先生从库尔瑟勒回来时，受尽了包含各种过激决心的情绪的折磨。德·鲍赛昂夫人已经成为他继续活下去的理由，他宁愿死去也不愿没有她而活着。他还很年轻，对于一个完美无缺的女性向幼稚而热忱的心灵，施加无情的诱惑，他不可能不动心。因此他不得不度过一个彻夜不眠的夜晚，年轻人在这种夜晚里往往从幸福到自杀，从自杀到幸福，反反复复，把一生的幸福都享受完，然后精疲力竭地睡着了。这些夜晚都是注定要带来不幸的，其中可能发生的最大不幸就是醒后变成了一个哲学家。德·尼埃耶先生真正地恋爱了，他睡不着，就爬起来接连写了好几封信，却没有一封合他心意，他把信全都烧掉。

在第二天傍晚将近时，他又沿着库尔瑟勒的小围墙散步，因为他害怕被子爵夫人看见。这种时候。他所屈从的感情具有某种神秘，只有年轻人，或者处在相同境遇的人，才能理解其中无声的快乐和其稀奇古怪之处；这一切完全可以使相当幸运的人抖抖肩膀，因为这些人永远只看到生活的实际方面。经过几次痛苦的斗争以后，加斯东决定给德·鲍赛昂夫人写一封信，这封信可以称为痴情男女运用陈词滥调写情书的最杰出的作品，能与之相比的是孩子们在父母的生日偷偷地画出送给父母的图画，除了接受的人以外，谁都讨厌的礼物。信是这样写的：

"夫人，你在我的心灵上，我的灵魂上，我的整个身体上，有那么大的威力，使得今天我的命运完全都掌握在你的手中。请不要把我的信付之一炬。请你发发善心把信读下去。我信的开头第一句话并不是庸俗的情誓，也不是有利己目的的表白，只不过是真正的事实，要是你已经看出来这一点，也许你就会原谅我写出的这句话。我约束自己对你的请求，我对你俯首贴耳完全是我的自卑感在搞鬼，你的决定能够影响我的一生，也许这一切能够感动你。夫人，像我这种年纪，我所知道的只有爱，我完全不知道该如何去取悦诱惑一个女人，我只知道我的心中对她极度兴奋的爱慕。你使我尝到的无边快乐。把我不可抗拒的吸引到你身边；我带着全部利己之心来想念你，这种私心可以把我们拉到我们认为是生命热能所在的地方。我并不认为我配得上你。真的，我年轻、无知、胆怯，我觉得我不可能给你带来我在听你说话和看你行动时所享受的幸福的千分之一。对我而言，你是世界上惟一的女性。我不能想像没有你该怎么生活，我打算离开法国，拿我的生命去赌博，一直到我输光，把生命毁灭在印度、非洲或其他地方。我难道不该用无边无际的东西去同无穷无尽的爱情作斗争吗？但是，只要你给我留下一线希望，不必让我属于只要能得到你的友情，我就会留下来了。请你允许我经常在你身边度过几个钟头，就跟上一次我意外享受到的那样，要是你需要，就是次数少些也可以。这样的幸福只要我说一句过分热情的话就享受不到了，所以这是脆弱的幸福。即使是这样脆弱的幸福也足以让我的血液沸腾起来。我一再请求你接受这样一笔只对我有利的交易，这是否过高估计了你的慷慨大方。你曾经为社会作出过很大的牺牲，你一定会向社会表明，我在你的眼里根本算不了什么。你太聪明太自豪啊！你有什么可担心的呢？现在，我希望能够向你打开我的心胸，以便说服你我的微小要求并没有隐藏什么不可告人的目的。假如我能指望让你分享我埋藏在灵魂深处的感情，我就不会一边请求你给我以友谊，一边对你说我对你的爱情是无止境的，是的，我在你身边你把我看作什么人都可以，只要我能在你身边就行。如果你拒绝我，你完全有权利这样做，我不会有任何怨言，我就远走他乡。如果将来有别的女人闯入我的生命里，那就是你做得对了；可是，如果我由于忠于我的爱情而死，也许你会感到惋惜！我真希望能引起你的惋惜之情，因为这个希望能减轻我的痛苦，这就是我对你不理解我的心的全部报复……"

加斯东·德·尼埃耶给德·鲍赛昂夫人送去他的第一封情书以后，他简直备受煎熬，如果要理解这一点，必须完全熟悉青年时期的任何一种超级灾难，也必须充分运用一下自己的想像力。他好像看见了子爵夫人冷酷讥讽的样子，像那些不再相信爱情的人那样的嘲弄着爱情。他真想取回他的信，他觉得自己的信荒唐可笑。他的心头闪过的一千零一个想法，比起他信里生硬的句子，该死的过事推敲的句子，矫揉造作的、自命不凡的句子，不知好过几倍，也更能使人感动；多亏了他的这些句子的标点符号很乱，信也写得不够整齐。他尽可能不去想它，不产生任何感觉；可是他还是想了，仍然感觉着了，仍然痛苦着。如果他现在三十岁，他一定设法使自己麻醉，可是这个还很天真的青年既不知道有鸦片烟，也不懂得采取极端文明的各种办法。

他的身边也没有那种巴黎的好朋友。他们会马上给你送过来一瓶香槟酒，而且对你说："诗人，不要悲伤！"或者把你拉去狂饮一顿，以减轻你因犹豫狐疑而产生的苦恼。他们是些最好不过的朋友，每当你富有的时候他们总是一钱莫名，你要找他们的时候他们总是去了温泉疗养，当你向他们借钱的时候他们总是恰好在赌博中输光了最后一分钱，同时总是有一匹劣马要卖给你；总之，他们是世界上最好的小伙子，随时准备好同你一起动身沿着陡峭的斜坡往下滑，在斜坡上消耗时间、精神和生命！

德·尼埃耶先生最后终于从雅克手里收到了一封信。信是写在一小张羊皮纸上，盖有香喷喷的封蜡，印记是勃艮第家族的家徽。简直可以嗅出美人的香味。

他立刻跑进房间，把自己关起来一而再，再而三地读她的信。

先生，我出于好意地使你不致受到残暴的拒绝，而且把你从经常考验着我的诱惑中挽救出来，你却对我这样严厉地进行惩罚。对年轻人的高贵品质我确信无疑，你却欺骗了我。如果我说我对你已经敞开胸襟地谈话，那是非常可笑的，但至少我是坦率的，我向你诉说我的处境，是为了让一个年轻的灵魂能够理解我的冷漠态度。你越对我感到有兴趣，就越能叫我产生剧烈的痛苦。我的天性是温和的和善良的，可是我被环境改变。如果换其他女人的话，一定连看也不看你的信就把它烧毁了；我却看了你的信，而且写了回信。我说的道理可以给你证明，纵使我对你因为我而产生的那种感情并不是无动于衷，哪怕是不由自主的有所感动，我也肯定不会分享这种感情，我的行为尤其给你证明我的灵魂是真诚的。然后我想为了你好，使用一次你给予我的，可以左右你的生命的权力，把蒙在你眼睛上的罩布揭去，使你可以把问题看得一清二楚。

"先生，我就要到三十岁了，而你才刚到二十二岁。你根本不知道等你到了我的年龄时你会有怎样的思想。今天你这么信誓旦旦说不定到那时候就会成为你沉重的负担。今天，你能义无反顾地为我牺牲你的整个生命，我很愿意相信这句话是真的，你甚至肯为短暂的幸福而死。可是等你到了三十岁，人生经验就会促使你没有力量每天为我作出牺牲，而我，我也会由于接受这些牺牲而感到深受屈辱。终于有一天，所有一切都会命令你离开我，就连大自然也会给你下这样的命令；我曾经对你说过，我情愿死，也不愿意被遗弃。你看厄运已经教会我该如何为自己打算。我在讲道理，我一点没有热情。

"你逼我对你说我不爱你，我不应该、不能够，也不愿意爱你。我已经度过了女人不加思索，就轻率地对男人的追求接受的年龄，我永远不会成为你所追求的情妇。先生，我的慰藉来自上帝，而不是从男人那里，况且，我在爱情方面是上当受骗者，我在用受骗者的悲惨目光去看男人的心，我对人心看得很透，无法接受你所要求和你所奉献的友谊。你上了自己内心冲动的当了，你寄希望于我的软弱，而不是依靠你本身的力量。这一切都是本能的效果。我宽恕你采用这种孩子气的诡计，你还没有资格在这种诡计里当帮手呢。我以这个短暂爱情的名义，以你生命的名义，以为了我的安静的名义，命令你留在你的祖国，不要为一个必定要熄灭的幻想而耽误体面美好的一生。将来，等到你实现了你的真正的命运，有了男人所应该具有的一切情感以后，你就会对我的回信表示赞同，此时，也许你会骂我的回信太无情无义了。到那时，你一定会愉快地发现有一个老妇人仍然是你的朋友，对你来说，她的友谊是甜蜜和珍贵的，她虽然饱经爱情的风霜，历尽人生的沧桑却没有屈服，但她并未曾颓废下去高尚思想和宗教观念使她洁身自好圣洁如故。永别了，先生；请按照我的话去做吧，你的成功会给我孤寂的生活带来欢乐，别想念我，除非你像想念离别的人一样想念我。"

加斯东·德·尼埃耶看完这封信以后，就写了下面几句话：

"夫人，要是我接受你的建议，不再爱你，心甘情愿做一个凡夫俗子，那我也就只配有这种命运了，你对这句话应该承认吧！不，我无法按照你的话去做，我发誓要永远忠于你直到死亡。唉！拿走我的生命吧，除非你不怕在你的生命中增添良心上的责备……"

德·尼埃耶先生的仆人从库尔瑟勒回来以后，主人问他：
"你把我的信交给谁了？"
"交给子爵夫人亲收，她正坐在马车上，要到……"
"到城里去吗？"
"老爷，我想不是到城里。子爵夫人的轿式马车已经驾上了两匹驿马。"
"啊！她要出门。"男爵说。
"是的，老爷。"那个随身男仆回答。加斯东当即打点行装，追随着德·鲍赛昂夫人外出。她把他一直带到日内瓦，却不知道加斯东一直在跟随着自己，一路上，他的思绪万千，而萦饶在他脑海里的主要是这样一个念头："她为什么要走呢？"从这句话就引伸出来无数假设，他自然选择了其中最讨自己欢喜的一个："子爵夫人要是肯爱我，像她这样聪明的女人，当然愿意选择谁也不认识我们的瑞士，而不会选择她会遇见许多监视者的法兰西。"一个女人如果精明到选择适合于她的地点某些热情的男子可能不大喜欢这样的，他们都是些过分讲究的高雅人，但是，也没有什么能够证明加斯东的假设符合事实。

子爵夫人在湖边租下一间小房子。她安顿好一切以后，一个美丽的黄昏，在暮色将临时分加斯东登门来拜访子爵夫人。雅克天生就是贵族的随从料，对一切都司空见惯，他看见了德·尼埃耶先生也不感到奇怪，便通报了他的姓名。

德·鲍赛昂夫人听见他的名字，看见他走进来，不由得让手里拿着的书跌落到地下；加斯东刚好利用她惊讶发呆的这段时间走到她的身边，而且用一种在她听来是相当美妙的声调对她说：

"你不知道你的马儿把我带到这儿来我有多么高兴！"

她巧妙地实现了她的秘密愿望！任何女人都抵抗不了这样的幸福。意大利女郎是些绝妙人儿，她们的心地同巴黎女人的心地正相反，有一个被法国人认为非常不道德的意大利女郎，在阅读法国长篇小说的时候，曾经说过："我不知道为什么一个早上就可以处理完毕的事情那些可怜情郎却要花那么多时间处理。"本书作者按照这个意大利女郎的意思，也想节省一点篇幅，以免折磨读者和使本书的内容显得枯燥无味。当然这里有许多动人的风流韵事可以描写，比如德·鲍赛昂夫人温和地迟迟不答应加斯东的追求。以便自己像远古时代的处女那样，即使失身也要保存着面子；也许她拖延的目的是要更好地享受一下初恋的纯洁乐趣，使初恋能够表现出它的最高度能量和威力。德·尼埃耶先生还年轻，这些爱情游戏最容易使他这样年龄的男子受骗，对女人来说，这些爱情游戏最富有吸引力，她们总是把这些游戏拖得更长些，目的也许是提出一些对她们更有利的条件，也许是想把她们享受权力的时间延长一些，因为她们本能地猜到她们的权力很快就会削弱了。可是伦敦会议的内容肯定比这些闺房外交会议的内容多，在一篇真正爱情的故事里占据着可有可无的位置，实在不值一提。

德·鲍赛昂夫人和德·尼埃耶先生在日内瓦湖边子爵夫人所租赁的别墅里同居了三年。他们离群索居，不见任何人，也没引起别人的议论，划着小舟去湖间游玩，睡得很晚才起床，总之，如我们梦想的那样幸福地生活。这座小别墅是一所朴素的房子，绿色的百叶窗，周围有宽阔的阳台，阳台上饰有遮阳布帘；这是一所真正为爱侣而建造的房子，屋子里面有白色的长靠背椅，有踩在上面憎爱分明无声息的地毯，有艳丽的帷幔，快乐的光芒在这里处处闪耀着。从每一个窗口望,湖的景色都有所不同；远处有群山和千变万化的浮云，有时染上颜色，有时飘然飞逝;他们的头上是蔚蓝色的天空，他们面前是宽阔湖面，湖水嬉戏着，变化着！周围的一切仿佛都为他们制造着梦境，仿佛微笑着面对他们。

因重要的利益德·尼埃耶先生必须返回法国，他的父亲和哥哥都去世了，他必须离开日内瓦。这所房子是两个情侣早就买下的，他们真想把群山粉碎，打开阀门让湖水流光，让他们能把一切都带走。德·鲍赛昂夫人跟随着德·尼埃耶先生回来。她变卖了她的财产，在马内维尔附近买了一块，同加斯东的地连接在一起的地产，他们就在那里住下了。德·尼埃耶先生心甘情愿地让他的母亲享受他在马内维尔产业的使用收益权，交换的条件是让他继续过单身生活。德·鲍赛昂夫人的地产座落在一座小城附近，位于奥热山谷最美丽的地段上。一对爱侣在他们自己和社会观念之间设置了社会和任何人都不能逾越的鸿沟，又重新过起了他们在瑞士的那种神仙般的日子。整整九年，他们所体味的幸福是勿庸赘述的；这篇故事的结局毫无疑问的可以使那些能够理解任何形式的诗歌相祈祷的人，猜想得到这种幸福的滋味。

德·鲍赛昂夫人的丈夫，德·鲍赛昂侯爵先生（他的父亲和哥哥都已去世，由他继承了爵位，所以由子爵变成了侯爵），身体非常健康。只要我们知道我们的死会让别人过得很愉快，这个信念就最能帮助我们坚持活下去。德·鲍赛昂先生是一个固执而且喜欢挖苦别人的人，他与其他的终身享受年金的人一样，认为每天早上起床的时候精神饱满，就是多了一种别人所不能享有的快乐，另外，他又是一个风流老手，做事条理清晰，过分讲究礼节，精于心计，他能够沉着冷静地对一个女人倾吐爱情，就像仆人说"太太，开饭了"一样。

这一小段关于德·鲍赛昂侯爵的传略，叙述出来是叫读者明白，侯爵夫人为什么不会嫁给德·尼埃耶先生的原因所在。

所以，是一个女人所能签订的最甜蜜的租约只有这九年的幸福生活，九年以后，德·尼埃耶先生和德·赛昂夫人又回到这段艳史开头时他们所处的原来十分不自然的局面里；这是一个无法用文字形容的非常致命的打击，可是能叫精确的数学来标明它。

加斯东的母亲德·尼埃耶伯爵夫人，一直不想见到德·鲍赛昂夫人。她是位性情耿直、品行端正的女人，曾经完全合法地给加斯东的父亲尼德·埃耶先生以幸福。德·鲍赛昂夫人很清楚他的敌人会是这位可敬的老寡妇，加斯东肯定会被他母亲从这种不道德的反宗教的生活里拯救出来。德·鲍赛昂夫人很想把她的土地卖掉，回到日内瓦去。可是这样做就等于不相信德·尼埃耶先生。而且这时候他恰好对瓦莱卢瓦的土地产生了浓厚的兴趣，他在那里遍地栽种；到处开垦。如果这样做就等于剥夺了他的一种无意识的幸福。女人们总是希望她们的丈夫，甚至情人，能够享有这种幸福。有一位德·拉·罗迪爱尔小姐来到了这个地方，年龄二十二岁，每年有四万法郎年金的高息。加斯东每次到马内维尔去办事，都能见到这位富有的女继承人。这些人物一个个排列在那里，好比算术比例式上的数字，德·鲍赛昂夫人一个月以来对这个可怕的算题费尽心思想解决的办法，现在下面这封在一天早上交给加斯东的信，就可以说明德·鲍赛昂夫人是如何解决这个难题的：

"我亲爱的天使，我们心心相印地生活在一起，没有什么可以使我们分离，我们的爱抚经常代替了我们所有的语言，我们的语言也就是我们的爱抚，这时给你写信，难道不是太不合情理了吗？不，亲爱的，没有什么不合情理。有些话是一个女人不能够当着她情人的面说的；只要一想到这些事情，她就难以启齿了，全身上下的血都会倒流到她的心脏里了；她既丧失了体力，也丧失了理智。在这种情况下留在你的身边，这确实叫我很痛苦；而我常常遇到这种情况。我觉得我的心应对你完全诚实的，不应对你隐瞒我的任何思想，包括那些瞬间的思想在内；这种美妙的无拘无束让我非常喜欢，我不愿意长期的受约束、不自由。所以，我必须向你倾诉我的苦恼，是的，这确确实实是一种苦恼。你听我说吧！你不要用'得了，得了，别胡扯了'这种不礼貌的话来阻止我说下去，虽然我是喜欢听你这样说的，因为只要是你说的我都喜欢。我的亲爱的天上配偶，让我告诉你吧，曾经差点儿使我丧命的痛苦的重压，你已经把遗留的痕迹完全消灭了。因为有你我才尝到了爱情的滋味。只有你这样青春年华的率真，有你这样的伟大心灵的纯洁，才能满足一个苛求少妇的心愿。朋友，我常常回忆起在这漫长而又短暂的九年中，我一次也没有嫉妒过，我就欣喜若狂。我拥有你灵魂的所有花朵，也洞悉你的所有思想，在我们的天空中，艳阳高照，我们根本不如道什么叫做牺牲，我们总是按照心灵的启示行动。我一个女人所能享有的无边幸福我都享受到了。我的眼泪把这页信纸润湿，可不知道这些眼泪能否向你表达我的全部感激之情？我真想跪下来给你写这封信。不过，这种幸福倒使我尝到了一种比遗弃更可怕的痛苦。亲爱的，女人的心里是有许多很深的褶痕，直至今日，正如我不知道爱情的深度一样，我也不知道我的心有多深。我们所能承受的最大的不幸，同我们仅仅想到我们所爱的人可能遭受不幸，相比之下，前者不知要轻多少倍。如果是由我们造成这种不幸，那不是叫我们痛苦吗？……这就是一直压迫着我的思想。而且这个思想的后面还引出了另一个更加沉重的思想，它会使爱情失去光彩，它扼杀爱情，把爱情变成耻辱，永远玷污人生。你三十岁，我已经四十岁了。不会在一个热恋女人的心里是多么惧怕这种年龄的差别？你为我作出牺牲，为我抛弃了世间的一切，你刚开始会不自觉地，然后会认真地感觉到这是一种牺牲。你也许已经考虑到你的仕途，想到缔结一定能使你增加财富的婚姻，这婚姻允许你公开承认你的幸福，承认你的子女，能够把你的财产一代代传下去，能够重新出现在社交场所，而且体面地占据你的一席之位。可是你可能强压下这些思想，很高兴在我一无所知的情况下，为我而放弃了一个富家女、一份财产和一个美好的前程。由于你是年轻人，一定是十分慷慨地想恪守我们的誓言的，这誓言只在天主面前才将我们连结在一起。浮现在你的眼前可能会是我死去的痛苦，你过去拯救我出来的不幸可能在保护着我。你是因为你怜悯我爱我！这个思想对我来说，比担心误了你的一生更感到可怕。那些用匕首刺死他们情妇的人实在是慈悲为怀，只要他们动手刺杀的时候，他们的情妇还是幸福的、无辜的而且还沉溺在幻想的光采里……是的，比起几天来隐隐折磨我的这两种想法，死亡确实是上策。昨天，你那么温柔地问我：

'你怎么啦？'那时候，你的嗓音使我颤抖。

我一直以为，按照你的习惯，我的心事我早已明了，于是我就等待你吐露肺腑之言，我以为我对你理智的打算已经有了正确的预感。因而我就想起了你的一些习惯性的关注，在这些关注中我发现有一种矫揉造作的成分，通常在男人感到忠诚已成为难忍的负担，无法继续下去的时候，就有了这种矫揉造作。此刻，我为我的幸福已经付出了很高的代价，我体会到大自然出售我们的都是爱情的珍品。事实上，命运不是已经把我们分开了吗？你一定会想：'迟早我得离开可怜的克莱尔，那么我为什么不过早离开她呢？'这句话已经明白地写在你的目光深处。我曾远远地躲开你哭泣。难道我流泪都要瞒住你！这是十年来哀愁使我第一次流泪，我太骄傲，不愿意让你看见我的泪水，可是我丝毫没有责备你的意思。

是的，你是对的，我不应该过于自私，把你的光辉而漫长的一生和我那即将衰老的生命拴在一起……可是，要是我弄错了呢？……要是我把你爱情的忧郁当作是你的理智的思考呢？……啊！我的天使，不要让我捉摸不定，惩罚你这好嫉妒的妻子吧；可是你必须让她重新意识到她的爱情和你的爱情；因为这个女人的整个身心已陷入了这种爱情，这种感情使一切都变得神圣起来。自从你母亲到来以后，自从你在她那里认识了德·拉·罗迪爱尔小姐以后，我就为各种不光彩的猜疑所折磨，请你使我痛苦好了，但千万不要欺骗我；我希望什么都知道，知道你母亲对你说了些什么，你想了什么！如果你在我同某些事情之间犹豫傍徨的话，我还给你自由……我将向你隐瞒自己的命运，我不会在你的面前哭泣；只是，我再也不愿见到你？……啊！我写不下去了，我的心都碎了……

我郁闷地发了一阵呆。朋友，我没有什么自豪之处，可以同你抗衡，你太善良了，太坦率了！你既不会伤害我，也不会欺骗我，可是你一定要对我说实话，无论这实话多么残酷。你需要我鼓励你说真话吗？

好吧，我的心肝，一种妇人之见会给我安慰的。我不是曾经占有过你吗？你又年青脑腆、风流倜傥，是一个从未同别的女人有过来往而却被我甜蜜地享受过的加斯东……不，你再也不会像曾经爱我那样，现在还在爱我那样去爱别的女人了；是的，我是不会有情敌的。我们的爱情构成了我的全部思想，只要想到我们的爱情，我的回忆就不会掺杂上苦味。从今以后你不可能再孩子气的撒娇、年轻心灵的温柔体贴、妩媚的灵魂、优美的体态、很快达到情意合一的肉体快感，总之，以青春恋人所具有的一切迷人之处，去诱惑别的女人了。

啊！你现在已经是一个男子汉，你会盘算一切，会听天由命。你会忧心忡忡、惴惴不安、烦恼和野心勃勃，这一切将使她享受不到你的永不消逝的微笑，这微笑经常会为着我而使你的嘴唇显得更具美感。对我来说你的嗓音永远那么温柔，将来会带着悲伤。每见到我时你的眼睛总是不停地闪耀着天使般的光芒，对着她可能经常变得黯淡无光。而且这个女人永远不可能像我那样爱你，也就永远不会像我那样讨你欢喜。她不能像我一样永远留心自己的仪容，也不会像我那样经常琢磨你的幸福，而我永不会缺少这一方面的智慧。是的，我见识过的那个男子，他的心灵和灵魂，再也不会存在，我把这一切都埋藏在我的记忆里，以便继续享用，而且幸福地活在这种过去的美好日子里，这些日子是除了我们而无人知晓的。

我亲爱的宝贝，如果你根本没有想到要享受自由，如果我的爱情并没使你感到沉重，如果我的担忧纯属臆想，如果我依然是你的夏娃——世界上惟一的女人，那么，你看了这封信以后，就请你来吧，快快跑来吧！啊！我会比在九年前的任何时候都爱你，我责备自己胡乱猜疑，经常受了这些猜疑引起的无谓痛苦以后，我们的爱情每增加一天，是的，仅仅是一天，就等于是整个幸福的一生。因此，你说出来吧！坦率地说，不要欺骗我，欺骗我就是罪过。说吧！你到底想不想要自由？你考虑过你要过男子汉的生活吗？你后悔吗？至于我，如果我使你后悔，那我就会为此而死，我已经对你说过：我爱得很深，与其我幸福，不如你幸福，与其我活着，不如你活着。如果你能够做到的话，你就摆脱掉我们九年幸福生活的丰富回忆吧，免得它影响了你的决定；可是你得开口说出来！我顺从你就跟我顺从上帝一样。如果你抛弃我，上帝就是惟一能安慰我的了。"

德·鲍赛昂夫人知道这封信已经到了德·尼埃耶先生手上的时候，她全身软瘫，思绪万千，陷入于茫茫的冥想之中，满脑子乱纷纷的思想，使得她像昏昏欲睡的样子。的确，她所遭受的痛苦之强烈程度超过妇女所能承受的限度，而且也只有妇女才能感受到这种痛苦的滋味。可怜的侯爵夫人等待着命运的决定时，德·尼埃耶先生，用年青人碰到这类变故时所常用的说法，是感到非常为难，那时候，他几乎屈服于他母亲的旨意和德·拉·罗迪爱尔小姐的吸引了，这位小姐是一个毫无可取之处的人，身体僵直得像棵白杨树，皮肤有红有白，按照待嫁姑娘应该遵守的规矩，她很少开口；不过她每年四万法郎的地租，已经替她都说够了。德·尼埃耶夫人在真挚的母爱帮助下，想方设法把儿子拖回到道德的路上。她向儿子指出。他被德·拉·罗迪爱尔小姐选中实在是荣幸，因为向她求婚的富家子弟简直数不胜数；现在是他该认真考虑自己前途的时候了，这么好的机会如果失去了就不会出现；他终有一天会得到八万法郎的不动产入息；财产能安慰一切；如果德·鲍赛昂夫人真心爱他的话，她应该第一个鼓励他结婚；总之这位善良的母亲没有忘记运用女人可以用来影响男人理智的一切手段，就这样儿子的心因为母亲的煽动而大为动摇。德·鲍赛昂夫人的信到达的时候，恰好加斯东的爱情正在同符合世欲观念地生活的种种诱惑进行斗争，这封信的到来却决定了战斗的胜负。他决心离开侯爵夫人，结婚。

"人生在世，总得堂堂正正地做个人！"他对自己说。

随后他设想他的决定会给他的情妇带来怎样的痛苦。

他的男子虚荣心和情人的良心，使他更夸大了这些痛苦，他真诚地动了恻隐之心。他突然领悟到这个不幸巨大无边，他认为应当仁至义尽地减轻这一致命的创伤，这样做也是仁慈的举动。他希望能够引导德·鲍赛昂夫人保持冷静，并且由她出面要求他缔结这个残酷的婚姻，使她逐步适应分手纯属必然的思想，经常让德·拉·罗迪爱尔小姐像幽灵一样在他们中间游荡，先得放弃这位小姐，然后设法让侯爵夫人强迫他娶她。为了保证这件极富同情心的计划顺利成功，他甚至寄希望于侯爵夫人的高贵心灵和自尊心，寄希望于她崇高的美德。于是为了消除她的疑虑他就给她回信。回信！对于一个除了有真正爱情的直觉以外，还有女性最细腻的感知能力的女人来说，这封信就是一纸判决书。因此，当雅克走进来，把一封摺成三角形的纸交给德·鲍赛昂夫人的时候，可怜的女人像一只被逮住的燕子似的全身发抖，一股莫名的寒气从头到脚，像是裹上了一块冰冷的殓尸布。他没有奔过来跪在她的面前，他没有脸色苍白，没有泪汪汪、情切切带着满腔的爱奔过来痛哭，事情再清楚不过了。但是，痴情的女人心中总是怀着无数的希望！要拿匕首刺无数次才能把这些希望杀死，她们始终爱着，始终在流血，直到最后一刀。

"夫人需要什么吗？"雅克在退出时温和的问道。

"不用了。"她说。

"可怜的人！"她抹去一滴眼泪，想，"他，一个仆人，也猜出我的心思！"

她读起信来：

"我最亲爱的人儿，你自己制造了许多幻觉……"

读到这几个字，侯爵夫人的眼前一片模糊。内心有一个隐秘的声音对她大喊："他撒谎！"然后，爱情使她着急于知道下文的心情，一目十行地读完了第一页，她在这页的下端看见这样写着：

"一切都还没有决定……"

她哆嗦着急切地翻过一页，就清楚地看到了贯串这些句子的基本精神，她从那些晦涩难懂的句子中再也找不到爱情的冲动了；她把信揉皱，撕碎，搓成一团，还咬了几口，便扔到火里，叫起来："无耻！他不再爱我却还占有我……"

说完，她半死不活地扑倒在安乐榻上。

德·尼埃耶先生写了回信以后就出门了。等到他回来的时候，他看见雅克站在门口，雅克交给他一封信，并对他说：

"侯爵夫人已经不在古堡了。"

德·尼埃耶先生非常惊异，他拆开信封读了信：

"夫人，我要是接受你的建议，不再爱你，而去做一个凡夫俗人，那我就只配有此种命运了，你总承认这句话吧！不，我不能听从你的话，我发誓要永远忠于你直至死亡。啊！把我的生命拿走吧，除非你担心在你的生命中增加一次悔恨……"

那是侯爵夫人动身去日内瓦的时候，他写给她的信。

尔·德·勃艮第加了一句："先生，你自由了。"

德·尼埃耶先生回到他母亲家里。二十天以后，他娶了斯特凡妮·德·拉·罗迪爱尔小姐。

假如这个平常而又真实的故事就这样结束的话，那简直是骗人的。谁没有几个比这更有趣的故事可以讲述呢？可是有两点可以使这篇故事免遭批评，其一是结局很有名，可惜这真有其事；其二是这个结局可以使那些尝过无边爱情的高尚乐趣，却又亲手破坏甚至毁灭，或者被残酷的命运破坏了这幸福的人，重新在他们心中唤起无数回忆。

实际上德·鲍赛昂侯爵夫人同德·尼埃耶先生在分手的时候，根本没有离开过她住的瓦莱卢瓦古堡。由于许多只能深藏在女人心里的原因，而且每个女人都能猜得出她自己独有的理由，在德·尼埃耶先生结婚以后，克莱尔仍然继续住在古堡里。她深居简出，除了贴身女仆和雅克以外，其他外人谁也没见过她。她要求家里绝对安静，她从不走出闺房，只除了到瓦莱卢瓦的小教堂里去，每天清晨附近的一个教士到这儿来为她做弥撒。

结婚没几天德·尼埃耶伯爵，在夫妻生活上就陷入了一种麻木冷淡的状态，使人可以假定他是幸福的，也可以假定他很不幸。

他的母亲逢人都说："我的儿子非常幸福。"

加斯东·德·尼埃耶夫人跟许多别的少妇一样，有点枯燥乏味、温柔、耐心；婚后一个月她就怀孕了。这一切都符合固有的观念。德·尼埃耶先生待她很好，只不过他离开侯爵夫人两个月以后，竟变得神情恍惚而且若有所思的样子。他的母亲却说他一直都是沉默寡言的。经过七个月不冷不热的幸福生活以后，就发生了一些表面上是无足轻重的却包含主人翁思想的巨大变化的事情，显示出心情极度纷乱，难以讲清的，只好凭每一个人随心所欲地去理解。有一天，德·尼埃耶先生在马内维尔和瓦莱卢瓦的田野里打了一整天猎，回来时经过德·鲍赛昂夫人的花园。他让人去找雅克。那个随身男仆来了以后，他问他：

"侯爵夫人还是喜欢吃野味吗？"

雅克作了肯定的回答，加斯东就给了他一大笔钱，加上一大堆似是而非的理由，为的是请雅克给他帮个小忙：将他猎得的野味留下来给侯爵夫人。对于雅克来说他的女主人吃的鹧鸪是由她的狩猎人打死的。还是由德·尼埃耶先生打死的，无关紧要，因为德·尼埃耶先生已经表示不希望侯爵夫人知道这些野味的来历。

"这是在她的地里猎来的野味。"伯爵说。

数月雅克都参与了这个天真无恶意的骗局。德·尼埃耶先生大清早就动身去打猎，晚餐时才回家，总是空手而归。这样过了整整一星期。加斯东的胆子大起来了，他写了一封长信给侯爵夫人，而且设法送到她的手上。这封信原封未动就被退回来了。侯爵夫人的随从把信送回给他的时候天色已晚。伯爵正在客厅里听他的妻子在钢琴上刺耳地弹奏埃罗尔德的随想曲，他突然冲出客厅，像一个人飞去约会一样跑向侯爵夫人的家里。他从十分熟悉的一个豁口跳进花园，慢慢地穿过园中的径道，不时停脚步，似乎想抑制一下怦怦的心跳声；走近古堡以后，他细细地倾听了一下里面的动静，断定底下人都在吃饭。便径直向德·鲍赛昂夫人的房间走去，侯爵夫人从不离开她的卧室，德·尼埃耶先生悄悄地一直走到她卧室的门口。凭着两支蜡烛的亮光，看见侯爵夫人面容消瘦，脸色苍白，坐在一张大沙发椅上，低着头，垂着双手，眼睛盯着一件她视而不见的东西。这是表现得最完整的一幅充满痛苦的形象。这个姿态里似乎还有一丝渺茫的希望。可是谁也不知道克莱尔·德·勃艮第正注视着坟墓呢，还是注视着过去。也许因为德·尼埃耶先生的眼泪在黑暗里发光，也许因为他的呼吸发出微弱的响声，也许因为他身不由己地哆嗦了一下，也许因为他的出现不能不产生一种感应现象，这种现象的出现既是真正爱情的光荣，也是她的幸福和证明。总之德·鲍赛昂夫人慢慢地向着门回过头来，看见了她的昔日情人。于是德·尼埃耶先生向前挪动了几步。

侯爵夫人脸色惨白地大声嚷说道："先生，你如果再向前走一步，我就从这窗口跳下去！"

她跳过去抓住窗户的插销，拉开插销，一只脚伸出去踏在十字窗的窗台上，手扶住阳台，头转过来向着加斯东。

"你滚出去！滚出去！"她喊起来，"否则我立即就跳下去。"

仆人们听见这惊心动魄的叫喊，都骚动起来，德·尼埃耶先生像一个坏蛋似地逃走了。

回到家里，加斯东写了一封很短的信，叫他的随身侍仆送去，叮嘱他一定告诉侯爵夫人这是有关他的生死存亡的问题。信使走了以后，德·尼埃耶先生回到客厅里，看见他的妻子还继续在照着谱子在那里刺耳地弹奏那首随想曲。他坐下来等候回信。一个小时以后，随想曲弹完了，夫妻两人相对无语地，各在壁炉一侧，这时候随身侍仆从瓦莱卢瓦回来了，把信原封不动地交还给他的主人。德·尼埃耶先生走进一间连接客厅的小屋里，拿起他打猎回来时放在那里的猎枪，自杀了。

这个急转直下的致人死命的结局，与法兰西所有的年轻人习惯大相径庭，却是合情合理的。

凡是那些观察过或者亲身体验过一对男女美满结合的人，对于这一自杀行为可以完全理解。一个女人不会在一天之内按照爱情的反复变化而成熟起来，或者屈服下去。快乐像奇花异卉一样，需要精心的培育；只有时间和灵魂的协调才能揭示出这些乐趣的一切来源，才能产生温柔、体贴的微妙乐趣，我们对这些欢乐充满了迷信思想，并且认为赐给我们欢乐的心灵是生来就有的。这种令人叹赏的融合，这种可以说宗教信仰一般的情感，这种在所爱的人身边能够感到一种不同寻常的或者过度的幸福的坚定信念，就是长期恋爱并能够持久地保持爱情的秘密。在一位具有女性天赋的女人身边，爱情从来不是一种生活习惯：她令人倾倒的温情善于化作丰富多采的形式，她既聪明又痴情，在自然中可以加上许多人为的技巧，或者在人为的技巧里增添许多自然成分，使得她无论在人们的记忆里还是在现实中，都极富魅力。与她相比一切女人在她的身边黯然失色。只有担心失去这么广博、这么有的爱情的人，或者事实上已经失去了的人，我们才能认识它的全部价值。可是，如果一个男人经受过这种爱情以后却去缔结一个冷淡的婚姻而抛弃它时；如果他希望在另一个女人身上获得同样的幸福，而这个女人已经用隐藏在夫妻生活暗影里的某些事实证明他再也不可能得到这些幸福；如果他的嘴唇上还留有圣洁爱情的甘甜，而他又为了社会上的一个假象而去致命地伤害了自己真正的妻子，那么他只有一死，要不然就得具有一套自私、冷酷的世俗哲学而这是令痴情的人厌恶的哲学。

而对于德·鲍赛昂夫人，她万万没有想到，在九年之内给情人慷慨奉献自己的爱情之后，他竟会绝望到轻生的地步。或许她认为只有她一个人是痛苦的。再说她有充分的权利来描绘任何卑鄙可耻的爱情分享，由于社会的崇高利益的原因一个妻子可以容忍这种分享，但一个情妇对这种勾当却深恶痛绝，因为她可以用她爱情的纯洁来证明她有理由这样做。

一八三二年九月于昂古列姆

无神论者望弥撒

献给奥古斯特·博尔热——他的朋友德·巴尔扎克

毕安训大夫是一位对科学作过贡献的医生以他出色的生理学理论，跻身于巴黎大学医学院知名学者的行列，而此时他还非常年轻，那所医学院是全欧洲的医生所景仰的学术中心。他曾经长期从事外科实习，行医之前曾受业于法国最伟大的外科医生、闻名遐迩的德普兰身边，此人像流星一样，在科学界的天穹上一掠而过。连那些与他为敌的人也不得不承认，他把一种难以传授的绝技带进了坟墓。他和所有天才人物一样，后继无人；他的一切与他同在，又随他同往。外科医生的光荣与演员的光荣非常相似，他们活着的时候名声显赫，而在他们死后，他们的才能就毫无价值了。演员、外科医生、大歌唱家，和以其演奏而使音乐的魅力增加十倍的名演奏家，都是些一逝而过的英雄。大部分瞬间即逝的天才人物的命运都是相似的，德普兰便是一个例证。他的名字昨天还名震天下，今天却已几乎被人遗忘，只会在本专业内流传，绝不会超出这个范围。除非极其罕见的例外，一位学者的名字能超出科学的范围而载入人类史册吗？德普兰也没有因为无所不知、无事不晓而成为他那个世纪的代言人或象征。德普兰眼光独到，他凭着一种先天的或后天培养的直觉，能一眼看透病人和他所患的疾病，每个病人他都能作出正确无误的诊断，决定进行手术的准确时间，精确到几点几分，并兼顾到气候环境以及病人的气质特点。他同大自然合作得天衣无缝，难道他曾研究空气或土地为人类提供的基本养分和生命之间的不断结合，从而发现了人们吸收、转化这些基本养分的特征？他是否得力于演绎和类推的方法？居维埃的天才实有赖于这种方法。无论如何，人体的秘密化知道的一清二楚。立足于现在而知其过去、未来。然而他是否集科学之大成于一身，有如希波克拉底、加莱诺斯和亚里斯多德？他有没有带领一个学派走向新的世界？没有。这位人体医学的永远不知疲倦的观察者，虽然无可否认地掌握了古代的魔术，也就是说，懂得将各种法则融汇贯通：生命的起因，此生以前的生命形态，未来的生命产生前又是由何种因素作准备。但这些奥秘只有他一人知晓，他生时由于私心而与世隔绝，而今这种私心又使他的光荣沉入浩翰的星河中。他的墓前没有竖着能言的雕像，将"天才"通过这个人寻得的奥秘告诉后世。但德普兰的天才也许和他的信仰相关，因而也是会死亡的。他觉得地球大气层是个生生不息的外壳；他认为地球就是蛋壳里的蛋。由于无法知道先有鸡还是先有蛋，他就既不承认鸡也不承认蛋。他既不相信人由动物进化而来，也不相信人死后精神不灭。德普兰并不是个人云亦云的人，他有自己的见解。他像许多学者一样持彻底而坦率的无神论观点。这些学者是世界上最优秀的人物，但却是坚定不移的无神论者，其坚定程度就像信教者不能接受世上有无神论者一样。他擅长于解剖人体是从青年时代开始的，从生前、生时到生命结束以后，他搜遍人体一切器官，并未发现那对于宗教理论全关重要的惟一的灵魂。他认为人体有一个大脑中枢、一个神经中枢和一个气血中枢，前两个中枢相互补充替代，弥合无间，以致他在生命的最后一些日子里，坚信听觉器官对于听觉并非绝对必要，视觉器官对于视觉也非绝对必要，太阳神经丛可以代替它们，代替了还觉不出来。德普兰既然在人身上发现了两个灵魂，这个事实就更证实了他的无神论，虽说他还不敢对上帝下任何结论。据说此人临终未作忏悔，许多天才人物不幸都是这么死去的，愿上帝宽恕他们。

他的人格据那些与他作对的人来说，这个伟人的一生有许多"渺小"的地方，但把这些视为表面上不合情理之处也许更为贴切。心胸狭窄、爱妒忌他才能的人从来不能理解杰出人物的行为动机，他们总是匆匆抓住一些表面的矛盾大做文章，并且根据这样的指控立即作出判决——即使当时遭到他们攻击的事情后来获得成功，说明眼前的成功完全是因为当时准备工作做得充分，这些人的诽谤也仍然会留下些影响。以现代的事情为例，拿破仑想将帝国之鹰的翅膀伸展到英国的时候，就曾受到同时代人的攻击。要等到一八二二年才有可能解释一八〇四年的事件和布洛涅的平底船。

德普兰的威信和学识是毫无挑剔之处的，因此与他作对的人就批评他的古怪脾气、他的性格，而他确实也像英国人所说的，有点excentricity。有时他像悲剧诗人克雷比席一样穿戴整齐，有时却故意做出不修边幅的模样。有时他出门坐马车，有时却步行。时而粗暴，时而和善；表面上既贪财又吝啬，却能把家产奉献给流亡国外的主人，这些主人也赏脸，曾一度接受他的资助。他招来那么多相互矛盾的评价这在以前是未曾有过的。虽然他也会为了获得医生们不该觊觎的黑绶带，在宫中故意从口袋里捧出一本祈祷书来，但是这一切都让他觉得非常厌恶。他蔑视人们，因为他曾对他们自上而下，自下而上地进行观察，在人生最庄严和最平庸的行为中看到过他们的真实面目。在伟人身上，各种品质往往是互相辅佐的。假如这些不平凡的人中间有的人才干多于机智，那他也比通常所谓"机灵人"还要机智得多。一切天才人物都有一种精神上的洞察力，这种洞察力可以应用于某个专业，只要见到花马上就会觉得见到了太阳。当此人听到被他救活的外交官问他："皇帝陛下安否？"他答道："朝臣既已起死回生，君主自当逢凶化吉。"这时，他就不仅仅是外科医生或广义的医生，而且也是聪明非凡的人了。因此对人类进行耐心而坚持不懈地观察的人，会为德普兰的极端自命不凡辩护，也会赞同他所自认为的那样，完全可以成为一个伟大的部长，犹如他是个伟大的外科医生一样。

德普兰的一生中有几件事情被他同时代人看作难解之谜，我们选择了其中最有趣的一件，因为在故事的结尾就揭开了谜底，而且这能为他洗去某些荒谬的指控。

德普兰在医院带过的所有学生中最受他喜爱的是荷拉斯·毕安训。在当实习生未进入市立医院以前，荷拉斯·毕安训是个医科学生，住在拉丁区一所名叫伏盖宿舍的破公寓里。这位穷苦的青年在那里饱受贫困的煎熬，贫困像一座熔炉，伟大的天才人物应当保持纯真地从熔炉里出来，就像钻石经受任何锤击而不破裂一样。他们奔放的热情像一团烈火，熔炼出一种刚正不阿的品质。他们抑制自己未能如愿的欲望的办法是不知疲倦地工作，这使他们养成自强不息的习惯。奋斗，对一个天才来说，是必经之路。荷拉斯是位正直的青年，在荣誉问题上从不含糊，总是真刀真枪，无一句空话，为朋友可以当掉自己的大衣，牺牲自己的时间，甚至整晚不眠。荷拉斯还是这样一种朋友，他们毫不在乎自己所得的报酬与自己付出的劳动是否成正比，因为他们深信自己将会得到比给予更多的酬报。他的许多朋友对他怀有发自内心的敬意，这种敬意是他那毫不夸张做作的美德所唤起的，他们有几个人甚至害怕他的批评。然而他的这些品质并不带有丝毫说教的味道。他既不是清教徒也不是布道师，他在提出忠告时会高高兴兴地赌咒骂人，遇到机会也会痛痛快快地大吃大喝一顿，他是个好伙伴，像大兵一样不会装腔作势，既干脆又坦率，但他不像水手，如今的水手都是老谋深算的外交家。他是一个胸怀坦荡的诚实青年，走起路来昂首挺胸，心情舒畅。总而言之，荷拉斯不仅是一个为朋友两肋插刀的人，而债主们则是古代复仇女神在今天的真正化身。他像那些一无所有的人一样很少欠债。他像骆驼般淡泊，母鹿般机敏，而思想和行为则坚如磐石。荷拉斯·毕安训大夫的缺点和他的优点一样使朋友们觉得可亲。他的好运是从那位大名鼎鼎的外科医生真正了解到他这些优缺点之后开始的，正如人们所说的，当一位主任医师开始关照一个年轻人，这年轻人便算踏上成功之路。德普生常带毕安训去富家大户当他的助手，几乎每次都有一些礼金落入这个实习生的钱包，巴黎生活的秘密也不知不觉地显现在这个外省青年眼前。在门诊时间德普兰总把他留在自己诊室工作；有时则派去为一个有钱的病人去矿泉疗养；总之，在为他准备主顾。过了没多久，这位外科界的名医便造就出了一个忠心耿耿的心腹。这两个人，一个是地位和学术已达极顶，有巨大无边的财富和光荣；另一个则是初出茅庐的无名之辈，既无财产又无名声，两人却成了心腹之交。伟大的德普兰对他的实习生无话不说，实习生知道某位女士曾经坐过老师身边的椅子或是诊室里那张无人不知的长沙发，德普兰常在那张沙发上睡觉。毕安训晓得这个兼有狮子和公牛气质的伟人的秘密，这种气质最终却导致这位伟人上身过度扩张和心脏扩大而死亡。他研究了德普兰忙碌的一生的古怪现象，种种可鄙的悭吝的计划，这位学者身上隐藏着当政治家的希望，这颗与其说是冷酷，不如说是表面上冷酷的心中埋藏着惟一感情，毕安训可以预见其结果是失望。

圣雅各区的一个贫苦的挑水夫，由于劳累和贫困得了重病。这可怜的奥弗涅省人在一八二一年的严冬只靠一点土豆生活，当有一天毕安训把这个消息告诉德普兰时，他扔下所有的病人，冒着把马累死的危险，带着毕安训飞驰到那个可怜的挑水夫那里，亲自把他送到著名的杜布瓦在圣德尼城区创办的疗养院。这个挑水夫由他亲自治疗，治愈之后又给他一笔钱用来买一匹马和一只水桶。这个奥弗涅人有个很奇怪的现象，每当他的一个朋友生病，他就马上把朋友带到德普兰家，对他恩人说："我可不愿意他的病让别人去看。"德普兰虽然脾气不是很好，却还是握了握挑水夫的手说。"你把他们都领到我这里来吧。"于是他就把这个康塔勒子弟送进市立医院，为他悉心治疗。他的老师对奥弗涅省人，尤其是挑水夫，怀有一种偏爱，这个现象皮安训早就注意到了。但由于德普兰对自己在市立医院的医疗事业十分自豪，所以毕安训也不觉得其中有什么特别反常之处。

在清晨九点左右的某一天，毕安训穿过圣絮尔皮斯广场时，忽然看见他的老师走进教堂。德普兰往常要是没有他的双轮轻便马车连一步路也不肯走，这时却是在步行，而且是由小狮街的那个门悄悄溜进去的，仿佛是走进什么花街柳巷一般。那实习生自然起了好奇心，因为他知道老师的观点，而他自己也是个唯物主义和无神论者。华安训跟着偷偷溜进教堂，大吃一惊地看见伟大的德普兰，这个对天使们毫无怜悯之心的无神论者，因为他从来没有解剖过他们，因为他们既不会生瘘管也不会得胃炎，这个大无畏的嘲弄上帝的人，竟然谦恭地跪在什么地方？……在圣母的祭台面前，听着弥撒，交礼拜费、济贫捐，态度严肃，像在做手术一样。

"他肯定不是来这里弄清有关圣母生子的问题，"毕安训惊异地想，"我要是在圣体瞻礼节看见他手持圣像华盖上的一根饰缘游行，那当然只是付诸一笑。可是在这个时间，又是单独一人，无人看见，那就颇费寻思了。"

毕安训不愿显得是在刺探市立医院首屈一指的外科大夫的隐私。便走开了。德普兰这天刚巧请他吃晚饭，而且是在饭馆里，毕安训在饭后吃梨和奶酪时巧妙地把话题引到弥撒上面，称弥撒为可笑的仪式、闹剧。

"这种闹剧使基督教民族所流的血比拿破仑所有的战争和布鲁塞所有的蚂蟥让他们流的血还多。弥撒是教皇的一大发明，至少可以追溯到公元六世纪，其根据是《新约》中我的身体一说。为了确立圣体瞻礼节，不知多少次血流成河。这个节日的确立，使罗马教廷表明自己在圣体存在说问题上取得了胜利。教会曾为这个引起宗教争端的问题动乱了三个世纪。德·图卢兹伯爵和阿尔比人的战争是这场动乱的尾声。教皇的这个发明被伏多瓦教派和阿尔比教派拒绝了。"

德普兰接着又兴趣盎然地大发其无神论者的宏论，讲了一连串伏尔泰式的笑话，更确切些说，是《语录》的恶劣翻版。

"嘿！"毕安训心想，"今天早上那个虔诚的信徒和老师的反应简直是天壤之别？"

他沉默不语，他怀疑自己在圣絮尔皮斯教堂看到的并不是自己的老师。德普兰对毕安训没必要撒谎，他们相知极深，在一些同等重大的问题上都推心置腹过，也讨论过关于万物之本的种种学说，以怀疑论的利刃和解剖刀对这些学说进行探讨剖析。三个月过去了，毕安训并没有对这件事追根问底，但在他记忆中却对这件事留下了深刻的印像。就在这年，有一天，市立医院一位医生当着毕安训的面抓住德普兰的胳膊，像审问似的说。

"我亲爱的老师，那天您到圣絮尔皮斯教堂干什么去呢？"

"去替一位教士治病，他膝盖上长了骨疽，德·昂古莱姆公爵夫人推荐我为他治疗。"德普兰答道。

那位医生也无可奈何，毕安训却不以为然。

"他去教堂看教士坐骨疽的膝盖吗？他是去望弥撒的！"实习生心想。

毕安训打算跟踪德普兰，他对德普兰走过圣絮尔皮斯教堂的日子和钟点记得一清二楚，决定来年在同一日子、同一钟点去教堂，看能不能再次碰见德普兰。如果碰上了，那么在像德普兰这样的人身上不应该有思想和行为的直接矛盾的这种周期性的虔诚表现便值得进行一次科学调查。第二年，毕安训已经不再是德普兰的实习生，他在同一日子、同一钟点看见那位外科医生的双轮轻便马车停在图尔农街和小狮街的街角，他的朋友沿着墙根神秘兮兮地走进圣絮尔皮斯教堂，弥撒还是在圣母祭台面前望的。那人确凿无疑就是德普兰！主任外科医生、内心的无神论者，偶尔为之的信徒。真是扑朔迷离！这位大名鼎鼎的学者坚持不懈的虔诚表现使一切都复杂化了。德普兰走后，毕安训朝着过来撤掉祭坛圣器的圣器管理人走去，问他这位先生是否常来。

"我在这里二十年了，"那位圣器管理人说，"二十年来德普兰每年都来四次，参加这台由他捐资设立的弥撒。"

"由他捐资设立的弥撒！"毕安训走开时想道，"这就跟圣母无玷而孕同样神秘。这件事本身就足以使一位医生怀疑一切了。"

虽然德普兰和毕安训大夫是朋友，却一直过了很久都没有机会对他提起他生活中的这件怪事。他们在会诊或是社交场合相遇时，很难找到单独相处、把脚搁在壁炉的柴架上，头枕着椅背相互推心置腹地说些心里话。直到七年之后，在一八三〇年革命之后，当人民冲进总主教府；当共和思潮的影响促使人民摧毁矗立在这片辽阔无际的房屋的海洋之上、像闪电一般在指天宇的金色十字架；当不信神和反叛的人民充斥街头的时候，毕安训又一次撞见德普兰走进圣絮尔皮斯教堂。毕安训跟了进去，呆在他身边。德普兰没有显露出诧异的神情，也没有对他做任何手势。两人一起听完了那台由德普兰捐资设立的弥撒。

"亲爱的老师，您能告诉我为什么您这么虔诚吗？"他们俩走出教堂后，毕安训问德普兰，"我已经撞见您三次来望弥撒了。您必须为我解开这个疑团，并对我说明您这种观点与行为之间的明显矛盾。您不信上帝，却去望弥撒。亲爱的老师，您一定要回答我的问题。"

"许多信徒实际上和你我一样是无神论者，他们表面上却笃信宗教。"

接着他喋喋不休地把某几位政界人物挖苦了一顿，其中最有名的那位，整个儿是莫里哀的《伪君子》中的主人公在本世纪的翻版。

"我不是问您这些，"毕安训说，"我想知道您来这里，和捐资设立这台弥撒的原因？"

"说实在的，我亲爱的朋友。"德普兰说，"我已经快进棺材了，对你谈谈我早年的生活也并无不得了。"

毕安训和那位伟人这时已走到了，巴黎最破烂的街道四风街。德普兰指着一座像方尖碑似的房子的七楼，那房子的独扇大门通向一条甬道，甬道尽头是个曲曲折折的楼梯，墙上开着几扇叫做气窗的格子窗，楼梯就由墙外透进来的光线照亮。那是一座暗绿色的房子，底层住着一个家具商，上面每层似乎都各住着一些不同类型的贫困人家。德普兰有力地挥动一下手臂，对毕安训说："我在那上面住过两年。"

"我知道，阿泰兹也在上面住过。我年轻时候几乎天天来这里，我们称这房间为培育伟大人物的阔口瓶。这跟我们的话题有什么关系？"

"这间阁楼里发生的事件与我刚才听的弥撒有关。就是你说阿泰兹曾经住过的、窗口摆着盆花、上面晃荡着一根晾衣服绳子的那间。亲爱的毕安训，我的开端十分艰难，我比巴黎任何人吃过的苦头都多。我什么苦都受过：饥、渴，没有钱，没有衣服、鞋子、内衣，真是穷困潦倒到了极点。在这个培育伟大人物的阔口瓶里，我曾呵着冻僵的手指，我真想和你一起再去看看这个房间。有一年冬天，我在学习时看见自己脑袋冒烟，身上的热气像冰封雪冻的天气里马匹身上冒出来的热气一样清晰可辨。我不晓得人从哪儿来的动力来忍受这种生活的。我孑然一身，无人资助，没有一文钱买书和付学医的费用。我那暴躁易怒和多疑的性格使我交不到朋友。谁也不能理解，我的暴躁脾气是一个想从社会底层挣扎到上面来的人的苦恼和劳累所造成的。但我可以告诉你，我没必要在你面前掩饰自己，我的本性还是善良并且易受感动的，这是那些有足够力量在贫困的沼泽里长途跋涉后终于攀登一座高峰的人所固有的秉性。除了一笔不够用的膳宿费以外，我从家庭和故乡那里没有得到任何东西。总之，在那个时期，我每天早上吃一小块小狮街的面包店老板贱卖给我的隔夜或隔两夜的面包。我把面包掰碎，泡在牛奶里。这样，我的早饭只用两个苏。我两天才吃一顿晚饭，在一家膳宿公寓，每顿晚饭只要十六个苏。这样我每天只要花九个苏。你跟我一样清楚，我是多么爱惜我的衣服、鞋子！我不知道后来我们俩被同行暗算时，心里有没有像当时见到一只开了线的皮鞋咧嘴怪笑，或听到自己上装袖笼牙缝绷裂的声音那么难过？我对咖啡馆怀有最大的敬意因为我只能喝白开水。佐皮咖啡馆在我眼里就像一块人间乐土，只有我们这个拉丁国家的贵族们有权出入。我能不能有朝一日也进去喝杯牛奶咖啡，在里面玩一盘多米诺骨牌呢？我有时心里这么想道。我学习的动力是由贫穷引起的。我努力占有一切有用的知识，使自己具有最大的个人价值，以便自己一旦名声鹊起，能配得上那时所达到的地位。我点掉的灯油比吃的面包还多，在那些苦读的夜晚，我用于照明的费用比伙食费还贵。这是一场漫长、艰苦,而且得不到安慰的奋斗。我没有引起周围人们的任何同情,要交朋友,不就必须和青年们来往,身上有几个余钱和他们一起去喝上几杯,那些学生上哪儿就跟着一起上哪儿吗?可是我一无所有!在巴黎谁能想像得出一无所有意味着什么!当我被人看出自己的贫苦时,喉头总感到一种神经性的痉挛,这种痉挛常使病人以为自己食道里有一个球状物升到了喉管。我后来遇到过一些生来富裕的人,他们从来没有短缺过什么东西,因此他们不懂以下这个比例题:一个青年比犯罪,等于一枚十个苏的硬币比X。这些有钱的傻瓜问我:'你那时为什么总欠债呢?为什么借利息那么重的债呢?'他们使我想起那位玛丽公主,当她听说老百姓饿得要死的时候,说道:'他们为什么不去买点奶油蛋糕吃呢?'我很想看到那些抱怨我给他们开刀收费太贵的富人里面,也有人在巴黎孤苦伶仃、一文不名、无亲无故、告贷无门,不得不靠自己的双手干活糊口。他会怎么办?他去哪儿充饥?毕安训,早年受到的苦使我有时态度尖刻而生硬,后来我在上层社会千百次体验到的自私自利、冷漠无情,或是想起了仇恨、贪欲、忌妒和诽谤曾在我的成功之路上设下的障碍让我态度转变。在巴黎,有人见你正要踏楼上马,前程万里的时候,便有的扯住你的衣服下角,有的解开马肚带的扣子,这人撬掉马蹄铁,那人偷走马鞭。让你看见他走过来当面打你一枪的人便算是最不阴险的了。你很有才华,我亲爱的孩子,你不久一定也会尝到平庸之人对出类拔萃的人物展开的那种骇人听闻的、永无休止的战争的滋味。如果你有天晚上输掉二十五个路易,隔天你就会被人说成一个赌棍,连你最好的朋友也会说你头天晚上输了二万五千法郎。你如果有点头疼,就会被人看成疯子。你如果火气大一些,大家就说你孤僻高傲。你如果集中精力去对付这一大堆侏儒,你最好的朋友也会叫嚷你要侵吞一切,说你想发号施令、专横跋扈。总之你的优点会变成缺点,缺点变成恶习,德行变成罪恶。你如果救了一个人的命,人家会说成你把他治死了;如果这个病人重新露面,那人家也能自圆其说,说你为了暂保眼前使他的病拖成不治之症;如果他现在还没有死,早晚也要死的。你只要稍微立场不坚定就会被人推倒。无论你有什么发明,只要你要求得到发明的权益,人家就会说你这人太难办,太精明,不肯让年轻人成名成家。因此,我亲爱的,我不信上帝,更不信人类。你不是知道我身上有个与被人中伤的德普兰截然不同的德普兰吗?不过我们别再翻这堆老账了。我那时就住在那间阁楼上,正在准备通过第一场考试,而身上已身无分文了。你知道,我已经到了要说'我当兵去!'那么一种山穷水尽的地步了。我有一个希望。我在等着从家乡托运来的一只装满衬衣的箱子,那是老姑母们的礼物。她们不了解巴黎,只想到给我衬衫,还以为她们的侄子每月有三十法郎就能吃山珍海味了。我正在学校里时箱子运到了，运费要四十法郎。门房是个德国鞋匠，住在楼梯下的小房间里，他替我垫付了运费，留下了箱子。我在草场圣日耳曼沟街和医学院街之间踌躇不定，找不出一条妙计，可以先不付那四十法郎而取回箱子。我把箱子里的衬衣卖掉以后当然就会还这笔钱的。我只能当个外科医生这是我从这件事上的无能为力体会到的。我亲爱的，那些灵魂高尚的人能在高级的范围施展才能，却没有一个足智多谋的权术头脑，他们的天才要靠机遇：他们不会去寻找而只能偶然碰上。总之，到了晚上，我和我的邻居，一个名叫布尔雅的圣弗卢永挑水夫，都在这时回家。我们的交情不过是两个房间在同一个楼道口，互相听得见彼此睡觉、咳嗽、穿衣的声音，而终于彼此适应的房客之间的交情而已。我这邻居告诉我，房东因我拖欠房东三个月房租，要赶我搬家。第二天就得走。他自己也由于他所干的职业而被撵走。我度过了平生最痛苦的一夜。到哪里去找个搬运夫来替我搬走这些可怜的家当和书籍？拿什么来付钱给搬运夫和门房？搬到哪儿去？'我含着泪反复思量这些难以解决的问题，就像疯子总是重复同样的几句话一样。我睡着了。穷人也自有其充满美梦的甜蜜的睡眠。第二天早上，布尔雅在我吃那碗牛奶泡面包时，走了进来，用蹩脚的法语对我说：'大学生先生，我是个穷人，圣弗卢尔医院收养的弃婴，没有父母，也没有钱娶亲。您亲戚也不多，也没有什么钱财吧？您听我说，我在下面有辆手推车，是我租的，两个苏一小时，咱俩所有的东西都能装下。您要是不嫌弃，人家把我们从这里赶走我们可以一起去租房。这里反正也算不上人间天堂。''我知道，我的好布尔雅，'我对他说：'但我很为难，我在下面有只箱子，里面有价值一百埃居的衬衣，用这笔钱我可以付清欠房东和门房的钱。可是我连一百个苏都没有。''没关系，我还有几个钱，'布尔雅快活地回答我说，指给我看一个油腻腻的旧皮夹子，'留着您的衬衣吧。'我们的家具和我那箱衬衣被布尔雅放在手推车上，他拖着车子穿街走巷，见有挂着出租牌子的房子就停下来。我就走上去看出租的房间对我们是否合适。直到中午我们还因为租金太贵在拉丁区转来转去，一无所获。布尔雅提议到一家酒店吃午饭，我们把手推车停在门口。快到晚上的时候，我们在商业巷的罗昂大院一家房子的顶层，房顶下面，找到两个房间。我们每人每年只要付六十法郎租金。我和我那位谦卑的朋友便这么安顿了下来。我们一同吃了晚饭。布尔雅每天赚五十个苏，手头有大约一百个埃居，他马上可以买一只水桶和一匹马了这是他多年来的夙愿。他以至今想起仍使我深为感动的、狡黠而好意的问话套出了我的实情，在知道我的处境以后，他暂时放弃了自己毕生的愿望，布尔雅当了二十年的挑水夫，为了我的前途却牺牲了那一百埃居。"

德普兰，说到这里，猛地抓住了毕安训的胳膊。

"他给了我考试必需的费用！我的朋友，这个人懂得我负有重任，我的智慧的需要重于他自己的需要。他悉心照顾我，管我叫孩子，借钱给我买书，平时还轻手轻脚地走过来看我用功。他像慈母一样关心我的饮食，把我原先菲薄而低劣的食物换成有益于健康的、丰富的食物。布尔雅年约四十，长着一副中世纪市民的相貌，隆起的前额，脑袋会被画家当做黎居尔格的模特儿。这个可怜人感到心中充溢着的爱需要宣泄，他没有被人爱过，只有一只鬈毛狗爱过他，但不久前死了。他总对我谈起这只狗，问我教堂是否会同意举行弥撒，让它的灵魂得到安息。他说他的狗是个真正的基督徒，十二年来一直陪他上教堂，从来不叫一声，闭嘴静听风琴弹奏的乐曲，它蹲在他身边，那样子真让他以为它在跟他一起祈祷。他把全部感情都倾注给我，把我当做一个孤单的、受苦的人予以照料，他成了我无微不至的慈母、体贴入微的恩人，他是助人为乐的典型。我在街上碰到他时，他对我会心地一瞥，目光充满难以形容的高贵神情。这时他便装出担子毫无分量的样子轻松走着。他看见我身体健康、穿着整齐，显得十分高兴。这种感情是人民的忠诚和女工的爱情升华到一个更高的境界。布尔雅为我购买食品；夜里在我对他事先说好的钟点叫醒我，为我擦灯铃，擦楼梯平台。既是好仆人，又是好父亲，而且像英国女郎那么爱干净。他揽起全部家务。他像菲洛珀芒一样勤俭，自己锯我们的木柴，他做一切家务的时候态度简单自然，并且保持着自己的尊严，因为他似乎懂得，目的高尚，会使所做的事情都同样高尚。当我进市立医院当实习生离开他的时候，他想到再也不能和我一起生活而感到说不出的惆怅。但他想到还要为我的论文所需费用积攒一笔钱，这才稍感安慰。他要我答应在休息的日子去看他。布尔雅为我感到自豪，他之所以爱我也是爱他自己。如果你去查我的论文，就会看见论文是题献给他的。我在最后一年的实习期间挣到了不少钱，足够偿还我欠这个可敬的奥弗涅人所有的款项，我用这笔钱买了一匹马和一只水桶。他见我花这么多钱十分生气，然而又为自己的愿望得以实现而非常高兴。他又是笑又是责备我，他凝视着他的马和水桶，抹掉一滴泪花，对我说：'这可不好！这水桶真漂亮啊！你不该这样！这马就像奥弗涅人一样结实'我没有见过比这更动人的场面。布尔雅坚持为我买你在我诊室里见过的镀银的医用器械包。这是我最珍贵的东西。虽然他对我初步的成就感到陶醉，却从来没有流露一句话、一个手势，表示：'这个人有今天全靠我！'而事实上如果没有他，我也许早就死于贫困了。这个可怜人曾为我拼命干活，为让我喝咖啡提神熬夜，他只吃蒜泥抹面包。他病倒了。你可以想像，我怎样一夜夜地守在他床头。第一次发病时我把他救了过来。可是两年之后他又旧病复发，尽管我极力抢救，使尽了医学上的绝招，他还是不治身亡。他那样的治疗是任何一个国王都未曾享有过的待遇。是啊，毕安训。我为了从死神手中夺回他的生命，用尽了所有可能想到的办法。我想让他活下去，看到自己造就的人才所取得的成果，我要实现他的全部愿望，满足我心中的惟一感恩之情，从而熄灭至今在我胸中燃烧的火焰！"

"布尔雅，"德普兰显得非常激动，他停了一会儿又说，"我的第二个父亲，死在我的怀里。他把全部财产留给了我，遗嘱是他找一个街头代书人立的，立遗嘱的日期就在我们住进罗昂大院的那一年。这人的宗教信仰十分朴实真诚。他爱圣母犹如爱妻子。他是个热忱的天主教徒，但却从来不压制我无神论的信念。他病危时请求我尽量设法使他得到教会的救援。我让教堂天天为他举办弥撒。他常在夜间，惟恐自己今生过得不够圣洁对我表示对来世的担忧。可怜的人啊！他从早干到晚。如果真有天堂的话，除了他没有谁配进入天堂？为他办的临终礼仪与像他那样的圣者相称，他的死配得上他的生。送葬行列只有我一个人。我把惟一的恩人葬毕，就考虑如何报答他，我发现他既无家庭，又无妻子、儿女或朋友。但他有宗教信仰！既然他笃信宗教，我有什么权力提出异议？他曾对我小心翼翼地提到为死者安息举办的弥撒，他不愿意把我强加这个责任，认为那等于要求人报答自己。我一有财力举办一台弥撒，就给了圣絮尔皮斯教堂一笔钱，让他们每年举行四次弥撒。我惟一能够报答布尔雅的，就是满足他虔诚的愿望，因此在每季度之初举办这台弥撒的日子，我就以他的名义去教堂为他背诵他想要的经文。我以怀疑论者的真诚态度祷祝道：'主啊，如果确实有那么一个你用来安育那些生前十全十美的人的地方，请别忘了好心的布尔雅吧；如果需要他受苦，请把他的痛苦给我，而让他能更快地升入人们所说的天堂吧。'我亲爱的，这就是一个具有像我这样的信仰的人所能做到的一切。上帝该是个好心的家伙，他不会怪我的。我敢向你起誓，我只要布尔雅的信仰能够在我脑子里生根，我劳动甘愿舍弃家产。"

在德普兰最后病危时毕安训治疗过他，现在他不敢说这位著名的外科医生在弥留之际仍然是个无神论者。信教的人们不是都愿意相信那位卑微的奥弗涅人来为德普兰打开了天国的门，正如他从前为德普兰打开了地上神台的门一样。那神殿的门楣上写着："祖国感谢所有的伟人！"

一八三六年一月于巴黎

夏 倍 上 校

献给夏特莱·伊达·德·博卡尔梅伯爵夫人

"啊哈，我们的老卡列克又来了！"

大惊小怪叫嚷的是一个小职员，他是为普通的事务所跑腿的。他靠着窗子，吞咽着一块面包，掏些瓤捻为圆球，然后从半开的窗户中扔出去，扔得那么准，面包球不仅打中了一个过路人的帽子，还弹起来，弹到差不多和窗子一般高。过路人刚在楼下穿过天井。天井正位于维维安讷街上诉讼代理人但维尔先生的屋子。

首席帮办正在那里核对一笔账，停下来说："嗨，西蒙南，别乱来；否则我会把你赶出去的。不管当事人有没有钱，他也是个人。"

一般跑腿的，都像西蒙南那样是个十三四岁的男孩子，在事务所里是被首席帮办管理的。不但给书记官传递送公文，向法院递状子，还得替首席帮办当差，传递情书一类的。他跟巴黎的顽童习气一样，以后又是靠打官司来吃饭的：永远不同情人，总是撒野，不守规矩，总是嬉闹挖苦人，而且贪心懒惰。然而这种小职员多数都有一个住在楼上的老母，两人就靠他每月挣的四十法郎生活。

"他要是个人，你们干吗叫他老卡列克呢？"西蒙南神气地说，就像一个小学生抓住了老师的把柄。

他继续吞着乳饼，肩膀斜靠在窗框上，提着一条腿，把靴尖抵着另一条腿，就像街上的马歇息似地站着。

第三帮办高德夏正在边念边写，拟一份状子的底稿，由第四帮办写着正本，副本由两个新来的外省人写。高德夏此时正好在状子里发表议论，忽然停下来慢慢地说道："这怪东西，我们如何搞一下才好呢？"

然后继续又念腹稿：

"……但以路易十八陛下的智慧才德……（嗨，写正本的榜罗什学士，十八两字不能用阿拉伯字！）……自重掌大政以后，即深知……（深知什么呢，这大滑头？）……深知上帝所赋予之使命！……（加惊叹号，后面加六点。法院里宗教信仰为数很多，上帝二字还看得下去吧），故圣虑所及，欲对悲壮的大革命时期之牺牲者首先予以补偿，——这个鉴于颁布诏书之日期即可证明，——把不少忠臣名下（不少两字一定使法院里的人看了得意的）被充克公而未曾标卖之产业。不论其是否归入公产，或归入王上之普通产业或特殊产业，或划归公共机关，一律发还；吾人不敢冒昧，也能断言此乃颁布于一八××年之圣谕之真意所在……"

念到此处，高德夏对三个职员说："稍等一会儿，这句子要命。把我的纸都填满了。"他用舌头舐了舐纸角预备把厚厚的公文纸翻过来，"嗨，你们要开玩笑的话，就告诉他说咱们的东家半夜两三点钟才肯接见当事人，看这老家伙来不来。"

然后高德夏把那未完的句子继续念下去："颁布于一八……（你们记上了吗？）"

"记上了。"三个书记员齐声答应。

聊天、起稿、捉弄人的计划，都在那里同时进行。

"颁布于一八……（嗨。布卡尔。是哪年颁布这份诏书的？这可不能含糊，真要命！纸张倒耗费的真多）"

首席帮办布卡尔还未回答，一个书记接了一句："真要命！"

高德夏神气地瞧着新来的抄写员，厉声地挖苦道："怎么！你把'真要命'这几个字也写上了吗？"

第四帮办德罗什把抄写员的副本瞅了一眼，说道："正是，他写的是：那可含糊不得。真要命：……"

听了这些，所有的职员都哈哈大笑。

西蒙南也嚷道："怎么，于雷先生，你把，'真要命'当做法律名词吗？亏你还说是莫尔塔涅那出身！"

"马上划掉！"首席帮办说，"核算讼费的报事若看见，不会说我们荒谬绝伦吗？你要给东家招惹麻烦了。于雷先生，以后别这样乱搅！一个诺曼底人写状子不应这样荒唐！这是吃法律饭的头件事儿。"

高德夏还在问："颁布于……颁布于……（布卡尔，告诉我到底是哪一年呀？）"

"一八一四年六月。"首席帮办回答时仍然继续他的工作。有人敲了一下事务所的门，把状子里的冗长累赘的文句打断了。五个胃口极好，目光有神，眼光含讥带讽，小脑袋，鬈头发的职员，像唱圣诗一样同时叫了声"进来"，便一齐抬起头来。

布卡尔把头埋在公文堆里（法院的俗语叫做废纸），继续写他的账单。

那事务所房间挺大，装着事务所通用的炉子。炉子的管子斜着穿过房间，通到一个下面让堵死了的壁炉烟囱。壁炉架的大理石上，放着大大小小的面包、三角形的布里干酪、新鲜的猪排、玻璃杯、酒瓶和首席帮办用来喝巧克力的杯子。因为这些食物的腥味，还有炉火太旺的闷气，与办公室的纸张文件特有的霉味混合之下，即使有只狐狸在那儿，你也闻不出它的臊臭。地板上满是被职员们带进的泥巴和雪。靠窗摆着首席帮办用的，盖子能上下活动的书桌；紧挨着的是第二帮办的小桌子。他那时正在跑法院。时间大概在早上八点与九点之间。室内装饰着那些算作为普通事务所增光的黄色大招贴，无非是不动产扣押的公告，拍卖的公告。成年人与未成年人共有财产拍卖的公告，预备公断或正式公断的公告！首席帮办的位置后面，靠壁放着个巨大的文件柜，占满了整个墙壁，每一格里塞满了卷宗，挂着无数的签条与红线，使诉讼案卷在一切案卷中略显醒目。底下几格装着陈旧的镶蓝边的纸夹。上面标着大主顾的姓名，这些油水充足的案子他们正在烹调。一点儿亮光从那零乱的玻璃窗中透了进来。并且，二月里巴黎事务所很少在上午十点以前能不点灯写字，因为这种地方的进道是我们想像得到的：人们在这儿进进出出，谁也不在这儿逗留，没有一个人会觉得这儿的一切和自己有什么关系。在主人眼中，事务所是一个实验室，是当事人的一个过路之处，是职员的一个教室：他的美观与否他们都不在乎。家具布满污垢，从一个又一个的代理人手里郑重其事地传下来，一些事务所甚至还有太过古老的废纸篓、切羊皮纸条的模子和从沙特莱衙门出来的公文夹；这衙门在前朝的司法机构中相当今日的初级法院。因此这个布满尘埃，光线不足的事务所，与其他事务所相同，在当事人看来颇有些不可挑选的成分，使它成为巴黎最可怕的魔窟之一。然而，魔窟还不仅仅如此：潮湿的更衣室是把人们的祷告当做油盐酱醋一般称斤掂两、计算价钱的，卖旧货的人堆放破衣服的铺子，令人看到灯红酒绿。人生的迷梦为歌衫舞油的下场所惊醒。要没有这两种富有诗意的丑地方，法律事务所便是最可怕的社会工场了。但赌场、法院、娼寮、奖券发行所，全是污秽凌乱，不堪入目的。为什么？也许因为在这种场所，内心的话剧使一个人不在意演戏的道具；大思想家与野心家的生活所以特别朴素，也是因为如此了。

"我的刀子呢？"

"我吃早饭呢！"

"见鬼！肉包子怎么放在状子上！"

"各位，别闹啊！"

大家这样同时叫嚷之时，年迈的当事人进了事务所，正在关门。可怜虫战战兢兢，动作很不自然。他想微笑一下相迎，但在六个漠不关心的职员脸上找不到一点儿善意的表情，他面部的肌肉也就随之松了下来。他也许有经验，所以很客气地找跑腿的说话，希望这个当跑腿的角色不至于粗声对待他。

"先生，贵东家能不能接见我呢？"

狡猾的跑腿再三用左手轻轻拍着耳朵，像是说："我听不见。"

"先生，你有什么事啊？"高德夏边问边咽下一口面包，那分量足够做一颗两公斤重的炮弹；他手里晃着刀子，跷着腿，把在空中的一只脚举得跟眼睛一般高。

那倒霉蛋回答："我已经是第五次到这儿来了，希望见一见但维尔先生。"

"为了什么案子吗？"

"是的，但我只能告诉但维尔先生……"

"当家的还睡着呢，你如果有什么难题和他商量，他要到半夜里才正式办公。你不妨把案情告诉我们，我们同样能替你解决……"

陌生人听了没有作声，怯生生地向四下瞧瞧，像一条狗溜进了别人家的厨房，惟恐挨打似的。由于职业原因，事务所的职员从来不怕窃贼，因而对这个穿卡列克的可怜虫并不起疑，让他在屋子里四处张望。看得出他很累了，办公室里却找不到一张凳子能让他休息一下。诉讼代理人的事务所照例不多放椅子。一般的主顾站得不耐烦了，只能不满地离开，可是决没办法侵占代理人的时间。

他答道："先生，我已经向你声明过了，我的事只能跟但维尔先生谈，我可以等他起床。"

布卡尔结好账了，闻到他的巧克力香，便从铺了草垫的椅子上站起来走向壁炉架，打量了老人一下，瞧着那件卡列克，作了个莫名的鬼脸。他认为随你怎么挤，大概这当事人也挤不出一个铜子来，便说了几句生硬的话，故意地打发一个坏主顾。

"先生，他们说的是真的。当家的只在夜里办公。你案情尚若严重，我劝你早上一点钟再来吧。"

当事人一动不动看着首席帮办，默默地站了一会儿。一般诉讼的家伙因为迟疑不决或是胡思乱想，表情往往变化多端，事务所的职员见得多了，便不再理会那老人，像牲口吃草一样地大声咀嚼着他的早餐。

临别时，老人说道。"好吧，先生，我今天晚上再来。"他跟遭遇不幸的人同样有那固执脾气，有心到那个时候来揭穿别人制造缺德的把戏。

可怜虫常常不会用语言讽刺社会，只能用行动来揭穿法院与慈善机关的偏枉不公，使它们显露原形。一朝看出了人间的虚伪，他们就更急切地把自己交给上帝。

西蒙南还没等老头儿关上门，就嚷道："哈！这不是吹牛吗？"接着又道："他的神气像从坟墓里爬出来的。"

"可能是一个向公家讨欠薪的上校吧。"首席帮办说。

"不，他以前一定是看门的。"高德夏说。

布卡尔嚷道："也许他还是个贵族呢！"

"我敢说他是门房出身，"高德夏回答，"穿那种下摆乱七八糟，全是油污的卡列克的只有门房。他的靴子后跟都裂开了，灌着水，领带下面根本没有衬衣，你们没注意吗？他是睡在桥洞底下的那种人。"

德罗什道："他可能又是贵族，又当过看门的，那也有可能。"

在众人哄笑声中布卡尔说道："我断定他在一七八九年是个卖啤酒的，共和政府时代当过上校。"

高德夏回答："我可以打睹，他如果当过兵，你们想看什么我就请客。"

"好极了。"布卡尔说。

"喂，先生！先生！"西蒙南在开着的窗房那叫起来。

"你干什么，西蒙南？"布卡尔问。

"我把他叫回来问问他到底是上校还是门房；他肯定知道的。"

所有的职员都哈哈大笑。老头儿已经上楼来了。

"我们怎么跟他说呢？"高德夏叫道。

"让我来对付罢。"布卡尔回答。

可怜人回到屋子，怯生生地低着眼睛，或许怕看着食物的眼睛会暴露出自己的饥饿。

布卡尔对他说："先生，能否留个姓名，让当家的知道……"

"敝姓夏倍。"

一直没开过口的于雷，在众人的刻薄话中又急忙加上一句说："是在埃洛战役中阵亡的夏倍上校吗？"

"不错正是。"老头儿回答的样子很朴实，说完就走了。

办公室内顿时一片嚷声：

"啊哈！"

"多巧啊！"

"哈哈！"

"噢！"

"这老家伙！"

"真有意思！"

于雷在第四帮办的肩上用可以打一条犀牛的力气，重重地拍了一下："德罗什先生，你看定白戏了。"

大家惊叹着又叫又笑，不停地夹杂着许多废话。

"咱们去哪个戏院呢？"

"歌剧院！"首席帮办说。

"别急，别急，"高德夏抢着回答，"我没说请你们看戏。如果我高兴，我可以带你们去那儿。"

"去游艺场那一套不算数。"

"怎么会不算呢？"高德夏回答，"先把事实咱们给确定一下。各位，请问我赌的是什么？请大家看点玩意儿。什么叫做看玩意儿？无非是看些可看的东西……"

西蒙南插嘴道："如此来说，带我们去看看塞纳河的流水也算请客吗？"

高德夏继续说："……只要是花了钱去看的。"

德罗什道："花了钱看的不一定都是好看的玩意儿；你这样说不准确。"

"听我说呀。"

"朋友，"布卡尔道，"你真是不讲理呀。"

"那么蜡像馆的算不算玩意儿？"高德夏问。

"不算，"首席帮办回答，"蜡像馆无非是人像陈列所。"

高德夏说："我可以赌一百法郎的东道，蜡像馆确实是一种玩意儿。他那里的门票就分几种价钱，看你参观的时候占的什么位置。"

"胡说八道！"西蒙南插了一句。

高德夏骂道；"小心我打你嘴巴，小家伙！"

所有的职员都耸了耸肩膀。

高德夏申说的理由被众人的笑声掩盖了，便换了话题："谁敢说这老滑头不是跟我们开玩笑呢？夏倍上校明明死了，他的女人早已再嫁给参议官蒙罗伯爵。蒙罗太太现在还是本事务所的主顾呢。"

布卡尔道："这公案还是到明天再说吧。各位，工作第一！该死！我们这儿简直无事不作。先把你们的状子写完，赶着第四民庭没开庭以前递进去。案子今天要开审的。快点儿过来！"

"如果他真是夏倍上校，西蒙南假装聋子的时候，还不赏他一脚吗？"德罗什这么说着，认为这个理由比高德夏的更充分。

布卡尔接着说："既然事情还没弄清楚，不如凑合去到喜剧院去看塔尔玛演尼禄吧。咱们包一个二等包厢，给西蒙南买张大厅票。"

首席帮办说完便在书桌前面坐下，大家也随之坐下。

高德夏重新念他的稿子："颁布于一千八百一十四年六月——（要写全文，不能用阿拉伯数字。你们记上没有？）"

两个抄副本的和十个抄正本的齐声回答："记上了。"他们的笔尖在公文纸上吱吱响着，办公室内的声音如同小学生捉了上百只虫子关在纸盒中。

起稿员嘴里又念着："恳请法庭诸位大人……（慢点儿！我把句子再看一遍，连我自己都搞不清了。）"

布卡尔也不停地嘀咕："四十六……（嗯，不错，一个人常常会搅不清的！……）加三等于四十九……"

高德夏重新看了底稿，一口气念道："恳请法院诸位大人仰本圣份意旨，对荣誉勋位秘书处之行政措施给予纠正，采用我们以上中说之广义的观点制成判决……"

小职员插嘴道："高德夏先生，喝水吗？"

"淘气的西蒙南！"布卡尔说，"嗨，淘气鬼，快把这包东西送到荣军院去。"

高德夏继续念他的文件："……以保障葛朗利厄伯爵夫人的权益……"

首席帮办一听叫起来："怎么！你竟然为葛朗利厄子爵夫人告荣誉勋位的官司作状子吗？事务所对这案子的公费是讲的包办制。哎！你这个大傻瓜！快把你的状子和正本副本全都丢开，等将来办纳瓦兰告救济院案子的时候再用罢。时间不早了，我要办一份申请状。还得亲自去法院……"

上面那一幕可以说是人生趣事之一，以后谁回想起年轻时候，也会说："啊，那个时候真有意思哇！"

半夜一点左右，自称为夏倍上校的老人跑来敲但维尔先生的门了。但维尔是塞纳省初级法院治下的诉讼代理人，年纪虽然很轻，在法院中已经被认为是最精明强干的一个。门房说但维尔先生还没回来，老人说已经有约，便上楼走向大家的屋子。当事人疑惑地打过了铃，看见首席帮办在东家饭厅里的桌子上整理一大堆案卷，准备第二天按序办理，不由得吃了一惊。帮办见了他也同样吃惊。向上校点点头，让他坐下了。

"先生，你把约会定在这个时间，我还以为在开玩笑呢。"老头儿说着，勉强堆挤出笑容，特意装做很高兴。

首席帮办边工作边答道："帮办们说的话虚虚实实，不一定都是假的。但维尔先生有心挑这个时间来研究案子，筹划对策，确定步骤设置防线。他在此时的智慧特别活跃，因为他一天之中只有这个时间才得清静，想得出好主意。他开业，约在半夜里商量案子的，你是第三个。当家的晚上回来，把每桩案子都考虑过。每宗文件都看过，忙上四五个钟点，然后打铃叫我进去，把他的用意解释给我听。上午十点到下午两点，他接见当事人；其余时间都有约会；晚上要应酬来保持他的社会关系。因此他只有夜里才能研究案情，在法典中找武器，决定作战计划。他一桩官司都不肯打输，他对艺术极为爱好，不像一般代理人什么案子都接。你看他多忙，当然钱也挣了很多。"

老人听着这些话，也不作声，脸上表情古怪而又痴呆；帮办看了一眼，不理他了。一会儿穿着跳舞服装的但维尔回来了：帮办替他开了门，仍旧去整理案卷。年轻的代理人在半明半暗中瞥见那个等着他的怪当事人，不由得愣了一愣。夏倍上校一动不动，与高德夏想请同事们去瞧的，蜡像馆中的蜡人像一个样儿。一动不动的姿势，若不是对幽灵似的整个外表有陪衬作用，还不至于叫人惊奇。但这又瘦又干的老头儿，脑门用光滑的假发特意遮着，有点神秘意味。眼睛里头似乎有一层透明的翳，可以说是一块肮脏的螺钿，在烛光底下发出似蓝非蓝的闪光。惨白的脸又长又瘦，如刀峰一般，像死人的一样。脖子里绕着一条最次等的黑绸领带，在他上半身成为一条棕色的线，线以下的身体被黑影遮掉了。一个富有幻想的人完全可以把这个老人的头看做某种物像的影子。或是没有装框子的论勃朗笔下的肖像。帽子的边盖在老人额头上。把脸的上半部分罩成一个黑圈。这自然而又古怪的效果成为一个强烈的对比，使白的皱纹、生硬的曲线、像死尸般阴沉的气息，更加明显。僵硬的身体一动也不动，眼神中没有丝毫暖意，忧郁痴呆的表情，与白痴所特有的丧失灵性的征象，非常协调；他凄惨的脸，无法用言语形容。但一个善于观察的人，尤其是诉讼代理人，在这个衰败的老头儿身上能看出深刻的痛苦的痕迹，就像成年累月的滴水把一座美丽的大理石像破坏了。当医生的、当作家的、当法官的看见这副神奇的五官，就体会到整个的惨剧。这面目若说还有一点妙处的话，便是很像艺术家一边跟朋友们谈天。一边在镂刻用的石板上画的想入非非的图形。

老人看到诉讼代理人，浑身颤抖了一下，仿佛诗人在静寂的夜里被出其不意的声音打断了浪漫的幻想。老人赶紧脱下帽子，站起来行礼；没想到帽子里面的那圈皮油腻很重，把假头发粘住了，揭露出一个赤裸裸的脑壳：一条可怕的伤痕从后脑起斜穿过头顶，直到右眼，到处都是鼓得很高的伤疤。原来可怜的人戴这副肮脏的假头发，就是为遮盖伤痕的；两个吃法律饭的眼看假头发突然揭落，丝毫不觉得好笑，因为破裂的脑壳真是惨不忍睹，看一眼你马上就会想到："啊，他的聪明都在这儿溜掉了。"

布卡尔心里想："他若不是夏倍上校，起码也是个了不起的军人！"

"先生，"但维尔招呼他，"贵姓？"

"在下是夏倍上校。"

"哪一位夏倍上校？"

"在埃洛阵亡的那个。"老人答道。

听了这句奇怪的话，帮办与代理人相互对视了一下，似乎在说："简直是个疯子嘛！"

上校又说："先生，我想把自己的情况只告诉你一个人。"

此处要提醒的是，诉讼代理人天生都胆子很大。也许因为平时接触的人太多了，也许因为懂得自己有法律保护，也许因为对本身的职务抱着极大的信心，所以他们像教士与医生一样，无论到什么地方都不会害怕。但维尔向布卡尔递了个眼色，布卡尔便走开了。

"先生，"代理人说道，"我倒并不怎么吝惜白天时间；但是夜里的每一分钟我都很宝贵。因此请你说话要简明，只讲事实，别说闲话。需要说明的地方，我会问你的。现在你说吧。"

年轻的代理人让古怪的老人坐下。自己也坐在桌子前面，一边听着那阵亡上校的话，一边翻阅案卷。

上校开始说道："先生，也许你是知道的，我带领一个骑兵联队在埃洛。缪拉那次有名的冲锋是决定胜利的关键，而我对于缪拉袭击的成功又颇有功劳。

不幸我的阵亡变成了一桩史实，在《胜利与武功》上报告得很清楚。当时我们断了俄罗斯的三支大军，但他们立刻合拢，我们不得不回头杀出去，击退了一批俄军，正向着皇帝统率的主力冲回去的时候，又遇到一大队敌人的骑兵。那些顽敌直扑过来，两个巨人般的俄国军官同时来袭击我：一个拿大刀从我头上劈下来，把头盔什么都砍破了，砍到我贴肉的黑绸小帽，脑壳劈开了。我从马上掉下来。缪拉赶来救应，一千五百人马如潮水般在我身上卷过，那真是非同小可！他们报告皇帝，说我阵亡了。皇帝平时对我不错，又因那次猛烈的冲锋我又是有功的；他想知道是否还有希望把我救过来，于是，派了两名军医来找我，想用担架抬回去；他吩咐他们'去瞧瞧可怜的夏倍是不是还活着'；也许当时口气随便了些，也许因他忙。那些可恶的医生已经见我被两个联队踏过了，没有按我的脉搏，就说我死了。于是他们按照军中的法律程序，把我的阵亡作成了定案。"

年轻的代理人听见当事人说话非常清楚；虽然故事离奇，但像是真的；便放下案卷，把左肘撑在桌上并用手托着头，目不转睛地看着上校。

他打断了对方的话，说道："先生，你可知道我的主顾里头就有夏倍上校的寡妇，蒙罗伯爵夫人吗？"

"你是说我的太太！是的，先生，我知道。为此原因，我向多少诉讼代理人奔走了上百次而毫无结果，他们以为我是疯了，所以我才来找你，等会儿再谈我的苦难，我把事实先讲清楚，但我的解释多半是根据推想。不一定真的发生的。只有上帝知道的一些情况，使我只能把好几件事当作假定。我受的伤大概促发了一种强直症，或是跟所谓止动症相仿的病。否则，我也不会被掩埋队按照军中的习惯，被剥光了衣服扔在阵亡将士的大坑里呢？在这里，我要插叙一桩所谓阵亡的过程中的小事，那是事后才得知的。一八一四年，我在斯图加特遇到我连队里的一个下士，他的情形以后再谈。他是惟一肯承认我是夏倍上校的人，他对我解释。说我受伤时，我骑的马也中了一枪。牲口和人都像小孩子扎的纸玩意儿一般被打倒了。它倒下去的时候，一定把我压在下面，使我免于马的践踏，也没受到流弹。他认为这是我能存活的原因。可是先生，当时一醒来，我所处的地方和四周的空气，便是和你讲到明天早上也不能让你明白。我闻到恶臭的气味，想转动一下都没有地方；睁开眼睛，又看不见一点东西。稀薄的空气是最大的威胁，渐渐地我感觉到自己的处境。我知道这种地方不可能再有新鲜空气了，我快死了，这个念头的出现，使我本来为之痛苦的、难以形容的苦楚，已毫无感觉了。耳朵轰轰地响着。我似乎听见，我也不敢肯定地说，周围的死尸都在那里哼哼唧唧。关于那个时间的回忆虽然很模糊，痛苦的印象虽然远过于我真正的感觉，它扰乱了我的思想，但至今有些夜里我还似乎听到那种哽咽和叹息。比这些哀号更可怕的，是别的地方从来没经历的静默，那是坟墓中的静默。最后，我举起手来在死人堆中摸索了一会，发觉在我的头和上一层的死尸之间有一个空位置。我估量了一下这个不知怎么会留下的空间。好像是掩埋队把我们横七竖八丢下坑的时候，正好有两个尸体在我头上斜着交叉，就像孩子用两张纸牌搭的屋子，上面斜靠在一起，底下分开着。那时一分钟都不能耽搁，我赶紧在空隙中摸索，居然很幸运，碰到一条手臂，幸赫拉克勒斯的手臂，救了我的命。否则，我早完了。你不难想像，当下我发狠从死尸堆里往上顶，想爬出埋在我们身上的泥土；我说我们，仿佛我身边还有什么活人似的。我不敢放松的顶上去，竟然成功了；因为你瞧，我不是活着吗？可是怎么能越过那生死的界线，从乱尸堆中翻上来，我到现在也弄不明白。可那时就好像有了神的帮助，从被我当作支点一般利用的那条胳膊，使我竭力挪开的许多死尸之间找到一些空气，来维持我的呼吸。先生，我终于见了天日，冰天雪地中的天日！那时我才发觉自己的头裂开了。也说不清究竟是什么的凝结之下，好像给我贴了一个大膏药一样。脑壳上盖着这层硬东西，我一碰到雪又晕过去了。我身上仅有的一点儿热气却把周围的雪化掉了一些；等苏醒过来后，发觉自己在一个小窟窿的中央，我便大声呼叫救命，直到声嘶力竭为止。太阳出来了，使人再听到的希望很小。田里会不会有人呢？幸亏地底下有几个身体结实的尸首，使我的脚能借一把力，向上挣扎身体。你知道那当然不是跟他们说'可怜的好汉，我向你们致敬'的时候。总之，先生，那些该死的日耳曼人听见叫喊却不见一个人，吓得仓皇跑悼，我真是又急又气；我这么说，当时我心中的痛苦真是无法形容。过了不知多久，才有一个或是胆子很大，或是很好奇的女人走近来：当时我的头好似长在地面上的一颗菌。那女的跑去叫了丈夫来。两个人把我抬进他们简陋的木屋。或许我又发了一次止动症，很抱歉我用如此名词来形容我的昏迷状态：听两位主人说，想必是那种病。我半死不活，拖了半年，要么不出声，或是胡言乱语。后来他们把我送进海尔斯贝格城里的医院。先生，你该明白，我从死人坑里爬出来，跟从娘胎里出世一样的赤条条地过了六个月，有一天忽然我神志清醒了。想起自己是夏倍上校的时候，便要求看护女人对我客气些，别以为我是穷光蛋，不料病房里的同伴听了哈哈大笑。主治的外科医生为了好胜心执意要把我救活，自然也很关心我。那好人叫做斯帕什曼。听我彻头彻尾地把过去的身世讲了一遍，就按照当地的法律手续，托人把我从死人坑里爬出来的奇迹，救我性命的夫妻俩以及发现我的日子与钟点，全部弄清楚；又把我受伤的性质、部位，详细记录下来；姓名状貌也给写得很明白。但是这些重要文件，还有我为了要确定身份而在海尔斯贝格一个公证人面前亲口叙述的笔录，都不在我身边。后来因为战争关系，我被赶出海尔斯贝格，从此过着流浪生活，以乞讨度日；每次提起我经历的事，被人还当作疯子。我因此也没有一个钱，也挣不到一个钱来领取那些证件，而没有证件；我的社会生活就没法恢复。伤口的痛疼，使我在德国某些小城里待上一年半载；居民对我这个害病的法国人很热心照顾，但我要自称为夏倍上校就会受到嘲弄。这些嘲弄与怀疑，气伤了我的身体，还在斯图加特城里被人当作疯子，关在牢里。的确，照我讲给你听的情形，你也不难看出把我关起来的原因。两年之间，狱卒不知对人说了多少遍：'这可怜的家伙还自以为是夏倍上校呢！'听的人总是回答一句：'唉，可怜！'关了两年之后，连我自己也认为那些奇怪的遭遇是不可能的了，就变得性情忧郁、隐忍、安静。不再自称为夏倍上校；也只有如此才有希望放出监狱回到法国。哎！先生，我思念巴黎简直如醉如痴……"

这句话到此一半，夏倍被愣住了，但维尔不忍打扰他，便耐着性子等着。

然后他接着说："直到有一年春天，他们把我释放了，给我十个塔勒，认为我行为举止具有理性，也不自命为夏倍上校了。的确，那时我觉得自己的姓名讨厌透了，就是现在，偶尔还有这感觉。我不求恢复以前的我。一想到自己在社会上有多少应得的权利，我就痛苦得要死。倘若我的病使我把过去的身世忘了，那就好了！我可以随便用一个姓名再去从军，而且谁敢说我不会在法国或俄国当上了将军呢？"

"先生，"代理人说，"我的思想都搅乱了。我觉得像是在做梦。咱们歇一会儿好不好？"

"到现在，肯这样耐着性子听我的只有你，"上校悲伤地说，"法律界没有一个人愿意借我十个拿破仑，让我把证件从德国寄回来，作打官司的根据……"

"什么官司？"他过去灾难的叙述，使诉讼代理人竟忘了他眼前的困苦的处境。

"先生，我的妻子不是费罗伯爵夫人吗？她每年三万法郎的收入都是我的财产，可是她连两个子儿都不愿意给我。一般诉讼代理人或是明理的人听我这些话的时侯，像我这样一个叫化子说要控告一个伯爵和一个伯爵夫人的时候，我这个公认为早已死了的人说要和死亡证、结婚证、出生证对证之时，他们就把我赶走，赶走的方式因人性格而定；有冷冷的、有礼的，像你们用来拒绝一个可怜虫的那一套；也有粗暴蛮横的，以为遇到了坏蛋或是疯子。我曾经被埋在死人底下，如今我被埋在活人底下，被埋在各种文书各种事实底下，埋在整个社会底下，他们都要我重新钻到地下去！"

"先生，请你把故事讲下去。"代理人说。

"请！"可怜的老头儿抓着年轻人的手叫起来，"请这个字眼儿从我受伤到现在还是头次听到……"

上校边说边哭。他感激得连声音都没有了。他的眼神、动作甚至于静默所表现出的深刻，难以表达，使但维尔最终完全相信，并且大为感动。

"先生，听我说，今天晚上我打牌赢了三百法郎，完全能拿出一半来促成一个人的幸福。我马上办手续，叫人把你所说的文件寄来；没寄到以前，我每天借给你五法郎。你果真是夏倍上校的话，请原谅我只帮你这么一点儿款子，因为我是个年轻人，还得置我的家业。好了，请你往下说罢。"

自称为上校的呆在那好半天；显然，太多的灾难把他的信心完全毁灭了。军人的荣誉、他的家产、他追求这些或许是受着一种无法解释的心情支配，那是在任何人心中都有根芽的；炼丹家的苦功、求名人的热情、天文学家物理学家的发现，凡是一个人用事实用思想而使自己伟大的，全是由于一点心理作用。在上校心目中，自我的地位似乎并不重要，就像赌徒，得胜的虚荣和快感，比所赌之物更重要。这个人在十年中见弃于妻子，见弃于一切社会成规，突然听到诉讼代理人的话当然认为是奇迹了。多少年来被多少人用多少方式拒绝的十块金洋，居然在一个诉讼代理人手中得到了！据传有一位夫人有了十五年的寒热，寒热一旦停止，却以为自己又得了另外一种病；上校正是如此。世界上有些幸福，你早已不信会实现的了；真实现的时候，简直像霹雳一般会伤害你的身心。因此那可怜虫感激的情绪太强烈了，语言无法表达。浅薄之人会觉得他冷淡，可是但维尔看他发愣，完全体会到他的忠厚老实。换了一个狡黠之徒。在那种情况下一定会天花乱坠地说一套的。

"我讲到哪里了？"上校像小孩子或者军人似的天真的问道，因为真正的军人往往有赤子之心，而小孩子也常见有军人气息，尤其在法国。

"你说到在斯图加特，刚从监狱里出来。"代理人答道。

"你知道我的女人吗？"上校问。

"知道的。"但维尔点点头。

"她现在怎么样？"

"还是那么漂亮的。"

老人做了个手势，似乎把心中的隐痛在咽下去；经过战争的炮火，浴过血的人所具有的克制功夫，使你觉得他严肃庄重，他显得快活了些，因为呼吸舒畅了，就像从坟墓再次爬出来，把一层比当年盖在他头上的雪更难融化的雪融化了；他拼命吸着空气就像刚走出牢似的，然后说道：

"先生，倘若我是个美男子，决不至于受那些苦难。女人相信有爱情的男人。一旦喜欢了你，她们就百依百顺，为你无所不为。可是我，我怎么能够打动女人的心呢？我的脸像个鬼，身上穿得像平民一样。不像法国人更像一个爱斯基摩人，然而在一七九九年我确实是个最漂亮的哥儿，我夏倍的确是个帝政时代的伯爵！……且说我被赶到街上如狗一样的那一天，碰到刚才跟你提过的下士。那弟兄名叫布坦。可怜他当时的模样和我相差无几。我散步的时候瞧见了他，认出了他，可是他休想猜到我是谁。我们一块儿上酒店，到了那里，我一说姓名，布坦就像一尊开了裂的大炮咧着嘴笑。先生，我伤心到了极点，他的大笑让我感觉到自己面目全非，最感激、最敬重我的朋友也认不得我了；我救过布坦的性命，其实那是我还他的情分。他当初怎样帮我忙，我也不细说了。只要告诉你发生在意大利拉韦纳的事情。在一个不怎么上等的屋子里，我差点儿被人扎死，亏得布坦救了我。那时我和布坦一样，只是个普通的骑兵。只有我们两人知道的事情细节，经我一提，他对我的疑心就减少了。我又把奇奇怪怪的经历讲给他听，他说我的眼睛我的声音都变了；头发、牙齿、眉毛都没有了；脸色惨白得像害了病。他又提出许多问话，听我回答得一点不错之后，终于承认这个叫化子原来真是他的上校。他把他的离奇的遭遇跟我说道：他逃出西伯利亚想到中国去，遇到我的时候便是从中国边境回来。他把俄罗斯战役的惨败和拿破仑的第一次退位的消息告诉了我。我受到了很大的打击。我们俩都是劫后余生的怪物，在地球上滚来滚去，像小石子一样在海洋中卷到东，卷到西。把两个人到过的地方合起来，有埃及，有叙利亚，有西班牙，有俄罗斯，有荷兰，有德意志，有意大利，有达尔马提亚，有英国，有中国，有西伯利亚；只有印度和美洲没去！布坦的腿脚比我灵便，决定赶回巴黎，把我的情况通知我太太。我写了一封极详细的信给她，那已经是第四封了，先生！假如我有亲属的话，或许不会活到这种地步；可是实话对你说，我在弃婴堂出生，我的履历是军人；没有遗产，只有勇气；没有家族，只有社会；没有故土，只有国家；没有保护人，只有上帝。懊，我说错了！我还有一个父亲，就是皇帝！啊，亲爱的人假如还在台上，看到他的夏倍——他总是这样称呼我的——成了这等模样，他不大发雷霆才怪呢。有什么办法！我们的太阳下山了，在此时我们都觉得冷了，总之，我妻子的杳无信息多半可以用政局的变动来解释。布坦动身了。有两只训练好的白熊一路替他挣钱的好运气。我不能和他作伴；身上带着病，走不了长路，我把布坦和他的熊送了一程；因体力不支我们分手了，先生，我哭了。在卡尔斯鲁厄，我头里闹神经痛，潦倒不堪地在小客店里躺了六个星期，睡在干草堆上。唉，先生。我生活所遭遇的苦难说也说不完。精神上的痛苦使得肉体的痛苦变得微不足道了；但因为精神的痛苦是肉眼看不见的，倒反不容易得到人家同情。我记得在斯特拉斯堡一家大饭店前面哭了一场；从前我在那边宴请宾客，而如今连一块面包都要不到。我的路是跟布坦商量好的，所以到一个地方就上邮局去问，可有寄给我的信和钱。直到巴黎，什么都没收到。那期间，多少的悲痛只能压在心里！我心里想：'大概布坦死了罢？'果然，可怜的家伙在滑铁卢送了命。他的死讯也是我以后无意之中听到的。他和我太太办的交涉一定是毫无结果。最后我到了巴黎，和哥萨克兵同时进城。看见俄国兵到了法国，对我来说可真是雪上加霜。我就忘了自己没穿鞋，袋里没有一个钱。我身上的衣服已经成破布条了。进巴黎的第一天，由于夜晚我在克莱森林中露宿，夜晚的凉气使我害了一种不知名的病，第二天进圣马丁区的时候发作起来，在一家铁匠铺门口我晕倒了。醒来发觉自己躺在市立医院里的病床上。在那的一个月，日子还算过得快活。不久我被打发出来，沦落街头，但身体很好，脚也踏到了巴黎的街道。我迫不及待地赶列勃朗峰街。我太太住在那里，房子还是我的产业呢！谁知勃朗峰街变了昂丹大道。我的房子不见了，原来给卖掉了，拆掉了。地产商在我以前的花园里盖了好几幢房子。因为不知道妻子嫁了费罗，我什么消息都打听不出。后来去找一个以前代我经手事情的老律师。不料他已经死了，没死之前就把事务所盘给一个年轻人。这位后任把我的遗产如何清算，继承手续如何办理，我的妻子如何再嫁，又生了两个孩子等等全部告诉了我，使我大吃一惊。他见我自称为夏倍上校就毫不客气地哈哈大笑，我什么都没说就走了。斯图加特监狱的经验使我想起了沙朗通疯人院，我要小心行事。知道了太太的住处，我便抱着希望到她的公馆去了。"上校说到这里做了一个手势，表明他有一肚子的怨气，"唉，谁知我用一个假姓名通报的时候，里头回说不在；当我用了真姓名的时候干脆被拦在大门口。为了要看到伯爵夫人，我整夜站在大门外界石旁边等她，车子像闪电一般的过去，我眼睛盯着车厢拼命朝里望；那个明明是我的而又不再属于我的女人，我看见的只是一点儿影子。"老人说着。忽然站了起来，嗓子叫道："那时起，我只想报复了。她明知道我活着；我回来以后，她还收到我两封亲笔信。她却不爱我了！对她是爱还是恨我无法表达！一会儿想她，一会儿恨她。她的财产，她的幸福，没有一样不是靠了我？可是她连一点儿小小的帮助都不给我！有时我气得真不知该如何！"

这些说完后，老军人又往椅子里坐下，待着不动了；但维尔一言不发打量着当事人。终于，他像是自言自语地说道：

"事情很严重。就算你所说文件真实可靠，也不能担保我们一开场就胜利。这种官司前后必须经过三审。对这样一件没有前例的案子，必须冷静地考虑才行。"

"唉！"上校冷冷地但又高傲地仰头回答，"万一失败了，我知道如何去死，可是要人陪着我。"

此时的他老态全无，变为一个坚强果断的人，眼中充满了悲愤与报复的火焰。

代理人说："或许咱们应当想法和解。"

"和解！"夏倍上校嚷道，"请问我究竟是活着还是死了？"

代理人说："先生，希望你听从我的劝告。我一定把你的案子当做我自己的事。以后你便会发现我对你的处境是如何关心的——这可是司法界中几乎是从未有的。目前我先给你一个字条，你拿去见我的公证人，凭你的收据每十天向他支五个法郎。到这儿来拿钱对你不大合适。如果你真是夏倍上校，就根本用不着依靠谁。我给你的垫款是一种借贷的方式。你有产业可以收回，你是有钱的人。"

老人的眼泪已被最后几句话感动得冒了出来。但维尔突然起身进入办公室，因为当诉讼代理人的照例不应当流露感情。出来时拿着一个开口的封套交给夏倍伯爵。可怜的老头用手指一捻，觉得里头有两块金洋。

代理人说："请你把文件的名称，存放的城与邦的名称，统统告诉我。"

上校一一说明了，又核对一遍代理人所写的地名；随后一手拿起帽子，伸出另外一只生满肉茧的手，望着但维尔声音很自然地说道：

"的确如此。先生，除了皇帝，你是我最大的恩人了！你真是一条好汉。"

代理人握了一下上校的手，拿着灯把他一直送到楼梯口。

"布卡尔，"但维尔对他的首席帮办说，"我刚听到的一个故事，也许要我破费五百法郎。就算是受骗了，赔下钱，我也不后悔，至少是看到了现今最优秀的演员。"

上校走到街上，在一盏路灯底下掏出代理人给的两枚二十法郎的钱，瞧了一会儿。九年了，这是他第一次看到金洋。

"这下我可以抽雪茄了！"他心里想。

从这次谈话以后，大约过了三个月，负责代但维尔给主顾透支生活费的公证人，为了一件重要的事去和代理人商议，一看到但维尔就索取付给老军人的六百法郎垫款。

"你有心养着帝国军队玩玩吗？"公证人取笑但维尔。这公证人叫做克罗塔，年纪很轻，以前是一个公证人事务所里的首席帮办，后来当家的因破产逃走了，克罗塔便盘下了事务所。

但维尔回答："谢谢你提醒我这件事。我的慈善事业不预备超过六百法郎，或许我为了爱国已经受骗了。"

他边说边看自己的书桌上放的首席帮办拿来的几包文件。有封信贴着许多狭长的、方形的、三角形的、红的、蓝的、普鲁士邮票，奥国邮票、巴伐利亚邮票、法国邮票，他不由得眼睛一亮。

"啊！戏文的结果来了，来瞧瞧我是不是上了当。"

他笑着说，一边开了来信，不料写的是德文，一个字看不懂便打开办公室的门把信交给首席帮办：

"布卡尔，你亲自跑一趟，赶快叫人把这信翻译一下，要快点儿。"

柏林的公证人复称，全部文件几天之内就可送到。据说那些公事都合格，做过必要的法定手续，足以取信于法院。当初为笔录所举的事实作证的人，仍然还在普吕西什—埃洛邦内；救夏倍伯爵的女人至今还活着。在海尔斯贝格近郊的一个镇上居住。

布卡尔把信念完了，但维尔嚷道："啊，事情当真起来了。可是，朋友，"他回头向着公证人，"大概还有我需要的一些材料在你事务所里。当初不是那骗子罗甘……"

"噢，咱们不说骗子，只说不幸的，可怜的罗甘。"亚历山大·克罗塔笑着打断了但维尔的话。

"随你说吧。夏倍的遗产案子，不是那可怜的罗甘经手的吗？就是最近带走了当事人八十万法郎。使好几个家庭急得没办法的罗甘，我们的案卷中好像提到过这一点。"

"的确是这样，"克罗塔回答，"那时我还当着第三帮办，清算遗产的案卷是我填写的，也作了详细的调查。萝丝·沙波泰勒女士是亚森持的寡妇，亚森持又名夏倍，帝政时代封的伯爵，荣誉勋位二级获得者。他们结婚的时候没有订婚约，所以双方财产是共有制。我记得资产总额一共有六十万法郎。结婚以前，夏倍上校立过一份遗嘱，把四分之一的遗产捐给巴黎的慈善机关，另外四分之一捐给国家。他死后办过共有财产拍卖，一般性拍卖，遗产分析等等手续，因此各方面诉讼代理人都很活跃。在清算期间，统治法国的那个魔王下了一道上谕，把国库应得的一分遗产退还给上校的寡妇。"

"那是夏倍伯爵私人名下的财产了。"

"正是,朋友!'克罗塔回答,"你们这些诉讼代理人理赔时倒还清楚。尽管你们不论是辩护还是攻击,常常被人家责备说是颠倒事非。"

夏倍伯爵在给公证人的第一张收据上写的住址是:圣马尔索区小银行家路;房东是一个叫做韦尼奥的老头,曾经在帝国禁卫军中当过上士,现在在街口上做着鲜货买卖,但维尔不得不下车步行;因为马夫不肯在一条不铺石子的街上赶着轻便的两轮车,地下的车辙也的确太深了。诉讼代理人向四下里望了一会儿,终于在紧靠大街的小巷子的某一段。在两堵用兽骨和泥土砌的围墙中间,瞧见两根粗糙的石柱,尽管前面放着两块代替界石的木头,却还是被来往的车辆刮得剥落了。石柱顶上有个盖着瓦片的门楣,底下有根横梁,梁上用红字写着韦尼奥鲜货行,字的右边用白漆画着几只鸡,左边画一条母牛,大门敞开着,看样子是整天不关的。进门便是一个相当宽敞的院子,院子的尽头,朝着大门有所房子,如果巴黎市区的一些破房还能称作房子的话;它们跟无论什么建筑物都不能比,甚至还比不上乡下最简陋的房子,因为它们只有乡下破房的贫穷而没有它的诗意。田野里有的是新鲜的空气碧绿的草原、阡陌纵横的景致、起伏的岗峦、望不到边的葡萄藤、曲折的小路、杂树围成的篱垣、茅屋顶上的青苔、农家的用具,所以即便是草房木屋也另有一番风味,然而巴黎的贫民窟因为丑陋而显得苦难无尽。

这所随时可以倒坍的新盖的房子。没有一样是真正的材料,全是旧货。因为巴黎每天都在拆房产。但维尔看见一扇用木板钉成的护窗上还有时装商店几个字,所有的窗子式样都不同,装的方式也很怪。似乎可以居住的底层,一边高一边低;低的一边,房间都在地面之下。大门与屋子中间有一个坑,堆满垃圾和雨水,还有屋子里泼出来的脏水。简陋的屋子所依靠的墙要算是最坚固的一面了;墙根搭着几个稀疏的棚子,兔子在里面尽情的繁殖。大门右边是个牛棚,顶上的阁楼里堆放着干草,紧接着一间牛奶房和正屋相通着。左边有一个养鸡鸭的小院子,还有一个马槽和一个猪栏,猪栏的顶和正屋一样用破板钉成,上面乱糟糟的盖着灯蕊草。

但维尔立足的院子。如同每天供应巴黎食物的场所,因为大家要赶早市,到处留下匆忙的痕迹。变了形的白铁壶,装乳酪用的瓦罐,用来塞瓶口的布条,都乱七八糟丢在牛奶房前面。两头用木柱撑着的绳上挂着些破抹布,在太阳底下随风飘荡。一匹只有在牛奶房里才看得见的那种驯良的马。拖着车走了几步,站在大门紧闭的马棚外面。墙已经开裂发黄,一只山羊正在啃着满尘土的枯瘦的葡萄藤上的嫩叶。在乳酪罐上一只猫正在舐乳酪。好些母鸡被走近的但维尔,吓得一面叫一面飞，看家的狗也跟着叫起来。

对这简陋又污秽的景象，但维尔心里想："噢！决定埃洛一仗胜败的人原来住在这里！"

房子只有三个男孩子。一个爬在一辆满载青草的车上，向邻屋的烟囱扔石子。希望石子从烟囱里掉进人家的锅中。另外一个想把一只猪赶到车身碰着地面的木板上，第三个拿手攀着车身的另一头，预备跳上了木板，叫它一上一下地颠簸。但维尔问他们夏倍先生是不是住在这儿，他们都不吭一声地望着他，又痴又灵，如果可以这样形容的话。但维尔又问了一遍，仍然得不到回答。他看着三个顽童的狡猾样子心中不耐烦，便拿出年轻人对付儿童的办法，半真半假地骂了一声，不料他们反倒粗野地大笑起来。但维尔这一下可火了。上校听到声音。从牛奶房旁边一间矮小的屋内走出来，声色不动地站在那儿，完全是一副军人气派。嘴里咬着一支烟膏极重。质地粗劣，俗称为烫嘴的白泥烟斗，他向上推了一下满是油腻的鸭舌帽的帽沿，看见了但维尔，想要急于赶到恩人前面，就立即从垃圾堆中跨过来，一边声音很和气地向孩子们喊着：

"别乱来，弟兄们！"

三个孩子马上安静下来，可见老军人平日的威严。他招呼但维尔。"啊，干吗不写信给我。"接着他看见客人，怕垃圾弄脏靴子，跨踌不前便又说："你沿着牛棚走罢，那儿地下是铺了石板。"

但维尔东奔西跳，终于到了上校的屋门口。夏倍为自己只能在卧房里接待客人，而露出难堪的神情。的确，但维尔在屋内只看到一张椅子。床上只有几束干草，铺着两三条不知由女主人从哪儿弄来的破地毯，通常是被送牛奶女人垫在大车的木凳上的。在满是泥地的屋子里，发霉的墙壁长着绿毛，到处开裂，散发出很重的潮气，只能把紧靠卧床的那片墙用草席遮起来。一只钉子上挂着那件可笑的卡列克。墙角里东倒西歪地躺着两双破靴子。至于内衣被褥，连一点影子都没有。虫蛀的桌上有一本敞开的普朗歇翻印的《帝国军报》，好像是上校的经常读物。他在这清苦的环境中神态安详，非常镇静。从那次访问但维尔以后，他面貌似乎改变了，代理人看得出，他脸上有些心情愉快的影子和由希望表现出来的一道淡淡的光。

他把垫着破草垫的椅子端给代理人，问道："我抽烟会使你觉得不舒服吗？"

"哎，上校。你住的地方糟糕透了。"

但维尔说这句话第一是因为，代理人都天生多疑；第二他涉世不久便看到一些幕后的惨剧，让人有许多感叹，所以心里想：

"这老头拿了我的钱一定去满足他当兵的三大嗜好了：赌钱，喝酒，玩女人，哼！"

"是的，先生，我们这儿谈不到享受，只像一个营帐，全靠友情给它一些温暖，可是……"说到这儿，老军人用深沉的目光瞅着法学家，"可是我从来没害过人，没做过使人难堪的事，所以不必提心睡不着觉。"

代理人觉得盘问给他那笔预支的钱是怎样使用的显得太不客气了。结果只说：

"为什么不搬到城里去呢？你不用花更多的钱，住得可以舒服多了。"

上校回答："这里的房东让我免费吃住了一年，难道我现在有了些钱就离开吗？况且这三个孩子的父亲还是个老埃及人……"

"什么！是个埃及人？"

"参加过出征埃及的兵，我们都叫做埃及人。我也是其中之一。从那里回来的不但彼此跟弟兄差不多，并且韦尼奥还是我部队里的。在沙漠中和我一块喝过水。何况，我还要教他几个孩子认字呢？"

"那么现在你付了钱，他应该让你住得好一些。"

"嘿！他的几个孩子还不是和我一样睡在草堆里！他夫妻俩的床也不见得更舒服；他们穷得很，又自不量力地盘了一个铺子。假如我能收回财产……得啦，甭提了！"

"上校，我明后天就能收到你海尔斯贝格的文件。救你的，还活着呢！"

"该死的钱！难道我没有钱吗？"他嚷着把烟斗摔在了地下。

一支烟膏厚重的烟斗对一个抽烟的人是很宝贵的；但他的摔破烟斗是出于义愤，自然而然流露出来的举动，烟草专卖局大概也会加以原谅，也许天使会把烟头的碎片捡起来吧。

但维尔跨出房间，想沿着屋子在太阳底下走走。

他说："上校，你的案子复杂了。"

上校回答："但我认为很简单。别人以为我死了，但我活着！应当还我妻子，还我财产；政府也得给我将军的职位，因为埃洛战役以前，我已经是帝国禁卫军的上校了。"

"事情在司法界里就不这么简单了。我可以承认你是夏倍伯爵；但对于那些因为自身利益仍然而要否认的人，是要用法律手续来证明的。你的文件必然会引起争辩，随之而来的会有十几个先决问题及许多矛盾，一直要告到最高法院，期间不知要花多少钱打多少官司，拖多少时间；那是我无论如何努力也阻止不了的。你的敌人会请求当局作一个详细的调查，我们不能拒绝，或许还需要委托普鲁士邦组织委员会就地查勘。就算一切顺利，司法当局很快地承认你是夏倍上校了，但费罗伯爵夫人那件无心的重婚案，他们会如何判决呢？然而，你和费罗伯爵究竟谁对伯爵夫人更有权利，法典却没有规定，法官只能凭同情心裁判，正如社会上有些特殊的刑事案件只能由陪审官用自由同情心裁判一样。你和你太太没生儿女，费罗先生和他太太却生有两个儿子；法官的裁定，可能把婚姻关系比较浅的一方面牺牲，出于善意而要另一方面的结合。以你这个年龄，这个处境，坚决要求把一个已经不爱你的女人判还给你，你会觉得舒服吗？你的太太和她现在的丈夫势必和你对抗，而这两位的势力，可能会左右法院的。官司因此非拖延不可。你却由于悲愤交加而很快地衰老了。"

"还有我的财产呢？"

"你以为你真有天大的家产吗？"

"我当初不是有二万法郎收入吗？"

"上校，你在一七九九年上还没结婚的时候，立了一份遗嘱，注明把四分之一的遗产捐给救济机关。"

"是的。"

"因为别人以为你死了，所以要把你的财产进行登记和清算，才能把那四分之一拨给救济机关。但是你的太太只顾自身的利益，不惜损害穷人的利益。在遗产清查的时候，她的现款和首饰一定是隐瞒不报的，就是银器也只拿出小小的一部分，家具的估价只等于实际价值的三分之一，也许是她为自己留后路为了少付一笔税，同时也因为那是由估价员负责的，所以她尽可以胆大妄为。登记的结果。你的财产只值六十万法郎。你的寡妇照理应当得一半。拍卖的遗产都由她出钱买回来。又沾了不少便宜，救济机关拿走应得的七万五。你遗嘱上既没提到妻子，没有受主的那份遗产应当归入公家，但皇帝下了一道上谕，把那一份给了你的寡妇。由此看来，现在还有多少财产你能名正言顺地争回来呢？仅仅是三十万法郎，还得除掉一切费用。"

上校显然吃一惊，问道："这就是你们称为大公无私的法律吗？"

"肯定是……"

"那真是太妙了！"

"上校，法律就是这么回事。现在你应该明白，你认为容易的事并不容易。费罗太太可能还会把皇帝给她的那一份抓着不放呢。"

"事实上她又不是寡妇，那道上谕应当作废。"

"对。可是世界上每一件事都要去争辩。告诉你,在这种情形之下,我觉得对你,对她,和解是最好的办法。你和解以后所能到手的财产,可以比你在法律上能收回的更可观。"

"那不等于是卖掉我的妻子吗?"

"一年有了两万四的收入,再加你的地位,完全可以找一个比你原来的太太更合适,能让你幸福的女人。我想今天就去拜访费罗伯爵夫人,看看情况,但我没通知你以前,你最好别去。"

"咱们一块儿去罢……"

"就你这种打扮去吗?"代理人说,"绝对不可以,上校。这样的话,你的官司是输定了……"

"我这官司有没有希望打赢呢?"

"应该是没问题。但是亲爱的上校,你要知道。我不是富翁,我为了盘事务所借的债还没还清。倘若法院答应预支你一笔钱,也就是让你在应得的财产里头先拿一部分,也得等到你夏倍伯爵,荣誉勋位二级获得者的身份确定以后。"

"啊!我竟忘了,我还是荣誉勋位二级获得者呢。"他满脸天真地说。

但维尔接着又说:"没确定你的身份之前,不是先得叫人辩护吗?律师,要钱:送状子,抄判决书,要钱;执达吏,要钱;你自己还得有笔生活费。几次预审的费用,不会少于一万二到一万五的。我没有这笔钱,借钱给我盘这个事务所的债主要的利息很高,让我感到难以承受。而你,你又从哪儿去张罗?"

可怜的老头两颗很大的泪珠从那干枯无光的眼中涌出,在那布满伤痕与皱纹的脸颊上淌着。看到这些困难,他灰心了。社会与司法界像一块巨石压着他的胸部。

他嚷道:"好吧,我去站在旺多姆广场的华表下面,大声地喊:我是夏倍上校,我是在埃洛冲破俄罗斯大军方阵的人!——那铜像会认得我的。"

"如此,人家就把你送沙朗通。"

一听到这可怕的名字,老军人就泄气了。

"难道陆军部也不会为我主持公道吗?"

"那些衙门!"但维尔说,"先要把宣告你的死亡无效的公事端整好了再去。他们正恨不得把所有帝政时代的人物全部消灭了呢。"

上校目瞪口呆地愣在那里好一会儿,茫然地朝前望着。军事法庭办起事来是干脆、迅速,甚至是粗暴的,判的案子几乎永远是公道的;夏倍所知道的法律只有这一种。如今看到所要遭遇的难关像迷魂阵一样,不知要花多少钱才能进去游历一周，可怜的老头意志不禁受到严重的打击，而意志原是男人特有的一种力量。他觉得受不了打官司的生活，还不如在贫穷中煎熬，做个叫化子，或者有什么部队肯收留，再去投军当个骑兵，反而会省去许多麻烦。肉体与精神的痛苦，因为损害了几个最重要的器官，已经使他健康大受影响。他害的病在医药上没有名字，病因如同我们身上受害最烈的神经系统一般，不能确定地方，只能称之为痛苦的忧郁症。这种无形而实在的病不论怎么严重，如果生活得愉快，还是能痊愈的。但要完全摧毁他结实的身体，只要一个新的阻碍或是什么意外的事，把已经脆弱的生机斩断，使他处处犹豫，做事有头无尾，没人了解——那都是生理学家在受伤过度的人身上，常常看到的症状。

但维尔发现老军人有点失魂落魄的样子，便说：

"别丧气，结果只会对你有利的。但你得想一想是否能完全信任我，我所认为的办法能不能全部接受？"

"你爱怎办就怎办吧。"夏倍说。

"不错，但你，是不是能够生死置之度外地听我摆布呢？"

"难道我从此只能无名无姓，毫无身份地混下去吗？这如何受得了？"

"我不是这个意思，"代理人说，"我们可以用友好的方式得到法院的判决。把你的死亡登记和婚约撤销，恢复你的公民权。靠费罗伯爵的力量，你一定还能得到其他的军阶和一笔俸禄。"

"行，你放手去做吧！我完全信任你。"

"那么我等会把委托书寄给你签字。再见了，别丧气！需要钱，尽管告诉我。"

夏倍背靠着墙使劲地握了握但维尔的手，似乎除了目送外没有气力再送客。正如一般不大了解司法界内情的人，他看到这些没有想到的情况吓坏了。他们俩谈话时，街上有个人掩在大门口一根柱子旁边，探头探脑地看着。但维尔一出门，他就走过来。那是个老头儿，穿着蓝色上衣，跟卖啤酒的商人一样的白围裙，头上戴一顶獭皮小帽。凹陷的脸是棕色的，皱纹密布，看得出老在外边辛苦的工作，颧骨倒晒得通红。

他伸出手臂拦住了但维尔，说道："先生，请原谅我很冒昧地跟你说话。我一看到你。就感觉像是我们将军的朋友。"

但维尔回答："他关你什么事呢？"接着又不甘心地追问一句："你是谁呀？"

"我叫做路易·韦尼奥，我想对你说几句话。"

"原来把夏倍伯爵安顿在这种地方的是你。"

"对不起，先生。请你原谅，他住的已经是最好的屋子了。倘若我自己有个房间，一定让给他；我可以睡在马房里。他遭了多少难，还教我几个孩子认字；他是一个将军，一个埃及人，我在部队里遇到的第一个排长就是他！……真的，一家之中他住得最好了。我有什么，他也有什么。只是我拿不出再好的东西，只有面包、牛奶、鸡子；穷人只能过穷日子！至少是一片好心。可是他让我们很为难啊。"

"他？"

"是的，先生，一点不假，他伤透了我们的心……我自不量力盘了一个铺子，他看得清清楚楚。他替我们刷马，那叫人怎么受得了！我说：'哎哟！我的将军，你怎么了？'他说：'噢，我不愿意闲着，刷马或兔子什么的，我早学会了。'为了盘牛奶棚，我签了一些期票给葛拉多……你认得葛拉多吗，先生？"

"朋友，我没时间听你说呀。快点告诉我，上校怎样使你为难了？"

"先生。他使我为难是千真万确的事，正如我千真万确地叫做韦尼奥一样，我的女人还为此哭了呢。他从邻居那儿知道我们的债票到期了，一个子儿都没着落。债主上门时，老军人一句话不说，拿你给他的钱把期票全部付清了。你看他多厉害！我跟我老婆眼看可怜的老人连烟草都没有了，他硬强忍着，省掉了。本来嘛。他每天早上已经有了雪茄！真的。我宁可把自己卖掉的……我们受不了！他说你是个好人，所以我想拿铺子作抵押，向你借三百法郎，让我们替他缝些衣服。买些家具。他以为替我们还了债！唉，谁知他反倒叫我们欠了新债……还叫我们心里过意不去！他不应该丢我们的脸。伤我们的心；那还叫朋友吗？你放心，我路易·韦尼奥宁可再去当兵，决不赖你的钱……"

但维尔看了看鲜货商，往后退了几步，重新瞅了一下屋子，院子、垃圾、马房、兔子和孩子，心里想："据我看。一个人要有德行，主要是不能有太强的占有欲望。"

"好吧，你要三百法郎，给你就是了，再多一些也行。但这不是我给的。上校有的是钱，很有能力帮助你，我不愿意让他失去这点儿乐趣。"

"他不久就有钱了吗？"

"当然。"

"啊，上帝，我女人知道了不知有多高兴呢！"

鲜货商说着，棕色的脸似乎舒坦了些。

但维尔一边踏上两轮车，一边想："我现在要去敌人那儿走一趟。不能泄露我们手里的牌，要想法看到她的，要先下手为强。第一得吓她一吓。她是个女人，女人最怕的是什么呢？对啦，女人只怕……"

他把伯爵夫人的处境揣摸了一下，如同大政治家谋划计策。揣测敌人实情那样专心。诉讼代理人不就是处理私事的政治家吗？现在我们必须要了解一下费罗伯爵夫妇的情形，才能领会但维尔的天才。

费罗伯爵是以前巴黎高等法院一个法官的儿子，恐怖时期流亡在国外，却因此而丢了财产。他在执政时期回国，在大革命以前父亲来往的小圈子里活动，始终拥护路易十八的利益。所以在圣日耳曼区的贵族中，费罗属于不受拿破仑引诱的很清高的一派。尽管那时他还没有头衔，但出众的才能已经使他成为拿破仑笼络的对像。拿破仑笼络贵族阶级的成功往往不在于战场上的成功。别人告诉费罗，说他的头衔可以恢复，没有标卖的财产可以发还，将来还有入阁和进参议院的希望。可是最终皇帝的努力白费。在夏倍伯爵阵亡的时期，费罗先生是一个没有财产的二十六岁的青年，身段很好的他，在圣日耳曼区日渐走红，被认为是后起之秀。另一方面，夏倍伯爵夫人在清算亡夫遗产的过程中得了不少利益，孀居十八个月以后，每年的进款有四万法郎之多。她和青年伯爵的结合，也在圣日耳曼区的各党派意料之中。拿破仑素来希望自己的部下与贵族阶级通婚，对夏倍太太的再嫁自然很满意，便把上校遗产中应当归公的一份退还给她。但拿破仑借此拉拢的心思仍旧落了一个空。费罗太太不但热爱她年轻的情人，并且也很满意踏入那个虽然受了委屈，但始终控制着帝国的高傲的社会。这门亲事既满足了她的热情，也满足了她各方面的虚荣心。她决意要变为名门淑女了。圣日耳曼区的人知道青年伯爵的婚姻并非对贵族阶级的叛变之后，所有的沙龙立刻对他的太太表示欢迎。然后是王政复辟的时期。费罗伯爵的政治前程，发展并不太快。他很明白路易十八的政治环境受着许多限制，也深知内幕情形，等着大革命造成的缺口慢慢的合拢。路易十八说的这句话虽然被自由分子嘲笑，不过确有它的政治意义。这个故事开场的时候帮办所引用的那一段诏书，把费罗伯爵的两处森林，一块田产，都发还了。那些产业在公家代管期间增值了很多。如今他虽身为参议官兼某一个部的署长，却自认为这只是政治生涯的开端。

日夜为雄心壮志奔忙的费罗伯爵，不得不把一切私人事务都交给所雇用的一个秘书。那秘书叫做德贝克，是个破产的诉讼代理人，非常精明，凡是司法界的门道，没有他不知道的。精明的诉讼师很明白自己在伯爵家的地位，为了前途不敢不老实。他精心地照顾东家的财产，希望日后靠他的势力谋个份缺。他的行事和过去截然不同，以致大家认为他从前的坏名声是他人诬蔑。天生聪明机警的伯爵夫人，猜透了总管的心，暗中把他监视着，又调度得很巧妙，使他甘心情愿地卖力，增加她那份私产。她叫德贝克相信她把费罗先生是抓在手里的。只要他一心一意地忠于她的利益，将来准可以到第一等的大城市里去当个初级法院的庭长。一旦有了可以终身依靠的差事，他就能结一门好亲事；当选了议员以后，更可以觊觎更高的政治地位；这样的诺言自然使德贝克成为伯爵夫人的死党了。王政复辟的最初三年，一班手段高明的人利用房产的涨价与交易所的波动赚了不少钱。而伯爵夫人依靠德贝克的力量，一个机会都没错过，轻而易举把财产增加了三倍，其中主要原因是在伯爵夫人眼里，只要能赶快发财，无论什么手段都是好的。她拿伯爵在各衙门领的薪水派作家用，把产业的收入存在一边生利；德贝克只帮她在这方面出主意，也不推敲她的动机，像他那一类的人，只肯费心去推究与自己利益有牵连的事。先是他对于大多数巴黎女子对金钱的渴望的一种病态很容易找出理由，其次，伯爵的野心需要极大的家私作后盾，因此总管有时候认为伯爵夫人的贪得无厌，证明了她对一个始终热爱的男人的忠诚。真正的用意她却深藏在心底。那是她生死攸关的秘密，也是这个故事的关键。一八一八年初，王政复辟的基础表面上很稳固了，据一班优秀人士所了解的，它的大政方针，应当替法国开创一个繁荣的新时代；巴黎社会的面目于是也跟着改变了。费罗伯爵夫人的婚姻无意中使爱情、金钱、野心三者都得到了满足。年纪还轻，风韵犹存，她变成了一位经常出入宫廷的时髦太太，不仅自身和丈夫都有钱，而且又是王上的亲信，被誉为保王党中最有才干的人物之一，早晚有当部长的希望。她既是贵族阶级的一分子，自然分享到贵族的荣耀。在如此得意的局面中，她精神上却长着一个癌。男人的某些心思不管掩藏得如何周密，总是瞒不过女人的。路易十八第一次回来的时候，费罗伯爵对自己的婚姻就有些后悔。一方面夏倍上校的寡妇没有替他拉上豪门贵戚的关系，使他的政治生涯暗礁遍布孤立无援。另一方面，在他用冷静的头脑能够观察妻子的时间，或许还发现她有些教育方面的缺陷，不适宜做他事业上的帮手。他批评塔莱朗的婚姻的一句话，使伯爵夫人看透了他的心，就是说如果他现在要结婚的话，对像决不会是费罗太太。世界上哪个妻子肯原谅丈夫心中的这种遗憾呢？侮辱、叛变、遗弃，不是都有了根源吗？假定她怕看到前夫回来，那么后夫的那句话岂不是更犯了她的心病？她早知道夏倍活着而置之不理；后来没有听见他的消息，以为他和布坦两人跟着帝国的鹰旗在滑铁卢同归于尽了。虽然如此，她还是决意用最有力量的锁链，镀金的锁链，把伯爵栓在手里。希望凭着巨大的资财，使伯爵无法解除她的第二次的婚约，万一夏倍上校再出现的话。而他居然出现了。她倒是弄不明白。怎么还没爆发她所担心的那场斗争。或者让痛苦、疾病，替她把这个人解决了。或者他发了疯，由沙朗通收管去了。她不愿意把心事告诉德贝克或警察局，免得投入把柄或者触发那件祸事。巴黎不少妇女都像费罗太太一样，天天不是跟恶魔相伴，就是濒临深渊；她们把创口尽量磨成一个肉茧，所以还能嬉笑玩乐。

两轮车到了沼地街费罗公馆门口，但维尔从中回过神醒来，暗自说道："费罗伯爵有这么多钱，又受到王上的宠幸，怎么至今还没进贵族院？难道真像葛朗利厄太太对我说的，这可能是他有心配合王上的政策，以爱惜爵位的方式抬高贵族院的身价。一个高等法院法官的儿子，况且也没资格与克里庸和罗昂等等那些勋责后裔相提并论。塞罗伯爵要进贵族院决不能过于张扬，惹人注目。但若他能离婚，再娶一个没有儿子的老参议员的女儿，不是就能以继承人的身份一跃而为贵族院议员，免得王上为难了吗？"但维尔边上台阶边想，"不错，这一点倒大可以拿来吓吓伯爵夫人。"

无意之间但维尔击中了费罗太太的要害，抓住了她那个要命的毒癌。她在一间精雅的冬季餐厅接待了但维尔；她正在用早点，旁边有一根钉着铁栏的柱子拴着一只猴子，让她逗着玩儿。伯爵夫人穿着一件很漂亮的便服，便帽底下随意的露出几束头发卷。她容光焕发，笑容可掬，显得很精神，金器、银器、嵌螺钢的杯盘，在她餐桌上发光，四周几个精美的磁盆中种着名贵的花草。夏倍伯爵的女人靠了夏倍的遗产过着豪华生活，站在社会的上层；可怜的老头儿却在鲜货商家里和牲口家禽住在一块；代理人看了不由暗暗想道：

"由此可以得到一个结论；一个漂亮的女人，绝不肯把一个穿旧卡列克，戴着野草般的假头发，脚上套着破靴子的老头儿，再认作丈夫；哪怕过去是她的情人也断然不会。"

过半的巴黎人家尽管用多多少少的谎话遮掩自己的生话，但是瞒不过一个因地位关系而能看到事实的人；所以但维尔当下堆着一副狡猾而尖刻的笑容，表示半感慨半嘲弄的心情。

"但维尔先生，你好。"伯爵夫人说着，继续拿咖啡喂她的猴子。

但维尔听她招呼的口气那么轻浮，觉得很刺耳，便直截了当地和她说："夫人，我是来跟你谈一件很重要的事的。"

"噢，非常遗憾。伯爵不在家呢……"

"我觉得很幸运，夫人，他要是参加我们的谈话，那才是遗憾呢。因为我从德贝克那儿知道，你自己的事喜欢自己做，不愿意打搅伯爵的。

"那么我叫人把德贝克找来吧。"

"他虽然能干，这一回也帮不了你的忙。夫人，你只要听我一句话就不会再嘻嘻哈哈了。夏倍伯爵的确没有死。"

"能使我不再嘻嘻哈哈的就是这种可笑的废话吗？"她说着，又大声地笑了。

可是但维尔静静地看着她，仿佛明亮的眼神看透了她的心事，伯爵夫人突然态度软下来了。

"夫人，"他冷冷地用着又严肃又尖锐的口气，"你可能还明白你冒的危险有多大呢。不仅，全部文书都是真实的，而且确定夏倍伯爵没有死的证件都是可靠的。你应该知道我是个向来不会接受无根无据的案子的人。我们申请撤销死亡登记的时候，如果你会反对，这第一场官司你就输定了；而我们赢了第一审，以后的几审也就赢定了。"

"那么，你还想跟我谈些什么呢？"

"上校与你都不谈。拿这件案子里奇奇怪怪的事实，加上你以前收到前夫的几封信，某些律师很可能作成一些有趣的章节，可是我也不预备和你谈这种问题。"

"这真是胡扯！"她尽量装出恶狠狠的神情，"我从来没收到夏倍伯爵的信；如果谁要自称为上校，他肯定是个骗子，苦役监里放出来的囚犯，像柯瓦涅尔之类。单是想到这种事就叫人恶心。先生，你以为上校会复活吗？他阵亡以后，拿破仑正式派副官来慰问我，国会批准的三千法郎抚恤金，我至今还在支领。自称为夏倍上校的人，不管过去有多少，将来还有多少，我都有千万个不理会他们的理由。"

"夫人，幸好今天只有咱们两人，你可以随意扯谎。"但维尔，有心刺激伯爵夫人，便故意冷冷地说，想让她一怒之下可能露出些破绽来；这是诉讼代理人的惯技，尽管让敌人或当事人发脾气，他们总是不动声色。他临时又想出一个圈套，叫她明白自己弱点很多，不堪一击；便暗想道："好，咱们来见个高低罢。"接着他高声说，"夫人，送达第一封信的证据，是信中还附有证券……"

"证券？噢，信里可没有什么证券。"

但维尔微微一笑："原来这第一封信你是收到的。看看，一个诉讼代理人随便诓你一下，你就中了计。自以为还能跟司法当局斗吗？"

伯爵夫人的脸一忽儿红一忽儿白，她用手遮住，然后她把羞愧的情绪压了下去，恢复了像她那等女人的天生的镇静。

"既然你做了自称为夏倍的人的代理人，那么请你……"

"夫人，"但维尔打断了她的话，"我现在除了当上校的代理人之外，同时仍旧是你的代理人。我怎么能放弃像你这样的大主顾呢？可是你却不愿意听我说呀……"

"那么先生，你说吧。"她态度变得很殷勤了。

"夏倍伯爵的财产被你得了，你却对他不理不睬。你有了巨万家私，他却在外边要饭。夫人，案情本身既然这样动人，律师的话自然动人了；这件案子中的有些情节，可能会引起社会公愤的。"

伯爵夫人被但维尔一再地烧烤，不由得心烦意躁。她说："可是先生，即使你的夏倍真的没死，法院为了我的孩子也会维持我跟费罗伯爵的婚姻，我只要把二十二万五千法郎还给他就完了。"

"夫人，我们不知道将来法院怎么看待这种感情问题。母亲与孩子的问题是一个方面，另一方面，一个受尽苦难的男人，被你一再拒绝折磨得如此衰老的男人。也同样难办。叫他哪儿去再找个妻子呢？那些法官能够违法地作出判决吗？你和上校的婚姻使他对你有优先权，不但如此，有一天别人用丑恶的面貌来形容你的时候，你还会有一个意想不到的敌人，夫人，这就是我想替你防止的危险。"

"一个意想不到的敌人！谁？"

"就是费罗伯爵，夫人。"

"费罗先生很爱我，对他儿子的母亲很敬重的……"

但维尔打断了她的话："诉讼代理人把别人的心看得清清楚楚，你不要再说这些废话啦。此刻费罗先生绝没有跟你离婚的意思，我也相信他非常爱你；但要是有人跟他说，他的婚姻可能宣告无效，他的夫人要在公众眼里成为罪恶深重的女人……"

"那他会保护我的。"

"不会的，夫人。"

"请问他有什么理由放弃我呢，先生？"

"因为他可以娶一个贵族院议员的独生女儿，那时只要王上一道诏书，贵族院的职位就可以转移给他……"

伯爵夫人听着这些，脸都变了。

但维尔心想："好啦，被我抓住了！可怜的上校，你官司赢定啦。"——然后他高声说道："对于费罗先生，一个光荣的男人，一个将军，又是伯爵和荣誉勋位二级获得者，不是一般的人；他那样做，心里也没什么过不去的。倘使这个人向他要回太太的话……"

"好了，好了，先生！"她说，"你永远是我的代理人。请你告诉我该怎么办？"

"想法和解呀！"

"他还会爱着我吗？"她问。

"我想肯定是的。"

听到这句话。伯爵夫人马上把头抬了起来，眼中闪出一道表示希望的光；或许她想用一些女人的诡计，利用前夫的爱情来赢她的官司。

"夫人，你想让我们把公事送给你呢，还是你愿意到我事所来商订和解的原则，我等候你的吩咐。"但维尔说完，便向伯爵夫人告辞了。

但维尔访问上校和费罗太太一星期以后，在巴黎六月里一个晴朗的早上，一对被命运拆散的夫妇从两极出发，到他们共同的代理人那儿相会。

但维尔预支给夏倍上校的大量金钱，使他能够把衣衫穿得跟身份相称。阵亡人居然坐着一辆挺干净的两轮车，戴着一副与面貌相配的假头发，穿着蓝呢衣服、白衬衫，领下挂着荣誉勋位二级的大红绸带。恢复生活优裕的习惯，当年那种威武的气概也跟着恢复了。他笔直的身子，容貌庄严而神秘，现出愉快和满怀希望的心情，脸不但变得年轻，而且更加丰满了。在他身上，你再也找不出穿破卡列克的夏倍的影子，正如一枚新铸的四十法郎的金洋决不会跟一个铜子儿相像。只要是路上看到的人，很容易认出他是我们帝国军中的遗老，是那些英雄之中的一个；国家的光荣照着他们，他们也代表国家的光荣，好比阳光底下的镜子把太阳的每一道光芒都反射出来。这样的老军人每位都是一幅画，也是一部书。

伯爵像年青人般地、轻快地从车上跳下来，走进但维尔家。他的两轮车刚掉过车身，一辆漆着爵徽的华丽的轿车也跟着赶到了。车中走下费罗伯爵夫人，朴素的装束很巧妙地衬托出年轻的身腰。她戴着一顶漂亮的小帽子，四周缀着蔷薇花，像年青人般的、轻快的使她脸蛋的轮廓被遮掩得不太清楚，而神态更生动。两个当事人都变得年轻了，事务所却和这个故事开场的时候所描写的没有分别，依然是老样子。西蒙南吃着早点，肩膀靠在打开的窗上，从四周都是黑沉沉的房屋而只有院子留出的空隙中，眺望着天空。

他忽然嚷道："啊！夏倍上校变成了将军，挂着红带了。谁愿意赌东道请看戏吗？"

"咱们当家的真会变戏法。"高德夏说。

这次大家不跟他开玩笑了吧？"德罗什问。

"放心，他的妻子，费罗伯爵夫人，会要他的！"布卡尔回答。

高德夏又说："那么伯爵夫人不是要服待两个丈夫了。"

"看，她也来了！"西蒙南嚷着。

这时上校走进事务所，说要见但维尔先生。

"他在里头呢，伯爵。"西蒙南告诉他。

"原来你耳朵并不聋，小家伙！"夏倍在他的耳朵上拧了一把，那些帮办看着这情景都哈哈大笑，也不时地打量着上校，表示对这个人好奇到极点。

夏倍伯爵正在但维尔的办公室时，费罗太太走进了事务所。

"喂，布卡尔，这一下当家的办公室里可要来一幕精彩的戏文啦！那位太太不妨双日陪费罗伯爵，单日陪夏倍伯爵。"

"逢到闰年，这笔账可以轧平了。"高德夏接着说。

"别乱说，各位，人家听得见的，"布卡尔严厉的喝阻，"真没见过像你们这样，把当事人打哈哈的事务所。"

伯爵夫人一到，但维尔就把上校请到卧房去坐。

他说："夫人，因为不知道你愿不愿意和夏倍伯爵见面，我先分开你们，如果你愿意……"

"先生，多谢你的关心。"

"我拟了一份和解书的稿子，其中的条款，你和夏倍先生可以现在商量；两方面的意思由我来作转述传达。"

"好了，先生。"伯爵夫人不耐烦地挥了一下手。

但维尔念道：

"立协议书人甲方：亚森特，别号夏倍，现封伯爵，陆军少将，荣誉勋位二级获得者；住巴黎小银行家路；

乙方：萝丝·沙波泰勒，为甲方夏倍伯爵之妻……"

伯爵夫人插言道："这些套话都不用念了，只听条文吧。"

"夫人，"代理人回答，"开场白很简短地说明你们双方的地位。接着是正文。第一条，当着三个见证——其中两位是公证人，一位是你丈夫的房东，做鲜货买卖的，我已经关照他严守秘密——你承认甲方是你的前夫夏倍伯爵；确定他身份的文书，由你的公证人克罗塔另行办理。

"第二条，甲方为顾全乙方幸福起见，除非在本和解书规定的情形之下，自愿不再实行丈夫的权利。"但维尔念到这儿又插进两句:"所谓本和解书规定的情形,就是乙方不履行这个秘密文件中的条款——其次,甲方同意与乙方以友好方式,共同申请法院撤销甲方之死亡登记,及甲方与乙方之婚约。"

伯爵夫人听了很诧异,说道:"我一点也不赞同这个,你是知道的我不惊动法院。"

代理人不动声色,仍然念道:

"第三条,乙方自愿每年以二万四千法郎交与甲方夏倍伯爵;此项终身年金由乙方以购买政府公债所生之利息支付;在甲方死亡后,本金仍归乙方所有……"

"那太贵了!"伯爵夫人说。

"你能花更低的代价成立和解吗?"

"也许。"

"夫人,那么你要怎么办呢?"

"我要……我不要经过法院,我要……"

"要他永远做死人吗?"但维尔顶了一句。

"先生,如果一年就要花二万四,我宁可打官司……"

"好,咱们打官司吧。"上校用他那种调门很低的声音嚷道。他突然之间打开房门站在他女人面前,一手插在背心袋里,一手指着地板,由于对往事痛苦的回忆,他这姿势格外显得悲壮。

"果真是他!"伯爵夫人暗想。

老军人接着又道:"哼,太贵了!我给你近一百万,我穷途末路时你却要跟我讨价还价。好吧,现在我非要你不可了,你的财产你的人都是我的。咱们的财产是共有的,咱们的婚约也还没终止……"

伯爵夫人装作惊讶的神气,嚷道:"这一位又不是夏倍上校呀。"

"哈!"老军人带着挖苦得很厉害的口气说,"你要证据吗?我当初是在王宫市场把你找来的……"

伯爵夫人的脸色一下变了。老军人看到自己以前热爱的女人痛苦的样子,脸色惨白颜色顿失,不由得心中一动,把话咽住了。但她用恶毒的眼睛瞪着他,他一气之下,于是又往下说道:

"你以前在……"

"先生,我受不了,"伯爵夫人对代理人说,"我要走了。我不是到这儿来听这种下流话的。"

她转身飞似地走了。但维尔跟着冲出去。但伯爵夫人像长了翅膀一样，转眼间就看不到了。代理人回到办公室，上校气极败坏的，在屋子里大踏步踱着。

他说："那个时候一个人讨老婆是不管出身的；我可是拣错了人，被她的外表骗了；没想到她会这样没有良心。"

"唉，上校，我不是早告诉你今天别来吗？现在我相信你真是夏倍伯爵了。你一出现，伯爵夫人浑身颤动了一下，我把她的思想看得清清楚楚。可是你的官司输定了，你太太看你面目全非，认不得了。"

"那我就杀了她……"

"你疯了！这不是把你自己送上断头台吗？说不定你还杀不了她！一个人想杀老婆而没杀死，才是大笑话呢。我来想想办法吧，大孩子！你先回去，凡事小心；要防备她安排一些圈套，把你送到沙朗通的。我要立刻把公文送给她，以防意外。"

可怜的老人听从了恩人的吩咐，出门时结结巴巴说了几句抱歉的话，然后慢吞吞地憋着一肚子郁闷走下黑暗的楼梯。刚才那最残酷，把他的心伤得最厉害的打击压倒了他。走到最后一个楼梯台，他听见衣衫抖动的声音，忽然夫人出现了。

"先生，跟我来。"同时用他从前非常熟悉的姿势走过来挽住他的手臂。

伯爵夫人的举动和忽然又变得温柔的语气，把上校的恶意足以解除，他被带到车子旁边。

跟班的放下踏级，伯爵夫人招呼上校道："嗨，上车吧！"

于是他像着了魔似的，挨着妻子坐在轿车里。

"夫人上哪儿去？"跟班的问。

"上格罗莱。"

驾车的马开始奔驰，穿过整个巴黎城。

"先生……"伯爵夫人叫出这两个字的声音，像是整个身心都在颤，它是人生最少有的情绪声音。

此时一个人的心、神经、面貌、肉体、灵魂，甚至每个毛孔都在抖。我们的生命似乎不属于自己了；它跑在身外跳个不停，好像有瘟疫一般的传染性，能借着目光、音调、手势去感应别人，把我们的意志去强制别人。老军人仅仅听她叫出可怕的"先生"二字，就打了一个寒颤。那两字同时包含责备、央求、原谅、希望、绝望、询问、回答的意味。简直包括一切。只有高明的戏子才能在一言半语之间放进这么多意思这么多感情的，一个人往往不能完全地表达自己的真实情感，真情绝不整个儿显露在外面，只会让你揣摩其内在的意义。上校对于自己刚才的猜疑、要求、发怒，觉得非常惭愧，低着头，不愿意让心中的慌乱表露出来。

伯爵夫人歇了一会，又道："先生，我一眼就认出你来了！"

"罗西纳。"上校答道，"你这句话才是惟一的止痛药，能够使我忘了过去的苦难。"

他像父亲对女儿一般握着妻子的手摇了摇，让两颗热泪掉在她手上。

"先生，你想过没有，处在我这样为难的境地，在外人面前怎么受得了！即使我的地位使我脸红，至少让我只对自己人脸红。这一段秘密不是应当埋在我们心里的吗？希望你原谅表面上我对夏倍上校的苦难不理不睬。我觉得我不应该相信他还活着"。她看到丈夫脸上有点儿疑问的表情，便赶紧声明："你的信是收到了，但收到的时候和埃洛战役已经相隔十三个月，而且信被拆开了的，脏得要命，字也模糊不清。拿破仑既然已经批准我再嫁的婚约，我就认为一定是什么坏蛋来耍弄我。为了避免扰乱费罗伯爵的心绪，避免家庭关系被破坏，我不得不防有人假冒夏倍。你说我这么办对不对？"

"不错，你是对的，我却是个傻子、畜生、蠢货，没有仔细想一想这种局面的后果。"上校说着，看见车子经过个圣堂门，便问："咱们到哪儿去呢？"

"去我靠近格罗莱的乡下别墅，在蒙摩朗西盆地上。先生，咱们在那儿可以一同考虑怎么办。我知道我的责任，我在法律上固然是你的人，但事实上不属于你了。难道你愿意我们成为巴黎的笑料吗？这个局面对我简直是桩大笑话，还是别让公众知道，保持原来的尊严为妙。"她对上校瞟了一眼，眼中似乎充满了温柔与哀怨接着说："你还爱着我，可是我，我不是得到了法律的准许才另外结婚的吗？处于这个微妙的地位，冥冥中，似乎有一种声音教我把希望寄托在你的慷慨豪爽。我向来也是知道的，我把自己的命运交在你一个人手里，任凭你一个人处理；这算不算我错了呢？你既是原告，也是法官，你高尚的胸怀我完全信任。你一定能宽宏大量，原谅我无心的过失所造成的后果。因此我敢向你承认，我是爱费罗先生的，也自认为有爱他的权利。我在你面前说这个话并不脸红，即使你听了不舒服，可并不降低我们的人格。我不能把事实瞒你。当初命运真是捉弄人，在我做了寡妇的时候，我却没有身孕。"

上校对妻子做了个手势，意思要她别往下说了。车子走了一里多路，两人没交换一句话。夏倍仿佛看到两个孩子就在面前。

"罗西纳！"

"怎么了？"

"死人不应该复活。是不是？"

"噢！先生，不是的，别以为我忘恩负义。可在你离开的时候留下的妻子，你回来的时候她不但再嫁了，而且做了母亲。虽然我不能再爱你，但我知道受了你多少恩惠，而且我还有像女儿对父亲那样的感情奉献给你。"

"罗西纳，"老人温柔地说道，"现在我一点不恨你了。咱们把一切都忘了吧。"说到这里，他微微笑了笑，那种仁慈的气息永远是一个人心灵高尚的标记，"我不至于那么糊徐。强迫一个已经不爱我的女人假装爱我。"

伯爵夫人瞅了他一眼，不胜感激的表情使可怜的夏倍几乎愿意回到埃洛的死人坑。世界上真有些人抱着那么伟大的牺牲精神，以为能使所爱的人幸福便是自己也得到莫大的安慰。

"朋友，等咱们心情稳定后再谈这些事吧。"伯爵夫人说。

因为这问题是不能长久谈下去的，于是两人的谈话换了一个方向。虽然夫妻俩或是正式的，或是非正式的，常常提到他们古怪的局面，一路上倒也觉得相当愉快。谈着过去的夫妇生活和帝政时代的旧事。伯爵夫人使这些回忆显得快乐甜蜜，同时却不时的露一些惆帐的情绪，似乎在维持他们之间的距离。她只引起对方旧日的爱情，而并不刺激他的欲念；一方面尽量让前夫看到她内心的境界给培养得多么丰富，一方面使他对于幸福的希冀只限于父亲见着爱女一般的快慰。当年上校只认识一个帝政时代的伯爵夫人。如今却见到一个王政复辟时代的伯爵夫人。最后，夫妇俩穿过一条横路到一个大花园；花园所在的小山谷是在马尔让西高岗与美丽的格罗莱村子之间。在这儿有一所伯爵夫人的精雅的别墅；上校到了以后，发现一切布置都是预备他夫妇俩小住几天的。苦难好比一道神奇的符，能加强我们的天性，使猜忌与凶恶的人更加猜忌更加凶恶，慈悲的人更加慈悲。

对上校来说，不幸的遭遇反倒使他心肠更有善心，更乐于助人。女性的痛苦往往多半的男子是不知道它的真实原因，上校再次可是体会到了。尽管并没有城府。也不由得对妻子说：

"你把我带到这儿来觉得放心吗？"

"放心的，如果在与我打官司的人身上，还有夏倍上校的影子的话。"

她回答时装得很真诚，不仅使上校心里那个小小的疑团解除了，甚至还使他为自己的疑心而暗中惭愧。一连三天，伯爵夫人对待前夫的态度好得无以复加。她老是那么温柔、那么体贴，好像要抹去他曾经所受的磨难，原谅她无意中（照她自己的说法）给他的痛苦。她不时地流露出悲凄忧郁的样子，并把他欣赏的风度尽量拿出来；因为有些姿态，有些感情的或精神的表现，是我们特别喜欢而抵抗不了的。她要使他关切她的处境，用她的柔情，来控制他的思想而随心所欲地处置他。

她决意要不顾一切地达到目的，只是还没想出处置这男人的方法，但要他在社会上不能立足是毫无问题的。

第三天傍晚，她心里乱轰轰的，因为她不知道自己的战略结果如何，有些面上的东西，无论怎么努力也是无遮掩的。为了放松一下，她上楼到自己屋里，对书桌坐着，好比一个戏子演完了最辛苦的第五幕，半死不活地回到化妆室把在上校面前装作心情安定的面具拿了下来，把截然不同的面目留在舞台上。她续完了一封写给德贝克的信，要他上但维尔那边，以她的名义把有关夏倍上校的文件抄来，然后立刻赶到格罗莱看她。刚写完，她听见走廊里有上校的脚声，原来他是不放心而特意来找她的。

她故意高声自语道："唉！我要死了才好呢！我真受不了这种局面……"

"啊，发生了什么事？"老人问。

"没有什么，没有什么。"

她站起来。离开上校下楼去，把信偷偷交给贴身女仆送往巴黎，面交德贝克，等他看过了还得把原信带回。然后伯爵夫人到一个并不偏僻的地方拣一张凳子坐下，使上校随时能找到她。果然上校已经在找她了，便过来坐在她身边。

"罗西纳，你怎么啦？"

她不作声。傍晚的风光幽美恬静。那种说不出的和谐使六月里的夕照格外韵味深长。空气清新，万籁俱寂，只听见花园深处有儿童欢笑的声音。像悦耳的歌曲融入这幽静的景色中。

"你不回答我吗？"上校又问了一声。

"我的丈夫……"伯爵夫人忽然停下，红着脸做了一个手势问："我提到费罗伯爵该怎么称呼呢？"

"可怜的孩子，就说你的丈夫罢，他不是你两个孩子的父亲吗？"上校用慈祥的口吻回答。

她说："如果费罗先生问我到这儿来干什么，如果他知道我跟一个陌生人躲在这里，我该怎么对他说？"然后又作出非常庄严的态度："先生，请你决定罢，我准备听天由命了……"

上校抓住她的手："亲爱的，为了你的幸福，我已经决定牺牲自己……"

她浑身抽搐了一下，嚷道："那不可能。你知道吗，你所谓牺牲是要你否定自己，而且要用切实的方式……"

"怎么，难道我的话还不足以为信吗？"

切实二字直刺到老人心里，使他不由自主地起了疑心。他瞅了一眼妻子，她脸一红，把头低下了，而他也生怕自己会瞧不起她。伯爵夫人素来知道上校慷慨豪爽，不作虚假，惟恐这一下把这血性男子的严格的道德观念伤害了。这些感觉使双方不由得在额头上堆起一些乌云，但由于下面一段插曲，两人之间的关系马上又变得和谐了。事情是这样的，伯爵夫人听到远处有一声儿童的叫喊，便嚷道：

"于勒，别在那与妹妹淘气！"

"怎么！你的孩子在这里吗？"上校问。

"是的，不过我没让他们来打扰你。"

这种殷勤的安排使老人感觉到女性的体贴和用心的良，便握着伯爵夫人的手亲了一下。

"让他们来这儿吧。"他说。

小女孩跑来告状，说她哥哥捣乱，

"妈妈！"

"妈妈！"

"他把我……"

"她把我……"

两个孩子向母亲一齐伸着手，叽叽喳喳地闹个不停，就突然展开了一幅美妙动人的图画。

伯爵夫人再也忍不住眼泪了，"可怜的孩子！唉，要离开他们了！法院将来判给谁呢？母亲的心是分割不开的，叫我如何放得下呢？"

"是您让妈妈哭的吗？"于勒瞒脸怒气的质问上校。

"于勒，不许多嘴！"母亲很严肃地把他喝住了。

两个孩子站在那里，一声不响地一忽儿瞧瞧母亲，一忽儿瞧瞧客人，脸上显出非常好奇的表情。

"哎！"她又说，"如果要我离开伯爵而让我保留孩子，那我不管什么也就忍受了……"

这句攸关大局的话使她全部的希望都实现了。

"对！"上校好像是把心里想了一半的话接下去，"我早就说了，我应该重新钻下地去。"

"我怎么能接受这样的牺牲呢？"伯爵夫人回答，"这万万使不得，固然有些男人为了挽救情妇的名誉不惜一死，但他们只死一次。你却是每天都受着死刑般的折磨！如果只牵涉到你的生命倒还算了；可是要你签字声明不是夏倍上校，承认你是个冒名的骗子，牺牲你的名誉，从早到晚地向人说谎……噢，一个人无论怎么也不能牺牲到这个地步。你想想罢！那怎么行！要没有这两个可怜的孩子，我早跟你逃到天涯海角去了……"

"哎，"夏倍说，"难道我不能装作你的亲戚待在这儿，住在那个小楼里吗？我像一尊废炮已经老朽无用，只要一些烟草和一份《宪政报》就行了。"

伯爵夫人哭得像泪人儿一般。两人互相推让着，争着要牺牲自己，最终还是军人得胜了。一天傍晚，茫茫暮色中，万籁俱寂的乡间，眼看孩子们绕在母亲膝下，宛如是一幅相乐融融的天伦图的时候。老军人感动得忍不住了。决意回到坟墓中去。也不怕签署文件，切切实实地否定自己了。他问伯爵夫人应当怎么办才能永远地使她的家庭幸福。

她回答说："你怎么办都行！我决不参加这件事。那是不应该的。"

德贝克已经到了几天，依照伯爵夫人的吩咐，取得了上校的信任，居然和上校混得很好。第二天早上，夏倍伯爵和他两人一同出发到圣勒—塔韦尼去。德贝克已经委托那边的公证人替夏倍拟好一份声明书，可是条款太露骨了，老军人听完条文马上跑出事务所，嚷道：

"该死！那我不成了个小丑吗？不是变成个骗子了吗？"

"先生，"德贝克和他说，"我也不太赞同这些条款。若是我，至少要伯爵夫人拿出三万法郎年金，那她一定给的。"

像正人君子受了污辱一般。上校睁着明亮的眼睛把老奸巨猾的坏蛋瞪了一眼，急忙溜了，他又变得猜疑了，一忽儿愤慨，一忽儿冷静。胸中被无数矛盾的情绪搅得忐忑不安。

他终于从围墙的缺口中进入格罗莱的花园，缓慢地走到一个可以望见圣勒—塔韦尼大路的小亭子里歇息，想在那儿仔细考虑一下。园子里的走道铺的不是细石子，而是一种红土。伯爵夫人坐在上头一个小阁的客厅内，没听见上校回来；她专心一意想着事情的成功，完全没留意到那些轻微的声响。老人也没发觉坐在小阁上的妻子。

伯爵夫人从隔着土沟的篱垣上面，望见总管一个人在路上走回来。便问："喂，德贝克先生，他字签了没有？"

"没有，太太。也不知他跑哪儿去了。老马居然发起性子来了。"

她说："那么就得送他去沙朗通，既然我们把他抓在手里。"

上校像年轻人一样，飞快地纵过土沟，一霎那站在总管面前狠狠地打了他两个嘴巴，那是德贝克一生挨到的最精彩的巴掌。同时夏倍又补上一句：

"你要明白老马还会踢人呢！"

发泄过心中的怒火，可怜的老人觉得再没气力跳过土沟。他们的阴谋赤裸裸地已经摆在眼前：伯爵夫人的话和德贝克的回答，使他瞬间明白了所有的体贴、照顾，原来都是鱼钩上的饵。沙朗通这个字好比一种烈性的毒药，一刹那间使老军人精神与肉体的痛苦都恢复了，他步履蹒跚从园子的大门里走向小亭子，像是快倒下来的人。他是永远得不到安宁了！从此就得跟这丑恶的女人进行一场斗争；正如但维尔所说的。成年累月地打着官司，在悲痛中煎熬如同每天早上都得喝一杯苦水。更可怕的是，到哪儿去张罗最初见审的讼费呢？他对人生厌恶透了。当时旁边要有水的话，他一定跳下去了的，有把枪的话一定会把自己打死的了。此后他的心情变得犹豫不定，毫无主意；他的信念从但维尔在鲜货商家里和他谈过话以后，就已经动摇了。到了亭子前面，他走上高头的小阁，发现妻子坐在一张椅子里。山谷上优美的景物可从装着玫瑰花形的玻璃窗中一览无余：伯爵夫人在那里，眺望风景，显得很镇静莫测高深的表情正像那班不顾一切的女人一样，抹了抹眼睛，仿佛才掉过眼泪心不在焉地拍弄着腰里一根很长的粉红丝带。可是尽管面上装得泰然自若，一看见肃然可敬的恩人伸着手臂站在面前，惨白的脸上那么严正，她也不由得打了个寒颤。

他向她瞪着眼睛，看得她脸都红了，然后说："太太，我不想骂你，只是瞧不起你。谢天谢地，幸亏命运把咱们分开了。我连报复的念头都没有，我不爱你了。我不会向你要什么的。凭我这句话，你大可放心活下去吧，哼，我的话才比巴黎所有公证人的字纸都更可靠呢。那个也许被我显扬过的名字我也不要了。我只是一个叫做亚森特的穷光蛋，只求在太阳底下有个生存的地方就可以了。再见吧……"

伯爵夫人抓着上校的手扑在他脚下想挽留他，但他特别厌恶地把她推开了，说道：

"别碰我。"

伯爵夫人听见丈夫的脚步声走远去，做了一个没法形容的手势。然后凭着她阴险卑鄙的或是自私狠毒的聪明，觉得这个光明磊落的军人的诺言与轻视，的确可以使她太平无事地过一辈子。

果然夏倍上校无声无迹了。鲜货商破了产，当了马夫。或许上校有个时期也干过相仿的行业，或许像一颗石子掉进窟窿里，骨碌碌地往下直滚，埋没在巴黎那衣衫褴褛的人海中去了。

事后六个月，但维尔既没有夏倍上校的消息，也没有伯爵夫人的消息，便以为他们和解了，大概伯爵夫人怀恨在心，故意托别的事务所办了手续。于是有一天，他把借给夏倍的钱结算清楚，加上应有的费用。写信给费罗伯爵夫人请她通知夏倍伯爵料理，断定她是肯定知道前夫的住址的。

费罗伯爵的总管刚好为某个重要城市的初级法院院长，他第二天就回了但维尔一封信，看了让人非常懊恼：

费罗伯爵夫人嘱代声明：贵当事人对先生完全用了欺骗手段，自称为夏倍伯爵的人已承认假冒身份。此致……

德贝克

但维尔嚷道："哟！竟有这种混账东西！他们居然会盗窃出生证。你热心罢，慷慨罢，慈悲罢，你可上当了！哪怕你是诉讼代理人也没用！这件事凭空地破费了我两千多法郎。"

又过了一段时间，有一天，但维尔到法院去找一个正在轻罪法庭出庭的律师说话。他偶然闯进第六庭，庭上刚好把一个叫做亚森特的无业游民判处二个月徒刑，刑满移送圣德尼乞丐收容所。照警察厅的惯例，这种判决等于终身监禁。

听到亚森特的名字，但维尔对坐在被告席上，被夹在两名警察中间的犯人瞧了一眼，原来便是冒充夏倍伯爵的那个家伙。

老军人态度安详，一动不动，几乎是满不在乎的样子。衣服虽然破烂，面上也有饥寒之色，但仍保持着高傲庄严的气概。他的眼神有种坚忍卓绝的表情，绝对逃不过法官的眼睛；但一个人投入法网以后，就变成一个抽象的东西，一个法理的问题，就像他在统计学家心目中只是一个数字。

他被带往书记室，预备等会儿和同案判决的游民一齐送往监狱。凭着代理人在法院里可以到处通行的特权，但维尔跟他到书记室。另有一番景象的书记室穿堂中，他和几个奇形怪状的乞丐坐着，但维尔打量了一番，可惜立法人员、慈善家、画家、作家，都没有研究过。

像一切诉讼实验室一样，这穿堂是一间又阴又臭的屋子，四壁摆着发黑的长凳，坐着那些川流不息的可怜虫。他们都到这儿来跟社会上各种各样的受难者相会，从来没有一个人失约。如果你是个诗人，一定会说，在这么许多灾难汇集的阴沟里，阳光是羞于露面的。那儿没有一个位置不坐过未来的或过去的罪犯，很多是受了第一次轻微的惩罚，便狠了心变成重犯，终于上了断头台，或者是把自己打一枪送了性命。所有倒在巴黎街上的人，都在这些暗黄的壁上留着痕迹。凡是真正的慈善家，完全可以在壁上把那么多自杀案的原因研究出来，不至于再像一般虚伪的作家只会感叹而没能力加以阻止；因为它杀他的原因明明写在这穿堂里，而穿堂又是一个苗圃，制造验尸所与沙滩广场的惨剧的。

那时，一批精神抖擞而浑身都是苦难伤疤的人，挤在那里一忽儿静默，一忽儿低声谈话，因为有三个警察在屋子里踱来踱去，腰刀碰在地板上发出铿锵的声音。夏倍上校就坐在这些人堆里。

"你还认得我吗？"但维尔站在老军人面前问。

"认得的，先生。"夏倍站起身子回答。

但维尔轻轻地说道："如果你是个规矩人，怎么会欠了我的钱不还呢？"

老军人满面通红，好像一个被母亲揭破了私情的姑娘。

他高声嚷道："怎么！费罗太太没跟你算账吗？"

"算账？……秘书写信给我说你是个骗子。"

上校抬起眼睛，仿佛表露出深恶痛绝与诅咒的样子，似乎在祈求上帝惩罚她这桩新的卑鄙行为。

"先生，"因为感情冲动而变了声音，这让他倒显得安静了，"请你向警察说一声，让我到书记室去写个字条，那一定会有效果的。"

但维尔向警察打了个招呼，把他的当事人带进书记室；亚森特写了一个字条给伯爵夫人，交给但维尔，说道：

"把这个送去，你的诉讼费和借给我的款项保证能收回。先生，对于你的帮助我虽然没有表示感激，但我始终把对你的情意记在这里，"说着他拿手指着心口，"是的，整个儿在这里。可是穷人除了感情以外还有什么办法呢？什么都谈不到。"

"怎么！"但维尔问他，"你没要求她给你一笔年金吗？"

"别提啦！"老军人回答，"也许你不相信，一般人看得多重的虚伪的生活，我才瞧不起呢。我突然之间害了一种厌世病。一想到拿破仑关在圣赫勒拿岛，我觉得世界上一切都无所谓了。倒霉的是我不能再去当兵，"他像一个小孩子般的手势，补充道："总之，与其穿着华丽的衣服，不如有感情可以浪费。我至少不用怕人家瞧不起。"

说完他又回去坐在他的凳子上。

但维尔出了法院，回到事务所，派那个时期的第二帮办高德夏上费罗太太家。伯爵夫人一看字条，立刻付清了夏倍上校欠代理人的钱。

一八四〇年六月底，高德夏当了诉讼代理人，陪着他的前任但维尔上里斯去。走到一处和通往比塞特的林荫道交叉的地方，看见路旁一棵橡树底下，有个已经病病歪歪的白发老人，是个叫化子的样子。他住在比塞特救济院，像住在硝石库穷苦的老婆子一样。他是院内收容的二千个人中的一个，当时坐在一块界石上，专心致志地干着残废军人搅惯的玩意儿：在太阳底下晒粘在手帕上的烟末，大概是为了爱惜烟末，不愿意把手帕拿去洗的缘故。老人的脸非常动人，穿的是救济院发的丑恶之极的号衣，——一件红色的长袍。

高德夏对同伴说："但维尔，你瞧，那老头儿不是像从德国来的那些丑八怪吗？他居然活着，说不定还活得挺有趣呢！"

但维尔用望远镜瞧了一下，不禁作了一个惊讶的动作，说道："朋友，这老头儿倒是一首诗，或者像浪漫派作家说的，是一出悲惨的戏。你有时还碰到费罗太太吗？"

"能碰到，她很可爱，也很风趣；就是对宗教太热心了一些。"高德夏回答。

"这老头儿便是她的结发丈夫，当过陆军上校的夏倍伯爵；他被送到这儿来肯定是她玩的花样。夏倍上校没能住高楼大厦却住在这个救济院，只因为当面揭穿了美丽的伯爵夫人的出身，说他像雇马车一般把她在街上捡来的。我至今，还记得清清楚楚，她当时瞅着他的虎视眈眈的眼睛。"

这几句开场白引起了高德夏的好奇心，但维尔便把上面的故事讲了一遭。两天以后，正是一个星期一的早上，两位朋友回巴黎的时候远远向比塞特望了一眼。但维尔提议去看看夏倍上校。在林荫道上，老人坐在一棵倒下的树的树根上，手里拿着一根棒在沙土上画来画去。他们仔细看了一下他，发觉他那天的早点不是在养老院里吃的。

但维尔招呼他："你好，夏倍上校。"

"不是夏倍！不是夏倍！我叫做亚森特。"老人回答。他就像儿童和老人似地带着害怕的神情，用很不放心的眼神瞧着但维尔，"我不是人呀，我是第七室第一百六十四号。"歇了一会又说："你们可是去看那个死犯的？他没娶老婆，那是他的运气！"

"可怜的老头！"高德夏说，"你要不要钱买烟草？"

上校赶紧向两个陌生人伸出手去，表情天真得就像巴黎的顽童，从每人手里接过来一枚二十法郎的钱，他对他们傻乎乎地望了一眼，像是感谢，同时还说：

"倒是两个好汉！"

他作出举枪致敬并瞄准的姿势，微笑着，嚷道：

"把两尊炮一齐放呀！拿破仑万岁！"

接着他又拿起树枝在空中莫名其妙地画着什么。

但维尔说："他的头脑因受伤的缘故，使他变得像个小孩子了。"

站在旁边一直望着他们的救济院中的另外一个老人，听了这话叫起来："他跟小孩子一样！哼！有些日子一点也不能触犯。这老滑头把什么都看透了，想像力丰富得很呢。可是今天他是在休息。先生，一八二〇年的时候，他已经在这里了。以前，有个普鲁士军官因为马车要爬上维勒瑞夫山坡，只能下来走一段。我正好跟亚森特在一起。那军官一边走一边和一个俄国人谈话，看到咱们的亚森特，便嘻喀哈哈地说道：'这一定是个到过罗斯巴什的轻骑兵。'亚森特回答：'我太年轻了，来不及到罗斯巴什；可是赶上了耶拿！'普鲁士人听完，不敢说一句话，就马上溜了。"

但维尔嚷道："多奇怪的命运啊！他生在育婴院，死在养老院；那期间帮着拿破仑征战埃及，征战欧洲。"过了一会儿又说："朋友，你知道吗？我们的社会上有三种人，都是看破人世间的。那就是教士、医生、司法人员，他们穿着黑衣服，或许就是哀悼所有的德行和所有的幻想。而其中最不幸的就是诉讼代理人。一个人由于悔恨的督促、良心的责备、信仰的驱使而去找教士；这就使他变得伟大，变得有意思，让那个听他忏悔的人精神上感到安慰，所以教士的职业并非毫无乐趣；他做的是净化的与补救的工作，劝人重新皈依上帝的工作。然而我们当诉讼代理人的，只看见卑鄙的内心不停的重演，什么都不能使他们洗心革面，我们的事务所就象永远无法清除的阴沟。我执行业务的期间，哼，什么事都见过了！我亲眼看到一个父亲给了两个女儿每年四万法郎进款，自己却不名不文地死在一个阁楼上，那些女儿却一眼都没看！我也看到烧毁遗嘱，看到做母亲的剥削儿女，做丈夫的偷盗妻子，做老婆的用丈夫对她的爱情来杀死丈夫，使他们发疯或者变成白痴，为的是跟情人安安逸逸过一生。我也看到一些女人故意叫儿子吃喝嫖赌，促短寿命，好让她的私生子多得一份家产。我看到很多为法律惩治不了的丑恶之事，总之，凡是小说家自以为是的写出来的历史，和事实相比之下真是差得太远了。你啊，慢慢要领教到这些有趣的玩意儿。我可是要带着太太住到乡下去了，巴黎让我感到恶心。"

高德夏答道："是的，我在德罗什那儿也见得不少了。"

一八三二年三月于巴黎